Advocaat van de duivel

John Grisham

Advocaat van de duivel

A.W. Bruna Uitgevers B.V.

Oorspronkelijke titel
The Firm
© 1991 by John Grisham
Vertaling
Mariëlla Snel
© 1991 A.W. Bruna Uitgevers B.V.,
Utrecht

ISBN 90 229 8018 9
NUGI 331

Voor Renée

1

De oudste vennoot bestudeerde het curriculum vitae voor de honderdste keer en kon nog altijd niets vinden dat hem tegenstond in Mitchell Y. McDeere, in elk geval niet op papier. Hij had hersens, ambitie en zag er goed uit. Hij dorstte naar geld; dat kon gezien zijn achtergrond ook niet anders. Hij was getrouwd, en dat was een vereiste. Het kantoor had nooit ongehuwde juristen in dienst genomen, alsof het echtscheiding, rokkenjagerij en drinken fel afkeurde. Een controle op het gebruik van drugs was contractueel verplicht. Hij was in één keer voor zijn examen bedrijfseconomie en recht geslaagd en wilde zich toeleggen op het belastingrecht, wat natuurlijk een vereiste was voor een kantoor dat zich in belastingzaken had gespecialiseerd. Hij was blank en het kantoor had nog nooit een zwarte in dienst genomen, wat lukte omdat het een soort club was en men nooit personeelsadvertenties plaatste. Andere kantoren deden dat wel, en namen zwarten in dienst. Dit kantoor bleef zo blank als een lelie. Verder was het in Memphis gevestigd en gaven de beste zwarten de voorkeur aan New York, Washington of Chicago. McDeere was een man en er werkten geen vrouwelijke juristen op het kantoor. Die fout was midden in de jaren zeventig één keer gemaakt, toen ze de best afgestudeerde van Harvard in dienst hadden genomen, die een vrouw bleek te zijn en een duivelskunstenares in belastingzaken. Ze was vier turbulente jaren in dienst gebleven en toen omgekomen bij een auto-ongeluk.

Op papier zag hij er goed uit. Hij was hun eerste keus. In feite waren er dit jaar geen andere kandidaten. De lijst was heel kort. Het werd McDeere, of anders niemand.

De beherend vennoot bestudeerde het dossier met het etiket 'Mitchell Y. McDeere – Harvard'. Het was drie centimeter dik en er zaten een paar foto's bij. Het was samengesteld door een paar ex-CIA-agenten die in Bethesda een eigen bureau waren begonnen. Ze waren cliënten van het kantoor en brachten voor onderzoek geen honorarium in rekening. Het was makkelijk, zeiden ze, om de gangen van nietsvermoedende rechtenstudenten na te gaan. Ze waren bijvoorbeeld te weten gekomen dat hij graag uit het noordoosten weg wilde, dat hij al drie aanbiedingen voor een baan had gekregen – twee in New York en een in Chicago – met als hoogste salaris 76.000 en als laagste 68.000 dollar. Men wilde hem graag hebben. In zijn tweede jaar was hem de kans geboden fraude te plegen bij een examen. Die had hij afgeslagen en toch het hoogste cijfer behaald. Twee maanden geleden was hem tijdens een studentenfeest cocaïne aangeboden. Die had hij geweigerd en hij was weggegaan toen iedereen begon te snuiven. Hij dronk af en toe een biertje, maar drank was duur en hij had geen geld. Hij had een studieschuld van bijna 22.000 dollar. Hij dorstte naar geld.

Royce McKnight bladerde het dossier door en glimlachte. McDeere was hun man.

Lamar Quin was tweeëndertig en nog geen vennoot. Hij was in dienst genomen om zich jong te gedragen en een jeugdig imago te geven aan Bendini, Lambert & Locke – in feite een jong kantoor, omdat de meeste vennoten als ze achter in de veertig of voor in de vijftig waren, al schatrijk konden gaan rentenieren. Hij zou ook vennoot worden. Met de garantie van een inkomen van zes cijfers voor de rest van zijn leven kon Lamar genieten van de dure maatpakken die zo comfortabel om zijn lange, atletische gestalte vielen. Hij liep nonchalant door de suite en schonk nog een kop caffeïnevrije koffie in. Hij keek op zijn horloge en wierp een blik op de twee vennoten die aan de kleine vergadertafel bij het raam zaten.

Klokslag half drie werd er geklopt. Lamar keek naar de vennoten, die het curriculum vitae en het dossier in een aktentas schoven. Lamar deed open.

'Mitchell McDeere?' vroeg hij met een brede grijns.

'Ja.' Ze schudden elkaar heel krachtig de hand.

'Prettig kennis te maken, Mitchell. Ik ben Lamar Quin.'

'Dat is wederzijds en noem me alsjeblieft Mitch.' Hij liep naar binnen en keek snel in het ruime vertrek om zich heen.

'Prima, Mitch.' Lamar pakte hem bij zijn schouder en nam hem mee de suite door, waarna de vennoten zich voorstelden. Ze waren uitzonderlijk hartelijk en maakten grapjes. McDeere knoopte zijn colbertje los en sloeg zijn benen over elkaar. Hij was nu een ervaren veteraan in het zoeken naar een baan en hij wist dat ze hem hebben wilden. Hij ontspande zich. Nu hij drie aanbiedingen op zak had van de meest prestigieuze kantoren van het land, had hij dit gesprek en dit kantoor niet nodig. Hij kon het zich nu veroorloven wat te veel zelfvertrouwen te hebben. Hij was hier uit nieuwsgierigheid, en omdat hij naar warmer weer verlangde.

Oliver Lambert, de oudste vennoot, boog zich naar voren en begon aan een inleiding. Hij was gladjes en innemend met zijn zachte, bijna professionele bariton. Als eenenzestigjarige was hij de nestor van het kantoor en de raadgever naar wie de jongeren met hun problemen toe kwamen. Lambert had ook de leiding bij het rekruteren van nieuw personeel en hij had opdracht Mitchell Y. McDeere te laten aanmonsteren.

'Bent u al die sollicitatiegesprekken niet beu?' vroeg Oliver Lambert.

'Niet echt. Het hoort erbij.'

Ja, ja, daar waren ze het allemaal mee eens. Het leek pas gisteren dat ze zelf sollicitatiegesprekken hadden gevoerd, hun curriculum vitae hadden overhandigd en doodsbang waren geweest dat ze geen baan zouden krijgen, waardoor drie jaren zwoegen en zweten voor niets zouden zijn geweest. Ja, ze wisten wat hij nu meemaakte.

'Mag ik een vraag stellen?' zei Mitch.

'Zeker.'

'Zegt u het maar.'

'Waarom wordt dit gesprek in deze hotelkamer gevoerd? De andere kantoren doen dat op de campus, via het plaatsingskantoor.'

'Goede vraag.' Ze knikten allemaal, keken elkaar aan en waren het met elkaar eens.

'Misschien kan ik antwoord geven, Mitch,' zei Royce McKnight, de beherend vennoot. 'Je moet weten dat ons kantoor anders is en dat we daar trots op zijn. We hebben eenenveertig juristen in dienst, dus zijn we klein vergeleken met de andere kantoren. We nemen niet veel mensen aan; ongeveer om het jaar één. We bieden het hoogste salaris en de beste emolumenten in het hele land en daar is geen woord van overdreven. Dus gaan we heel selectief te werk. We hebben jou uitgekozen. De brief die je de vorige maand hebt ontvangen, is pas verstuurd nadat we tweeduizend derdejaars van de beste universiteiten onder de loep hadden genomen. Er is slechts één brief verzonden. We zetten geen advertenties voor opengevallen plaatsen en verzoeken geen mensen te solliciteren. We houden ons gedekt en doen de dingen anders.'
'Dank u. Over welk kantoor hebben we het hier?'
'We hebben ons in belastingzaken gespecialiseerd. Wat effecten, onroerend goed en bankzaken, maar voornamelijk belastingzaken. Daarom wilden we je ontmoeten, Mitch. Op dat terrein heb je een ongelooflijk sterke achtergrond.'
'Waarom ben je naar Western Kentucky gegaan?' vroeg Oliver Lambert.
'Dat is eenvoudig. Ze boden me een volledige beurs aan als ik bereid was in het football-team te spelen. Wanneer ze dat niet hadden gedaan, had ik niet kunnen gaan studeren.'
'Vertel ons eens wat meer over je familie?'
'Waarom is dat belangrijk?'
'Voor ons is het zeer belangrijk, Mitch,' zei Royce McKnight heel hartelijk. Dat zeggen ze allemaal, dacht McDeere. 'Goed. Mijn vader is in een kolenmijn om het leven gekomen toen ik zeven was. Mijn moeder is hertrouwd en woont in Florida. Ik had twee broers. Rusty is in Vietnam gesneuveld en mijn andere broer heet Ray McDeere.'
'Waar is hij?'
'Daar hebt u niets mee te maken!' Hij keek Royce McKnight nijdig aan en liet daardoor merken een zeer kwetsbare plek te hebben. Het dossier meldde merkwaardig genoeg niets over Ray.
'Mijn excuses,' zei de beherend vennoot zacht.
'Mitch, ons kantoor is in Memphis,' zei Lamar. 'Vind je dat bezwaarlijk?'
'Helemaal niet. Ik heb een hekel aan kou.'
'Ben je wel eens in Memphis geweest?'
'Nee.'
'We zullen je snel laten overkomen. Je zult het er heerlijk vinden.'
Mitchell knikte glimlachend en speelde het spel mee. Meenden die kerels het serieus? Hoe zou hij een klein kantoor in een kleine stad ook maar in overweging kunnen nemen wanneer Wall Street op hem wachtte?
'Hoe zijn je studieresultaten vergeleken met je jaargenoten?' vroeg Lambert.
'Ik hoor bij de beste vijf.' Niet bij de beste vijf procent, maar bij de beste vijf. Dat was voor allen voldoende. De beste vijf van driehonderd studenten. Hij had kunnen zeggen dat hij nummer drie was, iets onder nummer twee en binnen slagafstand van nummer een. Maar dat deed hij niet.
'Waarom heb je voor Harvard gekozen?'

'Harvard heeft míj uitgekozen. Ik had meerdere instituten op het oog en kon overal terecht. Harvard bood me meer financiële steun. Verder vond ik het de beste universiteit en dat vind ik nog steeds.'
'Je hebt het goed gedaan, Mitch,' zei Lambert, die het curriculum vitae bewonderde.
'Dank u. Ik heb hard gewerkt.'
'Je hebt uitstekende cijfers gehaald voor alle examens over effecten en belastingrecht.'
'Daar heb ik ook de meeste belangstelling voor.'
'We hebben het door jou geschreven onderzoeksrapport bestudeerd. Heel indrukwekkend.'
'Dank u. Ik doe graag onderzoek.'
Ze knikten en accepteerden de duidelijke leugen. Het hoorde bij het ritueel. Geen enkele student of jurist die bij zijn volle verstand was, genoot van onderzoek, maar toch beweerde iedere mogelijke vennoot dol op de bibliotheek te zijn.
'Vertel ons eens wat over je vrouw,' vroeg Royce McKnight bijna tam. Ze zetten zich schrap voor een volgende reprimande. Maar het was een terrein dat door geen enkel kantoor als taboe werd gemeden.
'Ze heet Abby. Ze heeft voor onderwijzeres gestudeerd aan Western Kentucky. We zijn de ene week afgestudeerd en de volgende getrouwd. De laatste drie jaar geeft ze les aan een particuliere kleuterschool in de buurt van Boston College.'
'Hoe stabiel...'
'Heel stabiel. We kennen elkaar al vanaf de middelbare school.'
'Wat was je in het football-team?' vroeg Lamar, om een minder gevoelig gespreksonderwerp aan te snijden.
'Quarterback. Bijna iedereen wilde me hebben, tot ik tijdens de laatste wedstrijd op de middelbare school mijn knie behoorlijk beschadigde. Toen verdwenen ze allemaal uit beeld, behalve Western Kentucky. Vier jaar lang heb ik af en toe gespeeld, maar mijn knie is nooit meer echt in orde gekomen.'
'Hoe kon je football combineren met het halen van zulke hoge cijfers?'
'Ik heb mijn studie altijd prioriteit gegeven.'
'Ik neem niet aan dat Western Kentucky in academisch opzicht erg veel voorstelt,' liet Lamar zich ontvallen en wenste meteen dat hij die woorden terug kon nemen. Lambert en McKnight fronsten hun wenkbrauwen. Er was een foute opmerking gemaakt.
'Net zoiets als Kansas State,' antwoordde Mitch. Ze leken te bevriezen, alle drie. Ze hielden hun adem in en staarden elkaar een paar ogenblikken vol ongeloof aan. Die McDeere wist dat Lamar Quin aan Kansas State had gestudeerd. Hij had Lamar Quin nooit ontmoet en hij had er geen idee van kunnen hebben wie hier namens het kantoor het gesprek zouden voeren. Maar toch wist hij het. Hij had hen in *Martindale-Hubbel* opgezocht. Hij had de korte biografie van alle eenenveertig juristen van het kantoor gelezen en zich binnen een fractie van een seconde herinnerd dat Lamar Quin, slechts één van die eenenveertig, aan Kansas State had gestudeerd. Verdorie, dat maakte indruk.

'Ik denk dat die opmerking misplaatst was,' zei Lamar verontschuldigend.

'Hindert niet.'

Oliver Lambert schraapte zijn keel en besloot weer persoonlijk te worden. 'Mitch, ons kantoor keurt drinken en rokkenjagerij af. We zijn geen heilige boontjes, maar vinden het uitoefenen van ons vak het allerbelangrijkst. We houden ons koest en werken erg hard. En we verdienen scheppen geld.'

'Met dat alles kan ik wel leven.'

'We behouden ons het recht voor iedereen die hier werkt te laten controleren op het gebruik van drugs.'

'Ik gebruik geen drugs.'

'Goed. Wat is je godsdienst?'

'Ik ben methodist.'

'Prima. Je zult merken dat onze medewerkers in dat opzicht tot allerlei verschillende groeperingen behoren. We hebben er in feite niets mee te maken, maar willen het wel graag weten. We willen stabiele gezinnen. Gelukkige juristen zijn produktieve juristen. Daarom stellen we die vragen.'

Mitch knikte glimlachend. Hij had dit al eens eerder gehoord.

De drie keken naar elkaar en toen weer naar Mitch. Dat betekende dat ze nu het punt hadden bereikt waarop de gegadigde werd verondersteld een paar intelligente vragen te stellen. Mitch ging ervoor zitten. Geld. Dat was de hamvraag, en bij elk sollicitatiegesprek zou dat als eerste moeten worden besproken. Hoeveel zou hij hier krijgen? Als het niet genoeg is, is het leuk kennis met jullie te hebben gemaakt. Als het salaris aantrekkelijk is, kunnen we praten over families en huwelijken en football en kerken. Maar net als de andere kantoren zouden ze om de hete brij heen draaien tot het duidelijk was dat er over alles was gesproken, behalve over geld. Dus vuur maar eens een ongevaarlijke vraag op hen af, dacht Mitchell.

'Wat voor werk zal ik in eerste instantie moeten doen?'

Ze knikten en keurden die vraag goed. Lambert en McKnight keken naar Lamar. Deze vraag moest hij beantwoorden.

'We hebben iets dat wel wat wegheeft van een stageperiode van twee jaar, hoewel we het niet zo noemen. We zullen je overal in het land naar symposia over belastingzaken sturen. Je hebt je opleiding nog lang niet achter de rug. De volgende winter zul je twee weken doorbrengen in Washington, bij het Belastinginstituut. We zijn heel trots op onze technische expertise en we worden allemaal voortdurend bijgeschoold. Als je je doctoraal belastingrecht wilt halen, zullen wij daarvoor betalen. Wat het uitoefenen van je vak betreft, zullen de eerste twee jaar niet zo erg opwindend zijn. Je zult heel wat onderzoek en ander vervelend werk moeten doen, maar er wel goed voor worden betaald.'

'Hoeveel?'

Lamar keek naar Royce McKnight, die naar Mitch keek en zei: 'We zullen het salaris en de emolumenten bespreken wanneer je naar Memphis komt.'

'Ik wil een indicatie hebben, want anders kom ik misschien helemaal niet naar Memphis.' Hij glimlachte, arrogant maar vriendelijk. Hij sprak als een man die al uit drie banen kon kiezen.

De vennoten glimlachten naar elkaar en Lambert nam als eerste het woord.
'Goed. Een beginsalaris van tachtigduizend in het eerste jaar, plus bonussen. Vijfentachtig in het tweede, plus bonussen. Een hypotheek met een lage rente, zodat je een huis kunt kopen. Het lidmaatschap van twee country clubs, en een nieuwe BMW. Je mag de kleur natuurlijk zelf uitkiezen.'
Ze keken strak naar zijn lippen en wachtten tot er in zijn wangen rimpels verschenen en zijn tanden zichtbaar werden. Hij probeerde een glimlach te onderdrukken, maar dat lukte hem niet. Hij grinnikte.
'Dat is ongelooflijk,' mompelde hij. Tachtigduizend in Memphis stond gelijk met honderdtwintigduizend in New York. Had die man het over een BMW gehad? Op de teller van zijn Mazda stond al honderddertigduizend kilometer en die wagen was op dit moment moeilijk aan de praat te krijgen, omdat hij nog aan het sparen was voor een gereviseerde startmotor.
'Met nog een paar extra emolumenten, die we graag met je zullen bespreken wanneer je in Memphis bent.'
Opeens brandde hij van verlangen Memphis te zien. Lag het niet aan de rivier? De glimlach verdween en hij had zichzelf weer onder controle. Hij keek Oliver Lambert ernstig en indringend aan en zei, alsof hij geld, huis en BMW helemaal was vergeten: 'Vertelt u me eens wat over uw kantoor.'
'Eenenveertig juristen. Het afgelopen jaar hebben we per jurist meer verdiend dan elk kantoor van onze grootte of groter, inclusief alle echt grote kantoren in dit land. We nemen alleen rijke cliënten aan: grote bedrijven, banken en rijke mensen die ons een fiks honorarium betalen en nooit klagen. We hebben ons gespecialiseerd in internationale belastingzaken, wat opwindend en heel winstgevend is.'
'Hoe lang duurt het voordat ik vennoot word?'
'Gemiddeld tien jaar en dat zijn geen makkelijke jaren. Het is niet ongebruikelijk dat onze vennoten een half miljoen per jaar verdienen en de meesten gaan voor hun vijftigste rentenieren. Je zult ervoor moeten werken, tachtig uur per week, maar het is de moeite waard wanneer je eenmaal vennoot bent geworden.'
Lamar boog zich naar voren. 'Je hoeft geen vennoot te zijn om een inkomen van zes cijfers te hebben. Ik werk nu zeven jaar op dit kantoor en ben vier jaar geleden al meer dan honderdduizend per jaar gaan verdienen.'
Mitch dacht daar even over na en berekende dat hij tegen zijn dertigste een eind boven de honderdduizend kon zitten, misschien wel tegen de tweehonderdduizend aan. Op zijn dertigste!
Ze sloegen hem nauwlettend gade en wisten precies wat hij aan het berekenen was.
'Wat doet een kantoor dat zich in internationaal belastingrecht heeft gespecialiseerd in Memphis?' vroeg hij.
Dat veroorzaakte geglimlach. Lambert zette zijn leesbril af en draaide die in het rond. 'Goede vraag. In 1944 heeft de heer Bendini het kantoor opgericht. Hij had als belastingdeskundige in Philadelphia gewerkt en in het zuiden wat rijke cliënten opgepikt. Toen is hij even losgeslagen en in Memphis terechtgekomen.

Vijfentwintig jaar lang heeft hij alleen juristen in dienst genomen die zich in het belastingrecht hadden gespecialiseerd en het ging de firma voor de wind. Wij komen geen van allen uit Memphis, maar we zijn wel van die stad gaan houden. De heer Bendini is, tussen twee haakjes, in 1970 overleden.'

'Hoeveel vennoten heeft het kantoor?'

'Twintig actieve. We proberen vast te houden aan de vuistregel van één vennoot op één assistent. Dat is veel, maar ons staat het aan. Ook in dat opzicht zijn we anders.'

'Alle vennoten zijn op hun vijfenveertigste multimiljonair,' zei Royce McKnight.

'Alle vennoten?'

'Ja. Garanties kunnen we natuurlijk niet geven, maar wanneer je tien jaar lang hard werkt, vennoot wordt, nog eens tien jaar werkt en dan op je vijfenveertigste nog geen miljonair bent, zul je de eerste in twintig jaar zijn.'

'Dat is een indrukwekkend statistisch gegeven.'

'Het is een indrukwekkend kantoor, Mitch,' zei Oliver Lambert, 'en we zijn er heel trots op. We vormen een hechte broederschap. Wij kennen de moordende concurrentie niet waarom de grote kantoren berucht zijn. We zijn zeer voorzichtig met wie we in dienst nemen en we mikken erop mensen zo snel mogelijk vennoot te maken. Om dat te bereiken, investeren we zeer veel tijd en energie in onszelf, en dan vooral in de nieuwe mensen. Het komt slechts heel zelden voor dat een jurist ons kantoor verlaat. Dat is eenvoudigweg ongehoord. We zijn bereid alles op alles te zetten om een carrière op het juiste spoor te houden. We willen dat onze mensen gelukkig zijn. We menen dat dit de meest winstgevende manier van opereren is.'

'Ik heb nog een ander indrukwekkend statistisch gegeven,' zei McKnight. 'Op kantoren die even groot of groter zijn dan wij, is het afgelopen jaar achtentwintig procent van de assistenten vertrokken. Bij Bendini, Lambert & Locke was dat nul procent, evenals het jaar daarvoor. Het is lang geleden dat een jurist ons kantoor heeft verruild voor een ander.'

Ze namen hem aandachtig op, om er zeker van te zijn dat dit alles goed tot hem doordrong. Elke voorwaarde van de arbeidsovereenkomst was belangrijk, maar het allerbelangrijkste was of een kandidaat bereid was te aanvaarden dat hij permanent aan het kantoor verbonden zou blijven. Ze hadden alles zo goed mogelijk uitgelegd, voor dit moment. Nadere uitleg zou later volgen.

Natuurlijk wisten ze veel meer. Bijvoorbeeld dat zijn moeder in een goedkoop caravanpark in Panama City Beach woonde en was hertrouwd met een gepensioneerde vrachtwagenchauffeur met een ernstig drankprobleem. Dat zij na de explosie in de mijn 41.000 dollar had ontvangen en het merendeel ervan erdoorheen had gejaagd. Dat ze gek was geworden nadat haar oudste zoon in Vietnam was gesneuveld. Dat Mitch was verwaarloosd, dat hij in armoede was grootgebracht door zijn broer Ray (die ze niet konden vinden) en enige meelevende familieleden. Hij moest die armoede afschuwelijk hebben gevonden, en ze namen terecht aan dat die bij hem het intense verlangen had gewekt een succes van zijn leven te maken. Hij had dertig uur per week gewerkt in een dag en nacht ge-

13

opende tent waar je kant-en-klare maaltijden kon afhalen, maar daarnaast had hij in een football-team gespeeld en ook nog eens uitstekende cijfers behaald. Ze wisten dat hij zelden sliep. Ze wisten dat hij naar geld dorstte. Hij was hun man.

'Wil je ons eens komen opzoeken?' vroeg Oliver Lambert.

'Wanneer?' vroeg Mitchell en droomde over een zwarte 318i met een schuifdak.

De stokoude Mazda met drie wieldoppen en een gebarsten voorruit hing in de goot, met zijn voorwielen naar de stoep gedraaid, om te voorkomen dat hij de heuvel af zou zakken. Abby pakte de deurkruk aan de binnenkant vast, trok er twee keer aan en kon toen het portier openmaken. Daarna pakte ze het contactsleuteltje, drukte de koppeling in en draaide aan het stuur. Langzaam begon de Mazda te rollen. Terwijl hij vaart maakte, hield ze haar adem in liet de koppeling opkomen. Ze hoorde hoe de motor begon te janken.

Nu er drie banen waren aangeboden, zouden ze over vier maanden een nieuwe auto kunnen kopen. Dat kon ze nog wel volhouden. Drie jaar lang hadden ze in armoede geleefd in een twee kamers tellend studentenappartement op een campus vol Porsches en kleine Mercedessen. Het merendeel van die tijd hadden ze in dat snobistische bastion aan de oostkust de denigrerende opmerkingen van jaargenoten genegeerd. Zij waren de hillbillies uit Kentucky en hadden heel weinig vrienden. Maar ze hadden het volgehouden en het er op hun eentje helemaal niet slecht van afgebracht.

Ze gaf de voorkeur aan Chicago boven New York, zelfs voor een lager salaris, omdat het verder van Boston vandaan was, en dichter bij Kentucky. Maar Mitch had zich nog niet willen binden. Op de voor hem zo typerende manier was hij alles zorgvuldig aan het afwegen, zonder er veel over te praten. Zij was niet met hem mee geweest naar New York en Chicago, en nu was ze het raden beu. Ze wilde een antwoord op haar vragen hebben.

Op de heuvel zette ze haar auto zo dicht mogelijk bij het appartement neer, ondanks een parkeerverbod, en liep twee straten verder. Zij bewoonden een van de dertig appartementen in een twee verdiepingen tellend, rechthoekig gebouw dat was opgetrokken uit rode baksteen. Toen Abby voor de deur stond, zocht ze in haar tas naar haar sleutels. Opeens werd de deur opengetrokken. Hij pakte haar vast, trok haar het kleine appartement in, smeet haar op de bank en ging met zijn lippen in de aanval op haar nek. Ze schreeuwde en giechelde, terwijl armen en benen in het rond maaiden. Ze kusten elkaar, een van die lange, natte tien minuten durende omhelzingen die gepaard gingen met getast en gekreun. Omhelzingen waar ze als tieners van hadden genoten, toen kussen leuk, mysterieus en het einde was.

'Mijn hemel,' zei ze toen ze elkaar loslieten. 'Ter ere van wat was dat?'

'Ruik jij iets?' vroeg Mitch.

Ze snoof. 'Ja. Wat is het?'

'Chinees eten, van de Wong Boys.'

'Lekker, maar ter ere van wat?'

14

'Plus een dure fles Chablis.'

'Mitch, wat heb je gedaan?'

'Kom maar eens mee.' Op de kleine, geverfde keukentafel stonden een grote fles wijn en een zak met Chinees eten, te midden van aantekenboeken en dossiers. Die laatste schoven ze opzij en pakten de zak uit. Mitch ontkurkte de fles en schonk de wijn in twee plastic bekertjes.

'Ik heb vandaag een geweldig sollicitatiegesprek gevoerd,' zei hij.

'Met wie?'

'Kun je je dat kantoor uit Memphis nog herinneren, dat me vorige maand een brief had geschreven?'

'Ja. Je was er niet bijzonder van onder de indruk.'

'Nu ben ik wel behoorlijk onder de indruk. Ze hebben allemaal belastingzaken en het salaris is goed.'

'Hoe goed?'

Mitch hevelde de chow mein plechtig uit de bak op hun borden over en scheurde toen de kleine pakjes sojasaus open. Ze wachtte op een antwoord. Hij maakte nog een bak open en begon het eigerecht te verdelen. Toen nam hij een slokje wijn en smakte met zijn lippen.

'Hoeveel?' vroeg ze.

'Meer dan Chicago, en meer dan Wall Street.'

Ze nam een grote slok en keek hem achterdochtig aan. Haar bruine ogen werden kleiner en glansden. Haar wenkbrauwen zakten iets en er verschenen rimpels in haar voorhoofd. Ze wachtte.

'Hoeveel?'

'Tachtigduizend in het eerste jaar, plus bonussen. Vijfentachtig in het tweede jaar, plus bonussen.' Hij zei het nonchalant, terwijl hij de stukjes selderij in de chow mein bestudeerde.

'Tachtigduizend,' herhaalde ze.

'Tachtigduizend, schat. Tachtigduizend dollar in Memphis, Tennessee, is ongeveer hetzelfde als honderdtwintigduizend dollar in New York.'

'Wie wil er nu naar New York?' vroeg ze.

'Plus een hypotheek met lage rente.'

Dat woord – hypotheek – was in het appartement al in lange tijd niet meer uitgesproken. Op dat moment kon ze zich zelfs niet herinneren wanneer er voor het laatst over een eigen huis of iets dat daarmee te maken had, was gesproken. Maanden lang hadden ze aanvaard dat ze iets zouden huren tot een ver, onvoorstelbaar moment in de toekomst waarop ze rijk zouden zijn en dan een hoge hypotheek konden krijgen.

Ze zette haar wijnglas op de tafel neer en zei: 'Ik geloof niet dat ik je goed heb verstaan.'

'Een hypotheek met een lage rente. Het kantoor kan ons genoeg geven om een huis te kopen. Die kerels vinden het heel belangrijk dat hun werknemers een welvarende indruk maken, dus lenen ze ons het geld tegen een zeer lage rente.'

'Je bedoelt een echt huis, met gras en struiken eromheen?'

'Ja. Niet het een of andere veel te dure appartement in Manhattan, maar een huis met drie slaapkamers in een van de voorsteden, voorzien van een oprijlaan en een garage voor twee auto's, waar we de BMW in kunnen zetten.'

Ze reageerde ietwat vertraagd, maar zei toen: 'BMW? Van wie?'

'Van ons, schat. Onze BMW. Het kantoor least een nieuwe en daar krijgen wij dan de sleuteltjes van. Dat is een soort bonus voor het eerste jaar, met een prijskaartje eraan van zo'n vijfduizend dollar, schat ik. Natuurlijk mogen we de kleur zelf uitzoeken. Ik denk dat ik zwart wel leuk zou vinden. Wat denk jij?'

Langzaam schudde ze haar hoofd. 'Geen restjes, tweedehands spullen en zo meer...'

Mitch glimlachte haar toe. Ze was aan het dromen, zag hij. Waarschijnlijk over meubels, behang en misschien binnen niet al te lange tijd een zwembad. En baby's, met donkere ogen en lichtbruin haar.

'Er zijn nog andere emolumenten, waarover in een later stadium zal worden gesproken.'

'Mitch, ik begrijp het niet. Waarom zijn ze zo vrijgevig?'

'Die vraag heb ik ook gesteld. Ze zijn heel selectief en gaan er prat op zulke hoge salarissen te bieden. Ze zoeken de besten en vinden het niet erg daar veel voor te moeten betalen. Bij hen gaat nooit iemand weg. Verder denk ik dat ze ook wel wat extra moeten bieden om topmensen naar Memphis te lokken.'

'Het zou dichter bij huis zijn,' zei ze, zonder hem aan te kijken.

'Ik heb geen ouderlijk huis. Het betekent dat we dichter bij jouw ouders in de buurt zouden zitten en dat baart me zorgen.'

Die opmerking ontweek ze, zoals dat gebeurde met de meeste aanmerkingen op haar familie. 'Jij zou dichter bij Ray zijn.'

Hij knikte en stelde zich voor dat haar ouders voor het eerst bij hen op bezoek kwamen. Dat zoete moment wanneer ze in hun oude Cadillac de oprijlaan op zouden rijden, om geschokt naar het nieuwe Frans-koloniale huis te staren, en de twee nieuwe auto's in de garage. Ze zouden groen worden van jaloezie en zich afvragen hoe de arme jongen zonder familie en status zich dat op zijn vijfentwintigste jaar, direct na zijn studie, kon veroorloven. Ze zouden zich dwingen tot een pijnlijk glimlachje en zeggen hoe leuk alles was. Daarna zou het niet lang duren voordat de heer Sutherland zich niet meer kon beheersen en vroeg hoeveel het huis had gekost. Dan zou Mitch hem zeggen dat hij zich met zijn eigen zaken moest bemoeien en daar zou die oude man gek van worden. Ze zouden na een kort bezoekje vertrekken en terugkeren naar Kentucky, waar alle vrienden te horen zouden krijgen hoe goed het de dochter en schoonzoon in Memphis verging. Abby zou het jammer vinden dat ze niet goed met elkaar overweg konden, maar ze zou er niet veel over zeggen. Van het begin af aan hadden ze hem als een melaatse behandeld. Ze hadden hem hun dochter zo onwaardig gevonden, dat ze de korte huwelijksplechtigheid hadden geboycot.

'Ben jij wel eens in Memphis geweest?' vroeg hij.

'Eén keer, toen ik nog een klein meisje was. In verband met de een of andere kerkelijke conventie. Het enige dat ik me kan herinneren, is de rivier.'

'Ze willen dat we er eens een kijkje komen nemen.'

'We? Bedoel je dat ik ook voor een bezoekje ben uitgenodigd?'

'Ja. Ze stonden erop dat je mee zou komen.'

'Wanneer?'

'Over een paar weken. Donderdagmiddag worden we erheen gevlogen, en dan zullen we er een lang weekend doorbrengen.'

'Dat kantoor staat me nu al aan.'

2

Het vijf verdiepingen tellende gebouw was honderd jaar eerder, na de wederopbouw van de zuidelijke staten, gebouwd door een katoenhandelaar en zijn zoons, op het moment dat de katoenhandel in Memphis weer opleefde. Het bevond zich in het midden van de zogenaamde Cotton Row aan Front Street, bij de rivier. In dat gebouw waren miljoenen balen katoen uit de delta's van de Mississippi en Arkansas gekocht en doorverkocht naar alle delen van de wereld. Later had het leeggestaan en was het verwaarloosd, en na de Eerste Wereldoorlog was het enige keren gerenoveerd. In 1951 was het definitief gekocht door een agressieve jurist die zich in het belastingrecht had gespecialiseerd: Anthony Bendini. Hij had het opnieuw gerenoveerd en was het vervolgens gaan vullen met juristen. Hij herdoopte het tot het Bendini Building.

Hij verwende en vertroetelde het gebouw en maakte het elk jaar iets luxer. Hij versterkte het door ramen en deuren hermetisch afsluitbaar te maken en gewapende bewakers in dienst te nemen. Hij liet liften aanbrengen, evenals elektronische beveiligingsapparatuur, een eigen, gesloten televisiecircuit, een gymnastiekzaal, een sauna, kleedkamers en een eetkamer voor de vennoten op de vijfde verdieping, met adembenemend uitzicht op de rivier.

In twintig jaar bouwde hij het rijkste en ongetwijfeld ook het minst in de openbaarheid tredende juristenkantoor in Memphis op. Geheimhouding was voor hem een hartstocht. Iedere jurist die in dienst werd genomen, werd geïndoctrineerd ten aanzien van het kwaad van een te losse tong. Alles was vertrouwelijk. Salarissen, emolumenten, promoties en – vooral – cliënten. Pas aangestelden kregen waarschuwend te horen dat het spreken over zakelijke aangelegenheden met derden de toekenning van de vennootschap – een soort heilige Graal – wel eens kon vertragen. Niets kwam het fort aan Front Street uit. Echtgenotes kregen te horen dat ze geen vragen moesten stellen, of er werd tegen hen gelogen. De assistenten werden geacht hard te werken, hun mond te houden en hun forse salaris lekker uit te geven. Dat deden ze ook, zonder uitzondering.

Met eenenveertig juristen in dienst was het kantoor het op drie na grootste in Memphis. De werknemers zochten de publiciteit in geen enkel opzicht. Ze vormden een soort van clan en gingen niet kameraadschappelijk met andere juristen om. Hun echtgenotes speelden tennis en bridge – met elkaar – of gingen samen winkelen. Bendini, Lambert & Locke was een soort grote familie. Een nogal rijke familie.

Om tien uur 's morgens op een vrijdag stopte de limousine van het kantoor in Front Street en Mitchell Y. McDeere stapte uit. Hij bedankte de chauffeur beleefd en keek de wegrijdende slee bewonderend na. Zijn eerste ritje in een limousine. Hij stond op de stoep, naast een straatlantaren, en bewonderde het eigen-

18

aardige, schilderachtige, maar op de een of andere manier ook indrukwekkende onderkomen van het zo weinig op de voorgrond tredende kantoor. Het was iets heel anders dan de gigantische, uit staal en glas opgetrokken gebouwen van de beste Newyorkse advocatenkantoren, of de immense cilinder die hij in Chicago van binnen had gezien. Toch wist hij meteen dat hij het er naar zijn zin zou hebben. Het was minder pretentieus. Het vertoonde meer overeenkomsten met hemzelf.

Lamar Quin kwam de voordeur door en liep het trapje af. Hij schreeuwde iets en gebaarde Mitch naar hem toe te komen. Hij had hen de avond daarvoor op het vliegveld opgewacht en hen meegenomen naar het Peabody, het meest beroemde hotel van het Amerikaanse zuiden.

'Een goeie morgen, Mitch. Heb je goed geslapen?' Ze gaven elkaar een hand als vrienden die elkaar lange tijd uit het oog waren verloren.

'Prima. Het is een schitterend hotel.'

'We wisten wel dat je het er naar je zin zou hebben. Iedereen vindt het Peabody geweldig.'

Ze liepen de grote hal in, waar de heer Mitchell Y. McDeere, de eregast van die dag, middels een mededelingenbord welkom werd geheten. Een goed geklede, maar niet aantrekkelijke receptioniste glimlachte vriendelijk, zei dat ze Sylvia heette en dat hij het haar moest laten weten wanneer hij tijdens zijn verblijf in Memphis iets nodig had. Hij bedankte haar. Lamar nam hem mee naar een lange gang, waar de rondleiding begon. Hij legde Mitchell uit hoe het gebouw in elkaar stak en stelde hem onder het lopen voor aan verschillende secretaressen en medewerkers. In de grote bibliotheek op de tweede verdieping zat een groot aantal juristen rond een immense vergadertafel te genieten van koffie met gebak. Ze zwegen toen de gasten binnenkwamen.

Oliver Lambert begroette Mitch en stelde hem aan iedereen voor. Er waren ongeveer twintig mensen, bijna allen assistenten en bijna geen van allen ouder dan de gast. De vennoten hadden het te druk, had Lamar gezegd. Zij zouden later tijdens een besloten lunch kennis met hem maken. Hij ging bij het hoofd van de tafel staan en Lambert vroeg om stilte.

'Heren, dit is Mitchell McDeere. U hebt al het een en ander over hem gehoord en nu is hij er. Op hem is dit jaar de eerste keus gevallen. De grote jongens in New York en Chicago en wie weet waar nog meer dingen naar zijn hand, dus zullen we ons kantoortje hier in Memphis goed moeten verkopen.' Ze glimlachten en knikten instemmend. De gast voelde zich verlegen.

'Over twee maanden zal hij cum laude aan Harvard afstuderen. Hij is assistent-redacteur van de *Harvard Law Review*.' Dat maakte indruk, zag Mitchell. 'Hij is zijn studie begonnen aan Western Kentucky, waar hij summa cum laude is afgezwaaid.' Dat was niet zo indrukwekkend. 'Hij heeft ook vier jaar football gespeeld en is begonnen als quarterback.' Nu waren ze echt onder de indruk. Een paar zelfs diep. Ze staarden hem aan alsof hij Joe Namath was.

Lambert zette zijn monoloog voort, terwijl Mitchell met zijn houding niet zo goed raad wist. Lambert ging met een eentonig stemgeluid verder over het feit dat men altijd heel selectief te werk was gegaan en zei dat Mitchell prima in het team zou passen. Mitchell stopte zijn handen in zijn zakken en hield op met luisteren. Hij bestudeerde de aanwezigen. Ze waren jong, succesvol en zo te zien welvarend. Ze gingen, net als hun collega's in New York en Chicago, conventioneel gekleed. Donkergrijze of marineblauwe wollen kostuums, witte of blauwe overhemden, licht gesteven, en zijden dassen. Niets gewaagds of non-conformistisch. Misschien een paar vlinderdasjes, maar verder traditiegetrouw. Een keurig uiterlijk was verplicht. Geen baarden, snorren of over de oren vallende kapsels.

Lambert was zijn toespraak aan het afronden. 'Lamar zal Mitch een rondleiding geven, zodat jullie de kans krijgen een praatje met hem te maken. Laten we hem het gevoel geven welkom te zijn. Vanavond zullen hij en zijn lieflijke vrouw ossehaas gaan eten in de Rendezvous en natuurlijk is er morgenavond het diner bij mij thuis. Ik wil u allen vragen uw allerbeste beentje voor te zetten.' Hij glimlachte en keek naar de gast. 'Mitch, als je genoeg krijgt van Lamar, moet je me dat laten weten en zullen we een geschikter persoon opzoeken.'

Hij gaf iedereen nogmaals een hand en probeerde zoveel mogelijk namen te onthouden.

'Laten we maar een begin maken met de rondleiding,' zei Lamar toen alle anderen waren vertrokken. 'Dit is natuurlijk een bibliotheek en we hebben identieke bibliotheken op de eerste vier verdiepingen. We gebruiken ze ook voor grote vergaderingen. De boeken variëren al naar gelang de verdieping, dus kun je nooit van tevoren weten waar je voor een bepaald onderzoek allemaal moet zijn. We hebben twee bibliothecarissen in vaste dienst en we maken veel gebruik van microfilms en microfiches. Normaal gesproken verrichten we geen onderzoek buiten dit gebouw. We hebben meer dan honderdduizend boeken en dat kan niet elke juridische faculteit beweren. Als je een boek nodig hebt dat we niet hebben, hoef je dat alleen tegen een van de bibliothecarissen te zeggen.'

Ze liepen langs de grote vergadertafel, tussen tientallen rijen boeken door. 'Honderdduizend boeken,' mompelde Mitch.

'Inderdaad. We geven bijna een half miljoen per jaar uit om de bibliotheek op peil te houden, en supplementen en nieuwe boeken aan te schaffen. De vennoten griepen daar altijd over, maar ze zouden er ook niet op willen bezuinigen. Het is een van de grootste particuliere bibliotheken in het land en we zijn er trots op.'

'Het is behoorlijk indrukwekkend.'

'We proberen onderzoek zo makkelijk mogelijk te maken. Je weet hoe vervelend dat kan zijn en hoeveel tijd je kunt kwijtraken met zoeken naar het juiste materiaal. Je zult hier de eerste twee jaar heel wat uurtjes doorbrengen, dus willen we het zo aangenaam mogelijk maken.'

Achter een volle werktafel in een van de hoeken stelde een van de bibliothecarissen zich voor en gaf Mitch een korte rondleiding door de computerruimte, waar twaalf terminals stonden. Hij bood aan de laatste, werkelijk verbazingwekkende software te demonstreren, maar Lamar zei dat ze later misschien nog wel even terugkwamen.

'Aardige kerel,' zei Lamar toen ze de bibliotheek uit liepen. 'We betalen hem veertigduizend per jaar om de boeken bij te houden. Het is verbazingwekkend.'

Inderdaad verbazingwekkend, dacht Mitch.

De tweede verdieping was vrijwel identiek aan de eerste, de derde en de vierde. Het middelste gedeelte van elke verdieping herbergde secretaressen, hun bureaus, dossierkasten, kopieer- en andere noodzakelijke apparaten. Aan de ene kant van zo'n open gedeelte bevond zich de bibliotheek en aan de andere een reeks kleinere spreekkamers en kantoren.

'Knap ogende secretaressen zul je hier niet zien,' zei Lamar zacht. 'Dat lijkt een ongeschreven regel van dit kantoor te zijn. Oliver Lambert doet zijn uiterste best de oudste en huiselijkst ogende vrouwen in dienst te nemen. Natuurlijk werken sommigen van hen hier al twintig jaar.'

'Ze zien er nogal mollig uit,' zei Mitch, vrijwel tegen zichzelf.

'Ja, inderdaad. Het is een onderdeel van de strategie die ervoor moet zorgen dat wij onze handen thuishouden. Rokkenjagerij is strikt verboden en voor zover ik weet ook nog nooit voorgekomen.'

'En als het wel zou voorkomen?'

'Wie zal het zeggen? Natuurlijk zou de secretaresse worden ontslagen en ik denk dat de jurist zwaar zou worden gestraft. Het zou je zelfs de vennootschap kunnen kosten. Niemand wil dat proefondervindelijk vaststellen, zeker niet met deze koeien.'

'Ze gaan wel keurig gekleed.'

'Je moet me niet verkeerd begrijpen. We nemen alleen de beste secretaressen in dienst en betalen meer dan welk juristenkantoor in deze stad dan ook. Je ziet hier de besten, maar niet noodzakelijkerwijs de aantrekkelijksten. We eisen ervaring en rijpheid. Lambert neemt niemand van beneden de dertig in dienst.'

'Eén per jurist?'

'Ja, tot je vennoot bent. Dan krijg je er een bij en die zul je dan ook hard nodig hebben. Nathan Locke heeft er drie, allen met twintig jaar ervaring, en hij zorgt ervoor dat ze het voortdurend heel druk hebben.'

'Waar is zijn kantoor?'

'Vierde verdieping, niet toegankelijk.'

Mitch wilde daar verder op doorgaan, maar deed dat niet.

De kantoren in de hoeken van het gebouw waren het grootst en werden gebruikt door de oudste vennoten, legde Lamar uit. De sterke kantoren, noemde hij ze vol bewondering. Ze waren ingericht conform de smaak van de vennoot en daarbij waren kosten noch moeite gespaard. Ze kwamen pas leeg wanneer de persoon in kwestie overleed of ging rentenieren en dan werd erom gevochten.

Lamar deed het licht in een van die kantoren aan en liep naar binnen, waarna hij de deur weer achter hen sloot. 'Mooi uitzicht, hè?' zei hij, toen Mitch naar het raam liep en naar de rivier keek, die heel langzaam stroomde.

'Hoe krijg je dit kantoor?' vroeg Mitch, terwijl hij een platte schuit bewonderde die voorzichtig onder de brug door laveerde, richting Arkansas.

'Dat kost tijd en als je hier eenmaal zit, ben je zo rijk en ook zo druk bezet, dat je de tijd niet eens hebt om van het uitzicht te genieten.'

'Van wie is dit kantoor?'

'Van Victor Milligan. Hij is hoofd belastingzaken en een heel aardige kerel.

Komt oorspronkelijk uit New England, werkt hier al vijfentwintig jaar en noemt Memphis zijn thuis.' Lamar stak zijn handen in zijn zakken en liep de kamer door. 'De hardhouten vloer en het hardhouten plafond hoorden honderd jaar geleden al bij dit gebouw. In het grootste deel van de kantoren ligt vaste vloerbedekking op de grond, maar op sommige plaatsen was het hout nog niet beschadigd. Als jij hier ooit komt te zitten, kun je kiezen uit een kleed of vaste vloerbedekking.'

'Dat hout staat me wel aan. Wat voor kleed is dit eigenlijk?'

'Een of ander antiek Perzisch tapijt. De geschiedenis ervan ken ik niet. Het bureau is nog gebruikt door zijn overgrootvader, die op Rhode Island rechter of zo was. Dat beweert hij in elk geval. Hij kan van alles en nog wat verzinnen en je weet nooit wanneer hij bezig is met het leggen van een rookgordijn.'

'Waar is hij?'

'Op vakantie, geloof ik. Heb ik je al over onze vakanties verteld?'

'Nee.'

'De eerste vijf jaar krijg je twee weken per jaar. Natuurlijk worden die doorbetaald. Daarna drie weken totdat je een vennoot bent geworden. Dan kun je zo vaak op vakantie gaan als je wilt. Het kantoor heeft een chalet in Vail, een hut aan een meer in Manitoba en twee luxueuze appartementen aan Seven Mile Beach op een van de Cayman Eilanden. Daar kun je gratis gebruik van maken, maar je moet wel tijdig boeken. Vennoten krijgen voorrang. Daarna is het een kwestie van wie het eerste komt, die het eerste maalt. De appartementen zijn erg in trek, omdat de Cayman Eilanden een belastingparadijs zijn. Ik geloof dat Milligan er op dit moment is. Hij zal wel aan het duiken zijn, al gaat dat onder het mom van een zakenreis, die voor de belasting kan worden afgetrokken.'

Mitch had tijdens zijn studie het een en ander over de Cayman Eilanden gehoord en wist dat ze ergens in de Caribische Zee lagen. Hij wilde vragen waar precies, maar hield zich in.

'Maar twee weken?' vroeg hij.

'Ja. Is dat een probleem?'

'Nee, niet echt, maar de kantoren in New York bieden op zijn minst drie weken.' Hij sprak alsof hij dure vakanties de normaalste zaak van de wereld vond, maar dat was niet zo. Met uitzondering van de drie weken die ze als hun huwelijksreis beschouwden, en af en toe een reisje door New England, was hij nooit op vakantie gegaan, en al helemaal niet naar het buitenland.

'Je kunt een week extra verlof krijgen, maar dan wel onbetaald.'

Mitch knikte, alsof dat voor hem aanvaardbaar was. Ze liepen Milligans kantoor uit en de rondleiding werd voortgezet. De kantoren aan de buitenzijden van het gebouw waren alle zonnig en die met uitzicht op de rivier waren het meest in trek. Gewoonlijk werden ze gebruikt door een van de vennoten en er waren wachtlijsten voor, vertelde Lamar.

De vergaderruimten, bibliotheken en bureaus van de secretaressen waren aan de binnenzijde van het gebouw ondergebracht, zodat niemand die daar bezig was, kon worden afgeleid.

De kantoren van de assistenten waren kleiner, maar wel fraai ingericht en veel imposanter dan de kantoren die Mitch in New York en Chicago had gezien. Het kantoor gaf een klein fortuin uit aan binnenhuisarchitecten, zei Lamar. Het geld leek hier aan de bomen te groeien. De jongere juristen waren vriendelijk en spraakzaam en leken de onderbreking van hun werk prettig te vinden. De meesten vertelden Mitch hoe geweldig het kantoor en Memphis waren. Die oude stad krijgt je echt in zijn ban, zeiden ze telkens weer, maar dat duurt wel een tijdje. Ook zij waren benaderd door de grote jongens in Washington en aan Wall Street, maar ze hadden geen spijt van hun keuze.

De vennoten hadden het drukker, maar waren even aardig. Hij was zorgvuldig geselecteerd, kreeg hij telkens weer te horen, en hij zou goed binnen het team passen. Zo'n kantoor was dit. Ze beloofden tijdens de lunch verder met hem te praten.

Een uur eerder had Kay Quin de kinderen achtergelaten bij de kinderverzorgster en het dienstmeisje en was met Abby gaan brunchen in het Peabody. Zij kwam uit een kleine stad, net als Abby. Ze was na haar studietijd met Lamar getrouwd en had drie jaar in Nashville gewoond terwijl Lamar rechten studeerde aan Vanderbilt. Lamar verdiende zoveel geld, dat zij met werken was gestopt en binnen de kortste keren twee kinderen had gekregen. Nu bracht ze het merendeel van haar tijd door met de tuinclub, de hartstichting, de country club, de oudervereniging en de kerk. Ondanks het feit dat ze rijk was, was ze bescheiden en kende geen pretenties. Dat leek ze per se zo te willen houden, ondanks het succes van haar man. Abby had een vriendin gevonden.

Na de croissants dronken ze in de hal van het hotel een kopje koffie en keken toe hoe de eenden in kringetjes om de fontein zwommen. Kay had een snelle rondrit door Memphis voorgesteld, gevolgd door een late lunch ergens in de buurt van haar huis. Ze zouden misschien ook wat kunnen winkelen.

'Hebben ze al melding gemaakt van die lening met een lage rente?' vroeg ze.

'Ja, tijdens het eerste gesprek.'

'Ze willen dat jullie een huis kopen zodra jullie definitief hierheen komen. De meeste mensen kunnen zich vlak na hun rechtenstudie nog geen eigen huis veroorloven, dus verstrekken ze die lening.'

'Voor hoe lang?'

'Dat weet ik niet. Wij zijn hier zeven jaar geleden naartoe verhuisd en hebben in die tijd al weer een ander huis gekocht. Geloof me dat je een huis goedkoop zult kunnen krijgen. Het is een soort ongeschreven wet van het kantoor dat de juristen een eigen huis moeten bezitten.'

'Waarom vinden ze dat zo belangrijk?'

'Om verschillende redenen. In de eerste plaats willen ze dat je hier woont. Ze gaan heel selectief te werk en krijgen gewoonlijk degene die ze hebben willen. Maar Memphis is niet direct een wereldstad, dus moeten ze meer bieden. Verder eist het kantoor veel, zeker van de assistenten. Overwerken is normaal. Soms werken ze tachtig uur per week en vaak zijn ze voor langere tijd van huis weg. Voor jou zal het niet makkelijk zijn en dat weten ze. Hun theorie luidt dat een goed huwelijk een gelukkige jurist betekent, en een gelukkige jurist een produktieve jurist, dus gaat het in feite altijd om het maken van winst.

Verder is er nog een andere reden. Die kerels – het zijn allemaal kerels, geen vrouwen – zijn heel trots op hun rijkdom en van iedereen wordt verwacht dat je er rijk uitziet en je daarnaar gedraagt. Het zou voor het kantoor een belediging zijn wanneer een assistent in een appartement moest wonen. Ze willen dat je een huis betrekt en na vijf jaar een groter huis. Als we vanmiddag nog wat tijd over hebben, zal ik je een aantal huizen van de vennoten laten zien. Daarna zul je geen bezwaar meer hebben tegen werkweken van tachtig uur.'

'Daar ben ik nu al aan gewend.'

'Dat is prima, maar een rechtenstudie laat zich hier echt niet mee vergelijken. Als de belastingaangiften de deur uit moeten, werken ze soms wel honderd uur per week.'

Abby glimlachte en schudde haar hoofd, alsof ze daar behoorlijk van onder de indruk was. 'Werk jij?'

'Nee. De meeste echtgenotes werken niet. Er is geld genoeg, dus hoeven we niet te werken, en onze echtgenoten geven ons weinig hulp bij de verzorging van de kinderen. Natuurlijk is werken niet verboden.'

'Door wie verboden?'

'Door het kantoor.'

'Dat hoop ik maar.' Abby herhaalde het woord 'verboden' nog eens voor zichzelf, maar ging er niet verder op door.

Kay nam een slokje koffie en keek naar de eenden. Een klein jochie liep van zijn moeder weg en ging bij de fontein staan. 'Ben jij van plan aan kinderen te beginnen?' vroeg Kay.

'Over een paar jaar misschien.'

'Het krijgen van kinderen wordt aangemoedigd.'

'Door wie?'

'Het kantoor.'

'Wat zou dat het kantoor nu kunnen schelen?'

'Ook in dit geval gaat het om stabiele gezinnen. Van een pasgeboren baby wordt veel werk gemaakt. Ze sturen bloemen en geschenken naar het ziekenhuis en je wordt als een koningin behandeld. Je man krijgt een week vrij, maar hij zal het te druk hebben om daar gebruik van te kunnen maken. Verder storten ze alvast duizend dollar voor een studiebeurs. Het is echt heel leuk.'

'Klinkt als een grote broederschap.'

'Het is eerder een grote familie. Ons sociale leven draait om het kantoor en dat is belangrijk, omdat we geen van allen uit Memphis komen.'

'Dat is leuk, maar ik wil niet dat iemand me voorschrijft wanneer ik moet werken, wanneer ik ermee moet ophouden en wanneer ik aan kinderen moet beginnen.'

'Maak je geen zorgen. Ze beschermen elkaar in hoge mate, maar bemoeien zich niet met privé-aangelegenheden.'

'Dat begin ik me af te vragen.'

'Abby, ontspan je. We zijn echt net een grote familie. Het zijn geweldige mensen en Memphis is een schitterende oude stad om in te wonen. Het leven gaat hier

nog niet zo snel. Je hebt waarschijnlijk de grotere steden nog in gedachten. Dat is ons ook overkomen, maar nu verkies ik Memphis ver boven die grote steden.'
'Krijg ik nu die rondleiding?'
'Daarom ben ik hier. Ik zou in het centrum willen beginnen, om dan naar het oosten te gaan, naar de leukere wijken. Misschien kunnen we daar een paar huizen bekijken en dan gaan lunchen in mijn favoriete restaurant.'
'Lijkt me leuk.'
Kay betaalde voor de koffie, net zoals ze dat voor de brunch had gedaan, en ze reden van het Peabody weg in de nieuwe Mercedes van de familie Quin.

De eetkamer, zoals hij eenvoudig werd genoemd, bevond zich op de vijfde verdieping. De grote ramen boden een schitterend uitzicht op de rivier met de vele platte schuiten, dokken en bruggen.
De kamer was een soort beschermd grondgebied, een heiligdom voor die juristen die getalenteerd en ambitieus genoeg waren om tot vennoot te worden benoemd. Ze kwamen elke dag bij elkaar voor een lunch die werd bereid door Jessie Frances, een zeer grote, temperamentvolle oude negerin, en werd geserveerd door haar echtgenoot Roosevelt, die witte handschoenen droeg en een verschoten, tweedehands smoking die hem door de heer Bendini kort voor diens dood persoonlijk was gegeven. Soms kwamen ze er ook 's morgens bij elkaar om bij koffie en een broodje zakelijke aangelegenheden te bespreken, en heel soms ook in de namiddag voor het nuttigen van een glas wijn ter ere van een goede maand of een uitzonderlijk hoog honorarium. De kamer was alleen voor de vennoten toegankelijk, met uitzondering van af toe een gast, zoals een heel rijke cliënt of een mogelijke rekruut. De assistenten mochten er twee keer per jaar dineren, niet meer dan dat. Daar werden lijsten van bijgehouden, en het moest ook nog eens gebeuren op uitnodiging van een van de vennoten.
Aan de eetkamer grensde een kleine keuken, het domein van Jessie Frances. Daar had ze zesentwintig jaar eerder de eerste maaltijd bereid voor de heer Bendini en een paar anderen. Zesentwintig jaar lang had ze zuidelijke gerechten bereid en verzoeken genegeerd om te experimenteren met andere schotels waarvan ze de naam nauwelijks kon uitspreken. 'Als u het niet lekker vindt, moet u het niet opeten,' was onveranderlijk haar reactie. Te oordelen naar de restanten die Roosevelt moest opruimen, genoot iedereen van haar maaltijden. Op de maandagen plakte ze de menu's aan. Elke dag moesten de reserveringen om tien uur 's morgens binnen zijn en als iemand een afspraak annuleerde of niet kwam opdagen, kon ze hem dat jarenlang kwalijk blijven nemen. Zij en Roosevelt werkten elke dag vier uur en kregen daarvoor ieder duizend dollar per maand.
Mitch nam samen met Lamar Quin, Oliver Lambert en Royce McKnight aan een tafeltje plaats.
'Ze heeft het vet vandaag in de pan gelaten,' zei Lambert, toen het voorgerecht was geserveerd.
'Het is heerlijk,' zei Mitch.
'Ben jij gewend aan vet eten?'
'Ja, want zo wordt in Kentucky gekookt.'

25

'Ik ben in 1955 voor dit kantoor komen werken,' zei McKnight, 'en ik kom oorspronkelijk uit New Jersey. Uit achterdocht mijd ik zoveel mogelijk zuidelijke gerechten. Alles wordt immers met dierlijke vetten klaargemaakt? Maar toen besloot de heer Bendini dit cafeetje te openen. Hij nam Jessie Frances in de arm en sinds die tijd, nu twintig jaar, heb ik last van maagzuur. Gebakken rijpe tomaten, gebakken groene tomaten, gebakken aubergines, gebakken okra, alles wordt gebakken. Op een dag heeft Victor Milligan daar eens een opmerking over gemaakt. Hij komt immers uit Connecticut? Toen zorgde Jessie Frances voor gebakken augurken. Kun je je dat voorstellen? Milligan heeft daar tegenover Roosevelt een lelijke opmerking over gemaakt, en die heeft dat doorgegeven aan Jessie Frances. Toen is ze via de achterdeur vertrokken en een week lang weggebleven. Roosevelt wilde wel werken, maar dat mocht hij niet van haar. Toen heeft de heer Bendini alles gladgestreken en was ze bereid terug te komen, mits er verder geen klachten meer kwamen. Ze is toen echter wel minder vet gaan gebruiken en ik denk dat we daar allemaal tien jaar langer door zullen leven.'
'Het is heerlijk,' zei Lamar en beboterde nog een broodje.
'Het is altijd heerlijk,' zei Lambert, toen Roosevelt langs hem liep. 'Haar eten is nogal zwaar en je zult er beslist niet magerder van worden. Toch slaan we een lunch slechts zelden over.'
Mitch at voorzichtig, praatte zenuwachtig over koetjes en kalfjes en probeerde de indruk te wekken dat hij zich volkomen op zijn gemak voelde. Dat was moeilijk. Hij had het gevoel zich op gewijde grond te bevinden, omgeven als hij in deze luxueuze eetkamer was door zo succcesrijke juristen die allen miljonair waren. Lamars aanwezigheid stelde hem wat gerust, net als die van Roosevelt.
Toen het duidelijk was dat Mitch klaar was met eten, veegde Oliver Lambert zijn mond af, ging langzaam staan en tikte met zijn lepel tegen het theeglas. 'Heren, mag ik even uw aandacht?'
Het werd stil toen de twintig vennoten naar de hoofdtafel keken. Ze hadden hun servetten neergelegd en staarden naar de gast. Ergens lag op ieders bureau een kopie van het dossier. Twee maanden eerder hadden ze anoniem op Mitch gestemd. Ze wisten dat hij zes kilometer per dag hardliep, niet rookte, allergisch was voor sulfieten, geen amandelen meer had, in een blauwe Mazda reed en een krankzinnige moeder had. Ze wisten dat hij, als hij ziek was, nooit iets sterkers slikte dan een aspirientje en dat hij dorstig genoeg was om honderd uur per week te willen werken wanneer ze dat van hem vroegen. Ze vonden hem aardig. Hij zag er goed en atletisch uit: een echte man, met een briljante geest en een slank lijf.
'Zoals u allen weet, hebben we vandaag een heel speciale gast: Mitch McDeere. Hij zal binnenkort aan Harvard cum laude afstuderen...'
'Bravo!' zeiden een paar Harvard-alumni.
'Dank u. Hij en zijn vrouw Abby logeren dit weekend als onze gasten in het Peabody. Mitch zal als een van de beste vijf van zijn driehonderd jaargenoten afstuderen en er is nu al veel vraag naar hem. Wij willen hem hier hebben en ik weet dat u allen nog even met hem zult spreken voordat hij weer vertrekt. Vanavond zal hij dineren met Lamar en Kay Quin, en morgenavond geef ik een diner bij

mij thuis. Daar wordt u allen voor uitgenodigd.' Mitch glimlachte verlegen naar de vennoten terwijl Lambert verder ging over de grootsheid van het kantoor. Toen hij daarmee klaar was, gingen ze verder met het dessert, dat door Roosevelt werd geserveerd: broodpudding en koffie.

Kay's favoriete restaurant was een chic etablissement in het westelijke deel van Memphis, waar veel jonge, rijke mensen kwamen. Overal hingen varens en uit de jukebox kwam alleen muziek uit het begin van de jaren zestig. De daiquiri's werden geserveerd in grote glazen, die je mee naar huis mocht nemen.
'Eén is meer dan voldoende,' waarschuwde Kay.
'Ik drink heel weinig.'
Ze bestelden de quiche van die dag en namen een slokje van hun daiquiri.
'Drinkt Mitch?'
'Heel weinig. Hij is een atleet en zorgt erg goed voor zijn lichaam. Af en toe een biertje of een glas wijn, niets sterkers. Hoe zit dat met Lamar?'
'Ongeveer hetzelfde. Tijdens zijn rechtenstudie heeft hij het bier ontdekt, maar hij moet zijn gewicht goed in de gaten houden. Het kantoor keurt drinken niet goed.'
'Dat is bewonderenswaardig, maar waarom bemoeien ze zich daarmee?'
'Omdat alcohol en juristen net zoiets is als bloed en vampieren. De meeste juristen drinken erg veel en daardoor is alcoholisme een plaag aan het worden. Ik denk dat ze er in hun studietijd mee beginnen. Op Vanderbilt was altijd wel iemand een vat bier aan het leegtappen. Op Harvard zal het wel niet anders zijn. Juristen staan zwaar onder druk en dat betekent veel drank. De mannen van het kantoor zijn geen geheelonthouders, begrijp me goed, maar ze houden hun drankgebruik wel goed in de gaten. Een gezonde jurist is een produktieve jurist.'
'Daar zit wel wat in, denk ik. Mitch zegt dat niemand ooit opstapt.'
'Ik kan me in elk geval niet herinneren dat er in de zeven jaar dat wij hier nu zijn, wel eens iemand is vertrokken. Het salaris is geweldig en ze kijken heel goed uit wie ze in dienst nemen. Ze willen niet iemand hebben die van huis uit al geld heeft.'
'Ik geloof niet dat ik dat begrijp.'
'Ze nemen geen jurist in dienst die nog andere bronnen van inkomsten heeft. Ze willen mensen hebben die jong zijn en naar geld dorsten. Het is een kwestie van loyaliteit. Wanneer al je geld uit één bepaalde bron komt, ben je geneigd die bron heel trouw te zijn. Het kantoor eist een maximale loyaliteit. Lamar zegt dat er nooit over weggaan wordt gesproken. Ze zijn allemaal gelukkig en rijk, of bezig rijk te worden. Als iemand weg zou willen, zou hij geen kantoor vinden dat bereid was hem zo'n hoog salaris te bieden. Ze zullen Mitch bieden wat nodig is om hem hierheen te halen. Ze zijn er heel trots op meer te betalen dan wie dan ook.'
'Waarom zijn er geen vrouwelijke juristen?'
'Dat hebben ze een keer geprobeerd. Ze was een echt kreng en er was op kantoor voortdurend herrie. De meeste vrouwelijke juristen zijn lichtgeraakt en op ruzie uit. Ze zijn moeilijk in de omgang. Lamar zegt dat ze bang zijn een vrouw aan

te nemen, omdat ze haar niet zouden kunnen ontslaan wanneer ze niet mocht bevallen.'

De quiche werd geserveerd en ze bestelden geen nieuwe daiquiri. De stemming in het restaurant werd vrolijk. Uit de jukebox kwam de zachte stem van Smokey Robinson.

'Ik heb een geweldig idee,' zei Kay. 'Ik ken een vrouwelijke makelaar. Zullen we haar eens opbellen om wat huizen te gaan bekijken?'

'Wat voor huizen?'

'Huizen voor jou en Mitch. Voor de nieuwste assistent van Bendini, Lambert & Locke. Zij kan je beslist meerdere huizen laten zien die jullie budget niet te boven gaan.'

'Ik weet helemaal niet over welk budget we zullen beschikken.'

'Ik denk dat jullie je een huis kunnen veroorloven van ergens tussen de honderdduizend en de honderdvijftigduizend dollar. De laatst aangestelde assistent heeft een huis in Oakgrove gekocht en ik weet zeker dat hij daar iets dergelijks voor heeft betaald.'

Abby boog zich naar voren en fluisterde bijna: 'Hoeveel zouden we dan per maand moeten gaan betalen?'

'Dat weet ik niet, maar jullie zullen er niet door in de problemen komen. Zo'n duizend dollar per maand, misschien iets meer.'

Abby staarde haar aan en slikte. De kleine appartementen in Manhattan kostten al twee keer zoveel! 'Prima, laten we haar maar eens opbellen.'

Het kantoor van Royce McKnight zag er indrukwekkend uit en had een schitterend uitzicht. Het bevond zich in een van de zeer gewilde hoeken op de vierde verdieping. Lamar excuseerde zich en de beherend vennoot vroeg Mitch plaats te nemen aan de kleine vergadertafel naast de bank. Een secretaresse werd op koffie uit gestuurd.

McKnight vroeg hem wat hij tot dusverre van zijn bezoek vond en Mitch zei dat hij behoorlijk onder de indruk was.

'Mitch, ik wil nu nadere details van ons aanbod met je bespreken.'

'Prima.'

'Het basissalaris is tachtigduizend in het eerste jaar. Als je het examen hebt gehaald waarmee je voor de rechtbank mag pleiten, krijg je een salarisverhoging van vijfduizend dollar. Dat examen wordt ergens in augustus afgenomen, dus zul je het merendeel van de zomer bezig zijn je daarop voor te bereiden. Sommige vennoten zullen je daarbij uitgebreid begeleiden. Dat gebeurt voornamelijk tijdens de normale kantooruren. Zoals je weet, zou je op de meeste kantoren meteen moeten werken en je studie daarna in je vrije tijd moeten afronden. Bij ons is dat ongehoord. Geen enkele assistent heeft het desbetreffende examen niet in één keer gehaald en we zijn niet bang dat jij met die traditie zult breken. Dus tachtigduizend om mee te beginnen, en na een half jaar vijfentachtigduizend. Als je hier eenmaal een jaar bent, wordt je salaris verhoogd naar negentigduizend. Verder krijg je elke maand december een bonus, gebaseerd op de winst die de twaalf maanden daarvoor is gemaakt, en de geleverde prestaties. Het afgelopen jaar bedroeg de gemiddelde bonus voor assistenten negenduizend. Zoals je weet, komt het hoogst zelden voor dat een juristenkantoor assistenten in de winst laat delen. Heb je nog vragen over het salaris?'

'Wat gebeurt er na het tweede jaar?'

'Elk jaar wordt je salaris met ongeveer tien procent verhoogd, tot je vennoot bent geworden. Salarisverhogingen en bonussen worden echt niet gegarandeerd. Ze worden, zoals gezegd, gebaseerd op geleverde prestaties.'

'Dat lijkt me eerlijk.'

'Zoals je weet, is het voor ons heel belangrijk dat je een huis koopt. Dat zorgt voor extra stabiliteit en prestige en dat vinden we zeker voor de assistenten heel belangrijk. Het kantoor zal je een hypotheek met een lage rente geven. Vast rentetarief voor een periode van dertig jaar. Mocht je het eerste huis binnen een paar jaar willen verkopen, vervalt die lening. Die wordt alleen voor de eerste aankoop verstrekt. Daarna moet je het alleen zien te redden.'

'Hoe hoog is de rente?'

'Zo laag mogelijk, al moeten we natuurlijk voorkomen dat we er problemen door krijgen met de belastingdienst. Op dit moment is de marktrente zo ongeveer tien procent. Wij moeten je zeven tot acht procent kunnen bieden. Wij behartigen de belangen van enige banken en die zijn bereid ons ter wille te zijn. Met jouw salaris zul je voor zo'n lening zonder meer in aanmerking komen. Zo nodig is het kantoor bereid borg te gaan staan.'

'Dat is heel vrijgevig, meneer McKnight.'

'Voor ons is het belangrijk, en wij zullen er geen geld bij inschieten. Zodra je eenmaal een huis hebt gevonden, zal onze afdeling onroerend goed alles afhandelen. Het enige dat je dan nog hoeft te doen, is verhuizen.'

'Hoe zit het met de BMW?'

McKnight grinnikte. 'Daar zijn we een jaar of tien geleden mee begonnen en het is gebleken een aardig lokmiddel te zijn. Het is heel eenvoudig. Jij kiest een BMW uit, een van de kleinere. Die leasen wij dan voor drie jaar en geven jou de sleuteltjes. Wij betalen de verzekeringen en het onderhoud. Aan het einde van die drie jaar kun jij hem voor een redelijke prijs van de lease-maatschappij kopen. Ook dat is een eenmalige aanbieding.'

'Het is heel verleidelijk.'

'Dat weten we.'

McKnight keek naar zijn aantekenboekje. 'Wij dekken voor het hele gezin alle kosten van artsen en tandartsen, zwangerschappen, jaarlijkse controles, beugels. Alles wordt door het kantoor betaald.'

Mitch knikte, maar was daar niet van onder de indruk, want het was een standaardprocedure.

'Verder hebben we een pensioenregeling die haar gelijke niet kent. Elke dollar die jij investeert, wordt door het kantoor verdriedubbeld, mits je minstens tien procent van je basissalaris opzij legt. Je start met tachtigduizend, dus laten we zeggen dat je in het eerste jaar achtduizend voor je pensioen reserveert. Het kantoor doet daar zestienduizend bij, zodat je na het eerste jaar al vierentwintigduizend hebt. Een man in New York belegt dat geld en vorig jaar heeft ons pensioenfonds een rente van bijna negentien procent opgeleverd. Niet slecht. Wanneer je twintig jaar lang investeert, ben je op je vijfenveertigste miljonair. Er is echter wel een voorwaarde aan verbonden. Als je hier vertrekt voordat die twintig jaar zijn verstreken, verlies je alles, behalve het door jezelf geïnvesteerde geld, zonder toegevoegde rente.'

'Dat lijkt me een nogal harde maatregel.'

'Integendeel. Het is behoorlijk vrijgevig. Noem mij maar eens een ander kantoor dat aan een dollar twee dollar wil toevoegen. Voor zover ik weet doet verder niemand dat. Het is onze manier om voor onszelf te zorgen. Veel vennoten van ons gaan op hun vijftigste al rentenieren, sommigen al op hun vijfenveertigste. Verplichte pensionering kennen wij niet en sommigen werken door tot hun zestigste of zeventigste. Dat mag een ieder zelf bepalen. Wij willen alleen een royaal pensioen zeker stellen en een vroege pensionering mogelijk maken.'

'Hoeveel gepensioneerde vennoten zijn er?'

'Een stuk of twintig. Je zult hen af en toe wel eens zien. Ze komen nog altijd graag lunchen en sommigen hebben hier zelfs nog kantoorruimte. Heeft Lamar je al over de vakanties verteld?'

'Ja.'

'Prima. Je moet vroeg boeken, zeker voor Vail en de Cayman Eilanden. Je reis moet je zelf betalen, maar de huisvesting is gratis. We doen veel zaken op de eilanden en af en toe zullen we je er een paar dagen naartoe sturen voor een zogenaamde zakenreis. Dergelijke reisjes worden niet als vakantie genoteerd en je krijgt zo ongeveer eens per jaar zo'n kans. We werken hard, Mitch, en weten hoe belangrijk vrije tijd kan zijn.'

Mitch knikte instemmend en droomde dat hij in het Caribisch gebied op een zonovergoten strand met een piña colada in zijn hand naar heel kleine bikini's lag te kijken.

'Heeft Lamar je al verteld over de bonus die je krijgt wanneer je het contract ondertekent?'

'Nee, maar het klinkt interessant.'

'Als je voor ons kantoor gaat werken, krijg je een cheque van vijfduizend dollar. We zouden graag zien dat je het merendeel daarvan uitgeeft aan een nieuwe garderobe. Na zeven jaar te hebben rondgelopen in spijkerbroeken en flanellen shirtjes, zul je waarschijnlijk weinig kostuums hebben en daar zijn wij ons van bewust. Het uiterlijk is voor ons heel belangrijk. We verwachten van onze juristen dat ze zich perfect en conservatief kleden. Een kledingcode is er niet, maar je zult wel begrijpen wat ik bedoel.'

Had hij vijfduizend dollar gezegd? Voor kleren? Mitch had maar twee kostuums, en een ervan had hij aan. Hij hield zijn gezicht in de plooi en glimlachte niet.

'Nog vragen?'

'Ja. De grote kantoren zijn erom berucht dat ze de assistenten hondsvermoeiend en doodsaai onderzoek laten doen en hen de eerste drie jaar in een bibliotheek opgesloten houden. Dat wil ik niet. Ik vind het niet erg om onderzoek te doen en ik besef dat ik onder aan de ladder moet beginnen. Maar ik wil niet voor heel het kantoor het onderzoek moeten doen, om vervolgens niets anders te kunnen schrijven dan memo's. Ik wil met echte cliënten en hun problemen kunnen werken.'

McKnight luisterde aandachtig en wachtte even voordat hij het gerepeteerde antwoord onder woorden bracht. 'Mitch, dat begrijp ik. Je hebt gelijk. Op de grote kantoren is dat echt een probleem, maar hier niet. De eerste drie maanden zul je weinig anders kunnen doen dan studeren voor je rechtbankexamen. Zodra je dat achter de rug hebt, kun je praktijkervaring gaan opdoen. Je zult worden toegewezen aan een van de vennoten, en zijn cliënten zullen jouw cliënten worden. Je zult voor hem veel onderzoek moeten verrichten, en natuurlijk ook voor je eigen werk, en af en toe zul je het verzoek krijgen een van de anderen te helpen. We willen dat je gelukkig bent en zijn trots op het feit dat niemand hier ooit weggaat. We zijn tot veel bereid om een carrière op het juiste spoor te houden. Als je het niet met de ene vennoot kunt vinden, zullen we je toewijzen aan een van de anderen. Als je merkt dat je belastingzaken toch niet zo aantrekkelijk vindt, mag je het proberen met aandelen of bankzaken. Jij bent degene die zo'n besluit neemt. Het kantoor zal binnenkort veel geld gaan investeren in Mitch McDeere en we willen dat hij produktief is.'

Mitch nam een slokje van zijn koffie en zocht naar een andere vraag. McKnight keek op zijn lijst.

'We zullen alle verhuiskosten naar Memphis voor onze rekening nemen.'

'Hoog zullen die niet zijn, want we hebben slechts een kleine verhuiswagen nodig.'

'Verder nog iets, Mitch?'

'Nee. Ik zou in elk geval niets kunnen bedenken.'

De lijst werd opgevouwen en in het dossier gestopt. De vennoot zette zijn beide ellebogen op de tafel neer en boog zich naar voren. 'Mitch, we willen je niet onder druk zetten, maar we zouden wel graag zo snel mogelijk je beslissing willen vernemen. Als je mocht besluiten ergens anders te gaan werken, moeten wij op zoek gaan naar een nieuwe gegadigde. Dat is een langdurig proces en we zouden graag willen dat de nieuwe man hier op de eerste juli start.'

'Kunt u genoegen nemen met een termijn van tien dagen?'

'Dat is prima. Zullen we de dertigste maart afspreken?'

'Uitstekend, maar ik zal voor die tijd contact met u opnemen.' Mitch excuseerde zich en zag Lamar, die in de gang voor het kantoor van McKnight stond te wachten. Ze spraken af om zeven uur te gaan dineren.

3

Op de vijfde verdieping van het Bendini Building waren geen kantoren. De eetkamer en de keuken van de vennoten namen het westelijke deel in beslag. In het midden waren enige ongebruikte opslagruimten, en een dikke betonnen muur sloot de rest van de verdieping af. Midden in die muur was een kleine metalen deur met een knop ernaast en een camera erboven. Die deur gaf toegang tot een kleine kamer, waar een gewapende bewaker een reeks monitoren van gesloten televisiecircuits in de gaten hield. Achter die kamer liep een gang zigzaggend tussen kleine kantoorruimten en werkkamers door, waar allerlei figuren in het geheim informatie controleerden en verzamelden. De ramen aan de buitenzijden waren geverfd en van luiken voorzien. Het zonlicht kreeg de kans niet het fort binnen te dringen.

DeVasher, hoofd van de bewakingsdienst, had het grootste van de kleine, eenvoudig ingerichte kantoorruimten. De muren waren kaal, met uitzondering van een enkele oorkonde waaruit bleek dat hij dertig jaar lang als rechercheur dienst had gedaan bij de politie van Los Angeles. Hij had een gemiddelde lengte en een klein buikje, zware schouders, een brede borst en een immens, rond hoofd dat slechts heel aarzelend kon glimlachen. De bovenste knoopjes van zijn gekreukte overhemd waren los, waardoor zijn dikke nek de ruimte had. Aan de kapstok hingen een dikke polyester das en een afgedragen blazer.

De maandagmorgen na het bezoek van McDeere stond Oliver Lambert voor de kleine metalen deur en staarde naar de camera erboven. Hij drukte tweemaal op de knop, wachtte en mocht toen doorlopen. Snel ging hij naar het kantoor van DeVasher, die een sigaar rookte en net zo lang de papieren op zijn bureau verschoof tot er weer wat hout te zien was.

'Morgen, Ollie. Ik neem aan dat je over McDeere wilt praten?'

DeVasher was de enige persoon in het Bendini Building die hem recht in zijn gezicht Ollie noemde.

'Ja, onder andere.'

'Hij heeft zich prima geamuseerd, was onder de indruk van het kantoor, vond Memphis niet onaardig en zal waarschijnlijk aanmonsteren.'

'Waar waren jouw mensen?'

'In de kamers links en rechts van zijn hotelsuite, waarin natuurlijk afluisterapparatuur was aangebracht, net als in de limousine en ga zo maar door. Zijn telefoon hebben we afgetapt. De gebruikelijke procedure, Ollie.'

'Kom eens met nadere details.'

'Goed. Donderdagavond hebben ze zich laat ingeschreven en zijn naar bed gegaan. Gesproken werd er weinig. Vrijdagavond heeft hij haar alles verteld over het kantoor en de mensen die er werken en zei dat jij een heel aardige man was. Ik dacht dat je het wel leuk zou vinden om dat te horen.'

'Ga verder.'

'Hij heeft haar verteld over de fraaie eetkamer, zijn lunch met de vennoten, en wat het aanbod allemaal inhield. Toen raakten ze vrijwel door het dolle heen. Het was veel beter dan de andere aanbiedingen die hij heeft gekregen. Zij wil een huis met een oprijlaan, een zijpad, bomen en een achtertuin. Hij zei dat ze zoiets kon krijgen.'

'Enige vervelende opmerkingen over het kantoor?'

'Niet echt. Hij heeft opgemerkt dat hier geen zwarten of vrouwen werken, maar dat leek hij niet erg te vinden.'

'Hoe zit het met zijn vrouw?'

'Die heeft zich geweldig geamuseerd. Ze vindt de stad leuk en zij en de vrouw van Quin konden het kennelijk uitstekend met elkaar vinden. Vrijdagmiddag hebben ze naar huizen gekeken en ze heeft er een paar gezien die ze leuk vond.'

'Heb je adressen?'

'Natuurlijk, Ollie. Zaterdagmorgen hebben ze de limousine laten voorrijden en zijn de hele stad door gereden. Ze waren erg onder de indruk van de slee. Onze chauffeur is uit de buurt van de beroerdere wijken gebleven en ze hebben toen nog meer huizen bekeken. Ik denk dat ze hun keuze al hebben gemaakt. East Meadowbrook nummer 1231. Dat huis staat leeg. Een makelaar die Betsy Bell heet, heeft hun het huis laten zien. Ze vragen er honderdveertig duizend dollar voor, maar het zal wel voor minder weggaan, omdat de verkopers haast hebben.'

'Dat is een leuk deel van de stad. Hoe oud is het huis?'

'Tien, vijftien jaar. Vrij veel grond erbij, oogt koloniaal. Beslist geschikt voor een van jouw jongens, Ollie.'

'Weet je zeker dat ze dat huis willen hebben?'

'Voorlopig in elk geval wel. Ze zijn van plan over een maand terug te komen om nog meer huizen te bekijken.'

'In orde. Wat heeft hij over het salaris gezegd?'

'Daar was hij erg van onder de indruk. Hoogste bod dat hem tot dusverre was gedaan. Ze hebben het eindeloos over het geld gehad. Salaris, pensioen, hypotheek, BMW, bonus, alles. Ze konden het niet geloven. Die jonge mensen moeten financieel echt vrijwel aan de grond zitten.'

'Dat zitten ze ook. Dus hij zal wel happen?'

'Daar durf ik mijn kop bijna onder te verwedden. Hij heeft een keer gezegd dat dit kantoor misschien niet zoveel prestige heeft als de kantoren aan Wall Street, maar dat de juristen even goed waren en veel aardiger. Ik denk wel dat hij het contract zal ondertekenen.'

'Koestert hij achterdocht?'

'Niet echt. Quin heeft hem kennelijk gezegd dat hij uit de buurt moest blijven van het kantoor van Locke. Hij heeft zijn vrouw verteld dat niemand er kwam, behalve secretaressen en een handjevol vennoten. Hij vertelde ook dat Quin had gezegd dat Locke excentriek en niet zo vriendelijk was. Ik geloof echter niet dat hij achterdochtig is geworden. Zij maakte de opmerking dat het kantoor zich leek te bemoeien met sommige dingen waar het niets mee te maken had.'

'Zoals?'

'Persoonlijke aangelegenheden. Kinderen, werkende echtgenotes en dergelijke. Dat leek haar lichtelijk te irriteren, maar volgens mij hoeven we er verder niets achter te zoeken. Zaterdagmorgen zei ze tegen Mitch dat ze zich door een stelletje juristen niet zou laten voorschrijven wanneer ze kon werken en wanneer ze kinderen moest krijgen. Maar zoals gezegd: volgens mij zal dat geen problemen opleveren.'

'Beseft hij hoe permanent deze functie is?'

'Dat denk ik wel. Er is niet gesproken over een paar jaar werken en dan vertrekken. Ik denk dat die boodschap goed is overgekomen. Net als alle anderen wil hij vennoot worden. Hij zit op zwart zaad en wil het geld hebben.'

'Wat heb je te melden over het diner bij mij thuis?'

'Ze waren zenuwachtig, maar hebben zich best geamuseerd. Ze waren heel erg onder de indruk van jouw huis en vonden je vrouw aardig.'

'Seks?'

'Elke avond. Het leek wel een huwelijksreis.'

'Wat deden ze?'

'Vergeet niet dat we niets hebben kunnen zien, maar het klonk normaal. Geen rare dingen. Ik moest aan jou denken en ik bleef tegen mezelf zeggen dat we voor die goeie ouwe Ollie eigenlijk een paar verborgen camera's hadden moeten aanbrengen, omdat hij zo stapel op die filmpjes is.'

'DeVasher, houd je mond.'

'Volgende keer misschien.'

Ze zwegen en DeVasher keek in een aantekenboekje. Hij maakte zijn sigaar in de asbak uit en glimlachte in zichzelf.

'Alles bij elkaar is het een stevig huwelijk. Ze lijken op heel intieme voet met elkaar te verkeren. Je chauffeur zei dat ze het hele weekend elkaars hand hebben vastgehouden. Drie dagen lang is er geen kwaad woord gevallen. Dat is nogal wat. Maar wie ben ik om daarover te oordelen? Ik ben drie keer getrouwd geweest.'

'Kinderen?'

'Over een paar jaar. Ze wil eerst wat werken en dan zwanger raken.'

'Wat vind jij van die kerel?'

'Hij is een heel goeie, heel fatsoenlijke jongeman. Ook zeer ambitieus. Ik denk dat hij een gedrevene is en niet zal rusten voordat hij de top heeft bereikt. Hij zal best wel eens een risico willen nemen, of de regels zo nodig wat kunnen aanpassen.'

Ollie glimlachte. 'Dat wilde ik horen.'

'Twee telefoongesprekken, beide naar haar moeder in Kentucky. Niets opmerkelijks.'

'Zijn familie?'

'Niet één keer genoemd.'

'Niets over Ray?'

'Ollie, we zijn nog aan het zoeken. Je moet ons wat tijd gunnen.'

DeVasher sloot het dossier van McDeere en maakte een ander open, dat veel dikker was. Lambert masseerde zijn slapen en staarde naar de grond. 'Wat is het laatste nieuws?' vroeg hij zacht.

'Het gaat niet goed, Ollie. Ik ben ervan overtuigd dat Hodge en Kozinski nu samenwerken. Vorige week heeft de FBI een huiszoekingsbevel gekregen voor het huis van Kozinski. Toen is onze afluisterapparatuur gevonden. Ze hebben hem van het bestaan daarvan op de hoogte gesteld, maar natuurlijk weten ze niet door wie alles is aangebracht. Kozinski heeft het afgelopen vrijdag aan Hodge verteld, in de bibliotheek op de derde verdieping. Daar vlakbij hebben we een microfoon, dus hebben we delen van dat gesprek kunnen opvangen. Ze zijn ervan overtuigd dat overal afluisterapparatuur is aangebracht en daar verdenken ze ons van. Ze zijn heel voorzichtig wanneer ze met elkaar praten.'

'Waarom heeft de FBI in vredesnaam een huiszoekingsbevel aangevraagd?'

'Goeie vraag. Waarschijnlijk omwille van ons. Om alles een legaal aanzien te geven. Ze hebben respect voor ons.'

'Welke agent?'

'Tarrance. Die heeft kennelijk de leiding.'

'Is hij goed?'

'Hij kan ermee door. Jong, groen, wat al te ijverig, maar competent. Hij is echter niet tegen onze mensen opgewassen.'

'Hoe vaak heeft hij met Kozinski gesproken?'

'Dat kunnen we op geen enkele manier vaststellen. Ze denken dat we meeluisteren, dus is iedereen heel voorzichtig. We zijn op de hoogte van vier besprekingen gedurende de afgelopen maand, maar ik vermoed dat het er meer zijn geweest.'

'Wat heeft hij allemaal verteld?'

'Niet al te veel, hoop ik. Ze zijn nog aan het schaduwboksen. Het laatste gesprek dat we hebben afgeluisterd dateert van een week geleden en toen heeft hij niet veel gezegd. Hij is heel erg bang. Ze proberen hem tot uitspraken te verlokken, maar worden daar niet veel wijzer van. Hij heeft nog niet tot samenwerking besloten. Je moet niet vergeten dat zij hem hebben benaderd. In elk geval denken wij dat. Ze hebben hem behoorlijk aan het schrikken gemaakt en toen leek hij bereid het met hen op een akkoordje te gooien. Nu schijnt hij zich echter te bedenken. Maar hij onderhoudt nog wel contacten met hen en daar maak ik me zorgen over.'

'Is zijn vrouw ervan op de hoogte?'

'Dat geloof ik niet. Ze weet dat hij raar doet en hij zegt dat het komt door de werkdruk.'

'Hoe zit het met Hodge?'

'Die heeft voor zover we weten nog niet met de FBI gepraat. Hij en Kozinski praten veel met elkaar, of misschien zou ik beter kunnen zeggen dat ze met elkaar fluisteren. Hodge blijft zeggen dat hij doodsbang is voor de FBI, dat ze geen eerlijk spel spelen en iedereen bedriegen. Hij zal zonder Kozinski niets ondernemen.'

'Stel dat Kozinski wordt geëlimineerd?'

'Dan zal Hodge een heel andere man worden, maar ik geloof niet dat we dat punt al hebben bereikt. Verdomme, Ollie, hij is niet de een of andere heetgebakerde boef die ons voor de voeten loopt. Hij is een heel aardige jonge kerel, met kinderen en zo.'

'Je medelijden is overweldigend. Je denkt, geloof ik, dat ik hiervan geniet. Verdomme! Ik heb die jongens vrijwel grootgebracht!'

'Dan zullen we er dus voor moeten zorgen dat hij weer in de pas gaat lopen voordat dit uit de hand loopt. New York wordt achterdochtig, Ollie. Ze beginnen veel vragen te stellen.'

'Wie?'

'Lazarov.'

'Wat heb je tegen die mensen gezegd, DeVasher?'

'Alles. Dat is mijn taak. Ze willen dat je overmorgen in New York bent om een volledig verslag uit te brengen.'

'Wat willen ze horen?'

'Antwoorden en plannen.'

'Plannen?'

'Om Kozinski, Hodge en Tarrance te elimineren wanneer dat noodzakelijk mocht worden.'

'Tarrance? DeVasher, ben je gek geworden? We kunnen geen smeris om zeep brengen. Dan worden de troepen direct op ons af gestuurd.'

'Ollie, Lazarov is stom. Dat weet je. Hij is een idioot, maar ik geloof niet dat we hem dat moeten vertellen.'

'Ik denk dat ik dat wel zal doen. Ik denk dat ik naar New York zal gaan om Lazarov te vertellen dat hij volkomen getikt is.'

'Doe dat dan maar, Ollie. Doe dat dan maar.'

Oliver Lambert sprong uit zijn stoel overeind en liep naar de deur. 'Houd McDeere nog een maand in de gaten.'

'Zal gebeuren, Ollie. Daar kun je op rekenen. Hij zal aanmonsteren. Maak je daar maar geen zorgen over.'

4

De Mazda werd verkocht voor tweehonderd dollar en het merendeel van dat geld werd meteen uitgegeven aan de huur van een klein vrachtwagentje. Dat geld zou hij in Memphis terugkrijgen. De helft van hun oude meubeltjes gaven of gooiden ze weg en in de wagen stonden uiteindelijk alleen een ijskast, een bed, een ladenkast, een kleine kleurentelevisie, dozen met aardewerk, kleding, kleine spulletjes, en een oude bank die ze om sentimentele redenen wilden meenemen en die het in hun nieuwe huis vast niet lang zou volhouden.

Abby had Hearsay, een vuilnisbakkenrasje, op haar schoot terwijl Mitch door Boston reed en toen in zuidelijke richting verder ging, betere tijden tegemoet. Drie dagen lang reden ze over B-wegen, genoten van het platteland, zongen mee met de radio, sliepen in goedkope motels en praatten over het huis, de BMW, de nieuwe meubels, kinderen, rijkdom. Ze draaiden de raampjes open en lieten de wind naar binnen komen. Ergens in Pennsylvania kwam Abby met de suggestie dat ze misschien even bij haar ouders in Kentucky op bezoek konden gaan. Mitch zei niets, maar koos een route door de Carolina's en Georgia, zodat hij nooit minder dan driehonderd kilometer in de buurt van de grens van Kentucky kwam. Abby maakte er geen opmerking over.

Op een donderdagmorgen arriveerden ze in Memphis en zoals beloofd stond de 318i onder de carport alsof hij daar thuishoorde. Hij staarde naar de auto. Zij staarde naar het huis. Het gazon was vol, groen en keurig gemaaid. De heggen waren gesnoeid. De goudsbloemen stonden in bloei.

De sleutels lagen onder een emmer in de bijkeuken, zoals beloofd.

Na een proefritje met de BMW laadden ze snel het vrachtwagentje uit voordat de buren hun spaarzame bezittingen zouden zien. Het verhuiswagentje werd teruggebracht naar het dichtstbijzijnde verhuurkantoor. Toen werd er nog een proefritje gemaakt.

Een binnenhuisarchitecte, dezelfde die zijn kantoor voor haar rekening zou nemen, kwam die middag langs met stalen voor de vloerbedekking, de gordijnen, verf en behang. Abby vond het idee van een binnenhuisarchitecte na hun appartementje in Cambridge een beetje belachelijk, maar speelde het spel wel mee. Mitch verveelde zich binnen de kortste keren en ging nog een proefritje maken in deze leuke buurt waar hij nu woonde. Hij glimlachte toen fietsende jochies halt hielden en bewonderend naar zijn auto floten. Hij zwaaide naar de postbode die hevig zwetend over het trottoir liep. Hier was hij, Mitchell Y. McDeere, vijfentwintig jaar oud, een week geleden afgestudeerd als jurist, en hij had het nu al gemaakt.

Om drie uur gingen ze achter de binnenhuisarchitecte aan naar een dure meubelzaak, waar de manager beleefd meedeelde dat de heer Oliver Lambert al een krediet voor hen had geregeld en dat ze ongelimiteerd konden kopen en financieren.

Ze kochten een huis vol. Mitch fronste van tijd tot tijd zijn wenkbrauwen en verklaarde tweemaal dat een bepaald iets te duur was en niet mocht worden gekocht, maar Abby had het die dag verder voor het zeggen. De binnenhuisarchitecte maakte haar telkens weer een complimentje over haar geweldige smaak en zei dat ze die maandag naar Mitch toe zou komen, in verband met zijn kantoor. Schitterend, zei hij.

Met een stadsplattegrond in de hand reden ze naar het huis van de familie Quin. Abby had dat tijdens hun eerste bezoek al een keer gezien, maar kon zich niet meer herinneren hoe ze er moest komen. Het lag in een deel van de stad dat de Chickasaw Gardens werd genoemd en ze herinnerde zich wel de vele bomen, immense huizen en professioneel aangelegde voortuinen. Ze zetten hun auto op de oprijlaan neer, achter de nieuwe Mercedes en de oude Mercedes.

Het dienstmeisje knikte beleefd, maar glimlachte niet. Ze nam hen mee naar de huiskamer en liet hen daar alleen. Het huis was donker en stil: geen kinderen, geen stemmen, niemand. Ze bewonderden het meubilair en wachtten. Ze mompelden zacht en werden toen ongeduldig. Ja, ze waren het erover eens dat ze op deze dag voor het diner waren uitgenodigd. Donderdag 25 juni, om zes uur. Mitch keek nog eens op zijn horloge en zei iets over onbeleefdheid. Ze wachtten. Kay kwam uit de gang de kamer in en probeerde te glimlachen. Haar ogen waren dik en glazig en bij de ooghoeken zaten strepen mascara. De tranen stroomden vrijelijk over haar wangen en ze hield een zakdoekje tegen haar mond gedrukt. Ze omhelsde Abby en ging naast haar op de bank zitten. Toen beet ze op het zakdoekje en begon nog harder te huilen.

Mitch knielde voor haar neer. 'Kay, wat is er gebeurd?'

Ze beet nog harder op het zakdoekje en schudde haar hoofd. Abby kneep in haar ene knie en Mitch gaf klopjes op de andere. Ze keken haar angstig aan en verwachtten het ergste. Was er iets met Lamar, of met een van de kinderen gebeurd?

'Er is iets verschrikkelijks gebeurd,' zei Kay tussen twee snikken door.

'Met wie?' vroeg Mitch.

Ze veegde haar ogen af en haalde diep adem. 'Twee mensen van kantoor, Marty Kozinski en Joe Hodge. Ze zijn vandaag gestorven. We hebben hen heel erg goed gekend.'

Mitch ging op de lage tafel zitten. Hij herinnerde zich Marty Kozinski van zijn tweede bezoek, in april. Hij had samen met Lamar en Mitch geluncht in een delicatessenzaak aan Front Street. Hij stond op de nominatie om tot vennoot te worden benoemd, maar leek daar niet zo enthousiast over te zijn. Mitch kon Joe Hodge niet plaatsen.

'Wat is er gebeurd?' vroeg hij.

Ze snikte niet meer hardop, maar de tranen bleven over haar wangen stromen. Toen veegde ze haar gezicht nogmaals af en keek hem aan. 'Dat weten we nog niet precies. Ze waren aan het duiken, op de Cayman Eilanden. Toen schijnt er een explosie op de een of andere boot te zijn geweest en we denken dat ze zijn verdronken. Lamar zei dat er nog maar weinig details bekend waren. Een paar uur

38

geleden is er op kantoor een bespreking geweest en toen hebben ze het allemaal gehoord. Lamar is nog maar net thuis.'

'Waar is hij?'

'Bij het zwembad. Hij wacht op jou.'

Hij zat in een witmetalen tuinstoel naast een klein tafeltje met een kleine parasol, een eindje van de rand van het zwembad vandaan. Bij een bloembed siste een sproeier en besproeide in perfecte bogen niet alleen de bloemen, maar ook de tafel, de parasol, de stoel en Lamar Quin. Hij was doorweekt. Water druppte van zijn neus, oren en haren af. Het blauwkatoenen overhemd en de wollen pantalon waren doorweekt. Hij had sokken noch schoenen aan.

Hij zat bewegingloos, ook wanneer hij weer werd besproeid. Hij leek het contact met de werkelijkheid te hebben verloren. Een of ander voorwerp in de verte, bij het zijhek, leek zijn aandacht te trekken en vast te houden. In een plas water op het beton naast zijn stoel stond een ongeopend flesje Heineken.

Mitch bekeek het gazon achter het huis, deels om er zeker van te zijn dat de buren niets konden zien. Dat konden ze niet. Een hoge afscheiding van cypressen zorgde voor een volledige privacy. Hij liep om het zwembad heen en bleef staan op een plek die nog net droog was. Lamar zag hem, knikte en probeerde een zwak glimlachje te produceren terwijl hij op een natte stoel wees. Mitch trok die stoel een eindje verder naar achteren en ging zitten, net voordat de sproeier Lamar weer had bereikt.

Lamar staarde weer naar het hek, of wat hij dan ook in de verte zag. Een eeuwigheid lang zaten ze te luisteren naar de herrie van de sproeier. Lamar schudde af en toe zijn hoofd en probeerde iets te mompelen. Mitch glimlachte verlegen en wist niet of hij iets moest zeggen en zo ja, wat.

'Lamar, ik vind het heel erg,' zei hij uiteindelijk.

'Ik ook.'

'Ik wou dat ik iets meer kon zeggen.'

Lamar keek nu niet langer naar het hek, maar naar Mitch, met scheef gehouden hoofd. Zijn donkere haren waren kletsnat en hingen in zijn ogen. Die ogen waren rood en getuigden van intens verdriet. Hij staarde en wachtte tot de sproeier hem weer was gepasseerd.

'Dat weet ik, maar er valt niets te zeggen. Het spijt me dat het nu net vandaag is gebeurd. We hadden geen zin om eten klaar te maken.'

'Dat is wel het allerlaatste waar je je druk over moet maken. Ik heb al helemaal geen trek meer.'

'Kun je je hen herinneren?' vroeg Lamar en blies water van zijn lippen.

'Kozinski wel, Hodge niet.'

'Marty Kozinski was een van mijn beste vrienden. Uit Chicago. Hij is drie jaar eerder op het kantoor gaan werken dan ik en stond op de nominatie om tot vennoot te worden benoemd. Een geweldige jurist, voor wie we allemaal bewondering hadden en die we graag om raad vroegen. Waarschijnlijk de beste onderhandelaar die we hadden. Heel koel en droog, ook als hij zwaar onder druk stond.'

Hij veegde zijn wenkbrauwen af en staarde naar de grond. Onder het praten

39

drupte water van zijn neus en dat maakte hem wat onverstaanbaar. 'Drie kinderen. Zijn tweeling, meisjes, is een maand ouder dan onze zoon en ze hebben altijd samen gespeeld.' Hij deed zijn ogen dicht, beet op zijn lip en begon te huilen.

Mitch wilde weggaan. Hij probeerde niet naar zijn vriend te kijken. 'Lamar, ik vind het echt heel erg.'
Na een paar minuten hield het huilen op, maar de sproeier bleef werken. Mitch keek om zich heen, zoekend naar de buitenkraan. Twee keer had hij voldoende moed verzameld om te vragen of hij de sproeier uit kon zetten en tweemaal kwam hij tot de conclusie dat hij er wel tegen kon als Lamar dat kon. Misschien hielp het. Hij keek op zijn horloge. Over anderhalf uur zou het donker zijn.
'Kun je me wat meer vertellen over het ongeval?' vroeg Mitch uiteindelijk.
'Er is ons niet veel verteld. Ze waren aan het duiken en toen kwam er een explosie op de boot. De kapitein is ook gedood. Dat was een eilandbewoner. Ze zijn nu aan het proberen de lichamen naar huis te halen.'
'Waar waren hun vrouwen?'
'Die waren godzijdank thuis. Het was een zakenreis.'
'Ik kan me geen beeld vormen van Hodge.'
'Joe was een lange, blonde kerel, die nooit zoveel zei. Het slag dat je ontmoet, maar dat je je later niet kunt herinneren. Net als jij had hij aan Harvard gestudeerd.'
'Hoe oud was hij?'
'Hij en Marty waren allebei vierendertig. Na Marty zou hij tot vennoot zijn benoemd. Ze konden het erg goed met elkaar vinden en nu zullen ze elkaar wel meer nabij zijn dan ooit.'
Met zijn tien vingernagels kamde hij zijn haren recht naar achteren. Toen ging hij staan en liep naar droge grond. Het water droop van de slippen van zijn overhemd af, en uit de omslagen van zijn pantalon. Hij bleef bij Mitch staan en keek nietsziend naar de boomtoppen in de tuin van de buren. 'Hoe is de BMW?'
'Geweldig. Prima auto. Dank voor het afleveren.'
'Wanneer zijn jullie gearriveerd?'
'Vanmorgen. Ik heb er al vijftienhonderd kilometer mee gereden.'
'Is die binnenhuisarchitecte komen opdagen?'
'Ja. Zij en Abby hebben mijn salaris van het volgende jaar al uitgegeven.'
'Dat is leuk. Leuk huis. We zijn blij dat je er bent, Mitch. Het spijt me alleen dat het onder deze omstandigheden moest gebeuren. Je zult het hier best naar je zin hebben.'
'Je hoeft je niet te verontschuldigen.'
'Ik kan het nog altijd niet geloven. Ik voel me verdoofd en verlamd. Ik ril al bij het idee Marty's vrouw en de kinderen te moeten zien. Ik zou nog liever met een zweep worden afgeranseld dan dat ik naar hen toe ging.'
De vrouwen verschenen. Ze liepen de patio en het trapje naar het zwembad af. Kay draaide de kraan dicht en de sproeier werd tot zwijgen gebracht.

Ze verlieten Chickasaw Gardens en reden in westelijke richting naar het centrum van de stad, de ondergaande zon tegemoet. Ze hielden elkaars hand vast, maar zeiden weinig. Mitch maakte het zonnedak en de raampjes open. Abby zette een cassettebandje van Bruce Springsteen op. De stereo deed het prima. 'Hungry Heart' galmde terwijl de fraaie wagen naar de rivier reed. De warme, vochtige zomerlucht van Memphis werd iets koeler. Softball-velden kwamen tot leven toen teams dikke mensen in strakke polyester broeken en groene en felgele shirtjes zich voorbereidden op een wedstrijd. Auto's vol tieners stopten bij cafetaria's om bier te drinken, te roddelen en de andere sekse uitgebreid te bekijken. Mitch begon te glimlachen. Hij probeerde Lamar, Kozinski en Hodge te vergeten. Waarom zou hij triest zijn? Het waren zijn vrienden niet geweest. Hij had te doen met hun gezinnen, maar had te veel om gelukkig mee te zijn. Mooie vrouw, nieuw huis, nieuwe auto, nieuwe baan, kersverse bul. Een briljante geest en een goed lijf, dat geen ons aankwam en maar weinig slaap nodig had. Voorlopig tachtigduizend per jaar. Over twee jaar kon hij een inkomen van zes cijfers hebben en daar hoefde hij alleen maar negentig uur per week voor te werken. Een fluitje van een cent.

Hij draaide de oprit van een tankstation op en tankte. Binnen betaalde hij. Toen gingen ze verder. Nu glimlachte Mitch breeduit.

'Laten we ergens uit eten gaan,' zei hij.

'Daar zijn we niet direct op gekleed,' zei zij.

Hij staarde naar haar lange, bruine benen. Ze had een witkatoenen rok aan, die haar knieën niet bedekte, met een witkatoenen blouse. Hij droeg een short, bootschoenen en een verschoten zwart polotruitje. 'Met zulke benen zou je ons elk restaurant in New York nog in kunnen krijgen.'

'Wat zou je denken van de Rendezvous? Daar gaat iedereen nonchalant gekleed.'

'Geweldig idee.'

Ze zetten de auto op een betaalde parkeerplaats neer en liepen het laatste stukje naar een smal steegje. De geur van een barbecue vermengde zich met de warme zomerlucht en hing als een mist laag boven de bestrating. Het aroma filterde langzaam neus, mond en ogen in en maakte je hongerig. Rook kwam het steegje in door ventilatiekanalen die ondergronds naar de imposante ovens liepen waar de beste varkenskoteletten werden gebarbecued in het beste barbecue-restaurant van een stad die beroemd was om zijn barbecues van wereldklasse. De Rendezvous was beneden, onder het steegje, onder een gebouw van rode baksteen dat al tientallen jaren eerder zou zijn gesloopt wanneer dat beroemde restaurant de kelder niet in beslag had genomen.

Het was er altijd druk en er was altijd een wachtlijst, maar op deze donderdag leek het wel mee te vallen. Ze werden door het lawaaiige restaurant meegenomen naar een klein tafeltje met een roodgeruit tafellaken. Mensen staarden naar hen. Mannen hielden op met eten toen Abby McDeere als een fotomodel voorbij schreed. Er werd gefloten en geroepen, alsof dat traditie was. Haar echtgenoot was daaraan gewend. Hij was heel trots op zijn beeldschone echtgenote.

Een boze zwarte man met een rood schort aan stond voor hen. 'Wat wilt u hebben?'

Het menu stond op de placemats en was in feite volstrekt overbodig. Spare-ribs, spare-ribs en nog eens spare-ribs.

'Twee volledige maaltijden, kaasplateau en bier,' zei Mitch al even nijdig.

De man schreef niets op, maar draaide zich om en schreeuwde in de richting van de ingang. 'Twee totaal, kaas, bier!'

Toen hij weg was, pakte Mitch Abby's been onder de tafel vast. Ze gaf hem een klap op zijn hand.

'Je bent beeldschoon,' zei hij. 'Wanneer heb ik je voor het laatst gezegd dat je beeldschoon bent?'

'Ongeveer twee uur geleden.'

'Twee uur? Wat onnadenkend van me!'

Hij pakte haar been weer vast en streek over haar knie. Dat liet ze toe. Ze glimlachte hem verleidelijk toe, met perfecte kuiltjes in haar wangen. Haar tanden glansden in het vage licht en haar lichtbruine ogen schitterden. Haar bruine haar was steil en viel perfect tot net even over haar schouders.

Het bier werd gebracht door de ober, die geen woord over zijn lippen liet komen. Abby nam een slokje en hield op met glimlachen.

'Denk je dat met Lamar alles in orde is?' vroeg ze.

'Dat weet ik niet. Eerst dacht ik dat hij dronken was. Ik voelde me net een idioot toen ik zat toe te kijken hoe hij doorweekt raakte.'

'Die arme man. Kay zei dat de begrafenissen waarschijnlijk maandag zullen zijn, als ze de lichamen op tijd terug kunnen halen.'

'Laten we over iets anders praten. Ik houd niet van begrafenissen, ook als ik erheen ga uit respect en ik de overledene niet eens heb gekend. Ik heb met begrafenissen een paar echt nare ervaringen gehad.'

De spare-ribs kwamen. Ze werden geserveerd op papieren borden, met aluminiumfolie om het vet op te vangen. Verder hoorden er sla en witte bonen bij. Ze begonnen met hun vingers te eten.

'Waar zou je dan over willen praten?' vroeg ze.

'Over zwanger raken.'

'Ik dacht dat we daar nog een paar jaar mee zouden wachten.'

'Dat is ook zo, maar tot die tijd moeten we volgens mij ijverig oefenen.'

'Dat hebben we al gedaan in elk motel tussen Boston en hier.'

'Dat weet ik, maar nog niet in ons nieuwe huis.'

'Dat hebben we net vanmorgen betrokken.'

'Weet ik. Waar wachten we eigenlijk nog op?'

'Mitch, je doet net alsof ik je heb verwaarloosd.'

'Dat is ook zo. Sinds vanmorgen. Ik stel voor het vanavond te doen, zodra we thuis zijn, om ons nieuwe huis als het ware ten doop te houden.'

'Dat zullen we nog wel eens zien.'

'Is dat afgesproken? Hoor eens. Zie je die man daar? Die staat op het punt zijn nek te breken om een stukje van jouw been te zien. Ik zou hem eens een fikse aframmeling moeten gaan geven.'

'Ja, het is afgesproken, en maak je over die kerels maar geen zorgen. Ze staren naar jou, want ze vinden je lekker.'

'Leuke opmerking!'

Mitch had zijn bordje leeg en ging door met dat van Abby. Toen ze het bier op hadden, betaalde hij de rekening en liepen ze de trap naar het steegje weer op. Hij reed voorzichtig de stad door en zag toen een straat die hij herkende van een van de vele proefritjes die hij die dag al had gemaakt. Nadat hij twee keer een verkeerde afslag had genomen, vond hij Meadowbrook en toen het huis van de heer en mevrouw Mitchell Y. McDeere.

De matras en de spiraal lagen op de grond van de grote slaapkamer, omgeven door dozen. Hearsay verstopte zich onder een lamp die op de grond stond en keek toe hoe zij oefenden.

Vier dagen later, de dag waarop Mitch voor het eerst achter zijn nieuwe bureau had moeten zitten, sloten hij en zijn lieflijke vrouw zich aan bij de negenendertig resterende werknemers van het kantoor, met hun lieflijke echtgenotes, om de laatste eer te bewijzen aan Martin S. Kozinski. De kathedraal was vol. Oliver Lambert hield een zo welsprekende en ontroerende toespraak dat zelfs Mitchell McDeere, die een vader en een broer had begraven, er kippevel van kreeg. Abby's ogen werden vochtig toen ze de weduwe en de kinderen zag.

Die middag kwamen ze opnieuw bij elkaar in de presbyteriaanse kerk in het oostelijke deel van Memphis om afscheid te nemen van Joseph M. Hodge.

5

De kleine hal voor het kantoor van Royce McKnight was leeg toen Mitch precies om half negen arriveerde. Hij neuriede, hoestte en wachtte gespannen. Vanachter twee dossierkasten kwam een oude, blauwharige secretaresse te voorschijn, die nogal nijdig keek. Toen het hem duidelijk werd dat hij niet welkom was, stelde hij zich voor en zei dat hij een afspraak had met de heer McKnight. Ze glimlachte en stelde zich voor als Louise, nu al eenendertig jaar lang de privé-secretaresse van de heer McKnight. Koffie? Ja, zwart graag, zei hij. Ze verdween en kwam terug met een kop en schotel. Via de intercom nam ze contact op met haar baas en zei Mitch dat hij plaats moest nemen. Nu herkende ze hem. Een van de andere secretaressen had hem aangewezen tijdens de begrafenissen van gisteren.

Ze verontschuldigde zich voor de sombere sfeer. Niemand had zin om te werken, en het zou dagen duren voordat alles weer normaal was. Het waren zulke aardige jonge mannen geweest. De telefoon rinkelde en ze zei dat de heer McKnight bezig was met een belangrijke bespreking en niet kon worden gestoord. De telefoon rinkelde opnieuw. Ze luisterde en nam Mitch mee naar het kantoor van de beherend vennoot.

Oliver Lambert en Royce McKnight begroetten Mitch en stelden hem voor aan de twee andere aanwezige vennoten, Victor Milligan en Avery Tolleson. Ze zaten rond een kleine vergadertafel. Louise werd op koffie uitgestuurd. Milligan was hoofd van de afdeling belastingzaken en Tolleson was met zijn eenenveertig jaar een van de jongere vennoten.

'Mitch, we bieden je onze verontschuldigingen aan voor deze deprimerende start,' zei McKnight. 'We waarderen het dat je gisteren bij de begrafenissen aanwezig bent geweest en het spijt ons echt dat je eerste dag hier zo triest moest zijn.'

'Ik vond dat ik bij die begrafenissen aanwezig moest zijn,' zei Mitch.

'We zijn heel trots op je en we hebben grootse plannen met je. We hebben net twee van onze beste juristen verloren, die zich beiden alleen met belastingzaken hebben beziggehouden, dus zullen we wat meer van jou moeten vragen. We zullen allemaal een beetje harder moeten werken.'

Louise kwam met een dienblad met koffie. Zilveren koffiekan, fraai porselein.

'We zijn nogal aangeslagen, dus moet ik je verzoeken wat geduld met ons te hebben,' zei Oliver Lambert.

Ze knikten allemaal en fronsten hun voorhoofd. Royce McKnight keek naar een paar aantekeningen die hij had gemaakt.

'Mitch, ik geloof dat we dit alles al eerder hebben besproken. Op dit kantoor wordt elke assistent aan een vennoot toegewezen, die optreedt als supervisor en als mentor. Die relatie is heel belangrijk. We proberen je toe te wijzen aan een vennoot met wie je het goed kunt vinden en met wie je ook goed kunt samenwerken. De keuze die we maken blijkt gewoonlijk de juiste te zijn. Maar we hebben ons ook wel eens vergist. In zo'n geval zoeken we een andere vennoot. Voorlopig hebben we jou toegewezen aan Avery Tolleson.'

Mitch glimlachte zijn nieuwe partner wat onhandig toe.

'Je zult onder zijn leiding werken en de zaken waaraan en de dossiers waarmee je werkt, zijn van hem. Het betreft vrijwel allemaal belastingzaken.'

'Dat is prima.'

'Voordat ik het vergeet: ik zou vandaag graag met je willen lunchen,' zei Tolleson.

'Uitstekend,' zei Mitch.

'Neem mijn limousine maar,' zei Lambert.

'Dat was ik al van plan,' merkte Tolleson op.

'Wanneer krijg ik een limousine?' vroeg Mitch.

Ze glimlachten en leken die luchtige opmerking te kunnen waarderen. 'Over een jaar of twintig,' zei Lambert.

'Ik kan wachten.'

'Hoe bevalt de BMW?' vroeg Victor Milligan.

'Geweldig. Hij moet zijn eerste beurt al hebben.'

'Is bij de verhuizing alles naar wens gegaan?'

'Zeker. Ik kan de hulp van dit kantoor bij dat alles bijzonder waarderen. U hebt ons het gevoel gegeven zeer welkom te zijn en daar zijn Abby en ik erg dankbaar voor.'

McKnight hield op met glimlachen en keek weer naar zijn aantekeningen. 'Mitch, zoals ik je al heb gezegd, geniet het rechtbankexamen prioriteit. Je hebt zes weken de tijd om je daarop voor te bereiden en we zullen je op alle mogelijke manieren helpen. Onze vennoten geven zelf cursussen, waarbij alle onderdelen van het examen ter sprake zullen komen en je vorderingen nauwkeurig in de gaten worden gehouden, met name door Avery. Minstens de helft van elke werkdag zal daardoor in beslag worden genomen, evenals het merendeel van je vrije tijd. Geen enkele assistent op dit kantoor is er ooit voor gezakt.'

'Ik zal de eerste niet worden.'

'Als je zakt, pakken we de BMW af,' zei Tolleson met een klein grijnsje. 'Je secretaresse heet Nina Huff. Ze werkt hier al meer dan acht jaar. Ze is nogal temperamentvol en niet zo aantrekkelijk om te zien, maar ze is wel heel capabel. Ze heeft een zeer behoorlijke wetskennis en is geneigd adviezen te geven, zeker aan mensen die nog niet zo lang bij ons werken. Jij zult ervoor moeten zorgen dat ze haar plaats niet vergeet. Als je het niet met haar kunt vinden, zullen we je een andere secretaresse toewijzen.'

'Waar is mijn kantoor?'

'Op de tweede verdieping, aan dezelfde gang als dat van Avery. De binnenhuisarchitecte komt vanmiddag langs om het bureau en het overige meubilair uit te zoeken. Volg haar adviezen zo veel mogelijk op.'

Lamar had ook een kantoor op de tweede verdieping en op dat moment was dat een troostrijke gedachte. Hij herinnerde zich hoe die man drijfnat bij het zwembad had gezeten, huilend en onsamenhangend mompelend.

45

McKnight nam het woord. 'Mitch, ik ben bang dat ik tijdens je eerste bezoek ben vergeten iets te bespreken dat in feite wel had moeten worden besproken.' Hij wachtte en zei uiteindelijk: 'Wat dan wel?'

De vennoten keken gespannen naar McKnight. 'We staan het een assistent nooit toe aan zijn carrière te beginnen met een nog openstaande studieschuld. We geven er de voorkeur aan dat je je over andere dingen zorgen maakt en je geld op andere manieren besteedt. Hoe groot is jouw schuld?'

Mitch nam een slokje koffie en dacht snel na. 'Bijna drieëntwintigduizend.'

'Zorg dat de documenten morgenochtend vroeg op het bureau van Louise liggen.'

'Bedoelt u dat het kantoor die leningen zal aflossen?'

'Dat is onze politiek, tenzij je er bezwaar tegen hebt.'

'Ik heb er geen bezwaar tegen en weet eigenlijk niet zo goed wat ik moet zeggen.'

'Je hoeft helemaal niets te zeggen. Ik heb dit al vijftien jaar voor alle assistenten gedaan. Zorg er alleen voor dat alle papieren bij Louise komen.'

'Dat is heel vrijgevig, meneer McKnight.'

'Dat is het inderdaad.'

Avery Tolleson praatte voortdurend toen de limousine zich langzaam te midden van het drukke lunchverkeer voortbewoog. Mitch deed hem aan zichzelf denken, zei hij. Een arme jongen uit een gebroken gezin, grootgebracht door pleeggezinnen uit het zuidwestelijke deel van Texas en na de middelbare school op straat gezet. Hij had nachtdiensten in een schoenfabriek gedraaid om zijn eerste studiejaren te kunnen financieren. Toen had hij een beurs gekregen, die deuren voor hem had geopend. Aan de universiteit van Stanford was hij als de op een na beste van zijn jaar afgestudeerd en had aanbiedingen afgeslagen van alle grote kantoren aan de westkust. Hij wilde met het belastingrecht kunnen werken en niets anders dan dat. Oliver Lambert had hem zestien jaar geleden gerekruteerd, toen het kantoor nog geen dertig juristen in dienst had.

Hij had een vrouw en twee kinderen, maar over zijn gezin zei hij niet veel. Hij praatte wel over geld. Zijn hartstocht, noemde hij dat. Het eerste miljoen stond op de bank. Het volgende zou daar over twee jaar op staan. Met een inkomen van vierhonderdduizend per jaar bruto kon dat niet lang duren. Zijn specialiteit was het vormen van zakelijke compagnonschappen om supertankers te kunnen kopen. Hij was de grootste specialist op zijn terrein en werkte voor driehonderd dollar per uur, zestig en soms zeventig uur per week.

Mitch zou beginnen met honderd dollar per uur, minstens vijf uur per dag, tot hij zijn rechtbankexamen had behaald. Daarna zou er van hem worden verwacht dat hij acht uur per dag werkte, voor een honorarium van honderdvijftig dollar per uur. Het indienen van rekeningen was heel belangrijk. Alles draaide daarom. Promoties, salarisverhogingen, bonussen, succes. Dat gold vooral voor de pas-aangestelden. Je haalde je het snelst een reprimande op je hals door je dagelijkse declaraties niet bij te houden. Avery kon zich echter niet herinneren dat er ooit zo'n reprimande was gegeven. Het was eenvoudigweg ongehoord dat een van de mensen het declareren vergat.

De assistenten rekenden gemiddeld honderdvijfenzeventig dollar per uur. De vennoten driehonderd. Milligan kreeg van een paar cliënten vierhonderd per uur, en Nathan Locke had een keer vijfhonderd kunnen vangen voor een opdracht waarbij hij met aandelen tussen verschillende landen had moeten schuiven. Avery vond dat geweldig en rekende uit hoeveel vijfhonderd per uur was als je vijftig uur per week en vijftig weken per jaar werkte. Een miljoen en tweehonderdvijftigduizend per jaar! Zo kon je binnen deze branche geld verdienen. Je neemt een stel juristen in dienst die per uur rekenen en dan kun je een dynastie opbouwen. Hoe meer juristen je in dienst neemt, hoe meer de vennoten kunnen opstrijken.

Dus waarschuwde hij nogmaals dat de declaraties vooral niet moesten worden vergeten. Dat was de eerste regel om het hier te overleven. Als er geen dossiers waren waarvoor rekeningen konden worden ingediend, moest Mitch hem dat direct komen melden. Hij had dossiers genoeg. Op de tiende dag van elke maand namen de vennoten tijdens een besloten lunch alle declaraties van de afgelopen maand door. Dat was een belangrijke plechtigheid. Royce McKnight noemde eerst de naam van een van de juristen en dan het totaal van de rekeningen die hij die maand had ingediend. De concurrentie tussen de vennoten was groot, maar niet venijnig. Ze werden immers allemaal rijk? Het motiveerde heel sterk. Wat de assistenten betreft: die kregen geen kritiek te horen, tenzij ze twee maanden lang financieel beneden de maat bleven. Het was nooit voorgekomen dat iemand zoiets drie maanden voor elkaar kreeg. Assistenten konden bonussen krijgen wanneer het hun lukte voor een heel hoog bedrag per uur te werken. De benoeming tot vennoot was mede daarvan afhankelijk. Dus moest Mitch daar aandacht aan besteden, waarschuwde hij nogmaals. Het verdiende prioriteit, na het rechtbankexamen, natuurlijk.

Dat examen was vervelend, een beproeving die moest worden doorstaan, een ritueel gebeuren waar geen enkele man die aan Harvard had gestudeerd bang voor diende te zijn. Mitch moest zich concentreren op de cursussen en proberen alles te onthouden wat hij net tijdens zijn rechtenstudie had geleerd.

De limousine draaide tussen twee hoge gebouwen door een zijstraat in en kwam tot stilstand voor een luifel die van de stoeprand tot een zwartmetalen deur liep. Avery keek op zijn horloge en gaf de chauffeur opdracht om twee uur terug te zijn.

Twee uur om te lunchen, dacht Mitch. Meer dan zeshonderd dollar. Wat zonde! De Manhattan Club nam de bovenste verdieping in beslag van een tien verdiepingen tellend kantoorgebouw dat voor het laatst volledig bezet was geweest in het begin van de jaren vijftig. Avery sprak over een bouwval, maar wees er wel snel op dat de club de beste gelegenheid in de stad was om exclusief te lunchen of te dineren. Er werd uitstekend eten geserveerd en er kwamen alleen blanken en alleen mannen. Machtige lunches voor machtige mensen. Bankiers, juristen, directeuren, entrepreneurs, een paar politici en een paar aristocraten. Een vergulde lift zoefde regelrecht langs de verlaten kantoorverdiepingen naar de fraaie tiende verdieping. De gérant noemde Tolleson bij diens naam en vroeg naar zijn goede vrienden Oliver Lambert en Nathan Locke. Hij betuigde zijn medeleven met het overlijden van de heren Kozinski en Hodge. Avery bedankte hem en stelde de nieuwste jurist van het kantoor voor. Zijn favoriete tafel stond in een hoek al op hem te wachten. Een hoffelijke zwarte man, Ellis geheten, kwam de menukaarten overhandigen.

'Het kantoor vindt drinken tijdens de lunch niet goed,' zei Avery terwijl hij zijn menukaart opende.

'Ik drink nooit tijdens een lunch.'

'Dat is prima. Wat wil je hebben?'

'IJsthee.'

'Voor hem ijsthee,' zei Avery tegen de ober, 'en voor mij een Bombay-martini met ijs en drie olijven.'

Mitch beet op zijn tong en grinnikte achter de menukaart.

'We hebben te veel regels,' mompelde Avery.

De eerste martini werd gevolgd door een tweede, maar toen stopte hij ermee. Hij bestelde voor hen beiden. De een of andere gestoofde vis. De specialiteit van die dag. Hij hield zijn gewicht nauwkeurig in de gaten, zei hij. Hij deed ook dagelijks trimoefeningen, op zijn eigen club. Hij nodigde Mitch uit een keer samen met hem te komen zweten. Misschien na zijn examen. Toen volgden de gebruikelijke vragen over football.

Mitch vroeg naar de kinderen. Avery zei dat zij bij hun moeder woonden.

De vis bleek rauw te zijn en de aardappels hard. Mitch at nauwelijks en luisterde naar zijn partner, die vertelde over de meeste andere mensen die daar die dag aan het lunchen waren. De burgemeester zat met een aantal Japanners aan een grote tafel. Een van de bankiers van het kantoor zat aan de tafel daarnaast. Er waren enige vooraanstaande advocaten en directeuren, die allen als een gek aten, zich machtig en belangrijk voelden. De sfeer was verstikkend. Volgens Avery was elk lid van de club imposant, zowel op zijn eigen vakgebied als daarbuiten. Avery voelde zich er thuis.

Ze namen geen van beiden een dessert en bestelden koffie. Hij moest elke morgen om negen uur op kantoor zijn, zei Avery, terwijl hij een Montesino opstak. De secretaressen waren er al om half negen. Van negen tot vijf, maar niemand werkte acht uur per dag. Hij was zelf altijd al om acht uur op kantoor en vertrok zelden voor zessen. Hij kon twaalf uur per dag rekenen, elke dag, ongeacht het aantal uren dat hij echt werkte. Twaalf uur per dag, vijf dagen per week, voor driehonderd per uur, vijftig weken per jaar. Negenhonderdduizend dollar! Dat was zijn doel. Vorig jaar had hij slechts zevenhonderdduizend in rekening gebracht, maar toen had hij enige persoonlijke problemen gehad. Het kon het kantoor niets schelen of Mitch om zes uur of om negen uur 's morgens kwam, mits het werk maar werd gedaan.

'Hoe laat gaan de deuren open?' vroeg Mitch.

Iedereen had een sleutel, legde Avery uit, dus kon hij komen en gaan wanneer hij wilde. De bewaking was strikt, maar de bewakers waren gewend aan mensen die aan hun werk verslaafd waren. Sommigen waren door hun gewoonten legendarisch geworden. In zijn jongere jaren had Victor Milligan zestien uur per dag gewerkt, zeven dagen per week, totdat hij vennoot was geworden. Toen had hij op de zondagen niet meer gewerkt. Daarna had hij een hartaanval gekregen en was hij opgehouden op de zaterdagen te werken. Zijn arts had hem op tien uur per dag gezet, vijf dagen per week, en sinds die tijd was hij niet meer gelukkig geweest. Marty Kozinski had alle bewakers bij hun voornaam gekend. Hij kwam altijd om negen uur, omdat hij met zijn kinderen wilde ontbijten. Om middernacht ging hij weer naar huis. Nathan Locke beweerde dat hij niet goed kon werken wanneer de secretaressen er eenmaal waren, dus kwam hij om zes uur 's morgens. Hij zou het een schande vinden om later te beginnen. Hij was eenenzestig jaar oud, had tien miljoen op de bank, en werkte van zes uur 's morgens tot acht uur 's avonds, vijf dagen per week en een halve zaterdag op de koop toe. Hij zou doodgaan wanneer hij met pensioen ging.

Prikklokken waren er niet, vertelde de vennoot. Je mocht komen en gaan wanneer je dat wilde, mits het werk maar werd gedaan.

Mitch begreep de boodschap. Zestien uur per dag zou niets nieuws zijn.

Avery maakte hem een compliment over zijn nieuwe pak. Er bestond een ongeschreven kledingcode en het was duidelijk dat Mitch die goed had begrepen. Hij had een kleermaker, een oude Koreaan in het zuidelijke deel van Memphis, die hij zou aanbevelen zodra Mitch zich dat kon veroorloven. Vijftienhonderd per kostuum. Mitch zei dat hij daar nog een paar jaar mee zou wachten.

Een jurist van een van de grotere kantoren kwam naar hen toe en richtte het woord tot Avery. Hij betuigde zijn medeleven en vroeg naar de gezinnen. Het vorige jaar hadden Joe Hodge en hij samengewerkt aan de een of andere zaak en hij kon het nog steeds niet geloven. Hij was bij de begrafenis geweest, zei hij. Ze wachtten tot hij zou vertrekken, maar hij bleef telkens weer zeggen hoe erg hij het vond. Hij wilde duidelijk details horen. Avery kwam daar niet mee en eindelijk ging de man weg.

Om twee uur werd het rustiger in de club. Avery ondertekende de rekening en de gérant begeleidde hen tot de deur. De chauffeur stond geduldig bij de limousine te wachten. Mitch kroop op de leren achterbank. Hij keek naar de voetgangers die over de hete trottoirs liepen en vroeg zich af hoevelen de binnenkant van een limousine, of die van de Manhattan Club, hadden gezien. Hoevelen zouden binnen tien jaar rijk zijn? Hij glimlachte en voelde zich lekker. Harvard was duizenden kilometers weg. Zijn verleden was vergeten. Hij had het gemaakt.

De binnenhuisarchitecte zat in zijn kantoor op hem te wachten. Avery excuseerde zich en vroeg Mitch over een uur naar zijn kantoor te komen, om met werken te beginnen. Ze had boeken vol kantoormeubels bij zich, en talrijke monsters. Hij vroeg naar suggesties en luisterde daar met zoveel mogelijk interesse naar. Toen zei hij dat hij op haar oordeel vertrouwde en dat zij mocht uitkiezen wat ze geschikt achtte. Ze vond het bureau van massief kersehout mooi, geen laden, dieprode leren waaierfauteuils en een heel duur Oosters tapijt. Mitch zei dat het geweldig was.

Ze ging weg en Mitch ging achter het oude bureau zitten, dat er prima uitzag en waar hij geen enkel bezwaar tegen zou hebben gehad. Maar het was gebruikt en dus niet goed genoeg voor een nieuwe jurist van Bendini, Lambert & Locke. Het kantoor was ruim en had twee ramen aan de noordkant, die uitkeken op de twee-de verdieping van het oude, aangrenzende gebouw. Niet direct een mooi uit-zicht. Hij kon net een glimp opvangen van de rivier, in het noordwesten. De mu-ren waren kaal. Ze had al wat kunst uitgezocht. Hij kwam tot de conclusie dat de Egomuur tegenover het bureau zou komen, achter de waaierfauteuils. De di-ploma's en zo moesten worden ingelijst. Het kantoor was best groot voor een as-sistent. Veel groter dan de kantoren die de pas-aangestelden in New York en Chicago kregen. Voor een paar jaar kon het er best mee door. Daarna zou hij verhuizen naar een kantoorruimte met een fraaier uitzicht. Daarna een kantoor in een van de hoeken van het gebouw.

Nina Huff klopte aan en stelde zich voor als zijn secretaresse. Ze was een gezette vrouw van vijfenveertig jaar en een enkele blik op haar was voldoende om moei-teloos te kunnen begrijpen waarom ze nog niet was getrouwd. Ze hoefde geen gezin te onderhouden en het was duidelijk dat ze al haar geld aan kleren en make-up uitgaf, maar zonder succes. Mitch vroeg zich af waarom ze geen geld aan een diëtiste uitgaf. Ze deelde hem direct mee dat ze nu al achtenhalf jaar voor het kantoor werkte en van de kantoorprocedures alles wist wat er te weten viel. Als hij iets wilde weten, hoefde hij haar daar maar naar te vragen. Daar be-dankte hij haar voor. Ze had meegedraaid op de typekamer en was blij dat ze weer de gewone secretaresse-werkzaamheden kon gaan verrichten. Hij knikte alsof hij haar volledig begreep. Ze vroeg of hij wist hoe hij met de dictafoon moest omgaan. Ja, zei hij. Het jaar daarvoor had hij op een driehonderd man tellend kantoor aan Wall Street gewerkt en daar hadden ze het allermodernste op het gebied van de kantoortechnologie. Maar als hij een probleem had, zou hij haar erbij halen, beloofde hij.

'Hoe heet uw vrouw?' vroeg ze.

'Waarom is dat belangrijk?'

'Omdat ik haar naam graag wil weten voor het geval ze opbelt, zodat ik haar heel vriendelijk kan bejegenen.'

'Abby.'

'Hoe drinkt u uw koffie?'

'Zwart, maar die schenk ik zelf wel in.'

'Ik vind het helemaal niet erg om dat voor u te doen. Het hoort bij mijn werk.'

'Ik doe het zelf wel.'

'Alle secretaressen doen het.'

'Als je ooit mijn koffie aanraakt, zal ik ervoor zorgen dat je naar de postkamer wordt gestuurd om postzegels te plakken.'

'Dat gebeurt hier automatisch. Plakken ze aan Wall Street de postzegels nog zelf?'

'Ik zei het maar bij wijze van spreken.'

'Ik zal de naam van uw vrouw goed onthouden en de kwestie van de koffie is ge-regeld, dus kunnen we nu aan het werk.'

'Morgenochtend. Zorg dat je hier om half negen bent.'

'Jawel, baas.' Ze liep weg en Mitch glimlachte in zichzelf. Ze was heel eigenwijs, maar het zou leuk zijn met haar te werken.

Daarna kwam Lamar. Hij was al aan de late kant voor een bespreking met Nathan Locke, maar hij wilde toch even kijken hoe het met zijn vriend ging. Hij was blij dat hun kantoren zo dicht bij elkaar waren. Hij excuseerde zich nogmaals voor het diner van de afgelopen donderdag. Ja, hij en Kay en de kinderen zouden om zeven uur komen om het nieuwe huis en de meubels te bekijken.

Hunter Quin was vijf jaar oud. Zijn zusje Holly was zeven. Beiden aten met perfecte tafelmanieren de spaghetti aan de splinternieuwe eettafel en negeerden braaf de gesprekken van de volwassenen om hen heen. Abby keek naar het tweetal en droomde over baby's. Mitch vond hen leuk, maar ze waren voor hem geen bron van inspiratie. Hij had het druk met zich de gebeurtenissen van de afgelopen dag te herinneren.
De vrouwen aten snel en gingen toen de meubels bekijken. De kinderen namen Hearsay mee naar de achtertuin.
'Het verbaast me een beetje dat ze je aan Tolleson hebben toegewezen,' zei Lamar, terwijl hij zijn mond afveegde.
'Waarom?'
'Ik geloof niet dat hij ooit al eens een assistent heeft begeleid.'
'Is daar een speciale reden voor?'
'Niet echt. Hij is een geweldige vent, maar niet direct een teamspeler. Geeft er de voorkeur aan alleen te werken. Hij en zijn vrouw hebben wat problemen en er wordt gefluisterd dat ze niet meer bij elkaar zijn. Maar hij zwijgt daar in alle talen over.'
Mitch duwde zijn bord weg en nam een slokje ijsthee. 'Is hij een goed jurist?'
'Ja, een heel erg goede. Moet je wel zijn om vennoot te kunnen worden. Veel van zijn cliënten zijn schatrijke mensen die miljoenen kunnen onderbrengen in landen die belastingtechnisch een paradijs zijn. Hij richt B.V.'s op. Veel daarvan zijn nogal riskant en hij staat erom bekend dat hij bereid is risico's te nemen en later met de belastingrecherche te praten. Het merendeel van zijn cliënten is eveneens bereid tot het nemen van grote risico's. Je zult veel onderzoek moeten verrichten naar het ombuigen van de belastingregels. Zal heel leuk zijn.'
'Hij heeft me een halve lunch lang college gegeven over het indienen van rekeningen.'
'Dat is van wezenlijk belang. In dat opzicht word je voortdurend onder druk gezet. We kunnen alleen onze tijd verkopen. Wanneer je je rechtbankexamen eenmaal hebt gehaald, zullen de door jou ingediende rekeningen voortdurend in de gaten worden gehouden door Tolleson en Royce McKnight. Alles wordt opgeslagen in een van de computers en ze kunnen tot op de cent bepalen hoe produktief je bent. De eerste zes maanden zal er van je worden verwacht dat je dertig tot veertig uur per week in rekening brengt. Daarna enige jaren lang vijftig uur. Voordat ze gaan overwegen je vennoot te maken, moet je minstens enige jaren lang zestig uur per week hebben gedeclareerd. Geen enkele actieve vennoot declareert minder uren, en de meesten voor het maximale tarief.'
'Dat zijn er heel wat.'
'Dat lijkt zo, maar het is bedrieglijk. De meeste goede juristen kunnen acht of

negen uur per dag werken en er twaalf in rekening brengen. Niet direct eerlijk tegenover een cliënt, maar iedereen doet het.'

'Klinkt onethisch.'

'Dat is het achterna rijden van ambulances ook, evenals het contant innen van een honorarium voor een drugszaak, wanneer je reden hebt om aan te nemen dat het geld niet zuiver op de graat is. Heel wat dingen zijn ethisch niet verantwoord. Wat zou je denken van een arts die honderd ziekenfondspatiënten per dag ziet? Of de chirurg die een niet noodzakelijke operatie verricht? Ik heb een aantal heel onethische mensen als cliënt gehad. Het is niet moeilijk om extra uren te declareren wanneer je cliënt een multimiljonair is die de regering op een legale manier wil belazeren. Dat doen we allemaal.'

'Worden daar richtlijnen voor gegeven?'

'Nee, je leert het vanzelf. Je begint met krankzinnig lange werkdagen te maken, maar dat kun je niet eeuwig blijven volhouden. Dus ga je het anders aanpakken. Geloof me, Mitch. Als je een jaar bij ons bent, weet je hoe je tien uur moet werken en het dubbele in rekening kunt brengen. Het is een soort zesde zintuig dat juristen krijgen.'

'Wat zal ik me nog meer eigen maken?'

Lamar liet de ijsblokjes in zijn glas rinkelen en dacht even na. 'Een zekere mate van cynisme. Toen je nog rechten studeerde, had je ongetwijfeld een nobel idee over wat een jurist behoort te zijn. De voorvechter van de rechten van het individu; een verdediger van de grondwet; een helper van de onderdrukten; een spreekbuis voor de principes van je cliënt. Maar nadat je zes maanden praktijkervaring achter de rug hebt, weet je dat we niets anders zijn dan ingehuurde krachten. We zijn spreekbuizen die aan de hoogste bieder worden verkocht, beschikbaar voor iedereen, voor elke boef die geld genoeg heeft om onze krankzinnig hoge honoraria te kunnen betalen. Niets zal je meer schokken. Het wordt geacht een eerbaar beroep te zijn, maar je zult zo veel gecorrumpeerde juristen ontmoeten, dat je ernaar gaat verlangen je ontslag te nemen en een eerlijke baan te zoeken. Ja, Mitch, je zult cynisch worden. Eigenlijk is dat triest.'

'Dat zou je me in dit stadium van mijn carrière eigenlijk niet moeten zeggen.'

'Het geld maakt veel goed. Het is verbazingwekkend hoe slaafs je kunt zijn voor tweehonderdduizend dollar per jaar.'

'Slaafs? Wat klinkt dat afschuwelijk.'

'Het spijt me. Zo erg is het nu ook weer niet. Afgelopen donderdag is mijn levensvisie echter drastisch veranderd.'

'Wil je het huis eens zien? Het is geweldig.'

'Een andere keer misschien. Nu wil ik alleen praten.'

6

Om vijf uur 's morgens begon de wekker te ratelen op het nieuwe nachtkastje onder de nieuwe lamp en werd meteen tot zwijgen gebracht. Mitch liep op onzekere voeten door het nieuwe huis en merkte dat Hearsay al bij de achterdeur stond. Hij liet hem de tuin in en ging toen een douche nemen. Twintig minuten later trof hij zijn vrouw nog altijd tussen de lakens aan en gaf haar een kusje ten afscheid. Daar reageerde ze niet op.

Het was stil op de weg en daardoor was hij in tien minuten op kantoor. Hij had besloten dat zijn werkdag om half zes zou beginnen, tenzij iemand er nog eerder was dan hij. Dan zou hij er om vijf uur, of om half vijf zijn, in elk geval op een tijdstip dat hij er als eerste was. Slapen was vervelend. Hij zou deze dag de eerste jurist zijn die bij het Bendini Building arriveerde en dat zou hij elke dag volhouden, tot hij vennoot was geworden. De anderen hadden daar tien jaar over gedaan, hem moest het in zeven lukken. Hij had besloten dat hij de jongste vennoot uit de geschiedenis zou worden.

Het lege terrein naast het Bendini Building was afgesloten door middel van een ketting en bij het hek stond een bewaker. Op dat terrein was voor hem al een parkeerplaats gereserveerd. Tussen de gele lijnen was met verf zijn naam gespoten. Hij hield halt bij het hek en wachtte. De geüniformeerde bewaker kwam uit het donker te voorschijn en liep naar Mitch' portier. Mitch drukte op een knop, waardoor het raampje openging, en haalde een plastic kaart met zijn foto erop te voorschijn.

'U moet de nieuwe man zijn,' zei de bewaker, terwijl hij de kaart bekeek.

'Ja. Ik ben Mitch McDeere.'

'Ik kan lezen. Ik had het aan de auto moeten zien.'

'Hoe heet jij?' vroeg Mitch.

'Dutch Hendrix. Ik heb drieëndertig jaar lang bij de politie van Memphis gewerkt.'

'Prettig kennis met je te maken, Dutch.'

'Dat is wederzijds. U begint al vroeg.'

Mitch glimlachte en pakte de kaart weer aan. 'Eigenlijk dacht ik dat iedereen er al wel zou zijn.'

Dutch glimlachte. 'U bent de eerste. Meneer Locke zal dadelijk wel arriveren.'

Het hek ging open en Dutch gaf hem een teken dat hij door kon rijden. Hij vond zijn naam op het asfalt en zette de brandschone BMW neer op de derde rij vanaf het gebouw gerekend. Toen pakte hij zijn dieprode, lege aktentas van de achterbank en deed het portier zacht dicht. Een andere bewaker wachtte bij de achteringang. Mitch stelde zich voor en wachtte tot de deur was geopend. Hij keek op zijn horloge. Precies half zes. Hij was opgelucht dat dit tijdstip vroeg genoeg bleek te zijn. De rest van het kantoor sliep nog.

53

In zijn kantoor draaide hij de lichtschakelaar om en legde de aktentas op het tijdelijke bureau neer. Toen liep hij de gang door naar de koffiekamer en deed onderweg de lichten aan. Het koffiezetapparaat was groot en nergens stond vermeld hoe je het moest bedienen. Hij bestudeerde het apparaat even terwijl hij een pak koffie in het filter deed. Toen goot hij water in een van de gaten bovenin en glimlachte toen er op de juiste plaats koffie begon te druppen.

In een hoek van zijn kantoor stonden drie kartonnen dozen vol boeken, dossiers, notitieboeken en aantekeningen, die hij tijdens de afgelopen drie jaar had verzameld. Hij zette de eerste doos op zijn bureau en begon hem leeg te maken. Het materiaal werd geselecteerd en in keurige stapeltjes op de grond neergelegd. Na twee koppen koffie vond hij in doos nummer drie het materiaal dat hij voor zijn rechtbankexamen nodig had. Hij liep naar het raam en maakte de luiken open. Het was nog donker. Hij zag de man die opeens op de drempel van zijn kantoor verscheen niet.

'Een goede morgen!'

Mitch draaide zich bij het raam bliksemsnel om en keek de man met open mond aan. 'U hebt me aan het schrikken gemaakt,' zei hij en haalde diep adem.

'Dat spijt me. Ik ben Nathan Locke. Ik geloof niet dat we elkaar al eens hebben ontmoet.'

'Ik ben Mitch McDeere, de nieuwe man.' Ze gaven elkaar een hand.

'Dat weet ik en ik bied je mijn verontschuldigingen aan voor het feit dat we elkaar nog niet hebben ontmoet. De keren dat je hier eerder op bezoek was, had ik het druk. Ik geloof echter wel dat ik je maandag tijdens de begrafenissen heb gezien.'

Mitch knikte en wist zeker dat hij nooit binnen een straal van honderd meter in de buurt van Nathan Locke was gekomen. Dat zou hij zich hebben herinnerd. Het kwam door de ogen, de koude zwarte ogen met rijen zwarte rimpels eromheen. Grote ogen. Onvergetelijke ogen. Zijn haar was wit en boven op zijn hoofd dun. Bij de oren was het dikker. Het wit contrasteerde scherp met de rest van zijn gezicht. Wanneer hij sprak, werden de ogen kleiner en gloeiden de zwarte pupillen woest. Sinistere ogen. Alwetende ogen.

'Dat zou kunnen,' zei Mitch, die werd gefascineerd door het meest boosaardige gezicht dat hij ooit had gezien. 'Dat zou kunnen.'

'Ik merk dat je ervan houdt vroeg uit de veren te zijn.'

'Inderdaad, meneer.'

'Nu, prettig dat je bij ons bent gekomen.'

Nathan Locke liep weg. Mitch keek even de gang af en deed toen de deur dicht. Geen wonder dat die man op de vierde verdieping voor iedereen verborgen werd gehouden, dacht hij. Nu begreep hij waarom hij Nathan Locke niet had ontmoet voordat hij het contract had ondertekend. Dan had hij zich misschien bedacht. Ze hielden hem waarschijnlijk voor alle mogelijke rekruten verborgen. De man had ongetwijfeld de meest dreigende, boosaardige uitstraling waarmee Mitch ooit was geconfronteerd. Het kwam door de ogen, zei hij nogmaals tegen zichzelf, terwijl hij zijn voeten op het bureau legde en slokjes koffie nam. De ogen.

Zoals Mitch al had verwacht, had Nina eten bij zich toen ze zich om half negen meldde. Ze bood Mitch een broodje aan en hij nam er twee. Ze vroeg of ze elke ochtend eten moest meenemen en Mitch zei dat dat heel aardig van haar zou zijn. 'Wat is dat?' vroeg ze en wees op de stapels dossiers en aantekeningen op het bureau.

'Ons project voor vandaag. We moeten dit alles organiseren.'

'U wilt niets dicteren?'

'Nog niet. Over een paar minuten heb ik een bespreking met Avery. Deze troep moet op een fatsoenlijke manier worden opgeborgen.'

'Wat opwindend,' zei ze en liep naar de koffiekamer.

Avery Tolleson overhandigde hem meteen een dik dossier. 'Dit is het Capps-dossier. Althans een deel ervan. De naam van onze cliënt luidt Sonny Capps. Hij is in Arkansas opgegroeid, maar woont nu in Houston. Ongeveer dertig miljoen waard, en hij houdt elke cent daarvan bij. Zijn vader heeft hem vlak voor zijn overlijden een oude scheepvaartmaatschappij gegeven en die heeft hij uitgebouwd tot de grootste sleepbootdienst op de Mississippi. Nu heeft hij schepen, of boten zoals hij ze noemt, over de hele wereld. Hij wil een nieuwe B.V. oprichten om een vloot tankers te kopen van de familie van de een of andere spleetoog uit Hongkong. Capps trekt voor zo'n operatie gewoonlijk wel vijfentwintig vennoten aan, om het risico te spreiden. Bij deze transactie zal het om ongeveer vijfenzestig miljoen gaan. Ik heb al een aantal B.V.'s voor hem opgericht en die zijn allemaal anders en ingewikkeld. Verder is hij een man met wie het uitzonderlijk moeilijk zaken doen is. Hij is een perfectionist en denkt meer te weten dan ik. Jij zult niet met hem spreken. Niemand hier spreekt met hem, behalve ik. Dat dossier is een deel van de laatste B.V. die ik voor hem heb opgericht. Het bevat onder andere een prospectus en de voorwaarden van de B.V. Je moet alles goed doorlezen en daarna wil ik dat je een concept schrijft voor de statuten van de nieuwe B.V.'

Het dossier werd opeens zwaarder. Misschien was half zes toch nog niet vroeg genoeg.

De vennoot ging verder. 'Volgens Capps hebben we ongeveer veertig dagen, dus lopen we al achter. Marty Kozinski heeft me hierbij geholpen en zodra ik zijn dossier heb bekeken, zal ik het doorgeven aan jou. Nog vragen?'

'Moet er nog onderzoek worden gedaan?'

'De meeste gegevens zullen nog wel kloppen, maar je zult moeten nagaan of er iets is veranderd. Capps heeft het afgelopen jaar meer dan negen miljoen verdiend en hij heeft maar een schijntje aan belastingen hoeven te betalen. Hij gelooft niet in het betalen daarvan en houdt me persoonlijk verantwoordelijk voor elke cent die daarheen moet. Natuurlijk blijft het allemaal binnen de wet, maar aan deze zaak moet onder grote druk worden gewerkt. Het gaat om een investering en een belastingbesparing van miljoenen dollars. De regeringen van minstens drie landen zullen de B.V. aan een grondig onderzoek onderwerpen, dus moet je heel voorzichtig zijn.'

Mitch bladerde de documenten door. 'Hoeveel uur moet ik hieraan werken?'

'Zoveel mogelijk. Ik weet dat het rechtbankexamen belangrijk is, maar dat is

Sonny Capps ook. Hij heeft ons vorig jaar bijna een half miljoen aan honoraria betaald.'
'Ik zal mijn best doen.'
'Daar twijfel ik niet aan. Zoals ik je al hebt gezegd, kun je honderd dollar per uur berekenen. Vergeet je declaratie niet. Nina zal je vandaag zeggen hoe je dat moet regelen.'
'Hoe zou ik dat nu kunnen vergeten?'

Oliver Lambert en Nathan Locke stonden voor de metalen deur op de vijfde verdieping en staarden naar de camera erboven. Iets klikte luid en toen ging de deur open. Een bewaker knikte. DeVasher wachtte op hen in zijn kantoor.
'Een goeie morgen, Ollie,' zei hij rustig en negeerde de andere vennoot.
'Wat zijn de laatste berichten?' snauwde Locke DeVasher toe zonder hem aan te kijken.
'Waarvandaan?' vroeg DeVasher kalm.
'Chicago.'
'Nat, ze maken zich daar erg veel zorgen. Ongeacht wat jij gelooft, vinden ze het niet prettig hun handen vuil te maken en eerlijk gezegd begrijpen ze eenvoudigweg niet waarom ze dat wel moeten doen.'
'Hoe bedoel je dat?'
'Ze zijn moeilijke vragen aan het stellen, zoals waarom wij onze mensen niet in toom kunnen houden.'
'En hoe reageer jij daarop?'
'Ik zeg dat alles in orde is. Geweldig. Dat de firma Bendini een solide kantoor is. Dat de lekken zijn gedicht. Dat we zoals gewoonlijk weer zaken doen en dat er geen problemen meer zijn.'
'Hoeveel schade hebben ze aangericht?' vroeg Lambert.
'Dat weten we niet zeker. We zullen het nooit zeker weten, maar ik geloof niet dat ze echt hun mond hebben opengedaan. Ze hadden ongetwijfeld besloten dat wel te doen, maar ik denk niet dat ze het hebben gedaan. We hebben uit een behoorlijk betrouwbare bron vernomen dat er op de dag van het ongeluk agenten van de FBI naar het eiland onderweg waren, dus denken we dat ze van plan waren hun liedje te gaan zingen.'
'Hoe weet je dat?' vroeg Locke.
'Kom nu, Nat. We hebben zo onze bronnen. Bovendien zaten onze mensen overal op dat Grand Cayman. We doen ons werk goed, weet je.'
'Dat is duidelijk.'
'Was het een smerige troep?'
'Nee, het was heel professioneel aangepakt.'
'Hoe is die inheemse man erbij betrokken geraakt?'
'We moesten het er zo echt mogelijk laten uitzien, Ollie.'
'Hoe zit het met de autoriteiten daar?'
'Welke autoriteiten? Ollie, het is een klein, vredig eiland. Het afgelopen jaar hebben ze één moord en vier duikongelukken moeten afhandelen. Wat hen betreft is het gewoon een ongeval geweest. Drie mensen die door toeval zijn verdronken.'

'En de FBI?' vroeg Locke.

'Dat weet ik niet.'

'Ik dacht dat je daar ook een bron had.'

'Dat is ook zo, maar we kunnen hem niet vinden. Vanaf gisteren hebben we niets meer gehoord. Onze mensen zijn nog steeds op het eiland en zij hebben niets ongewoons waargenomen.'

'Hoe lang blijven ze daar nog?'

'Een paar weken.'

'Wat zal er gebeuren wanneer de FBI zich daar laat zien?' vroeg Locke.

'Dan zullen we die mensen heel nauwkeurig in de gaten houden. We zullen er zijn wanneer ze uit het vliegtuig stappen en we zullen hen volgen naar hun hotelkamers. Misschien tappen we hun telefoons wel af. We zullen weten wat ze bij het ontbijt eten en waar ze over praten. We zullen drie van onze mensen toewijzen aan een van hun mensen en als ze naar het toilet gaan, zullen we dat nog weten. Nat, ze zullen niets kunnen vinden. Ik heb je al gezegd dat het keurig en zeer professioneel is gedaan. Geen bewijzen. Ontspan je nu maar.'

'DeVasher, ik word hier misselijk van,' zei Lambert.

'Ollie, denk je dat ik dit leuk vind? Wat hadden we dan volgens jou moeten doen? Stil blijven zitten en hen gewoon met elkaar laten praten? Kom nu, Ollie, we zijn allemaal mensen. Ik wilde het niet doen, maar Lazarov gaf opdracht het wel te doen. Als jij met Lazarov in discussie wilt gaan, doe je dat maar. Dan zullen ze je ergens drijvend aantreffen. Die jongens hadden niets goeds in de zin. Ze hadden hun mond moeten houden, in hun mooie autootjes moeten blijven rijden en de belangrijke jurist moeten uithangen. Maar nee, ze moesten zo nodig schijnheilig worden.'

Nathan Locke stak een sigaret op en blies een grote rookwolk in de richting van DeVasher. Het drietal zat enige tijd zwijgend bij elkaar. DeVasher keek nijdig naar Zwartoog, maar zei niets.

Oliver Lambert stond op en staarde naar de kale muur naast de deur. 'Waarom wilde je ons spreken?' vroeg hij.

DeVasher haalde diep adem. 'Chicago wil dat afluisterapparatuur wordt aangebracht in alle huizen van diegenen die geen vennoot zijn.'

'Dat had ik je al gezegd,' zei Lambert tegen Locke.

'Het was niet mijn idee, maar ze staan erop. Ze zijn daar heel zenuwachtig en ze willen wat extra voorzorgsmaatregelen nemen. Je kunt het die mensen eigenlijk niet kwalijk nemen.'

'Vind je dit niet een beetje te ver gaan?' vroeg Lambert.

'Ja. Het is volstrekt onnodig. Maar Chicago denkt daar anders over.'

'Wanneer?' vroeg Locke.

'Volgende week of zo. Er zullen een paar dagen mee gemoeid zijn.'

'Bij allemaal?'

'Ja. Dat hebben ze gezegd.'

'Ook bij McDeere?'

'Ja, zelfs bij McDeere. Ik denkt dat Tarrance het nogmaals zal proberen en ditmaal zou hij wel eens onder aan de ladder kunnen beginnen.'

'Ik heb hem vanmorgen ontmoet,' zei Locke. 'Hij was er nog eerder dan ik.'
'Om half zes,' zei DeVasher.

De overblijfselen van de rechtenstudie werden op de grond gelegd en het Capps-dossier lag op het bureau. Nina nam een kipsalade en een sandwich mee nadat ze was gaan lunchen en hij at alles op terwijl hij het dossier las en zij de rommel van de grond opruimde. Kort na enen kwam Wally Hudson, of J. Walter Hudson zoals zijn briefhoofd vermeldde, om Mitch te gaan voorbereiden op het rechtbankexamen. Contracten waren zijn specialiteit. Hij werkte al vijf jaar op het kantoor en kwam als enige uit Virginia, wat hij merkwaardig vond, omdat Virginia volgens hem de beste rechtenopleiding had. De laatste twee jaar had hij een heel nieuwe stoomcursus ontwikkeld. Hij wilde die dolgraag eens op iemand uitproberen en McDeere was toevallig diegene. Hij gaf Mitch een ringband die minstens evenveel woog als het Capps-dossier.
Het examen zou vier dagen duren en uit drie delen bestaan, legde Wally uit. Op de eerste dag moest er een vier uur durend multiple choice-examen worden afgelegd over de ethiek. Gill Vaughn, een van de vennoten, was op dat gebied de expert en zou Mitch voor dat onderdeel begeleiden. Op de tweede dag volgde een acht uur durend examen dat het 'multi-staatsexamen' werd genoemd. Daarin werden vrijwel alle wetten behandeld die in alle staten rechtsgeldigheid hadden. Ook dat was multiple choice en de vragen waren heel verraderlijk. Daarna kwam het zware geschut. Op de derde en de vierde dag werden acht uur durende examens afgenomen, met elk vijftien onderwerpen. Contracten, de uniforme handelswet, onroerend goed, benadeling, het familierecht, compensaties voor werkende mensen, de grondwet, federale rechtsprocedures, criminele procedures, corporaties, vennootschappen, verzekeringen en relaties tussen debiteuren en crediteuren. Alle antwoorden dienden in de vorm van een essay te worden gegeven en bij de vragen zou de nadruk worden gelegd op de in Tennessee geldende wetten. Het kantoor beschikte over stoomcursussen voor alle vijftien onderdelen.
'Zijn dat vijftien van zulke dossiers?' vroeg Mitch.
Wally glimlachte. 'Ja. We gaan heel grondig te werk. Niemand op dit kantoor is ooit voor dat examen gezakt...'
'Dat weet ik, en ik zal niet de eerste zijn.'
'De eerstkomende zes weken zullen jij en ik minstens één keer per week bij elkaar komen om het materiaal door te nemen. Elke sessie zal ongeveer twee uur duren, dus kun je het plannen. Ik zou woensdag om drie uur willen voorstellen.'
'Ochtend of middag?'
'Middag.'
'Dat is prima.'
'Zoals je weet, gaan contracten en de uniforme handelswetgeving hand in hand, dus is dat laatste onderwerp in dit dossier verwerkt. We zullen beide uitgebreid bespreken, maar daar gaat natuurlijk wel tijd in zitten. Een typerend rechtbankexamen barst van de commerciële transacties. Over dergelijke problemen zijn schitterende essays te schrijven, dus is het van groot belang die grondig door te

nemen. Ik heb vragen uit examens aan dit alles toegevoegd, evenals de beste antwoorden. Je zult het fascinerend vinden om die te lezen.'

'Ik sta te popelen.'

'Zorg dat je voor de volgende week de eerste tachtig bladzijden hebt doorgewerkt. Daarin staan enige makkelijke vragen die je moet kunnen beantwoorden.'

'Heb je het over huiswerk?'

'Inderdaad. Ik zal je er volgende week een cijfer voor geven. Het is heel belangrijk die vragen elke week te oefenen.'

'Dit zou nog wel eens erger kunnen worden dan mijn rechtenstudie.'

'Het is veel belangrijker dan je rechtenstudie. We nemen dit heel serieus. We hebben een commissie die je voortgang in de gaten houdt vanaf dit moment tot je dat examen doet. We zullen je heel nauwlettend volgen.'

'Wie zitten er in die commissie?'

'Ikzelf, Avery Tolleson, Royce McKnight, Randall Dunbar en Kendall Mahan. We zullen elke vrijdag bij elkaar komen om je voortgang te controleren.'

Wally haalde een kleiner aantekenboek te voorschijn en legde dat op het bureau. 'Dit is je logboek. Je moet de uren noteren die je aan het studeren bent geweest, en de onderwerpen die je hebt bestudeerd. Ik kom dit elke vrijdag voor je commissievergadering ophalen. Heb je nog vragen?'

'Ik zou er niet één kunnen bedenken,' zei Mitch en legde het aantekenboek boven op het Capps-dossier.

'Prima. Dan zie ik je aanstaande woensdag om drie uur.'

Nog geen tien seconden nadat hij was vertrokken, kwam Randall Dunbar naar binnen met een dik aantekenboek dat opmerkelijk veel overeenkomsten vertoonde met dat van Wally. In feite was het identiek, maar iets dunner. Dunbar was het hoofd van de afdeling onroerend goed en had in mei de koop van het huis van de McDeeres geregeld. Hij overhandigde Mitch het aantekenboek en zei dat zijn specialiteit het meest kritieke onderdeel van het examen vormde. Alles was terug te voeren op bezit, zei hij. Hij had het materiaal de afgelopen tien jaar zelf zorgvuldig verzameld en bekende dat hij er vaak over had gedacht het geheel te laten uitgeven als een gezaghebbend werk over eigendomsrecht en grondfinanciering. Hij zou minstens een uur per week nodig hebben, liefst op de dinsdagmiddag. Hij vertelde een uur lang hoe anders het examen dertig jaar geleden, toen hij het had afgelegd, was geweest.

Kendall Mahan voegde er iets nieuws aan toe. Hij wilde repeteren op de zaterdagochtenden. Vroeg, liefst om een uur of half acht.

'Geen probleem,' zei Mitch en legde het aantekenboek naast de andere. Dit ging over het staatsrecht, een favoriet onderwerp van Kendall, hoewel hij er zelden iets mee te maken had, zei hij. Het was het belangrijkste onderdeel van het examen, of in elk geval was het dat vijf jaar geleden geweest, toen hij het examen had gedaan. Hij had er tijdens zijn laatste studiejaar aan de universiteit van Columbia een artikel over geschreven. Dat had hij erbij gedaan, voor het geval Mitch het wilde lezen. Mitch beloofde dat zo snel mogelijk te doen.

De processie ging de hele middag door, tot de helft van het kantoor was langsgekomen met aantekenboeken, huiswerk en verzoeken om wekelijkse bijeenkomsten. Niet minder dan zes mensen herinnerden hem eraan dat nog nooit iemand van het kantoor voor dat examen was gezakt.

Toen zijn secretaresse om vijf uur naar huis ging, lag er op het kleine bureau zoveel examenmateriaal, dat tien mensen er nog in zouden stikken. Mitch kon niets zeggen, glimlachte haar toe en pakte Wally's aantekeningen weer op. Een uurtje later dacht hij aan eten. Toen dacht hij voor het eerst in twaalf uur aan Abby. Hij belde haar op.

'Ik kom voorlopig nog niet naar huis,' zei hij.

'Maar ik ben het eten al aan het klaarmaken.'

'Laat het dan maar op het gas staan,' reageerde hij een beetje kortaf.

Er viel een stilte. 'Hoe laat ben je thuis?' vroeg ze langzaam en heel duidelijk.

'Over een paar uur.'

'Een paar uur. Je bent er al een halve dag.'

'Dat klopt, en ik heb nog veel meer te doen.'

'Maar het is je eerste werkdag.'

'Je zou me niet geloven als ik je vertelde hoeveel werk er al op me wacht.'

'Is alles met jou in orde?'

'Ja. Ik kom straks naar huis.'

Dutch Hendrix werd wakker van het starten van een motor en hij sprong overeind. Het hek ging open en terwijl hij ernaast wachtte, reed de laatste auto het parkeerterrein af. Hij kwam naast hem tot stilstand.

'Een goeie avond, Dutch,' zei Mitch.

'Gaat u nu pas weg?'

'Ja, ik heb een drukke dag gehad.'

Dutch liet het licht van de zaklantaren op zijn horloge schijnen. Het was half twaalf.

'Rijdt u voorzichtig?' zei Dutch.

'Ja. Tot over een paar uur.'

De BMW draaide Front Street op en racete weg. Een paar uur, dacht Dutch. Die jonge kerels waren echt verbazingwekkend. Achttien tot twintig uur per dag, zes dagen per week. Soms zeven. Ze waren allemaal van plan de grootste jurist ter wereld te worden en binnen vierentwintig uur miljonair te zijn. Soms sliepen ze achter hun bureau en bleven zo een klokje rond op kantoor. Dat alles had hij meegemaakt. Maar ze konden het niet eindeloos volhouden. Het menselijk lichaam was er niet op gebouwd zo te worden misbruikt. Na ongeveer een half jaar verloren ze iets van hun stoomkracht. Dan gingen ze vijftien uur per dag werken, zes dagen per week. Daarna vijf en een halve dag. Daarna twaalf uur per dag.

Niemand kon langer dan een half jaar honderd uur per week werken.

7

Een secretaresse was in een dossierkast op zoek naar iets dat Avery direct nodig had. De andere secretaresse stond voor zijn bureau, met een stenobloc in haar hand. Ze schreef af en toe opdrachten op die hij haar gaf wanneer hij niet in de telefoon aan het schreeuwen was, of luisterde naar degene aan de andere kant van de lijn. Op het telefoontoestel knipperden drie rode lampjes. Als hij wat in de telefoon zei, spraken de secretaressen met elkaar. Mitch liep langzaam het kantoor in en bleef bij de deur staan.

'Mond houden!' schreeuwde Avery de secretaressen toe.

De vrouw bij de dossierkast schoof de la met een klap dicht en liep naar de volgende kast, waar ze zich bukte om de onderste lade open te trekken. Avery knipte met zijn vingers ten behoeve van de andere secretaresse en wees op zijn agenda. Hij hing op zonder gedag te zeggen.

'Hoe ziet mijn agenda er voor vandaag uit?' vroeg hij en pakte een dossier.

'Om tien uur vanmorgen een bespreking met de belastingdienst in het centrum van de stad. Om een uur vanmiddag een bespreking met Nathan Locke over het Spinosa-dossier. Om half vier een bespreking met de andere vennoten. Morgen moet u de hele dag bij de rechtbank zijn en daar moet u zich vandaag eigenlijk de hele dag op voorbereiden.'

'Geweldig! Alle afspraken afzeggen. Kijk wanneer ik zaterdagmiddag naar Houston kan vliegen. Maandagmorgen vroeg wil ik weer teruggaan.'

'In orde, meneer.'

'Mitch! Waar is het Capps-dossier?'

'Op mijn bureau.'

'Hoe ver ben je ermee?'

'Ik heb het merendeel doorgelezen.'

'We moeten overschakelen naar een hogere versnelling. Ik had Sonny Capps daarnet aan de telefoon. Hij wil me zaterdagochtend in Houston spreken en dan wil hij een eerste concept van de voorwaarden van de B.V. in handen krijgen.' Mitch' lege maag verkrampte zich van de zenuwen. Als hij het zich goed herinnerde, ging het om zo ongeveer honderdveertig pagina's.

'Alleen een eerste concept,' zei Avery en wees op een secretaresse.

'Geen probleem,' zei Mitch met zoveel zelfvertrouwen als hij kon vergaren. 'Perfect zal het misschien nog niet zijn, maar een eerste concept moet lukken.'

'Ik heb het zaterdagmiddag om twaalf uur nodig, zo perfect als mogelijk is. Ik zal een van mijn secretaressen Nina laten wijzen waar ze alle noodzakelijke informatie in de computer kan vinden. Op die manier zal er wat minder gedicteerd en getypt hoeven te worden. Ik weet dat dit oneerlijk is, maar Sonny Capps is dat ook. Die man is heel veeleisend. Hij zei me dat het binnen twintig dagen rond moet zijn, omdat het anders niet doorgaat. Alles hangt van ons af.'

'Ik zal zorgen dat het klaar komt.'

'Goed. Laten we om acht uur 's morgens dan samen nagaan hoe de zaken ervoor staan.'

Avery drukte een van de knipperende toetsen in en begon te praten. Mitch liep naar zijn kantoor en zocht onder de vijftien aantekenboeken het Capps-dossier. Nina stak haar hoofd om de hoek van de deur.

'Oliver Lambert wil u spreken.'

'Wanneer?'

'Nu.'

Mitch keek op zijn horloge. Drie uur op kantoor en hij zou het liefst alweer naar huis gaan. 'Kan het niet even wachten?'

'Dat denk ik niet. Meneer Lambert is gewoonlijk niet bereid op iemand te wachten.'

'O.'

'U kunt beter gaan.'

'Wat wil hij?'

'Dat heeft zijn secretaresse niet gezegd.'

Hij trok zijn colbertje aan, trok zijn das recht en racete de trap op naar de vierde verdieping, waar Lamberts secretaresse al op hem stond te wachten. Ze stelde zich voor en deelde mee dat ze al eenendertig jaar op dit kantoor werkzaam was. Ze was de tweede secretaresse die door de heer Anthony Bendini in dienst was genomen nadat hij naar Memphis was verhuisd. Ze heette Ida Renfroe, maar iedereen noemde haar mevrouw Ida. Ze liet hem het grote kantoor binnengaan en deed toen de deur dicht.

Oliver Lambert stond achter zijn bureau en zette zijn leesbril af. Hij glimlachte warm en legde zijn pijp op de koperen standaard neer. 'Een goede morgen, Mitch,' zei hij zacht, alsof tijd niets te betekenen had. 'Laten we daar gaan zitten.' Hij wees op de bank.

'Wil je een kop koffie?'

'Nee, dank u,' zei Mitch.

Mitch ging op de bank zitten en de vennoot nam plaats in een waaierfauteuil, die een eindje van de bank vandaan stond en hoger was. Mitch knoopte zijn colbertje los, sloeg zijn benen over elkaar en keek even naar zijn nieuwe paar Cole-Haans. Tweehonderd dollar. Dat was twee uur werken voor een assistent in deze gelddrukkerij. Hij probeerde zich te ontspannen, maar hij kon nog altijd de paniek in Avery's stem horen en de wanhoop in de ogen van die man zien toen hij door de telefoon had geluisterd naar die Capps. Dit was zijn tweede volledige werkdag hier en nu al klopte zijn hoofd en deed zijn maag zeer.

Lambert glimlachte hem toe met zijn meest oprechte, grootvaderlijke glimlach. Het was tijd voor de een of andere preek. Hij droeg een schitterend wit overhemd van zuiver katoen, met een kleine, zijden vlinderdas, waardoor hij er uitzonderlijk intelligent en wijs uitzag. Zoals gewoonlijk was hij nog bruiner dan je midden in de zomer van iemand in Memphis kon verwachten. Zijn tanden glinsterden als diamanten. Een zestigjarig fotomodel.

'Een paar dingen, Mitch,' zei hij. 'Ik heb begrepen dat je het al heel druk hebt.'

'Ja, meneer, nogal.'

'Paniek hoort bij het leven op een kantoor als het onze en cliënten als Sonny Capps kunnen je een maagzweer bezorgen. Onze cliënten zijn echter het enige dat we hebben, dus werken we onszelf dood omwille van hen.'

Mitch glimlachte en fronste tegelijkertijd zijn wenkbrauwen.

'Twee dingen, Mitch. In de eerste plaats zouden mijn vrouw en ik graag willen dat Abby en jij zaterdag met ons gaan dineren. We dineren vaak buiten de deur en hebben dan graag vrienden om ons heen. Ik kan zelf best redelijk koken, dus kan ik lekker eten en een goed glas wijn waarderen. We reserveren gewoonlijk een grote tafel in een van onze favoriete restaurants in de stad, nodigen dan vrienden uit en brengen de avond door met een maaltijd van negen gangen en zeer zeldzame wijnen. Zijn Abby en jij zaterdagavond vrij?'

'Natuurlijk.'

'Kendall Mahan, Wally Hudson, Lamar Quin en hun echtgenotes zullen eveneens van de partij zijn.'

'Het zal ons een waar genoegen zijn.'

'Prima. In Memphis is Justine's mijn favoriete restaurant. Het is een oud, Frans etablissement met een uitgelezen keuken en een indrukwekkende wijnkaart. Zullen we afspreken rond een uur of zeven?'

'We zullen er zijn.'

'In de tweede plaats moeten we iets bespreken. Ik ben er zeker van dat je je er bewust van bent, maar toch is het de moeite van het vermelden waard. Het is heel belangrijk voor ons. Ik weet dat je in Harvard is geleerd dat er een vertrouwelijke relatie bestaat tussen jou als jurist en je cliënt. Je kunt nimmer worden gedwongen iets openbaar te maken dat de cliënt je heeft verteld. Het is strikt vertrouwelijk. We schenden onze ethische codes wanneer we zaken van een cliënt met anderen bespreken. Dat geldt voor iedere jurist, maar hier op kantoor nemen we die professionele relatie heel serieus. We bespreken zaken van een cliënt met niemand, ook niet met andere juristen of met onze echtgenotes. Soms zelfs niet met elkaar. We hebben als regel dat er thuis niet over wordt gesproken en onze echtgenotes hebben geleerd er niet naar te vragen. Hoe minder je zegt, hoe beter je af bent. De heer Bendini was heilig overtuigd van de waarde van geheimhouding en heeft die overtuiging grondig op ons overgebracht. Een jurist van dit kantoor zal buiten dit gebouw de naam van een cliënt zelfs nooit noemen. Zo belangrijk vinden we dit.'

Waar wil hij heen? vroeg Mitch zich af. Elke tweedejaars rechtenstudent kon zo'n verhaal afsteken. 'Ik begrijp het, meneer Lambert, en u hoeft zich over mij echt geen zorgen te maken.'

'Het motto van de heer Bendini luidde dat losse tongen voor verloren rechtszaken zorgen en dat motto paste hij op alles toe. We bespreken zaken van onze cliënten met niemand, ook niet met onze echtgenotes. Zo willen we het hebben en houden. Hier in de stad zul je andere juristen ontmoeten en vroeg of laat zullen ze je iets vragen over ons kantoor, of over een cliënt. Maar wij houden onze mond dicht. Goed begrepen?'

'Natuurlijk, meneer Lambert.'

'Prima. We zijn heel trots op je, Mitch. Je zult een heel goede en een heel rijke jurist worden. Tot zaterdag.'

Mevrouw Ida had een boodschap voor Mitch. De heer Tolleson had hem direct nodig. Hij bedankte haar en racete de trap weer af, de gang door, langs zijn eigen kantoor naar het grote kantoor in de hoek. Daar waren nu drie secretaressen aan het zoeken en fluisterden tegen elkaar, terwijl de baas in de telefoon aan het schreeuwen was. Mitch vond een veilig plaatsje in een stoel bij de deur en sloeg het circus gade. De vrouwen haalden dossiers en aantekenboeken te voorschijn en mompelden onderling. Af en toe knipte Avery met zijn vingers en wees ergens op, waarna ze als angstige konijntjes overeind schoten.

Na een paar minuten smeet hij de hoorn met een klap op de haak, opnieuw zonder gedag te zeggen. Toen loerde hij naar Mitch.

'Dat was weer Sonny Capps. De Chinezen willen vijfenzeventig miljoen en daar is hij mee akkoord gegaan. Er zullen eenenveertig vennoten worden aangetrokken in plaats van vijfentwintig. We hebben twintig dagen de tijd, anders gaat het niet door.'

Twee secretaressen liepen naar Mitch toe en gaven hem dikke dossiers.

'Kun je het aan?' vroeg Avery bijna snerend. De secretaressen keken hem aan. Mitch nam de dossiers over en liep naar de deur. 'Natuurlijk kan ik het aan. Is dat alles?'

'Het is voldoende. Ik wil dat je tussen nu en zaterdag aan niets anders werkt dan dat dossier. Is dat duidelijk?'

'Ja baas.'

In zijn kantoor deponeerde hij al het examenmateriaal in een hoek. Het Cappsdossier werd keurig op het bureau neergelegd. Hij haalde diep adem en begon te lezen. Er werd op de deur geklopt.

'Wie is daar?'

Nina stak haar hoofd naar binnen. 'Ik vind het heel vervelend dit te moeten zeggen, maar uw nieuwe meubels zijn er.'

Hij masseerde zijn slapen en mompelde iets onsamenhangends.

'Misschien kunt u beter een paar uur in de bibliotheek gaan werken.'

'Misschien wel.'

Ze pakten het Capps-dossier weer bij elkaar en deponeerden de vijftien aantekenboeken in de gang, waar twee grote negers stonden te wachten met een reeks grote kartonnen dozen en een Oosters tapijt.

Nina liep achter hem aan naar de bibliotheek op de tweede verdieping.

'Ik had een afspraak met Lamar Quin, om twee uur, in verband met dat rechtbankexamen. Bel hem op en annuleer die afspraak. Zeg maar dat ik het hem later zal uitleggen.'

'Om twee uur hebt u al een afspraak met Gill Vaughn.'

'Ook annuleren.'

'Hij is een vennoot.'

'Annuleren. Ik maak het later wel goed.'

'Het is niet verstandig.'

'Doe wat ik je zeg.'

'U bent de baas.'
'Dank je.'

De behangster was een kleine, gespierde, al wat oudere vrouw, die aan hard werken gewend was en perfect was opgeleid. Ze vertelde Abby dat ze al bijna veertig jaar duur behang had geplakt in de fraaiste huizen van Memphis. Ze praatte voortdurend, maar werkte daarbij gestaag door. Ze sneed precies, als een chirurg, en bracht de lijm als een kunstenares aan. Terwijl die droogde, haalde ze een meetlint uit haar leren riem en mat de resterende hoek van de eetkamer op. Ze mompelde getallen die Abby niet kon ontcijferen. Op vier verschillende plaatsen nam ze de lengte en de breedte op en onthield alle maten. Ze klom de trap op en vroeg Abby haar een rolletje behang te geven. Het paste perfect. Ze drukte het behang stevig tegen de muur aan en zei voor de honderdste keer hoe mooi het was, hoe duur, hoe lang het er fraai zou blijven uitzien. Het paste schitterend bij de gordijnen en het tapijt. Abby had er allang genoeg van gekregen haar voor dat compliment te bedanken. Ze knikte en keek op haar horloge. Het was tijd om aan het avondeten te beginnen.
Toen de muur klaar was, zei Abby dat het tijd was om te vertrekken en vroeg de vrouw de volgende morgen om negen uur terug te komen. Uitstekend, zei de dame en begon de troep op te ruimen. Ze kreeg twaalf dollar per uur contant uitbetaald en ging met bijna alles akkoord. Abby bewonderde de kamer. Morgen zouden ze die afmaken en dan zou alles zijn behangen, met uitzondering van de twee badkamers en de studeerkamer. De schilder zou de volgende week aan de slag gaan. De lijm, de natte lak van de schoorsteenmantel en de nieuwe meubelen zorgden gezamenlijk voor een heerlijk vers aroma.
Abby zei de behangster gedag en liep naar de slaapkamer, waar ze zich uitkleedde en dwars op haar bed ging liggen. Toen belde ze haar echtgenoot op, sprak even met Nina en kreeg te horen dat hij nog wel enige tijd in bespreking zou zijn. Nina zei dat hij zou terugbellen. Abby strekte haar lange, pijnlijke benen en masseerde haar schouders. De ventilator aan het plafond draaide langzaam rond. Mitch zou op een gegeven moment wel naar huis komen. Hij zou een tijdje honderd uur per week werken en dan teruggaan naar tachtig. Ze kon wachten. Ze werd een uur later wakker en sprong het bed af. Het was bijna zes uur. Kalfsvlees piccata. Ze trok een kaki-short aan, met een witte polo. Toen rende ze naar de keuken, die klaar was, met uitzondering van wat schilderwerk en de gordijnen, die de volgende week zouden worden opgehangen. Ze vond het recept in een pasta-kookboek en zette alle ingrediënten netjes op het aanrecht neer. Toen Mitch nog studeerde, hadden ze weinig rood vlees gegeten. Misschien af en toe eens een hamburger. Als ze zelf kookte, waren het kipgerechten geweest. Verder veel sandwiches en hot dogs.
Maar nu ze opeens zoveel geld hadden, werd het tijd dat ze leerde koken. De eerste week maakte ze elke avond iets nieuws klaar en dat aten ze dan op wanneer hij thuis was gekomen. Ze plande de maaltijden, bestudeerde de kookboeken, experimenteerde met de sauzen. Om onduidelijke redenen hield Mitch van Italiaans eten. Nu ze het klaarmaken van spaghetti en varkensvlees capellini perfect

onder de knie had, was het tijd voor kalfsvlees piccata. Ze sloeg de koteletjes plat en legde die in meel, dat was gekruid met zout en peper. Toen zette ze een pan water op. Daarna schonk ze voor zichzelf een glas Chablis in en zette de radio aan. Ze had het kantoor na de lunch twee keer opgebeld, en hij had geen tijd kunnen vinden om terug te bellen. Ze dacht er even over nogmaals te bellen, maar besloot toch dat niet te doen. Nu was het zijn beurt. Ze zou het eten klaarmaken en dat konden ze opeten wanneer hij thuiskwam.

Drie minuten gingen de koteletjes de hete olie in. Toen goot ze de olie uit de pan en voegde er wijn en citroensap aan toe. Na enig roeren dikte de saus in. Daarna werd het kalfsvlees weer in de pan gedaan, met toevoeging van champignons, artisjokken en boter. Ze zette een deksel op de pan en liet alles sudderen.

Ze bakte spek, sneed tomaten aan plakken en schonk nog een glas wijn in. Om zeven uur was het diner klaar. Een salade met spek en tomaat, kalfsvlees piccata en knoflookbrood in de oven. Hij had nog niet opgebeld. Ze nam haar wijn mee naar de patio en bekeek de achtertuin. Hearsay kwam onder een paar struiken uit gerend. Samen liepen ze de tuin door en bleven onder de twee grote eiken staan. Tussen de middelste takken van de grootste eik waren de restanten van een boomhut te zien. Op de stam waren initialen gekerfd. Aan de andere boom hing een stuk touw. Ze vond een rubber bal, gooide die weg en keek toe hoe de hond er achteraan rende. Bij het keukenraam luisterde ze even of ze de telefoon hoorde rinkelen. Dat gebeurde niet.

Hearsay bleef stokstijf staan en begon te grommen. Meneer Rice, de buurman, kwam te voorschijn vanachter een rij keurig gesnoeide heggen rond zijn patio. Zweet drupte van zijn neus af en zijn katoenen onderhemd was doorweekt. Hij trok zijn groene handschoenen uit en zag Abby onder de boom staan. Hij glimlachte. Hij keek naar haar bruine benen en glimlachte. Hij veegde zijn voorhoofd af met een bezwete onderarm en liep naar het hek.

'Hoe is het met u?' vroeg hij, zwaar ademend. Zijn dikke grijze haar droop en zat op zijn schedel vastgeplakt.

'Prima, meneer Rice. Hoe gaat het met u?'

'Ik heb het ontzettend heet.'

Abby liep langzaam naar het hek om een praatje te maken. Ze had hem nu al een week lang naar haar zien staren, maar dat vond ze niet erg. Hij was minstens zeventig en zou haar waarschijnlijk geen kwaad kunnen doen. Kijken mocht. Bovendien was hij een levend, ademend en zwetend menselijk wezen, dat kon praten en best wel een gesprekje gaande kon houden. Sinds Mitch voor het ochtendgloren was vertrokken, had ze alleen met de behangster kunnen praten.

'Uw gazon ziet er geweldig uit,' zei ze.

Hij veegde opnieuw zijn voorhoofd af en spuugde op de grond. 'Geweldig? Noemt u het geweldig? Zou in een tijdschrift thuis horen. Ik zou een prijs moeten krijgen voor de tuin van de maand, maar die willen ze me niet geven. Waar is uw man?'

'Op kantoor. Hij moest overwerken.'

'Het is al bijna acht uur en hij moet vanmorgen voor zonsopgang zijn vertrokken. Ik maak om half zeven altijd een wandelingetje en toen was hij al weg. Wat

66

is er met hem aan de hand?'

'Hij werkt graag.'

'Als ik een vrouw had zoals u, zou ik thuisblijven en zou niets me ertoe kunnen bewegen weg te gaan.'

Abby glimlachte om dat compliment. 'Hoe gaat het met mevrouw Rice?'

Hij fronste zijn wenkbrauwen en trok een stukje onkruid uit de heg. 'Niet al te best, ben ik bang.' Hij keek een andere kant op en beet op zijn lip. Mevrouw Rice was stervende aan kanker. Ze hadden geen kinderen. Zij had op zijn hoogst nog een jaar, volgens de artsen. Ze hadden het merendeel van haar maag weggehaald en nu zaten er tumoren in haar longen. Ze woog nog maar veertig kilo en kwam zelden uit bed. Tijdens hun eerste gesprekje over de heg waren zijn ogen vochtig geworden toen hij over haar vertelde en zei dat hij na eenenvijftig jaar straks opeens weer alleen zou zijn.

'Nee, ze zullen me geen prijs voor mijn tuin geven. Verkeerde deel van de stad. Zo'n prijs gaat altijd naar rijke mensen die tuinlieden in dienst nemen om al het werk te doen, terwijl zij bij hun zwembad een daiquiri drinken. Maar hij ziet er mooi uit, hè?'

'Ongelooflijk. Hoe vaak per week maait u het gras?'

'Drie tot vier keer, afhankelijk van de regen. Moet ik uw gazon soms ook maaien?'

'Nee. Ik wil dat Mitch dat doet.'

'Ik heb de indruk dat hij daar de tijd niet voor heeft. Ik zal het in de gaten houden en zo nodig een beetje bijmaaien.'

Abby draaide zich om en keek naar het keukenraam. 'Hoort u de telefoon ook?' vroeg ze en liep weg. De heer Rice wees op zijn hoortoestel.

Ze zei hem gedag en rende naar het huis. Toen ze de hoorn van de haak pakte, hield het rinkelen net op. Het was half negen, bijna donker. Ze belde het kantoor, maar niemand nam op. Misschien was hij onderweg naar huis.

Een uur voor middernacht rinkelde de telefoon. Naast een licht gesnurk was dat het enige geluid dat in het kantoor op de tweede verdieping te horen was. Zijn voeten lagen op het nieuwe bureau, bij de enkels over elkaar geslagen en gevoelloos omdat het bloed niet voldoende kon doorstromen. De rest van zijn lichaam hing makkelijk in de stoel van dik leer. Hij zat een beetje opzij gedraaid en produceerde af en toe de geluiden die bij een diepe slaap hoorden. Het Cappsdossier lag op het bureau uitgespreid en een formidabel ogend document was stevig tegen zijn maag gedrukt. Zijn schoenen stonden op de grond bij het bureau, naast een stapel documenten uit het Capps-dossier. Tussen de schoenen was een leeg zakje chips terechtgekomen.

Nadat het toestel twaalf keer was overgegaan, kwam hij in beweging en pakte snel de hoorn van de haak. Het was zijn vrouw.

'Waarom heb je niet opgebeld?' vroeg ze koel, maar toch een beetje bezorgd.

'Sorry. Ik was in slaap gevallen. Hoe laat is het?' Hij wreef in zijn ogen en keek toen op zijn horloge.

'Elf uur. Ik wou dat je in zo'n geval even opbelde.'

'Ik heb opgebeld, maar er werd niet opgenomen.'

'Wanneer?'

'Tussen acht en negen uur. Waar was je?'

Ze reageerde niet. Ze wachtte. 'Kom je naar huis?'

'Nee. Ik moet de hele nacht doorwerken.'

'De hele nacht? Je kunt niet de hele nacht doorwerken, Mitch.'

'Natuurlijk kan ik dat wel. Het gebeurt hier voortdurend. Het wordt van je verwacht.'

'Mitch, ik verwachtte je thuis. Het minste dat je had kunnen doen, was opbellen. Het eten staat nog steeds klaar.'

'Het spijt me. Allerlei zaken moeten heel snel worden afgerond en ik was de tijd vergeten. Ik bied je er mijn excuses voor aan.'

Even bleef het stil, terwijl zij over het excuus nadacht. 'Mitch, gaat dit een gewoonte worden?'

'Dat zou kunnen.'

'O. Wanneer denk je thuis te komen?'

'Ben je bang?'

'Nee, ik ben niet bang. Ik ga naar bed.'

'Om een uur of zeven kom ik even thuis om te douchen.'

'Dat is leuk. Mocht ik nog slapen, moet je me niet wakker maken.'

Ze hing op. Hij keek naar de hoorn en legde die op zijn plaats. Op de vijfde verdieping grinnikte een bewaker in zichzelf. 'Niet wakker maken. Prima,' zei hij en duwde op een knop van een door de computer gestuurde bandrecorder. Hij drukte drie knoppen in en sprak in een kleine microfoon. 'Dutch! Wakker worden daar beneden.'

Dutch werd wakker en boog zich naar de intercom toe. 'Wat is er?'

'Je spreekt met Marcus, van boven. Ik denk dat onze man van plan is hier de hele nacht te blijven.'

'Waar zit hij mee?'

'Nu met zijn vrouw. Hij was vergeten haar op te bellen en ze had een lekker etentje klaargemaakt.'

'Dat is dan erg jammer. Dat hebben we wel eens eerder gehoord, hè?'

'Ja. Iedere nieuweling doet het de eerste week. In elk geval heeft hij tegen haar gezegd dat hij morgenochtend pas naar huis komt. Ga dus maar weer lekker slapen.'

Marcus drukte op een paar knoppen en pakte het tijdschrift weer op.

Abby wachtte toen de zon tussen de eiken door kwam. Ze nam slokjes van haar koffie, hield de hond op schoot en luisterde naar de rustige geluiden van de tot leven komende buurt. Ze had slecht geslapen en een hete douche had haar niet minder moe gemaakt. Ze had een witte badjas aan, een van de zijne, en verder niets. Haar haren waren nat en strak naar achteren gekamd.

Een autoportier werd dichtgesmeten en de hond rende het huis in. Ze hoorde Mitch de keukendeur openmaken en even later ging de schuifpui naar de patio open. Hij legde zijn jas op een bank bij de deur en liep naar haar toe.

'Goeiemorgen,' zei hij en ging aan de andere kant van de rotantafel zitten. Ze glimlachte hem onoprecht toe. 'Ook een goeie morgen.'

'Jij bent al vroeg op,' zei hij, in een poging vriendelijk te zijn. Dat was geen succes. Ze glimlachte nogmaals en nam een slok koffie.

Hij haalde diep adem en keek naar de tuin. 'Je bent nog steeds woedend vanwege gisterenavond, merk ik.'

'Niet echt. Mokken is geen gewoonte van me.'

'Ik heb je al gezegd dat het me speet en dat meen ik. Ik heb een keer geprobeerd je te bellen.'

'Dan had je het nog eens moeten proberen.'

'Abby, laat je alsjeblieft niet van me scheiden. Ik zweer je dat het nooit meer zal gebeuren. Laat me alsjeblieft niet in de steek.'

Nu lukte het haar gemeend te grinniken. 'Je ziet er hondsberoerd uit,' zei ze.

'Wat heb je onder die badjas aan?'

'Niets.'

'Laat eens zien.'

'Waarom ga je niet een dutje doen? Zo te zien ben je daar hard aan toe.'

'Dank je wel. Dat zal niet gaan, want ik heb om negen uur een bespreking met Avery, en een volgende bespreking om tien uur.'

'Proberen ze je deze eerste week al te vermoorden?'

'Ja, maar het zal niet lukken. Daar ben ik veel te veel man voor. Laten we gaan douchen.'

'Ik heb al een douche genomen.'

'Naakt?'

'Ja.'

'Vertel me er alles over, tot in de kleinste details.'

'Als je op een fatsoenlijk uur thuiskwam, zou je niet het idee hebben iets te kort te komen.'

'Schat, ik ben er zeker van dat het nog wel eens zal gebeuren, en waarschijnlijk vaak ook. Toen ik in mijn studententijd soms vierentwintig uur per etmaal moest studeren, heb je daar nooit over geklaagd.'

'Dat was anders. Ik heb het verdragen omdat ik wist dat er snel een einde aan zou komen. Maar nu ben je jurist en dat zul je lange tijd blijven. Hoort dit erbij? Zul je altijd duizend uur per week blijven werken?'

'Abby, dit is mijn eerste week.'

'Dat baart me juist zorgen. Het zal alleen maar beroerder worden.'

'Zeker, maar ook dat hoort erbij, Abby. Het is een wereld waarin de zwakken worden opgegeten en de sterken rijk worden. Het is een marathon. Degene die het kan volhouden, haalt goud binnen.'

'En sterft bij de finish.'

'Ik kan dit niet geloven. We zijn een week geleden verhuisd en nu maak je je al zorgen over mijn gezondheid.'

Ze nam een slok koffie en aaide de hond. Ze was beeldschoon. Zonder make-up, met vermoeide ogen en nat haar was ze nog beeldschoon. Hij stond op, ging achter haar staan en kuste haar wang. 'Ik houd van je,' fluisterde hij.

Ze pakte zijn hand, die hij op haar schouder had gelegd. 'Ga nu maar een douche nemen, dan maak ik een ontbijt klaar.'

De tafel was perfect gedekt. Ze had het porselein van haar grootmoeder uit de kast gehaald, om dat voor het eerst in hun nieuwe huis te gebruiken. In zilveren kandelaars brandden kaarsen. In kristallen theeglazen stond grapefruitsap klaar. Op de borden lagen opgevouwen linnen servetten, die bij het tafellaken pasten. Toen hij een douche had genomen en een nieuw Burberry-kostuum had aangetrokken, liep hij de eetkamer in en floot.

'Ter ere van welke gelegenheid is dat?'

'Een speciaal ontbijt voor een speciale echtgenoot.'

Hij ging zitten en bewonderde het porselein. Het eten werd warm gehouden in een zilveren schaal met deksel. 'Wat heb je klaargemaakt?' vroeg hij en smakte met zijn lippen. Ze wees en hij tilde het deksel op. Hij staarde ernaar.

'Wat is dat?' vroeg hij zonder haar aan te kijken.

'Kalfsvlees piccata.'

'Kalfsvlees wat?'

'Kalfsvlees piccata.'

Hij keek op zijn horloge. 'Ik dacht dat het tijd was voor een ontbijt.'

'Ik heb het gisteren als avondeten klaargemaakt en ik zou je willen voorstellen het op te eten.'

'Kalfsvlees piccata als ontbijt?'

Ze grinnikte vastberaden en schudde licht haar hoofd. Hij keek weer naar het gerecht en analyseerde snel de situatie.

Toen zei hij uiteindelijk: 'Het ruikt lekker.'

8

Zaterdagmorgen. Hij sliep uit en ging pas om zeven uur naar kantoor. Hij schoor zich niet, trok een spijkerbroek aan, met een oud overhemd. Geen sokken, Bass-instappers aan zijn voeten. Studentenkleding.

Het concept voor Capps was laat die vrijdag geprint en nog eens geprint. Daarna had hij nog enige wijzigingen aangebracht en om acht uur 's avonds had Nina nogmaals de printer aangezet. Hij nam aan dat ze weinig of geen sociaal leven had, dus had hij niet geaarzeld haar te vragen overuren te draaien. Ze zei dat ze dat niet erg vond, dus had hij haar gevraagd die zaterdagmorgen eveneens naar kantoor te komen.

Ze was er om negen uur, in een spijkerbroek. Hij gaf haar het document, alle tweehonderdzes pagina's, met de meest recente wijzigingen, en vroeg haar het nogmaals te printen. Om tien uur had hij een bespreking met Avery.

Op de zaterdagen zag het kantoor er anders uit. Alle assistenten waren er, evenals de meeste vennoten en een paar secretaressen. Cliënten waren er niet, dus hoefde er geen formele kleding te worden gedragen. Er was voldoende denim om vee te kunnen gaan drijven. Geen dassen.

Maar de druk was niet van de ketel, in elk geval niet voor Mitchell Y. McDeere, de jongste assistent. Hij had alle besprekingen in verband met zijn rechtbankexamen voor de donderdag, de vrijdag en de zaterdag geannuleerd en de vijftien aantekenboeken stonden op de plank stof te verzamelen en hem eraan te herinneren dat hij wel degelijk de eerste man van dit kantoor zou worden die voor dat examen zakte.

Om tien uur was de vierde herziene versie gereed. Nina legde die plechtig op Mitch' bureau neer en vertrok toen naar de koffiekamer. Het geheel telde nu tweehonderdnegentien pagina's. Hij had elk woord vier keer gelezen en gecontroleerd. Toen liep hij de gang door naar het kantoor van de vennoot en legde het document op diens bureau neer. Een secretaresse was een reusachtig grote aktentas aan het inpakken, terwijl haar baas telefoneerde.

'Hoeveel bladzijden?' vroeg Avery toen hij had opgehangen.

'Meer dan tweehonderd.'

'Dat is heel indrukwekkend. Hoeveel moet er nog aan worden bijgeschaafd?'

'Niet zoveel. Het is de vierde herziene versie sinds gisterenmorgen en het is bijna perfect.'

'Dat zullen we nog wel eens zien. Ik zal het in het vliegtuig doorlezen en daarna zal Capps dat nog eens doen, met een vergrootglas erbij. Als hij een fout ontdekt, zal hij een uur lang tekeergaan en dreigen niet te betalen. Hoeveel uren zijn hierin gaan zitten?'

'Sinds woensdag vierenvijftig en een half uur.'

'Ik weet dat ik je onder druk heb gezet en daar bied ik je mijn excuses voor aan.

71

Je hebt een moeilijke eerste week achter de rug. Maar onze cliënten kunnen soms heel sterk aandringen en dit zal niet de laatste keer zijn dat we vrijwel onze nek moeten breken voor iemand die ons tweehonderd dollar per uur betaalt. Het hoort erbij.'

'Dat vind ik niet erg. Ik ben alleen wat achter geraakt met mijn rechtbankexamen, maar die schade zal ik wel weer kunnen inhalen.'

'Maakt Hudson het je moeilijk?'

'Nee.'

'Als hij het wel doet, moet je het me zeggen. Hij werkt hier pas vijf jaar, maar geniet er nu al van de professor uit te hangen. Hij vindt zichzelf een echte academicus. Ik mag hem niet zo.'

'Ik heb geen problemen met hem.'

Avery stopte het document in zijn aktentas. 'Waar zijn de prospectus en de andere documenten?'

'Ik heb van beide een eerste ontwerp gemaakt. U zei dat we twintig dagen de tijd hadden.'

'Dat is ook zo, maar toch kunnen we er beter haast mee maken. Capps wil dergelijke dingen altijd al ver voor de afgesproken datum zien. Werk je morgen?'

'Dat was ik niet van plan. Mijn vrouw staat erop dat we samen naar de kerk gaan.'

Avery schudde zijn hoofd. 'Vrouwen kunnen je soms echt voor de voeten lopen, hè?' zei hij zonder een antwoord te verwachten.

Mitch reageerde er niet op.

'Laten we zorgen dat alles voor Capps aanstaande zaterdag klaar is.'

'Prima. Geen probleem,' zei Mitch.

'Hebben we Koker-Hanks al besproken?' vroeg Avery terwijl hij een dossier doorbladerde.

'Nee.'

'Hier heb ik het. Koker-Hanks is een grote aannemer uit Kansas City. Heeft in het hele land contracten lopen met een totale waarde van ongeveer honderd miljoen. Een bedrijf uit Denver, Holloway Brothers geheten, heeft aangeboden Koker-Hanks te kopen. Ze willen wat aandelen en contracten ruilen en er wat contant geld in stoppen. Een nogal ingewikkeld verhaal. Maak jezelf vertrouwd met het dossier en dan zullen we dat dinsdagmorgen bespreken, wanneer ik terug ben.'

'Hoeveel tijd hebben we hiervoor?'

'Dertig dagen.'

Dat was niet zo weinig als voor het Capps-dossier, maar wel even veeleisend.

'Dertig dagen,' mompelde Mitch.

'Het gaat om tachtig miljoen en wij kunnen tweehonderdduizend als honorarium binnenhalen. Geen slechte zaak. Elke keer wanneer je naar dat dossier kijkt, moet je een uur in rekening brengen. Werk eraan wanneer je ook maar even tijd hebt. Als de naam Koker-Hanks je tijdens het rijden naar kantoor in gedachten komt, moet je al weer een uur declareren. Voor deze zaak kunnen we in rekening brengen wat we willen.'

Avery genoot van het idee een klant te hebben die zou betalen, hoe hoog de rekening ook mocht worden. Mitch nam afscheid en liep terug naar zijn kantoor.

Rond de tijd dat de cocktails op waren en ze de wijnkaart bestudeerden en luisterden hoe Oliver Lambert nuances van en subtiele verschillen tussen de diverse Franse wijnen vergeleek, en rond de tijd dat Mitch en Abby beseften dat ze veel liever thuis bij de televisie een pizza zouden eten, verschaften twee mannen zich met de juiste sleutel toegang tot de glanzende zwarte BMW die op het parkeerterrein van Justine's stond. Ze hadden colbertjes aan en een stropdas om en zagen er onopvallend uit. Ze reden onschuldig weg en gingen via het centrum naar het nieuwe huis van de heer en mevrouw McDeere. Ze zetten de BMW op zijn vaste plaatsje neer, in de carport. De chauffeur haalde een andere sleutel te voorschijn en het tweetal liep het huis in. Hearsay werd opgesloten in een kast in de waskamer.

In het donker werd een kleine leren aktentas op de eettafel geplaatst. De rubber wegwerphandschoenen werden aangetrokken en de twee mannen pakten ieder een kleine zaklantaren.

'Eerst de telefoons,' zei de ene man.

Ze werkten snel, in het donker. De hoorn van de telefoon in de keuken werd losgeschroefd en op de tafel neergelegd. De microfoon werd losgeschroefd en bekeken. Een klein zendertje, met de afmeting van een rozijn, werd in de hoorn vastgeplakt en tien seconden lang op zijn plaats gedrukt gehouden. Toen werd alles weer in zijn oude staat hersteld. De stemmen of signalen zouden worden doorgezonden naar een kleine ontvanger, die op de zolder moest worden geïnstalleerd. Een grotere zender, die recht naast de ontvanger werd geplaatst, zou de signalen de stad door zenden, naar een antenne boven op het Bendini Building.

'Nu een in de studeerkamer.'

De aktentas werd op een bank neergezet. Boven de leunstoel sloegen ze een kleine spijker in een van de smalle gleuven van de lambrizering en trokken die er toen weer uit. Een smal zwart cilindertje werd zorgvuldig in het gat geplaatst. Met een beetje zwarte hars werd hij vastgezet. De microfoon was onzichtbaar geworden. Een draad die even dik was als een mensenhaar werd voorzichtig in de gleuf aangebracht, tot aan het plafond. Die zou ook verbonden worden met een ontvanger op de zolder.

Identieke microfoons werden verborgen in de muren van alle slaapkamers. De mannen vonden de vlizotrap in de grote gang en klommen naar de zolder. De ene haalde de ontvanger en de zender uit de aktentas, terwijl de andere heel zorgvuldig de draadjes doortrok. Die bond hij samen en trok ze onder het isolatiemateriaal door tot een van de hoeken, waar zijn makker de zender in een oude kartonnen doos plaatste. Een kleine antenne werd aangebracht en die reikte tot vlak bij het dak.

Ze haalden steeds moeizamer adem op de verstikkend hete zolder. Om de zender heen werd een klein plastic omhulsel van een oude radio aangebracht en die werd gecamoufleerd met oude kleren. Het was een afgelegen hoekje van de zolder en de kans dat het ding in maanden, of misschien zelfs wel jaren zou worden ont-

73

dekt, was heel klein. En als iemand het zou zien, zou het als waardeloze rommel worden beschouwd. Je kon het oppakken en weggooien zonder achterdocht te gaan koesteren. Een seconde lang bewonderden ze hun handenarbeid, toen gingen ze de trap weer af.

Binnen tien minuten hadden ze al hun sporen uiterst zorgvuldig uitgewist. Hearsay werd uit de kast gelaten en de mannen slopen naar de carport. Snel reden ze achteruit de oprijlaan af en raceten weg, de nacht in.

Toen de gebakken pompano werd geserveerd, werd de BMW weer zachtjes naast het restaurant geparkeerd. De chauffeur haalde uit zijn zak de sleutel van een kastanjebruine Jaguar, eigendom van Kendall Mahan, jurist. De twee technici sloten de BMW af en namen plaats in de Jaguar. De Mahans woonden veel dichterbij dan de McDeeres en te oordelen naar de plattegrond van het huis zouden ze daar sneller klaar zijn.

Op de vijfde verdieping van het Bendini Building staarde Marcus naar een paneel vol knipperende lichtjes en wachtte op een of ander signaal uit East Meadowbrook nummer 1231. Het diner was een half uur geleden beëindigd en het was tijd om te luisteren. Een klein geel lampje knipperde vaag en hij zette een koptelefoon op. Toen drukte hij op een knop om op te nemen en wachtte. Een groen lampje naast de code McD6 begon te knipperen. Het was de muur van de slaapkamer. De signalen werden duidelijker: stemmen, vaag eerst, toen heel helder. Hij draaide de volumeknop verder open en luisterde.

'Jill Mahan is een kreng,' zei mevrouw McDeere. 'Hoe meer ze dronk, hoe krengeriger ze werd.'

'Ik geloof dat ze blauw bloed in de aderen heeft,' zei meneer McDeere.

'Haar man is een aardige vent, maar zij is een echt naar mens,' zei mevrouw McDeere.

'Ben je dronken?' vroeg meneer McDeere.

'Bijna. Ik heb zin in hartstochtelijke seks.'

Marcus draaide de volumeknop nog wat verder open en boog zich naar de knipperende lichtjes toe.

'Doe je kleren uit,' eiste mevrouw McDeere.

'Dit hebben we al een tijdje niet meer gedaan,' zei meneer McDeere.

Marcus ging staan.

'En wiens schuld is dat?' vroeg ze.

'Ik ben het nog niet verleerd. Je bent mooi.'

'Kom in bed,' zei ze.

Marcus draaide de volumeknop zo ver mogelijk open. Hij glimlachte naar de lampjes en haalde zwaar adem. Hij was dol op die assistenten die net waren afgestudeerd en ontzettend veel energie hadden. Hij glimlachte bij het horen van de geluiden die bij hun vrijen hoorden. Hij deed zijn ogen dicht en sloeg hen in gedachten gade.

9

De Capps-crisis was zonder rampen binnen twee weken voorbij, voornamelijk dank zij het feit dat de jongst aangestelde van het kantoor dagenlang achttien uur per dag werkte. Hij had zijn rechtbankexamen nog niet achter de rug, maar had het te druk met zijn praktijk om zich daar zorgen over te kunnen maken. In juli kon hij gemiddeld negenenvijftig uur per week in rekening brengen: een record. Avery deelde de vennoten tijdens de maandelijkse bijeenkomst trots mee dat McDeere voor een jongst aangestelde opmerkelijke prestaties leverde. De werkzaamheden voor Capps waren dank zij McDeere drie dagen eerder afgerond dan gepland. De documenten telden alles bij elkaar vierhonderd pagina's, alle perfect, alle zeer nauwkeurig onderzocht, opgesteld en bijgesteld door McDeere. Koker-Hanks zou binnen een maand rond zijn, eveneens dank zij McDeere, en het kantoor zou er ongeveer een kwart miljoen wijzer van worden. Hij was een machine.

Oliver Lambert zei bezorgd te zijn over zijn studiegewoonten. Over nog geen drie weken zou hij het rechtbankexamen moeten afleggen en het was een ieder duidelijk dat McDeere daar niet klaar voor was. Hij had de helft van de lessen in juli afgezegd en alles bij elkaar volgens het logboek minder dan twintig uur gestudeerd. Avery zei dat hij zich nergens zorgen over hoefde te maken. Zijn jongen zou er klaar voor zijn.

Vijftien dagen voor het examen begon Mitch eindelijk te klagen. Zo zou hij ervoor zakken, zei hij tegen Avery tijdens een lunch in de Manhattan Club, en hij had tijd nodig om te studeren. Veel tijd. In de komende twee weken zou hij alles er nog net in kunnen proppen en dan met de hakken over de sloot slagen. Maar hij moest met rust worden gelaten. Geen deadlines. Geen noodgevallen. Niet hele nachten doorwerken. Hij smeekte. Avery luisterde aandachtig en bood zijn verontschuldigingen aan. Mitch bedankte hem.

Op de eerste maandag in augustus werd er in de grote bibliotheek op de eerste verdieping een bijeenkomst belegd voor alle juristen. Die bibliotheek was de grootste van de vier, en de fraaiste. De helft van de juristen zat rond de antieke tafel met twintig stoelen. De rest stond naast de planken vol dikke, in leer gebonden wetboeken die in tientallen jaren niet waren opengeslagen. Iedereen was er, zelfs Nathan Locke. Hij kwam laat en bleef naast de deur staan. Hij sprak met niemand en niemand keek naar hem. Mitch keek af en toe, als dat mogelijk was, even naar Zwartoog.

De stemming was somber. Geen glimlachjes. Beth Kozinski en Laura Hodge werden door Oliver Lambert mee naar binnen genomen. Ze namen voorin plaats, tegenover een muur waaraan twee met een doek bedekte portretten hingen. Ze hielden elkaars hand vast en probeerden te glimlachen. Lambert stond met zijn rug naar de muur toe.

Zacht richtte hij het woord tot de aanwezigen. Zijn volle bariton getuigde van medeleven. Eerst fluisterde hij vrijwel, maar de kracht van zijn stem maakte elk geluid en elke lettergreep overal in de kamer duidelijk hoorbaar. Hij keek naar de twee weduwen en zei hoe triest iedereen op kantoor zich voelde en dat er altijd voor hen zou worden gezorgd zolang het kantoor bestond. Hij sprak over Marty en Joe, over hun eerste jaren op het kantoor. Hij zei hoe belangrijk ze voor het kantoor waren geweest en had het over de grote leegte die hun dood had achtergelaten. Hij sprak over hun liefde voor hun gezin, hun toewijding aan het thuisfront. De man was welbespraakt en speechte zonder aantekeningen. De weduwen huilden zacht en wreven de tranen uit hun ogen. Toen begonnen een paar van de beste vrienden, Lamar Quin en Doug Turney, eveneens te snuffen.

Toen Lambert genoeg had gezegd, onthulde hij het portret van Martin Kozinski. Het was een emotioneel moment. Er vloeiden nog meer tranen. Er was een studiebeurs geschonken aan de juridische faculteit van Chicago, die zijn naam zou dragen. Het kantoor zou zorgen voor studiebeurzen voor zijn kinderen. Voor het gezin zou worden gezorgd. Beth beet op haar lip, maar begon toch harder te huilen. De geharde onderhandelaars van het grote kantoor van Bendini slikten snel en vermeden het naar elkaar te kijken. Alleen Nathan Locke was niet ontroerd. Hij loerde met zijn doordringende laserogen naar de muur en negeerde de plechtigheid.

Toen volgde het portret van Joe Hodge, met een soortgelijke biografie en soortgelijke beurzen. Mitch had het gerucht gehoord dat Hodge vier maanden voor zijn dood een levensverzekering had afgesloten ter waarde van twee miljoen dollar.

Toen die plechtigheid voorbij was, verdween Nathan Locke de gang op. De juristen gingen om de weduwen heen staan, spraken zacht, omhelsden de vrouwen. Mitch kende hen niet en had niets te zeggen. Hij liep op de schilderijen af, om die eens aandachtig te bekijken. Naast die van Kozinski en Hodge gingen drie iets kleinere, maar even waardige portretten. Het portret van de vrouw trok zijn aandacht. Op het koperen plaatje stond: 'Alice Knauss, 1948-1977'.

'Zij was een vergissing,' zei Avery, die naast Mitch kwam staan, zacht.

'Hoe bedoelt u dat?' vroeg Mitch.

'Typisch vrouwelijke jurist. Kwam hier van Harvard, als beste van haar jaar afgestudeerd en snel op haar teentjes getrapt omdat ze een vrouw was. Ze dacht dat iedere man een seksist was en dat het haar taak in dit leven was om definitief een einde aan discriminatie te maken. Een superkreng. Na zes maanden haatten we haar allemaal, maar we konden ons niet van haar ontdoen. Ze heeft twee vennoten gedwongen tot een voortijdige pensionering. Milligan geeft haar nog steeds de schuld van zijn hartaanval. Hij was haar begeleider.'

'Was ze een goed juriste?'

'Heel goed, maar het was onmogelijk haar talenten te waarderen, omdat ze zo twistziek was.'

'Wat is er met haar gebeurd?'

'Ze heeft een auto-ongeluk gekregen. Is doodgereden door een dronken chauffeur. Het was heel tragisch.'

'Was zij de eerste vrouw die hier werkte?'

'Ja, en ook de laatste, tenzij iemand daarover tegen ons gaat procederen.'

Mitch knikte naar het portret ernaast. 'Wie was hij?'

'Robert Lamm. Hij was een goede vriend van me. Emory Law School in Atlanta. Hij was ongeveer drie jaar ouder dan ik.'

'Wat is er met hem gebeurd?'

'Dat weet niemand. Hij ging heel graag op jacht. Een winter zijn we in Wyoming op elanden gaan jagen. In 1970 was hij op hertejacht in Arkansas en werd toen als vermist opgegeven. Een maand later hebben ze hem in een ravijn gevonden, met een kogelgat in zijn hoofd. Bij de autopsie bleek dat de kogel hem in zijn achterhoofd had getroffen en het merendeel van zijn gezicht had verwoest. Ze namen aan dat het schot op grote afstand met een zwaar wapen was afgevuurd. Het zal waarschijnlijk wel een ongeluk zijn geweest, maar dat zullen we nooit zeker weten. Ik kan me niet indenken wie Bobby Lamm had willen vermoorden.'

Het laatste portret was van John Mickel, 1940-1984. 'Wat is er met hem gebeurd?' fluisterde Mitch.

'Dat is waarschijnlijk het meest tragische geval. Hij was geen sterke man en de druk waaronder hij moest werken is hem fataal geworden. Hij dronk veel en begon drugs te gebruiken. Toen liet zijn vrouw hem in de steek en volgde er een bittere echtscheidingsprocedure. Het kantoor kwam erdoor in verlegenheid. Nadat hij hier tien jaar had gewerkt, werd hij bang geen vennoot te zullen worden. Hij ging nog meer drinken. We hebben een fortuin uitgegeven aan behandelingen, psychiaters en ga zo maar door. Maar niets had succes. Hij werd depressief en toen suïcidaal. Hij heeft een brief van zeven bladzijden als afscheid geschreven en zich toen een kogel door zijn kop gejaagd.'

'Dat is afschuwelijk.'

'Dat was het inderdaad.'

'Waar hebben ze hem gevonden?'

Avery schraapte zijn keel en keek om zich heen. 'In jouw kantoor.'

'Wat?'

'Ja, maar ze hebben alles keurig netjes schoongemaakt.'

'Dit is toch zeker een grap?'

'Nee, ik meen het serieus. Het is jaren geleden gebeurd en het kantoor is daarna allang weer in gebruik geweest, dus hoef je je nergens zorgen over te maken.'

Mitch was sprakeloos.

'Je bent toch niet bijgelovig?' vroeg Avery met een smerig grijnsje.

'Natuurlijk niet.'

'Ik neem aan dat ik het je had moeten vertellen, maar het is niet iets dat we ter sprake brengen.'

'Kan ik een ander kantoor krijgen?'

'Natuurlijk. Zorg maar dat je voor het rechtbankexamen zakt en dan zullen we je een van de kantoren in de kelder geven.'

'Als ik zak, zal dat uw schuld zijn.'

'Ja, maar je zult niet zakken.'

'Als u het hebt kunnen halen, kan ik dat ook.'

Van vijf tot zeven uur 's morgens was het Bendini Building leeg en stil. Nathan Locke arriveerde rond een uur of zes, maar ging regelrecht door naar zijn kantoor en deed de deur op slot. Om zeven uur verschenen de eerste assistenten en kon je stemmen horen. Om half acht was het quorum al bereikt en was er eveneens een handjevol secretaressen gearriveerd. Om acht uur was het druk in de gangen en heerste er weer de gebruikelijke chaos. Je concentreren werd moeilijk. Onderbrekingen waren standaard. Telefoons rinkelden onophoudelijk. Om negen uur was iedereen present: juristen, klerken en secretaressen. Van diegenen die er niet waren, wist men waar ze wel waren.

Mitch koesterde die eerste stille uren als een schat. Hij stond een half uur eerder op dan normaal, zodat hij Dutch om vijf uur in plaats van half zes wekte. Nadat hij twee potten koffie had gezet, liep hij door de donkere gangen, deed lichten aan en inspecteerde het gebouw. Af en toe ging hij op een heldere ochtend voor het raam in Lamars kantoor staan en keek toe hoe de machtige rivier de Mississippi geleidelijk aan door de opkomende zon werd beschenen. Hij keek naar de boten op de rivier, de vrachtwagens die over de brug verderop voortkropen. Maar hij verspilde weinig tijd. Hij dicteerde brieven, memo's, samenvattingen en een honderdtal andere documenten die door Nina moesten worden uitgetypt en door Avery bekeken. Hij zwoegde voor het rechtbankexamen.

Op de ochtend na de plechtigheid voor de overleden juristen bevond hij zich in de bibliotheek op de eerste verdieping, waar hij een verhandeling opzocht, en toen viel zijn oog opnieuw op de vijf portretten. Hij liep naar de muur en staarde ernaar, herinnerde zich de korte opmerkingen van Avery. Vijf overleden juristen in vijftien jaar. Dit was een gevaarlijke werkplek. Hij schreef hun namen op, en de jaren waarin ze waren overleden. Het was half zes.

Iets bewoog zich op de gang en hij draaide zich snel naar rechts. In het donker zag hij Zwartoog naar hem kijken. De man liep verder naar de deur en loerde Mitch' kant op. 'Wat ben je aan het doen?' vroeg hij op hoge toon.

Mitch keek hem aan en probeerde te glimlachen. 'U ook een goede morgen. Ik ben aan het studeren voor mijn rechtbankexamen.'

Locke keek even naar de portretten en staarde toen Mitch weer aan. 'O. Waarom heb je zoveel belangstelling voor hen?'

'Ik was alleen nieuwsgierig. Dit kantoor heeft enige tragedies moeten verwerken.'

'Ze zijn allemaal dood. Er zal pas sprake zijn van een echte tragedie wanneer jij dat examen niet haalt.'

'Ik ben vast van plan het te halen.'

'Ik heb andere berichten gehoord. Je studiegewoonten baren de vennoten zorgen.'

'Maken de vennoten zich ook zorgen over de declaraties die ik in grote hoeveelheden indien?'

'Je moet niet brutaal worden. Je hebt te horen gekregen dat dat rechtbankexamen de allereerste prioriteit dient te genieten. Een werknemer die dat niet heeft gehaald, en daardoor zijn werkvergunning niet heeft, is voor ons niets waard.'

Mitch dacht aan een twaalftal snedige antwoorden, maar hield zijn mond.

Locke deed een stap naar achteren en verdween. Mitch liep naar zijn kantoor en deed de deur dicht. Toen verstopte hij de namen en jaartallen in een lade en sloeg het aantekenboek over staatsrecht open.

10

De zaterdag na het rechtbankexamen meed Mitch het kantoor en bracht de ochtend door met het omspitten van de bloembedden en met wachten. Het huis was nu volledig op orde en natuurlijk moesten de eerste gasten haar ouders zijn. Abby was een week lang aan het schoonmaken en poetsen geweest en nu was het moment daar. Ze beloofde dat ze niet lang zouden blijven, hoogstens een paar uur. Hij beloofde zo aardig mogelijk te zijn.

Mitch had beide nieuwe auto's gewassen en in de was gezet, en het leek wel alsof ze net de showroom uit gereden waren. Het gazon was gemaaid door een joch dat verderop in de straat woonde. Meneer Rice was een maand lang met mest in de weer geweest, en nu zag ook hun gazon er perfect uit.

Om twaalf uur arriveerden ze en aarzelend liep hij bij de bloembedden vandaan. Hij glimlachte, begroette hen en excuseerde zich toen om zich te gaan opknappen. Hij merkte dat ze zich niet op hun gemak voelden en zo wilde hij het ook hebben. Hij nam een lange douche, terwijl Abby elk meubelstuk en elke centimeter behang liet zien. Die dingen maakten indruk op de Sutherlands. Dat deden kleine dingen altijd. Ze spraken lang over zaken die anderen wel of juist niet hadden. Hij was directeur van een kleine bank die tien jaar op de rand van faillissement had gestaan. Zij voelde zich te goed om te werken en was haar hele volwassen leven lang bezig geweest om hogerop te komen op de maatschappelijke ladder in een stad waar men helemaal niet hogerop kon komen. Ze had haar stamboom laten nagaan en bleek in een Europees land tot de adel te hebben behoord. Dat had altijd indruk gemaakt op de mijnwerkers in Danesboro, Kentucky. Met zoveel blauw bloed in haar aderen was het haar plicht niets anders te doen dan thee drinken, bridgen, over het geld van haar echtgenoot praten, de minder gelukkigen veroordelen en zich onvermoeibaar inzetten voor de Tuinclub. Hij was een stijve hark, die naar haar pijpen danste en voortdurend doodsbang was haar kwaad te maken. Als team hadden ze hun dochter vanaf haar geboorte meedogenloos aangemoedigd om de beste te zijn, de hoogste cijfers te behalen, en – het allerbelangrijkste – met de beste man te trouwen. Hun dochter was daartegen in opstand gekomen en was getrouwd met een arme jongen die geen familie had, met uitzondering van een krankzinnige moeder en een criminele broer.

'Leuk huis heb je, Mitch,' zei de heer Sutherland in een poging het ijs te breken. Ze waren aan tafel gegaan om te lunchen en gaven schalen door.

'Dank u.' Niets anders, alleen dat. Hij concentreerde zich op het eten. Tijdens de lunch zou hij niet glimlachen. Hoe minder hij zei, hoe ongemakkelijker zij zich zouden voelen. Hij wilde dat ze zich ongemakkelijk en schuldig voelden, slecht op hun plaats, letterlijk en figuurlijk. Hij wilde hen laten zweten, bloeden. Het was hun beslissing geweest om het huwelijk te boycotten. Niet de zijne.

'Alles is zo mooi,' zei haar moeder enthousiast tegen hem.

'Dank u.'

'We zijn er trots op, moeder,' zei Abby.

Het gesprek kwam meteen op de nieuwe inrichting van het huis. De mannen aten zwijgend, terwijl de vrouwen bleven rebbelen over wat de binnenhuisarchitecte met de verschillende kamers had gedaan. Soms moest Abby bijna wanhopig naar woorden en onderwerpen zoeken om de stiltes op te vangen. Mitch had bijna medelijden met haar, maar hij bleef strak naar de tafel kijken. Het botermes had de spanning kunnen snijden.

'Dus je hebt een baan gevonden?' vroeg mevrouw Sutherland.

'Ja. Ik begin aanstaande maandag over een week. In de derde klas van de Episcopale School van St. Andrew's.'

'Onderwijs wordt niet best betaald,' flapte de heer Sutherland eruit.

Hij is meedogenloos, dacht Mitch.

'Pap, geld interesseert me niet. Ik ben onderwijzeres en ik vind dat het belangrijkste beroep ter wereld. Als ik geld had willen verdienen, was ik medicijnen gaan studeren.'

'Derdeklassers,' zei haar moeder. 'Zo'n leuke leeftijd. Binnen de kortste keren zul je zelf kinderen willen hebben.'

'Over een paar jaar misschien, moeder.'

Misschien nadat zij alle twee zijn overleden, dacht Mitch.

'Jij wilt toch wel kinderen hebben, Mitch?' vroeg de schoonmoeder.

'Over een paar jaar misschien.'

Meneer Sutherland duwde zijn bord van zich af en stak een sigaret op. Tijdens de dagen voordat ze zouden komen, was de kwestie roken herhaalde malen besproken. Mitch wilde dat er in zijn huis niet werd gerookt, en al zeker niet door deze mensen. Ze hadden er hevige ruzie over gemaakt en Abby had gewonnen.

'Hoe ging het examen?' vroeg de schoonvader.

Dit zou nog wel eens interessant kunnen worden, dacht Mitch. 'Het was hondsmoeilijk.'

Abby kauwde zenuwachtig op haar eten.

'Denk je dat je het hebt gehaald?'

'Dat hoop ik.'

'Wanneer weet je het?'

'Binnen vier tot zes weken.'

'Hoe lang heeft het geduurd?'

'Vier dagen.'

'Sinds we hierheen zijn verhuisd, heeft hij niets anders gedaan dan studeren en werken,' zei Abby.

Mitch glimlachte zijn vrouw toe. Het feit dat hij zo vaak niet thuis was, was al een pijnlijk onderwerp geworden en het was amusant nu te horen dat ze het tolereerde.

'Wat zal er gebeuren als je het niet haalt?' vroeg haar vader.

'Dat weet ik niet. Ik heb er nog niet over nagedacht.'

'Krijg je salarisverhoging wanneer je het wel hebt gehaald?'
Mitch besloot aardig te zijn, zoals hij had beloofd, maar het viel niet mee. 'Ja, een aardige verhoging, plus een aardige bonus.'
'Hoeveel juristen werken op dat kantoor?'
'Veertig.'
'Mijn hemel,' zei mevrouw Sutherland en stak ook een sigaret op. 'In Dane County zijn er alles bij elkaar niet eens zoveel juristen.'
'Waar is je kantoor?' vroeg hij.
'In het centrum.'
'Kunnen we het zien?' vroeg zij.
'Misschien een andere keer. Op de zaterdagen is het gesloten voor bezoekers.'
Mitch vond dat zelf een leuk antwoord. Voor bezoekers gesloten, alsof het een museum was.
Abby voelde een ramp naderen en begon te praten over de kerk waarbij ze zich hadden aangesloten. De parochie telde vierduizend zielen en verder hadden ze een gymnastiekzaal en bowlingbanen. Zij zong in het koor en gaf achtjarige kinderen les op de zondagsschool. Mitch ging mee wanneer hij niet hoefde te werken, maar hij was de meeste zondagen wel aan het werk geweest.
'Abby, ik ben blij dat jullie een kerk hebben gevonden waar je je thuis voelt,' zei haar vader vroom. Jarenlang had hij elke zondag de gebedsdienst geleid in de eerste methodistische kerk van Danesboro, terwijl hij de andere zes dagen hebzucht en manipulatie beleed. Volgens Ray zat hij ook altijd, maar discreet, achter whisky en vrouwen aan.
Er volgde een ongemakkelijke stilte. Hij stak nog een sigaret op. Blijf maar roken, ouwe, dacht Mitch. Blijf maar roken.
'Laten we het dessert op de patio gebruiken,' zei Abby en begon de tafel af te ruimen.
Ze roemden zijn vaardigheden als tuinman en dat accepteerde hij. Hetzelfde joch van iets verderop in de straat had de bomen gesnoeid, onkruid uitgetrokken, de heggen geknipt en de patio bijgewerkt. Mitch kon alleen onkruid trekken en hondedrollen opvegen. Hij kon ook de sprinkler bedienen, maar gewoonlijk liet hij dat aan buurman Rice over.
Abby serveerde aardbeiencake en koffie. Ze keek haar echtgenoot hulpeloos aan, maar hij reageerde daar niet op.
'Jullie hebben echt een leuk huis,' zei haar vader voor de derde keer terwijl hij de achtertuin in ogenschouw nam. Mitch kon hem zien nadenken. Hij had het huis en de buurt beoordeeld en zijn nieuwsgierigheid werd onhoudbaar. Hoeveel had dit verdomme gekost? Dat wilde hij weten. Hoeveel hadden ze moeten aanbetalen? Alles. Hij zou blijven zoeken naar een mogelijkheid om met die vraag te komen.
'Het is een mooi huis,' zei haar moeder voor de tiende keer.
'Wanneer is het gebouwd?' vroeg haar vader.
Mitch zette zijn bordje op de tafel neer en schraapte zijn keel. Hij kon het voelen aankomen. 'Een jaar of vijftien geleden,' antwoordde hij.
'Hoeveel vierkante meter?'

'Veel,' zei Abby zenuwachtig. Mitch keek haar nijdig aan. Ze leek zich niet meer onder controle te kunnen houden.

'Het is een leuke buurt,' zei haar moeder behulpzaam.

'Nieuwe hypotheek, of heb je er een overgenomen?' vroeg haar vader, alsof hij aan het spreken was met iemand die een lening wilde aanvragen en als onderpand nauwelijks iets te bieden had.

'Nieuwe hypotheek,' zei Mitch en wachtte toen.

Abby wachtte ook en bad.

Hij wachtte niet, hij kon niet wachten. 'Wat heb je ervoor moeten betalen?'

Mitch haalde diep adem en wilde zeggen dat het te veel was geweest. Maar Abby was sneller. 'Pap, we hebben er niet te veel voor betaald,' zei ze ferm en met een frons tussen haar wenkbrauwen. 'We zijn best in staat onze eigen financiële zaken te regelen.'

Mitch beet op zijn tong, maar slaagde er tegelijkertijd in te glimlachen.

Mevrouw Sutherland ging staan. 'Zullen we een eindje gaan rijden? Ik wil de rivier graag zien, en die nieuwe piramide die ze ernaast hebben gebouwd. Kom mee, Harold.'

Harold wilde nog meer weten over het huis, maar nu stond zijn vrouw aan zijn arm te trekken.

'Geweldig idee,' zei Abby.

Ze stapten in de glanzende nieuwe BMW en reden naar de rivier. Abby vroeg of ze in de nieuwe auto niet wilden roken. Mitch reed zwijgend en probeerde aardig te zijn.

11

Nina kwam snel naar binnen gelopen met een stapel papieren en legde die voor haar baas neer. 'Ik heb handtekeningen nodig,' zei ze en gaf hem zijn pen.

'Wat is dit alles?' vroeg Mitch, terwijl hij braaf zijn naam krabbelde.

'Niet vragen. U moet me gewoon vertrouwen.'

'Ik heb een verkeerd gespeld woord aangetroffen in het contract van Landmark Partners.'

'Dat komt door de computer.'

'Goed. Zorg dan dat de computer wordt gerepareerd.'

'Tot hoe laat werkt u vanavond?'

Mitch keek de documenten even door en ondertekende alle. 'Dat weet ik niet. Hoezo?'

'U ziet er moe uit. Waarom gaat u niet vroeg naar huis, laten we zeggen rond een uur of tien, half elf, om een beetje rust te nemen? Uw ogen beginnen eruit te zien als die van Nathan Locke.'

'Heel geestig.'

'Uw vrouw heeft opgebeld.'

Toen hij klaar was, legde ze de brieven en documenten weer op een stapel. 'Het is vijf uur. Ik ga weg. Oliver Lambert verwacht u in de bibliotheek op de eerste verdieping.'

'Wacht Oliver Lambert op mij?'

'Dat zei ik, ja. Hij heeft vijf minuten geleden gebeld en zei dat het heel erg belangrijk was.'

Mitch trok zijn das recht, rende de gang door en de trap af, waarna hij zo nonchalant mogelijk de bibliotheek in liep. Lambert, Avery en zo te zien het merendeel van de vennoten zaten rond de tafel. Alle assistenten stonden achter de vennoten. De stoel aan het hoofd van de tafel was onbezet. Het was stil in de ruimte; er hing een bijna plechtige sfeer. Geglimlacht werd er niet. Lamar zat vlak bij hem, maar weigerde hem aan te kijken. Avery keek schaapachtig en leek zich met de situatie verlegen te voelen. Wally Hudson draaide aan zijn vlinderstrikje en schudde langzaam zijn hoofd.

'Mitch, ga zitten,' zei Lambert ernstig. 'We moeten iets met je bespreken.'

Doug Turney deed de deur dicht.

Hij ging zitten en wachtte op een klein, geruststellend gebaar. Dat kwam niet. De vennoten draaiden hun stoelen zijn kant op, de assistenten deden hetzelfde. 'Wat is er?' vroeg hij en keek hulpeloos naar Avery. Kleine zweetdruppeltjes parelden op zijn voorhoofd. Zijn hart klopte als een gek. Het ademhalen kostte hem moeite.

Oliver Lambert boog zich over de tafel heen en zette zijn leesbril af. Hij fronste zijn wenkbrauwen, alsof dit echt pijnlijk zou worden. 'We hebben net een tele-

foontje gekregen uit Nashville, Mitch, en daar willen we met je over praten.'
Het rechtbankexamen! Hij had geschiedenis gemaakt. Een assistent van dit imposante kantoor was dan toch voor dat examen gezakt. Hij keek Avery nijdig aan en wilde schreeuwen dat het zijn schuld was. Avery kneep zijn wenkbrauwen samen alsof hij migraine had gekregen en vermeed oogcontact. Lambert keek de andere vennoten achterdochtig aan en wendde zich toen weer tot McDeere.
'We waren al bang dat dit zou gebeuren, Mitch.'
Hij wilde iets zeggen, uitleggen dat hij nog een kans verdiende, dat het examen over een half jaar opnieuw zou worden afgenomen en dat hij het dan met vlag en wimpel zou halen. Hij kreeg verschrikkelijke maagpijn.
'Ja meneer,' zei hij nederig en verslagen.
Lambert kwam met de genadeslag. 'De mensen in Nashville hebben me meegedeeld dat jij voor dat examen de allerhoogste score hebt behaald. Van harte gefeliciteerd.'
Iedereen begon te lachen en te juichen. Ze gaven hem een hand, klopten hem op zijn rug en bleven lachen. Avery rende met een zakdoek naar voren en veegde zijn voorhoofd af. Kendall Mahan zette met een klap drie flessen champagne op tafel en liet de kurken knallen. Er werd ingeschonken in plastic wijnglazen. Eindelijk kon hij weer ademhalen en glimlachte. Hij sloeg de champagne in één teug achterover en ze schonken nog een glas voor hem in.
Oliver Lambert sloeg een arm om Mitch' hals en zei: 'Mitch, we zijn heel trots op je. Je bent de derde assistent van dit kantoor die een gouden medaille heeft gewonnen en we vinden dat een kleine bonus op zijn plaats is. Ik heb hier een cheque ten bedrage van tweeduizend dollar, als een kleine beloning voor deze prestatie.'
Er werd gefloten.
'Daar komt natuurlijk een aanzienlijke salarisverhoging bij.'
Nog meer gefluit. Mitch pakte de cheque aan, maar keek er niet naar.
Lambert stak een hand op en vroeg om stilte. 'Namens het kantoor zou ik je dit willen overhandigen.' Lamar gaf hem een in bruin papier gewikkeld pakje. Lambert haalde het pakpapier eraf en smeet dat op de tafel neer.
'Het is een gedenkplaat die we voor deze dag al hadden laten maken. Het is een bronzen replica van het briefpapier van dit kantoor, met al onze namen erop. Zoals je kunt zien, is de naam Mitchell Y. McDeere eraan toegevoegd.'
Mitch nam de beloning verlegen in ontvangst. Hij had weer kleur in zijn gezicht gekregen en de champagne begon hem een prettig gevoel te geven. 'Dank u,' zei hij zacht.

Drie dagen later werden er in de krant van Memphis de namen gepubliceerd van de juristen die het rechtbankexamen hadden gehaald. Abby knipte het artikel uit voor haar plakboek en stuurde kopieën naar haar ouders en Ray.
Mitch had drie straten van het Bendini Building vandaan tussen Front Street en Riverside Drive een delicatessenzaak ontdekt, dicht bij de rivier. Het was een donker etablissement en er kwamen weinig klanten. Hij ging er graag naartoe

omdat hij er onder het eten een document kon doorlezen. Nu hij zijn examen had gehaald, kon hij een hot dog eten als lunch en honderdvijftig dollar per uur in rekening brengen.

Een week nadat zijn naam in de krant had gestaan, zat hij alleen aan een tafeltje achter in die zaak en at met een vork een chili dog. Er was verder niemand. Hij las een dikke prospectus door. De Griek die de zaak runde, zat achter de kassa te slapen.

Een onbekende kwam op zijn tafeltje af en bleef er een eindje vandaan staan. Hij haalde een snoepje uit een papiertje en maakte daar zoveel mogelijk lawaai bij. Toen het duidelijk werd dat hij niet werd opgemerkt, liep hij naar de tafel en ging zitten. Mitch keek over het roodgeruite tafelkleedje heen zijn kant op en legde het document neer naast zijn ijsthee.

'Kan ik u ergens mee van dienst zijn?' vroeg hij.

De onbekende keek naar de toonbank, de lege tafels en de ruimte achter hem. 'U bent McDeere, hè?'

Aan het vette accent te horen moest de man uit Brooklyn komen. Mitch bekeek hem aandachtig. Hij was een jaar of veertig oud, had kortgeknipt haar aan de zijkanten, en boven op zijn hoofd een grijze lok die vrijwel in zijn ogen hing. Hij had een driedelig, marineblauw kostuum aan dat minstens voor negentig procent van polyester moest zijn. Goed kleden kon hij zich duidelijk niet, maar hij zag er wel netjes uit. En hij had iets brutaals.

'Ja. Wie bent u?' vroeg Mitch.

Hij haalde een penning uit zijn zak. 'Tarrance. Wayne Tarrance, agent van de FBI.' Hij trok een wenkbrauw op en wachtte op een reactie.

'Wilt u me fouilleren?' vroeg Mitch.

'Nee, nu niet. Later misschien. Ik wilde alleen kennis met u maken. Ik heb uw naam in de krant gezien en hoorde dat u de nieuwe man was van Bendini, Lambert & Locke.'

'Waarom zou dat de FBI interesseren?'

'We houden dat kantoor nauwlettend in de gaten.'

Mitch verloor zijn belangstelling voor de chili dog en schoof zijn bord naar het midden van de tafel. Hij deed een zoetje in zijn thee, die in een grote plastic beker was geserveerd.

'Wilt u iets drinken?' vroeg Mitch.

'Nee, dank u.'

'Waarom houdt u het kantoor in de gaten?'

Tarrance glimlachte en keek naar de Griek. 'Op dit moment kan ik u dat nog niet zeggen. We hebben er zo onze redenen voor, maar ik ben niet hierheen gekomen om daarover te praten. Ik ben gekomen om kennis met u te maken en u te waarschuwen.'

'Mij te waarschuwen?'

'Ja, voor het kantoor.'

'Ik luister.'

'Drie dingen. In de eerste plaats moet u niemand vertrouwen. Op dat kantoor werkt niemand die u in vertrouwen kunt nemen. Onthoud dat goed. Het zal later belangrijk worden. In de tweede plaats is de kans groot dat elk woord dat over uw lippen komt, thuis, in uw eigen kantoor of waar dan ook in het gebouw, wordt opgenomen. Ze kunnen zelfs afluisterapparatuur in uw auto hebben aangebracht.'

Mitch keek en luisterde gespannen. Tarrance genoot hiervan.

'En in de derde plaats?'

'In de derde plaats groeit geld niet aan de bomen.'

'Zoudt u dat eens nader willen toelichten?'

'Dat kan ik op dit moment niet doen. Ik denk dat u en ik heel veel met elkaar te maken zullen krijgen. Ik wil dat u me vertrouwt en ik weet dat ik dat vertrouwen zal moeten verdienen. We kunnen elkaar niet ontmoeten op uw of mijn kantoor en over de telefoon praten is eveneens onmogelijk. Dus zal ik u van tijd tot tijd komen zoeken. In die tussentijd moet u de drie dingen onthouden die ik tegen u heb gezegd en voorzichtig zijn.'

Tarrance ging staan en pakte zijn portefeuille. 'Hier hebt u mijn visitekaartje. Mijn telefoonnummer thuis staat op de achterkant. U moet alleen gebruik maken van een openbare telefoon.'

Mitch bestudeerde het visitekaartje. 'Waarom zou ik u willen opbellen?'

'Daar zult u de eerste tijd nog geen behoefte aan hebben, maar bewaart u dat kaartje zorgvuldig.'

Mitch stopte het in het borstzakje van zijn overhemd.

'Nog een ander ding,' zei Tarrance. 'We hebben u gezien bij de begrafenissen van Hodge en Kozinski. Triest, heel triest. Hun dood was geen toeval.'

Hij keek Mitch aan, hield beide handen in zijn zakken en glimlachte.

'Ik begrijp het niet.'

Tarrance liep naar de deur. 'Belt u me maar eens een keer op, en wees voorzichtig. Onthoud goed dat ze alles afluisteren.'

Een paar minuten na vieren werd er getoeterd en Dutch vloog overeind. Hij vloekte en ging recht in het licht van de koplampen staan.

'Verdomme, Mitch, het is vier uur. Wat doe je hier?'

'Sorry, Dutch. Ik kon niet slapen.' Het hek zwaaide open.

Om half acht had hij voldoende in de dictafoon ingesproken om Nina twee dagen aan het werk te kunnen houden. Ze was minder krengerig wanneer ze met haar neus aan de monitor vastgeplakt zat. Hij had zich ten doel gesteld de eerste assistent te worden die met recht om een tweede secretaresse kon vragen.

Om acht uur ging hij naar het kantoor van Lamar en wachtte. Hij las een contract door, dronk koffie en zei tegen Lamars secretaresse dat ze zich met haar eigen zaken moest bemoeien. Lamar arriveerde om kwart over acht.

'We moeten praten,' zei Mitch zodra Lamar de deur had gesloten.

'Je klinkt ernstig,' zei Lamar.

'Heb jij ooit wel eens gehoord van een kerel die Tarrance heet, Wayne Tarrance?'

'Nee.'

'Hij is van de FBI.'

87

Lamar deed zijn ogen dicht. 'FBI,' mompelde hij.

'Inderdaad. Hij had een penning en zo.'

'Waar heb je hem ontmoet?'

'Hij heeft mij gevonden, in de delicatessenzaak van Lansky aan Union. Hij wist wie ik was en dat ik hier kort geleden ben gaan werken. Hij zei dat hij alles van dit kantoor wist. Ze houden ons heel nauwlettend in de gaten.'

'Heb je dit aan Avery verteld?'

'Nee. Ik heb het verder nog aan niemand verteld. Ik weet niet zeker wat ik moet doen.'

Lamar pakte de telefoon. 'We moeten dit aan Avery melden. Volgens mij is het al eens eerder gebeurd.'

'Lamar, wat is er gaande?'

Lamar sprak met de secretaresse van Avery en zei dat het een noodsituatie betrof. Binnen een paar seconden was Avery aan de andere kant van de lijn. 'Avery, we hebben een klein probleem. Een agent van de FBI heeft gisteren contact gezocht met Mitch. Hij is nu in mijn kantoor.'

Lamar luisterde en zei toen tegen Mitch: 'Hij heeft me in de wacht gezet, want hij wilde Lambert bellen.'

'Ik neem aan dat dit dan nogal serieus is,' zei Mitch.

'Ja, maar maak je er geen zorgen over. Er is een verklaring voor. Het is, zoals gezegd, al eens eerder gebeurd.'

Lamar drukte de hoorn wat steviger tegen zijn oor en luisterde naar de instructies die hem werden gegeven. 'Ze willen ons over tien minuten in het kantoor van Lambert spreken.'

Avery, Royce McKnight, Oliver Lambert, Harold O'Kane en Nathan Locke stonden op hen te wachten bij de kleine vergadertafel en waren duidelijk zenuwachtig, al probeerden ze kalm te lijken toen Mitch het kantoor in kwam.

'Ga zitten,' zei Nathan Locke met een geforceerd glimlachje. 'We willen dat je ons alles vertelt.'

'Wat is dat?' vroeg Mitch en wees op een bandrecorder die midden op tafel stond.

'We willen niets missen,' zei Locke en wees op een lege stoel. Mitch ging zitten en staarde over de tafel heen naar Zwartoog. Avery zat tussen hen in. Niemand maakte een geluid.

'Goed. Gisteren was ik in de delicatessenzaak van Lansky aan Union aan het lunchen. Die kerel liep naar me toe en kwam aan mijn tafeltje zitten. Hij kende mijn naam. Hij liet me zijn penning zien en zei dat hij Wayne Tarrance heette en een agent was van de FBI. Ik heb die penning bekeken en die was echt. Hij zei dat hij me wilde ontmoeten omdat we elkaar nog nader zouden leren kennen. Hij zei dat ze dit kantoor heel nauwlettend in de gaten houden en waarschuwde me niemand te vertrouwen. Ik heb hem gevraagd waarom. Toen zei hij dat hij de tijd niet had om me dat uit te leggen, maar dat later wel zou doen. Ik wist niet wat ik moest zeggen, dus heb ik naar hem geluisterd. Hij zei dat hij later weer contact met me zou opnemen. Toen stond hij op om weg te gaan en zei dat ze me bij de begrafenissen hadden gezien. Daarna zei hij dat de dood van Kozinski en

Hodge geen toeval was geweest en vertrok. Het hele gesprek heeft nog geen vijf minuten geduurd.'

Zwartoog keek Mitch fel aan en registreerde elk woord. 'Heb je die man wel eens eerder gezien?'

'Nooit.'

'Met wie heb je hierover gesproken?'

'Alleen met Lamar.'

'Je vrouw?'

'Nee.'

'Ik wil elk woord horen dat er is gezegd,' zei Locke.

'Ik heb u al verteld wat ik me ervan kan herinneren. Woord voor woord kan ik het gesprek niet herhalen.'

'Weet je dat zeker?'

'Laat me eens even nadenken.' Een paar dingen zou hij voor zich houden. Hij staarde Zwartoog aan en wist dat Locke vermoedde dat er meer was gezegd.

'Hij zei dat hij mijn naam in de krant had zien staan en wist dat ik de nieuwe man hier was. Dat is alles. Het was een heel kort gesprek.'

'Probeer je alles te herinneren,' hield Locke vol.

'Ik vroeg hem of hij thee wilde hebben, maar dat wilde hij niet.'

De bandrecorder werd afgezet en de vennoten leken zich iets te ontspannen. Locke liep naar het raam. 'Mitch, we hebben problemen met de FBI en de belastingrecherche. Dat is al een paar jaar gaande. Sommige cliënten van ons zijn erg rijk, verdienen miljoenen, geven miljoenen uit en willen eigenlijk geen of weinig belasting betalen. Ze spenderen duizenden dollars aan ons, om maar geen belasting te hoeven dokken. Wij genieten de reputatie heel agressief te zijn en we vinden het niet erg risico's te nemen wanneer onze cliënten dat wensen. We hebben te maken met zeer wereldwijze zakenlieden, die de te nemen risico's begrijpen. Ze moeten veel geld op tafel leggen voor onze vindingrijkheid. De belastingrecherche zet wel eens vraagtekens achter oplossingen die wij bedenken. We zijn al twintig jaar lang processen aan het voeren met hen. Zij mogen ons niet en wij mogen hen niet. Sommige cliënten van ons nemen het met de ethiek niet zo nauw en die mensen wordt het door de FBI niet makkelijk gemaakt. Er worden onderzoeken naar hen ingesteld en ze worden lastig gevallen. Hetzelfde is ons de afgelopen drie jaar overkomen.

Tarrance is een jong broekie, die naam wil maken. Hij is hier nog geen jaar, maar begint nu al een doorn in ons oog te worden. Je moet niet meer met hem praten. Je korte gesprek van gisteren zal wel zijn opgenomen. Hij is gevaarlijk, uitzonderlijk gevaarlijk. Hij speelt geen eerlijk spel en je zult snel genoeg tot de ontdekking komen dat dat voor het merendeel van de mensen van de FBI geldt.'

'Hoeveel cliënten van ons zijn veroordeeld?'

'Niet één. En we hebben ook heel wat processen tegen de belastingrecherche gewonnen.'

'Hoe zit het met Kozinski en Hodge?'

'Goeie vraag,' zei Oliver Lambert. 'We weten niet wat er met hen is gebeurd. In eerste instantie leek het een ongeluk te zijn geweest, maar nu zijn we daar niet

89

meer zo zeker van. Er was een eilandbewoner aan boord, samen met Marty en Joe. Hij was de kapitein en de duikmeester. De autoriteiten daar hebben ons verteld dat ze vermoeden dat de man een sleutelpositie innam binnen een drugshandel en dat hij wellicht het doelwit van de aanslag was. Natuurlijk is hij eveneens om het leven gekomen.'

'Ik denk dat we nooit te weten zullen komen wat er precies is gebeurd,' zei Royce McKnight. 'De politie daar is niet zo kundig. We hebben ervoor gekozen de families te beschermen en wat ons betreft was het een ongeluk. Eerlijk gezegd weten we niet precies hoe we dit moeten aanpakken.'

'Je moet hier verder met niemand over praten,' beval Locke. 'Blijf uit de buurt van Tarrance en als hij opnieuw contact met jou opneemt, moet je ons dat meteen laten weten. Duidelijk?'

'Ja, meneer.'

'Je moet het zelfs niet aan je vrouw vertellen,' zei Avery.

Mitch knikte.

Het gezicht van Oliver Lambert begon weer grootvaderlijke warmte uit te stralen. Hij glimlachte en draaide zijn leesbril rond. 'Mitch, we weten dat dit angstaanjagend is, maar wij zijn eraan gewend geraakt. Laat het ons afhandelen. Vertrouw ons. We zijn niet bang van Tarrance, de FBI en de belastingrecherche, of wie dan ook, want we hebben niets verkeerds gedaan. Anthony Bendini heeft dit kantoor opgebouwd door hard te werken, door zijn talent en zijn grote ethische verantwoordelijkheidsbesef. Van dat laatste zijn we allemaal doordrongen. Sommige cliënten van ons zijn geen heiligen geweest, maar geen enkele jurist kan een cliënt een moraal voorschrijven. Blijf uit de buurt van die man. Hij is heel, heel gevaarlijk. Als je hem een vinger geeft, zal hij steeds brutaler en echt vervelend worden.'

Locke wees met een gebogen vinger op Mitch. 'Overige contacten met Tarrance zullen je toekomst op dit kantoor in gevaar brengen.'

'Dat begrijp ik,' zei Mitch.

'Dat begrijpt hij,' zei Avery. Locke keek Tolleson nijdig aan.

'Verder hebben we je niets te zeggen, Mitch,' zei Lambert. 'Wees voorzichtig.'

Mitch en Lamar liepen de gang op, naar de dichtstbijzijnde trap.

'Bel DeVasher,' zei Locke tegen Lambert, die bij de telefoon stond. Binnen twee minuten zaten de twee oudste vennoten voor het volle bureau van de man.

'Heb je geluisterd?' vroeg Locke.

'Natuurlijk, Nat. We hebben elk woord van die jongen gehoord. Je hebt het goed afgehandeld. Ik denk dat hij bang is en van Tarrance weg zal rennen.'

'Hoe zit het met Lazarov?'

'Ik zal het hem moeten vertellen, want hij is de baas. We kunnen niet net doen alsof dit niet is gebeurd.'

'Wat zullen ze doen?'

'Niets ernstigs. We zullen de jongen vierentwintig uur per etmaal in de gaten houden en al zijn telefoongesprekken nagaan. En wachten. Hij zal geen verdere stappen zetten. Tarrance is aan zet. Hij zal weer contact opnemen en dan zullen wij er zijn. Probeer hem zoveel mogelijk binnen dit gebouw te houden. Als hij weggaat, moeten jullie ons dat zo mogelijk laten weten. Ik geloof echt niet dat het allemaal zo erg is.'

'Waarom zouden ze McDeere hebben uitgekozen?' vroeg Locke.

'Ik denk dat het een nieuwe strategie is. Vergeet niet dat Hodge en Kozinski naar hem toe zijn gegaan. Misschien hebben die twee meer gezegd dan we dachten. Ik weet het niet. Misschien menen ze dat McDeere de meest kwetsbare figuur is omdat hij net is afgestudeerd en nog heel idealistisch is. En ethisch, net als onze vriend Ollie. Dat was een goeie opmerking, Ollie. Echt een heel goeie.'

'DeVasher, houd je waffel.'

DeVasher glimlachte en beet op zijn onderlip. Hij liet die opmerking passeren en keek Locke aan. 'Je weet wat de volgende stap is. Als Tarrance blijft aandringen, zal die idioot van een Lazarov me op een dag opbellen met de opdracht hem koud te maken. Als dat gebeurt, zullen jullie allemaal met vervroegd pensioen gaan en het land verlaten.'

'Lazarov zal heus geen opdracht geven een agent van de FBI te vermoorden.'

'Het zou een stomme zet zijn, maar Lazarov is een dwaas. Hij maakt zich erg veel zorgen over de situatie hier. Hij belt me vaak op en stelt allerlei vragen. Ik geef hem allerlei antwoorden. Soms luistert hij, soms maakt hij problemen. Soms zegt hij dat hij met de Raad van Bestuur moet praten. Maar als hij me opdracht geeft Tarrance om zeep te brengen, zullen we Tarrance om zeep brengen.'

'Ik word hier misselijk van,' zei Lambert.

'Ollie, als je een van die dure assistentjes van je goede maatjes met Tarrance laat worden, zodat hij gaat praten, zul je nog heel wat misselijker worden. Ik zou jullie willen voorstellen McDeere zo druk bezig te houden, dat hij de tijd niet heeft om aan Tarrance te denken.'

'Mijn hemel, DeVasher, die man werkt twintig uur per etmaal. Hij is als een gek aan de slag gegaan en heeft nog geen gas teruggenomen.'

'Houd hem nauwlettend in de gaten. Zeg tegen Lamar Quin dat hij heel goede maatjes met hem moet worden, zodat McDeere misschien zijn hart bij hem zal uitstorten als hem iets dwars zit.'

'Goed idee,' zei Locke. Hij keek naar Ollie. 'Laten we maar eens een lang gesprek gaan voeren met Quin. Hij kent McDeere het best van ons allemaal en misschien kan hij inderdaad nog wat betere maatjes met hem worden.'

'Hoor eens, jongens,' zei DeVasher. 'Op dit moment is McDeere bang en zal hij niets ondernemen. Als Tarrance weer contact met hem opneemt, zal hij hetzelfde doen wat hij vandaag heeft gedaan. Dan zal hij meteen naar Lamar Quin rennen. Hij heeft ons al laten zien wie hij in vertrouwen wenst te nemen.'

'Heeft hij het zijn vrouw gisterenavond verteld?' vroeg Locke.

'We zijn de banden al aan het afluisteren. Daar zal ongeveer een uur mee gemoeid zijn. Ze hebben in deze stad verdomme zoveel afluisterapparatuur aangebracht, dat we zes computers nodig hebben om iets te kunnen vinden.'

Mitch staarde door het raam van Lamars kantoor en koos zijn woorden zorgvuldig. Hij zei weinig. Stel dat Tarrance gelijk had? Stel dat alles wat er werd gezegd, werd opgenomen?

'Voel je je nu beter?' vroeg Lamar.

'Ja, dat denk ik wel. Wat ze hebben gezegd, was zinnig.'

'Dit is al eens eerder gebeurd, zoals Locke ook zei.'

'Wie is er toen benaderd?'

'Dat kan ik me niet herinneren. Het moet drie, vier jaar geleden zijn gebeurd.'

'Maar je weet niet meer wie het was?'

'Nee. Waarom is dat belangrijk?'

'Ik zou het gewoon graag willen weten. Ik begrijp niet waarom ze mij hebben uitgekozen, de nieuwe man, de enige van de veertig juristen die nog heel weinig over dit kantoor en de cliënten weet. Waarom zouden ze hun keus op mij hebben laten vallen?'

'Ik weet het niet, Mitch. Waarom doe je nu niet gewoon wat Locke je heeft gesuggereerd? Probeer dit te vergeten en blijf bij die vent uit de buurt. Je hoeft niet met hem te praten, tenzij hij een gerechtelijk bevel daartoe in handen heeft. Als hij zich weer laat zien, moet je zeggen dat hij de boom in kan. Hij is gevaarlijk.'

'Ja, ik denk dat je gelijk hebt.' Mitch dwong zichzelf te glimlachen en liep naar de deur. 'Eten we morgen nog samen?'

'Natuurlijk. Kay wil biefstuk grillen en die bij het zwembad opeten. Kom maar wat aan de late kant, laten we zeggen om een uur of half acht.'

'Tot dan.'

12

De bewaker riep hem bij zijn naam, fouilleerde hem en nam hem mee naar een grote kamer waar een rij kleine hokjes al waren bezet door bezoekers die door ruiten van gewapend glas aan het praten en fluisteren waren.

'Nummer veertien,' zei de bewaker en wees.

Mitch liep naar het hem aangewezen hokje en nam plaats. Een minuut later verscheen Ray en ging aan de andere kant van het glas zitten. Als Ray geen litteken op zijn voorhoofd had gehad, en geen rimpels rond zijn ogen, hadden ze voor een tweeling kunnen doorgaan. Beiden waren een meter vijfentachtig, wogen een kilo of vijfenzeventig, hadden lichtbruin haar, kleine, blauwe ogen, hoge jukbeenderen en een grote kin. Er was altijd tegen hen gezegd dat de familie Indisch bloed in de aderen had, maar de donkere huid was verdwenen door jarenlang werken in de kolenmijnen.

Mitch was in drie jaar niet in Brushy Mountains geweest. Drie jaar en drie maanden. Ze hadden elkaar tweemaal per maand geschreven, nu al acht jaar lang.

'Hoe is je Frans?' vroeg Mitch uiteindelijk. Ray was voor het leger getest en toen was gebleken dat hij een opmerkelijke aanleg voor talen had. Hij had twee jaar gediend als Vietnamese tolk. Toen hij in Duitsland was gestationeerd, sprak hij die taal in zes maanden. Over het Spaans had hij vier jaar gedaan, maar die taal had hij dan ook moeten leren door middel van een woordenboek in de gevangenisbibliotheek. Frans was zijn meest recente project.

'Ik denk dat ik het vloeiend spreek,' antwoordde Ray. 'Het laat zich hier een beetje lastig vaststellen. Ik kan niet veel oefenen. Frans wordt hier niet gedoceerd en de meeste broeders van me spreken dus maar één taal. Het is ongetwijfeld wel de allermooiste taal die ik ken.'

'Is het makkelijk?'

'Niet zo makkelijk als Duits, maar natuurlijk was het leren daarvan makkelijker omdat ik daar woonde en iedereen het sprak. Wist je dat vijftig procent van onze taal via het Oudengels uit het Duits afkomstig is?'

'Nee, dat wist ik niet.'

'Toch is het zo. Engels en Duits zijn neven van elkaar.'

'Welke taal ga je nu leren?'

'Waarschijnlijk Italiaans. Dat is net als het Frans, Spaans en Portugees een Romaanse taal. Misschien Russisch. Misschien Grieks. Ik heb over de Griekse eilanden gelezen en ben van plan er binnenkort naartoe te gaan.'

Mitch glimlachte. Het zou nog minstens zeven jaar duren voordat Ray voorwaardelijk zou worden vrijgelaten.

'Jij denkt dat ik een grapje maak, hè? Maar ik ga hier echt weg, Mitch, en dat zal niet lang meer duren.'

'Wat ben je van plan?'

'Daar kan ik niet over praten, maar ik ben er hard mee bezig.'

'Ray, doe het niet.'

'Ik heb wat hulp van buitenaf nodig, en voldoende geld om het land uit te kunnen komen. Duizend dollar moet genoeg zijn. Dat kun jij toch wel regelen? Verder zul je er niet bij betrokken worden.'

'Luisteren ze ons niet af?'

'Soms wel.'

'Laten we dan over wat anders praten.'

'Prima. Hoe is het met Abby?'

'Goed.'

'Waar is ze?'

'Op dit moment in de kerk. Ze wilde meegaan, maar ik heb haar gezegd dat ze jou niet te zien zou krijgen.'

'Ik zou haar graag willen zien. Volgens je brieven gaat het kennelijk prima met jullie. Nieuw huis, auto's, country club. Ik ben heel trots op je. Je bent de eerste McDeere in twee generaties die eindelijk iets voorstelt.'

'Ray, onze ouders waren heel goede mensen. Ze hebben geen kansen gehad, maar wel veel pech. Ze hebben hun uiterste best gedaan.'

Ray glimlachte en keek een andere kant op. 'Ja, dat denk ik ook wel. Heb je mam nog gesproken?'

'Dat is al weer een tijdje geleden.'

'Woont ze nog in Florida?'

'Dat denk ik wel.'

Ze zwegen en bestudeerden hun vingers. Ze dachten aan hun moeder. Voor het merendeel waren het pijnlijke gedachten. Er waren gelukkiger tijden geweest, toen ze klein waren en hun vader nog leefde. Ze was nooit over zijn dood heen gekomen en nadat Rusty was gesneuveld, hadden de ooms en tantes haar in een inrichting laten opnemen.

Ray streek met zijn vingers langs de smalle metalen draden in het glas. 'Laten we het over iets anders hebben.'

Mitch knikte instemmend. Er was zoveel om over te praten, maar dat was allemaal opgesloten in het verleden. Dat was het enige dat ze gemeen hadden en daar kon maar beter niet over worden gesproken.

'Je schreef in een brief dat een van je ex-celgenoten nu als privé-detective in Memphis werkt.'

'Eddie Lomax. Negen jaar lang heeft hij bij de politie gezeten, tot hij wegens verkrachting werd veroordeeld.'

'Verkrachting?'

'Ja. Hij heeft het hier moeilijk gehad. Verkrachters staan hier niet in hoog aanzien. Smerissen worden gehaat. Ze hadden hem bijna vermoord voordat ik tussenbeide kwam. Hij is nu weer een jaar of drie op vrije voeten en schrijft me heel vaak. Doet voornamelijk onderzoek in verband met echtscheidingen.'

'Staat hij in de telefoongids?'

'969-3838. Waarvoor heb je hem nodig?'

'Ik heb een juristenvriendje wiens vrouw de bloemetjes aan het buitenzetten is, maar hij kan haar nergens op betrappen. Is die man goed?'

'Heel goed, zegt hij. Hij heeft aardig wat geld verdiend.'

'Kan ik hem vertrouwen?'

'Grapje zeker. Als je tegen hem zegt dat je mijn broer bent, zal hij nog bereid zijn voor je te moorden. Hij zal me helpen hier weg te komen, al weet hij dat nog niet. Misschien zou jij het tegen hem kunnen zeggen.'

'Ik wou dat je daarover ophield.'

Een bewaker liep op Mitch af. 'Drie minuten,' zei hij.

'Wat moet ik je sturen?' vroeg Mitch.

'Ik zou je om een echte gunst willen vragen.'

'Zeg het maar.'

'Ga naar een boekhandel en zoek een van die cassettebandjes op waarmee je in vierentwintig uur Grieks leert spreken. Verder zou een Grieks-Engels woordenboek ook niet weg zijn.'

'Ik zal het je de volgende week toesturen.'

'Kan Italiaans ook?'

'Geen probleem.'

'Ik weet nog niet of ik naar Sicilië zal gaan of naar de Griekse eilanden. Ik blijf aarzelen. Ik heb er onze gevangenisdominee naar gevraagd, maar die kon me ook niet helpen. Ik heb erover gedacht naar de directeur toe te gaan. Wat denk jij daarvan?'

Mitch grinnikte en schudde zijn hoofd. 'Waarom ga je niet naar Australië?'

'Geweldig. Stuur me maar snel een Australische cassette, plus een woordenboek.'

Ze glimlachten beiden. Toen keken ze elkaar behoedzaam aan en wachtten tot de bewaker zou roepen dat het tijd was. Mitch keek naar het litteken op Ray's voorhoofd en dacht aan de talloze bars en evenzovele vechtpartijen die tot de onvermijdelijke moord hadden geleid. Zelfverdediging had Ray het genoemd. Jarenlang had hij Ray kunnen vervloeken omdat hij zo stom was geweest, maar die woede was voorbijgegaan. Nu wilde hij hem omarmen, meenemen naar huis en helpen bij het vinden van een baan.

'Je moet geen medelijden met me hebben,' zei Ray.

'Abby wil je schrijven.'

'Dat zou ik prettig vinden. Ik kan me haar nog maar ternauwernood herinneren als een klein meisje in Danesboro, waar ze rondhing in de buurt van de bank van haar vader aan Main Street. Jij bent de eerste McDeere in honderd jaar die onroerend goed in eigendom heeft.'

'Ik moet ervandoor.'

'Doe me een genoegen en probeer mam te vinden, gewoon om zeker te weten dat ze nog leeft. Nu je bent afgestudeerd, zou het aardig zijn een gebaar haar kant op te maken.'

'Daar heb ik ook al eens over gedacht.'

'Denk er dan nog eens wat langer over. In orde?'

'Goed. Ik zie je wel weer over een maandje of zo.'

DeVasher nam een trek van zijn Roi-Tan en blies de rook naar het apparaat dat de lucht moest zuiveren. 'We hebben Ray McDeere gevonden,' zei hij trots.

'Waar?' vroeg Ollie.

'De staatsgevangenis van Brushy Mountains. Wegens doodslag in Nashville, acht jaar geleden, veroordeeld tot vijftien jaar gevangenisstraf, onvoorwaardelijk. Hij heet Raymond McDeere en is eenendertig jaar oud. Geen gezin. Heeft drie jaar in het leger gediend. Oneervol ontslagen. Een echte verliezer.'

'Hoe heb je hem gevonden?'

'Gisteren heeft hij bezoek gehad van zijn jongere broertje. Die volgden we toevallig, omdat we hadden afgesproken hem vierentwintig uur per etmaal in de gaten te houden, weet je nog wel?'

'Zo'n veroordeling is openbaar. Je had er eerder achter moeten komen.'

'Dat zou ook zijn gebeurd, Ollie, wanneer het belangrijk was geweest. Maar het is niet belangrijk. We doen ons werk naar behoren.'

'Vijftien jaar. Wie heeft hij gedood?'

'Het was het gebruikelijke recept. Stelletje dronken kerels die in een bar gaan vechten om een vrouw. Er zijn echter geen wapens aan te pas gekomen. Hij heeft het slachtoffer volgens de politie en het rapport van de lijkschouwer tweemaal met zijn vuisten geraakt en daardoor diens schedel gebroken.'

'Waarom is hij oneervol ontslagen?'

'Vanwege grove insubordinatie. Verder heeft hij een officier aangevallen. Ik weet niet hoe het komt dat hij niet voor de krijgsraad is gesleept. Lijkt me een onaangenaam figuur.'

'Je hebt gelijk. Het is niet belangrijk. Wat ben je verder nog te weten gekomen?'

'Niet veel. We hebben het huis volgezet met afluisterapparatuur, zoals je weet, maar hij heeft tegenover zijn vrouw de naam Tarrance niet één keer laten vallen. We hebben vierentwintig uur per etmaal naar dat joch geluisterd en hij heeft met niemand over Tarrance gesproken.'

Ollie glimlachte en knikte waarderend. Hij was trots op McDeere. Wat een jurist!

'Hoe zit het met zijn seksleven?'

'Ollie, het enige dat we kunnen doen is luisteren. We luisteren heel aandachtig en ik geloof niet dat ze de afgelopen twee weken met elkaar naar bed zijn geweest. Natuurlijk is hij zestien uur per dag hier, zoals dat een brave, pas aangestelde jurist volgens jullie betaamt. Ik heb de indruk dat zij er genoeg van begint te krijgen, maar ook dat is niets nieuws. Ze belt haar moeder vaak op, op kosten van die laatste, zodat hij het niet te weten kan komen. Ze heeft tegen haar moeder gezegd dat hij aan het veranderen is en dergelijke nonsens meer. Ze denkt dat al dat harde werken nog zijn dood zal worden. In elk geval krijgen wij dat te horen. Ik heb dus geen foto's of films, Ollie, en dat spijt me, omdat ik weet hoe jij daarvan kunt genieten. Zodra het lukt, zal ik iets dergelijks voor je regelen.'

Ollie keek nijdig naar de muur, maar zei niets.

'Hoor eens, Ollie, ik denk dat we de jongen maar eens voor een zakenreisje met Avery mee moeten sturen naar de Cayman Eilanden. Kijk of je zoiets kunt regelen.'

'Dat is geen probleem. Mag ik vragen waarom?'
'Nu niet. Dat zul je later wel horen.'

Het gebouw bevond zich in het deel van het centrum waar de huren het laagst waren, een paar straten verwijderd van de moderne uit staal en glas opgetrokken torens die zo dicht tegen elkaar aan waren gebouwd, dat het wel leek alsof de grond in Memphis heel schaars was. Een bordje op de deur vermeldde dat Eddie Lomax, privé-detective, op de eerste verdieping een kantoor had. Consult alleen volgens afspraak. Op de deur boven stond vermeld dat Lomax veelzijdig was: echtscheidingen, ongelukken, vermiste verwanten, schaduwen. In de advertentie in de telefoongids werd melding gemaakt van zijn ervaring bij de politie, maar niet van de beëindiging van zijn carrière aldaar. Verder maakte die advertentie melding van: afluisteren, tegenmaatregelen, kindervoogdij, foto's, bewijsmateriaal dat in een rechtszaal kon worden gebruikt, stemanalyses, opsporen van waardevolle goederen, verzekeringsclaims en het nagaan van iemands achtergrond in verband met een voorgenomen huwelijk. Lomax was verzekerd, had een volledige vergunning en was vierentwintig uur per etmaal beschikbaar. Ethisch, betrouwbaar, geheimhouding gegarandeerd.
Mitch kwam onder de indruk van dat immense zelfvertrouwen. De afspraak was gemaakt voor vijf uur en hij arriveerde een paar minuten eerder. Een welgevormde blondine in een zeer nauwe leren rok en bijpassende zwarte laarzen vroeg naar zijn naam en wees op een oranje vinyl stoel bij een raam. Eddie zou zo komen. Hij inspecteerde de stoel, zag er een dun laagje stof op liggen, meende een paar vetvlekken te zien, en bleef staan met de mededeling dat hij last had van zijn rug. Tammy haalde haar schouders op, kauwde weer kauwgum en ging verder met het uittypen van een of ander document. De asbak op haar bureau was gevuld met sigarettepeuken met roze lippenstift. Terwijl ze met haar linkerhand tikte, pakte ze met haar andere hand snel en trefzeker een nieuwe sigaret uit het pakje en stak die tussen haar lippen. Toen deed ze opmerkelijk gecoördineerd iets met haar linkerhand, waardoor er een vlammetje naar een zeer dunne en ongelooflijk lange sigaret schoot. Toen het weer was gedoofd, klemden de lippen zich automatisch rond de dunne sigaret en begon het hele lichaam te inhaleren. Letters werden woorden, woorden werden zinnen, en zinnen werden paragrafen terwijl ze wanhopig probeerde haar longen met rook te vullen. Toen er al een stuk as van een paar centimeter aan de sigaret hing, slikte ze, haalde hem tussen twee felrode vingernagels tussen haar lippen vandaan en blies krachtig uit. De rook kringelde naar het gebarsten plafond, waar hij de strijd aanbond met een daar al hangende rookwolk en rondcirkelde om een loshangende neonbuis. Ze hoestte, een droog, irritant hoestje waardoor haar gezicht rood werd en haar grote borsten zwoegden tot ze gevaarlijk dicht bij het toetsenbord waren. Ze pakte een kop, nam een slok van het een of ander, stak de filtersigaret weer tussen haar lippen en typte verder.
Na twee minuten werd Mitch bang voor een koolmonoxyde-vergiftiging. Hij zag een klein gat in het raam, in een ruitje dat om de een of andere reden door de spinnen was genegeerd. Hij liep tot dicht bij de vergane, buitengewoon stof-

fige gordijnen en probeerde frisse lucht zijn longen in te zuigen. Hij voelde zich misselijk. Achter hem werd nog meer gehoest en geproest. Hij probeerde het raam te openen, maar lagen bladderende verf hadden het al lang geleden hermetisch gesloten.

Net toen hij duizelig begon te worden, hield het typen en roken op.

'Bent u jurist?'

Mitch draaide zich bij het raam om en keek naar de secretaresse. Ze zat nu op de rand van het bureau, met over elkaar geslagen benen en het leren rokje tot ver boven haar knieën. Ze dronk een calorie-arme Pepsi.

'Ja.'

'Op een groot kantoor?'

'Ja.'

'Dat dacht ik al. Ik kon het zien aan uw kostuum, uw overhemd en de zijden das. Ik haal juristen die op grote kantoren werken er altijd uit, omdat ze zo heel anders zijn dan de uitsmijters etende sloebers die altijd in de buurt van de rechtbank rondhangen.'

De rook was aan het verdwijnen en Mitch kon makkelijker ademhalen. Hij bewonderde haar benen, die daar om leken te vragen. Zij keek nu naar zijn schoenen.

'Je vindt het pak mooi?' vroeg hij.

'Ik zie dat het veel geld heeft gekost, net als de das. Van het overhemd en de schoenen ben ik niet zo zeker.'

Mitch bekeek de leren laarzen, de benen, de rok, de strakke trui rond de grote borsten en probeerde een geestige opmerking te bedenken. Ze genoot ervan te worden opgenomen en nam nog een slokje Pepsi. Toen knikte ze in de richting van Eddie's deur en zei: 'U kunt nu naar binnen gaan. Hij zit op u te wachten.'

De detective was aan het opbellen en probeerde de een of andere arme oude man ervan te overtuigen dat zijn zoon echt homoseksueel was. Een heel actieve homoseksueel. Hij wees op een houten stoel en Mitch ging zitten. Hij zag twee ramen wijd openstaan en haalde makkelijker adem.

Eddie keek walgend en legde een hand op de hoorn. 'Hij huilt,' fluisterde hij tegen Mitch, die braaf glimlachte, alsof dat hem amuseerde.

Hij droeg blauwleren laarzen met puntige neuzen, een Levi's, en een zwaar gesteven perzikkleurig overhemd waarvan de bovenste knoopjes los waren, zodat donkere borstharen, twee zware gouden kettingen en een turkoois zichtbaar waren. De man zou wel stapel zijn op Tom Jones of Humperdinck, een van die zangers met een grote haardos en donkere ogen, brede bakkebaarden en solide kinnen.

'Ik heb foto's,' zei hij en haalde de hoorn van zijn oor toen de oude man begon te schreeuwen. Hij haalde vier glansfoto's te voorschijn uit een dossier en schoof die over het bureaublad Mitch' schoot in. Ja, het waren inderdaad homoseksuelen, wie het dan ook mochten zijn. Eddie glimlachte hem trots toe. De mannen stonden op een podium van iets dat eruitzag als een club voor homo's. Hij legde ze op het bureau neer en keek naar buiten. Ze waren van een goede kwaliteit en in kleur. Degene die ze had gemaakt, moest in die club zijn geweest. Mitch dacht aan de veroordeling wegens verkrachting. Een smeris die wegens verkrachting de gevangenis in was gedraaid.

Hij smeet de hoorn op de haak. 'Dus jij bent Mitchell McDeere. Prettig kennis met je te maken.'

Ze gaven elkaar over het bureau heen een hand. 'Dat is wederzijds,' zei Mitch. 'Ik heb Ray zondag gezien.'

'Ik heb het gevoel je al jaren te kennen. Je lijkt sprekend op Ray. Hij had me al verteld dat dat zo was. Hij heeft me alles over jou verteld. Ik neem aan dat hij het ook wel over mij zal hebben gehad. Mijn politie-achtergrond. De veroordeling. De verkrachting. Heeft hij je ook meegedeeld dat het om geslachtsgemeenschap met een minderjarig meisje ging en dat het meisje in kwestie zeventien was, maar eruitzag als vijfentwintig en dat ik er ben ingeluisd?'

'Daar heeft hij het wel even over gehad, maar Ray praat niet veel, zoals je weet.'

'Hij is een prachtkerel. Ik heb letterlijk mijn leven aan hem te danken. Ze hebben me in de gevangenis bijna vermoord toen ze hadden ontdekt dat ik een smeris was. Hij kwam me te hulp en zelfs de negers hielden zich toen in. Hij kan mensen kwaad doen als hij dat wil.'

'Hij is de enige familie die ik heb.'

'Ja, dat weet ik. Wanneer je jarenlang in een kleine cel met een en dezelfde man opgesloten zit, kom je alles over hem te weten. Toen ik voorwaardelijk werd vrijgelaten, was jij net over een rechtenstudie aan het denken.'

'Ik ben in juni van dit jaar afgestudeerd en ben gaan werken voor Bendini, Lambert & Locke.'

'Nooit van gehoord.'

'Het is een kantoor aan Front Street en het heeft zich gespecialiseerd in belastingzaken en B.V.'s.'

'Ik doe voor juristen heel wat smerig werk in verband met echtscheidingen. Schaduwen, foto's maken, zoals die daar, en het verzamelen van vuiligheid die voor de rechtbank kan worden gebracht.' Hij sprak snel, in korte woorden en zinnen. De cowboylaarzen werden aarzelend op het bureau tentoongesteld. 'Verder ga ik voor sommige juristen op zoek naar zaken. Als ik een goed auto-ongeluk kan aandragen, of een proces in verband met persoonlijk letsel, ga ik op zoek naar de jurist die mij het meeste geld biedt. Zo heb ik dit gebouw kunnen kopen. Persoonlijk letsel levert geld op. Die juristen trekken veertig procent van het toegewezen bedrag naar zich toe. Veertig procent!' Hij schudde walgend zijn hoofd, alsof hij niet kon geloven dat er in deze stad hebzuchtige juristen woonden en werkten.

'Declareert u op uurbasis?' vroeg Mitch.

'Dertig dollar per uur, plus onkosten. De afgelopen nacht heb ik zes uur in mijn vrachtwagentje voor een Holiday Inn zitten wachten tot de echtgenoot van een cliënte met zijn hoer een kamer uit kwam, zodat ik nog wat foto's kon nemen. Zes uur. Dat is honderdtachtig dollar waarvoor ik niets anders heb hoeven doen dan op mijn krent zitten, naar vieze blaadjes kijken en wachten. Ik heb haar ook mijn avondeten in rekening gebracht.'

Mitch luisterde aandachtig, alsof hij wenste dat hij zoiets ook kon doen.

Tammy stak haar hoofd om de hoek van de deur en zei dat ze wegging. Ze werd gevolgd door een wolk van rook en Mitch keek naar het raam. Ze trok de deur weer met een klap dicht.

'Dat is een geweldig mens,' zei Eddie. 'Ze heeft problemen met haar echtgenoot. Die is vrachtwagenchauffeur en meent Elvis te zijn, heeft gitzwart haar, een staartje en grote bakkebaarden, en zo'n goudkleurige zonnebril op. Als hij niet onderweg is, zit hij naar LP's van Elvis te luisteren en naar die afschuwelijke films te kijken. Ze zijn vanuit Ohio hierheen verhuisd, zodat die clown dichter in de buurt van het graf van de King kan zijn. Raad eens hoe hij heet?'

'Daar heb ik geen idee van.'

'Elvis. Elvis Aaron Hemphill. Nadat de King was overleden, heeft hij zijn naam officieel veranderd. In nachtclubs overal in de stad geeft hij Elvis-imitaties ten beste. Ik heb dat een keer gezien. Hij had een witte jumpsuit aan, waarvan de knoopjes tot zijn navel open waren. Dat zou op zich geen ramp zijn geweest, wanneer hij niet zo'n dikke buik had die eruitziet als een gebleekte watermeloen. Het was een behoorlijk trieste vertoning. Zijn stem lijkt te horen bij een van die oude Indiaanse opperhoofden die vroeger rond een kampvuur zongen.'

'Wat is dan het probleem?'

'Vrouwen. Je kunt niet geloven hoeveel Elvis-gekken deze stad bezoeken. Ze komen toegestroomd om te zien hoe die idioot Elvis nadoet. Ze gooien hem onderbroeken toe, grote onderbroeken, voor dikke, vette achterwerken. Daar veegt hij dan zijn voorhoofd mee af en gooit ze terug. Ze geven hem hun kamernummers en we vermoeden dat hij de stoere hengst probeert uit te hangen, net als Elvis. Ik heb hem nog niet kunnen betrappen.'

Mitch kon daar geen enkele reactie op bedenken. Hij grinnikte als een idioot, alsof het echt een ongelooflijk verhaal was. Lomax interpreteerde die reactie juist.

'Heb jij problemen met je vrouw?'

'Nee, absoluut niet. Ik heb inlichtingen nodig over vier mensen. Drie van hen zijn dood, één leeft nog.'

'Klinkt interessant. Ik luister.'

Mitch haalde de aantekeningen uit zijn zak. 'Ik neem aan dat je dit strikt vertrouwelijk zult behandelen?'

'Natuurlijk. Even vertrouwelijk als jij met jouw cliënten omgaat.'

Mitch knikte instemmend, maar dacht aan Tammy en Elvis en vroeg zich af waarom Lomax hem dat verhaal had verteld.

'Het moet heel vertrouwelijk worden behandeld.'

'Ik heb al gezegd dat dat zou gebeuren. Je kunt me vertrouwen.'

'Dertig dollar per uur?'

'Voor jou twintig. Ray heeft je immers naar me toe gestuurd?'

'Dat vind ik aardig.'

'Wie zijn die mensen?'

'De drie overledenen hebben als jurist op ons kantoor gewerkt. Robert Lamm is in 1970 omgekomen bij een ongeluk tijdens het jagen, ergens in Arkansas. In de bergen. Hij werd ongeveer twee weken lang vermist en toen hebben ze hem

gevonden met een kogel in zijn kop. Er is lijkschouwing verricht. Meer weet ik niet. Alice Knauss is in 1977 bij een auto-ongeluk om het leven gekomen, hier in Memphis. Een dronken chauffeur schijnt haar te hebben aangereden. John Mickel heeft in 1984 zelfmoord gepleegd. Zijn lichaam is in zijn kantoor gevonden, met een wapen en een afscheidsbrief.'
'Is dat alles wat je weet?'
'Ja.'
'Waar ben je naar op zoek?'
'Ik wil zoveel mogelijk te weten komen over de manier waarop die mensen zijn gestorven. Wie er een onderzoek naar heeft ingesteld. Of er onbeantwoorde vragen zijn. Of iemand ooit achterdocht heeft gekoesterd.'
'Wat vermoed jij?'
'Op dit moment nog niets. Ik ben alleen nieuwsgierig.'
'Je bent meer dan nieuwsgierig.'
'Goed, ik ben meer dan nieuwsgierig. Maar nu moeten we het daar voorlopig bij laten.'
'Prima. Wie is de vierde man?'
'Hij heet Wayne Tarrance en hij is hier in Memphis een agent van de FBI.'
'De FBI?!'
'Vind je dat vervelend?'
'Ja. Ik krijg veertig dollar per uur voor smerissen.'
'Geen probleem.'
'Wat wil je weten?'
'Hoe lang hij hier is. Hoe lang hij al agent is. Wat zijn reputatie is.'
'Dat is makkelijk zat.'
Mitch vouwde het papiertje weer op en stopte het in zijn zak. 'Hoe lang gaat dit duren?'
'Ongeveer een maand.'
'Dat is prima.'
'Voor welk kantoor werk je eigenlijk?'
'Bendini, Lambert & Locke.'
'Die twee kerels die de afgelopen zomer om het leven zijn gekomen...'
'Werkten daar ook.'
'Achterdocht dienaangaand?'
'Nee.'
'Ik vond dat ik dat even moest vragen.'
'Hoor eens, Eddie. Je moet dit heel voorzichtig aanpakken. Bel me niet thuis op, en al evenmin op mijn kantoor. Ik bel jou over een maand of zo weer. Ik heb het vermoeden dat ik heel nauwlettend in de gaten word gehouden.'
'Door wie?'
'Ik wou dat ik dat wist.'

13

Avery keek glimlachend naar de uitdraai van de computer. 'In de maand oktober heb je gemiddeld eenenzestig uur per week gedeclareerd.'

'Ik dacht dat het er vierenzestig waren.'

'Eenenzestig is meer dan voldoende. We hebben hier nog nooit iemand gehad die in zijn eerste jaar zo'n hoog gemiddelde haalde. Heb je niet gesjoemeld?'

'Nee. Ik had eigenlijk nog meer uren kunnen declareren.'

'Hoeveel uur per week werk je?'

'Tussen de vijfentachtig en de negentig. Als ik het zou willen, zou ik vijfenzeventig uur in rekening kunnen brengen.'

'Dat zou ik je, in elk geval voorlopig, niet aanraden, omdat sommige mensen hier dan nog wel eens een beetje jaloers kunnen worden. De jongere assistenten houden je goed in de gaten.'

'Moet ik het wat rustiger aan doen?'

'Natuurlijk niet. Jij en ik lopen nu toch al een maand achter. Ik maak me alleen een beetje zorgen over die lange uren. Dat is alles. De meeste assistenten beginnen met tachtig- tot negentigurige werkweken, maar na een paar maanden neemt dat vanzelf af. Vijfenzestig tot zeventig is een normaal gemiddelde. Maar jij lijkt een uitzonderlijk uithoudingsvermogen te hebben.'

'Ik heb niet veel slaap nodig.'

'Hoe denkt je vrouw daarover?'

'Waarom is dat belangrijk?'

'Vindt zij die lange werkdagen erg?'

Mitch keek Avery nijdig aan en dacht even aan de ruzie die hij de vorige avond met Abby had gekregen toen hij drie minuten voor middernacht thuis was gekomen voor het avondeten. Het was niet echt uit de hand gelopen, maar het was wel de hevigste ruzie geweest die ze ooit hadden gehad en het zag ernaar uit dat die door andere zou worden gevolgd. Ze hadden beiden voet bij stuk gehouden. Abby had gezegd dat ze zich nauwer verbonden voelde met buurman Rice dan met haar echtgenoot.

'Ze begrijpt het wel. Ik heb haar gezegd dat ik binnen twee jaar vennoot zal zijn en voor mijn dertigste ga rentenieren.'

'Het ziet ernaar uit dat je dat wel degelijk aan het proberen bent.'

'U gaat toch niet klagen? Elk uur dat ik de afgelopen maand in rekening heb gebracht, had betrekking op uw dossiers en u leek het ook niet al te erg te vinden mij overuren te laten draaien.'

Avery legde de uitdraai neer en keek Mitch met gefronste wenkbrauwen aan. 'Ik wil alleen niet dat je opbrandt, of het thuisfront verwaarloost.'

Het was raar dat te horen uit de mond van een man die zijn vrouw had verlaten. Hij keek Avery aan met alle minachting die hij kon opbrengen. 'U hoeft zich geen zorgen te maken over wat er bij mij thuis gebeurt. Zolang ik hier goed werk aflever, moet u tevreden zijn.'

Avery boog zich over het bureau heen. 'Hoor eens, Mitch. Ik ben niet zo goed in dit soort zaken. Die directieven komen van hogerhand. Lambert en McKnight zijn bang dat je een beetje te hard van stapel loopt. Ik bedoel... Vijf uur 's morgens, alle dagen en zelfs de zondagen. Dat is nogal wat, Mitch.'

'Wat hebben zij gezegd?'

'Niet veel. Die kerels geven echt om jou en je vrouw, Mitch, of je dat nu wilt geloven of niet. Ze willen gelukkige juristen hebben, met gelukkige echtgenotes. Als alles op rolletjes loopt, zijn de juristen produktief. Lambert kan heel vaderlijk overkomen. Hij is van plan over een paar jaar met pensioen te gaan en probeert zijn glorietijd nogmaals te beleven via jou en de andere jonge mensen hier. Als hij te veel vragen stelt, of je te vaak de les leest, moet je hem dat maar vergeven. Hij heeft zich het recht verworven hier de grootvader te spelen.'

'Zegt u dan maar tegen hen dat het met mij goed gaat en met Abby ook. We zijn allemaal gelukkig en ik ben heel erg produktief.'

'Prima. Nu we dat probleem uit de weg hebben geruimd, gaan jij en ik morgen over een week naar de Cayman Eilanden. Ik moet daar namens Sonny Capps en drie andere cliënten met een bankier overleggen. We zullen echter best wat tijd overhouden om te duiken en te snorkelen. Ik heb tegen Royce McKnight gezegd dat ik je daar nodig heb en hij heeft er zijn goedkeuring aan gegeven. Hij zei dat jij waarschijnlijk wel aan een beetje rust toe was. Heb je zin om mee te gaan?'

'Natuurlijk. Het verbaast me alleen ietwat.'

'Het is een zakenreis, dus gaan onze vrouwen niet mee. Lambert was een beetje bang dat je er thuis problemen mee zou krijgen.'

'Volgens mij maakt de heer Lambert zich te veel zorgen over wat er bij mij thuis gebeurt. Zegt u hem maar dat ik alles onder controle heb en dat er geen problemen zullen ontstaan.'

'Dus je gaat mee?'

'Natuurlijk. Hoe lang blijven we er?'

'Een paar dagen. We kunnen logeren in een van de appartementen van het kantoor. Sonny Capps kan het andere krijgen. Ik probeer het vliegtuig van de zaak te charteren, maar het kan zijn dat we een gewoon lijntoestel moeten pakken.'

'Dat vind ik geen probleem.'

Slechts twee van de passagiers aan boord van de 727 van Cayman Airways in Miami hadden een stropdas om en na de eerste ronde rum punch deed Avery de zijne af en stopte hem in de zak van zijn colbertje. De punch werd geserveerd door een beeldschone, donkere stewardess met blauwe ogen en een lieflijk glimlachje. De vrouwen daar waren geweldig, zei Avery meer dan eens.

Mitch zat bij het raampje en probeerde zijn opwinding over de eerste buitenlandse reis verborgen te houden. In de bibliotheek had hij een boek gevonden over de Cayman Eilanden. Er waren drie eilanden: Grand Cayman, Little Cayman en Cayman Brac. De twee kleinere eilanden werden zelden door toeristen bezocht en waren dun bevolkt. Op Grand Cayman woonden achttienduizend mensen. Er waren driehonderd banken en er stonden twaalfduizend bedrijven geregistreerd. De bevolking was voor twintig procent blank en voor twintig procent zwart. De andere zestig procent was er niet zeker van wat ze waren, maar dat kon die mensen niets schelen. Georgetown, de hoofdstad, was de laatste jaren een internationale vluchthaven geworden voor mensen die belastingen wilden ontduiken en de bankiers waren er even gesloten als in Zwitserland. Men kende er inkomstenbelasting noch vermogensbelasting en bepaalde bedrijven kregen de garantie dat er vijftig jaar lang geen belasting over de winst hoefde te worden betaald. De eilanden hoorden bij Engeland en hadden een ongewoon stabiele regering. De inkomsten uit invoerrechten en het toerisme leverden al het geld op dat de regering nodig had. Misdaden werden er niet gepleegd en van werkloosheid had men nooit gehoord.

Grand Cayman was ruim dertig kilometer lang en op sommige plaatsen ruim twaalf kilometer breed, maar vanuit de lucht zag het er veel kleiner uit. Het leek net een kleine rots, omgeven door helder, saffierblauw water.

Het toestel landde even voorbij een lagune op een smalle landingsbaan. Ze stapten uit en waren binnen de kortste keren de douane door. Een zwarte jongen pakte Mitch' koffers en smeet die samen met de bagage van Avery in de kofferruimte van een Ford LTD uit 1972. Mitch gaf de man een royale fooi.

'Seven Mile Beach!' zei Avery.

'In orde.' De chauffeur trapte het gaspedaal diep in en draaide met piepende banden de richting van Georgetown op. Uit de radio schalde reggae-muziek. De chauffeur deinde mee en roffelde met zijn vingers op het stuur. Hij reed aan de verkeerde kant van de weg, maar dat deden alle anderen ook. Mitch zakte onderuit op de versleten achterbank en sloeg zijn benen over elkaar. De auto had geen air-conditioning, maar alle raampjes stonden open. De tropische lucht streek langs zijn wangen en blies door zijn haar. Dit was aangenaam.

Het eiland was vlak en op de weg naar Georgetown kwamen ze allerlei kleine, stoffige Europese wagens, scooters en fietsen tegen. De huizen waren kleine bungalows met tinnen daken en kleurrijke verfjes. De gazons waren klein, maar alles zag er wel keurig onderhouden uit. Toen ze in de buurt van de stad kwamen, zagen ze winkels, twee en drie verdiepingen tellende gebouwen waar toeristen onder de luifels bescherming zochten tegen de brandende zon. De chauffeur draaide scherp naar rechts en opeens waren ze midden in het centrum, waar veel moderne bankgebouwen stonden.

Avery mat zich de rol van gids aan. 'Er zijn hier banken uit alle delen van de wereld: Duitsland, Frankrijk, Engeland, Canada, Spanje, Japan, Denemarken en zelfs Saoedi-Arabië en Israël. Meer dan driehonderd, volgens de laatste telling. De bankiers zijn zeer gesloten. Bij hen vergeleken lijken hun Zwitserse collega's kletskousen.'

De taxi moest door het drukke verkeer langzamer rijden, waardoor er geen wind meer naar binnen kwam. 'Ik zie heel wat Canadese banken,' zei Mitch.

'Dat gebouw daar is de Royal Bank of Montreal. Morgen om tien uur moeten we daar zijn. We zullen voornamelijk zaken doen met Canadese banken.'

'Heeft dat een speciale reden?'

'Ze zijn heel veilig en kunnen hun mond goed op slot houden.'

De drukke straat maakte een bocht en kwam uit op een andere straat. Voorbij het kruispunt strekte de glanzend blauwe Caribische Zee zich uit tot aan de horizon. In de baai lag een cruiseschip.

'Dat is Hogsty Bay,' zei Avery. 'Driehonderd jaar geleden gingen de piraten daar met hun schepen voor anker. Blackbeard heeft hier nog rondgezworven en zijn buit op de eilanden begraven. Een paar jaar geleden hebben ze een deel daarvan gevonden in een grot ten oosten van deze stad, in de buurt van Bodden Town.'

Mitch knikte, alsof hij dat verhaal geloofde. De chauffeur keek glimlachend in de achteruitkijkspiegel.

Avery veegde het zweet van zijn voorhoofd. 'Dit eiland heeft altijd al piraten aangetrokken. Vroeger Blackbeard en nu de moderne piraten, die corporaties oprichten en hun geld hier verstoppen. Dat klopt toch, chauffeur?'

'Inderdaad,' bevestigde de man.

'Dat is Seven Mile Beach,' zei Avery. 'Een van de mooiste en beroemdste stranden ter wereld.'

'Inderdaad,' bevestigde de chauffeur nogmaals.

'Zand dat even wit is als suiker en warm, helder water. Er zijn ook warme, mooie vrouwen. Klopt, hè chauffeur?'

'Klopt.'

'Wordt er vanavond een barbecue georganiseerd bij het Palms?'

'Jawel, meneer. Om zes uur.'

'Het Palms is een beroemd hotel, dat de beste attracties biedt en zich vlak naast ons appartement bevindt.'

Mitch glimlachte en keek naar de hotels die ze passeerden. Hij herinnerde zich het gesprek in Harvard, toen Oliver Lambert een preek had afgestoken over de houding van het kantoor ten aanzien van echtscheiding, rokkenjagerij en drinken. Misschien had Avery die preken om de een of andere reden niet aanhoord. Misschien ook wel.

De appartementen bevonden zich in het centrum van Seven Mile Beach, naast het Palms en een ander appartementencomplex. Zoals Mitch al had verwacht, waren de appartementen van het kantoor ruim en schitterend ingericht. Avery zei dat ze bij verkoop elk minstens een half miljoen zouden opbrengen, maar ze stonden niet te koop. Ze waren ook niet te huur. Het waren toevluchtsoorden voor vermoeide juristen van Bendini, Lambert & Locke. En voor een paar heel speciale cliënten.

Vanaf het balkon van de slaapkamer keek Mitch naar de bootjes die doelloos op de schitterende zee leken te drijven. De zon ging onder en de kleine golven weerkaatsten zijn licht een miljoen kanten op. Het cruiseschip voer langzaam van het eiland weg. Tientallen mensen liepen op het strand, spetterden in het water, zaten zeekrabbetjes achterna en dronken punch of Jamaïcaans bier. Ritmische Caribische muziek kwam uit het Palms, waar een grote bar in de open lucht, onder een rieten dak, mensen als een magneet naar zich toe trok. In een hut er vlak bij kon men volleyballen huren, evenals catamarans en snorkeluitrustingen.

Avery liep het balkon op in een short met fel-oranje en fel-gele bloemen. Zijn lichaam was slank en gespierd, zonder vetrollen. Hij was mede-eigenaar van een fitness-centrum in Memphis en trainde elke dag. De club had kennelijk ook een paar zonnebanken. Mitch kwam ervan onder de indruk.

'Hoe vind je mijn outfit?' vroeg Avery.

'Leuk. Past u prima.'

'Ik heb nog zo'n short bij me en dat kun je lenen als je dat wilt.'

'Nee, dank u. Ik trek mijn short van Western Kentucky wel aan.'

Avery nam een slokje uit zijn glas en keek om zich heen. 'Ik ben hier nu al twaalf keer geweest, maar ik vind het nog steeds opwindend. Ik denk erover om hier na mijn pensioen te gaan wonen.'

'Zou leuk zijn. Over het strand wandelen en krabbetjes achternazitten.'

'En domino spelen en Red Stripe drinken. Heb jij dat bier wel eens geproefd?'

'Niet dat ik me kan herinneren.'

'Laten we er dan maar eens een gaan pakken.'

De bar in de open lucht heette Rumheads. Hij zat vol dorstige toeristen en een paar eilandbewoners, die aan een houten tafel domino speelden. Avery baande zich met zijn ellebogen een weg door de mensenmenigte heen en kwam terug met twee flesjes. Ze vonden een zitplaatsje bij de tafel waar domino werd gespeeld.

'Ik denk dat ik dit zal gaan doen wanneer ik gepensioneerd ben. Dan kom ik hier domino spelen en drink er Red Stripe bij.'

'Het is lekker bier.'

'En als ik die domino's zat ben, ga ik met darts aan de slag.'

Hij knikte naar een hoek, waar een groep dronken Engelsen darts naar een bord aan het gooien waren, en tegen elkaar vloekten. 'En als ik genoeg heb gekregen van die darts, weet ik nog niet wat ik ga doen. Wil je me even excuseren?' Hij liep naar een tafel op de patio, waar twee meisjes met een string-bikini aan net waren neergestreken. Hij stelde zich voor en zij nodigden hem uit bij hen te komen zitten. Mitch bestelde nog een Red Stripe en liep naar het strand. In de verte kon hij de bankgebouwen van Georgetown zien. Hij liep die kant op.

Het eten werd geserveerd op klaptafels bij het zwembad. Gegrilde vis, gebarbecuede vis, gebakken garnalen, schildpadden en oesters, kreeft. Alles kwam uit zee en alles was vers. De gasten bedienden zichzelf terwijl obers af en aan liepen met liters rum punch. Ze aten aan kleine tafeltjes op het binnenplein, met uitzicht op Rumheads en de zee. Een reggae-band trof voorbereidingen om te gaan spelen. De zon verdween achter een wolk en toen achter de horizon.

Mitch liep achter Avery aan langs het buffet en toen, zoals te verwachten was, naar een tafel waaraan de twee jonge vrouwen al hadden plaats genomen. Het waren zusjes, beiden ergens achter in de twintig, beiden gescheiden, beiden half dronken. Degene die Carrie heette, was voor Avery gevallen. Julia waagde direct een oogje aan Mitch. Hij vroeg zich af wat Avery tegen hen had gezegd.

'Ik zie dat je getrouwd bent,' fluisterde Julia terwijl ze naast hem kwam zitten.

'Ja. Gelukkig getrouwd.'

Ze glimlachte, alsof dat een uitdaging was die ze aannam. Avery en zijn dame gaven elkaar een knipoog. Mitch pakte een glas punch en dronk dat achter el-kaar leeg.

Hij at nauwelijks en kon alleen aan Abby denken. Dit zou lastig te verklaren zijn, als er een verklaring moest worden gegeven. Dineren met twee aantrekke-lijke vrouwen die bijna niets aan hadden. Hij zou dat onmogelijk kunnen uitleg-gen. De conversatie werd moeizaam en Mitch droeg er in geen enkel opzicht zijn steentje aan bij. Een ober zette een grote karaf op tafel neer, die al snel weer leeg was. Avery werd vervelend. Hij zei tegen de dames dat Mitch voor de New York Giants had gespeeld en twee Super Bowls had meegemaakt. Dat hij een miljoen dollar per jaar had verdiend totdat knieletsel een einde aan zijn carrière had ge-maakt. Mitch schudde zijn hoofd en dronk nog meer. Julia keek hem zwijme-lend aan en schoof wat dichter naar hem toe.

De band begon luider te spelen en het was tijd om te dansen. De helft van de me-nigte liep naar een houten dansvloer onder twee bomen, tussen het zwembad en het strand. 'Laten we dansen!' schreeuwde Avery en pakte zijn dame vast. Ze renden tussen de tafeltjes door en gingen al snel op in de menigte heftig bewegen-de toeristen.

Hij voelde dat ze nog dichter naast hem kwam zitten en toen lag haar hand op zijn been. 'Wil je dansen?' vroeg ze.

'Nee.'

'Prima, want ik heb er ook geen zin in. Waar heb jij wel zin in?' Ze streek met haar borsten langs zijn spierballen en glimlachte hem van heel dichtbij zo verlei-delijk mogelijk toe.

'Ik ben helemaal niets van plan.' Hij haalde haar hand weg.

'Kom nu! Laten we wat lol trappen. Je vrouw hoeft er nooit iets van te weten.'

'Hoor eens, je mag dan een heel aantrekkelijke dame zijn, maar je bent met mij je tijd aan het verspillen. Het is nog vroeg. Je hebt tijd zat om een echte dek-hengst uit te zoeken.'

'Jij bent leuk genoeg.'

De hand was er weer en Mitch haalde diep adem. 'Waarom hoepel je niet op?'

'Wat zeg je?' De hand werd weggehaald.

'Ik zei dat je kon ophoepelen.'

'Wat is er in vredesnaam met jou aan de hand?' vroeg ze en schoof een eindje van hem vandaan.

'Ik heb een afkeer van overdraagbare ziekten. Verdwijn nu maar.'

'Waarom verdwijn jij niet?'

'Dat is een geweldig idee. Ik heb van het eten genoten.'

Mitch pakte een glas rum punch en liep tussen de dansende mensen door naar de bar. Hij bestelde een Red Stripe en ging in een donker hoekje van de patio zitten. Het strand voor hem was verlaten. De lichtjes van een twaalftal boten dansten langzaam op het water. Achter hem hoorde hij de geluiden van de Barefoot Boys en het gelach van de Caribische avond. Leuk, dacht hij, maar het zou met Abby samen leuker zijn geweest. Misschien zouden ze hier de volgende zomer met va-kantie naartoe gaan. Ze hadden wat tijd samen nodig, weg van het huis en weg van het kantoor. Er was een kloof tussen hen ontstaan die hij niet exact kon defi-

107

niëren. Ze voelden dat beiden, maar leken er niet over te kunnen praten.
'Waar kijk je naar?' De stem maakte hem aan het schrikken. Ze liep naar het tafeltje en ging naast hem zitten. Ze was een inheemse. Donkere huid, met blauwe of lichtbruine ogen. Het waren heel mooie ogen, warm en open. Het donkere, krullende haar was naar achteren gekamd en reikte bijna tot haar middel. Ze was een exotische mengeling van blank, zwart en waarschijnlijk ook Latijns-Amerikaans bloed. Ze had een heel klein bovenstukje van een bikini aan, dat haar grote borsten nauwelijks bedekte, en een felgekleurde rok met een split tot haar middel, die bijna alles liet zien toen ze ging zitten en haar benen over elkaar sloeg. Geen schoenen aan haar voeten.
'Nergens naar, eigenlijk.'
Ze was heel jong en had een kinderlijke glimlach, die perfecte tanden liet zien.
'Waar kom jij vandaan?' vroeg ze.
'Uit de Verenigde Staten.'
Ze glimlachte en grinnikte. 'Natuurlijk, maar waar precies vandaan?' Ze sprak zacht en nauwkeurig.
'Memphis.'
'Er komen hier heel wat mensen uit Memphis, om te duiken.'
'Woon jij hier?'
'Ja, mijn hele leven lang al. Mijn moeder is hier geboren, mijn vader kwam uit Engeland. Nu is hij weer daar.'
'Wil je iets drinken?' vroeg hij.
'Rum met sodawater graag.'
Hij stond bij de bar en wachtte op de drankjes. In zijn maag klopte iets, dof, zenuwachtig. Hij zou in het donker kunnen verdwijnen, door de mensenmenigte heen terug kunnen lopen naar het appartement. Hij zou de deur kunnen afsluiten en een boek kunnen lezen over internationale belastingparadijzen. Nogal saai. Bovendien zouden Avery en dat hete grietje daar nu wel zijn. Het meisje had geen kwaad in de zin, vertelden de rum en de Red Stripe hem. Ze zouden samen een paar glazen drinken en dan afscheid nemen.
Hij liep terug met de drankjes en ging tegenover het meisje zitten, zo ver mogelijk van haar vandaan. Ze waren alleen op de patio.
'Duik jij?' vroeg ze.
'Nee. Ik ben hier voor zaken.' Hoe minder hij zei, hoe veiliger dat was. Ze sloeg haar benen andersom over elkaar en glimlachte onschuldig. Hij voelde zich zwakker worden.
'Hoe oud ben je?' vroeg hij.
'Twintig, en ik heet Eilene. Ik ben oud genoeg.'
'Ik ben Mitch.' Zijn maag leek te draaien en hij voelde zich licht in zijn hoofd. Snel nam hij een slok bier en keek op zijn horloge.
Ze keek toe, met die zelfde verleidelijke glimlach. 'Je bent heel knap.'
Dit ging opeens in een snel tempo. Koel blijven, hield hij zichzelf voor.
'Dank je.'
'Ben je een atleet?'
'Zoiets. Waarom vraag je dat?'

'Omdat je er zo uitziet. Heel stevig en gespierd.'

Hij bewonderde haar lichaam en probeerde een of ander compliment te bedenken dat niet te suggestief zou klinken. Dat lukte hem niet.

'Waar werk je?' vroeg hij, om een minder sensueel gespreksonderwerp aan te snijden.

'Ik werk in een juwelierszaak in de stad.'

'Waar woon je?'

'In Georgetown. Waar logeer jij?'

'In een appartement hiernaast.' Hij knikte in die richting en zij keek naar links. Ze wilde het appartement zien, dat was hem duidelijk. Ze nam een slokje.

'Waarom ben je niet op het feest?' vroeg ze.

'Ik houd niet zo van feesten.'

'Houd je wel van het strand?'

'Dat is prachtig.'

'In het maanlicht is het nog mooier.' Weer die glimlach.

Hij wist er niets op te zeggen.

'Anderhalve kilometer verderop langs het strand is een betere bar,' zei ze. 'Laten we een eindje gaan wandelen.'

'Ik weet het niet. Ik zou eigenlijk terug moeten gaan. Ik moet nog wat werken voor morgenochtend.'

Ze lachte en ging staan. 'Op dit eiland gaat niemand zo vroeg naar huis. Kom, ik ben je een drankje verschuldigd.'

'Nee, dat kan ik beter niet doen.'

Ze pakte zijn hand en trok hem mee, de patio over, naar het strand. Zwijgend liepen ze verder tot het Palms uit hun gezichtsveld was verdwenen en de muziek vager klonk. De maan stond recht boven hun hoofd en leek nu feller te schijnen. Het strand was verlaten. Ze trok haar rok los, waaronder ze alleen een string droeg. Toen rolde ze de rok op, drapeerde die om zijn hals en pakte zijn hand weer.

Iets zei hem dat hij moest wegrennen. Dat hij het bierflesje in de oceaan moest smijten. Dat hij de rok op het zand moest gooien. En als een gek moest wegrennen. Naar het appartement. Dat hij de deur moest vergrendelen, net als de ramen. Rennen. Rennen. Rennen.

Maar iets zei hem ook dat hij zich moest ontspannen. Wat pret maken kon geen kwaad. Hij kon best nog wat drinken. Als er iets gebeurde, moest hij ervan genieten. Niemand zou het ooit weten. Memphis was vijftienhonderd kilometer verderop. Avery zou er niets van weten. En zo ja, wat dan nog? Wat zou hij ervan kunnen zeggen? Iedereen deed het. Het was tijdens zijn studententijd één keer eerder gebeurd, voor zijn huwelijk, maar na zijn verloving. Hij had het bier er de schuld van gegeven en er geen grote littekens van overgehouden. Abby hoefde er nooit iets van te weten.

Rennen. Rennen. Rennen.

Ze liepen anderhalve kilometer en er was geen bar te zien. Het was donkerder op het strand. Een wolk hield de maan weg. Sinds Rumheads hadden ze niemand meer gezien. Ze trok hem naar twee plastic strandstoelen bij het water. 'Laten we even uitrusten,' zei ze. Hij dronk zijn biertje op.

'Je zegt niet veel,' zei ze.

'Wat zou je graag van me willen horen?'

'Vind je me mooi?'

'Je bent heel mooi en je hebt een prachtig lichaam.'

Ze ging op de rand van haar stoel zitten en spetterde met haar voeten in het water. 'Laten we gaan zwemmen.'

'Daar ben ik echt niet voor in de stemming.'

'Kom mee, Mitch. Ik ben dol op het water.'

'Ga jij maar. Ik kijk wel toe.'

Ze knielde naast hem neer in het zand en keek hem aan. Langzaam maakte ze het topje van haar bikini los en liet het nog langzamer vallen. Haar borsten, die nu veel groter leken, rustten op zijn linker onderarm. Ze gaf hem het topje. 'Wil je dit even voor me vasthouden?' Het was zacht en wit en zo licht als een veertje. Hij leek verlamd te zijn en geen adem meer te kunnen halen.

Langzaam liep ze het water in, met blote billen. Haar lange, donkere, prachtige haar hing tot haar middel. Toen ze tot haar knieën in het water stond, draaide ze zich om naar het strand.

'Kom nu, Mitch. Het water is heerlijk.'

Ze zond hem een stralende glimlach toe en die zag hij. Hij aaide over het topje en wist dat dit zijn laatste kans was om weg te rennen. Maar hij voelde zich duizelig en zwak. Wegrennen zou meer kracht vergen dan hij kon vergaren. Hij wilde gewoon blijven zitten en misschien zou zij dan vanzelf weggaan. Misschien zou ze verdrinken. Misschien zou het plotseling vloed worden en zouden de golven haar meenemen naar open zee.

'Kom nu, Mitch!'

Hij trok zijn shirtje uit en liep het water in. Ze sloeg hem glimlachend gade. Toen hij bij haar was, pakte ze zijn hand en nam hem mee, verder het water in. Ze sloeg haar handen om zijn hals en ze kusten elkaar. Hij vond de touwtjes. Ze kusten elkaar nogmaals.

Opeens hield ze daarmee op en liep zonder iets te zeggen terug naar het strand. Hij keek naar haar. Ze zat op het zand, tussen de twee stoelen, en trok de rest van haar bikini uit. Hij dook onder water en hield zijn adem een eeuwigheid in. Toen hij weer bovenkwam, was ze half achterover op het zand gaan liggen, steunend op haar ellebogen. Hij keek het strand op en af en zag natuurlijk niemand. Op dat moment verdween de maan achter een volgende wolk. Er was geen boot of zeilboot te zien, noch een zwemmer of een snorkelaar.

'Dit kan ik niet doen,' mompelde hij tussen opeengeklemde kaken.

'Mitch, wat zei je?'

'Ik kan dit niet doen!' schreeuwde hij.

'Maar ik wil je hebben.'

'Ik kan het niet doen.'

'Kom op, Mitch. Niemand zal er ooit iets van te weten komen.'

Niemand zou er ooit iets van te weten komen. Niemand zou er ooit iets van te weten komen. Langzaam liep hij naar haar toe. Niemand zou er ooit iets van te weten komen.

Het was doodstil achter in de taxi toen de juristen Georgetown in reden. Ze waren laat. Ze hadden zich verslapen en het ontbijt gemist. Geen van beiden voelde zich echt lekker. Vooral Avery zag er beroerd uit. Zijn ogen waren bloeddoorlopen en zijn gezicht was bleek. Hij had zich niet geschoren.

De chauffeur stopte in het drukke verkeer voor de Royal Bank of Montreal. De hitte en de vochtigheidsgraad waren al zeer groot en hoog.

Randolph Osgood was de bankier: een stijf, Brits type in een marineblauw double-breasted kostuum, met een hoornen bril op zijn neus, een breed, glimmend voorhoofd en een puntneus. Hij begroette Avery als een oude vriend en stelde zich aan Mitch voor. Ze werden meegenomen naar een groot kantoor op de tweede verdieping, met uitzicht op Hogsty Bay. Twee klerken stonden al paraat.

'Avery, wat heb je precies nodig?' vroeg Osgood door zijn neus.

'Laten we maar beginnen met koffie. Ik heb afschriften nodig van alle rekeningen van Sonny Capps, Al Coscia, Dolph Hemmba, Ratzlaff Partners en de Greene Group.'

'Hoe ver terug wil je gaan?'

'Zes maanden. Elke rekening.'

Osgood knipte met zijn vingers naar een van de klerken. Die vertrok en kwam terug met een dienblad met koffie en gebak. De andere klerk maakte aantekeningen.

'Natuurlijk zullen we daar eerst toestemming voor moeten krijgen van elk van de cliënten, Avery,' zei Osgood.

'Die heb je nog in je dossier,' zei Avery, terwijl hij dingen uit zijn aktentas haalde.

'Ja, maar die zijn niet meer geldig, dus moeten er nieuwe komen. Voor elke rekening.'

'Uitstekend.' Avery schoof een dossier over de tafel heen. 'Daar zitten ze in.' Hij knipoogde naar Mitch.

Een klerk pakte het dossier en spreidde de documenten op tafel uit. Alle werden door beide klerken aandachtig bestudeerd, en toen nog eens door Osgood zelf. De juristen dronken koffie en wachtten.

Osgood glimlachte en zei: 'Alles lijkt in orde te zijn. We zullen de dossiers opvragen. Wat heb je verder nog nodig?'

'Ik wil drie bedrijven oprichten. Twee voor Sonny Capps en een voor de Greene Group. We zullen de gebruikelijke procedure volgen. De bank zal als officieel agent geregistreerd moeten worden enzovoorts.'

'Ik zal voor de noodzakelijke documenten zorgen,' zei Osgood en keek naar een van de klerken. 'Wat verder?'

'Voorlopig is dat alles.'

'Uitstekend. De dossiers moeten er binnen een half uur zijn. Heb je zin om samen met mij te lunchen?'

'Randolph, het spijt me, maar die uitnodiging zal ik moeten afslaan. Mitch en ik hebben al een afspraak gemaakt. Morgen misschien.'

Mitch wist niets van een eerdere afspraak, althans zeker geen waarbij hij was betrokken.

111

'Misschien,' zei Osgood en liep met de klerken het kantoor uit.

Avery deed de deur dicht en trok zijn colbertje uit. Toen liep hij naar het raam, met zijn koffie. 'Mitch, het spijt me van gisteravond. Dat spijt me echt. Ik ben dronken geworden en heb niet meer nagedacht. Het was fout van me om die vrouw aan je op te dringen.'

'Excuses aanvaard. Laat het alleen niet nog eens gebeuren.'

'Ik beloof je dat het niet meer zal voorkomen.'

'Was ze goed?'

'Dat geloof ik wel, maar ik kan me er niet veel meer van herinneren. Wat heb jij met haar zusje gedaan?'

'Ik heb haar gezegd dat ze moest ophoepelen. Toen ben ik een eindje over het strand gaan wandelen.'

Avery nam een hap van een gebakje en veegde zijn mond af. 'Je weet dat ik niet meer met mijn vrouw onder een dak woon. Over een jaar of zo zullen we waarschijnlijk officieel gaan scheiden. Ik ben heel discreet, omdat die echtscheidingsprocedure nog wel eens vervelend zou kunnen worden. De firma heeft de ongeschreven wet dat alles wat we buiten Memphis doen, ook buiten Memphis blijft. Begrepen?'

'Avery, je weet best dat ik mijn mond erover zal houden,' zei Mitch, die de vennoot inmiddels bij zijn voornaam mocht noemen.

'Dat weet ik, dat weet ik.'

Mitch was blij van het bestaan van die ongeschreven wet te horen, hoewel hij bij het wakker worden al volkomen zeker had geweten dat hij een perfecte misdaad had gepleegd. Hij had aan haar gedacht in bed, onder de douche en in de taxi en ook nu kostte het hem moeite zich op iets anders te concentreren. Toen ze Georgetown in reden, had hij zich erop betrapt dat hij naar juwelierszaken keek.

'Ik heb een vraag,' zei Mitch.

Avery knikte en at zijn gebakje verder op.

'Toen ik een paar maanden geleden werd gerekruteerd door Lambert, McKnight en de anderen, is me herhaalde malen nadrukkelijk voorgehouden dat het kantoor echtscheiding, vrouwen, drank en drugs afkeurde. Alles in feite, behalve hard werken en geld verdienen. Daarom heb ik de baan aangenomen. Ik heb het harde werken en het geld inmiddels gezien, maar nu zie ik andere dingen. Waar ben jij de mist in gegaan? Of doen ze dit allemaal?'

'Je vraag staat me niet aan.'

'Dat wist ik al wel, maar toch zou ik er graag een antwoord op willen hebben. Dat verdien ik, want ik heb het gevoel dat ik ben misleid.'

'Wat ga je dan doen? Neem je je ontslag omdat ik dronken ben geworden en met een hoer naar bed ben gegaan?'

'Ik heb niet over ontslag nemen gedacht.'

'Prima. Ga dat dan ook niet doen.'

'Maar ik heb recht op een antwoord.'

'Goed. Ik ben de grootste boef van het hele kantoor en ze zullen over me heen vallen wanneer ik over die echtscheiding begin. Ik zit nu en dan achter de vrouwen aan, maar dat weet niemand. Of in elk geval kunnen ze me er niet op betrap-

pen. Ik ben er zeker van dat andere vennoten het ook doen, maar ook zij zorgen ervoor niet te worden betrapt. Niet allen, maar een paar wel. De meesten hebben een heel stabiel huwelijk en zijn hun vrouw altijd trouw. Ik ben altijd al een slechte jongen geweest, maar ze hebben me getolereerd omdat ik zo getalenteerd ben. Ze weten dat ik drink tijdens een lunch en soms op kantoor, en ze weten dat ik nog een aantal andere heilige regels heb geschonden, maar ze hebben me tot vennoot benoemd omdat ze me nodig hebben. Nu ik vennoot ben, kunnen ze er niet veel meer aan doen. Zo'n slechte jongen ben ik nu ook weer niet, Mitch.'
'Dat heb ik ook niet gezegd.'
'Ik ben niet perfect, maar je moet me geloven als ik zeg dat sommigen van hen dat wel zijn. Ze zijn machines, robots. Ze leven, eten en slapen voor Bendini, Lambert & Locke. Ik vind het leuk af en toe eens pret te maken.'
'Dus jij bent de uitzondering...'
'Die de regel bevestigt. Ja, door de bank genomen wel. En ik ben niet bereid me daarvoor te verontschuldigen.'
'Ik heb je ook niet om een verontschuldiging gevraagd. Wel om een nadere toelichting.'
'Ben ik duidelijk genoeg geweest?'
'Ja. Ik heb die nietsontziende openhartigheid van je altijd al kunnen waarderen.'
'En ik bewonder jouw discipline. Je moet een sterke man zijn om trouw te kunnen blijven aan je vrouw als je iets zo verleidelijks wordt aangeboden als gisterenavond. Zo sterk ben ik niet en dat wil ik ook niet zijn.'
Iets verleidelijks. Hij was van plan geweest in de lunchpauze de juwelierszaken af te lopen.
'Avery, ik ben ook geen heilig boontje en ik ben niet geschokt. Ik zal niemand veroordelen, want dat is met mij mijn hele leven lang al gebeurd. Ik wist alleen niet zo goed hoe het nu met die regels zat. Dat is alles.'
'Die regels veranderen nooit. Ze zijn in beton gegoten. In graniet uitgehakt. In steen geëtst. Wanneer je er te veel schendt, vlieg je eruit.'
'Dat is redelijk.'
Osgood en een groep klerken liepen het kantoor in met uitdraaien en bergen documenten. Die werden in alfabetische volgorde op keurige stapels op de tafel neergelegd.
'Hier zul je wel minstens een dag druk mee bezig zijn,' zei Osgood met een geforceerde glimlach. Hij knipte met zijn vingers en de klerken verdwenen. 'Als je iets nodig hebt, kun je mij in mijn kantoor vinden.'
'Bedankt,' zei Avery, die bij de eerste stapel documenten stond. Mitch trok zijn colbertje uit en zijn das los.
'Wat doen we hier precies?' vroeg hij.
'Twee dingen. In de eerste plaats moeten we nagaan wat er op al die rekeningen is gestort, en wanneer. We zijn voornamelijk op zoek naar gemaakte winst. Hoeveel aan rente, hoeveel aan contant geld en dergelijke. Dolph Hemmba schrijft de door hem gemaakte rente bijvoorbeeld over naar negen verschillende banken op de Bahama's. Dat is stom, maar het maakt hem gelukkig. Het is bijna

onmogelijk te volgen, behalve voor mij. Op deze bank heeft hij ongeveer twaalf miljoen staan, dus is het de moeite waard alles goed in de gaten te houden. Hij zou het zelf kunnen doen, maar hij vindt het prettiger wanneer ik dat doe. Voor tweehonderdvijftig dollar per uur vind ik dat niet erg. We controleren de rente die deze bank op elke rekening uitbetaalt. Die rente is afhankelijk van een aantal factoren. De bank bepaalt die in zekere mate zelf, dus is dit een goede manier om ervoor te zorgen dat ze eerlijk blijven.'

'Ik dacht dat ze eerlijk waren.'

'Dat zijn ze, maar je moet niet vergeten dat ze ook bankiers zijn. Je gaat hier ongeveer dertig rekeningen bekijken en als we weggaan, zullen we precies weten hoeveel er op de rekeningen staat, hoeveel rente het geld heeft opgeleverd en waar die rente heen gaat. Verder moeten we drie bedrijven onderbrengen binnen de jurisdictie van de Cayman Eilanden. Dat is vrij gemakkelijk, in juridisch opzicht, en we zouden het vanuit Memphis kunnen doen. Maar de cliënten denken dat we hierheen moeten om het te regelen. Onthoud goed dat we te maken hebben met mensen die miljoenen investeren. Van de paar duizend dollar die ze aan ons kwijt zijn, zullen ze niet wakker liggen.'

Mitch bladerde een uitdraai door die bij de stapel van Hemmba hoorde. 'Wie is die vent? Ik heb nog nooit van hem gehoord.'

'Ik heb heel wat cliënten van wie jij nog nooit hebt gehoord. Hemmba is een hereboer in Arkansas, een van de grootste landeigenaren van die staat.'

'Twaalf miljoen dollar?'

'Ja, maar dan alleen op deze bank.'

'Dat betekent heel wat katoen en sojabonen.'

'Laten we maar volstaan met te zeggen dat hij zich ook met andere dingen bezighoudt.'

'Zoals?'

'Dat kan ik je echt niet vertellen.'

'Legaal of illegaal?'

'Laten we maar zeggen dat hij op verschillende banken in het Caribisch gebied twintig miljoen plus rente buiten de Amerikaanse belastingdienst houdt.'

'En wij helpen hem daarbij?'

Avery begon de documenten te controleren. Mitch keek toe en wachtte op een antwoord. De stilte werd intenser en het was duidelijk dat er geen antwoord zou komen. Hij zou erop kunnen aandringen, maar voor één dag had hij wel genoeg vragen gesteld. Hij rolde zijn mouwen op en ging aan het werk.

Om twaalf uur ontdekte hij wat de door Avery al gemaakte afspraak inhield. Zijn dame wachtte bij het appartement, voor een kort rendez-vous. Hij stelde voor dat hun wegen zich een paar uur zouden scheiden en noemde een café dat Mitch misschien wel zou aanstaan.

Maar Mitch ging naar de openbare bibliotheek van Georgetown, in de buurt van de bank. Op de tweede verdieping werd hem gewezen waar hij de tijdschriften kon vinden, waaronder een plank vol oude exemplaren van *The Daily Caymanian*. Hij ging zes maanden in de tijd terug, naar een krant van 27 juni. Die legde hij op een kleine tafel met een raam aan de straatzijde. Hij keek even naar buiten en toen nogmaals, aandachtiger. Er was een man die hij even daarvoor al had gezien, bij de bank. Hij zat achter het stuur van een gedeukte Chevette, die op een smalle oprijlaan tegenover de bibliotheek geparkeerd stond. Hij was klein en breedgebouwd, had donker haar en leek een buitenlander te zijn. Hij droeg een opvallend groen-oranje shirt en had een goedkope zonnebril op zijn neus.

Dezelfde Chevette met dezelfde chauffeur had geparkeerd gestaan voor een klein cadeauwinkeltje naast de bank en nu stond hij weer hier, vier zijstraten verderop. Een eilandbewoner bleef met zijn fiets naast de man staan en stak een sigaret op. De man in de auto wees op de bibliotheek. De eilandbewoner liet zijn fiets staan en stak snel over.

Mitch vouwde de krant op en stak hem in zijn zak. Toen liep hij langs de rijen planken, ontdekte een *National Geographic* en ging daarmee weer aan een tafeltje zitten. Hij bestudeerde het tijdschrift en luisterde aandachtig. De eilandbewoner kwam de trap op, zag hem, liep achter hem langs, leek even te blijven staan alsof hij een glimp wilde opvangen van wat hij aan het lezen was en ging toen de trap weer af. Mitch wachtte even en liep toen terug naar het raam. De eilandbewoner pakte weer een sigaret en sprak met de man in de Chevette. Toen stak hij de sigaret op en fietste weg.

Mitch spreidde de krant uit en bekeek het hoofdartikel over de twee Amerikaanse juristen en de inheemse duikmeester die de dag daarvoor bij een mysterieus ongeval om het leven waren gekomen. In gedachten maakte hij aantekeningen en legde de krant toen terug.

De Chevette stond er nog steeds. Hij liep ervoorlangs, in de richting van de bank. Het winkelcentrum zat ingeklemd tussen de bankgebouwen en Hogsty Bay. De straten waren smal en het wemelde er van de toeristen die liepen, op een scooter of in een kleine huurauto reden. Hij trok zijn colbertje uit en liep een winkel in waar T-shirts werden verkocht, met daarboven een café. Hij ging de trap op, bestelde een cola en nam plaats op het balkon.

Binnen een paar minuten was de man met de fiets eveneens in de bar een Red Stripe aan het drinken, terwijl hij Mitch vanachter een menukaart gadesloeg.

Mitch nam slokjes van de cola en keek aandachtig naar de mensenmenigte beneden. Geen spoor van de Chevette te bekennen, maar hij wist dat hij dicht in de buurt moest zijn. Hij zag aan de overkant een andere man naar hem staren, die even later weer verdween. Daarna zag hij een vrouw. Was hij paranoïde aan het worden? Toen draaide de Chevette twee zijstraten verderop de bocht om en reed langzaam onder hem langs.

Hij ging naar de winkel en kocht een zonnebril. Vervolgens liep hij in de richting van de dichtstbijzijnde zijstraat en dook opeens een donker steegje in. Dat rende hij door tot de volgende straat en racete opnieuw een cadeauwinkeltje in. Dat verliet hij via de achterdeur, die op een ander steegje uitkwam. Hij zag een grote kledingzaak voor toeristen en betrad die via een zijdeur. Hij hield de straat nauwlettend in de gaten en zag niets. De rekken hingen vol met shorts en shirtjes in allerlei kleuren: kleren die de eilandbewoners nooit zouden kopen, maar waar de toeristen dol op waren. Hij bleef conservatief en koos voor een witte short met een rode, gebreide pullover. Daar zocht hij een paar strooien sandalen bij uit, en een hoed. De verkoopster giechelde en wees hem een kleedhokje. Hij keek nogmaals naar buiten. Niets te zien. De kleren pasten en hij vroeg de verkoopster of hij zijn kostuum en schoenen daar een paar uur achter mocht laten. 'Geen probleem,' zei ze. Hij betaalde contant, gaf haar een fooi van tien dollar en vroeg of ze een taxi voor hem wilde bellen. Ze zei dat hij heel knap om te zien was.

Zenuwachtig keek hij naar de straat terwijl hij op de taxi wachtte. Toen racete hij het trottoir over en dook de achterbank op. 'Abanks Dive Lodge,' zei hij. 'Dat is een heel eind weg, meneer.'

Mitch gooide een briefje van twintig dollar over de voorbank. 'Rijden en kijk in je achteruitkijkspiegel. Als iemand ons volgt, moet je dat tegen me zeggen.' Hij pakte het geld begerig. 'Goed, meneer.'

Mitch zakte zo ver mogelijk op de achterbank weg, met zijn nieuwe hoed op zijn hoofd, terwijl de chauffeur Shedden Road af reed, het winkelcentrum uit, om Hogsty Bay heen ging en toen in oostelijke richting verder reed, langs Red Bay, Georgetown uit, naar Bodden Town.

'Voor wie bent u op de loop?'

Mitch glimlachte en draaide zijn portierraampje open. 'De belastingdienst,' zei hij. Dat vond hij een leuke opmerking, maar de chauffeur leek erdoor in de war te raken. Hij herinnerde zich dat het eiland geen belastingdienst had. Zwijgend reed hij verder.

Volgens de krant had de kapitein annex duikmeester Philip Abanks geheten, zoon van Barry Abanks, de eigenaar van de lodge. Hij was negentien jaar oud geweest toen hij de dood vond. Het drietal was verdronken toen zich op hun boot de een of andere explosie had voorgedaan. Een heel mysterieuze explosie. De lichamen waren gevonden in vierentwintig meter diep water, met hun complete duikuitrusting aan. Getuigen van de explosie waren er niet en niemand kon verklaren waarom die zich drie kilometer uit de kust had voorgedaan, op een plaats waar normaal gesproken nooit werd gedoken. Volgens het artikel waren er veel onbeantwoorde vragen.

Bodden Town was een dorpje dat twintig minuten rijden van Georgetown vandaan lag. De Dive Lodge stond ten zuiden van de stad, op een afgelegen stuk strand.

'Is iemand ons gevolgd?' vroeg Mitch.

De chauffeur schudde zijn hoofd.

'Goed werk. Hier heb je veertig dollar.' Mitch keek op zijn horloge. 'Het is bijna één uur. Kun je hier om precies half drie weer zijn?'

'Geen probleem.'

De weg eindigde bij de rand van het strand op een parkeerterrein van witte stenen, overschaduwd door tientallen grote palmen. Het voorste deel van de lodge bestond uit een twee verdiepingen tellend huis met een tinnen dak en een buitentrap die naar het midden van de bovenetage leidde. Het werd het Grand House genoemd. Het was lichtblauw geschilderd, met keurige witte randjes, en het werd gedeeltelijk aan het oog onttrokken door wijnranken en grote lelies. Het

116

snijwerk was met de hand vervaardigd en roze geschilderd. De solide houten luiken waren olijfgroen. Daar waren het kantoor en de eetzaal van Abanks Dive Lodge ondergebracht. Rechts stonden wat minder palmbomen. Een smalle oprijlaan liep om het Grand House heen en ging omlaag naar een groot, open terrein van witte steen. Aan beide zijden ervan bevonden zich ongeveer twaalf hutten met strodaken, waar duikers een onderkomen hadden. Van de hutten liepen talrijke houten plankiers naar de bar in de open lucht, die aan het water grensde.

Mitch liep naar die bar en hoorde de bekende geluiden van reggae en gelach. De bar leek in alle opzichten op Rumheads, alleen was het er veel minder druk. Na een paar minuten overhandigde Henry, de barkeeper, Mitch een Red Stripe.

'Waar is Barry Abanks?' vroeg Mitch.

De man knikte in de richting van de oceaan en liep terug naar de bar. Mitch zag zo'n zevenhonderd meter verderop een boot langzaam door het rustige water komen, in de richting van de lodge. Mitch at een cheeseburger en keek naar domino spelende mensen.

De boot meerde af bij een steiger bij de bar en een grotere hut waar op een van de ramen DUIKWINKEL stond geschilderd. De duikers sprongen van boord en liepen zonder uitzondering meteen door naar de bar. Een kleine, gespierde man stond naast de boot en schreeuwde bevelen naar zijn dekknechten, die lege zuurstoftanks op de steiger aan het hijsen waren. Hij droeg een witte baseballcap en verder niet zo veel. Een klein zwart lapje bedekte zijn kruis en het merendeel van zijn achterste. Te zien aan zijn diepbruine, leerachtige huid moest hij de afgelopen vijftig jaar nooit veel kleren hebben gedragen. Hij ging even het winkeltje in, schreeuwde iets tegen de kapitein en de dekknechten en liep toen eveneens in de richting van de bar. Hij negeerde de aanwezigen en liep regelrecht door naar de ijskast, waar hij een Heineken uit haalde, die hij meteen openmaakte om een flinke slok te nemen.

De barkeeper zei iets tegen Abanks en knikte in de richting van Mitch.

Hij glimlachte niet. 'Bent u naar mij op zoek?' Het klonk bijna als een sneer.

'Bent u Abanks?'

'Ja. Wat wilt u van me?'

'Ik zou u graag even een paar minuten willen spreken.'

Hij nam een grote slok bier en keek naar de oceaan. 'Daar heb ik het te druk voor. Over veertig minuten moet er weer een boot van me uitvaren.'

'Ik heet Mitch McDeere en ben een jurist uit Memphis.'

Abanks keek hem met zijn kleine bruine ogen achterdochtig aan. Mitch had zijn aandacht. 'En?'

'De mannen die samen met uw zoon om het leven zijn gekomen, waren vrienden van me. Het zal echt niet meer dan een paar minuten vergen.'

Abanks ging op een kruk zitten en zette zijn ellebogen op de bar. 'Dat is niet een van mijn geliefde gespreksonderwerpen.'

'Dat weet ik en het spijt me.'

'De politie heeft me opgedragen er verder met niemand over te praten.'

'Ik zweer u dat ik de gegeven informatie vertrouwelijk zal behandelen.'

Abanks staarde met samengeknepen ogen naar het felblauwe water. Op zijn gezicht en armen waren de littekens te zien van een leven op zee, een leven dat ver onder de waterspiegel was doorgebracht met het begeleiden van onervaren duikers tussen koraalriffen en scheepswrakken door.

'Wat wilt u weten?' vroeg hij zacht.

'Kunnen we niet ergens anders praten?'

'Prima. Laten we dan maar een eindje gaan wandelen.' Hij schreeuwde Henry iets toe en gaf een paar duikers nog een aantal instructies. Toen liepen ze op het strand.

'Ik zou graag over het ongeluk willen praten,' zei Mitch.

'U kunt vragen stellen, maar het kan zijn dat ik die niet beantwoord.'

'Waardoor is die explosie veroorzaakt?'

'Dat weet ik niet. Misschien een compressor. Misschien de brandstof. We zijn er niet zeker van. De boot was zwaar beschadigd en de meeste mogelijke aanwijzingen zijn in vlammen opgegaan.'

'Was de boot van u?'

'Ja. Het was een van de kleinere. Uw vrienden hadden die voor een ochtend gehuurd.'

'Waar zijn de lichamen gevonden?'

'In vierentwintig meter diep water. Aan die lichamen was niets dat achterdocht kon wekken, behalve dan dat er geen brandwonden of andere verwondingen zijn geconstateerd die erop wezen dat ze de explosie van zeer nabij hadden meegemaakt. Ik denk eigenlijk dat men daardoor heel erg achterdochtig had moeten worden.'

'Volgens het rapport van de lijkschouwer zijn ze verdronken.'

'Ja, dat zeiden ze. Maar uw vrienden hadden hun volledige duikuitrusting aan en die twee pakken zijn later door een van mijn mensen onderzocht. Er was niets mee aan de hand en bovendien waren ze ervaren duikers.'

'Hoe zat het met uw zoon?'

'Die had geen volledige uitrusting bij zich, maar hij kon uitstekend zwemmen.'

'Waar heeft die explosie zich voorgedaan?'

'Ze waren van plan te gaan duiken bij een aantal rifformaties bij Roger's Wreck Point. Kent u het eiland?'

'Nee.'

'Het bevindt zich in de East Bay, bij Northeastern Point. Uw vrienden hadden daar nog nooit gedoken en mijn zoon stelde voor dat eens een keer te doen. We kenden uw vrienden goed. Ze wilden altijd een boot voor hen alleen hebben en vonden het niet erg daarvoor te moeten betalen. Verder wilden ze Philip altijd mee hebben. We weten niet of ze daar echt hebben gedoken. De boot werd drie kilometer verder in zee brandend aangetroffen, ver van de plaatsen waar wij altijd duiken.'

'Kan de boot zijn afgedreven?'

'Onmogelijk. Als ze motorproblemen hadden gekregen, had Philip dat over de radio gemeld. We beschikken over heel modern materiaal en onze duikmeesters houden altijd contact met de thuisbasis. De explosie kan zich onmogelijk bij de

Point hebben voorgedaan. Niemand heeft die gezien of gehoord en er is daar altijd wel iemand in de buurt. Bovendien zou een gehavende boot in dat water niet zo ver kunnen afdrijven. Het allerbelangrijkste is echter misschien nog wel dat de lichamen niet aan boord waren, zoals ik u al heb verteld. Als die boot was afgedreven, laat zich niet verklaren dat de lichamen binnen een afstand van nog geen twintig meter zo diep onder water zijn gevonden.'

'Wie heeft ze gevonden?'

'Mijn mensen. We hoorden het bericht over de radio en hebben er toen een ploeg naartoe gestuurd. We wisten dat het onze boot was en mijn mannen zijn gaan duiken. Binnen een paar minuten hadden ze de lichamen gevonden.'

'Ik weet dat het voor u moeilijk is hierover te praten.'

Abanks dronk zijn biertje op en smeet het flesje in een houten kist. 'Dat is het inderdaad. Maar het ergste verdriet slijt met de tijd. Waarom hebt u hier zo veel belangstelling voor?'

'De achtergebleven familieleden hebben heel wat vragen.'

'Ik heb met hen te doen. Ik heb hun echtgenotes vorig jaar ontmoet. Ze hebben een week bij ons doorgebracht. Zulke aardige mensen.'

'Is het mogelijk dat ze gewoon nieuw terrein aan het verkennen waren toen het gebeurde?'

'Het is mogelijk, maar niet waarschijnlijk. Onze boten melden het altijd als ze van de ene naar de andere plaats vertrekken. Dat is een standaardprocedure. Ik heb een keer een kapitein ontslagen omdat de man dat niet had gedaan. Mijn zoon was de beste kapitein op het eiland. Hij is in dit water opgegroeid en zou het beslist hebben gemeld wanneer hij had besloten ergens anders naartoe te varen. Zo eenvoudig ligt dat. De politie gelooft dat ze naar een andere plaats zijn gegaan, maar die mensen moeten iets kunnen geloven. Het is de enige verklaring die zij ervoor konden bedenken.'

'Hoe hebben ze dan de conditie van de lichamen verklaard?'

'Die hebben ze niet kunnen verklaren. Wat die mensen betreft, is het niets anders geweest dan een duikongeval.'

'Was het een ongeluk?'

'Dat denk ik niet.'

De sandalen hadden inmiddels voor blaren gezorgd en Mitch trok ze uit. Ze draaiden om en liepen terug naar de lodge.

'Als het geen ongeluk was, wat was het dan wel?'

Abanks liep verder en keek naar de golven van de oceaan die het strand op kropen. Hij glimlachte voor de eerste keer. 'Wat zijn de andere mogelijkheden?'

'In Memphis gaat het gerucht dat er drugs bij betrokken zijn geweest.'

'Vertelt u me eens wat meer over dat gerucht?'

'We hebben gehoord dat uw zoon actief betrokken was bij de drugshandel. Dat hij de boot die dag wellicht gebruikte om een leverancier op zee te treffen. Dat er toen onenigheid is ontstaan, waarvan mijn vrienden het slachtoffer zijn geworden.'

Abanks glimlachte opnieuw en schudde zijn hoofd. 'Voor zover ik weet heeft Philip nooit drugs gebruikt en ik weet zeker dat hij er niet in handelde. Hij had

geen belangstelling voor geld. Alleen voor vrouwen en duiken.'
'Bent u daar volkomen zeker van?'
'Ja. Ik heb dat gerucht nooit gehoord en ik twijfel eraan of iemand in Memphis er meer van af weet dan ik. Dit is een klein eiland en als dat gerucht echt de ronde deed, zou het mij inmiddels beslist ter ore zijn gekomen. Er is helemaal niets van waar.'

Het gesprek was beëindigd en ze bleven bij de bar staan. 'Ik wil u om een gunst vragen,' zei Abanks. 'Wilt u niets van dit gesprek overbrengen aan de familieleden? Ik kan niet bewijzen wat naar mijn stellige overtuiging de waarheid is, dus is het beter wanneer niemand daar iets van weet. Dat geldt met name voor de familieleden.'

'Ik zal er met niemand over spreken. Ik zou u eveneens willen vragen uw mond te houden over dit gesprek. Het kan zijn dat iemand me is gevolgd en u vragen komt stellen. Zegt u dan alstublieft dat we alleen over duiken hebben gesproken.'

'Zoals u wenst.'
'Mijn vrouw en ik komen hier in de lente vakantie houden. Dan zal ik u beslist opzoeken.'

14

De episcopale school van St. Andrew's bevond zich tussen de kerk die dezelfde naam droeg en een dicht bebost en keurig onderhouden landgoed midden in het centrum van Memphis. Her en der waren de witte en gele bakstenen te zien, op plaatsen waar de klimop om de een of andere reden had besloten in een andere richting verder te groeien. Symmetrische rijen van keurig gesnoeide buksbomen omzoomden de wandelpaden en het kleine speelplaatsje. Het was een L-vormige bungalow, die werd overschaduwd door een twaalftal heel oude eiken. St. Andrew's, een kleuter-annex-lagere school, was een uitermate exclusieve en dure particuliere school in Memphis. Rijke ouders lieten hun kind kort na de geboorte al op de wachtlijst plaatsen.

Mitch zette de BMW neer op het parkeerterrein tussen de kerk en de school. Abby's dieprode Peugeot stond iets verderop. Hij werd niet verwacht. Het vliegtuig was een uur eerder geland dan gepland en hij was naar huis gegaan om iets juristerigs aan te trekken. Hij zou even naar haar toe gaan, om vervolgens nog een paar uur op kantoor te werken, voor honderdvijftig dollar per uur.

Hij wilde haar hier op deze school onaangekondigd opzoeken. Een verrassingsaanval. Een tegenzet. Hij zou haar gedag zeggen. Hij miste haar. Hij kon niet meer wachten haar te zien en daarom was hij naar de school gereden. Hij zou het kort houden. Voor het eerst na het voorval op het strand zou hij haar aanraken, voelen, iets tegen haar zeggen. Zou ze het merken door alleen naar hem te kijken? Misschien zou ze het aan de blik in zijn ogen kunnen zien. Zou ze aan zijn stem horen dat die iets gespannen klonk? Niet als zijn komst haar volledig verraste. Niet wanneer ze zich door zijn bezoek gevleid voelde.

Hij kneep in het stuur en staarde naar haar auto. Wat was hij een stomme idioot geweest! Waarom was hij niet weggerend? Waarom had hij haar rok niet op het zand gesmeten, om er vervolgens als een haas vandoor te gaan? Maar dat had hij niet gedaan. Hij had zichzelf voorgehouden dat niemand het ooit te weten zou komen, dus dat hij rustig zijn gang kon gaan. Nu moest hij er zijn schouders over ophalen en zichzelf voorhouden dat iedereen het deed en het dus totaal niet belangrijk was.

In het vliegtuig had hij een plan bedacht. Hij zou wachten tot laat deze avond en haar dan de waarheid vertellen. Hij zou niet liegen, hij wenste niet met een leugen te leven. Hij zou het toegeven en haar precies vertellen wat er was gebeurd. Misschien zou ze het begrijpen. Bijna iedere man, nee, iedere man zou die kans hebben gegrepen. Wat hij daarna zou doen, hing af van haar reactie. Als ze rustig en met een spoor van medeleven reageerde, zou hij haar zeggen dat het hem heel erg speet en dat het nooit meer zou gebeuren. Als ze er volledig door van streek raakte, zou hij haar letterlijk om vergiffenis smeken en op de bijbel zweren dat hij een fout had gemaakt en dat het nooit meer zou gebeuren. Hij zou tegen haar zeggen hoeveel hij van haar hield en dat hij haar aanbad en haar vragen hem nog een kans te geven. Als ze dan haar spullen ging pakken, zou hij op dat moment waarschijnlijk beseffen dat hij het haar niet had moeten vertellen. Ontkennen. Ontkennen. Ontkennen. Zijn prof in het strafrecht was een radicaal geweest die naar de naam Moskowitz luisterde en beroemd was geworden door de verdediging op zich te nemen van terroristen, moordenaars en pedofielen. Zijn theorie was bij zo'n verdediging heel simpel: ontkennen, ontkennen en nog eens ontkennen. Nooit een feit toegeven of een bewijsstuk erkennen dat op schuld kon wijzen.

Hij had zich Moskowitz herinnerd toen hij in Miami landde en was met plan B begonnen: een verrassingsbezoekje aan de school en laat in de avond een romantisch diner in haar favoriete restaurant. Alleen praten over het harde werk op de Cayman Eilanden. Hij maakte het portier open, dacht aan haar prachtige glimlach en vertrouwen uitstralende gezicht en werd misselijk. Diep in zijn maag voelde hij een doffe, kloppende pijn. Langzaam liep hij door het herfstbriesje naar de voordeur.

De gang was leeg en stil. Rechts van hem was het kantoor van het schoolhoofd. Even wachtte hij in de gang, wachtte tot iemand hem zou zien, maar er was niemand. Rustig liep hij verder tot hij bij de deur van het derde-klaslokaal de schitterende stem van zijn vrouw hoorde. Ze was net de tafels van vermenigvuldiging aan het repeteren toen hij zijn hoofd om de hoek van de deur stak en glimlachte. Even bleef ze stokstijf staan, toen begon ze te giechelen. Ze excuseerde zich en zei tegen de kinderen dat ze rustig moesten blijven zitten en de volgende bladzijde moesten lezen. Toen deed ze de deur dicht.

'Wat doe jij hier?' vroeg ze, terwijl hij haar vastpakte en tegen de muur aan drukte. Zenuwachtig keek ze de gang op en af.

'Ik heb je gemist,' zei hij overtuigend. Ruim een minuut lang omhelsde hij haar stevig. Hij kuste haar hals en proefde haar zoete parfum. Toen moest hij opeens weer aan het meisje denken. Rotzak, waarom heb je het niet op een lopen gezet?

'Wanneer ben je geland?' vroeg ze, terwijl ze haar haren glad streek en weer de gang op en af keek.

'Ongeveer een uur geleden. Je ziet er geweldig uit.'

Haar ogen waren vochtig. Die schitterende, eerlijke ogen. 'Hoe was je reis?'

'Prima, maar ik heb je gemist. Het is helemaal niet leuk wanneer jij er niet bij bent.'

Haar glimlach werd breder en ze keek een andere kant op. 'Ik heb jou ook gemist.'

Ze gaven elkaar een hand en liepen naar de voordeur. 'Ik wil voor vanavond graag een afspraakje met je maken,' zei hij.

'Hoef je dan niet te werken?'

'Nee. Ik ga met mijn vrouw naar haar favoriete restaurant. Daar gaan we eten en dure wijn drinken en als we dan heel laat thuiskomen, kleden we ons uit.'

'Je hebt me inderdaad gemist.' Ze kuste hem nogmaals, op zijn mond, en keek toen weer om zich heen. 'Je kunt beter weggaan voordat iemand je ziet.'

Ze liepen snel naar de voordeur, zonder dat iemand hen zag.

Hij ademde de koele lucht diep in en liep naar zijn auto. Het was hem gelukt. Hij had in die ogen gekeken en haar vastgehouden en gekust zoals altijd. Ze vermoedde niets. Ze had zich ontroerd gevoeld.

DeVasher liep geagiteerd achter zijn bureau te ijsberen en zoog zenuwachtig aan een Roi-Tan. Toen ging hij in zijn draaistoel zitten en probeerde zich op een memo te concentreren. Even later sprong hij al weer overeind en begon opnieuw te ijsberen. Hij belde zijn secretaresse. Hij belde de secretaresse van Oliver Lambert. Hij ijsberde nog een tijdje.
Zeventien minuten te laat liep Ollie het kantoor van DeVasher in.
DeVasher stond achter zijn bureau en keek Ollie nijdig aan. 'Je bent te laat!'
'Ik heb het heel erg druk,' zei Ollie en ging in een oude Naugahyde-stoel zitten. 'Wat is er zo belangrijk?'
Op het gezicht van DeVasher verscheen direct een sluwe, boosaardige glimlach. Met een dramatisch gebaar trok hij een bureaulade open en smeet trots een grote bruine envelop naar Ollie toe. 'We hebben uitstekend werk gedaan.'
Lambert maakte de envelop open en staarde naar de zwart-wit foto's. Hij staarde naar elk ervan, hield ze dicht bij zijn neus om elk detail in zijn geheugen te kunnen prenten. DeVasher keek trots toe.
Lambert bekeek de foto's nogmaals en begon moeizaam adem te halen. 'Ze zijn ongelooflijk.'
'Ja, dat vonden wij ook.'
'Wie is het meisje?'
'Een plaatselijke hoer. Ziet er behoorlijk goed uit, hè? We hadden haar nog nooit eerder gebruikt, maar je kunt erop rekenen dat dat nu gaat veranderen.'
'Ik wil haar ontmoeten, en snel ook.'
'Geen probleem. Ik had er al zo'n vermoeden van dat je dat zou willen.'
'Het is ongelooflijk. Hoe heeft ze het voor elkaar gekregen?'
'In eerste instantie leek het moeilijk te worden. Tegen het eerste meisje zei hij dat ze moest ophoepelen. Avery had die ander, maar jouw mannetje wilde niets met haar vriendin te maken hebben. Hij is weggegaan, naar die kleine bar op het strand. Daar is dat grietje van ons toen naartoe gegaan. Ze is heel goed in haar vak.'
'Waar waren jouw mensen?'
'Overal. Deze foto's zijn genomen vanachter een palmboom. Behoorlijk goed, hè?'
'Heel goed. Geef de fotograaf een bonus. Hoe lang hebben ze in het zand liggen rollen?'
'Behoorlijk lang. Ze leken het goed met elkaar te kunnen vinden.'
'Ik denk dat hij er echt van heeft genoten.'
'We hebben geboft. Het strand was verlaten en de timing was perfect.'
Lambert hield de foto recht voor zijn ogen. 'Heb je een setje voor mij?'
'Natuurlijk, Ollie. Ik weet hoe dol je op dergelijke dingen bent.'
'Ik had gedacht dat McDeere harder zou zijn.'
'Hij is redelijk hard, maar hij is ook een man. Dom is hij evenmin. We weten het

niet zeker, maar we denken dat hij de volgende dag tijdens de lunchpauze door-had dat wij hem in de gaten hielden. Hij leek achterdochtig en begon door de winkelwijk te racen, van de ene naar de andere kant. Toen was hij opeens ver-dwenen en kwam een uur te laat voor de afspraak met Avery op de bank.'

'Waar is hij geweest?'

'Dat weten we niet. We hielden hem alleen uit nieuwsgierigheid in de gaten. Hij kan best ergens een bar in gedoken zijn. Hij was gewoon opeens verdwenen.'

'Houd hem goed in de gaten. Hij baart me zorgen.'

DeVasher zwaaide een andere bruine envelop in het rond. 'Maak je nu maar geen zorgen meer, Ollie. We hebben hem nu volledig in onze macht. Hij zou nog bereid zijn voor ons een moord te plegen wanneer hij hiervan op de hoogte was.'

'Hoe zit het met Tarrance?'

'Geen spoor van die man te bekennen. McDeere heeft er met niemand over ge-sproken, in elk geval niet met iemand bij wie wij afluisterapparatuur hebben aangebracht. Soms is het spoor van Tarrance moeilijk te volgen, maar ik denk dat hij nu bij ons uit de buurt blijft.'

'Houd je ogen goed open.'

'Ollie, maak je over de uitvoering van mijn taak geen zorgen. Jij bent de jurist, de raadgever en de oudstgediende. Jij runt het kantoor. Ik run de beveiliging.'

'Hoe gaat het bij McDeere thuis?'

'Niet zo best. Ze reageert nogal koel na de reis.'

'Wat heeft ze gedaan toen hij weg was?'

'Ze is niet iemand die thuis blijft zitten. Twee avonden zijn zij en de vrouw van Quin in zo'n yuppie-restaurant gaan eten. Daarna zijn ze naar de film gegaan. Ze is ook een avond op stap gegaan met een bevriende onderwijzeres, en ze heeft wat gewinkeld. Verder heeft ze haar moeder vaak gebeld, op kosten van die laat-ste. Onze jongen en haar ouders mogen elkaar duidelijk niet en zij wil dat veran-deren. Haar moeder en zij kunnen het heel goed met elkaar vinden en ze vindt het echt erg dat ze niet een grote, gelukkige familie zijn. Ze wil met de kerstdagen naar haar ouderlijk huis in Kentucky, maar ze is bang dat hij daar niet mee ak-koord zal gaan. Er is sprake van wrijving en onderstromen. Ze zegt tegen haar moeder dat hij te hard werkt en haar moeder zegt dat dat komt omdat hij een goed figuur wil slaan tegenover haar en haar man. Ollie, dat alles staat me niet aan. Ik heb de indruk dat het weinig goeds voorspelt.'

'Blijf afluisteren. We hebben geprobeerd zijn werktempo wat te verlagen, maar hij lijkt wel een machine.'

'Ja, ik weet dat je er geen bezwaar tegen hebt wanneer hij het met honderdvijftig per uur wat langzamer aan doet. Waarom breng je de werkweken van alle as-sistenten niet terug tot veertig uur, zodat ze wat meer tijd overhouden voor hun gezin? Je zou je eigen salaris kunnen verlagen, een paar Jaguars verkopen, de di-amanten van je vrouw verpanden, misschien je landhuis verkopen en een kleiner huis in de buurt van de country club kopen.'

'DeVasher, houd je mond.'

Oliver Lambert stormde het kantoor uit. DeVasher lachte hoog en werd daar-door rood. Zodra hij alleen in zijn kantoor was, borg hij de foto's achter slot en grendel op in een dossierkast. 'Mitchell McDeere, nu ben je helemaal van ons,' zei hij met een immense glimlach.

15

Op een vrijdag, twee weken voor Kerstmis, zei Abby om twaalf uur 's middags haar leerlingen gedag en verliet St. Andrew's in verband met de vakantie. Om één uur zette ze haar auto neer op een parkeerterrein vol Volvo's, BMW's, Saabs en nog meer Peugeots, en liep snel door de koude regen naar het drukke terrarium waar welvarende jonge mensen bijeenkwamen om te midden van de planten quiche en *fajita's* te eten, en bonensoep. Dit was het lievelingsrestaurant van dat jaar van Kay Quin, en dit was de tweede keer dat ze deze maand samen gingen lunchen. Kay was zoals gewoonlijk te laat.

Het was een vriendschap die nog in een pril stadium verkeerde. Abby was van nature voorzichtig en werd nooit snel goede maatjes met een onbekende. Tijdens de drie Harvard-jaren had ze geen vrienden gehad en had ze geleerd behoorlijk onafhankelijk te zijn. Gedurende de zes maanden die ze nu in Memphis woonde, had ze in de kerk een handjevol mogelijke vriendinnen leren kennen, en één op school, maar ze ging voorzichtig te werk.

Eerst had Kay Quin hard van stapel willen lopen. Ze had Abby rondgeleid, haar adviezen gegeven over waar ze moest winkelen en zelfs over de inrichting van haar huis. Maar Abby had op de rem getrapt. Ze had haar nieuwe vriendin nauwlettend in de gaten gehouden en was elke keer wanneer ze elkaar zagen iets meer over haar te weten gekomen. Ze hadden meerdere malen bij de Quins thuis gegeten. Ze hadden elkaar gezien bij diners en feesten die door het kantoor werden gegeven, maar dan waren er altijd veel andere mensen bij geweest. Verder hadden ze van elkaars gezelschap genoten tijdens vier lange lunches in etablissementen die op zo'n moment werden gefrequenteerd door de jonge en mooie houders van Gold MasterCards. Kay lette op auto's, huizen en kleding, maar deed net alsof haar dat niets interesseerde. Abby bleef op een afstand en liet Kay slechts heel langzaam dichter bij haar in de buurt komen.

De reproduktie van een jukebox uit de jaren vijftig stond onder Abby's tafel, op de eerste verhoging bij de bar, waar mensen met een glas in de hand stonden te wachten tot er een tafeltje vrijkwam. Na tien minuten en twee platen van Roy Orbison kwam Kay te voorschijn uit de mensenmenigte bij de voordeur en keek naar de tweede verhoging. Abby glimlachte en zwaaide.

Ze omhelsden elkaar, met het bijbehorende kusje op de wang, maar zonder lippenstift achter te laten.

'Sorry dat ik te laat ben,' zei Kay.

'Hindert niet. Ik ben eraan gewend.'

'Wat is het hier stikdruk,' zei Kay en keek verbaasd om zich heen. Het was er altijd stikdruk. 'Dus jij hebt vakantie?'

'Ja. Vanaf een uurtje geleden ben ik vrij tot zes januari.'

Ze bewonderden elkaars kleding en merkten op dat ze slank, mooi en jong waren.

Daarna werd er direct over de kerstinkopen gesproken, over winkels en kinderen en de uitverkoop. Tot de wijn werd gebracht. Abby bestelde garnalen, maar Kay nam zoals gewoonlijk de broccoli-quiche.

'Wat zijn jouw plannen voor de kerstdagen?' vroeg Kay.

'Die heb ik nog niet. Ik zou graag naar mijn ouders in Kentucky gaan, maar ik ben bang dat Mitch daar niets voor voelt. Ik heb er al een paar keer op gezinspeeld, maar dat werd door hem straal genegeerd.'

'Is hij nog steeds niet op je ouders gesteld?'

'Nee. We spreken eigenlijk nooit over hen. Ik weet niet hoe ik het moet aanpakken.'

'Heel voorzichtig, denk ik zo.'

'Ja, en met zeer veel geduld. Mijn ouders hebben verkeerd gereageerd, maar ik heb hen nog wel nodig. Het is pijnlijk dat de enige man van wie ik ooit ben gaan houden, mijn ouders niet kan uitstaan. Elke dag bid ik om een klein wonder.'

'Ik heb de indruk dat je een nogal groot wonder nodig hebt. Werkt hij echt zo hard als Lamar zegt?'

'Ik weet niet hoe iemand nog harder zou kunnen werken. Achttien uur per dag, van maandag tot en met vrijdag, acht uur op de zaterdagen en omdat de zondag een rustdag is, werkt hij dan maar vijf of zes uur. Op de zondagen reserveert hij wel een beetje tijd voor mij.'

'Bespeur ik een lichte frustratie?'

'Heel veel frustratie. Ik heb geduld met hem gehad, Kay, maar het wordt steeds erger. Ik begin me net een weduwe te voelen. Ik heb er genoeg van op de bank te slapen, wachtend tot hij thuiskomt.'

'Jij bent er voor het eten en de seks?'

'Ik wou dat dat waar was. Hij is te moe voor seks. Dat geniet niet langer prioriteit. En dat bij een man die er vroeger nooit genoeg van kon krijgen. Tijdens onze studententijd is het bijna onze dood geworden. Nu gebeurt het een keer per week, als ik mazzel heb. Hij komt thuis, eet als hij daar de energie nog voor heeft en gaat dan naar bed. Als ik echt mazzel heb, praat hij nog een paar minuten tegen me voordat hij onder zeil is. Kay, ik snak soms naar een volwassen gesprek. Zeven uur per dag ben ik bezig met achtjarigen, en ik verlang naar woorden met meer dan drie lettergrepen. Als ik hem dat probeer uit te leggen, is hij al aan het snurken. Heb jij iets dergelijks met Lamar meegemaakt?'

'Iets dergelijks, ja. In het eerste jaar werkte hij zeventig uur per week. Ik geloof dat ze dat allemaal doen. Een soort initiatierite, om tot de broederschap te mogen behoren. Een ritueel waarbij je je mannelijkheid moet bewijzen. Maar de meesten kunnen het na een jaar niet langer volhouden en werken dan nog zestig of vijfenzestig uur per week. Dat is nog altijd veel te veel, maar niet meer zo krankzinnig als in het eerste jaar.'

'Werkt Lamar elke zaterdag?'

'De meeste zaterdagen wel, voor een paar uur. Nooit op de zondagen. Wat dat betreft ben ik op mijn strepen gaan staan. Natuurlijk werken ze allemaal de klok rond als een belangrijke zaak snel moet worden afgehandeld, of belastingformulieren de deur uit moeten, maar ik denk dat iedereen verbaasd staat over Mitch.'

127

'Hij weigert minder uren te gaan draaien. Hij lijkt wel bezeten. Soms komt hij pas tegen het ochtendgloren naar huis. Dan neemt hij een snelle douche en gaat meteen weer naar kantoor.'

'Lamar zegt dat hij op het kantoor al een legende is geworden.'

Abby nam een slokje van haar wijn en keek over de reling naar de bar. 'Geweldig! Ik ben met een legende getrouwd.'

'Heb je al eens over kinderen gedacht?'

'Daar is seks voor nodig.'

'Abby, zo erg zal het toch wel niet zijn?'

'Ik ben nog niet aan kinderen toe. Ik kan het niet aan als enige ouder voor alles te moeten opdraaien. Ik houd van mijn man, maar op dit punt in zijn leven zou hij me in de verloskamer waarschijnlijk alleen laten in verband met een ontzettend belangrijke bespreking. Acht centimeter ontsluiting, en hij kan aan niets anders denken dan dat ellendige kantoor.'

Kay pakte over de tafel heen Abby's hand vast. 'Het zal beslist in orde komen,' zei ze met een overtuigende glimlach en een wijze blik in haar ogen. 'Het eerste jaar is het moeilijkst. Het wordt beter. Dat kan ik je garanderen.'

'Het spijt me,' zei Abby met een glimlach.

De ober kwam hun bestelling brengen en ze vroegen om nog wat wijn. De garnalen sisten in de saus van knoflookboter en roken heerlijk. De koude quiche lag op een bedje van sla, met één zielig plakje tomaat erbij.

Kay kauwde op een hap broccoli. 'Abby, je weet toch dat het kantoor het krijgen van kinderen aanmoedigt?'

'Dat kan me niets schelen. Op dit moment mag ik het kantoor niet. Ik moet ermee concurreren en die slag ben ik grondig aan het verliezen. Dus kan het me niets schelen wat zij willen. Ze kunnen mijn gezin niet voor me plannen. Ik begrijp trouwens niet waarom ze zoveel belangstelling tonen voor dingen waar ze niets mee te maken hebben. Kay, dat kantoor heeft iets griezeligs. Ik kan er de vinger niet op leggen, maar die mensen bezorgen me de kriebels.'

'Ze willen gelukkige juristen met stabiele gezinnen.'

'En ik wil mijn echtgenoot terug. Ze zijn bezig hem van me af te pakken, dus is ons huwelijk niet zo stabiel meer. Misschien dat we een normaal leven zouden kunnen leiden wanneer zij ons eens met rust lieten. Wellicht zouden we dan een huis vol kinderen hebben. Nu kan dat niet.'

De wijn werd gebracht en de garnalen koelden af. Ze at die langzaam op en dronk haar wijn. Kay zocht naar minder gevoelige gespreksonderwerpen.

'Lamar heeft me verteld dat Mitch de vorige maand naar de Cayman Eilanden is geweest.'

'Ja, drie dagen, samen met Avery. Puur zakenreisje. Dat beweert hij in elk geval. Ben jij er wel eens geweest?'

'Ik ga er elk jaar naartoe. Het is er geweldig. Schitterende stranden en warm water. We gaan in juni, als de schoolvakanties zijn begonnen. Het kantoor heeft twee immense appartementen in eigendom, aan het strand.'

'Mitch wil er in maart heen, tijdens mijn voorjaarsvakantie.'

'Dat moet je doen. Voordat wij kinderen hadden, deden we niets anders dan op het strand liggen, rum drinken en met elkaar naar bed gaan. Dat is een van de redenen waarom het kantoor voor die appartementen zorgt en als je geluk hebt ook nog eens voor het vliegtuig. Ze werken hard, maar beseffen ook dat iedereen behoefte aan ontspanning heeft.'

'Kay, noem het kantoor in mijn gezelschap alsjeblieft niet. Ik wil niet horen wat zij prettig of onprettig vinden, wat ze doen of niet doen, wat ze aanmoedigen of juist ontmoedigen.'

'Abby, het zal echt beter worden. Je moet begrijpen dat jouw man en de mijne echt goede juristen zijn, maar zoveel geld nergens anders zouden verdienen. Wanneer ze elders werkten, zouden jij en ik in nieuwe Buicks rondrijden, in plaats van in een Peugeot of een Mercedes-Benz.'

Ze sneed een grote garnaal doormidden en haalde die door de knoflookboter heen. Toen schoof ze het bord van zich af. Haar wijnglas was leeg. 'Ik weet het, Kay, ik weet het. Maar het leven kan heel wat meer te bieden hebben dan een grote achtertuin en een Peugeot. Niemand hier lijkt zich daarvan bewust te zijn. Ik durf er bijna op te zweren dat we in ons twee kamers tellende studentenflatje in Cambridge gelukkiger waren.'

'Je bent hier pas een paar maanden. Mitch zal op een gegeven moment heus minder hard gaan werken. Voordat je het weet zullen er kleine McDeeres door de achtertuin rennen en zal Mitch tot vennoot zijn benoemd. Geloof me, Abby. Het zal echt veel beter worden. Je maakt nu een periode door die we allemaal hebben gekend en wij zijn er ook heelhuids doorheen gekomen.'

'Dank je, Kay. Ik hoop echt dat je gelijk hebt.'

Het park was klein, twee of drie acres, op een hoog punt boven de rivier. Een rij kanonnen en twee bronzen beelden brachten in herinnering hoe dapper de zuidelijken hadden gevochten om de rivier en de stad te behouden. Onder het monument voor een generaal en diens paard was een zwerver weggedoken. Zijn kartonnen doos en gerafelde deken beschermden hem nauwelijks tegen de bittere koude en de kleine hagelkorrels. Vijftig meter onder hem reed het avondverkeer snel over Riverside Drive. Het was donker.

Mitch liep naar de rij kanonnen en bleef toen staan staren naar de rivier en de bruggen die naar Arkansas leidden. Hij maakte de rits van zijn regenjas dicht en zette de kraag op. Toen keek hij op zijn horloge. Hij wachtte.

Het Bendini Building, zes huizenblokken verderop, was bijna te zien. Hij had zijn auto neergezet in een garage in het centrum van de stad en had zich door een taxi terug laten rijden naar de rivier. Hij wist zeker dat hij niet was gevolgd. Hij wachtte.

De ijskoude wind maakte zijn gezicht rood en deed hem denken aan de winters in Kentucky, in de tijd toen zijn ouders er niet meer waren. Koude, bittere winters. Eenzame, desolate winters. Hij had jassen van anderen gedragen, van een neef of een vriend, en die waren nooit dik genoeg geweest. Tweedehands kleren. Hij zette die gedachten van zich af.

De hagel veranderde in sneeuw. Hij keek op zijn horloge.

Toen hoorde hij voetstappen en zag iemand snel naar de kanonnen lopen. Toen bleef de gestalte even staan en kwam vervolgens langzaam zijn kant op.

'Mitch?' Het was Eddie Lomax, gekleed in een spijkerbroek en een lange overjas van konijnebont. Met zijn volle snor en witte cowboyhoed kon hij zo uit een reclame voor een sigarettenmerk zijn weggelopen. De Marlboro Man.

'Ja, ik ben het.'

Lomax liep dichter naar hem toe, naar de andere kant van het kanon. Ze stonden daar als zuidelijke wachtposten, die de rivier in de gaten hielden.

'Ben je gevolgd?' vroeg Mitch.

'Nee, dat geloof ik niet. Jij?'

'Nee.'

Mitch staarde naar het verkeer op Riverside Drive en aan de overkant van de rivier. Lomax stopte zijn handen diep in zijn zakken. 'Heb je de laatste tijd nog met Ray gesproken?' vroeg Lomax.

'Nee.' Het antwoord klonk kortaf, alsof hij duidelijk wilde maken dat hij hier niet in de sneeuw stond om over koetjes en kalfjes te praten.

'Wat heb je achterhaald?' vroeg Mitch zonder de man aan te kijken.

Lomax stak een sigaret op en nu was hij echt de Marlboro Man. 'Ik heb wat informatie kunnen achterhalen over de drie juristen. Alice Knauss is in 1977 bij een auto-ongeluk om het leven gekomen. Volgens het politierapport is ze aangereden door een dronken chauffeur, maar het merkwaardige is dat die man nooit is gevonden. Het ongeluk heeft zich op een woensdag rond middernacht voorgedaan. Ze had tot laat op kantoor gewerkt en was onderweg naar huis. Ze woonde verder naar het oosten, in Sycamore View, en ongeveer anderhalve kilometer van haar appartement vandaan werd ze frontaal aangereden door een zware vrachtwagen. Het is gebeurd op de New London Road. Ze reed in een fraaie kleine Fiat, waar niets van heel is gebleven. Getuigen waren er niet. Toen de politie arriveerde, was de chauffeur van de vrachtwagen verdwenen. Via het nummerbord hebben ze achterhaald dat die vrachtwagen drie dagen eerder in St. Louis was gestolen. Geen vingerafdrukken of wat dan ook.'

'Zijn ze daar wel echt naar op zoek geweest?'

'Ja. Ik ken de man die die zaak heeft afgehandeld. Ze koesterden achterdocht, maar konden niets vinden dat hun vermoeden rechtvaardigde. Op de grond van de cabine lag een kapotte whiskyfles, dus werd er geconcludeerd dat de chauffeur dronken was geweest, waarna het dossier werd gesloten.'

'Lijkschouwing?'

'Nee. Het was volkomen duidelijk hoe ze aan haar eind was gekomen.'

'Klinkt verdacht.'

'Inderdaad, en dat geldt voor alle drie de gevallen. Robert Lamm was in Arkansas op herten aan het jagen. Hij had met een paar vrienden een jachthut in Izard County in de Ozarks. Ze gingen er elk jaar tijdens het jachtseizoen twee of drie keer naartoe. Na een ochtend in het bos te hebben doorgebracht, keerde iedereen naar de hut terug, behalve Lamm. Twee weken lang hebben ze naar hem gezocht en toen hebben ze hem in een ravijn gevonden, gedeeltelijk met bladeren bedekt. Hij was één keer door het hoofd geschoten. Dat is zo ongeveer alles wat ze weten. Zelfmoord werd uitgesloten geacht, maar er was eenvoudigweg geen enkel bewijs om aan een grootscheeps onderzoek te beginnen.'

'Dus is hij vermoord?'

'Daar heeft het alle schijn van. Bij de lijkschouwing bleek dat de kogel hem van achteren heeft getroffen en er aan de voorzijde van zijn hoofd weer uit is gekomen, waardoor er van zijn gezicht vrijwel niets over was. Zelfmoord is onmogelijk.'

'Het kan een ongeluk zijn geweest.'

'Dat is mogelijk. De kogel kan voor een hert bestemd zijn geweest. Maar onwaarschijnlijk is het wel. Hij is een behoorlijk eind van de hut vandaan gevonden, in een gebied waar jagers slechts zelden komen. Zijn vrienden hebben verklaard op de ochtend van zijn verdwijning geen andere jagers te hebben gezien of gehoord. Ik heb met de sheriff gesproken, die nu ex-sheriff is, en hij is ervan overtuigd dat het moord was. Hij beweert dat er bewijzen waren dat het lichaam met opzet was toegedekt.'

'Is dat alles?'

'Ten aanzien van Lamm wel.'

'Hoe zit het met Mickel?'

'Nogal trieste zaak. Hij heeft in 1984 zelfmoord gepleegd, op vierendertigjarige leeftijd. Heeft zich door zijn rechterslaap geschoten, met een Smith & Wesson .357. Hij heeft een lange afscheidsbrief achtergelaten, waarin hij zijn ex-vrouw schreef dat hij hoopte dat ze het hem zou vergeven en dergelijke onzin meer. Nam in die brief ook afscheid van de kinderen en zijn moeder. Echt ontroerend.'

'Was die brief in zijn handschrift geschreven?'

'Nee. Hij was getypt en dat was niet zo raar, omdat hij veel uittikte. Op zijn kantoor stond een IBM Selectric en daar was de brief op getypt. Hij had een heel slecht leesbaar handschrift.'

'Wat is dan wel verdacht?'

'Het wapen. Hij had nooit van zijn levensdagen een wapen gekocht. Niemand wist waar het vandaan kwam. Het stond nergens geregistreerd, had geen serienummer, niks. Een van zijn kantoorvrienden zei dat Mickel hem had verteld dat hij een wapen had gekocht om zich te beschermen. De man kampte kennelijk met een of ander emotioneel probleem.'

'Wat vind jij ervan?'

Lomax gooide de peuk van zijn sigaret op de bevroren regen op het trottoir. Toen drukte hij zijn handen tegen zijn mond, om ze warm te blazen. 'Ik weet het niet. Ik kan niet geloven dat een jurist die geen verstand van wapens heeft, een wapen kan krijgen zonder registratie en serienummer. Als zo'n vent een wapen wil hebben, zou hij naar een wapenhandel gaan, de juiste papieren invullen en een mooi, nieuw exemplaar aanschaffen. Dit wapen was minstens tien jaar oud en door professionals onderhouden.'

'Heeft de politie een onderzoek ingesteld?'

'Nee. Het leek een duidelijk geval van zelfmoord.'

'Was de brief ondertekend?'

'Ja, maar ik weet niet wie die handtekening heeft geverifieerd. Hij en zijn vrouw waren al een jaar gescheiden en zij was teruggegaan naar Baltimore.'

Mitch maakte de bovenste knoop van zijn overjas dicht en schudde het ijs van de kraag af. Onder de loop van het kanon vormden zich kleine ijspegeltjes. Het verkeer op Riverside Drive was door de gladheid gedwongen langzamer te rijden.

'Wat vind je van ons kantoortje?' vroeg Mitch terwijl hij naar de rivier in de verte staarde.

'Een gevaarlijke plek om te werken. In de afgelopen vijftien jaar hebben ze vijf juristen verloren. Dat is geen erg positief record.'

'Vijf?'

'Wanneer je Hodge en Kozinski erbij rekent. Ik heb een bron die me heeft meegedeeld dat ook in dat geval nogal wat vragen onbeantwoord zijn gebleven.'

'Ik had je niet gevraagd die twee gevallen te onderzoeken.'

'Ik zal je er ook niets voor in rekening brengen. Ik was alleen nieuwsgierig geworden.'

'Hoeveel ben ik je verschuldigd?'

'Zeshonderdtwintig.'

'Ik zal je contant betalen. Geen notities ervan. In orde?'

'Prima. Ik heb trouwens toch liever contant geld.'

Mitch draaide zich om, weg van de rivier, en keek naar de grote gebouwen, drie huizenblokken van het park vandaan. Hij had het nu koud, maar had geen haast om weg te komen. Lomax sloeg hem vanuit een ooghoek gade.

'Makker, je hebt problemen, hè?'

'Zou jij die in mijn geval dan niet hebben?'

'Ik zou daar niet werken. Ik weet natuurlijk niet alles wat jij weet, en ik vermoed dat je heel wat meer weet dan je mij hebt verteld. Maar we staan hier in de kou omdat we niet gezien willen worden. We kunnen elkaar niet over de telefoon spreken. We kunnen elkaar niet spreken op jouw kantoor. Je wilt niet meer naar mijn kantoor toe komen. Je zegt me dat ik voorzichtig moet zijn en voor rugdekking moet zorgen, omdat zij – wie het dan ook mogen zijn – me wel eens kunnen volgen. Er zijn vijf juristen van dat kantoor onder zeer verdachte omstandigheden aan hun eind gekomen en jij doet alsof jij wel eens de volgende zou kunnen zijn. Ja, ik zou zo zeggen dat je problemen hebt. Grote problemen.'

'Hoe zit het met Tarrance?'

'Een van hun beste agenten. Ongeveer twee jaar geleden overgeplaatst hierheen.'

'Waarvandaan?'

'New York.'

De zwerver rolde onder het bronzen paard uit en viel op het trottoir. Hij bromde, kwam wankelend overeind, pakte zijn kartonnen doos en deken en vertrok in de richting van het stadscentrum. Lomax draaide zich bliksemsnel om en keek de man bezorgd na. 'Het is maar een zwerver,' zei Mitch. Beide mannen ontspanden zich.

'Voor wie ben je op de loop?' vroeg Lomax.

'Ik wou dat ik dat wist.'

Lomax nam zijn gezicht aandachtig op. 'Ik denk dat je het wel weet.'
Mitch zei niets.
'Hoor eens, Mitch, je betaalt me niet om hierbij betrokken te raken. Dat weet ik. Maar mijn instinct zegt me dat jij in de problemen bent gekomen. Ik denk dat je een vriend nodig hebt. Iemand die je kunt vertrouwen. Ik kan je helpen als je me nodig hebt. Ik weet niet wie de slechteriken zijn, maar ik ben er wel van overtuigd dat ze heel gevaarlijk zijn.'
'Dank je,' zei Mitch zacht, zonder Lomax aan te kijken, alsof het tijd werd dat de andere man vertrok en hem hier nog een tijdje alleen in de kou liet staan.
'Ik zou voor Ray McDeere zonder meer in die rivier springen en ik kan zijn broertje zeker helpen.'
Mitch knikte even, maar zei niets. Lomax stak nog een sigaret op en trapte het ijs van zijn laarzen. 'Bel me wanneer je daar behoefte aan hebt en wees voorzichtig. Ze liggen ergens op de loer en het is die mensen beslist dodelijke ernst.'

16

Op de kruising tussen Madison en Cooper, in het centrum van de stad, waren de twee verdiepingen tellende oude gebouwen vernieuwd en huisvestten bars, cadeauwinkels en een handjevol goede restaurants. De kruising heette Overton Square en leverde Memphis het beste nachtleven. Een theater en een boekhandel zorgden voor een culturele noot. In de weekends was het er druk door studenten en matrozen van de marinebasis, maar op doordeweekse avonden waren de restaurants goed bezet zonder overvol te zijn. Paulette's, een Frans restaurant in een witgestuct gebouw, was beroemd om de wijnkaart, de desserts en de fraaie stem van de man achter de Steinway. De McDeeres hadden bij het goede inkomen ook een collectie creditcards gekregen en hadden daar gebruik van gemaakt om op zoek te gaan naar de beste restaurants van de stad. Tot nu toe was Paulette's bij hen favoriet.

Mitch zat in de hoek van de bar koffie te drinken en hield de voordeur in de gaten. Hij was met opzet vroeg gearriveerd. Hij had drie uur eerder gebeld en gevraagd om een afspraak om zeven uur. Ze had gevraagd waarom en hij had toegezegd het later uit te leggen. Sinds de Cayman Eilanden wist hij dat iemand hem volgde, gadesloeg en afluisterde. De afgelopen maand had hij tijdens telefoongesprekken zijn woorden altijd zorgvuldig gekozen. Hij had zichzelf erop betrapt dat hij regelmatig in de achteruitkijkspiegel keek en zelfs thuis op zijn woorden lette. Hij was er zeker van dat iemand hem gadesloeg en afluisterde. Abby kwam vanuit de koude buitenlucht naar binnen gerend en keek zoekend om zich heen. Hij wachtte haar op bij de ingang van de bar en gaf haar een kusje op haar wang. Ze trok haar jas uit en ze liepen achter de gerant aan naar een klein tafeltje in een rij kleine tafeltjes, waaraan al allemaal mensen hadden plaats genomen die zich binnen gehoorsafstand van elkaar bevonden. Mitch keek om zich heen, zoekend naar een ander tafeltje, maar kon er geen ontdekken. Hij bedankte de man en ging tegenover zijn vrouw zitten.

'Ter ere van welke gelegenheid is dit?' vroeg ze achterdochtig.

'Moet ik een speciale reden hebben om met mijn vrouw te gaan dineren?'

'Ja. Het is zeven uur op een gewone maandagavond en je bent niet op kantoor. Dat is iets heel bijzonders.'

Een ober kwam moeizaam tussen hun tafeltje en het volgende in staan en vroeg wat ze wilden drinken. Twee witte wijn, alstublieft. Mitch keek om zich heen en ving een glimp op van een heer die vijf tafeltjes verderop alleen aan zijn tafel zat. Het gezicht kwam hem bekend voor. Toen hij nogmaals die kant op keek, verdween het gezicht achter de menukaart.

'Mitch, wat is er aan de hand?'

Hij legde zijn hand op de hare en fronste zijn wenkbrauwen. 'Abby, we moeten praten.'

Ze hield op met glimlachen. 'Waarover?'

'Over iets heel serieus,' zei hij en praatte nu zachter.

'Kunnen we wachten op de wijn? Ik denk dat ik die nog wel eens nodig kan hebben.'

Mitch keek weer naar het gezicht achter het menu. 'We kunnen hier niet praten.'

'Waarom zijn we dan hier?'

'Abby, weet je waar de toiletten zijn? Rechts in die gang daar?'

'Ja, die weet ik te vinden.'

'Aan het einde van die gang bevindt zich een deur, die uitkomt op de zijstraat achter dit restaurant. Ik wil dat je naar het toilet en vervolgens naar buiten gaat. Ik wacht je bij het uiteinde van de straat op.'

Ze zei niets. Haar ogen vernauwden zich en haar wenkbrauwen zakten. Ze hield haar hoofd iets naar rechts.

'Abby, vertrouw me. Ik zal het je later uitleggen. We gaan een ander restaurant opzoeken. Hier kan ik niet praten.'

'Je maakt me bang.'

'Alsjeblieft?' zei hij en kneep even in haar hand. 'Alles is prima. Ik zal je jas meenemen.'

Ze pakte haar tasje, stond op en liep de eetzaal uit. Mitch keek over zijn schouder naar de man met het bekende gezicht, die opeens opstond en een oudere dame aan zijn tafeltje verwelkomde. Het viel hem niet op dat Abby wegging.

In de straat achter Paulette's sloeg Mitch de jas om Abby's schouders heen en wees naar het oosten. 'Ik zal het je uitleggen,' zei hij meer dan eens. Honderd meter verderop in de straat liepen ze tussen twee gebouwen door en kwamen bij de hoofdingang van de Bombay Bicycle Club, een vrijgezellenbar met goed eten en levende muziek. Mitch keek naar de gerant en bekeek toen de twee eetzalen. Daarna wees hij op een tafeltje in een van de hoeken achterin. 'Die graag.'

Mitch ging met zijn rug naar de muur gekeerd zitten, en met zijn gezicht naar de eetzaal en de voordeur. De hoek was donker. Er stonden kaarsen op tafel. Ze bestelden weer wijn.

Abby zat naar hem te staren, sloeg elke beweging van hem gade en wachtte.

'Kun je je van Western Kentucky een kerel herinneren die Rick Acklin heette?'

'Nee,' zei ze zonder haar lippen te bewegen.

'Hij speelde baseball en woonde in het studentenhuis. Ik denk dat je hem een keer hebt ontmoet. Heel aardige vent, goede student. Ik geloof dat hij uit Bowling Green kwam. We waren geen echte vrienden, maar kenden elkaar wel.'

Ze schudde haar hoofd en wachtte.

'Hij is een jaar eerder afgestudeerd dan wij en is toen rechten gaan studeren in Wake Forest. Nu is hij bij de FBI en werkt hier in Memphis.' Hij sloeg haar oplettend gade, om te zien of die vermelding van de FBI enige indruk maakte. Dat was niet zo. 'Ik was vandaag bij Obloe aan Main Street een hot dog aan het eten, toen Rick opeens binnenkwam en me gedag zei. Alsof het echt toeval was. Toen we een paar minuten met elkaar gesproken hadden, kwam een andere agent, Tarrance geheten, erbij zitten. Dat was de tweede keer dat die Tarrance me heeft opgezocht sinds ik mijn rechtbankexamen heb gehaald.'

'De tweede keer?'

'Ja. Sinds augustus.'

'En het zijn agenten van de FBI?'

'Ja, met penningen en de rest. Tarrance is al een veteraan, die in New York heeft gewerkt. Hij is hier een jaar of twee. Acklin is nog een groentje, die hier drie maanden geleden is gestationeerd.'

'Wat willen ze?'

De wijn werd gebracht en Mitch keek in de club om zich heen. In een hoek in de verte was een band de instrumenten aan het stemmen. In de bar waren keurig geklede gasten druk met elkaar aan het praten. De ober wees op de ongeopende menukaarten. 'Later,' reageerde Mitch nogal onbeleefd.

'Abby, ik weet niet wat zij willen. Het eerste bezoekje van die man kreeg ik in augustus, meteen nadat mijn naam in verband met dat examen in de krant had gestaan.' Hij nam een slokje van zijn wijn en vertelde Abby zeer gedetailleerd over de eerste keer dat hij Tarrance had gesproken, in de delicatessenzaak van Lansky aan Union Street. Hij vertelde over de waarschuwing niemand te vertrouwen en uit te kijken waar hij zijn mond opendeed. Hij vertelde over het gesprek met Locke, Lambert en de andere vennoten. Hij herhaalde hun versie van de reden waarom de FBI zoveel belangstelling voor het kantoor had, en zei dat hij er met Lamar over had gesproken en alles geloofde wat Locke en Lambert hadden gezegd.

Abby luisterde heel aandachtig, maar wachtte met het stellen van vragen.

'Vandaag was ik me uitsluitend met mijn eigen zaken aan het bemoeien en een hot dog met uien aan het eten. Toen kwam die kerel met wie ik heb gestudeerd, opeens naar me toe en zei dat de FBI er zeker van is dat mijn telefoons worden afgetapt, dat er afluisterapparatuur in mijn huis is aangebracht en dat Bendini, Lambert & Locke weet wanneer ik nies of ga poepen. Abby, die Rick Acklin is hier gestationeerd nadat ik dat rechtbankexamen had gehaald. Leuk toeval, nietwaar?'

'Maar wat willen ze dan?'

'Dat willen ze niet zeggen. Dat kunnen ze me nog niet vertellen. Ze willen dat ik hen vertrouw en zo. Abby, ik weet het niet. Ik heb er geen idee van waarnaar ze op zoek zijn, maar om de een of andere reden hebben ze mij uitgekozen.'

'Heb je dit ook aan Lamar verteld?'

'Nee, ik heb er met niemand over gesproken, behalve dan nu met jou. Ik ben ook niet van plan het aan iemand anders te vertellen.'

Ze nam een grote slok wijn. 'Zijn onze telefoons afgetapt?'

'Volgens de FBI wel, maar hoe kunnen die mensen dat weten?'

'Mitch, die mensen zijn niet stom. Wanneer de FBI mij vertelde dat mijn telefoon wordt afgetapt, zou ik het geloven. Doe jij dat niet?'

'Ik weet niet wie ik moet geloven. Locke en Lambert klonken zo geloofwaardig toen ze uitlegden dat het kantoor regelmatig figuurlijk op de vuist moet gaan met de belastingrecherche en de FBI. Ik wil hen geloven, maar er lijkt zo veel niet te kloppen. Als het kantoor een rijke cliënt had, die niet helemaal zuiver op de graad was en dus in aanmerking kwam om door de FBI in de gaten te worden gehouden, waarom zou die FBI dan juist de keus laten vallen op mij en mij gaan volgen? Ik werk er pas en weet nog het minst van allemaal. Ik ben bezig met dossiers die me door anderen worden gegeven. Ik heb geen eigen cliënten. Ik doe wat me wordt opgedragen. Waarom gaan ze dan niet achter een van de vennoten aan?'

'Misschien willen ze dat jij over de cliënten gaat praten.'

'Onmogelijk. Ik ben jurist en heb moeten zweren de zaken van cliënten absoluut vertrouwelijk te behandelen. Dat weet de FBI. Niemand verwacht van een jurist dat hij over zijn cliënten praat.'

'Heb je wel eens iets onwettigs zien regelen?'

Hij liet zijn knokkels kraken en keek in de eetzaal om zich heen. Toen glimlachte hij haar toe. De wijn begon effect te sorteren. 'Ik word niet geacht die vraag te beantwoorden, Abby, ook niet als jij hem stelt. Maar het antwoord luidt nee. Ik heb de dossiers van twintig cliënten van Avery onder ogen gehad, en af en toe ook een paar andere, maar ik heb niets verdachts gezien. Misschien een paar riskante ondernemingen om de belastingen te ontduiken, maar niets onwettigs. Ik heb een aantal vragen over de bankrekeningen die ik op de Cayman Eilanden heb gezien, maar ook die zijn niet serieus.' De Cayman Eilanden. Hij werd misselijk toen hij aan de jonge vrouw op het strand dacht.

De ober drentelde in de buurt van hun tafeltje rond en staarde naar de menukaarten. 'Meer wijn,' zei Mitch en wees op de glazen.

Abby boog zich naar voren, tot haar gezicht in de buurt van de kaarsen was, en keek verbaasd. 'Goed. Wie heeft onze telefoons afgetapt?'

'Als dat echt zo is, heb ik daar geen idee van. Tarrance suggereerde tijdens ons eerste gesprek in augustus dat het iemand van kantoor was. In elk geval heb ik dat toen zo geïnterpreteerd. Hij zei dat ik niemand van kantoor moest vertrouwen en dat alles wat ik zei, werd afgeluisterd en opgenomen. Ik nam aan dat hij daarmee bedoelde dat zij dat deden.'

'En wat had Locke daarover op te merken?'

'Niets, want ik heb het hem niet verteld. Ik heb een paar dingen voor me gehouden.'

'Iemand heeft onze telefoon afgetapt en afluisterapparatuur aangebracht in ons huis?'

'En misschien ook in onze auto's. Rick Acklin bleef er vandaag telkens weer op hameren dat ik geen opmerkingen moest maken die ik niet op de band vastgelegd wilde hebben.'

'Mitch, dit is ongelooflijk. Waarom zou een kantoor zoiets willen doen?'

Langzaam schudde hij zijn hoofd en keek in zijn lege wijnglas. 'Ik heb er geen idee van, schatje. Geen enkel idee.'

De ober zette twee nieuwe wijnglazen op hun tafeltje neer en bleef staan, met zijn handen op zijn rug. 'Wilt u nu bestellen?' vroeg hij.

'Over een paar minuten,' zei Abby.

'We roepen u wel als we zover zijn,' zei Mitch.

'Mitch, geloof jij dat alles?'

'Ik denk wel dat er iets gaande is.'

Langzaam vouwde ze haar handen en staarde hem doodsbang aan. Hij vertelde het verhaal over Hodge en Kozinski, Tarrance in de delicatessenzaak, de reis naar de Cayman Eilanden, het gesprek met Abanks. Hij vertelde haar alles wat Abanks had gezegd. Toen vertelde hij haar over Eddie Lomax en het overlijden van Alice Knauss, Robert Lamm en John Mickel.

'Ik heb geen trek meer,' zei ze toen hij klaar was.

'Ik ook niet, maar ik voel me wel beter nu ik je het heb verteld.'

'Waarom heb je het me niet eerder verteld?'

'Omdat ik hoopte dat het over zou waaien. Ik hoopte dat Tarrance me met rust zou laten en iemand anders zou gaan kwellen. Maar hij heeft zich hier kennelijk in vastgebeten. Daarom is Rick Acklin overgeplaatst naar Memphis. Hij moet mij bewerken. Ik ben door de FBI uitgekozen voor een missie waar ik niets van weet.'

'Ik voel me beroerd.'

'Abby, we moeten voorzichtig zijn en verder leven alsof we niets vermoeden.'

'Ik kan dit niet geloven. Ik zit hier naar jou te luisteren, maar ik geloof niet wat je me vertelt. Mitch, dit kan de werkelijkheid niet zijn. Denk je echt dat ik in een huis woon waar de telefoon wordt afgetapt en waarin allerlei afluisterapparatuur is aangebracht en dat iemand ergens luistert naar alles wat we zeggen?'

'Heb jij een beter idee?'

'Ja. Laten we die Lomax maar eens inhuren om ons huis na te kijken.'

'Aan die mogelijkheid heb ik ook gedacht. Maar wat moeten we doen wanneer hij iets vindt? Denk daar eens over na. Wat kunnen we doen wanneer we er zeker van zijn dat we worden afgeluisterd? Stel dat hij zo'n apparaatje kapotmaakt? Dan zullen zij – wie het dan ook mogen zijn – weten dat wij het weten. Het is te gevaarlijk. Voorlopig, in elk geval. Misschien dat we het later wel kunnen doen.'

'Mitch, dit is krankzinnig. Ik neem aan dat we naar de achtertuin moeten rennen wanneer we iets tegen elkaar willen zeggen?'

'Natuurlijk niet. We kunnen gebruik maken van de voortuin.'

'Op dit moment kan ik geen waardering opbrengen voor je gevoel voor humor.'

'Sorry, Abby, luister. Laten we de eerste tijd nog maar normaal doen en geduld oefenen. Tarrance heeft me ervan overtuigd dat hij het echt serieus meent, en hij zal me niet met rust laten. Ik kan hem niet tegenhouden. Hij is immers degene geweest die naar mij toe is gekomen. Ik denk dat ze me volgen en afwachten. Voorlopig is het belangrijk dat we volgens het normale stramien verder leven.'

'Het normale stramien? Nu ik er eens wat dieper over nadenk, moet ik tot de conclusie komen dat er de laatste tijd bij ons thuis niet veel wordt gezegd. Ik heb een beetje medelijden met die mensen als ze aan het wachten zijn op een veelzeggend gesprek. Ik praat heel veel tegen Hearsay.'

17

De sneeuw was al ver voor de kerstdagen verdwenen. De grond was nat en het was het traditionele kerstweer voor de zuidelijke staten: grijze luchten en koude regen. In de afgelopen negentig jaar had Memphis twee keer een witte Kerst gehad en de experts voorspelden voor het restant van de eeuw geen derde meer. In Kentucky lag sneeuw, maar de wegen waren goed begaanbaar. Abby belde haar ouders vroeg in de morgen van de eerste kerstdag, nadat ze haar koffer had gepakt. Ze zou komen, zei ze, maar alleen. Ze waren teleurgesteld, zeiden zij, en voegden eraan toe dat ze misschien beter thuis kon blijven als haar vertrek problemen veroorzaakte. Ze hield voet bij stuk. Het was tien uur rijden. Veel verkeer was er vast niet op de weg en ze zou er tegen het invallen van de duisternis zijn.

Mitch zei heel weinig. Hij spreidde de krant uit op de grond, naast de kerstboom, en deed net alsof hij zich daarop concentreerde, terwijl zij de auto inlaadde. De hond verstopte zich bij hem in de buurt onder een stoel, alsof hij op een explosie wachtte. Ze hadden hun cadeautjes uitgepakt en netjes op de bank neergezet. Kleren en parfum en langspeelplaten, en voor haar een lange jas van vossebont. Voor het eerst tijdens hun prille huwelijk hadden ze voor de kerstdagen geld kunnen uitgeven.

Ze drapeerde de jas over haar arm en liep naar de krant. 'Ik ga nu,' zei ze zacht maar vastberaden.

Langzaam stond hij op en keek haar aan.

'Ik wou dat je meeging,' zei ze.

'Volgend jaar misschien.' Dat was een leugen en dat wisten ze beiden. Maar het klonk goed. Het was veelbelovend.

'Wees alsjeblieft voorzichtig.'

'Pas goed op mijn hond.'

'We zullen ons prima redden.'

Hij pakte haar bij haar schouders en gaf haar een kus op haar wang. Hij keek haar aan en glimlachte. Ze was mooi, veel mooier dan toen ze trouwden. Ze was vierentwintig en zag daar ook naar uit, maar het ouder worden had geen nadelige invloed op haar.

Ze liepen samen naar de carport en hij hielp haar instappen. Toen kusten ze elkaar nogmaals en reed ze achteruit de oprijlaan af.

Vrolijk kerstfeest, zei hij tegen zichzelf. Vrolijk kerstfeest, zei hij tegen de hond.

Nadat hij een uur lang naar de muren had gekeken, smeet hij twee setjes schone kleren in de BMW, deponeerde Hearsay op de voorbank en reed de stad uit. Over de hoofdweg ging hij in zuidelijke richting verder, Mississippi in. De weg was verlaten, maar hij bleef in de achteruitkijkspiegel kijken. De hond jankte exact om het uur en dan stopte Mitch in de berm, zo mogelijk net nadat hij over de top van een heuvel heen was. Terwijl Hearsay zijn behoeften deed, dook hij weg tussen een paar bomen en keek naar het verkeer. Hij zag niets bijzonders. Na vijf stops was hij er zeker van dat hij niet werd gevolgd. Op de eerste kerstdag hadden ze zeker vrij.

Zes uur later was hij in Mobile en twee uur later reed hij bij Pensacola de baai over, naar de Emerald Coast van Florida, door de kuststeden Navarre, Ford Walton Beach, Destin en Sandestin. Hij zag appartementsgebouwen en motels, kilometers lange winkelcentra en toen rijen slecht onderhouden pretparken en winkels waar goedkope T-shirts werden verkocht, waarvan de meeste gesloten waren. Daarna kilometers lang geen verkeersdrukte, alleen indrukwekkende sneeuwwitte stranden en het schitterend smaragdgroene water van de Golf. Ten oosten van Sandestin werd de hoofdweg smaller en draaide van de kust weg. Een uur lang reed hij alleen over de tweebaansweg, met niets anders om naar te kijken dan de bossen, een enkel tankstation of een supermarktje.

Tegen het invallen van de schemering passeerde hij een hoog flatgebouw en een bord waarop stond dat Panama City Beach twaalf kilometer verderop lag. De hoofdweg draaide weer naar de kust en splitste zich. Hij kon kiezen uit de snelweg naar het noorden en de rustieke route rechtdoor, die de Miracle Strip werd genoemd. Hij koos voor de rustieke route langs het strand. Die was ruim twintig kilometer lang en de weg werd aan weerszijden omzoomd door appartementen, goedkope motels, campings, vakantiebungalows, snackbars en winkels waar je T-shirts kon kopen. Dit was Panama City Beach.

Het merendeel van de honderdduizenden appartementen stond leeg, maar er waren wel enige geparkeerde auto's en hij nam aan dat een paar gezinnen vakantie aan het houden waren bij het strand. In elk geval zijn die mensen bij elkaar, zei hij tegen zichzelf. De hond blafte en ze stopten bij een pier waar mannen uit Pennsylvania, Ohio en Canada aan het vissen waren en het donkere water in de gaten hielden.

Hearsay had zijn kop naar buiten gestoken, keek om zich heen en blafte af en toe tegen een aan en uit flitsende neonreclame van een motel dat geopend was en een laag tarief berekende. Met de kerstdagen was alles aan de Miracle Strip gesloten, met uitzondering van een paar coffeeshops en motels.

Hij stopte om te tanken bij een Texaco-station dat dag en nacht geopend was. De pompbediende leek ongewoon vriendelijk.

'San Luis Street?' vroeg Mitch.

'Ja, ja,' zei de man en wees naar het westen. 'Tweede stoplichten rechts, dan de eerste weer links. Dat is San Luis.'

De buurt bleek een soort wanordelijke voorstad vol antieke caravans te zijn, die kennelijk al in tientallen jaren niet meer van hun plaats waren gekomen. Ze stonden dicht naast elkaar, als rijen dominostenen. De korte, smalle opritten stonden vol kleine vrachtwagentjes en roestende tuinmeubels. In de straten wemelde het van de geparkeerde auto's, schrootwagens, achtergelaten voertuigen. Mitch zag veel motoren, fietsen en grasmaaimachines. Volgens een bord was het een dorp waar je je na je pensionering uitstekend kon amuseren, lekker dicht bij de kust. In feite leek het eerder een sloppenwijk op wielen.

Hij vond San Luis Street en werd opeens zenuwachtig. Het was een smalle, kronkelende straat met kleinere woonwagens en caravans die er nog beroerder uitzagen dan de andere. Hij reed langzaam, hield de nummerborden nauwlettend in de gaten en zag aan de kentekens dat veel auto's uit andere staten afkomstig waren. De straat was leeg, met uitzondering van de geparkeerde en achtergelaten wagens.

Het 'huis' aan San Luis nummer 486 was een van de oudste en kleinste. Het moest oorspronkelijk zilverkleurig geverfd zijn geweest, maar de verf was gebarsten en bladderde af. Op het dak lag een dikke groene laag schimmel, die doorliep tot net boven de ramen. Een raam boven de trekhaak was lelijk gebarsten en werd met grijs plakband bij elkaar gehouden. Om de deur heen was een klein portiekje neergezet. Door de hordeur kon Mitch een kleine kleurentelevisie zien, en het silhouet van een man.

Dit wilde hij niet. Hij had er zelf voor gekozen de tweede echtgenoot van zijn moeder nooit te ontmoeten en dit was daar het juiste moment niet voor. Hij reed verder en wenste dat hij niet hierheen was gegaan.

Op de Strip zag hij de bekende reclame voor een Holiday Inn. Die was leeg, maar wel geopend. Hij zette de BMW zo weg dat hij vanaf de hoofdweg niet te zien was en schreef zich in onder de naam Eddie Lomax uit Danesboro, Kentucky. Hij betaalde contant voor een eenpersoonskamer met uitzicht op zee.

In de telefoongids van Panama City Beach stonden drie Waffle Huts aan de Strip. Hij ging op het bed liggen en draaide het eerste nummer. Pech. Hij draaide het tweede nummer en vroeg opnieuw naar Ida Ainsworth. Hij kreeg te horen dat hij even moest wachten. Hij legde de hoorn op de haak. Het was twaalf uur 's avonds. Hij had twee uur geslapen.

Het duurde twintig minuten voordat de taxi er was en de chauffeur begon hem uit te leggen dat hij thuis van een restantje kalkoen aan het genieten was geweest, met zijn vrouw, de kinderen en familie. Dat het Kerstmis was en dat hij had gehoopt de hele dag bij zijn gezin te kunnen zijn en eens een keer niet te hoeven werken. Mitch gooide een briefje van twintig dollar op de voorbank en vroeg de man zijn mond te houden.

'Man, wat zoek je in de Waffle Hut?' vroeg de chauffeur.

'Rijden.'

De man mompelde in zichzelf. Hij draaide aan de knop van de radio tot hij zijn favoriete soul-station had gevonden.

Hij keek in de spiegel, keek naar buiten, floot even en zei toen: 'Wat doe jij hier met Kerstmis?'

'Ik ben naar iemand op zoek.'

'Wie?'

'Een vrouw.'

'Zijn we dat niet allemaal? Iemand in het bijzonder?'

'Een oude vriendin.'

'En zij is in de Waffle Hut?'

141

'Dat denk ik wel.'

'Ben jij een privé-detective of zoiets?'

'Nee.'

'Ik vind het nogal verdacht.'

'Waarom houd je je mond niet?'

De Waffle Hut was een klein, rechthoekig gebouw dat wel iets van een doos weghad. Er stonden twaalf tafeltjes en tegenover de grill, waar alles werd bereid, was een lange toonbank neergezet. Een wand was van glas, zodat de mensen onder het eten naar de Strip en de appartementen in de verte konden kijken. Het kleine parkeerterrein was bijna vol en Mitch wees de chauffeur op een lege plaats vlak bij de ingang.

'Stap je niet uit?' vroeg de chauffeur.

'Nee. Laat de meter maar draaien.'

'Man, dit is vreemd.'

'Je wordt ervoor betaald.'

Mitch boog zich naar voren en liet zijn armen op de voorbank rusten. De meter tikte zacht, terwijl hij de klanten binnen bestudeerde. De chauffeur schudde zijn hoofd, ging op zijn gemakje zitten, maar bleef uit nieuwsgierigheid wel kijken. In de hoek naast de sigarettenautomaat stond een tafeltje waaraan dikke toeristen hadden plaats genomen, gekleed in lange shirts, met witte benen en zwarte sokken aan. Ze dronken koffie en bekeken tegelijkertijd de menukaarten. De leider van de groep, een man met grote grijze bakkebaarden en een baseball-cap van de Phillies op zijn hoofd, keek herhaaldelijk naar de grill, zoekend naar een serveerster.

'Zie je haar?' vroeg de chauffeur.

Mitch zei niets en fronste zijn wenkbrauwen. Ze kwam vanuit het niets te voorschijn en bleef naast het tafeltje staan, met een aantekenboekje en een pen in haar hand. De leider zei iets geestigs en de dikke mensen lachten. Zij glimlachte niet één keer en bleef zwijgen. Ze was veel magerder geworden, bijna te mager, en zag er breekbaar uit. Het zwart-witte uniform paste prima en accentueerde haar slanke taille. Haar grijze haren waren strak naar achteren gekamd en weggestopt onder het Waffle Hut-mutsje. Ze was eenenvijftig en zag er van een afstand ook zo oud uit, maar niet ouder. Ze leek goed bij haar positieven te zijn. Toen ze de bestellingen had genoteerd, griste ze de menukaarten uit hun handen, zei iets beleefds, glimlachte bijna en verdween. Snel liep ze tussen de tafels door, schonk koffie in, overhandigde flessen ketchup en gaf bestellingen door aan de kok.

Mitch ontspande zich. De meter tikte langzaam.

'Is zij het?' vroeg de chauffeur.

'Ja.'

'Wat nu?'

'Dat weet ik niet.'

'We hebben haar toch gevonden?'

Mitch volgde haar bewegingen en zei niets. Ze schonk koffie in voor een man die alleen aan een tafeltje zat. Hij zei iets en ze glimlachte. Een schitterende glimlach. Een glimlach die hij in het donker duizenden keren had gezien wanneer hij naar het plafond staarde. De glimlach van zijn moeder.

Het werd een beetje mistig en de ruitewissers veegden de voorruit om de tien seconden schoon. Het was bijna middernacht op de eerste kerstdag.

De chauffeur trommelde met zijn vingers zenuwachtig op het stuur. Hij ging nog wat meer onderuit zitten en zocht een ander radiostation op. 'Hoe lang blijven we hier nog staan?'

'Niet lang.'

'Man, dit is te gek.'

'Ik zal je er fatsoenlijk voor betalen.'

'Man, geld is ook niet alles. Het is Kerstmis. Mijn kinderen zijn thuis, we hebben familie op bezoek, kalkoen die moet worden opgegeten en wijn die moet worden gedronken. En nu sta ik hier bij de Waffle Hut, zodat jij door het raam naar de een of andere oudere vrouw kunt kijken.'

'Het is mijn moeder.'

'Je wat?'

'Je hebt me wel verstaan.'

'Man, o, man! Ik krijg te maken met allerlei types!'

'Wil je nu verder je mond houden?'

'Goed. Ben je niet van plan met haar te gaan praten? Ik bedoel… Het is Kerstmis en je hebt je moeder gevonden. Je moet toch minstens even naar haar toe gaan?'

'Niet nu.'

Mitch ging weer tegen de achterbank aan zitten en keek naar het donkere strand aan de andere kant van de weg. 'Rijden maar.'

Tegen het ochtendgloren trok hij een spijkerbroek en een sweatshirt aan, geen sokken of schoenen, en ging met Hearsay over het strand wandelen. Ze liepen naar het oosten, naar de oranje gloed die net boven de horizon verscheen. De golven braken zo'n meter of dertig voor de kust en spoelden zacht het strand op. Het zand was koel en nat. De lucht was helder en vol zeemeeuwen, die voortdurend tegen elkaar aan het praten waren. Hearsay rende moedig de zee in en koos woedend het hazepad toen een schuimkop wat al te dicht bij hem in de buurt kwam. Zand en water dienden echter te worden verkend. Hij rende honderd meter voor Mitch uit.

Nadat ze ruim twee kilometer hadden gelopen, naderden ze een pier: een grote, betonnen constructie die een meter of zestig de zee in stak. Hearsay kende nu geen angst meer en rende eroverheen, naar een emmer aas die naast twee mannen was neergezet die bewegingloos naar het water stonden te staren. Mitch liep achter hen langs naar het uiteinde van de pier, waar een twaalftal vissers af en toe iets tegen elkaar zeiden en wachtten tot hun vislijnen strak gespannen stonden. De hond streek met zijn kop langs het been van Mitch en hield zijn bek. Er kwam een stralende zon op. In de verre omtrek schitterde het water, welks zwarte kleur in groen veranderde.

Mitch boog zich over de reling heen en rilde door de koude wind. Zijn blote voeten waren bevroren en zaten onder het zand. Links en rechts van hem wachtten kilometers lang hotels en appartementen op het aanbreken van de dag. Er was verder niemand op het strand. In de verte stak een andere pier de zee in.

De vissers spraken elkaar toe met de scherpe, precieze woorden van noorderlingen. Mitch luisterde lang genoeg om te horen dat de vissen niet wilden happen. Hij bestudeerde de zee. Toen hij naar het zuidoosten keek, dacht hij aan de Cayman Eilanden en Abanks. En even aan het meisje. In maart zou hij er weer naartoe gaan, om samen met zijn vrouw vakantie te houden. Hij zou met Abanks gaan duiken en vriendschap met die man sluiten. Ze zouden aan de bar Heineken en Red Stripe drinken en over Hodge en Kozinski praten. Hij zou degene die hem volgde, volgen. Nu hij Abby alles had verteld, kon zij hem helpen.

In het donker stond een man te wachten naast de Lincoln Town Car. Hij keek zenuwachtig op zijn horloge en naar het vaag verlichte trottoir dat voor het gebouw ophield. Op de tweede verdieping werd een licht uitgedaan. Een minuut later liep de privé-detective het gebouw uit, naar de auto. De man liep naar hem toe.

'Bent u Eddie Lomax?' vroeg hij gespannen.

Lomax ging langzamer lopen en hield toen halt. Ze stonden recht tegenover elkaar. 'Ja. Wie ben jij?'

De man hield zijn handen in zijn zakken. Het was koud en vochtig en hij bibberde. 'Al Kilbury. Ik heb hulp nodig, meneer Lomax. Heel hard. Ik kan u nu meteen contant geven wat u hebben wilt. U moet me alleen helpen.'

'Makker, het is al laat.'

'Ik heb genoeg geld. Zegt u maar hoeveel u hebben wilt. U moet me helpen, meneer Lomax.' Hij haalde een rolletje bankbiljetten uit zijn zak en wilde die gaan tellen.

Lomax keek naar het geld en wierp toen even een blik over zijn schouder. 'Wat is het probleem?'

'Mijn vrouw. Over een uur heeft ze een afspraak met een man in een motel in het zuiden van Memphis. Ik heb het kamernummer en zo al. Ik wil alleen dat u met me meegaat, om foto's te nemen van hun aankomst en vertrek.'

'Hoe kun je er zeker van zijn dat ze daarheen gaan?'

'Ik heb de telefoon afgetapt. Ze werkt voor die man en ik koester al geruime tijd achterdocht. Ik ben heel rijk, meneer Lomax, en ik moet de echtscheidingsprocedure winnen. Ik zal u nu contant duizend dollar betalen.' Hij haalde snel tien biljetten van het stapeltje en stak die Eddie toe.

Lomax pakte het geld aan. 'Goed. Ik moet even mijn camera pakken.'

'Wilt u alstublieft haast maken? Alles contant betaald, geen dossier. In orde?'

'Prima,' zei Lomax en liep in de richting van het gebouw.

Twintig minuten later reed de Lincoln langzaam het volle parkeerterrein van een Day Inn op. Kilbury wees op een kamer op de tweede verdieping aan de achterzijde van het motel, en toen op een parkeerplaats naast een bruin vrachtwagentje. Lomax zette zijn wagen voorzichtig op dat plekje neer. Kilbury wees nogmaals op de kamer, keek opnieuw op zijn horloge en zei nog eens tegen Lomax hoe blij hij was met zijn hulp. Lomax dacht aan het geld. Duizend dollar voor twee uurtjes werk. Niet slecht. Hij pakte de camera, stopte er een film in en controleerde het licht. Kilbury keek zenuwachtig toe. Zijn ogen schoten heen en weer tussen de camera en de kamer. Hij keek gekwetst. Hij sprak over zijn vrouw en de geweldige jaren die ze samen hadden gehad. Waarom, o, waarom deed ze dit?

Lomax luisterde en keek naar de rijen geparkeerde auto's voor hem. Hij hield zijn camera paraat.

Hij lette niet op de deur van het bruine vrachtwagentje. Die werd langzaam en geruisloos opengeschoven, vlak achter hem. Een man in een zwarte coltrui en met zwarte handschoenen aan zat laag gehurkt en wachtte. Toen er verder niemand op het parkeerterrein te zien was, sprong hij de vrachtwagen uit, trok het achterportier van de Lincoln open en schoot Eddie drie kogels door zijn achterhoofd. Het wapen was voorzien van een geluiddemper, waardoor de schoten buiten de auto niet te horen waren.

Eddie viel tegen het stuur aan. Hij was al dood. Kilbury sprong bliksemsnel de Lincoln uit, rende naar het vrachtwagentje en racete met de moordenaar weg.

18

Na drie dagen die niet in rekening konden worden gebracht, drie dagen waarop niet kon worden gewerkt en zij verbannen waren uit hun heiligdom, na drie dagen kalkoen eten, ham en vlierbessensaus, keerden de uitgeruste en verjongde juristen van Bendini, Lambert & Locke terug naar het fort aan Front Street. Om half acht was het parkeerterrein al vol. Ze zaten comfortabel achter hun zware bureaus, dronken liters koffie, bekeken de post en documenten en mompelden onsamenhangend en als een gek in hun dictafoons. Ze blaften bevelen naar secretaressen en klerken en naar elkaar. Op de gang en rond de koffiepotten werd af en toe gevraagd hoe de kerstdagen waren geweest, maar dergelijke gesprekjes brachten geen geld in het laatje. De geluiden van typemachines, intercoms en secretaressen combineerden zich tot een harmonieus gezoem. Er werd na die vervelende kerstdagen weer geld verdiend. Oliver Lambert liep door de gangen en luisterde, luisterde naar de geluiden van rijkdom die uur na uur werd vergaard. Om twaalf uur 's middags liep Lamar het kantoor in en boog zich over het bureau heen. Mitch was verdiept in een contract over olie en gas in Indonesië.

'Lunch?' vroeg Lamar.

'Nee, dank je. Ik ben al achter met mijn werk.'

'Dat zijn we allemaal. Ik was van plan in de delicatessenzaak aan Front Street een hapje chili te eten.'

'Ik heb er echt de tijd niet voor, maar bedankt voor de uitnodiging.'

Lamar keek over zijn schouder naar de deur en boog zich toen dichter naar Mitch toe, alsof hij hem een buitengewoon nieuwtje te vertellen had. 'Je weet toch wat voor een dag het vandaag is?'

Mitch keek op zijn horloge. 'Het is de achtentwintigste.'

'Inderdaad. Weet je wat er elk jaar op de achtentwintigste december gebeurt?'

'Je gaat naar de W.C.'

'Ja. Maar verder?'

'Ik geef het op. Wat bedoel je?'

'Op dit moment zijn de vennoten in de eetzaal op de vijfde verdieping bijeen voor een lunch die bestaat uit geroosterde eend en Franse wijn.'

'Wijn bij de lunch?'

'Ja, want het is een heel speciale gelegenheid.'

'En verder?'

'Nadat ze een uur lang hebben gegeten, gaan Roosevelt en Jessie Frances weg en sluit Lambert de deur af. Dan zijn de vennoten echt onder elkaar en zal Lambert de financiële jaarverslagen uitdelen. Daarop staan de namen van alle vennoten, met daarachter het bedrag dat ze het afgelopen jaar in zijn totaal in rekening hebben gebracht. Op de volgende bladzijde staat de netto winst, na aftrek van gemaakte kosten. Daarna wordt de pot verdeeld.'

Mitch luisterde heel aandachtig. 'En verder?'

'Het afgelopen jaar was het gemiddelde bedrag dat zij kregen driehondderdder-tigduizend dollar. Natuurlijk zal het dit jaar nog wel wat meer zijn, want dat is elk jaar zo.'

'Driehonderddertigduizend,' herhaalde Mitch langzaam.

'Ja, en dat is een gemiddeld bedrag. Locke zal ongeveer een miljoen kunnen opstrijken en Victor Milligan zal daar niet ver onder blijven.'

'Hoe zit het met ons?'

'Wij krijgen ook wat, al is het naar verhouding niet veel. Het afgelopen jaar lag het gemiddelde bedrag voor ons rond de negenduizend. Hangt ervan af hoe lang je hier al werkt en hoeveel je in rekening hebt gebracht.'

'Kunnen we erbij zijn?'

'Ze zouden de president er nog niet bij toelaten. Het wordt geacht een geheime bespreking te zijn, maar we zijn er allemaal van op de hoogte. Later deze middag zullen de eerste berichten wel gaan circuleren.'

'Wanneer wordt er gestemd over de eerstvolgend te benoemen vennoot?'

'Normaal gesproken gebeurt dat ook vandaag. Maar volgens de geruchten is het mogelijk dat er dit jaar vanwege Marty en Joe geen nieuwe vennoot zal worden benoemd. Het kan zijn dat ze er nu een jaar mee wachten.'

'Wie staat als eerste op de nominatie?'

Lamar ging rechtop staan en glimlachte trots. 'Over een jaar zal ik vennoot wor-den van Bendini, Lambert & Locke. Ik ben de eerste gegadigde, dus ga me dit jaar niet voor mijn voeten lopen.'

'Ik heb gehoord dat het Massengill zou worden – een Harvard-man.'

'Massengill maakt geen schijn van kans. Ik ben van plan de eerstkomende tweeënvijftig weken honderdveertig uur per week te declareren en dan zullen die vogels me smeken vennoot te worden. Ik ga naar de vierde verdieping en Mas-sengill zal naar de kelder worden verbannen.'

'Toch zou ik mijn geld op Massengill inzetten.'

'Die man stelt niets voor en ik zal ervoor zorgen dat hij geen kans krijgt. Laten we nu maar eens een kom chili gaan eten en dan zal ik je mijn strategie uiteenzet-ten.'

'Nogmaals bedankt voor de uitnodiging, maar ik moet echt werken.'

Lamar liep hanig het kantoor uit en passeerde Nina, die met een stapel papieren liep te sjouwen. Ze legde die op een toch al volle hoek van het bureau neer. 'Ik ga lunchen. Moet ik nog iets meenemen?'

'Ja, graag een calorie-arme cola.'

Tijdens de lunchpauze werd het stiller op de gangen. De secretaressen ontvlucht-ten het gebouw en liepen naar een van de vele cafeetjes en delicatessenzaken in de buurt. Omdat de helft van de juristen op de vijfde verdieping hun geld aan het tellen waren, viel de handel even stil.

Mitch vond een appel op Nina's bureau en veegde die schoon. Hij sloeg een hand-boek over belastingregels open, legde die op het kopieerapparaat achter haar bu-reau en drukte op de groene knop. Er ging een rood waarschuwingslampje bran-den, gevolgd door de mededeling: TIK DOSSIERNUMMER IN.

Hij liep achteruit en keek naar het apparaat. Ja, het was nieuw. Naast de knop waarmee je kopieën kon maken, was een andere aangebracht. Die drukte hij in. In de machine ging schril een sirene af en op een paneel begonnen allemaal rode lampjes te branden. Hulpeloos keek hij om zich heen, kon niemand ontdekken en paktc bliksemsnel de handleiding.

'Wat is hier aan de hand?' riep iemand boven de sirene van de machine uit.

'Dat weet ik niet!' zei Mitch en zwaaide met de handleiding door de lucht.

Lela Pointer, een secretaresse die te oud was om voor de lunch het gebouw uit te gaan, draaide aan de achterzijde van de machine een knop om. De sirene zweeg.

'Wat was dat verdomme?' vroeg Mitch hijgend.

'Hebben ze u dat niet verteld?' zei ze, terwijl ze de handleiding uit zijn handen griste en op zijn plaats teruglegde. Met haar kleine, scherpe ogen leek ze een gat in hem te willen boren, alsof ze hem erop had betrapt dat hij in haar handtasje aan het snuffelen was.

'Het lijkt me duidelijk van niet.'

'We hebben een nieuw kopieersysteem,' zei ze streng. 'Het is de dag na Kerstmis geïnstalleerd. Voordat het apparaat kopieert, moet eerst het dossiernummer worden opgegeven. Uw secretaresse had u dat moeten vertellen.'

'Je bedoelt dat dit apparaat niets doet voordat ik een getal van tien cijfers heb ingetikt?'

'Dat klopt.'

'En als je gewoon iets wilt kopiëren dat niet bij een bepaald dossier hoort?'

'Dat kan niet. De heer Lambert zegt dat we te veel geld kwijt zijn aan kopieën die niet kunnen worden gedeclareerd. Nu wordt het bedrag van elke kopie automatisch op een bepaald dossier geboekt. Eerst moet u het getal intypen. Dan noteert het apparaat het aantal gemaakte kopieën, dat wordt doorgegeven aan de grote computer, die er de rekening voor indient.'

'Hoe zit het met kopieën die je voor jezelf nodig hebt?'

Lela schudde uitermate gefrustreerd haar hoofd. 'Ik kan echt niet geloven dat uw secretaresse u dat alles niet heeft verteld.'

'Dat heeft ze niet gedaan, dus zul jij me moeten helpen.'

'U hebt een nummer van vier cijfers. Aan het einde van elke maand zult u een rekening krijgen voor de kopieën die u voor uzelf hebt gemaakt.'

Mitch staarde naar de machine en schudde zijn hoofd. 'Waarom is dat verdomde alarmsysteem aangebracht?'

'De heer Lambert heeft meegedeeld dat dat systeem na een maand wordt uitgeschakeld. Op dit moment is het nodig voor mensen zoals u. Hij meent dit alles heel serieus. Hij zegt dat we duizenden dollars verliezen door kopieën die niet in rekening worden gebracht.'

'Ik neem aan dat elk kopieerapparaat in dit gebouw is vervangen?'

Ze glimlachte voldaan. 'Ja. Alle zeventien.'

'Bedankt.' Mitch liep terug naar zijn kantoor om een dossiernummer op te zoeken.

148

Om drie uur die middag kwam er een vreugdevol einde aan het feest boven. De vennoten, die nu veel rijker en iets meer dronken waren, liepen de eetzaal uit en gingen terug naar hun kantoren. Avery, Oliver Lambert en Nathan Locke liepen naar de beveiligde deur, drukten op de knop en wachtten. DeVasher zat al op hen te wachten.

Hij gebaarde in de richting van de stoelen en zei dat ze plaats moesten nemen. Lambert deelde sigaren uit en iedereen begon te roken.

'Ik zie dat we allemaal in een feeststemming zijn,' zei DeVasher snerend. 'Om hoeveel ging het? Een gemiddelde van driehonderdnegentigduizend?'

'Dat klopt, DeVasher,' zei Lambert. 'Het was een heel goed jaar.' Hij blies blauwe rookkringetjes naar het plafond.

'Hebben we allemaal geweldige kerstdagen achter de rug?' vroeg DeVasher.

'Waar zit je mee?' wilde Locke op hoge toon weten.

'Nat, ik wens jou ook nog een gelukkig kerstfeest. Ik heb een paar dingen te melden. Twee dagen geleden heb ik Lazarov in New Orleans gesproken. Hij viert de geboorte van Christus niet, moet je weten. Ik heb hem op de hoogte gebracht van de situatie hier, met de nadruk op McDeere en de FBI. Ik heb hem verzekerd dat er na die eerste ontmoeting geen nadere contacten zijn gevolgd. Hij geloofde dat niet helemaal en zei dat hij onze bronnen binnen de FBI ernaar zou vragen. Hij heeft me opgedragen McDeere vierentwintig uur per etmaal te volgen, gedurende het eerstkomende half jaar. Ik heb hem gezegd dat we dat al zo'n beetje deden. Hij wil niet nog een situatie zoals die van Hodge en Kozinski. Daar zit hij nog steeds behoorlijk mee in zijn maag. McDeere mag in verband met zaken de stad niet uit, tenzij minstens twee van onze mensen met hem meegaan.'

'Over twee weken gaat hij naar Washington,' zei Avery.

'Waarom?'

'Naar het Belastinginstituut. Het is een vier dagen durend symposium, dat onze nieuwe mensen altijd moeten bijwonen. Het is hem beloofd en hij zal heel achterdochtig worden wanneer het wordt geannuleerd.'

'Het is in september al besproken,' voegde Ollie eraan toe.

'Ik zal kijken hoe Lazarov erover denkt,' zei DeVasher. 'Het zal hem vast niet aanstaan, maar geef me de data, vluchtnummers en hotelreserveringen maar op.'

'Wat is er met de kerstdagen gebeurd?' vroeg Locke.

'Niet veel. Zijn vrouw is naar haar ouders in Kentucky gegaan. Daar is zij nog. McDeere is met de hond naar Panama City Beach gereden. We denken dat hij zijn moeder is gaan opzoeken, maar daar zijn we niet zeker van. Hij heeft een nacht doorgebracht in het Holiday Inn aan het strand. Alleen hij en de hond. Knap saai. Toen is hij naar Birmingham gereden, waar hij in een ander Holiday Inn heeft gelogeerd. Gisterenmorgen vroeg is hij naar Brushy Mountain vertrokken om zijn broer op te zoeken. Onschuldig reisje.'

'Wat heeft hij tegen zijn vrouw gezegd?' vroeg Avery.

'Voor zover wij weten niets, maar het is ondoenlijk om alles af te luisteren.'

'Wie houd je verder nog in de gaten?' vroeg Avery.

'We luisteren af en toe allen af. Echte verdachten hebben we niet, behalve dan

149

McDeere, en dat komt alleen door Tarrance. Nu is alles rustig.'
'DeVasher, hij moet naar Washington,' hield Avery vol.
'Goed, goed. Ik zal ervoor zorgen dat Lazarov daar toestemming voor geeft. Hij zal eisen dat er vijf man als bewaking meegaan. Die idioot!'

Ernie's Airport Lounge bevond zich inderdaad vlak bij een vliegveld. Mitch vond het na drie keer verkeerd te hebben gereden en zette zijn auto neer tussen twee terreinwagens. Het parkeerterrein stond vol met zulke wagens. Hij keek om zich heen en deed instinctief zijn das af. Het was bijna elf uur. De lounge was diep, donker en lang.
Hij keek nogmaals naar het briefje, om zeker van zijn zaak te zijn. "Beste meneer McDeere, komt u alstublieft vanavond laat naar Ernie's Lounge aan Winchester toe om mij te ontmoeten. Het gaat over Eddie Lomax. Heel belangrijk. Tammy Hemphill, zijn secretaresse."
Het briefje had bij zijn thuiskomst op de keukendeur gezeten. Hij herinnerde zich haar van zijn eerste en enige bezoek aan het kantoor van Eddie, in november. Hij herinnerde zich de strakke leren rok, de grote borsten, het geblondeerde haar, de rode lippen en de rook die uit haar neus kwam. En hij herinnerde zich het verhaal over haar echtgenoot Elvis.
De deur ging makkelijk open en hij stapte naar binnen. Een rij biljarttafels nam de helft van de ruimte in beslag. Door het duister en de zwarte rook zag hij achterin een dansvloer. Rechts was een lange bar, vol cowboys en cowgirls, die allemaal bier dronken. Niemand leek aandacht aan hem te besteden. Hij liep snel naar het uiteinde van de bar en ging op een kruk zitten. Toen bestelde hij een pijpje bier.
Tammy was er eerder dan het biertje. Ze bleek op een bank bij de biljarttafels al op hem te wachten. Ze had een strakke, gebleekte spijkerbroek aan en rode schoenen met heel hoge hakken. Haar haren waren net opnieuw geblondeerd. 'Bedankt voor uw komst,' zei ze. 'Ik wacht al vier uur op u. Ik kon geen andere manier bedenken om met u in contact te komen.'
Mitch glimlachte en knikte alsof hij wilde zeggen dat het in orde was en zij juist had gehandeld.
'Wat is er aan de hand?' vroeg hij.
'We moeten met elkaar praten, maar niet hier,' zei ze en keek om zich heen.
'Waar zouden we dat volgens jou dan kunnen doen?'
'Kunnen we gewoon een eindje gaan rijden?'
'Ja, maar niet in mijn auto. Dat… eh… zou nog wel eens niet zo'n goed idee kunnen zijn.'
'Ik heb een auto. Hij is oud, maar rijdt nog wel.'
Mitch betaalde het biertje en liep achter haar aan naar de deur. 'Moet je nu eens kijken,' zei een van de kerels bij de bar. 'Die vent komt keurig in het pak naar binnen en heeft haar binnen dertig seconden al versierd.' Mitch glimlachte de man toe en liep snel naar buiten. Te midden van de grote terreinwagens stond een oude Volkswagen Kever. Ze maakte de portieren open en Mitch moest zich vrijwel dubbelvouwen om te kunnen gaan zitten. Ze drukte vijf keer het gaspe-

daal in en draaide het contactsleuteltje om. Mitch hield zijn adem in tot het karretje was gestart.

'Waar wilt u heen?' vroeg ze.

Naar een plaats waar we niet kunnen worden gezien, dacht Mitch. 'Jij rijdt, dus bepaal jij dat maar.'

'U bent toch getrouwd?'

'Ja, en jij?'

'Ik ook en mijn echtgenoot zou deze situatie niet begrijpen. Daarom had ik dat etablissement uitgekozen. Wij gaan er nooit heen.'

Ze zei het alsof zij en haar echtgenoot zeer kritisch stonden tegenover gelegenheden waar je 's avonds een biertje kon drinken.

'Ik denk dat mijn vrouw er ook niets van zou begrijpen, maar zij is de stad uit.'

Tammy reed in de richting van het vliegveld. 'Ik heb een idee,' zei ze zenuwachtig, terwijl ze het stuur heel stevig vasthield.

'Wat is er eigenlijk aan de hand?' vroeg Mitch.

'Ik neem aan dat u het van Eddie weet?'

'Ja.'

'Wanneer hebt u hem voor het laatst gezien?'

'Een dag of tien voor Kerstmis. Het was een soort geheime ontmoeting.'

'Dat dacht ik al wel. Hij hield geen dossier bij van het werk dat hij voor u deed. Zei dat u het zo wilde. Veel heeft hij me niet verteld, maar Eddie en ik konden het… eh… We konden het nogal goed met elkaar vinden.'

Mitch kon daar geen enkele reactie op bedenken.

'Ik bedoel heel goed. Begrijpt u wat ik bedoel?'

Mitch gromde iets en nam een slokje uit het pijpje bier.

'Hij heeft me dingen verteld die hij me waarschijnlijk niet had mogen vertellen. Hij zei dat uw geval echt heel vreemd was en dat een aantal juristen van uw kantoor onder verdachte omstandigheden om het leven was gekomen. Hij heeft me ook verteld dat hij het idee had dat u voortdurend werd gevolgd en afgeluisterd. Dat is nogal eigenaardig voor een juristenkantoor.'

'Dat is het,' zei Mitch en hij wist nu dat zijn informatie niet vertrouwelijk was behandeld.

Ze draaide het grote parkeerterrein van het vliegveld op.

'Nadat hij zijn werk voor u had afgerond, heeft hij me een keer in bed gezegd dat hij meende te worden gevolgd. Eén keer maar. Dat was drie dagen voor Kerstmis. Ik heb hem toen gevraagd door wie. Hij zei dat hij dat niet wist, maar noemde wel uw zaak en zei dat het waarschijnlijk te maken had met dezelfde mensen die u volgden. Verder heeft hij er weinig over gezegd.'

Ze zette de auto neer op een terrein voor kortparkeerders, in de buurt van de vertrek- en aankomsthal.

'Wie had hem verder nog kunnen volgen?' vroeg Mitch.

'Niemand. Hij was een goede detective, die nooit sporen achterliet. Hij was een ex-smeris en een ex-gedetineerde. Hij werd betaald om mensen te schaduwen en smerigheid te verzamelen. Hij was verder nog nooit eerder gevolgd.'

'Wie heeft hem dan vermoord?'

151

'Degene die hem volgde. De kranten deden het voorkomen alsof hij op het bespioneren van de een of andere rijke kerel was betrapt en daarom werd neergeknald, maar dat is niet waar.'

Opeens haalde ze vanuit het niets een filtersigaret te voorschijn en stak die op. Mitch draaide het raampje open.

'Hebt u er bezwaar tegen dat ik rook?' vroeg ze.

'Nee, mits je de rook maar die kant op blaast,' zei hij en wees naar haar portierraampje.

'In elk geval ben ik bang. Eddie was ervan overtuigd dat de mensen die u volgden, heel erg gevaarlijk en heel erg slim waren. Heel ervaren en geraffineerd, zei hij. Als ze hem hebben vermoord, wat zal er dan met mij gebeuren? Misschien denken ze dat ik iets weet. Sinds de dag van zijn dood ben ik niet meer op kantoor geweest en ik ben ook niet van plan erheen te gaan.'

'Als ik jou was, zou ik dat ook maar niet doen.'

'Ik ben niet stom. Ik heb twee jaar voor hem gewerkt en veel geleerd. Er lopen heel wat gekken rond. Wij hebben hen in soorten en maten gezien.'

'Hoe hebben ze hem doodgeschoten?'

'Hij heeft een vriend op de afdeling moordzaken. Guy heeft me in vertrouwen verteld dat Eddie drie kogels in zijn achterhoofd heeft gekregen. Van dichtbij afgevuurd met een .22 pistool. Ze hebben geen enkele aanwijzing. Hij zei dat het heel professioneel was aangepakt.'

Mitch dronk het biertje op en legde de fles op de vloer neer, naast een zestal lege bierblikjes. Heel professioneel aangepakt.

'Ik begrijp er niets van. Ik bedoel... Hoe zou iemand Eddie nu stiekem hebben kunnen benaderen, om hem drie kogels door zijn achterhoofd te schieten? Hij had daar trouwens niet eens moeten zijn.'

'Misschien was hij in slaap gevallen.'

'Nee. Als hij tot laat in de avond moest werken, nam hij allerlei middeltjes in om alert te blijven.'

'Is er op zijn kantoor een dossier?'

'Over u, bedoelt u?'

'Ja.'

'Dat denk ik niet. Hij zei dat u niets opgeschreven wilde hebben en ik heb ook nooit een aantekening over u gezien.'

Mitch voelde zich opgelucht.

Ze keken toe hoe een 727 opsteeg naar het noorden. Het parkeerterrein trilde ervan.

'Mitch, ik ben echt bang. Ik mag je toch wel Mitch noemen?'

'Waarom niet?'

'Ik denk dat hij werd vermoord vanwege het werk dat hij voor jou deed. Een andere mogelijkheid is er niet. En als ze hem hebben gedood omdat ze dachten dat hij iets wist, zullen ze waarschijnlijk wel aannemen dat ik het ook weet. Wat denk jij?'

'Als ik jou was, zou ik geen enkel risico nemen.'

'Het kan zijn dat ik voor een tijdje verdwijn. Mijn man werkt wel eens in een nachtclub en als we dat nodig vinden, kunnen we een tijdje zwerven. Ik heb hem dit alles nog niet verteld, maar ik denk dat ik dat wel zal moeten doen. Wat denk jij daarvan?'

'Waar zou je naartoe gaan?'

'Little Rock, St. Louis, Nashville. Hij heeft geen vast werk, dus kunnen we gaan en staan waar we willen.' Ze stak weer een sigaret op.

Heel professioneel aangepakt. Mitch keek haar kant op en zag een traan op haar wang. Ze was niet lelijk, maar het jarenlange bezoek aan lounges en nachtclubs begon zijn tol te eisen. Haar gelaatstrekken waren krachtig en zonder de geblondeerde haren en zware make-up zou ze voor haar leeftijd best wel aantrekkelijk kunnen zijn. Ze was een jaar of veertig, schatte hij.

Ze nam een grote trek en blies een wolk rook de Kever uit. 'Ik denk dat we in hetzelfde schuitje zitten. Ik bedoel dat ze achter ons beiden aan zitten. Ze hebben al die juristen vermoord, en toen Eddie, en ik denk dat wij nu aan de beurt zijn.'

Houd niets binnen, meisje. Gooi het er allemaal maar uit. 'Hoor eens, we moeten contact houden. Jij kunt mij niet opbellen en we kunnen niet samen worden gezien. Mijn vrouw weet alles en ik zal haar ook vertellen over dit gesprek. Over haar hoef je je geen zorgen te maken. Schrijf me eens per week een briefje om te zeggen waar je bent. Hoe heet je moeder?'

'Doris.'

'Goed. Dat is dan onze codenaam. Alle briefjes die je me stuurt, moet je met Doris ondertekenen.'

'Lezen ze je post ook?'

'Waarschijnlijk wel, Doris. Waarschijnlijk wel.'

19

Om vijf uur 's middags deed Mitch het licht in zijn kantoor uit, pakte beide aktentassen en hield even halt bij Nina's bureau. Ze was op de IBM aan het typen en had de hoorn van de telefoon tussen hoofd en schouder geklemd. Toen ze hem zag, haalde ze een envelop uit een lade. 'Dit is de bevestiging van de reservering in het Capital Hilton,' zei ze.

'De dictafoon staat op mijn bureau,' zei hij. 'Tot maandag.' Hij liep de trap op naar de vierde verdieping en Avery's kantoor, waar het een drukte van belang was. Een secretaresse was dossiers in een indrukwekkende aktentas aan het stoppen. Een andere richtte scherp het woord tot Avery, die door de telefoon aan het schreeuwen was tegen iemand anders. Een van de klerken blafte op zijn beurt weer bevelen naar de eerste secretaresse.

Avery smeet de hoorn op de haak. 'Ben je klaar?' vroeg hij aan Mitch.

'Ik wacht op je,' antwoordde Mitch.

'Ik kan het Greenmark-dossier niet vinden,' snauwde een secretaresse tegen de klerk.

'Dat zat bij het Rocconi-dossier,' zei de man.

'Ik heb het Greenmark-dossier niet nodig!' schreeuwde Avery. 'Hoe vaak moet ik dat nog tegen je zeggen? Ben je doof of zo?'

De secretaresse keek Avery nijdig aan. 'Nee, er mankeert niets aan mijn oren. Ik heb u duidelijk horen zeggen dat ik het Greenmark-dossier moest inpakken.'

'De limousine wacht,' zei een andere secretaresse.

'Ik heb dat verdomde Greenmark-dossier niet nodig!' schreeuwde Avery.

'En dat van Rocconi?' vroeg de klerk.

'Ja. Voor de tiende keer ja! Dat heb ik wel nodig.'

'Het vliegtuig wacht ook,' zei een andere secretaresse.

Een aktentas werd gesloten. Avery groef in een stapel documenten op zijn bureau. 'Waar is het Fender-dossier? Waar zijn al mijn dossiers? Waarom kan ik nooit een dossier vinden?'

'Hier is Fender,' zei de eerste secretaresse en stopte het dossier in een andere aktentas.

Avery keek op een papiertje. 'Goed. Heb ik Fender, Rocconi, Cambridge Partners, Greene Group, Sonny Capps met Otaki, Burton Brothers, Galveston Freight en McQuade?'

'Ja, ja, ja,' zei de eerste secretaresse.

'Ze zijn er allemaal,' zei de klerk.

'Ik kan mijn oren niet geloven,' zei Avery terwijl hij zijn jasje pakte. 'We gaan.' Met grote passen liep hij het kantoor uit, gevolgd door de secretaresses, de klerk en Mitch. Mitch droeg twee aktentassen, de klerk droeg er twee en een secretaresse één. De andere secretaresse maakte snel aantekeningen terwijl

Avery meedeelde wat hij allemaal gedaan wilde hebben in de tijd dat hij weg was. Iedereen stapte de lift in. Buiten kwam de chauffeur direct in actie, maakte portieren open en zette alle bagage in de kofferbak.

Mitch en Avery ploften op de achterbank neer.

'Ontspan je, Avery,' zei Mitch. 'Je gaat drie dagen naar de Cayman Eilanden. Ontspan je nu maar gewoon.'

'Makkelijk gezegd. Ik heb voldoende werk bij me om me een maand bezig te houden. Cliënten zitten me boven op mijn nek en dreigen met processen omdat ik mijn werk niet naar behoren schijn te doen. Ik lig twee dagen op mijn schema achter en nu ga jij je nog eens vier dagen vervelen tijdens een belastingsymposium in Washington. Je timing is geweldig, McDeere. Werkelijk geweldig!'

Avery maakte een kastje open en schonk voor zichzelf een borrel in. Na drie slokken gin haalde hij diep adem.

'Het voortzetten van je opleiding. Wat een grap,' zei Avery.

'Jij hebt dat in je eerste jaar ook gedaan. En als ik het me goed herinner ben je nog niet zo lang geleden in Honolulu geweest in verband met een symposium over internationale belastingwetten. Of ben je dat soms maar even vergeten?'

'Daar heb ik niets anders gedaan dan werken. Neem jij nog dossiers mee?'

'Natuurlijk. Er wordt van me verwacht dat ik acht uur per dag dat symposium bijwoon, de laatste wetswijzigingen die het Congres ons op belastinggebied heeft geschonken goed in me opneem en in mijn vrije tijd nog eens vijf uur per dag ga declareren.'

'Zo mogelijk zes. We lopen achter, Mitch.'

'Avery, we lopen altijd achter. Neem nog een borrel. Je moet je eens even kunnen ontspannen.'

'Ik ben van plan dat in Rumheads te doen.'

Mitch dacht aan de bar met de Red Stripe, domino's, darts en string-bikini's. En het meisje.

'Vlieg je nu voor het eerst met de Lear?' vroeg Avery, die iets minder gespannen raakte.

'Ja. Ik werk hier nu zeven maanden en straks zie ik dat toestel voor het eerst. Als ik dat de afgelopen maand maart had geweten, was ik voor een kantoor aan Wall Street gaan werken.'

'Jij bent niet uit het goede hout gesneden voor Wall Street. Weet je wat die kerels doen? Per kantoor zijn er zo'n driehonderd juristen. Elk jaar nemen ze dertig nieuwe mensen in dienst. Misschien wel meer. Iedereen wil er werken, omdat het Wall Street is. Na ongeveer een maand worden al die dertig juristen samen in een grote ruimte geplaatst en krijgen te horen dat er van hen wordt verwacht dat ze vijf jaar lang negentig uur per week werken. Tegen het einde van die vijf jaar zal de helft zijn vertrokken. Ze proberen die jonge mensen te killen, laten hen keihard werken voor honderd of honderdvijftig dollar per uur en zetten hen dan weer op straat. Zo werkt Wall Street. De jongeren daar krijgen het vliegtuig van de zaak nooit te zien, evenmin als de limousine. Je hebt echt geboft, Mitch. Je zou God elke dag moeten danken dat we jou hebben aangenomen op het goeie ouwe kantoor van Bendini, Lambert & Locke.'

'Negentig uur lijkt me leuk. Ik zou best wat rust kunnen gebruiken.'
'Je zult ervoor worden beloond. Heb je gehoord hoe hoog mijn bonus het afgelopen jaar was?'
'Nee.'
'Viervijfentachtig. Niet slecht, hè? En dan hebben we het alleen over de bonus.'
'Ik heb zesduizend gekregen,' zei Mitch.
'Als je bij mij blijft, zal dat snel genoeg meer worden.'
'Ja, maar eerst moet mijn juridische opleiding nog verder worden afgerond.'
Tien minuten later draaide de limousine een pad op dat naar een aantal hangars leidde. Memphis Aero, stond er op het bord. Een fraaie zilverkleurige Lear 55 taxiede langzaam naar de vertrekhal. 'Daar is hij,' zei Avery.
De aktentas en overige bagage werden snel in het vliegtuig geladen en binnen een paar minuten hadden ze toestemming voor vertrek. Mitch maakte zijn veiligheidsriem vast en bewonderde de cabine vol leer en koper. Uitermate luxueus. Hij had ook niets minder verwacht. Avery maakte nog een drankje klaar en hees zich eveneens in de veiligheidsgordel.

Een uur en een kwartier later begon de Lear aan de landing op Baltimore-Washington International Airport. Nadat het toestel tot stilstand was gekomen, stapten Mitch en Avery uit en maakten de bagagedeur open. Avery wees op een geüniformeerde man bij het hek. 'Dat is je chauffeur. De limousine staat klaar. Het is ongeveer veertig minuten rijden naar het Capital Hilton.'
'Weer een limousine?' vroeg Mitch.
'Ja. Dat zouden ze aan Wall Street niet voor je regelen.'
Ze gaven elkaar een hand en Avery stapte het vliegtuig weer in. Het innemen van nieuwe brandstof kostte een half uur en toen de Lear in zuidelijke richting vloog, was Avery in slaap.
Drie uur later landde het toestel in Georgetown op Grand Cayman. Het taxiede naar een heel kleine hangar, waar het die nacht zou blijven staan. Iemand van de bewakingsdienst ontfermde zich over Avery's bagage en nam hem mee door de douane. De piloot en de co-piloot namen het gebruikelijke ritueel na een vlucht door. Ook zij werden door de douane heen geloodst.
Na middernacht werden de lichten in de hangar gedoofd en stonden de zes vliegtuigen in het donker. Er ging een zijdeur open en drie mannen, onder wie Avery, liepen snel naar de Lear 55. Avery maakte de bagagedeur open en het drietal laadde snel vijfentwintig zware dozen uit. In de vochtige tropische warmte leek de hangar een oven. Ze zweetten erg, maar zeiden niets tot alle dozen het vliegtuig uit waren.
'Er moeten er vijfentwintig zijn. Tellen,' zei Avery tegen een gespierde eilandbewoner met een tanktopje aan en een pistool op zijn heup. De andere man keek gespannen toe. De eilandbewoner telde snel, waarbij zweet op de dozen drupte.
'Vijfentwintig.'
'Hoeveel?' vroeg de andere man.
'Zes en een half miljoen.'

'Allemaal contant geld?'

'Ja. Amerikaanse dollars. Briefjes van honderd en van twintig. Laten we maar gaan inladen.'

'Waar moet dat alles heen?'

'Quebec Bank. Ze wachten al op ons.'

Ieder pakte een doos en liep naar de zijdeur, waar een makker met een Uzi stond te wachten. De dozen werden in een oude vrachtwagen geladen op welks deuren primitief CAYMAN-PRODUKTEN stond geschilderd. De eilandbewoners hielden hun wapens in de aanslag toen ze van de hangar wegreden, richting Georgetown.

De inschrijving vond plaats buiten de Century Room. Mitch was er vroeg, pakte het dikke dossier waarop zijn naam keurig netjes stond gedrukt en ging naar binnen. Hij zocht een plekje ergens in het midden van de grote ruimte. Volgens de brochure konden niet meer dan tweehonderd mensen het symposium bijwonen. Een conciërge serveerde koffie en Mitch pakte de *Post*. De belangrijkste artikelen gingen over de Redskins, die weer zouden deelnemen aan de Super Bowl.

Langzaam kwamen juristen uit alle delen van Amerika binnen, om de laatste ontwikkelingen te vernemen op het gebied van de belastingwetgeving, die vrijwel dagelijks veranderde. Een paar minuten voor negen kwam een keurig gekapte, jongensachtige jurist naast Mitch zitten en zei niets. Mitch keek even zijn kant op en besteedde weer aandacht aan de krant. Toen de zaal vol was, werd iedereen welkom geheten en de eerste spreker geïntroduceerd. Het was een Congreslid uit Oregon, die voorzitter was van een subcommissie van het Huis van Afgevaardigden. Terwijl hij het podium betrad voor een toespraak die volgens schema een uur moest duren, boog de man links van Mitch zich naar hem toe en stak een hand uit.

'Hallo, Mitch,' fluisterde hij. 'Ik ben Grant Harbison, FBI.' Hij gaf Mitch een visitekaartje.

Het Congreslid begon met een grapje dat Mitch niet verstond. Hij bestudeerde het visitekaartje, dat hij dicht bij zijn borstkas hield. Vlak bij hem in de buurt zaten vijf andere mensen. Hij kende niemand, maar het zou vervelend zijn wanneer iemand wist dat hij een visitekaartje van een agent van de FBI in handen had. Na vijf minuten keek Mitch Harbison even aan.

'Ik moet je een paar minuten spreken,' fluisterde de man.

'En als ik het daar te druk voor heb?' reageerde Mitch.

De agent trok een witte envelop uit zijn aantekenboekje en gaf die aan Mitch. Hij maakte hem open. Het briefje was met de hand geschreven. Het briefhoofd meldde met kleine, maar indrukwekkende letters: 'Kantoor van de directeur – FBI'.

In het briefje stond:

Beste meneer McDeere,
Ik zou u graag even willen spreken tijdens de lunch. Volgt u alstublieft de

aanwijzingen op van agent Harbison. Het zal niet lang duren. We waarderen uw medewerking.

Met dank,
F. DENTON VOYLES
Directeur

Mitch vouwde het briefje op, stopte het terug in de envelop en schoof die langzaam in zijn aantekenboekje. We waarderen uw medewerking. Van de directeur van de FBI. Hij besefte hoe belangrijk het op dit moment was zichzelf onder controle te houden en normaal te blijven kijken. Toch masseerde hij zijn slapen met beide handen en staarde naar de grond voor hem. Hij deed zijn ogen dicht en voelde zich duizelig. De FBI! Naast hem! De directeur en god wist wie nog meer. Tarrance zou vast niet ver uit de buurt zijn.

Opeens begon iedereen te schateren van de lach om een opmerking van het Congreslid. Harbison boog zich snel naar Mitch toe en fluisterde: 'Kom over tien minuten naar me toe, in het toilet om de hoek.' De agent liet zijn aantekenboeken op tafel liggen en vertrok terwijl iedereen nog aan het lachen was.

Mitch deed net alsof hij het materiaal dat hem voor het symposium was gegeven, aandachtig bestudeerde. Het Congreslid deed uitvoerig verslag van zijn strijd om de rijken zo min mogelijk belasting te laten betalen en de werkende klasse steeds meer. Onder zijn onbevreesde leiding had de subcommissie geweigerd met een wetsvoorstel te komen dat het zoeken naar olie en gas aan banden moest leggen. Hij was een eenmansleger in het Congres.

Mitch wachtte een kwartier en toen nog eens vijf minuten. Daarna begon hij te hoesten. Hij had water nodig. Met een hand tegen zijn mond gedrukt schoof hij tussen de stoelen door naar de achterkant van de zaal en liep de gang op. Harbison stond in het toilet voor de tiende keer zijn handen te wassen.

Mitch liep naar de wasbak naast hem en draaide de koudwaterkraan open. 'Wat willen jullie?' vroeg hij.

Harbison keek Mitch via de spiegel aan. 'Ik volg alleen instructies op. Directeur Voyles wil je persoonlijk ontmoeten en ik ben hierheen gestuurd om je te halen.'

'Wat zou die man van me willen?'

'Dat weet ik niet, maar ik weet zeker dat het nogal belangrijk is.'

Mitch keek behoedzaam om zich heen. Het toilet was verder verlaten. 'En als ik het te druk heb om hem te ontmoeten?'

Harbison draaide de kraan dicht en schudde zijn handen droog boven de wasbak. 'Mitch, zo'n ontmoeting is onvermijdelijk. Laten we nu geen spelletje gaan spelen. Als de lunchpauze begint, zul je een taxi, nummer 8667, links van de hoofdingang zien staan. Die zal je meenemen naar het gedenkteken voor de Vietnamveteranen en daar zullen wij zijn. Je moet voorzichtig zijn. Twee van hun mensen zijn je vanuit Memphis gevolgd.'

'Twee van wiens mensen?'

'Van de jongens uit Memphis. Als je nu gewoon doet wat wij zeggen, zullen ze hier nooit iets van te weten komen.'

De leider van het symposium bedankte de tweede spreker, een professor in het belastingrecht aan de universiteit van New York, en kondigde de lunchpauze aan.

Mitch zei niets tegen de taxichauffeur. Die man reed als een gek weg en ze waren al snel opgegaan in het drukke verkeer. Een kwartier later parkeerden ze bij het monument.

'Niet uitstappen,' zei de chauffeur gezaghebbend. Mitch kwam tien minuten lang niet in beweging en zei niets. Toen kwam er een witte Ford Escort naast de taxi tot stilstand en toeterde, waarna hij verder reed.

De chauffeur staarde recht voor zich uit en zei: 'Goed. U kunt naar de muur lopen. Over een minuut of vijf zullen ze bij u zijn.'

Mitch stapte het trottoir op en de taxi reed weg. Hij stopte zijn handen diep in de zakken van zijn wollen overjas en liep langzaam naar het gedenkteken toe. De bitterkoude noordelijke wind blies dorre bladeren alle kanten op. Hij rilde en zette zijn kraag hoog op.

Een eenzame pelgrim zat kaarsrecht in een rolstoel en staarde naar de muur. Zijn benen waren bedekt door een zware deken. Hij had een grote camouflage-pet op en zijn ogen waren onzichtbaar door een vliegenicrsbril. Hij zat bij het uiteinde van de muur, bij de namen van diegenen die in 1972 waren gesneuveld. Mitch bleef in de buurt van de rolstoel staan. Hij keek naar de namen en was de andere man opeens vergeten.

Hij haalde diep adem en was zich bewust van een verdoofd gevoel in zijn benen en maag. Langzaam keek hij omlaag en daar zag hij het. Keurig netjes en zakelijk gegraveerd, net als alle andere namen, zag hij die van Rusty McDeere.

Een mandje met verlepte en bevroren bloemen lag naast het monument op zijn zijkant, enige centimeters onder de naam. Mitch zette het opzij, knielde neer en raakte de gegraveerde letters aan. Rusty McDeere. Achttien jaar oud, voor altijd. Toen hij zeven weken in Vietnam was, was hij op een landmijn getrapt. Hij was meteen dood geweest, hadden ze gezegd. Volgens Ray zeiden ze dat altijd. Mitch veegde een traan weg en staarde naar de imposante muur. Hij dacht aan de achtenvijftigduizend families die te horen hadden gekregen dat de dood meteen was ingetreden en dat niemand daar in Vietnam had geleden.

'Mitch, ze wachten.'

Hij draaide zich om en keek naar de man in de rolstoel, het enige menselijke wezen in de buurt. De vliegeniersbril staarde naar de muur en keek niet op. Mitch keek om zich heen, alle kanten op.

'Mitch, ontspan je. De omgeving is hermetisch afgegrendeld. Ze houden je niet in de gaten.'

'En wie ben jij?' vroeg Mitch.

'Een van de groep. Je moet ons vertrouwen, Mitch. De directeur heeft je iets belangrijks te zeggen, dat je leven wel eens zou kunnen redden.'

'Waar is hij?'

De man in de rolstoel draaide zijn hoofd en keek het pad af. 'Begin maar die kant op te lopen. Zij vinden jou wel.'

Mitch staarde nog even naar de naam van zijn broer en liep toen achter de rolstoel om. Hij ging langs het beeld van de drie soldaten. Hij liep langzaam, wachtend, met zijn handen diep in zijn zakken. Vijftig meter verderop kwam Wayne Tarrance achter een boom vandaan en liep naast hem mee. 'Blijven lopen,' zei hij.

'Waarom ben ik niet verbaasd jou hier te zien?' vroeg Mitch.

'Loop nu maar gewoon verder. We weten dat minstens twee boeven eerder dan jij uit Memphis hierheen zijn gekomen. Ze logeren in hetzelfde hotel als jij, in de kamer naast de jouwe. Ze zijn je nu niet gevolgd. Ik denk dat we hen hebben afgeschud.'

'Tarrance, wat is er verdomme aan de hand?'

'Dat zul je zo meteen te horen krijgen. Blijf lopen, maar ontspan je. Niemand houdt je in de gaten, behalve zo'n twintigtal van onze mensen.'

'Twintig?'

'Ja, we hebben alles hermetisch afgegrendeld, omdat we er zeker van willen zijn dat die rotzakken uit Memphis zich hier niet laten zien. Ik verwacht hen overigens niet.'

'Wie zijn het?'

'Dat zal de directeur je uitleggen.'

'Waarom is de directeur hierbij betrokken?'

'Mitch, je stelt veel vragen.'

'En jij hebt niet voldoende antwoorden.'

Tarrance wees naar rechts. Ze gingen het pad af, naar een zware, betonnen bank bij een voetbrug naar een klein bos. Het water op de vijver eronder was bevroren.

'Ga zitten,' zei Tarrance. Ze gingen zitten. Twee mannen kwamen de voetbrug over. Mitch herkende de kleinere direct als Voyles. F. Denton Voyles, directeur van de FBI onder drie presidenten. Een geharde man, die de reputatie genoot meedogenloos te zijn.

Toen ze bij de bank bleven staan, stond Mitch vol respect op. Voyles stak een koude hand uit en staarde Mitch aan met zijn grote, ronde gezicht dat overal ter wereld beroemd was. Ze gaven elkaar een hand en stelden zich voor. Voyles wees op de bank. Tarrance en de andere agent liepen naar de voetbrug en bestudeerden de horizon. Mitch keek naar de andere kant van de vijver en zag twee mannen in identieke zwarte jassen en kortgeknipte haren tegen een boom leunen. Dat waren ongetwijfeld ook agenten.

Voyles zat dicht naast Mitch. Hun benen raakten elkaar. Een bruine hoed stond schuin op zijn grote, kale hoofd. Hij was minstens zeventig, maar de donkergroene ogen dansten en misten niets. Beide mannen zaten stil op de koude bank, met hun handen diep in de zakken van hun overjas.

'Ik waardeer het dat u bent gekomen,' zei Voyles.

'Ik had niet het idee dat ik een keus had. Uw mensen zijn meedogenloos.'

'Ja. Het is heel belangrijk voor ons.'

Mitch haalde diep adem. 'Hebt u er enig idee van hoe verward en bang ik ben? Ik begrijp er werkelijk helemaal niets van en zou graag het een en ander uitgelegd krijgen.'

160

'Meneer McDeere... Mag ik je Mitch noemen?'

'Natuurlijk. Waarom niet?'

'Mitch, ik ben een man van weinig woorden. Wat ik je ga vertellen, zal je zeker schokken. Je zult doodsbang worden en me misschien niet geloven. Maar ik verzeker je dat het allemaal waar is en met jouw hulp kunnen we je leven redden.'

Mitch zette zich schrap en wachtte.

'Mitch, geen enkele jurist heeft het kantoor waarvoor jij werkt ooit levend de rug toegekeerd. Drie mensen hebben dat geprobeerd, en die zijn gedood. Twee stonden op het punt om weg te gaan en zij zijn de afgelopen zomer gedood. Wanneer een jurist zich eenmaal heeft aangesloten bij Bendini, Lambert & Locke, gaat hij nooit meer weg, tenzij hij met pensioen gaat en zijn mond dichthoudt. Tegen de tijd dat ze met pensioen gaan, zijn ze er allemaal bij betrokken en kunnen ze hun mond niet meer opendoen. Op de vijfde verdieping is een groot kantoor waar een bewakingsdienst opereert. Er is afluisterapparatuur aangebracht in je huis en in je auto. Je telefoon is afgetapt. In je kantoor en je bureau hebben ze microfoons geplaatst. Vrijwel elk woord dat over je lippen komt, wordt opgenomen en op de vijfde verdieping afgeluisterd. Ze volgen jou, en soms ook je vrouw. Ze zijn op dit moment in Washington. Mitch, het kantoor is meer dan een kantoor. Het is een onderdeel van een heel groot bedrijf, dat zeer winstgevend en ook zeer crimineel is. Het kantoor is niet het eigendom van de vennoten.'

Mitch ging iets anders zitten en keek de man heel aandachtig aan. De directeur sprak verder en keek naar de bevroren vijver.

'Mitch, Bendini, Lambert & Locke is in handen van een mafia-familie uit Chicago, Morolto geheten. Zij maken de dienst uit en daarom zijn wij hier.' Hij legde een hand op de knie van Mitch en staarde hem intens aan. 'We hebben het over de mafia, Mitch.'

'Ik kan het niet geloven,' zei hij, verstijfd van angst. Zijn stem klonk zwak en schril.

De directeur glimlachte. 'Mitch, je gelooft het wel. Je koestert nu al enige tijd achterdocht. Daarom heb je op de Cayman Eilanden met Abanks gesproken. Daarom heb je die miezerige privé-detective in de arm genomen, die daarom is gedood door de jongens van de vijfde verdieping. Je weet dat dat kantoor stinkt, Mitch.'

Mitch zette zijn ellebogen op zijn knieën en staarde naar de grond tussen zijn schoenen. 'Ik geloof het niet,' mompelde hij zwak.

'Voor zover wij weten is ongeveer vijfentwintig procent van hun cliënten, of ik zou van jouw cliënten moeten zeggen, zuiver op de graad. Op dat kantoor werken een paar zeer goede juristen voor rijke cliënten. Dat is een heel handige dekmantel. De meeste dossiers die jij tot nu toe in handen hebt gekregen, zijn niet verdacht. Zo gaan ze te werk. Ze trekken een nieuwe jurist aan, smijten hem geld toe, kopen de BMW, het huis en wat al niet meer, nemen hem mee uit, laten hem naar de Cayman Eilanden gaan en zorgen dat hij keihard moet werken aan zaken die volstrekt legitiem zijn. Echte cliënten. Echte juridische aangelegenheden. Dat gaat zo een paar jaar door en de jonge jurist vermoedt niets. Het is een geweldig kantoor en er werken geweldige mensen. Veel geld. Alles schitterend. Maar wanneer je na een jaar of vijf, zes echt goed gaat verdienen, wanneer je een eigen hypotheek hebt, een vrouw en kinderen, wanneer alles zeker lijkt, laten ze de bom vallen en vertellen je de waarheid. Weg kun je dan niet meer, want je hebt te maken met de mafia, Mitch. Die jongens spelen geen spelletjes. Ze zouden rustig je vrouw of een van je kinderen doden, want daar zitten ze helemaal niet mee. Je verdient meer geld dan je elders ooit zou kunnen verdienen. Je wordt gechanteerd omdat je een gezin hebt dat de mafia geen bal kan schelen. Dus wat doe je dan, Mitch? Je blijft. Je kunt niet vertrekken. Als je blijft, haal je een miljoen binnen en gaat vroeg met pensioen, zonder dat er iets met een van je gezinsleden is gebeurd. Als je weggaat, zal je foto aan de muur van de bibliotheek op de eerste verdieping komen te hangen. Ze kunnen heel overtuigend zijn.'

Mitch masseerde zijn slapen en begon te trillen.

'Mitch, ik weet dat je minstens duizend vragen hebt. Dus zal ik blijven praten en je vertellen wat ik weet. De vijf overleden juristen wilden allen weg nadat ze de waarheid hadden gehoord. Met de eerste drie hebben we nooit gesproken, omdat we tot voor zeven jaar niets van het kantoor wisten. Ze zijn bijna perfect in staat een absoluut stilzwijgen te bewaren en geen sporen achter te laten. Die eerste drie juristen wilden gewoon weg en zijn ook weggegaan. In doodskisten. Hodge en Kozinski waren anders. Zij hebben ons benaderd en een jaar lang hebben we elkaar af en toe gesproken. Toen Kozinski er zeven jaar werkte, hebben ze de bom laten vallen en hij heeft het aan Hodge verteld. Ze zijn een jaar lang met elkaar aan het fluisteren geweest. Kozinski stond op het punt tot vennoot te worden benoemd en wilde weg voordat dat een feit zou zijn. Dus hebben Hodge en hij de fatale beslissing genomen om ontslag te nemen. Ze hebben nooit vermoed dat de eerste drie juristen waren vermoord, of in elk geval hebben ze dat nooit tegen ons gezegd. We hebben Wayne Tarrance naar Memphis gestuurd om hen daar weg te halen. Tarrance komt uit New York en heeft zich in de georganiseerde misdaad gespecialiseerd. Hij en die twee anderen konden het heel goed met elkaar vinden toen zich dat incident op de Cayman Eilanden voltrok. Die kerels in Memphis zijn heel erg goed, Mitch. Vergeet dat nooit. Ze hebben veel geld en huren de beste mensen in. Nadat Hodge en Kozinski waren vermoord, heb ik het besluit genomen het kantoor aan te pakken. Als ons dat lukt, zullen we alle belangrijke leden van de familie Morolto voor de rechtbank kunnen slepen. Het zou wel eens om meer dan vijfhonderd aanklachten kunnen gaan. Belastingontduiking, witwassen van geld en ga zo maar door. Het zou het einde van die familie betekenen en dat zou de grootste klap zijn die de georganiseerde misdaad in de laatste dertig jaar is toegediend. Alles, Mitch, is te vinden in de dossiers van dat zo rustig operende kantoor van Bendini, Lambert & Locke in Memphis.'

'Waarom Memphis?'

'Dat is een goeie vraag. Wie zou nu achterdocht gaan koesteren jegens een klein kantoor in Memphis, Tennessee? De mafia is daar niet actief. Het is een rustig, mooi, vredig stadje aan de rivier. Ze hadden hun keuze ook kunnen laten vallen op Durham, Topeka of Wichita Falls, maar ze hebben voor Memphis gekozen. Groot genoeg voor een kantoor van veertig man. Perfecte keuze.'

'U bedoelt dat iedere vennoot...' begon Mitch en maakte zijn zin niet af.

'Ja, iedere vennoot weet het en houdt zich aan de regels. We vermoeden dat de meeste assistenten het ook weten, maar dat laat zich moeilijk met zekerheid vaststellen. Mitch, er is zo veel dat we niet weten. Ik kan je niet uitleggen hoe het kantoor opereert en wie er precies bij zijn betrokken, maar we hebben het sterke vermoeden dat er daar sprake is van veel criminele activiteiten.'

'Zoals?'

'Belastingfraude. Ze doen al het belastingwerk voor de Morolto's. Elk jaar worden belastingformulieren keurig netjes ingevuld en geretourneerd, maar daarop wordt slechts een fractie van het werkelijke inkomen genoemd. Ze zijn als gekken geld aan het witwassen. Ze starten legitieme bedrijven met zwart geld. Neem die bank in St. Louis nu eens. Een grote cliënt. Welke is dat ook alweer?'

'Commercial Guaranty.'

'Inderdaad. Die is in handen van de mafia. Het kantoor doet al het juridische werk voor die bank. De familie Morolto vangt per jaar volgens de schattingen driehonderd miljoen aan gokken, drugs en noem maar op. Allemaal contant geld, natuurlijk. Het merendeel gaat naar de banken op de Cayman Eilanden. Hoe komt het daar vanuit Chicago? Heb je daar enig idee van? Wij denken met het vliegtuig. Die schitterende Lear waarmee jij hierheen bent gekomen, vliegt ongeveer een keer per week naar Georgetown.'

Mitch ging rechtop zitten en keek naar Tarrance, die nu buiten gehoorsafstand bij de voetbrug stond. 'Waarom klaagt u die mensen dan niet meteen aan?'

'Dat kunnen we niet, maar ik kan je verzekeren dat het er wel van zal komen. Ik heb vijf agenten in Memphis aan het project toegewezen en drie hier in Washington. Ik zal hen te grazen nemen, Mitch, dat beloof ik je. Maar we moeten iemand aan onze zijde hebben die op dat kantoor werkt. Ze zijn heel erg slim en ze hebben geld zat. Verder zijn ze heel erg voorzichtig en maken geen vergissingen. Ik ben ervan overtuigd dat we hulp nodig hebben van jou of een andere werknemer. We hebben kopieën nodig van dossiers, van bankafschriften en van een miljoen documenten, en die kunnen alleen in het kantoor zelf worden gemaakt. Op een andere manier kan het niet.'

'En de keus is op mij gevallen.'

'En de keus is op jou gevallen. Als je er niets voor voelt, kun je je eigen weg weer gaan, veel geld verdienen en door de bank genomen een succesvol jurist zijn. Maar wij zullen het blijven proberen. We zullen wachten tot er weer een nieuwe man wordt aangesteld en dan contact opnemen met hem. Iemand die moedig is, weet wat moreel juist is en het lef heeft om daarnaar te handelen. Op een dag zullen we onze man vinden, Mitch, en dan zul jij net als de anderen worden aangeklaagd, waarna we je rijk en succesvol en wel naar de gevangenis zullen transporteren. Geloof me als ik je zeg dat dat op een gegeven moment zal gebeuren.'

Op dat moment, op die plaats en op dat tijdstip geloofde Mitch hem. 'Meneer Voyles, ik heb het koud. Kunnen we gaan lopen?'

'Natuurlijk, Mitch.'

Ze liepen langzaam naar het pad in de richting van het gedenkteken. Mitch keek over zijn schouder. Tarrance en de andere agent kwamen op enige afstand achter hen aan. Een andere agent in een donkerbruine jas zat op een bank langs het pad en keek achterdochtig.

'Wie was Anthony Bendini?' vroeg Mitch.

'Die is in 1930 met een Morolto getrouwd. In die tijd opereerden ze in Philadelphia en daar werd hij gestationeerd. Toen werd hij in de jaren veertig om de een of andere reden naar Memphis gestuurd om dat kantoor op te zetten. Uit wat we over hem weten, is het wel duidelijk dat hij een goede jurist moet zijn geweest.'

Hij had duizenden vragen, maar probeerde rustig en sceptisch over te komen. 'Hoe zit het met Oliver Lambert?'

'Een vorstelijke kerel. De perfecte oudste vennoot, die alleen toevallig alles weet over Kozinski en Hodge en de plannen om hen te vermoorden. Als je Lambert volgende keer weer op kantoor ziet, moet je proberen te onthouden dat hij een koelbloedige moordenaar is. Natuurlijk heeft ook hij geen keus. Als hij niet meewerkt, wordt hij ergens drijvend aangetroffen. Zo zijn ze allemaal, Mitch. Ze zijn begonnen net zoals jij. Jong, intelligent, ambitieus. Tot ze er op een dag tot over hun oren bij betrokken waren en geen kant meer op konden. Dus spelen ze het spel mee, werken hard, gedragen zich voor de buitenwereld keurig en zorgen ervoor dat het kantoor respectabel overkomt. Zo ongeveer eens per jaar rekruteren ze een zeer intelligente, jonge rechtenstudent die uit een arm milieu komt en een vrouw heeft die kinderen wil hebben. Dan beginnen ze hem geld toe te smijten en laten hem een contract ondertekenen.'

Mitch dacht aan het geld, het krankzinnig hoge salaris voor zo'n klein kantoor in Memphis, de auto en de hypotheek met lage rente. Hij had op Wall Street gemikt, maar was afgeleid door het geld. Alleen door het geld.

'En Nathan Locke?'

De directeur glimlachte. 'Locke is een ander verhaal. Hij is als arme jongen opgegroeid in Chicago en was op zijn tiende jaar al boodschappenjongen voor de oude Morolto. Hij is zijn leven lang een boef geweest. Hij heeft zijn rechtenstudie met moeite voltooid, waarna de oude Morolto hem naar Anthony Bendini heeft gestuurd om deel te gaan uitmaken van de witte-boorden-divisie van zijn familie. Hij is altijd een favoriet van die ouwe geweest.'

'Wanneer is Morolto gestorven?'

'Elf jaar geleden, op achtentachtigjarige leeftijd. Hij heeft twee enge zoontjes, Mickey en Joey. Mickey woont in Las Vegas en speelt een beperkte rol binnen het familiebedrijf. Joey is de baas.'

Het pad kruiste een ander pad. Links in de verte stond het Washington Monument hoog in de bitterkoude wind. Rechts leidde het pad naar de gedenkmuur. Daar stond nu een handjevol mensen naar te staren, zoekend naar de namen van zoons, echtgenoten en vrienden. Mitch liep verder naar de muur. Langzaam.

'Ik begrijp niet hoe het kantoor zoveel smerig werk kan doen zonder dat er iets van uitlekt,' zei hij. 'Er lopen immers ook ontzettend veel secretaressen en klerken rond.'

'Dat is een zinnige opmerking en ik weet ook niet precies hoe dat mogelijk is. Wij denken dat er in feite sprake is van twee kantoren, die strikt van elkaar gescheiden worden gehouden. Het ene is legitiem en daar werken de jongste juristen, de meeste secretaressen en een paar klerken. Maar de oudere assistenten en de vennoten knappen de smerige karweitjes op. Hodge en Kozinsky stonden op het punt ons veel informatie te geven, maar zover is het helaas nooit gekomen. Hodge heeft tegen Tarrance gezegd dat er in de kelder mensen werken van wie hij heel weinig wist. Ze werken alleen voor Locke, Milligan, McKnight en een paar andere vennoten, en niemand weet precies wat zij doen. Secretaressen weten vaak alles en we denken dat sommigen van hen er ook bij betrokken zijn. Als dat zo is, zullen ze er goed voor worden betaald en te bang zijn om hun biezen te pakken. Denk er eens over na, Mitch. Als je daar werkt en veel geld verdient, maar weet dat je in de rivier zult eindigen als je te veel vragen stelt, wat zou jij dan doen? Dan houd je je mond en pakt het geld aan.'

Ze bleven staan bij het begin van de muur, waar het zwarte graniet bij de grond begon. Een eindje verderop stond een ouder echtpaar zacht te huilen. Ze kropen dicht tegen elkaar aan, zoekend naar warmte en kracht. De moeder boog zich voorover en legde een ingelijste zwart-wit foto bij de muur neer. De vader zette een schoenendoos vol herinneringen aan een middelbare schooltijd naast de foto neer. Football-programma's, liefdesbrieven, sleutelringen en een gouden ketting. Ze huilden harder.

Mitch keerde de muur zijn rug toe en keek naar het Washington Monument. De directeur volgde zijn blik.

'Wat word ik geacht nu te doen?' vroeg Mitch.

'In de eerste plaats je mond dichthouden. Als je vragen gaat stellen, kan je leven gevaar lopen. Dat van je vrouw ook. Begin in de nabije toekomst niet aan kinderen. Die vormen een makkelijk doelwit. Het is het verstandigste om je van de domme te houden en net te doen alsof alles geweldig is en jij nog steeds van plan bent de grootste jurist ter wereld te worden. Verder zul je een besluit moeten nemen. Niet nu, maar wel binnenkort. Je moet besluiten of je met ons meewerkt of niet. Als je mocht besluiten ons te helpen, zullen we dat natuurlijk de moeite waard voor je maken. Mocht je besluiten dat niet te doen, zullen we het kantoor in de gaten blijven houden tot we een andere assistent benaderen. Zoals ik je al heb gezegd, zullen we iemand met lef vinden om die klootzakken te grijpen. Dan zal de familie Morolto ophouden te bestaan binnen de wereld van de georganiseerde misdaad. We zullen je beschermen, Mitch, en je zult nooit van je levensdagen meer hoeven te werken.'

'Als ik in leven blijf, zal ik voortdurend bang zijn. Ik heb verhalen gehoord over getuigen die door de FBI zogenaamd geholpen waren met definitief onderduiken. Tien jaar later explodeert je auto wanneer je achteruit je oprijlaan af wilt om naar je werk te gaan. Je lichaam wordt in stukjes teruggevonden, drie zijstraten verderop. De mafia vergeet nooit iets. Dat weet u net zo goed als ik.'

165

'Ze vergeten inderdaad nooit iets, Mitch, maar ik beloof je dat jij en je vrouw zullen worden beschermd.'

De directeur keek op zijn horloge. 'Je moet teruggaan, want anders worden ze achterdochtig. Tarrance zal contact opnemen. Vertrouw die man, Mitch. Hij probeert je leven te redden. Hij kan in alles namens mij optreden. Als hij je iets vertelt, komt dat van mij. Hij kan onderhandelen.'

'Onderhandelen? Waarover?'

'De voorwaarden, Mitch. Wat wij je zullen geven in ruil voor wat jij ons geeft. Wij willen de familie Morolto hebben en jij kunt ons die leveren. Jij noemt een prijs en via de FBI zal die door deze regering worden betaald. Mits het redelijk blijft, natuurlijk.' Ze liepen langzaam langs de muur en bleven staan naast de agent in de rolstoel. Voyles stak een hand uit. 'Op de plaats waar je bent uitgestapt, staat weer een taxi op je te wachten. Nummer 1073. Zelfde chauffeur. Je moet nu echt vertrekken. Wij zullen elkaar niet meer ontmoeten, maar Tarrance neemt over een paar dagen contact met je op. Denk alsjeblieft na over wat ik tegen je heb gezegd. Overtuig jezelf er niet van dat het kantoor onoverwinnelijk is en altijd kan blijven doorgaan, want dat zal ik niet toestaan. In de nabije toekomst zullen we tot actie overgaan. Dat beloof ik je. Ik hoop alleen dat jij dan aan onze kant staat.'

'Ik begrijp niet wat ik word geacht te doen.'

'Tarrance heeft al een plan. Er zal veel afhangen van jou en wat je te weten komt wanneer je eenmaal hebt besloten met ons samen te werken. Onthoud wel dat er voor jou dan geen terugweg mogelijk is. Zij kunnen meedogenlozer zijn dan welke organisatie op deze aarde dan ook.'

'Waarom hebt u de keus op mij laten vallen?'

'We moesten iemand uitkiezen. Nee, dat is niet waar. We hebben jou uitgekozen omdat jij het lef hebt om het kantoor de rug toe te keren. Je hebt geen familie, alleen je vrouw. Je bent gekwetst door alle personen om wie je ooit hebt gegeven, met uitzondering van Abby. Je hebt jezelf grootgebracht en bent daardoor onafhankelijk geworden. Je hebt dat kantoor niet nodig. Je kunt er weggaan. Je bent harder dan je leeftijd doet vermoeden, en hebt al de nodige littekens opgelopen. Bovendien ben je slim genoeg om het te kunnen klaren. Jij zult niet worden betrapt. Daarom hebben we onze keus op jou laten vallen. Een goede dag verder, Mitch. Bedankt voor je komst. Je moet nu echt gaan.'

Voyles draaide zich om en liep snel weg. Tarrance wachtte bij het einde van de muur en salueerde even naar Mitch, alsof hij duidelijk wilde maken dat ze elkaar heel binnenkort weer zouden zien.

20

Na de verplichte stop in Atlanta landde de Delta DC9 in een koude regen op het internationale vliegveld van Memphis. De vele passagiers stapten snel uit. Mitch had alleen zijn aktentas en een exemplaar van *Esquire* bij zich. Hij zag Abby staan wachten en baande zich snel een weg door de mensenmenigte heen. Zodra hij bij haar was, omhelsde hij haar stevig. De vier dagen Washington hadden wel een maand geleken. Ze kusten elkaar telkens weer en fluisterden zacht.

'Zin in een afspraakje?' vroeg hij.

'Het eten staat al op tafel, plus een fles wijn in de koeler,' zei ze. Ze hielden elkaars hand vast toen ze naar de plaats liepen waar Mitch zijn bagage moest ophalen.

'We moeten praten en dat kunnen we niet thuis doen,' zei hij zacht.

'O?' Ze pakte zijn hand steviger vast.

'Ja. We zullen heel lang moeten praten.'

'Wat is er gebeurd?'

'Dat is niet zo een, twee, drie verteld.'

'Waarom ben ik opeens zenuwachtig?'

'Blijf alsjeblieft glimlachen. Ze houden ons in de gaten.'

Ze glimlachte en keek naar rechts. 'Wie houdt ons in de gaten?'

'Dat zal ik je zo meteen uitleggen.'

Mitch trok haar opeens naar links. Ze renden tussen de mensen door, een donkere, drukke lounge in waar allerlei zakenlieden aan het drinken waren en naar de televisie boven de bar keken tot hun vluchtnummer werd afgeroepen. Er was net een klein, rond tafeltje vol lege bierpullen vrijgekomen. Ze namen plaats, met hun rug naar de muur, vlak naast elkaar. Het volgende tafeltje was dichtbij. Mitch staarde naar het gezicht van een ieder die binnenkwam. 'Hoe lang moeten we hier blijven?' vroeg ze.

'Hoezo?'

Ze trok haar lange bontjas uit en legde die opgevouwen op een van de lege stoelen aan hun tafeltje neer. 'Waar ben je precies naar op zoek?'

'Blijf alsjeblieft nog even gewoon glimlachen. Doe net alsof je me echt hebt gemist. Kom op, geef me een kus.' Hij kuste haar lippen en glimlachend keken ze elkaar aan. Toen gaf hij haar een kusje op haar wang en keek weer naar de deur. Een ober kwam snel op hun tafeltje af en maakte het schoon. Ze bestelden wijn.

'Hoe was je reis?' vroeg ze glimlachend.

'Saai. Acht uur per dag college, vier dagen lang. Na de eerste dag ben ik het hotel nauwelijks meer uit geweest. Zes maanden wetswijzigingen waren in tweeëndertig uur samengeperst.'

'Heb je nog wat van de stad kunnen zien?'

Hij glimlachte en keek haar dromerig aan. 'Abby, ik heb je gemist. Meer dan ik ooit iemand in mijn leven heb gemist. Ik houd van je en ik vind je geweldig. Ik vind het niet leuk alleen te moeten reizen en in een bed wakker te worden zonder jou naast me. En verder heb ik je iets afschuwelijks te vertellen.'

Ze hield op met glimlachen. Langzaam keek hij om zich heen. 'Ik wil je er alles over vertellen, maar de kans bestaat dat iemand ons in de gaten houdt. Horen kunnen ze ons niet, maar ons observeren wel. Dus moet je af en toe glimlachen, hoe moeilijk je dat ook zal vallen.'

De wijn werd gebracht en Mitch begon aan zijn verhaal. Hij liet niets onvermeld. Zij zei slechts één keer iets. Hij vertelde haar over Anthony Bendini en de oude Morolto, toen over Nathan Locke, die was opgegroeid in Chicago, en Oliver Lambert en de kerels op de vijfde verdieping.

Abby nam zenuwachtig slokjes wijn en stelde heldhaftige pogingen in het werk eruit te zien als een normale, liefhebbende vrouw die haar man had gemist en nu intens genoot van zijn herinneringen aan het belastingsymposium. Ze keek naar de mensen aan de bar en grinnikte Mitch zo nu en dan toe, terwijl hij vertelde over het witwassen van zwart geld en het vermoorden van juristen. Haar lichaam deed zeer van angst. Haar ademhaling ging heel onregelmatig. Maar ze luisterde en speelde toneel.

De ober kwam een nieuw glas wijn brengen. Een uur nadat Mitch was begonnen, rondde hij zijn verhaal fluisterend af. 'Voyles zei dat Tarrance binnen een paar dagen contact met me zou opnemen om te zien of ik tot medewerking bereid was. Toen heeft hij afscheid genomen en liep weg.'

'En dat is dinsdag gebeurd?'

'Ja, op de eerste dag dat ik er was.'

'Wat heb je de rest van de week gedaan?'

'Ik heb weinig gegeten en weinig geslapen en meestal met een doffe hoofdpijn rondgelopen.'

'Ik voel er een opkomen.'

'Abby, het spijt me. Ik was het liefst meteen naar huis gevlogen om het je te vertellen. Drie dagen lang heb ik in een soort shocktoestand rondgelopen.'

'Nu is het mijn beurt. Mitch, ik kan het niet geloven. Het lijkt wel een nachtmerrie, of iets nog veel ergers.'

'Dit is nog pas het begin. De FBI meent het heel serieus. Waarom had de directeur anders willen spreken met mij, een onbeduidende jurist uit Memphis, op een betonnen bankje in een park en onder barre weersomstandigheden? Hij heeft aan deze zaak vijf agenten in Memphis gezet en drie in Washington. Hij zei dat ze alle tijd die ze nodig hadden ook zouden gebruiken om het kantoor te grazen te nemen. Dus als ik mijn mond houd, hen negeer en een goede, trouwe werknemer blijf van Bendini, Lambert & Locke, zullen ze op een dag verschijnen met arrestatiebevelen en iedereen afvoeren. Als ik besluit met hen mee te werken, moeten jij en ik Memphis midden in de nacht verlaten, nadat ik het kantoor aan de FBI heb verraden en zullen we in Boise, Idaho, moeten gaan wonen als meneer en mevrouw Wilbur Gates. We zullen geld zat hebben, maar ons best moeten doen geen achterdocht te wekken. Wanneer ik door een plastisch chirurg onder handen ben genomen, kan ik een baan krijgen als chauffeur van een vorkheftruck in een of ander pakhuis, en kun jij part-time gaan werken in een crèche. We zullen twee, misschien drie kinderen krijgen en elke dag bidden dat mensen die we nooit hebben gekend, hun mond houden en ons vergeten. We zullen elke dag en elk uur doodsbang zijn dat we worden gevonden.'

'Dat is perfect, Mitch. Werkelijk helemaal perfect.' Ze deed haar uiterste best niet te gaan huilen.

Hij glimlachte en keek weer om zich heen. 'We hebben nog een derde mogelijkheid. We kunnen die deur door lopen, twee tickets naar San Diego kopen, de grens over glippen en de rest van ons leven tortilla's eten.'

'Laten we dat maar doen.'

'Maar dan zullen ze ons waarschijnlijk volgen. De kans is groot dat Oliver Lambert ons in Tijuana zal opwachten met een heel eskader boeven. Het zal geen succes worden. Het was maar een idee.'

'Hoe zit het met Lamar?'

'Dat weet ik niet. Hij werkt hier al zes of zeven jaar, dus zal hij alles wel weten. Avery is vennoot, dus is hij er zeker in alle opzichten bij betrokken.'

'En Kay?'

'Wie zal het zeggen? Het is heel waarschijnlijk dat geen van de vrouwen het weet. Abby, ik heb er vier dagen lang over nagedacht en ben tot de conclusie gekomen dat ze het heel slim hebben aangepakt. Het kantoor ziet er in alle opzichten uit zoals dat zou moeten. Ze kunnen iedereen een rad voor ogen draaien. Ik bedoel... hoe zouden jij of ik of wie ze ook maar kunnen aantrekken, nu ooit aan zo'n operatie kunnen denken? Het is perfect, behalve dan dat de FBI er nu van op de hoogte is.'

'En nu verwacht de FBI dat jij voor hen de vuile was doet. Mitch, waarom hebben ze hun oog op jou laten vallen? Op het kantoor werken veertig juristen.'

'Omdat ik er niets van wist en ze mij dus het makkelijkst konden benaderen. De FBI is er niet zeker van wanneer de vennoten de assistenten ervan op de hoogte stellen, en daardoor konden ze geen risico's nemen. Ik was toevallig de nieuwe man, dus hebben ze me in de val laten lopen zodra ik mijn rechtbankexamen had gehaald.'

Abby beet op haar lip en drong tranen terug. Toen keek ze nietsziend naar de deur aan de andere kant van de vrij donkere ruimte. 'Ze luisteren alles af wat we zeggen?'

'Nee, maar wel elk telefoongesprek thuis en in onze auto's. Hier kunnen we vrijuit met elkaar praten. Dat zal wel gelden voor de meeste restaurants, en thuis hebben we de patio nog. Maar ik denk dat we in dat laatste geval verder van de schuifpui vandaan moeten. Om helemaal veilig te zijn, moeten we achter het schuurtje staan, en fluisteren.'

'Probeer je geestig te zijn? Ik hoop van niet. Dit is geen moment voor grapjes. Ik ben bang, boos en verward en ik weet niet wat ik nu moet doen. Ik ben bang om in mijn eigen huis te praten. Ik let op elk woord dat ik over de telefoon zeg, ook als iemand opbelt die verkeerd is verbonden. Elke keer wanneer de telefoon begint te rinkelen, schrik ik en staar naar dat apparaat. Nu dit weer.'

'Je hebt nog een glas nodig.'

'Ik heb wel tien glazen nodig.'

Mitch pakte haar pols en hield die stevig vast. 'Wacht eens even! Ik zie een bekend gezicht. Niet omkijken.'

'Waar?' vroeg ze en hield haar adem in.

'Aan de andere kant van de bar. Glimlachen en naar mij kijken.'

Op een barkruk zat een blonde man gespannen naar de televisie te kijken. Hij ging gekleed in een opvallende wit-blauwe skitrui. Net van de hellingen af. Maar Mitch had die gebruinde huid, de blonde krullen en de blonde snor ergens in Washington gezien. Mitch sloeg de man nauwlettend gade. Het blauwe licht van de neonbuis bescheen zijn gezicht. Mitch verborg zich in het donker. De man tilde een bierflesje op, aarzelde en ja! toen keek hij even snel naar de hoek waar Mitch en Abby dicht bij elkaar zaten.

'Weet je het zeker?' vroeg Abby tussen opeengeklemde kaken.

'Ja. Hij was in Washington, maar ik kan hem niet plaatsen. Om je de waarheid te zeggen heb ik hem twee keer gezien.'

'Is hij een van hen?'

'Hoe zou ik dat nu in vredesnaam moeten weten?'

'Laten we dan weggaan.'

Mitch legde een briefje van twintig dollar op de tafel en ze verlieten het vliegveld.

Mitch reed in haar Peugeot het terrein voor kortparkeerders af, betaalde de bewaker en ging snel verder naar het centrum van de stad. Na een stilte van vijf minuten boog ze zich naar hem toe en fluisterde in zijn oor: 'Kunnen we praten?'

Hij schudde van nee. 'Hoe is het weer hier geweest in de tijd dat ik weg was?'

Abby rolde met haar ogen en keek naar buiten. 'Koud. Het kan vanavond gaan sneeuwen.'

'Het heeft in Washington de hele week gevroren.'

'Ook sneeuw?' vroeg ze met grote ogen, alsof het gesprek haar mateloos fascineerde.

'Nee. Het was alleen heel erg koud.'

'Wat een toeval. Hier was het koud en daar was het koud.'

Mitch grinnikte. 'Wie gaat de Super Bowl winnen?'

'Oilers.'

'Denk je dat? Ik ben voor de Redskins. Dat was vrijwel het enige waar ze het in Washington over hadden.'

'Mijn hemel, wat moet dat een leuke stad zijn!'

Weer een stilte. Abby legde de rug van haar hand tegen haar mond en concentreerde zich op de achterlichten van de auto voor hen. Op dit moment zou ze Tijuana best willen proberen. Haar echtgenoot die aan Harvard als derde van zijn jaar was afgestudeerd, naar wiens hand kantoren aan Wall Street hadden gedongen en die overal had kunnen gaan werken, had een contract gesloten met... de mafia! Ze hadden al vijf juristen gedood en zouden beslist niet aarzelen over een zesde. Haar echtgenoot! Toen moest ze denken aan de vele gesprekken met Kay Quin. Het kantoor moedigt het krijgen van kinderen aan. Het kantoor staat het echtgenotes toe te werken, maar niet voor altijd. Het kantoor neemt niemand in dienst die van huis uit geld heeft. Het kantoor eist loyaliteit. Van dit kantoor vertrekt niemand. Geen wonder.

Mitch sloeg haar nauwlettend gade. Twintig minuten nadat ze het vliegveld hadden verlaten, zette hij de Peugeot in de carport neer, naast de BMW. Ze gaven elkaar een hand en liepen de oprijlaan verder af.

'Mitch, dit is krankzinnig.'

'Ja, maar het is de werkelijkheid en die zal niet opeens verdwijnen.'

'Wat moeten we doen?'

'Dat weet ik niet, schatje. We moeten echter wel snel iets doen en geen fouten maken.'

'Ik ben bang.'

'Ik ben doodsbang.'

Tarrance wachtte niet lang. Een week nadat hij bij de gedenkmuur naar Mitch had gesalueerd, zag hij hem snel in de koude naar het Federal Building aan North Main lopen, acht zijstraten van het Bendini Building vandaan. Hij liep twee huizenblokken achter hem aan en verdween toen in een kleine coffeeshop met ramen die uitkeken op Main Street, waar auto's niet mochten komen. Het asfalt was nu betegeld en her en der stond nog een kale boom die zijn takken tussen de gebouwen door omhoog probeerde te krijgen. Armoedzaaiers en alcoholisten zwierven van de ene kant van de straat naar de andere en bedelden om geld en eten.

Tarrance ging bij een raam zitten en zag Mitch in de verte het Federal Building in lopen. Hij bestelde koffie en een chocoladebroodje. Toen keek hij op zijn horloge. Het was tien uur 's morgens. Volgens de rol moest Mitch aanwezig zijn bij een hoorzitting. Die zitting zou heel kort zijn, had de klerk Tarrance verzekerd. Hij wachtte.

Maar voor een rechtbank was nooit iets snel geregeld. Een uur later bracht Tarrance zijn gezicht icts dichter naar het raam en bekeek de mensen die in de verte op straat liepen aandachtig. Voor de derde keer dronk hij zijn koffiekop leeg, legde twee dollar op tafel en hield zich bij de deur verborgen. Toen Mitch dicht bij de coffeeshop in de buurt was, liep Tarrance snel op hem af.

Mitch zag hem en vertraagde een seconde zijn pas.

'Hallo, Mitch. Heb je er bezwaar tegen wanneer ik een eindje met je mee loop?'

'Ja, Tarrance. Naar mijn idee is dat gevaarlijk. Ben je dat met me eens?'

Ze liepen snel verder en keken elkaar niet aan. 'Kijk eens naar die winkel,' zei Tarrance en wees. 'Ik heb een paar nieuwe schoenen nodig.' Tarrance liep de smalle winkel door en bleef staan bij twee rijen nep-Reebocks, die je kon kopen voor $ 4.99 per twee paar. Mitch kwam achter hem aan en pakte een paar schoenen in maat tien. Een Koreaanse winkelbediende keek achterdochtig hun kant op, maar zei niets. Door de rekken heen keken ze naar de voordeur.

'De directeur heeft me gisteren opgebeld,' zei Tarrance zonder zijn lippen te bewegen. 'Hij vroeg naar jou en zei dat het tijd werd dat je een beslissing nam.'

'Zeg hem dat ik er nog altijd over aan het denken ben.'

'Heb je er de jongens op kantoor iets over verteld?'

'Nee. Ik ben nog altijd aan het nadenken.'

'Dat is goed, want ik geloof niet dat je het moet vertellen.' Hij gaf Mitch een visitekaartje. 'Goed bewaren. Er staan twee nummers op de achterkant. Je kunt een van beide gebruiken, maar kies er een openbare telefooncel voor uit. Je wordt verbonden met een bandrecorder, dus moet je alleen een boodschap achterlaten en me precies zeggen wanneer en waar ik je moet ontmoeten.'

Mitch stopte het kaartje in zijn zak.

Opeens dook Tarrance weg.

'Wat is er?' wilde Mitch weten.

'Ik denk dat we zijn betrapt. Ik heb net een boef langs de winkel zien lopen, die naar binnen keek. Luister heel goed naar me, Mitch. Jij moet nu direct met me mee naar buiten lopen en zodra we bij de deur zijn, ga je tegen me schreeuwen dat ik moet maken dat ik wegkom en geef je me een duw. Ik zal net doen alsof ik met je op de vuist wil gaan en jij rent weg in de richting van je kantoor.'

'Tarrance, je zult er nog voor zorgen dat ik word vermoord.'

'Doe wat ik je zeg. Zodra je op kantoor bent, moet je dit incident aan de vennoten melden. Zeg dat ik je in een hoek had gedreven en jij je zo snel je kon uit de voeten hebt gemaakt.'

Buiten gaf Mitch Tarrance een hardere duw dan strikt genomen noodzakelijk was en schreeuwde: 'Maak verdomme dat je wegkomt! Laat me met rust!' Hij rende naar Union Avenue en liep toen verder naar het Bendini Building. Op de eerste verdieping hield hij halt bij het toilet om weer een beetje bij te komen. Hij staarde naar zijn spiegelbeeld en haalde tien keer diep adem.

Avery was aan het telefoneren. Op het toestel knipperden twee lichtjes. Een secretaresse zat op de bank te wachten op de lawine van opdrachten die zo meteen over haar zou worden uitgestort. Mitch keek naar haar en zei: 'Wil je alsjeblieft op de gang wachten? Ik moet Avery onder vier ogen spreken.' Ze ging staan en Mitch begeleidde haar tot de deur. Die deed hij toen dicht.

Avery hing op en keek hem onderzoekend aan. 'Wat is er aan de hand?'

Mitch stond bij de bank. 'Toen ik daarnet terugkwam van de rechtbank, ben ik aangeklampt door de FBI.'

'Verdomme! Wie was het?'

'Zelfde agent. Een kerel die Tarrance heet.'

Avery pakte de hoorn van de haak, maar vroeg verder. 'Waar?'

'In die winkelstraat die verboden is voor alle verkeer. Ten noorden van Union. Ik liep daar gewoon en bemoeide me alleen met mijn eigen zaken.'

'Is dit de eerste keer na die vorige?'

'Ja. In eerste instantie herkende ik die vent niet eens.'

Avery zei wat in de telefoon. 'Avery Tolleson. Ik moet Oliver Lambert onmiddellijk spreken... Het kan me niet schelen dat hij aan het telefoneren is. Onderbreek hem. Nu!'

'Avery, wat is er gaande?' vroeg Mitch.

'Hallo, Oliver, je spreekt met Avery. Sorry dat ik je stoor. Mitch McDeere is bij mij op kantoor. Een paar minuten geleden is hij, komend vanaf het gerechtsgebouw, aangeklampt door een agent van de FBI... Wat? Ja, hij is net mijn kantoor in gekomen en heeft me alles verteld... Goed, we zullen er over vijf minuten zijn.' Hij hing op. 'Mitch, ontspan je. We hebben dit alles al eens eerder meegemaakt.'

'Dat weet ik, Avery, maar ik begrijp er niets van. Waarom bemoeien ze zich met mij? Ik werk hier net.'

'Mitch, ga zitten. Het is echt niets bijzonders.'

Mitch liep naar het raam en keek naar de rivier in de verte. Avery kon liegen alsof het gedrukt stond. Ontspan je, Mitch. Ontspannen? Met acht agenten die aan het kantoor zijn toegewezen en een directeur die de gang van zaken elke dag nauwlettend volgde? Ontspannen? Hij was er net op betrapt dat hij met een agent van de FBI aan het praten was in een goedkope schoenenzaak. Maar nu was hij gedwongen net te doen alsof hij een onschuldige pion was in een schaakspel van een boosaardige regering. Het heeft echt niets te betekenen. Waarom werd hij dan tijdens een wandelingetje naar het gerechtsgebouw door een boef gevolgd? Kun je me dat eens uitleggen, Avery?

'Je bent bang, hè?' zei Avery, die naast hem kwam staan en een arm om zijn schouder sloeg.

'Niet werkelijk. Locke heeft het de vorige keer allemaal uitgelegd. Ik wou alleen dat ze me met rust lieten.'

'Mitch, dit is een serieuze aangelegenheid die je niet te licht moet opvatten. Laten we nu maar naar Lambert gaan.'

Mitch liep achter Avery aan de gang door. Een onbekende man in een zwart pak maakte de deur voor hen open en deed die toen weer dicht. Lambert, Nathan Locke en Royce McKnight stonden bij de kleine vergadertafel. Weer stond daar een bandrecorder op. Mitch ging ertegenover zitten. Zwartoog nam plaats aan het hoofd van de tafel en loerde naar Mitch.

Hij sprak met een dreigende frons tussen zijn wenkbrauwen. Geglimlacht werd er door niemand. 'Mitch, heeft Tarrance of iemand anders van de FBI sinds augustus jongstleden al eens eerder contact met jou gezocht?'

'Nee.'

'Weet je dat zeker?'

Mitch sloeg met zijn hand op de tafel. 'Ik heb al nee gezegd, verdomme! Waarom laten jullie me het niet onder ede verklaren?'

Locke schrok. Ze schrokken allemaal. Een halve minuut lang volgde er een diepe, gespannen stilte. Mitch keek nijdig naar Zwartoog, die middels een kleine hoofdbeweging iets leek te retireren.

Lambert, de eeuwige diplomaat en tussenpersoon, kwam tussenbeide. 'Mitch, we weten dat dit angstaanjagend is.'

'Dat is het verdomme inderdaad. Het staat me helemaal niet aan. Ik bemoei me met mijn eigen zaken, werk me negentig uur per week rot en probeer niets anders te zijn dan een goede jurist. Maar om de een of andere onbekende reden krijg ik telkens weer zo'n bezoekje van de FBI. Nu zou ik graag wat vragen beantwoord willen hebben.'

Locke drukte op de rode knop van de bandrecorder. 'Daar zullen we het zo meteen over hebben. Eerst moet je ons precies vertellen wat er is gebeurd.'

173

'Dat is heel simpel. Om tien uur ben ik naar het Federal Building gelopen, omdat ik voor rechter Kofer moest verschijnen in verband met de zaak Malcolm Delaney. Ik ben daar ongeveer een uur gebleven en heb alles afgehandeld. Toen ik dat gebouw weer uit was, ben ik teruggelopen naar dit kantoor. Snel, kan ik daar aan toevoegen, want het is buiten verdomd koud. Even ten noorden van Union kwam die Tarrance opeens uit het niets te voorschijn, pakte mijn arm en trok me een winkel in. Ik had hem het liefst meteen in elkaar geslagen, maar hij is uiteindelijk een agent van de FBI en ik wilde geen scène maken. Toen we binnen waren, zei hij dat hij me even wilde spreken. Ik heb me losgetrokken en ben naar de deur gerend. Hij kwam achter me aan en probeerde me opnieuw vast te pakken. Toen heb ik hem een duw gegeven. Daarna ben ik hierheen gerend, regelrecht door naar het kantoor van Avery. Nu zitten we hier. Meer is er niet gezegd. Ik heb alles woord voor woord en beeld voor beeld verteld.'
'Waar wilde hij over praten?'
'Ik heb hem de kans niet gegeven dat te zeggen. Ik ben niet van plan met een agent van de FBI te praten, tenzij ik daar door een gerechtelijk bevel toe word gedwongen.'
'Weet je zeker dat het dezelfde agent was?'
'Dat denk ik wel, al herkende ik hem in eerste instantie niet. Sinds augustus had ik hem niet meer gezien. Toen we eenmaal in die winkel waren, haalde hij zijn penning te voorschijn en zei nog eens hoe hij heette. Toen heb ik het op een lopen gezet.'
Locke drukte op een andere knop en ging achterover zitten in zijn stoel. Lambert zat achter hem en glimlachte heel warm. 'Mitch, we hebben je dit de vorige keer al uitgelegd. Die kerels worden steeds brutaler. Vorige maand hebben ze Jack Aldrich benaderd terwijl hij aan het lunchen was in een klein grillrestaurant aan Second Street. We weten niet precies wat ze willen, maar Tarrance moet gek zijn. Het is niets anders dan pesterij.'
Mitch keek naar de lippen van de man, maar hoorde weinig. Hij dacht aan Kozinski en Hodge en hun aantrekkelijke weduwen en leuke kinderen die hij op de begrafenissen had gezien.
Zwartoog schraapte zijn keel. 'Mitch, dit is een serieuze zaak, maar wij hebben niets te verbergen. Als ze vermoeden dat er iets mis is, zouden ze beter onze cliënten kunnen nagaan. Wij zijn juristen. Misschien vertegenwoordigen we wel eens personen die met de wet flirten, maar wij hebben niets verkeerds gedaan en eerlijk gezegd begrijpen wij hier ook helemaal niets van.'
Mitch glimlachte en hief zijn handen op, met de handpalmen omhoog. 'Wat moet ik doen?' vroeg hij ernstig.
'Mitch, jij kunt niets doen,' zei Lambert. 'Blijf alleen bij die man uit de buurt en ren weg als je hem ziet. Als hij ook maar naar je kijkt, moet je dat meteen komen melden.'
'Dat heeft hij ook gedaan,' zei Avery, die Mitch meende te moeten verdedigen.
Mitch keek zo aangeslagen als hem dat mogelijk was.
'Mitch, je kunt gaan. Houd ons op de hoogte.'
Hij liep alleen het kantoor uit.

174

DeVasher ijsbeerde achter zijn bureau en negeerde de vennoten. 'Ik zeg jullie dat hij liegt. Hij liegt. Die rotzak liegt. Ik weet dat hij liegt.'

'Wat heeft jouw mannetje dan gezien?'

'Mijn mannetje heeft iets anders gezien. Hij zegt dat McDeere en Tarrance nogal nonchalant die schoenenzaak in zijn gelopen. Geen lichamelijke intimidatie van de zijde van Tarrance. Absoluut niet. Tarrance loopt naar McDeere toe, ze praten met elkaar en beiden duiken zo'n beetje die winkel in. Mijn mannetje heeft gemeld dat ze meteen doorliepen naar achteren en daar drie tot vier minuten hebben gestaan. Toen liep een van onze andere mensen langs de winkel, keek naar binnen en zag niets. Zij hebben onze tweede man kennelijk wel gezien, want binnen een paar seconden vlogen ze die winkel uit. McDeere begon te schreeuwen en te duwen. Ik zeg jullie dat er iets niet klopt.'

'Heeft Tarrance zijn arm vastgepakt en hem de winkel in getrokken?' vroeg Nathan Locke langzaam en nauwkeurig.

'Nee. Dat is nu juist het probleem. McDeere is uit eigen vrije wil mee naar binnen gegaan en als hij zegt dat die kerel zijn arm had vastgegrepen, liegt hij. Mijn mannetje denkt dat ze er nog enige tijd zouden zijn gebleven wanneer ze ons niet hadden gezien.'

'Maar dat weet je niet zeker,' zei Nathan Locke.

'Nee, natuurlijk niet. Ik was niet in die winkel.'

DeVasher bleef ijsberen, terwijl de juristen naar de grond staarden. Hij klemde een Roi-Tan tussen zijn dikke lippen.

Op een gegeven moment nam Oliver Lambert het woord. 'DeVasher, het is heel goed mogelijk dat McDeere de waarheid heeft gesproken en jouw mannetje de verkeerde signalen heeft doorgekregen. Ik vind dat McDeere het voordeel van de twijfel moet worden gegund.'

DeVasher bromde iets en negeerde die opmerking.

'Zijn jou sinds augustus nadere contacten bekend?' vroeg Royce McKnight.

'We zijn er niet van op de hoogte, maar dat hoeft natuurlijk niet te betekenen dat ze elkaar niet hebben gesproken. Van die twee anderen wisten we het ook pas toen het bijna te laat was. Het is onmogelijk hen voortdurend in de gaten te houden. Onmogelijk. Ik zal met hem moeten praten.'

'Met wie?'

'Met McDeere. Het wordt tijd dat hij en ik eens een gesprekje voeren.'

'Waarover?' vroeg Lambert zenuwachtig.

'Laat mij dat nu maar afhandelen en blijf bij mij uit de buurt.'

'Ik vind het er nog wat aan de vroege kant voor.'

'En mij kan het geen bal schelen wat jij denkt. Als jullie clowns de leiding over de bewakingsdienst in handen hadden, zouden jullie nu allemaal in de gevangenis zitten.'

Mitch zat in zijn kantoor, met de deur dicht, en staarde naar de muren. Hij voelde een migraine opkomen en was misselijk. Er werd geklopt.

'Binnen,' zei hij zacht.

Avery stak zijn hoofd om de hoek van de deur en liep toen naar het bureau. 'Heb je zin om te gaan lunchen?'

'Nee, dank je. Ik heb geen honger.'

De vennoot stopte zijn handen in de zakken van zijn broek en glimlachte hartelijk. 'Hoor eens, Mitch. Ik weet dat je je zorgen maakt. Laten we een pauze inlassen. Ik moet toch weg in verband met een bespreking. Zullen we om één uur in de Manhattan Club afspreken? Dan lunchen we uitgebreid en besprekcn alles. Ik heb de limousine voor je gereserveerd. Ik wacht buiten op je, tot kwart over één.'

Het lukte Mitch een klein glimlachje te produceren, alsof het hem ontroerde. 'Prima, Avery. Waarom ook niet?'

'Uitstekend. Tot één uur dan maar.'

Om kwart voor één deed Mitch de voordeur open en liep naar de limousine. De chauffeur opende het portier en Mitch nam plaats op de achterbank. Daar bleek al iemand te zitten.

Een kleine, dikke, kale man met een immense nek stak zijn hand naar Mitch uit en zei: 'Ik ben DeVasher, Mitch. Prettig kennis met je te maken.'

'Zit ik wel in de goede limousine?' vroeg Mitch.

'Zeker. Ontspan je nu maar.' De chauffeur reed weg.

'Wat kan ik voor u doen?' vroeg Mitch.

'Luisteren. We moeten eens even met elkaar praten.' De chauffeur draaide Riverside Drive op, in de richting van de Hernando De Soto Bridge.

'Waar gaan we heen?'

'We gaan een eindje rijden. Ontspan je nu maar.'

Dus ik ben nummer zes, dacht Mitch. Het is zover. Nee, wacht eens even! Bij die vorige moorden waren ze veel creatiever.

'Mitch... Mag ik je Mitch noemen?'

'Natuurlijk.'

'Prima. Hoor eens, Mitch, ik heb de leiding over de bewakingsdienst van het kantoor en...'

'Waarom heeft het kantoor een bewakingsdienst nodig?'

'Als je gewoon even naar me wilt luisteren, zal ik je dat uitleggen. Dank zij de oude Bendini beschikt het kantoor over een uitgebreid beveiligings- en bewakingsprogramma. Dat was een soort hobby van hem. Het is mijn taak het kantoor te beschermen en om je de waarheid te zeggen maken we ons ernstige zorgen over dat geharrewar met de FBI.'

'Dat doe ik ook.'

'Hmmm. We geloven dat de FBI vast van plan is in ons kantoor te infiltreren, in de hoop informatie over bepaalde cliënten in handen te krijgen.'

'Welke cliënten?'

'Een paar zeer rijke mensen, die zo min mogelijk belasting willen betalen.'

Mitch knikte en keek naar de rivier. Ze waren nu in Arkansas en het silhouet van Memphis was al minder duidelijk te zien. DeVasher zat er als een kikker bij, met zijn handen op zijn buik gevouwen. Mitch wachtte, tot het duidelijk werd dat DeVasher geen last had van de ongemakkelijke stiltes. Toen ze de rivier enige kilometers achter zich hadden gelaten, reed de chauffeur de hoofdweg af, een

176

smalle landweg op die draaide en terugging naar het oosten. Toen reed hij een grintweg op die anderhalve kilometer lang tussen lage bonestruiken door liep, langs de rivier. Memphis was opeens aan de overkant van het water weer te zien.

'Waar gaan we heen?' vroeg Mitch lichtelijk geschrokken.

'Ontspan je. Ik wil je iets laten zien.'

Een graf, dacht Mitch. De limousine hielt halt op een uitstekende rots. De top van het Bendini Building was zichtbaar.

'Laten we een eindje gaan wandelen,' zei DeVasher.

'Waarheen?' vroeg Mitch.

'Kom nu maar mee. Het kan geen kwaad.' DeVasher maakte zijn portier open en liep naar de achterbumper. Langzaam kwam Mitch achter hem aan.

'Mitch, zoals ik je al zei, maken we ons erg veel zorgen over die belangstelling van de FBI. Als jij met hen praat, zullen ze nog brutaler worden en wie weet wat die idioten dan gaan proberen. Het is van het allergrootste belang dat je nooit meer met hen praat. Goed begrepen?'

'Ja, dat had ik na die ene keer in augustus al begrepen.'

Opeens bracht DeVasher zijn gezicht heel dicht bij het zijne, zodat ze neus aan neus stonden. Hij glimlachte vals. 'Hier heb ik iets waardoor je eerlijk zult blijven.' Uit de zak van zijn sportjasje pakte hij een bruine envelop.

'Bekijk die maar eens,' zei hij met een sneer en liep weg.

Mitch leunde tegen de limousine aan en maakte de envelop zenuwachtig open. Er zaten vier foto's in, zwart-wit, heel scherp. Op het strand. Het meisje.

'Mijn god, wie heeft die genomen?' schreeuwde Mitch.

'Wat doet het er toe? Dat ben jij toch?'

Het leed geen enkele twijfel dat hij het was. Hij scheurde de foto's aan snippers en smeet die naar DeVasher.

'Op kantoor hebben we er nog meer dan genoeg,' zei DeVasher rustig. 'We willen ze niet gebruiken, maar als je nog één keer met Tarrance of een andere vent van de FBI praat, zullen we ze naar je vrouw sturen. Hoe zou je dat vinden, Mitch? Stel je eens voor dat die aantrekkelijke echtgenote van je naar de brievenbus gaat en dan opeens deze vreemde envelop ziet, die aan haar is geadresseerd. Probeer je dat eens voor te stellen. Denk aan ons, Mitch, wanneer jij en Tarrance nog eens mochten besluiten plastic schoenen te gaan kopen. Want wij zullen je in de gaten houden.'

'Wie is van het bestaan van deze foto's op de hoogte?' vroeg Mitch.

'De fotograaf, ik en jij nu ook. Niemand van het kantoor heeft ze gezien en ik ben niet van plan er mijn mond over open te doen. Maar als je de kluit nog eens belazert, denk ik dat iedereen deze foto's tijdens de lunchpauze zal kunnen bekijken.'

Mitch ging half op de kofferbak zitten en masseerde zijn slapen. DeVasher kwam naast hem staan. 'Hoor eens. Je bent een heel intelligente jongeman en je zult veel geld gaan verdienen. Verpest dat niet. Werk hard, speel het spel, koop nieuwe auto's, bouw grotere huizen en ga zo maar door. Net als alle anderen. Probeer niet de held te gaan uithangen. Ik wil die foto's liever niet gebruiken.'

'Goed. Goed.'

21

Zeventien dagen en zeventien nachten lang werd het toch al onrustige leven van Mitch en Abby McDeere niet verder verstoord door Wayne Tarrance of een van diens collega's. Alles leek zijn oude gangetje te gaan. Mitch werkte achttien uur per dag, elke dag van de week, en ging alleen van kantoor weg om naar huis te gaan. Lunchen deed hij achter zijn bureau. Avery stuurde andere assistenten op boodschappen uit, of naar de rechtszaal. Mitch verliet maar zelden zijn kamer, de enige plaats waarvan hij zeker wist dat Tarrance hem daar niet zou opzoeken. Zo mogelijk liet hij zich ook niet zien op de gangen, in de herentoiletten of de koffiekamer. Hij was er zeker van dat ze hem in de gaten hielden. Hij was er niet zeker van wie dat deden, maar het leed geen twijfel dat een stelletje mensen buitengewoon geïnteresseerd was in alles wat hij deed. Dus bleef hij achter zijn bureau zitten, meestal met de deur dicht, en werkte ijverig. Hij diende als een gek declaraties in en probeerde te vergeten dat het gebouw een vijfde verdieping had en dat daar een kleine, dikke, gemene klootzak werkte die De-Vasher heette en die een stel foto's in zijn bezit had die zijn ondergang konden betekenen.

Na elke dag die zonder incidenten voorbijging, trok Mitch zich nog verder terug en kreeg hij steeds meer de hoop dat de laatste episode in de Koreaanse schoenenwinkel Tarrance schrik had aangejaagd, of misschien wel tot zijn ontslag had geleid. Misschien was Voyles gewoon van plan de hele operatie verder te vergeten, zodat Mitch lekker door kon gaan met rijk worden, tot vennoot zou worden benoemd en alles kon kopen wat hem aanstond. In werkelijkheid wist hij echter wel beter.

Voor Abby was het huis een gevangenis, hoewel ze kon komen en gaan wanneer ze dat wilde. Ze draaide lange uren op de school, winkelde langer en ging minstens één keer per dag naar de kruidenier. Ze hield iedereen in de gaten, vooral mannen met donkere pakken die naar haar leken te kijken. Ze zette een donkere zonnebril op, zodat niemand haar ogen kon zien. Ze droeg die ook als het regende. Wanneer ze 's avonds alleen had gegeten en op Mitch zat te wachten, staarde ze naar de muren en verzette zich tegen de verleiding op onderzoek te gaan. De telefoons konden met een vergrootglas worden bekeken. De draden en microfoons konden niet onzichtbaar zijn. Meer dan eens dacht ze erover een boek over zulke apparaatjes te kopen, zodat ze die zou kunnen identificeren. Maar Mitch had dat verboden. Ze waren in huis, had hij haar verzekerd, en een poging ze te vinden kon nog wel eens rampzalige gevolgen hebben.

Dus liep ze stil door haar eigen huis, voelde zich van haar vrijheid beroofd en wist dat dit niet veel langer zou kunnen duren. Ze wisten beiden hoe belangrijk het was normaal te doen en te klinken. Ze probeerden gewone gesprekjes te voeren over hoe de dag was gegaan, over zijn kantoor en haar school, over het weer, over dit en dat. Maar de conversatie was vlak, vaak geforceerd en gespannen. Toen Mitch nog studeerde, waren ze vaak en heel hartstochtelijk met elkaar naar bed gegaan; nu gebeurde dat vrijwel nooit meer. Iemand luisterde. Het werd een gewoonte rond middernacht nog een wandelingetje te maken. Wanneer ze snel een broodje hadden gegeten, dreunden ze het gerepeteerde lesje op dat lichaamsbeweging zo noodzakelijk was, en gingen dan de straat op. Ze hielden elkaars hand vast en liepen in de koude, pratend over het kantoor en de FBI en wat zij nu verder moesten doen. Telkens weer kwamen ze tot dezelfde conclusie: ze konden op geen enkele manier een veilig heenkomen zoeken. Zeventien dagen en zeventien nachten.

De achttiende dag zorgde voor een nieuwe wending. Om negen uur 's avonds was Mitch uitgeput en besloot naar huis te gaan. Hij had vijftien en een half uur achter elkaar gewerkt. Voor tweehonderd dollar per uur. Zoals gewoonlijk liep hij door de gangen van de tweede verdieping en ging toen de trap op naar de derde. Nonchalant liep hij de kantoren langs, om te kijken wie er nog aan het werk was. Niemand op de derde verdieping. Hij nam de trap naar de vierde en liep de brede, rechthoekige gang door alsof hij naar iets op zoek was. Alle lichten waren uit, behalve in het kantoor van Royce McKnight. Mitch liep geruisloos langs diens kantoor en werd niet opgemerkt. Avery's deur was dicht en Mitch pakte de kruk. Het kantoor was afgesloten. Hij liep naar de bibliotheek verderop in de gang, op zoek naar een boek dat hij niet nodig had. Nadat hij twee weken lang het kantoor 's avonds laat zo nonchalant mogelijk had geïnspecteerd, had hij geen camera's in de gangen of boven de kantoordeuren kunnen ontdekken. Ze luisterden alleen, concludeerde hij. Zien konden ze niets.

Hij nam bij het hek afscheid van Dutch Hendrix en reed naar huis. Abby had zo vroeg nog niet op zijn komst gerekend. Zonder geluid te maken opende hij de deur van de carport en liep de keuken in. Hij deed het licht aan. Ze was in de slaapkamer. Tussen de keuken en de studeerkamer was een kleine hal met een bureautje, waarop Abby de post van die dag altijd neerlegde. Hij deponeerde zijn aktentas op dat bureau en zag toen de grote bruine envelop die met een zwarte viltstift aan Abby McDeere was geadresseerd. Geen afzender. FOTO'S – NIET BUIGEN, las hij. Eerst bleef zijn hart stilstaan, toen kon hij geen adem meer halen. Hij pakte de envelop. Die was geopend.

Op zijn voorhoofd verscheen een dikke laag zweet. Zijn mond was droog en hij kon niet slikken. Toen begon zijn hart weer te hameren. Het ademhalen kostte hem moeite en was pijnlijk. Hij was misselijk. Langzaam liep hij achteruit van het bureau vandaan, met de envelop in zijn hand. Ze lag in bed, dacht hij. Gekwetst, ziek, in de vernieling en razend. Hij veegde zijn voorhoofd af en probeerde tot bedaren te komen. Je moet dit als een man onder ogen zien, hield hij zich voor.

Ze lag in bed een boek te lezen, met de televisie aan. De hond was in de achtertuin. Mitch opende de slaapkamerdeur en Abby vloog overeind van schrik. Ze begon bijna te gillen, tot ze hem herkende.

'Mitch, je hebt me de stuipen op het lijf gejaagd!'

Haar ogen glansden van angst en toen van de pret. Ze had niet gehuild. Ze zag er gewoon uit. Geen verdriet, geen woede. Hij kon geen woord over zijn lippen krijgen.

'Waarom ben je al thuis?' vroeg ze en glimlachte nu.

Glimlachen? 'Ik woon hier,' zei hij zwak.

'Waarom heb je me niet opgebeld?'

'Moet ik opbellen voordat ik naar huis kan komen?' Zijn ademhaling was nu vrijwel normaal. Er was niets aan de hand!

'Dat zou prettig zijn. Kom hier en geef me een kus.'

Hij boog zich over het bed heen en kuste haar. Toen gaf hij haar de envelop. 'Wat is dit?'

'Misschien kun jij mij dat vertellen. Hij was aan mij geadresseerd, maar er zat niets in. Niets.' Ze deed haar boek dicht en legde het op het nachtkastje.

Niets! Hij glimlachte en kuste haar nogmaals. 'Verwacht je foto's van iemand?' vroeg hij en speelde de volmaakte onschuld.

'Niet dat ik weet. Het zal wel een vergissing zijn geweest.'

Hij kon DeVasher op dat moment op de vijfde verdieping bijna horen lachen. Die dikke klootzak stond daar ergens in een donkere kamer vol draden en machines, met een koptelefoon op die bowlingbal die hij een hoofd noemde, en bulderde van de lach.

'Eigenaardig,' zei Mitch. Abby trok een spijkerbroek aan en wees op de achtertuin. Mitch knikte. Het teken was eenvoudig; alleen wijzen of knikken in de richting van de patio.

Mitch legde de envelop neer en raakte het adres even aan. Waarschijnlijk het handschrift van DeVasher. Hij kon de man bijna horen lachen. Hij kon zijn gezicht zien, met de gemene glimlach. De foto's waren tijdens de lunch waarschijnlijk in de eetzaal van de vennoten van hand tot hand gegaan. Hij kon er Lambert, McKnight en zelfs Avery met bewonderende ogen naar zien kijken tijdens de koffie en het dessert.

Hij hoopte verdomme dat ze van die foto's hadden genoten. Ze konden nog maar beter een paar maanden genieten van hun slimme, rijke en gelukkige juridische carrières.

Abby liep langs hem en hij pakte haar hand. 'Wat gaan we eten?' vroeg hij ten behoeve van diegenen die luisterden.

'Waarom gaan we niet buiten de deur eten, om te vieren dat je eens op een fatsoenlijk uur thuis bent?'

'Goed idee,' zei Mitch, toen ze de donkere patio op liepen.

'Wat is er aan de hand?' vroeg Mitch.

'Je hebt vandaag een brief gekregen van Doris. Ze schreef dat ze in Nashville was, maar op de zevenentwintigste februari naar Memphis zou terugkeren. Ze zei dat ze je nodig heeft. Het is belangrijk. Het was een heel kort briefje.'

'De zevenentwintigste? Dat was gisteren.'

'Dat weet ik. Ze zal dus al wel in de stad zijn. Ik vraag me af wat ze wil.'

'Ja, en ik vraag me ook af waar ze is.'

'Ze schreef dat haar man hier in de stad moest optreden.'

'Prima. Dan zal ze ons wel weten te vinden,' zei Mitch.

Nathan Locke deed de deur van zijn kantoor dicht en wees DeVasher op de kleine tafel bij het raam. De twee mannen haatten elkaar en deden geen poging vriendelijk tegen elkaar te zijn. Maar zaken waren zaken en ze kregen bevelen van dezelfde man.

'Lazarov wilde dat ik met jou praatte, onder vier ogen,' zei DeVasher. 'De laatste twee dagen ben ik bij hem geweest, in Las Vegas, en hij maakt zich erg veel zorgen. Dat doen ze allemaal, Locke, en hij vertrouwt jou meer dan alle anderen hier, en hij vindt jou aardiger dan mij.'

'Dat is begrijpelijk,' zei Locke zonder glimlach. Zijn ogen werden kleiner en hij keek DeVasher aandachtig aan.

'In elk geval vond hij dat wij enige zaken moeten bespreken.'

'Ik luister.'

'McDeere liegt. Je weet dat Lazarov er altijd over opschept dat hij een mol bij de FBI heeft zitten. Dat heb ik nooit geloofd en eigenlijk geloof ik het nog steeds niet. Maar volgens Lazarov heeft die man hem verteld dat er een geheime ontmoeting is geweest tussen McDeere en een aantal zwaargewichten van de FBI. Toen onze jongen in januari in Washington was. Wij waren er en onze mensen hebben niets gezien, maar het is onmogelijk iemand vierentwintig uur per dag te volgen zonder te worden gesnapt. Het kan zijn dat hij even is weggeglipt zonder dat wij daar iets van weten.'

'Geloof jij dat?'

'Wat ik geloof is niet belangrijk. Lazarov gelooft het en dat is het enige dat er iets toe doet. In elk geval heeft hij me opdracht gegeven alvast een plan te bedenken om met hem af te rekenen.'

'Verdomme, DeVasher, we kunnen geen mensen blijven vermoorden.'

'Alleen een plan, nog niets serieus. Ik heb tegen Lazarov gezegd dat ik het er nog veel te vroeg voor vond en dat het een vergissing zou zijn. Maar ze maken zich erg veel zorgen, Locke.'

'DeVasher, dit kan niet zo doorgaan. We moeten verdomme om onze reputaties denken! Op olieplatforms komen nog minder mensen om. Men zal gaan praten en we zullen een punt bereiken waarop geen enkele verstandige rechtenstudent nog voor ons wil komen werken.'

'Ik denk niet dat je je daar zorgen over hoeft te maken. Lazarov wil de eerste tijd geen nieuwe mensen meer in dienst hebben. Dat moest ik tegen je zeggen. Hij wil ook weten hoeveel assistenten nog nergens van op de hoogte zijn.'

'Vijf, denk ik. Lynch, Sorrell, Buntin, Myers en McDeere.'

'Vergeet McDeere. Lazarov is ervan overtuigd dat die veel meer weet dan wij denken. Weet je zeker dat die andere vier nergens van op de hoogte zijn?'

Locke dacht even na en mompelde toen: 'Wij hebben hun in elk geval niets verteld. Jullie houden hen in de gaten. Wat hebben jullie gehoord?'

'Niets van die vier. Ze doen in elk geval alsof ze niets vermoeden. Kun je hen ontslaan?'

'Ontslaan? Het zijn juristen, DeVasher. Je ontslaat juristen niet. Ze zijn loyale werknemers van het kantoor.'

'Locke, het kantoor is aan het veranderen. Lazarov wil dat degenen die niets weten worden ontslagen en dat er geen nieuwe mensen meer worden aangenomen. Het is duidelijk dat de FBI van strategie is veranderd en het wordt tijd dat wij dat ook doen. Lazarov wil de wagens in een cirkel opstellen en de lekken stoppen. We kunnen niet rustig afwachten tot ze onze jongens naar zich toe halen.'

'Het kantoor heeft nog nooit een jurist ontslagen!' zei Locke vol ongeloof.

'Heel roerend, Locke. We hebben ons van vijf mensen ontdaan, maar we hebben er nog nooit een ontslagen. Mooi is dat! Je hebt een maand de tijd, dus begin alvast maar een reden te bedenken. Ik zou je willen voorstellen die vier tegelijk te ontslaan. Zeg maar dat je een belangrijke cliënt bent kwijtgeraakt en dat je nu op de centjes moet gaan letten. Lynch, Sorrell, Buntin en Myers moeten de laan uit en jij begint daar nu plannen voor te maken.'

'Hoe kunnen we die vier nu ontslaan zonder McDeere eveneens de laan uit te sturen?'

'Nat, je zult vast wel iets kunnen bedenken. Je hebt een maand de tijd. Zorg dat je die vier kwijtraakt en neem geen nieuwe jongens in dienst. Lazarov wil een kleine, hechte groep hebben die te vertrouwen is. Hij is bang, Nat. Bang en boos. Ik hoef je niet te vertellen wat er zou kunnen gebeuren wanneer een van onze jongens een liedje voor de FBI gaat zingen.'

'Nee, dat hoef je me niet te vertellen. Wat is hij met McDeere van plan?'

'Op dit moment niets nieuws. We luisteren hem vierentwintig uur per dag af en daardoor weten we dat die jongen er nog nooit met zijn vrouw of wie dan ook over heeft gesproken. Met geen woord! Tarrance heeft hem tweemaal in de val gelokt en beide incidenten heeft hij aan jou gemeld. Ik geloof nog steeds dat die tweede keer enige achterdocht rechtvaardigt en daarom zijn we heel voorzichtig. Lazarov blijft echter volhouden dat er in Washington een gesprek heeft plaatsgevonden. Hij probeert dat bevestigd te krijgen. Hij zei dat zijn bronnen weinig wisten, maar druk aan het graven waren. Als McDeere daar met de FBI heeft gesproken en dat niet heeft gemeld, zal Lazarov me zeker opdragen snel tot handelen over te gaan. Daarom wil hij dat er nu al plannen worden gemaakt.'

'Hoe denk je hem eventueel uit de weg te ruimen?'

'Het is nog zo vroeg, dat ik daar nauwelijks over heb nagedacht.'

'Je weet dat hij en zijn vrouw over twee weken met vakantie gaan. Naar de Cayman Eilanden. Ze zullen zoals gewoonlijk in een van onze appartementen logeren.'

'Daar kunnen we het niet nog eens doen, want dat zou te opvallend zijn en achterdocht wekken. Lazarov heeft me opdracht gegeven ervoor te zorgen dat zij zwanger raakt.'

'De vrouw van McDeere?'

'Ja. Hij wil dat ze een kind krijgen, omdat ze daarmee meer onder druk kunnen worden gezet. Ze slikt de pil, dus moeten wij inbreken en de pillen in dat doosje verruilen voor placebo's.'

In de grote, zwarte ogen verscheen een ietwat trieste blik. Ze keken naar buiten.

'DeVasher, wat is er in vredesnaam gaande?'

'Nat, dit kantoor zal binnenkort gaan veranderen. De FBI lijkt er bijzonder veel belangstelling voor te hebben en ze blijven het proberen. Misschien dat een van onze jongens op een gegeven moment zal happen en dan zouden jullie allemaal midden in de nacht de stad uit moeten.'

'DeVasher, dat geloof ik niet. Een jurist die hier werkt zou wel heel erg stom zijn wanneer hij zijn leven en zijn gezin riskeerde voor beloften van de FBI. Ik geloof gewoon niet dat zoiets zal gebeuren. Die jongens zijn te slim en ze verdienen veel te veel geld.'

'Ik hoop dat je gelijk hebt.'

22

De man van het verhuurkantoor leunde tegen de achterzijde van de lift aan en bewonderde de zwartleren minirok van achteren, tot boven de knieën, waar hij eindigde en waar de naad van de zwarte zijden kousen begon, die doorliep tot de hooggehakte zwarte pumps met rode biezen bij de neuzen. Langzaam keek hij weer omhoog, langs de naden en het leer, bewonderde de rondingen van haar derrière en keek toen naar de roodwollen trui, die aan de achterzijde weinig liet zien, maar aan de voorkant indrukwekkend was, zoals hij in de hal had gezien. De haren eindigden net onder de schouderbladeren en vormden een aangenaam contrast met het rood. Hij wist dat ze geblondeerd waren, maar wanneer je dat geblondeerde haar voegde bij het leer en de naden en de hoge hakken en de strakke trui rond die dingen aan haar voorkant, wist hij dat dit een vrouw was die hij hebben kon. Hij zou graag willen dat ze hier kwam. Ze wilde alleen een klein kantoor hebben. Over de huur kon worden onderhandeld.

De lift kwam tot stilstand. De deur ging open en hij liep achter haar aan de smalle gang in. 'Deze kant op.' Hij wees en draaide een lichtschakelaar om. Bij de hoek ging hij voor haar uit lopen en stak een sleutel in het slot van een heel oude houten deur.

'Twee kamers,' zei hij en draaide nog een lichtschakelaar om.

Ze liep regelrecht door naar het raam. 'Het uitzicht is in orde,' zei Tammy en staarde in de verte.

'Ja, dat is aardig. De vloerbedekking is nieuw. Afgelopen herfst geschilderd. Toiletten verderop in de gang. Leuke ruimte. De afgelopen acht jaar is het hele gebouw gerenoveerd.' Onder het praten staarde hij naar de zwarte naden.

'Het is niet slecht,' zei Tammy, maar niet als reactie op iets dat hij had gezegd. Ze bleef naar buiten staren. 'Hoe heet dit gebouw?'

'Het Cotton Exchange Building. Een van de oudste in Memphis. Het is echt een adres van klasse.'

'Hoeveel klasse heeft de huur?'

Hij schraapte zijn keel, maar keek niet naar het dossier dat hij in zijn hand hield. Wel naar de hoge hakken. 'Tsja, het is een klein kantoor. Waar had u het ook alweer voor nodig?'

'Voor secretariële werkzaamheden. Ik ben free-lance secretaresse.' Ze liep naar het andere raam en negeerde hem. Hij volgde elke beweging die ze maakte.

'Hmmm. Hoe lang wilt u huren?'

'Zes maanden, met een optie voor een jaar.'

'Goed. We kunnen het zes maanden verhuren voor drievijftig per maand.'

Ze schrok daar niet van en bleef naar buiten kijken. Toen haalde ze haar rechtervoet uit de schoen en streek ermee over haar linkerkuit. Hij zag dat de naad

184

over de voetzool doorliep. De teennagels waren roodgelakt. Ze leunde tegen de vensterbank aan, waardoor haar achterste uitstak. Het dossier dat hij in zijn handen hield, trilde.

'Ik zal er tweehonderdvijftig per maand voor betalen,' zei ze heel rustig.

Hij schraapte opnieuw zijn keel. Het had geen zin hebberig te zijn. De kleine kamers waren toch al in jaren niet meer verhuurd. Het gebouw kon best een free-lance secretaresse gebruiken. Misschien kon hij zelf wel een free-lance secretaresse gebruiken.

'Driehonderd, maar niet minder. Er is veel vraag naar dit gebouw en negentig procent is verhuurd. Driehonderd per maand en dat is eigenlijk nauwelijks voldoende om de kosten te dekken.'

Opeens draaide ze zich om en daar waren ze. Ze staarden hem aan. De wol was er strak omheen gespannen. 'Volgens de advertentie waren er gemeubileerde kantoren beschikbaar,' zei ze.

'We kunnen deze kamers meubileren,' zei hij enthousiast. 'Wat denkt u nodig te hebben?'

Ze keek om zich heen. 'Een bureau en enige dossierkasten. Een paar stoelen voor cliënten. Niets opvallends. De andere kamer hoeft niet te worden gemeubileerd. Daar zet ik alleen een fotokopieerapparaat neer.'

'Geen probleem,' zei hij met een glimlach.

'Als deze kamer wordt gemeubileerd, zal ik driehonderd per maand betalen.'

'Prima,' zei hij en pakte een blanco verhuurcontact. Dat legde hij op een klaptafel en begon te schrijven.

'Uw naam?'

'Doris Greenwood.' Haar moeder heette Doris Greenwood en zij had Tammy Inez Greenwood geheten voordat ze Buster Hemphill tegen het lijf was gelopen, die later zijn naam legaal had veranderd in Elvis Aaron Hemphill. Sinds die tijd was het behoorlijk bergafwaarts gegaan met haar leven. Haar moeder woonde in Effingham, Illinois.

'Goed, Doris,' zei hij, alsof ze elkaar nu wel konden tutoyeren en elkaar met de minuut meer nabij kwamen. 'Huisadres?'

'Waar hebt u dat voor nodig?' vroeg ze geïrriteerd.

'We... eh... Die informatie hebben we gewoon nodig.'

'Daar hebt u helemaal niets mee te maken.'

'Goed, goed. Geen probleem.' Met een dramatisch gebaar kraste hij die vraag door. 'Eens kijken. We zullen de huur vandaag, de tweede maart, laten ingaan en dan loopt het contract tot de tweede september. Is dat in orde?'

Ze knikte en stak een sigaret op.

Hij las de volgende paragraaf. 'We hebben een borg van driehonderd nodig en de huur voor de eerste maand moet vooruit worden betaald.'

Uit een zak van de strakke zwartleren rok haalde ze een stapel bankbiljetten te voorschijn. Ze telde er zes biljetten van honderd dollar van af en legde die op de tafel neer. 'Graag een ontvangstbewijs.'

'Zeker.' Hij ging verder met schrijven.

'Op welke verdieping zijn we?' vroeg ze en liep weer naar de ramen.

185

'De negende. Als de huur pas na de vijftiende van de maand wordt betaald, mogen we tien procent extra in rekening brengen. We hebben het recht deze ruimte op elk redelijk tijdstip te betreden voor een inspectie. Voor illegale doeleinden mag het gebouw niet worden gebruikt. Jij moet alle extra rekeningen betalen, zoals voor gas en licht, en je dient de inboedel te verzekeren. Een parkeerplaats is beschikbaar op het parkeerterrein aan de overkant. Hier zijn twee sleutels. Zijn er nog vragen?'

'Ja. Wat gebeurt er als ik onregelmatige uren draai? Wanneer ik bijvoorbeeld 's avonds heel laat werk?'

'Je kunt komen en gaan wanneer je wilt. Na het invallen van de duisternis zal de bewaker bij Front Street je binnenlaten.'

Tammy stak de sigaret tussen haar lippen en liep naar de tafel. Ze keek naar het contract, aarzelde en tekende toen met Doris Greenwood.

Hij sloot af en liep achter haar aan de gang door, naar de lift.

Om negen uur de volgende dag waren de diverse meubels afgeleverd. Doris Greenwood van Greenwood Services zette de gehuurde typemachine en de gehuurde telefoon naast elkaar op het bureau neer. Toen ging ze achter de typemachine zitten en kon links van haar naar buiten kijken, naar het verkeer op Front Street. Ze vulde de laden van het bureau met typepapier, aantekenboekjes, potloden en dergelijke dingen meer. Op de dossierkasten legde ze tijdschriften neer, net als op de lage tafel tussen de twee stoelen waarop haar cliënten konden plaats nemen.

Er werd op de deur geklopt. 'Wie is daar?' riep ze.

'Uw kopieerapparaat,' antwoordde een stem.

Ze deed de deur van het slot en opende hem. Een kleine, hyperactieve man die Gordy heette, rende naar binnen, keek in de kamer om zich heen en vroeg bot: 'Waar wilt u hem hebben?'

'Daar,' zei Tammy en wees op de lege kamer, die geen deur meer had. Twee jonge mannen in blauwe uniformen duwden het karretje met het kopieerapparaat naar binnen.

Gordy legde enige papieren op haar bureau. 'Verdomd grote kopieermachine voor zo'n klein kantoor. Hij kan negentig kopieën per minuut maken. Automatisch.'

'Waar moet ik tekenen?' vroeg Tammy, die die opmerkingen negeerde.

Hij wees met de pen.'Een half jaar, tweehonderdveertig per maand. Inclusief onderhoud en vijfhonderd vellen papier voor de eerste twee maanden. Welke maat papier wilt u hebben?'

'A-viertjes.'

'Eerste betaling op de tiende. Handleiding zit erbij. U kunt me bellen als u vragen hebt.'

De twee sjouwers keken met grote ogen naar de strakke spijkerbroek en de rode hakken en liepen toen langzaam het kantoor uit. Gordy scheurde de gele kopie los en overhandigde haar die. 'Dank voor de opdracht,' zei hij.

Ze sloot de deur achter hen af. Toen liep ze naar het raam naast het bureau en keek in noordelijke richting Front Street af. Twee zijstraten verder, aan de overkant van de straat, waren de vierde en vijfde verdieping van het Bendini Building te zien.

Hij bleef zijn neus diep begraven in de boeken en de stapels paperassen en bemoeide zich alleen met zijn eigen zaken. Hij had het te druk om zich met een van hen in te laten, behalve met Lamar. Hij was zich er terdege van bewust dat het feit dat hij zich zo had teruggetrokken, de anderen niet ontging. Dus werkte hij nog harder. Misschien zouden ze geen achterdocht gaan koesteren wanneer hij twintig uur per dag declareerde. Misschien zou het geld hem kunnen helpen een steeds geïsoleerdere positie in te nemen.

Nina had een koude pizza voor hem achtergelaten. Die at hij op terwijl hij zijn bureau opruimde. Hij belde Abby op. Hij zei dat hij naar Ray ging en dat hij zondags laat in Memphis terug zou zijn. Via de zijdeur liep hij het parkeerterrein op.

Drieënhalf uur racete hij over de hoofdweg en keek voortdurend in de achteruitkijkspiegel. Niets. Hij zag hen niet. Ze zouden wel voor hem uit zijn gereden, dacht hij, en hem ergens daar in de buurt opwachten. In Nashville reed hij opeens naar het centrum. Gebruik makend van een kaartje dat hij zelf had getekend, koerste hij zo snel hij kon door het drukke verkeer, draaide zo vaak hem dat mogelijk was en reed eigenlijk gewoon als een idioot. Ten zuiden van de stad draaide hij snel naar een complex flatgebouwen. Hij zette de BMW neer en sloot hem af. De openbare telefoon bij het overdekte zwembad werkte. Hij belde een taxi en gaf een adres op een eindje verderop. Hij rende tussen de gebouwen door, door een zijstraat, en was op hetzelfde moment ter plaatse als de taxi. 'Greyhound busstation,' zei hij tegen de chauffeur. 'Snel graag, want ik heb maar tien minuten de tijd.'

'Geen probleem, makker. We zijn er zo.'

Mitch dook weg op de achterbank en hield het verkeer in de gaten. Zeven minuten later draaide de chauffeur Eighth Street in. Hij stopte voor het busstation. Mitch gooide twee briefjes van vijf dollar over de voorbank heen en racete het gebouw in. Hij kocht een enkele reis voor de bus die om half vijf naar Atlanta zou vertrekken. De man wees. 'Bus nummer 454, de draaideur door,' zei hij. 'Hij gaat zo meteen weg.'

De chauffeur maakte de bagageruimte dicht, pakte zijn kaartje aan en liep achter Mitch aan de bus in. Op de eerste drie banken zaten bejaarde zwarten. Meer naar achteren zaten her en der zo'n twaalf passagiers. Mitch liep langzaam door het gangpad, keek naar elk gezicht, maar zag in feite niemand. Hij koos een plaatsje bij het raam, op de drie na achterste bank. Toen zette hij een zonnebril op en keek om. Niemand. Verdomme! Was het de verkeerde bus? Hij staarde door de donkere raampjes toen de bus zich snel in het verkeer voegde. Ze zouden in Knoxville stoppen. Misschien zou zijn contactpersoon daar instappen.

Toen ze op de hoofdweg waren en de chauffeur de kruissnelheid had bereikt, kwam er opeens een man in een blauwe spijkerbroek en een geruit shirt naast Mitch zitten. Het was Tarrance. Mitch kon wat makkelijker ademhalen.

'Waar was je?' vroeg hij.

'Op de W.C. Ben je hen kwijtgeraakt?' Tarrance sprak zacht en hield de achterhoofden van de passagiers in de gaten. Niemand luisterde. Niemand kon hen horen.

'Tarrance, ik zie hen nooit, dus kan ik niet zeggen of ik hen ben kwijtgeraakt. Ik denk echter wel dat ze bovenmenselijk geweest moeten zijn om mijn spoor ditmaal te kunnen volgen.'

'Heb je onze man bij het busstation gezien?'

'Ja, bij de telefooncel, met een rode Falcons-pet op. Zwarte kerel.'

'Klopt. Hij zou een teken hebben gegeven wanneer je werd gevolgd.'

'Van hem kon ik doorgaan.'

Tarrance droeg een zonnebril met spiegelende zilverkleurige glazen en had een baseball-cap van Michigan State op.

'Heeft Voyles je toestemming gegeven je zo te kleden? Dit is niet direct je gebruikelijke uniform,' zei Mitch zonder te glimlachen.

'Ik ben vergeten het hem te vragen. Zal ik morgenochtend alsnog doen.'

'Zondagmorgen?'

'Natuurlijk. Hij zal alles over dit busritje willen weten. Ik heb hem een uur voordat ik de stad uit ging nog gesproken.'

'Goed, laten we alles een voor een afhandelen. Hoe zit het met mijn auto?'

'Die wordt over een paar minuten opgehaald en dan zullen we er keurig op passen. Maak je geen zorgen. Hij zal in Knoxville voor je klaarstaan.'

'Je denkt niet dat ze ons zullen vinden?'

'Geen schijn van kans. Niemand is je uit Memphis gevolgd en in Nashville hebben we ook niets bijzonders gezien.'

'Sorry dat ik me er zorgen over maak, maar na dat fiasco in die schoenenzaak weet ik dat jullie ook wel eens iets stoms kunnen doen.'

'Dat was inderdaad een vergissing. We...'

'Een grote vergissing, van het soort dat nog wel eens mijn dood zou kunnen betekenen.'

'Je hebt het prima afgehandeld en het zal niet meer gebeuren.'

'Tarrance, beloof me dat niemand me ooit nog in het openbaar zal benaderen.' Tarrance keek het gangpad af en knikte.

'Nee, Tarrance, ik wil het je horen zeggen. Je moet het me beloven.'

'Goed. Ik beloof je dat het niet meer zal gebeuren.'

'Dank je. Nu kan ik misschien in een restaurant gaan eten zonder bang te zijn in mijn kraag te worden gegrepen.'

'Je hebt volkomen duidelijk gemaakt wat je wilt.'

Een oude zwarte man met een stok kwam hun kant op, glimlachte en liep verder. De deur van de W.C. werd dichtgetrokken. De Greyhound reed op de linkerbaan en passeerde chauffeurs die zich netjes aan de maximumsnelheid hielden.

Tarrance bladerde een tijdschrift door. Mitch keek naar buiten. De man met de stok hobbelde terug naar de voorste bank.

'Waarom ben je hier?' vroeg Tarrance en bleef bladzijden omslaan.

'Ik houd niet van vliegtuigen. Ik neem altijd de bus.'

'Hmmm. Waar wil je beginnen?'

'Voyles zei dat jij een plan had.'

'Is ook zo. Ik heb alleen een quarterback nodig.'

'De goeien zijn heel erg duur.'

'Wij hebben er het geld voor.'

'Het zal je heel wat meer kosten dan jij denkt. Ik zal een carrière van zo'n veertig jaar weggooien met een gemiddeld inkomen van zo'n half miljoen per jaar.'

'Dan hebben we het dus over twintig miljoen dollar.'

'Dat weet ik, maar er valt over te onderhandelen.'

'Prettig dat te horen. Je neemt aan dat je veertig jaar lang praktijk zou uitoefenen. Niet zo'n geweldige vooronderstelling. Laten we voor de grap eens aannemen dat we het kantoor binnen vijf jaar kunnen oprollen en jou net als al je makkers voor de rechtbank slepen. En dat we jullie veroordeeld krijgen en dat jij een paar jaar de gevangenis in draait. Ze zullen je daar niet lang houden, omdat je het witte-boorden-type bent, en natuurlijk weet je hoe leuk de staatsgevangenissen zijn. In elk geval zul je geen praktijk meer mogen uitoefenen en je huis en je kleine BMW kwijtraken. Je vrouw waarschijnlijk ook. Als je vrijkomt, kun je als privé-detective aan de slag gaan, net als je vriend Lomax. Makkelijk werk, tenzij je aan het verkeerde ondergoed ruikt.'

'Zoals ik al zei, kan erover onderhandeld worden.'

'Laten we dat dan maar doen. Hoeveel wil je hebben?'

'Waarvoor?'

Tarrance deed het tijdschrift dicht, legde het onder de stoel en sloeg een dikke pocket open. Hij deed net alsof hij las. Mitch sprak vanuit zijn mondhoeken en bleef strak naar de witte streep kijken.

'Dat is een heel goede vraag,' zei Tarrance zo zacht, dat hij boven het geluid van de dieselmotor maar net te horen was. 'Wat willen we van je? In de eerste plaats zul je je carrière als jurist moeten opgeven. Je zult ons deelgenoot moeten maken van geheimen en dossiers die van je cliënten zijn. Natuurlijk is dat voldoende om sowieso nooit meer praktijk te mogen uitoefenen, maar dat lijkt in dit geval niet zo belangrijk. Jij en ik zullen moeten overeenkomen dat je ons het kantoor op een presenteerblaadje aanbiedt. Als we het eenmaal eens zijn geworden, zullen de andere stukjes van de legpuzzel vanzelf op hun plaats vallen. Het tweede en meest belangrijke is dat je ons voldoende documenten moet geven om alle juristen van het kantoor en de belangrijkste leden van de familie Morolto te kunnen aanklagen. Alles wat we nodig hebben, bevindt zich in dat kleine gebouw aan Front Street.'

'Hoe weet jij dat?'

Tarrance glimlachte. 'Omdat we miljarden dollars uitgeven om de georganiseerde misdaad te bestrijden. Omdat we de Morolto's al twintig jaar volgen. Omdat we bronnen hebben binnen die familie. Omdat Hodge en Kozinski aan het praten waren rond de tijd dat ze werden vermoord. Mitch, onderschat ons niet.'

'En jij denkt dat ik die informatie kan bemachtigen en naar buiten kan smokkelen?'

189

'Inderdaad. Jij kunt van binnen uit een zaak opbouwen die de ondergang zal betekenen van dat kantoor en van een van de grootste mafia-families in dit land. Je moet ons een volledige blauwdruk van het kantoor overhandigen. Wiens kantoor zich waar bevindt. Namen van secretaressen en klerken. We moeten weten wie aan welke dossiers werkt. Wie welke cliënten heeft. Wie wiens superieur is. Wat zich op de vijfde verdieping bevindt. Wat daar gaande is. Waar alle belangrijke dossiers en verslagen worden bewaard. Of er een centrale bergruimte is. Hoeveel in de computer is verwerkt. Hoeveel op microfilms staat. Het allerbelangrijkste in dat verband is dat jij die informatie het kantoor uit moet krijgen, om die aan ons te overhandigen. Zodra we over voldoende indicaties beschikken, kunnen we er met een klein leger naartoe gaan en alles meenemen. Maar voordat we dat doen, moeten we vrijwel zeker van succes kunnen zijn.'

'Is dat alles?'

'Nee. Je zult tegen al je collega's moeten getuigen tijdens de processen. Daar kunnen jaren mee gemoeid zijn.'

Mitch haalde diep adem en deed zijn ogen dicht. De bus moest langzamer gaan rijden, achter een paar caravans aan. Het werd donker en een voor een werden koplampen ontstoken. Getuigen voor een rechtbank! Daar had hij niet aan gedacht! Ze zouden miljoenen kunnen uitgeven aan de allerbeste advocaten en dan konden die processen zich nog wel eens eindeloos blijven voortslepen.

Tarrance begon in de pocket te lezen. Hij richtte het leeslampje boven hen wat beter op het boek, alsof hij een echte passagier was die een echte reis aan het maken was. Nadat er zo'n vijfenveertig kilometer lang niet was gesproken en niet onderhandeld, zette Mitch zijn zonnebril af en keek naar Tarrance.

'Wat zal er met mij gebeuren?'

'Je zult veel geld hebben, wat dat dan ook waard is. Als je enig moreel besef hebt, zul je elke dag naar je spiegelbeeld kunnen kijken. Je kunt overal in dit land gaan wonen, onder een nieuwe naam natuurlijk. We zullen een baan voor je zoeken, je een nieuwe neus laten aanmeten en verder eigenlijk alles voor je doen wat je maar wenst.'

Mitch probeerde naar de weg te blijven kijken, maar dat was onmogelijk. Nijdig keek hij de kant van Tarrance op. 'Enig moreel besef? Tarrance, neem die woorden tegenover mij nooit meer in je mond. Ik ben een onschuldig slachtoffer van de omstandigheden en dat weet jij donders goed.'

Tarrance gromde iets en grijnsde.

Enige kilometers lang reden ze zwijgend verder.

'Hoe zit het met mijn vrouw?'

'Haar mag je houden.'

'Heel geestig.'

'Sorry. Zij zal alles krijgen wat ze hebben wil. Hoeveel weet zij?'

'Alles.' Hij dacht aan de jonge vrouw op het strand. 'Bijna alles.'

'We zullen haar een goedbetaalde baan bij de overheid geven. Zo beroerd zal het allemaal niet zijn, Mitch.'

'Het zal geweldig zijn. Tot een onbekend moment in de toekomst, wanneer een van jouw mensen zijn of haar mond opendoet tegenover een verkeerde persoon, waarna je over mij of mijn vrouw het een en ander in de krant zult kunnen lezen. Tarrance, de mafia vergeet nooit iets. Ze hebben een geheugen als een ijzeren pot en kunnen beter geheimen bewaren dan jouw mensen. Jullie hebben mensen verloren, dus ga het maar niet ontkennen.'

'Ik zal het ook niet ontkennen. Verder ben ik bereid tegenover jou toe te geven dat ze heel vindingrijk kunnen zijn wanneer ze hebben besloten iemand te vermoorden.'

'Dank je. Dus waar kan ik dan naartoe?'

'Dat mag je zelf bepalen. Op dit moment hebben we in dit land ongeveer tweeduizend getuigen wonen, die een nieuwe naam, een nieuw adres en een nieuwe baan hebben gekregen. De kansberekeningen zijn zeer positief voor jou.'

'Dus dit is een kwestie van kansberekening?'

'Ja. Je kunt het geld aanpakken en op de vlucht gaan, of de grote jurist blijven uithangen en hopen dat we nooit zullen infiltreren.'

'Tarrance, dat is een verdomd fraaie keus.'

'Inderdaad, en ik ben blij dat jij die moet maken en niet ik.'

De vrouwelijke metgezel van de stokoude zwarte man met de stok kwam moeizaam overeind en schuifelde hun kant op. Onder het lopen pakte ze elke stoel stevig vast. Tarrance durfde niets te zeggen met die onbekende in de buurt. Ze was minstens negentig jaar oud en waarschijnlijk analfabeet. Het zou haar wel niets kunnen schelen wanneer hij na de volgende ademstoot overleed, maar toch hield hij opeens zijn mond dicht.

Een kwartier later ging de deur van de W.C. weer open en hoorden ze het toilet doorspoelen. De vrouw schuifelde terug naar voren en ging zitten.

'Wie is Jack Aldrich?' vroeg Mitch. Hij verwachtte een ontwijkend antwoord en keek Tarrance vanuit zijn ooghoeken oplettend aan, om elke reactie te kunnen waarnemen. Tarrance keek op uit het boek en staarde naar de zitplaats voor hem.

'De naam klinkt me bekend in de oren, maar ik kan hem niet plaatsen.'

Mitch keek weer naar buiten. Tarrance kende die man wel. Zijn ogen hadden zich te snel vernauwd voordat hij antwoord gaf. Mitch keek naar het verkeer dat naar het westen reed.

'Wie is dat dan?' vroeg Tarrance uiteindelijk.

'Ken je hem niet?'

'Als ik hem zou kennen, zou ik niet vragen wie hij was.'

'Hij is jurist op ons kantoor. Dat had je moeten weten, Tarrance.'

'In Memphis stikt het van de juristen. Jij zult iedereen wel kennen.'

'Ik ken de juristen van Bendini, Lambert & Locke, het kantoor dat jij nu al tien jaar in de gaten houdt. Aldrich werkt er zes jaar en hij schijnt een paar maanden geleden door de FBI te zijn benaderd. Juist of onjuist?'

'Beslist onjuist. Wie heeft je dat verteld?'

'Dat doet er niet toe. Het was gewoon een gerucht dat op kantoor de ronde deed.'

'Dat is dan een leugen, want sinds augustus hebben we alleen met jou gepraat.

191

Daar kan ik op zweren. Verder hebben we ook geen plannen om met iemand anders te praten, tenzij jij natuurlijk niet met ons in zee gaat en we naar een andere mogelijke kandidaat moeten zoeken.'

'Je hebt nooit met Aldrich gesproken?'

'Dat heb ik je al gezegd.'

Mitch knikte en pakte een tijdschrift. Zwijgend reden ze een half uur verder. Tarrance zei uiteindelijk: 'Mitch, over een uurtje zijn we in Knoxville. Er moeten nu spijkers met koppen worden geslagen. Directeur Voyles zal me morgen met vragen overstelpen.'

'Hoeveel zijn jullie bereid me te bieden?'

'Een half miljoen.'

Iedere jurist die zijn vak verstond, wist dat zo'n eerste aanbod moest worden afgeslagen. Altijd. Hij had Avery's mond van walging en ongeloof zien openvallen wanneer er een eerste aanbod werd gedaan, hoe redelijk dat op zich ook was. Ze zouden met telkens weer een nieuw aanbod komen en er diende nog stevig te worden onderhandeld. Een eerste aanbod moest altijd worden afgewezen.

'Tarrance, dat is een belachelijk bedrag. Je kunt niet van me verwachten dat ik voor een half miljoen een goudmijn in de steek laat. Als ik er eenmaal belasting over heb betaald, houd ik op zijn best driehonderdduizend over.'

'En wat zal er gebeuren als wij die goudmijn sluiten en al die snelle jongens met hun Gucci-schoenen de gevangenis in sturen?'

'Als, als, als. Als je zoveel weet, waarom heb je dan nog niets gedaan? Voyles zei dat jullie het kantoor al tien jaar in de gaten houden en wachten. Fraai, Tarrance. Handelen jullie altijd in zo'n moordend tempo?'

'Wil je dat risico nemen, McDeere? Laten we eens stellen dat we er nog vijf jaar over zullen doen. Na vijf jaar breken we dat kantoor op en schoppen jou de gevangenis in. Op dat moment kan het ons niets meer schelen hoe lang we erover hebben gedaan. Het resultaat zal immers hetzelfde zijn?'

'Het spijt me. Ik dacht dat we aan het onderhandelen waren, en geen dreigementen aan het uiten.'

'Ik heb je een aanbod gedaan.'

'Dat is te laag. Je verwacht van me dat ik ervoor zorg dat jullie honderden aanklachten kunnen indienen tegen een groep van de allersluwste criminelen in Amerika, een zaak die mij makkelijk mijn leven zou kunnen kosten. En daar wordt me dan een schijntje voor geboden. Drie miljoen, op zijn minst.'

Tarrance fronste niet eens zijn wenkbrauwen. Hij hoorde het tegenvoorstel met een pokerface aan en Mitch, de onderhandelaar, wist dat zijn eis niet volstrekt onmogelijk was.

'Dat is heel veel geld,' zei Tarrance bijna tegen zichzelf. 'Ik geloof niet dat we ooit zoveel hebben betaald.'

'Maar het kan wel.'

'Dat betwijfel ik. Ik zal het met de directeur moeten bespreken.'

'De directeur! Ik dacht dat jij voor deze zaak een volledige volmacht had gekregen. Moeten we telkens naar de directeur rennen voordat we tot zaken kunnen komen?'

'Wat wil je verder nog?'

'Ik heb een paar dingen in gedachten, maar die zal ik pas noemen wanneer we het eens zijn geworden over het geld.'

De oude man met de stok had kennelijk zwakke nieren. Hij ging weer staan en hobbelde de bus door. Tarrance begon opnieuw te lezen. Mitch bladerde een oud exemplaar van *Field & Stream* door.

In Knoxville draaide de Greyhound om twee minuten voor acht de hoofdweg af. Tarrance boog zich dichter naar Mitch toe en fluisterde: 'Loop het busstation uit via de ingang aan de voorzijde. Daar zul je naast een witte Bronco een jongeman zien staan, die een joggingpak draagt van de universiteit van Tennessee. Hij zal jou herkennen en je aanspreken met Jeffrey. Geef hem een hand alsof jullie vrienden zijn die elkaar lange tijd niet hebben gezien en stap in de Bronco. Hij zal je naar je auto brengen.'

'Waar staat die?' fluisterde Mitch.

'Op de campus, achter een studentenhuis.'

'Hebben ze hem nagekeken op microfoons?'

'Dat denk ik wel, maar dat moet je maar vragen aan de man in de Bronco. Als ze je in de gaten hebben gehouden toen je uit Memphis vertrok, kunnen ze nu achterdochtig zijn geworden. Je moet naar Henderson rijden, een kilometer of tachtig aan deze kant van Nashville. Daar is een Holiday Inn. Blijf daar een nacht slapen en ga morgen naar je broer toe. Wij zullen alles ook in de gaten houden en als iets verdacht lijkt, zal ik je maandagmorgen weten te vinden.'

'Wanneer gaan we weer een ritje met de bus maken?'

'Dinsdag is je vrouw jarig. Reserveer om acht uur een tafel bij Grisanti's, dat Italiaanse restaurant aan Airways. Om klokslag negen uur moet je naar de sigarettenautomaat in de bar gaan en een pakje kopen. In de bak waarin het pakje valt, zul je een cassettebandje aantreffen. Koop een van die kleine recordertjes met een koptelefoon die je joggers altijd ziet gebruiken en luister naar het bandje. In je auto, niet bij je thuis en al helemaal niet op kantoor. Gebruik de koptelefoon. Laat je vrouw er ook naar luisteren. Ik zal het bandje inspreken en met ons definitieve bod komen. Ik zal er ook een aantal dingen op uitleggen. Nadat je er een paar keer naar hebt geluisterd, moet je het vernietigen.'

'Nogal omslachtig.'

'Ja, maar we hoeven elkaar een paar weken lang niet te spreken. Mitch, ze houden je in de gaten en luisteren je af. En ze zijn heel erg goed. Vergeet dat vooral niet.'

'Daar hoef je niet bang voor te zijn.'

'Welk nummer had je in de tijd dat je nog football speelde?'

'Veertien.'

'Goed. Dan is je codenummer 1-4-1-4. Bel donderdagavond vanuit een openbare telefooncel 757-6000. Dan zul je worden verbonden met iemand die eerst dat codenummer controleert. Vervolgens zul je mijn stem via een bandje horen en dan zal ik je een aantal vragen stellen. Daarna zien we weer verder.'

'Waarom kan ik niet gewoon als jurist mijn werk doen?'

193

De bus kwam bij het busstation tot stilstand. 'Ik ga door naar Atlanta,' zei Tarrance. 'Ik zal je een paar weken lang niet zien. Als zich een noodsituatie voordoet, moet je een van de twee nummers bellen die ik je al eerder heb gegeven.' Mitch ging in het gangpad staan en keek nog even naar de agent. 'Drie miljoen, Tarrance. Geen cent minder. Als jullie miljarden kunnen spenderen aan de strijd tegen de georganiseerde misdaad, kunnen jullie vast wel ergens drie miljoen voor mij vandaan halen. Verder, Tarrance, heb ik nog een derde mogelijkheid. Ik kan opeens midden in de nacht spoorloos verdwijnen. Als dat gebeurt, kunnen jullie en de Morolto's elkaar tot in de eeuwigheid het leven zuur blijven maken en ben ik in het Caribisch gebied gewoon domino aan het spelen.'
'Je zou misschien een paar spelletjes kunnen spelen, Mitch, maar ze zouden je binnen een week hebben gevonden en dan zijn wij er niet meer om je te beschermen. Tot ziens, makker.'
Mitch sprong de bus uit en liep snel het stationsgebouw door.

23

Op dinsdagmorgen om half negen maakte Nina keurig nette stapeltjes van alle documenten en paperassen die op Mitch' bureau rondzwierven. Ze genoot van dat vroege ochtendritueel. Opruimen en zijn dag plannen. De agenda lag op een hoek van het bureau. Ze pakte hem op. 'U hebt vandaag een heel drukke dag, meneer McDeere.'

Mitch bladerde een dossier door en probeerde haar te negeren. 'Ik heb het elke dag druk.'

'Om tien uur hebt u een bespreking in het kantoor van de heer Mahan, in verband met de beroepsprocedure van Delta Shipping.'

'Daar verheug ik me nu al op,' mompelde Mitch.

'Om half twaalf heeft u een bespreking op het kantoor van de heer Tolleson, in verband met de ontbinding van Greenbriar. Zijn secretaresse heeft me meegedeeld dat daar minstens twee uur mcc gemoeid zullen zijn.'

'Waarom twee uur?'

'Ik word niet betaald voor het stellen van dergelijke vragen, meneer McDeere. Om half vier wil Victor Milligan u spreken.'

'Waarover?'

'Nogmaals, meneer McDeere: ik word niet geacht vragen te stellen. Verder moet u over een kwartier op het kantoor van Frank Mulholland zijn.'

'Dat weet ik. Waar zit die man precies?'

'In het Cotton Exchange Building. Iets verderop, bij Union. U bent er al honderd keer geweest.'

'Wat verder nog?'

'Moet ik voor de lunch iets voor u meenemen?'

'Nee, ik neem onderweg wel een sandwich.'

'Prima. Hebt u alles voor Mulholland?'

Hij wees op de zware zwarte aktentas en zei niets. Ze ging weg en enige seconden later liep Mitch de gang door, de trap af en via de voordeur naar buiten. Even bleef hij onder de straatlantaren staan. Toen draaide hij zich om en liep snel verder. Hij hield de zwarte aktentas in zijn rechterhand en de dieprode in zijn linker. Het afgesproken signaal.

Voor een groen gebouw met dichtgetimmerde ramen bleef hij naast een brandkraan staan. Hij wachtte een seconde en stak toen Front Street over. Nog een afgesproken signaal.

Op de negende verdieping van het Cotton Exchange Building liep Tammy Greenwood van Greenwood Services van het raam weg en trok haar jas aan. Ze sloot de deur achter zich af en drukte op de knop van de lift. Ze wachtte. Ze stond op het punt een man te ontmoeten die er makkelijk voor zou kunnen zorgen dat zij werd vermoord.

Mitch betrad de lobby en liep regelrecht door naar de lift. Hij zag niemand die aandacht aan hem besteedde. Een zestal zakenlieden kwam en ging, druk pratend. Een vrouw was in een telefoon aan het fluisteren. Een bewaker drentelde rond in de buurt van de ingang aan Union Avenue. Hij drukte op de knop van de lift en wachtte, op zijn eentje. Toen de deur openschoof, kwam een man aangelopen, in een zwart kostuum. Mitch had gehoopt alleen naar boven te kunnen gaan.

Het kantoor van Mulholland was op de zevende verdieping. Mitch drukte op de desbetreffende knop en negeerde de jongeman in het zwarte kostuum. Toen de lift zich in beweging zette, keken beide mannen naar de knipperende getallen boven de deur. Mitch liep verder de lift in en zette de zware aktentas op de grond, naast zijn rechtervoet. Op de vierde verdieping ging de deur open en liep Tammy zenuwachtig de lift in. De jongeman keek even haar kant op. Ze ging opmerkelijk conservatief gekleed. Een eenvoudige, korte, gebreide jurk, hooggesloten. Geen hooggehakte schoenen. Haar haren waren zachtrood geverfd. Hij keek nogmaals en drukte op de knop die de deur sloot.

Tammy had een grote zwarte aktentas bij zich, identiek aan die van Mitch. Ze keek hem niet aan, ging naast hem staan en zette haar aktentas naast de zijne. Op de zevende verdieping pakte Mitch haar aktentas en liep de lift uit. Op de achtste verdieping stapte de keurig geklede jongeman uit en op de negende verdieping pakte Tammy de zware zwarte aktentas op vol dossiers van Bendini, Locke & Lambert, en nam die mee naar haar kantoor. Ze sloot en vergrendelde de deur, trok snel haar jas uit en liep naar de kleine kamer waar het fotokopieerapparaat al aan stond. Er waren zeven dossiers, elk minstens tweeënhalve centimeter dik. Ze legde die netjes op de klaptafel naast het kopieerapparaat en pakte het dossier waarop stond: 'Koker-Hanks naar East Texas Pipe'. Ze maakte de aluminium clip los, haalde de inhoud uit de map en legde alles op het apparaat. Toen drukte ze op een knop en keek toe hoe er van elk velletje papier keurig twee kopieën werden gemaakt.

Een half uur later werden de zeven dossiers weer in de aktentas gedaan. De nieuwe dossiers, veertien in totaal, werden opgeborgen in een kleine, brandveilige dossierkast die in een iets grotere kast was geplaatst. Die kast werd eveneens afgesloten. Tammy zette de aktentas bij de deur neer en wachtte.

Frank Mulholland was vennoot op een kantoor van tien vennoten, dat zich in bankzaken en aandelen had gespecialiseerd. Zijn cliënt was een oude man die een keten ijzerhandels voor de doe-het-zelvers had opgezet en eens achttien miljoen waard was geweest voordat zijn zoon en een stelletje boeven in de Raad van Bestuur zijn zaken in handen hadden genomen en hem hadden gedwongen zich terug te trekken. De oude man was gaan procederen. Het bedrijf was in de tegenaanval gegaan. Iedereen deed iedereen een proces aan en er was al achttien maanden lang sprake van een hopeloze patstelling. Nu de juristen er voldoende aan hadden verdiend, werd het tijd om tot een regeling te komen. Bendini, Lambert & Locke had de belastingadviezen voor de zoon en de nieuwe Raad van Bestuur voor zijn rekening genomen en twee maanden eerder had Avery

Mitch erbij betrokken. Het plan was de oude man voor een totale waarde van vijf miljoen dollar een pakket aan te bieden dat bestond uit normale aandelen en obligaties.

Mulholland kwam van dat plan niet onder de indruk. Zijn cliënt was niet hebzuchtig, zei hij herhaalde keren, en hij wist dat hij de leiding over het bedrijf nooit meer in handen zou krijgen. Zijn bedrijf. Dat mocht niet worden vergeten. Elke redelijk intelligente jury zou met de oude man meeleven en een idioot kon nog zien dat er minstens, ja minstens twintig miljoen dollar op tafel moest komen.

Na een uur vol voorstellen en tegenvoorstellen was Mitch omhooggegaan tot acht miljoen en zei de jurist van de oude baas dat hij misschien over vijftien zou willen nadenken. Mitch pakte beleefd zijn aktentas weer in en Mulholland liep beleefd met hem mee naar de deur. Ze maakten een afspraak voor over een week en schudden elkaar als de beste vrienden de hand.

De lift stopte op de vijfde verdieping en Tammy liep er nonchalant in. Mitch stond er alleen in. 'Problemen?' vroeg hij, toen de deur dicht was.

'Nee. Ik heb twee kopieën van alles achter slot en grendel opgeborgen.'

'Hoe lang heb je ervoor nodig gehad?'

'Een half uur.'

De lift stopte op de vierde verdieping en ze pakte de lege aktentas. 'Morgenmiddag twaalf uur?' vroeg ze.

'Ja,' antwoordde hij. De deur ging open en ze liep de vierde verdieping op. Mitch ging alleen door naar de begane grond. De lobby was leeg, met uitzondering van dezelfde man van de bewakingsdienst. Mitchell McDeere, jurist, verliet snel het gebouw, met een aktentas in elke hand, en liep gewichtig terug naar zijn kantoor.

De viering van Abby's vijfentwintigste verjaardag was nogal ingetogen. In het vage kaarslicht in een donker hoekje van Grisanti's fluisterden ze en probeerden naar elkaar te glimlachen. Dat viel niet mee. Ergens in het restaurant had een onzichtbare agent van de FBI op dat moment een cassettebandje bij zich dat hij in de lounge in een sigarettenautomaat zou stoppen, precies om negen uur. Mitch werd geacht daar enige seconden later te zijn, om het te pakken zonder te worden gezien of betrapt door de boeven, wie dat dan ook waren en hoe zij er ook uit mochten zien. Op die band zou worden gemeld hoeveel geld de McDeeres zouden krijgen in ruil voor het aanleveren van bewijsmateriaal en een leven waarin ze verder op de vlucht zouden moeten zijn.

Ze raakten hun eten nauwelijks aan, probeerden te glimlachen en een gesprekje gaande te houden, maar deden verder eigenlijk weinig anders dan op hun horloge kijken. Het diner duurde niet lang. Om kwart voor negen namen ze geen hap meer. Mitch vertrok in de richting van de toiletten en staarde de donkere lounge in. De sigarettenautomaat stond in de hoek, zoals hem was gezegd.

Ze bestelden koffie en om klokslag negen uur liep Mitch terug naar de lounge en de automaat, waar hij zenuwachtig muntjes in stopte en toen aan de schuiflade voor de Marlboro Lights trok, ter nagedachtenis aan Eddie Lomax. Snel pakte hij de sigaretten en vond, in het donker vissend, ook het cassettebandje. De telefoon naast de automaat begon te rinkelen en hij schrok. Hij draaide zich om en keek in de lounge om zich heen. Die was vrijwel leeg. Er zaten alleen twee mannen aan de bar naar de televisie te kijken. In een donker hoekje in de verte werd dronken gelachen.

Abby sloeg hem nauwlettend gade tot hij weer aan hun tafeltje zat. Toen trok ze haar wenkbrauwen op. 'En?'

'Ik heb het. Een Sony-bandje.' Mitch nam een slokje koffie en glimlachte onschuldig terwijl hij in de volle eetzaal snel om zich heen keek. Niemand keek hun kant op. Niemand leek belangstelling voor hen te hebben.

Hij gaf de rekening met een American Express-kaart aan de ober. 'We hebben haast,' zei hij onbeleefd. Binnen een paar seconden was de man terug en Mitch krabbelde snel zijn handtekening neer.

In de BMW waren inderdaad microfoons aangebracht, en niet zo zuinig ook. De mensen van Tarrance hadden de wagen vier dagen eerder heel stil en heel grondig onderzocht met vergrootglazen, terwijl ze op de Greyhound moesten wachten. Hij was heel vakkundig onder handen genomen en voorzien van heel duur materiaal dat zelfs het allerkleinste hoestje nog kon opvangen. Maar die microfoons konden alleen afluisteren en opnemen. De wagen laten volgen konden ze niet. Mitch vond het heel erg aardig dat ze alleen luisterden, maar de gangen van de BMW niet volgden.

De BMW reed weg van het parkeerterrein zonder dat er door de inzittenden iets werd gezegd. Abby maakte geruisloos een draagbare recorder open en deed het bandje erin. Toen gaf ze de koptelefoon aan Mitch, die hem opzette. Ze drukte op een knop en keek toe hoe hij luisterde en doelloos over de hoofdweg reed.

De stem was van Tarrance. 'Hallo, Mitch. Het is vandaag dinsdag 25 februari, even na negen uur 's avonds. Ik wil je vrouw van harte feliciteren met haar verjaardag. Dit bandje duurt ongeveer tien minuten en ik draag je op er een of twee keer aandachtig naar te luisteren en het dan te vernietigen. Afgelopen zondag heb ik directeur Voyles onder vier ogen gesproken en hem alles verteld. Ik heb, tussen twee haakjes, genoten van het bustochtje. Voyles is heel tevreden met de huidige gang van zaken, maar hij vindt wel dat we nu lang genoeg hebben gepraat. Hij heeft me in niet mis te verstane bewoordingen duidelijk gemaakt dat we nog nooit drie miljoen hebben betaald en dat nu ook niet zullen doen. Om kort te gaan: hij zei dat we een miljoen contant kunnen uitbetalen, maar geen cent meer. Hij zei dat het geld zou worden gestort op een Zwitserse bank en dat niemand, ook de belastingdienst niet, er ooit iets van zou weten. Een miljoen dollar, belastingvrij. Meer kunnen we niet bieden en van Voyles kun je de boom in wanneer je het niet aanneemt. We zullen dat kantoortje te grazen nemen, Mitch, met of zonder jouw hulp.'

Mitch glimlachte grimmig en staarde naar het langsracende verkeer. Abby keek naar een teken, een signaal, alles wat op slecht of goed nieuws kon wijzen. Ze zei niets.

De stem ging door. 'Mitch, we zullen goed voor je zorgen. Je zult recht hebben op bescherming door de FBI, op elk moment dat je denkt die nodig te hebben.

We zullen eens in de zoveel tijd controleren hoe het met je gaat wanneer jij dat wilt. En als je na een paar jaar naar een andere stad wilt verhuizen, zullen we dat voor je regelen. Zo je dat wilt, kun je eens in de vijf jaar verhuizen. Dan zullen wij de kosten voor onze rekening nemen en een andere baan voor je zoeken. Goede banen, in overheidsdienst. Voyles zei dat we je zelfs aan een baan zouden kunnen helpen bij een bedrijf dat voor de regering werkt. Je kunt zeggen wat je hebben wilt, Mitch, en dan krijg je dat ook. Natuurlijk zullen we jou en je vrouw een nieuwe identiteit geven. Desnoods elk jaar een nieuwe. Geen probleem. Mocht jij zelf een beter idee hebben, zullen we naar je luisteren. Als je in Europa of Australië wilt gaan wonen, hoef je dat maar te zeggen en zullen wij dat perfect voor je regelen. Mitch, ik weet dat we veel beloven, maar we menen het heel serieus en we zullen het op schrift stellen. We zullen je een miljoen contant betalen, belastingvrij, en je installeren waar je maar wilt. In ruil daarvoor moet je ons het kantoor en de Morolto's geven. Daar zullen we het later nog wel eens over hebben. Nu heb je geen tijd meer. Voyles legt me het vuur na aan de schenen en er moet snel iets gebeuren. Bel me op dat telefoonnummer aanstaande donderdagavond om negen uur, vanuit de telefoon naast het herentoilet in Houston's aan Poplar. Tot ziens, Mitch.'

Hij liet een vinger langs zijn keel glijden en Abby drukte op de STOP-knop. Toen spoelde ze het bandje terug. Hij gaf haar de koptelefoon en ze begon aandachtig te luisteren.

Het was een onschuldig wandelingetje door het park. Twee verliefde mensen die elkaars hand vasthielden en wandelden in de koele, door een heldere maan beschenen avond. Ze bleven staan bij een kanon en staarden naar de majestueuze rivier die heel langzaam voortstroomde in de richting van New Orleans. Het was hetzelfde kanon waarbij Eddie Lomax in de natte sneeuw had gestaan en een van zijn laatste verslagen had ingediend.

Abby hield de cassette in haar hand en keek naar de rivier. Ze had er twee keer naar geluisterd en geweigerd het in de auto achter te laten, waar iemand het zou kunnen stelen. Na weken te hebben moeten zwijgen en alleen buitenshuis te kunnen praten, was het spreken moeilijk geworden.

'Abby,' zei Mitch uiteindelijk, terwijl hij op het houten wiel van het kanon tikte, 'ik heb altijd al op een postkantoor willen werken. Ik heb een oom gehad die ooit op het platteland de post heeft bezorgd. Dat zou leuk zijn.'

Het was een gok, een poging humoristisch te zijn. Maar het werkte. Ze aarzelde drie seconden en lachte toen even. Hij kon merken dat ze het echt geestig vond. 'Ja, en ik zou vloeren kunnen schrobben in een ziekenhuis.'

'Je zou geen vloeren hoeven te schrobben. Je kunt po's gaan schoonmaken, iets dat belangrijk en onopvallend is. We kunnen gaan wonen in een leuk wit boerderijtje aan Maple Street in Omaha. Ik zal Harvey worden, en jij Thelma. Verder zullen we een korte, onopvallende achternaam moeten uitzoeken.'

'Poe,' zei Abby.

'Geweldig! Harvey en Thelma Poe. De familie Poe. We zullen een miljoen dollar op de bank hebben staan, maar er geen cent van kunnen uitgeven, omdat iedereen aan Maple Street dat zou weten en we dan zouden opvallen, wat wel het allerlaatste is dat we willen.'

'Ik zal mijn neus laten veranderen.'

'Maar je neus is perfect.'

'Abby's neus is perfect, maar hoe zit het met die van Thelma? Daar zouden we wat aan moeten laten doen, denk je ook niet?'

'Ja, dat denk ik wel.' Hij had genoeg van het gekscheren en werd weer stil. Abby ging voor hem staan en legde zijn armen over haar schouders. Ze keken hoe een duwboot honderd platte schuiten onder de brug door hielp. Af en toe kwam er even een wolk voor de maan en soms voelden ze het koele, westelijke briesje.

'Geloof jij Tarrance?' vroeg Abby.

'In welk opzicht?'

'Laten we eens aannemen dat jij niets doet. Denk je dat ze het kantoor op een gegeven moment toch zullen infiltreren?'

'Ik vrees dat ik dat wel moet geloven.'

'Dus pakken we het geld en gaan op de vlucht?'

'Abby, voor mij is het makkelijker om dat te doen. Ik laat niets achter. Voor jou ligt dat anders. Je zou je familie nooit meer zien.'

'Waar zouden we naartoe kunnen gaan?'

'Dat weet ik niet, maar ik zou niet in dit land willen blijven. De FBI is niet volkomen te vertrouwen. Ik zou me in een ander land veiliger voelen, maar dat zal ik nooit tegen Tarrance zeggen.'

'Wat is de volgende stap?'

'We sluiten een overeenkomst en zorgen dan dat we bliksemsnel voldoende informatie hebben verzameld om het schip tot zinken te brengen. Ik heb er geen idee van wat ze hebben willen, maar ik zal het voor hen kunnen vinden. Als Tarrance voldoende in handen heeft, verdwijnen wij. We nemen het geld mee, laten iets aan onze neus doen en duiken onder.'

'Om welk bedrag gaat het?'

'Meer dan een miljoen. Ten aanzien van het geld zijn ze een spelletje aan het spelen. Daar valt over te onderhandelen.'

'Wat denk je te krijgen?'

'Twee miljoen. Contant, belastingvrij. Geen cent minder.'

'Zullen ze dat ophoesten?'

'Ja, maar daar gaat het niet om. De vraag is of we het aannemen en op de vlucht zullen gaan.'

Ze had het koud en hij drapeerde zijn jas over haar schouders. Toen hield hij haar dicht tegen zich aan. 'Mitch, het is een beroerde overeenkomst, maar we zullen in elk geval bij elkaar zijn,' zei ze.

'Ik heet Harvey, geen Mitch.'

'Denk je dat we ergens veilig zullen zijn, Harvey?'

'Hier zijn we niet veilig.'

'Ik vind het hier ook niet prettig. Ik ben eenzaam en bang.'

'Ik heb er genoeg van jurist te zijn.'

'Laten we het geld dan aannemen en er als een haas vandoor gaan.'
'In orde, Thelma. Afgesproken.'
Ze gaf hem het cassettebandje. Hij keek er even naar en gooide het toen naar de rivier. Ze gaven elkaar een hand en liepen snel door het park naar de BMW die in Front Street geparkeerd stond.

24

Pas voor de tweede keer in zijn carrière mocht Mitch de koninklijke eetzaal op de vijfde verdieping betreden. Avery had de uitnodiging verklaard met de mededeling dat de vennoten allemaal behoorlijk onder de indruk waren van de eenenzeventig uur per week die hij in de maand februari gemiddeld had gedeclareerd en hem daarvoor met een lunch wilden belonen. Het was een uitnodiging die geen enkele assistent kon afslaan, ondanks werkschema's, cliënten en alle andere uiterst belangrijke en dringende aspecten van een carrière bij Bendini, Lambert & Locke. Geen enkele assistent had zo'n uitnodiging ooit afgeslagen. Ze kregen er twee per jaar en daar werden aantekeningen van bijgehouden.

Mitch had twee dagen de tijd om zich voor te bereiden. In eerste instantie had hij de uitnodiging willen afslaan en aan alle mogelijke lamme excuses gedacht. Eten, glimlachen, praten en vriendschappelijk omgaan met criminelen, hoe rijk en gepolijst die ook waren, was minder aantrekkelijk dan samen met de daklozen bij het busstation een kommetje soep eten. Maar wanneer hij nee zei, zou dat een ernstige inbreuk op de traditie betekenen en op dit moment stond hij al genoeg onder verdenking.

Dus zat hij met zijn rug naar het raam gewend en dwong zichzelf te glimlachen en een aardig gesprekje gaande te houden met Avery, Royce McKnight en, natuurlijk, Oliver Lambert. Hij had al twee dagen geweten dat hij met die drie mensen aan tafel zou zitten. Hij wist dat ze hem zorgvuldig maar nonchalant in de gaten zouden houden, zouden proberen te constateren of hij minder enthousiast, cynisch of hopeloos was geworden. Hij wist dat ze elk woord van hem op een goudschaaltje zouden wegen, wat hij ook zei. Hij wist dat ze royaal zouden zijn met lovende woorden, en beloften op zijn vermoeide schouders zouden stapelen.

Oliver Lambert was nog nooit zo charmant geweest. Eenenzeventig uur per week in februari was een record voor een assistent, zei hij, terwijl Roosevelt het vlees serveerde. Alle vennoten waren er verbaasd over, en heel verheugd, zei hij zacht en keek om zich heen. Mitch dwong zich te glimlachen en sneed zijn vlees. De andere vennoten concentreerden zich op het eten. Mitch telde achttien nog actieve vennoten en zeven mensen die met pensioen waren gegaan. Dat waren degenen in kaki broeken en truien, die er ontspannen uitzagen.

'Mitch, je hebt een opmerkelijk uithoudingsvermogen,' zei Royce McKnight met zijn mond vol. Mitch knikte beleefd. Ja, ja, dat train ik elke dag, dacht hij bij zichzelf. Hij probeerde zo weinig mogelijk te denken aan Joe Hodge en Marty Kozinski en de andere drie overleden juristen wier portretten beneden aan de muur hingen. Maar het lukte hem niet de foto's van de jonge vrouw op het zand te vergeten en hij vroeg zich af of ze het allemaal wisten. Hadden ze die foto's gezien? Hadden die de ronde gedaan tijdens een van die lunches waarbij alleen de vennoten en geen gasten aanwezig waren? DeVasher had beloofd het bestaan van die foto's geheim te houden, maar wat stelde de belofte van zo'n man voor? Natuurlijk had iedereen ze gezien. Voyles had gezegd dat alle vennoten en de meeste assistenten bij de samenzwering waren betrokken.

Voor iemand die helemaal geen honger had, kon hij toch aardig eten. Hij beboterde zelfs een extra broodje en at dat ook op, om normaal te lijken. Met zijn eetlust was niets aan de hand.

'Dus Abby en jij gaan de volgende week naar de Cayman Eilanden?' vroeg Oliver Lambert.

'Ja. Zij heeft krokusvakantie en we hebben twee maanden geleden al een van de appartementen geboekt. We verheugen ons er echt op.'

'Het is een afschuwelijk moment om weg te gaan,' zei Avery met tegenzin. 'We liggen al een maand achter op ons schema.'

'Avery, we liggen altijd een maand achter, dus wat doet een extra weekje er dan toe? Ik neem aan dat je wilt dat ik dossiers meeneem?'

'Geen slecht idee. Ik doe dat altijd.'

'Niet doen, Mitch,' zei Oliver Lambert zogenaamd protesterend. 'Als je terugkomt, is dit kantoor er nog wel. Abby en jij hebben een weekje voor jezelf verdiend.'

'Je zult het er heerlijk vinden,' zei Royce McKnight, alsof Mitch er nog nooit was geweest, dat incident op het strand zich niet had voorgedaan en niemand iets van de foto's af wist.

'Wanneer gaan jullie weg?' vroeg Lambert.

'Zondagmorgen vroeg.'

'Neem je de Lear?'

'Nee, we vliegen met Delta. Non-stop.'

Lambert en McKnight keken elkaar even snel aan en Mitch werd geacht dat niet te zien. Ook vanaf de andere tafeltjes werd af en toe nieuwsgierig naar hem gekeken. Dat was Mitch al opgevallen vanaf het moment dat hij deze ruimte had betreden. Hij was uitgenodigd zodat men aandacht aan hem kon besteden.

'Duik je?' vroeg Lambert, die nog steeds aan de Lear en de rechtstreekse vlucht dacht.

'Nee, maar we zijn wel van plan wat te gaan snorkelen.'

'Bij Rum Point op het noordelijke deel van het strand is een kerel die Adrian Bench heet. Hij kan je binnen een week leren duiken. Je moet er hard voor werken, maar het is de moeite waard.'

Met andere woorden: blijf bij Abanks uit de buurt, dacht Mitch. 'Hoe heet de Lodge van die man?'

'Rum Point Divers. Echt een schitterende gelegenheid.'

Mitch fronste intelligent zijn wenkbrauwen, alsof hij dit handige advies in gedachten noteerde. Opeens werd Oliver Lambert triest. 'Mitch, zul je voorzichtig zijn? Ik moet weer denken aan Marty en Joe.'

Avery en McKnight staarden een fractie van een seconde naar hun bord, om te denken aan de overleden jongens. Mitch slikte moeizaam en had Lambert bijna snerend aangekeken. Maar hij hield zijn gezicht in de plooi en het lukte hem zelfs

triest te kijken, net als de anderen. Marty en Joe en hun jonge weduwen en va-
derloze kinderen. Twee jonge, rijke juristen die vakkundig uit de weg waren geruimd voordat ze konden gaan praten. Marty en Joe, twee veelbelovende haaien
die door hun soortgenoten waren opgegeten. Voyles had tegen Mitch gezegd dat
hij aan Marty en Joe moest denken zodra hij Oliver Lambert zag.

Nu werd er van hem verwacht dat hij voor een miezerig miljoen hetzelfde zou
doen wat Marty en Joe bijna hadden gedaan, zonder daarbij te worden betrapt.
Misschien zou de jongste assistent hier over een jaar luisteren hoe verdrietige
vennoten over de jonge Mitchell McDeere en zijn opmerkelijke uithoudingsvermogen spraken. Hoe ze zeiden dat hij een geweldig jurist zou zijn geworden
wanneer dat ongeluk niet had plaatsgevonden. Hoeveel mensen zouden zij bereid zijn te doden?

Hij wilde twee miljoen. Plus een paar andere dingen.

Na een uur pompeus gepraat en goed eten begonnen de eerste vennoten zich te
excuseren, zeiden nog even wat tegen Mitch en liepen weg. Ze waren trots op
hem, zeiden ze. Hij was de ster van de toekomst. De toekomst van Bendini,
Lambert & Locke. Hij bedankte glimlachend.

Toen Roosevelt het bananendessert en de koffie serveerde, zette Tammy Greenwood van Greenwood Services haar smerige bruine wagentje neer achter de
glanzende Peugeot op het parkeerterrein. Ze liet de motor draaien. Na vier stappen maakte ze de kofferbak van de Peugeot open en haalde er een zware leren
aktentas uit. Toen deed ze de kofferbak weer dicht en reed snel in haar eigen auto weg.

In de lerarenkamer zat Abby bij een raam koffie te drinken en keek tussen de bomen en over de speelplaats heen naar het parkeerterrein in de verte. Ze kon haar
auto maar net zien. Toen glimlachte ze en keek op haar horloge. Half twaalf, zoals afgesproken.

Tammy reed voorzichtig door het drukke middagverkeer naar het centrum terug. Rijden viel niet mee als je voortdurend in je achteruitkijkspiegel moest kijken. Zoals gewoonlijk zag ze niets. Ze zette de auto op haar vaste parkeerplaats-
je aan de overkant van het Cotton Exchange Building neer.

In de aktentas zaten nu negen dossiers. Ze legde ze netjes neer op de klaptafel en
begon kopieën te maken. Sigalas Partners, Lettie Plunk Trust, HandyMan
Hardware, en twee dossiers die door een dik elastiek bij elkaar werden gehouden
en waarop AVERY'S DOSSIERS stond. Ze maakte van elk papier twee kopieën
en legde ze op keurige stapeltjes. In een ander dossier noteerde ze datum, tijd en
naam van elk dossier. Ze had er nu negenentwintig. Hij had gezegd dat het er alles bij elkaar zo'n veertig zouden worden. Ze legde een kopie van elk dossier in
de verborgen kast en stopte de orginelen plus een kopie weer in de aktentas.

Conform zijn instructies had ze een week eerder een kleine kluis gehuurd bij de
Summer Avenue Mini Storage, ruim twintig kilometer buiten het stadscentrum.
Een half uur later was ze er en maakte kluis nummer 38C open. In een kleine kartonnen doos deponeerde ze de nieuwe kopieën, nadat ze de datum op de flappen
had geschreven. Toen zette ze die doos naast de drie andere dozen neer.

Om precies drie uur draaide ze het parkeerterrein op, stopte achter de Peugeot, maakte de kofferbak open en zette de aktentas terug op de plaats waar ze hem had gevonden.

Enige seconden later liep Mitch uit het Bendini Building naar buiten en strekte zijn armen. Hij haalde diep adem en keek Front Street af. Een mooie lentedag. Vijf zijstraten verderop, op een negende verdieping, zag hij dat de luiken voor een raam volledig waren gesloten. Het signaal. Prima, alles was dus goed gegaan. Hij glimlachte inwendig en keerde terug naar zijn kantoor.

Om drie uur 's morgens liet Mitch zich zacht uit bed glijden en trok een oude spijkerbroek, een flanellen hemd, warme sokken en een paar oude werklaarzen aan. Hij wilde eruitzien als een vrachtwagenchauffeur. Zonder iets te zeggen kuste hij Abby, die wakker was, en liep het huis uit. East Meadowbrook was verlaten, net als alle andere straten tussen zijn huis en de hoofdweg. Op dit uur zouden ze hem beslist niet volgen.

Hij reed over de hoofdweg een veertig kilometer verder tot Senatobia, Mississippi. In de verte kon hij het felverlichte café voor vrachtwagenchauffeurs al zien. Hij reed tussen de vrachtwagens door naar de achterzijde, stopte bij de wasserij en wachtte.

Een zwarte kerel met een Falcons-cap op kwam om een hoek te voorschijn en staarde naar de BMW. Mitch herkende hem als de agent bij het busstation van Knoxville. Hij zette de motor af en stapte de auto uit.

'McDeere?' zei de man.

'Natuurlijk. Wie anders? Waar is Tarrance?'

'Zit bij een tafeltje aan een raam te wachten.'

Mitch gaf de autosleutels aan de agent. 'Waar ga jij naartoe?'

'Ik rijd hem iets verder en zal er goed voor zorgen. Ontspan je. Vanuit Memphis is niemand je gevolgd.'

Hij stapte de auto in en reed tussen twee dieselpompen door terug naar de hoofdweg. Mitch zag zijn BMW verdwijnen toen hij het café in liep. Het was kwart voor vier.

De lawaaiige ruimte was bezet door zwaargebouwde mannen van middelbare leeftijd die koffie dronken er er iets bij aten. Ze gebruikten gekleurde tandestokertjes om hun gebit schoon te maken en spraken over baars vissen en de politiek van het hoofdkantoor. Uit de jukebox jammerde Merle Haggard.

De jurist liep onhandig naar achteren, tot hij in een onverlichte hoek een bekende figuur zag, met een vliegeniersbril op en dezelfde baseball-cap van Michigan State op zijn hoofd. Toen glimlachte hij. Tarrance hield een menukaart vast en keek naar de voordeur. Mitch ging naast hem zitten.

'Hallo, makker, hoe bevalt het trucken?' vroeg Tarrance.

'Prima, maar ik geef toch de voorkeur aan de bus.'

'De volgende keer zullen we eens een trein of zoiets dergelijks proberen. Gewoon voor de verandering. Heeft Laney je auto meegenomen?'

'Laney?'

'Die zwarte kerel. Hij is een agent, moet je weten.'

'We zijn niet fatsoenlijk aan elkaar voorgesteld. Ja, hij heeft mijn auto meegenomen. Waar gaat hij naartoe?'

'De hoofdweg een eindje verder af. Over een uurtje komt hij weer terug. We zullen proberen ervoor te zorgen dat je om vijf uur weer in je auto zit, zodat je om zes uur op kantoor kunt zijn. We zouden het heel vervelend vinden je werkdag in de war te sturen.'

'Dat is toch al gebeurd.'

Een gedeeltelijk invalide serveerster die Dot heette, kwam naar hun tafeltje toe en vroeg wat ze wilden hebben. Alleen koffie. Er kwamen veel chauffeurs binnen, waardoor het café opeens stampvol was. Merle was nauwelijks meer te horen.

'Hoe gaat het met de jongens op kantoor?' vroeg Tarrance vrolijk.

'Prima. Terwijl wij aan het praten zijn, tikken de meters en wordt iedereen nog rijker. Bedankt voor de belangstelling.'

'Niets te danken.'

'Hoe gaat het met mijn oude makker Voyles?'

'Die maakt zich nogal wat zorgen. Vandaag heeft hij me twee keer opgebeld en voor de tiende keer herhaald dat hij een antwoord van jou wil hebben. Hij zei dat je nu tijd genoeg had gehad en zo. Ik heb hem gezegd dat hij zich niet zo druk moest maken. Ik heb hem verteld over onze afspraak van vannacht en toen raakte hij echt opgewonden. Ik moet hem over vier uur opbellen.'

'Tarrance, zeg hem dan maar dat ik met een miljoen geen genoegen neem. Jullie scheppen er graag over op dat je miljarden uitgeeft aan de bestrijding van de georganiseerde misdaad, dus moeten jullie ook maar eens wat mijn kant op schuiven. Wat kan een paar miljoen in contanten nu in vredesnaam voor de regering betekenen?'

'Dus we hebben het nu over een paar miljoen?'

'Inderdaad. Twee miljoen, en geen cent minder. Ik wil nu een miljoen en later nog een miljoen. Ik ben bezig al mijn dossiers te kopiëren en over een paar dagen moet ik daarmee klaar zijn. Volgens mij is er met die dossiers niets aan de hand en als ik ze aan iemand in handen geef, zal ik nooit meer als jurist kunnen werken. Dus als ik ze aan jou geef, wil ik het eerste miljoen al hebben. Laten we het maar een bewijs van goed vertrouwen noemen.'

'Hoe wil je het hebben uitbetaald?'

'Op een bank in Zwitserland, maar die details kunnen we later bespreken.'

Dot zette twee schoteltjes op tafel neer en deponeerde daar twee koppen op die er niet bij hoorden. Toen schonk ze koffie in en hield de pot zo hoog, dat de vloeistof alle kanten op spetterde. 'Volgende kopje gratis,' zei ze en vertrok.

'En het tweede miljoen?' vroeg Tarrance, die de koffie negeerde.

'Wanneer jij en ik en Voyles tot de conclusie zijn gekomen dat ik jullie voldoende documenten heb geleverd om de aanklachten te kunnen indienen, krijg ik de helft. Wanneer ik voor de laatste keer als getuige ben verschenen, krijg ik de andere helft. Dat is een heel eerlijke overeenkomst, Tarrance.'

'Inderdaad. Afgesproken.'

Mitch haalde diep adem en voelde zich slap. Afgesproken. Een contract. Een

206

overeenkomst die nooit op schrift zou worden gesteld, maar toch wel degelijk van kracht was, en niet zo zuinig ook. Hij nam een slokje koffie, maar proefde er niets van. Ze waren het eens geworden over het geld. Nu moest hij doorgaan. 'Tarrance, er is nog een ander ding.'

'O ja?' vroeg Tarrance, die zijn hoofd iets omlaag en iets naar links hield.

Mitch boog zich dichter over het tafeltje heen, steunend op zijn onderarmen. 'Het zal je niets kosten en jullie zullen het moeiteloos kunnen regelen. Goed?'

'Ik luister.'

'Mijn broer Ray zit in Brushy Mountains. Nog zeven jaar voordat hij voorwaardelijk kan worden vrijgelaten. Ik wil hem nu vrij hebben.'

'Mitch, dat is belachelijk. We kunnen heel wat, maar beslist geen staatsgevangene op vrije voeten stellen. Misschien zou het ons lukken bij iemand in een federale gevangenis, maar een staatsgevangenis is onmogelijk. Uitgesloten.'

'Tarrance, je moet naar me luisteren en goed ook. Als ik voor de mafia op de vlucht moet, gaat mijn broer met me mee. Als Voyles hem de gevangenis uit wil krijgen, krijgt hij hem ook de gevangenis uit. Dat weet ik. Dus moeten jullie alleen de manier waarop bedenken.'

'Maar wij hebben geen jurisdictie in staatsgevangenissen.'

Mitch glimlachte en pakte zijn koffiekop weer. 'James Earl Ray is uit Brushy Mountains ontsnapt zonder hulp van buitenaf.'

'Geweldig idee. We vallen de gevangenis aan, als een groep commando's, en redden je broer. Echt een schitterend idee.'

'Tarrance, ga je tegenover mij niet van de domme houden. Hierover valt niet te onderhandelen.'

'Goed, goed, ik zal kijken wat ik kan doen. Is er verder nog iets? Heb je nog meer verrassingen voor me in petto?'

'Nee. Alleen vragen over waar we naartoe gaan en wat we moeten doen. Waar zullen we in eerste instantie verborgen worden gehouden? En later tijdens de processen? Waar gaan we de rest van ons leven wonen? Kleine probleempjes, dus.'

'Die kunnen we later bespreken.'

'Wat hebben Hodge en Kozinski jullie verteld?'

'Niet voldoende. We hebben een nogal dik aantekenboek waarin we alles op alfabet hebben staan wat we over het kantoor en de Morolto's weten. Het merendeel heeft betrekking op de Morolto's: organisatie, mensen op sleutelposities, illegale activiteiten enzovoorts. Je zult dat moeten doorlezen voordat we aan het werk gaan.'

'Wat pas zal gebeuren nadat ik het eerste miljoen heb ontvangen.'

'Natuurlijk. Wanneer kunnen wij die dossiers van jou in handen krijgen?'

'Over ongeveer een week. Ik heb vier dossiers kunnen kopiëren die van iemand anders zijn. Misschien kan ik er nog een paar in handen krijgen.'

'Wie kopieert?'

'Daar heb jij niets mee te maken.'

Tarrance dacht even na en besloot daar niet op in te gaan. 'Hoeveel dossiers?'

'Tussen de veertig en de vijftig. Ik kan er maar een paar per keer meenemen. Aan sommige werk ik al acht maanden, aan andere pas een week. Voor zover ik kan nagaan, zijn al die cliënten zuiver op de graad.'

'Hoeveel cliënten heb je persoonlijk ontmoet?'

'Twee of drie.'

'Verwed er dan maar niet je kop onder dat ze allemaal zuiver op de graad zijn. Hodge heeft ons verteld dat sommige dossiers dummy's waren die al jaren circuleren, en dat iedere nieuwe assistent er zijn tanden in mag zetten. Dikke dossiers die honderden uren werk vereisen en de pas aangestelden het gevoel geven echte juristen te zijn.'

'Meen je dat?'

'Hodge heeft ons dat verteld. Het is een makkelijk spelletje, Mitch. Ze lokken je met het geld. Ze bedelven je onder werk dat heel legitiem lijkt en het voor het merendeel waarschijnlijk ook is. Maar na een paar jaar ga je deel uitmaken van het komplot, zonder dat zelf te weten. Dan hebben ze je klem en kun je geen kant meer op. Dat geldt zelfs voor jou, Mitch. Je bent acht maanden geleden in juli begonnen en je zult al wel een paar dossiers in handen hebben gekregen die niet zo fraai zijn. Je wist dat niet en had ook geen reden om het te vermoeden. Maar ze hebben de val al voor je uitgezet.'

'Twee miljoen, Tarrance. Twee miljoen en mijn broer.'

Tarrance nam een slok lauwe koffie en bestelde een kokosgebakje toen Dot binnen gehoorsafstand was. Hij keek op zijn horloge en naar de verzamelde vrachtwagenchauffeurs, die allemaal een sigaret rookten en achter elkaar ouwehoerden.

Hij zette zijn zonnebril recht. 'Wat moet ik tegen Voyles zeggen?'

'Dat er niets is geregeld tot hij erin toestemt Ray de gevangenis uit te halen. Zo niet, wordt er tussen ons niets afgesproken, Tarrance.'

'We zullen er waarschijnlijk wel iets op weten te vinden.'

'Daar twijfel ik niet aan.'

'Wanneer vertrek je naar de Cayman Eilanden?'

'Zondagmorgen vroeg. Hoezo?'

'Ik was er alleen nieuwsgierig naar.'

'Ik wil weten hoeveel verschillende groepen me daarheen volgen. Is dat te veel gevraagd? Ik ben er zeker van dat we de belangstelling van heel wat mensen genieten en we hadden eigenlijk gehoopt op een beetje privacy.'

'Appartement van het kantoor?'

'Natuurlijk.'

'Vergeet de privacy dan maar. Dat is waarschijnlijk één groot afluisterapparaat. Misschien zijn er zelfs wel een paar camera's in aangebracht.'

'Troostrijke gedachte. Misschien gaan we een paar nachten logeren in de Abanks Dive Lodge. Als jullie in de buurt zijn, moet je daar maar eens een drankje komen drinken.'

'Heel geestig. Als we er zijn, zal dat een reden hebben en zul jij er niets van af weten.'

Tarrance had het gebakje in drie happen op. Toen legde hij twee dollar op tafel neer en liep naar het donkere, achterste deel van het café. Het smerige asfalt trilde door het gebrom van rijen dieselmotoren. Ze wachtten in het donker.

'Over een paar uur zal ik Voyles spreken,' zei Tarrance. 'Waarom gaan jij en je vrouw zaterdagmiddag niet gezellig een eindje rijden?'

'Had je een bepaalde bestemming in gedachten?'

'Ja. Een kleine vijftig kilometer verder naar het oosten, hier vandaan, is een stad die Holly Springs heet. Oud stadje. Huizen van voor de oorlog, rijk aan geschiedenis. Vrouwen vinden het heerlijk daar rond te rijden en naar de oude huizen te kijken. Zorg dat je er rond een uur of vier bent en dan zullen wij je vinden. Onze makker Laney zal in een felrode Chevy Blazer rijden, met een nummerbord uit Tennessee. Ga achter hem aan. Dan zullen wij een plekje opzoeken waar we kunnen praten.'

'Is dat veilig?'

'Vertrouw ons nu maar. Als we iets verdachts zien, gaat het niet door. Rijd een uur lang door de stad rond. Als je Laney dan nog niet hebt gezien, moet je maar ergens een broodje eten en weer naar huis gaan. Dan zul je weten dat ze te dicht in de buurt waren. Wij willen geen risico's nemen.'

'Bedankt. Jullie zijn geweldig.'

Laney kwam met de BMW voorzichtig een hoek om gereden en sprong de wagen uit. 'De kust is veilig. Geen spoor van iemand te bekennen.'

'Prima,' zei Tarrance. 'Tot morgen, Mitch. Rijd veilig.' Ze gaven elkaar een hand.

'Tarrance, er valt niet over te onderhandelen,' zei Mitch nogmaals.

'Je mag me Wayne noemen. Tot morgen.'

25

De zwarte donderkoppen en de neerstromende regen hadden de toeristen al lang van Seven Mile Beach verdreven toen de McDeeres, doorweekt en dood-op, bij de luxe appartementen arriveerden. Mitch reed de gehuurde Mitsubishi-jeep achteruit de stoep op, over het gazon tot aan de voordeur. Appartement B. De eerste keer had hij in appartement A gelogeerd. Ze leken identiek, met uitzondering van de kleur verf. De sleutel paste en ze laadden snel hun bagage uit toen het steeds harder begon te regenen.

Zodra ze eenmaal binnen waren, pakten ze hun koffers uit in de grote slaapka-mer boven, die een lang balkon had dat uitkeek op het natte strand. Ze letten op hun woorden, inspecteerden het huis, elke kamer en elke kast. De ijskast was leeg, maar de bar was goed gevuld. Mitch maakte twee rum-cola's klaar, ter ere van de eilanden. Het was stil in Rumheads, dat vanaf die afstand maar net was te zien. Twee eilandbewoners zaten aan de bar te drinken en keken naar de zee.

'Daar is Rumheads,' zei Mitch en wees met zijn glas.

'Rumheads?'

'Daar heb ik je over verteld. Bar waar de toeristen graag drinken en de plaatse-lijke bevolking domino speelt.'

'O.' Abby was er niet van onder de indruk. Ze geeuwde en liet zich verder weg-zakken in de plastic stoel. Ze deed haar ogen dicht.

'Abby, dit is geweldig! We zijn voor het eerst samen het land uit, op onze eerste echte huwelijksreis, en binnen tien minuten nadat we zijn geland, val jij in slaap.'

'Mitch, ik ben moe. Terwijl jij vannacht lag te slapen, ben ik aldoor aan het in-pakken geweest.'

'Je hebt acht koffers gepakt, zes voor jezelf en twee voor mij. Je hebt alle kle-ren ingepakt die we hebben. Het is dus geen wonder dat je de hele nacht op bent geweest.'

'Ik wilde geen kleren te kort komen.'

'Te kort komen? Hoeveel bikini's heb je meegenomen? Tien? Twaalf?'

'Zes.'

'Geweldig. Een per dag. Waarom trek je er niet een aan?'

'Wat zeg je?'

'Je hebt me best verstaan. Pak die hoog opgesneden blauwe maar, met die touwtjes. Dat ding dat een halve gram weegt en zestig dollar heeft gekost en waar je billen uit komen als je loopt. Die wil ik je graag zien dragen.'

'Mitch, het regent. Je hebt me meegenomen naar dit eiland in de regentijd. Kijk eens naar die wolken! Donker en dik en zeker blijvertjes. Ik zal deze week geen enkele bikini nodig hebben.'

Mitch glimlachte en begon haar benen te masseren. 'Ik vind die regen wel prettig. Ik hoop dat het de hele week blijft regenen. Dan moeten we binnen blijven, in bed, en kunnen niets anders doen dan rum drinken en elkaar uitputten.'
'Bedoel je dat je echt met me naar bed wilt? Mitch, ik voel me geschokt. We zijn deze maand al een keer aan het vrijen geweest.'
'Twee keer.'
'Ik dacht dat je de hele week wilde duiken en snorkelen.'
'Nee, want er zal waarschijnlijk wel een haai op me liggen te wachten.'
Het begon harder te waaien en het balkon werd drijfnat.
'Laten we ons uitkleden,' zei Mitch.

Na een uur begon het weer op te klaren. Het hield op met regenen en de lucht werd lichter toen de donkere, laaghangende wolken afdreven naar het noordoosten, richting Cuba. Kort voor zonsondergang liet de zon zich nog even zien. Strandhuisjes, appartementen en hotelkamers stroomden leeg en toeristen liepen over het zand naar het water. Opeens was het in Rumheads bomvol.
Er werd gedronken, dart en domino gespeeld. De reggae-band ernaast, in het Palms, begon de instrumenten te stemmen.
Mitch en Abby liepen langs de waterlijn in de richting van Georgetown, weg van de plaats waar het jonge meisje was geweest. Af en toe dacht hij aan haar, en aan de foto's. Hij was tot de conclusie gekomen dat ze een hoer moest zijn geweest, die door DeVasher was betaald om hem voor verborgen camera's te verleiden. Hij verwachtte niet haar deze keer te zien.
Opeens zweeg de muziek, bleven de mensen op het strand doodstil staan en werd het lawaai in Rumheads aanzienlijk minder. Iedereen keek naar de zon, die nu het water raakte. Grijze en witte wolken, de laatste restanten van de hevige regen, verdwenen samen met de zon achter de horizon. Ze kregen oranje, gele en rode kleuren – eerst ingetogen, toen heel fel. De hemel leek net een schildersdoek waarop de zon zijn ontzagwekkende kleuren met kloeke stroken aan het schilderen was. Toen was de fel-oranje bal weg. De wolken werden zwart en verdwenen eveneens. Een zonsondergang van de Cayman Eilanden.

Angstig en heel voorzichtig manoeuvreerde Abby de jeep door het vroege ochtendverkeer in de winkelwijk. Ze kwam uit Kentucky. Ze had nooit langere tijd links van de weg gereden. Mitch zei haar hoe ze moest rijden en keek in de achteruitkijkspiegel. In de smalle straten en op de trottoirs wemelde het al van de toeristen die op zoek waren naar porselein, kristal, parfum, camera's en juwelen, die belastingvrij konden worden gekocht.
Mitch wees op een onopvallende zijstraat en de jeep schoot tussen twee groepen toeristen door. Hij gaf haar een kusje op haar wang. 'Ik zie je hier weer, om vijf uur.'
'Wees voorzichtig,' zei ze. 'Ik ga even naar de bank en dan blijf ik op het strand, in de buurt van het appartement.'
Hij smeet het portier dicht en verdween tussen twee kleine winkels. Het steegje

leidde naar een bredere straat, die uitkwam bij Hogsty Bay. Hij dook een drukke winkel in waar T-shirts werden verkocht en zocht een opvallend groen en oranje gebloemd hemd uit, evenals een grote strohoed. Twee minuten later dook hij vanuit die winkel regelrecht de achterbank van een voorbijrijdende taxi op. 'Naar het vliegveld,' zei hij, 'en snel graag. Houd de achteruitkijkspiegel in de gaten, want het kan zijn dat iemand ons volgt.'

De chauffeur reageerde daar niet op. Hij reed gewoon langs de bankgebouwen de stad uit. Tien minuten later stopte hij voor de vertrekhal.

'Is iemand ons gevolgd?' vroeg Mitch, terwijl hij geld uit zijn zak haalde.

'Nee. Vier dollar en tien cent.'

Mitch smeet een briefje van vijf dollar op de voorbank en liep snel het gebouw in. Het toestel van Cayman Airways zou om negen uur naar Brac vertrekken. In een cadeauwinkel nam Mitch een kop koffie en hield zich schuil tussen twee rijen planken met souvenirtjes. Hij keek naar de wachtruimte en zag niemand. Natuurlijk had hij er geen idee van hoe ze eruitzagen, maar hij zag niemand rondsnuffelen. Misschien waren ze de jeep gevolgd, of de winkelwijk aan het uitkammen. Misschien.

Voor vijfenzeventig dollar had hij de laatste zitplaats gereserveerd in de Trislander, een driemotorig toestel dat tien passagiers kon vervoeren. Abby had die plaats vanuit een openbare telefooncel gereserveerd op de avond na hun aankomst. Op het allerlaatste moment liep hij op een drafje naar het toestel en ging aan boord. De piloot sloot de deuren en ze taxiden naar de startbaan. Er waren geen andere vliegtuigen te zien. Rechts zag Mitch een kleine hangar.

De tien toeristen bewonderden de stralend blauwe zee en zeiden weinig tijdens de twintig minuten durende vlucht. Toen ze Cayman Brac naderden, fungeerde de piloot als reisgids en vloog met een grote boog om het eiland heen. Hij besteedde speciale aandacht aan de hoge rotsen aan de oostzijde. Zonder die rotsen, zei hij, zou het eiland even vlak zijn geweest als Grand Cayman. Zacht zette hij het toestel op de smalle asfaltbaan neer.

Naast het kleine witte gebouw met het woord VLIEGVELD op alle vier de muren geschilderd, keek een blanke man toe hoe de passagiers snel uitstapten. Het was Rick Acklin, agent van de FBI. Het zweet drupte van zijn neus en zijn overhemd plakte aan zijn rug vast. Hij deed een stap naar voren. 'Mitch?' zei hij zacht.

Mitch aarzelde en liep toen op hem af.

'De auto staat aan de voorkant van het gebouw,' zei Acklin.

'Waar is Tarrance?' Mitch keek om zich heen.

'Die wacht.'

'Heeft de auto airconditioning?'

'Ik ben bang van niet. Sorry.'

De auto was een stokoude LTD uit 1974. Acklin vertelde onder het rijden dat je op Cayman Brac nu niet direct uit een ruim assortiment huurauto's kon kiezen. De Amerikaanse regering had de auto gehuurd omdat hij en Tarrance geen taxi hadden kunnen vinden. Ze hadden nog geboft dat ze op zo'n korte termijn wel een kamer hadden gekregen.

De kleine, nette huisjes stonden dicht naast elkaar en even later was de zee te zien. Ze parkeerden op een stuk zand bij een etablissement dat Brac Divers heette. Bij een oude aanlegsteiger lagen honderd boten in allerlei maten afgemeerd. Iets verderop naar het westen stond een twaalftal hutten met rieten daken, die duikers uit alle delen van de wereld herbergden. Naast de aanlegsteiger was een naamloze bar in de open lucht, waar dart en domino kon worden gespeeld. Ventilatoren van hout en koper draaiden langzaam aan het plafond rond, om de barkeeper en de mensen die domino aan het spelen waren, enige verkoeling te bieden.

Wayne Tarrance zat op zijn eentje aan een tafeltje cola te drinken en te kijken hoe duizend identieke gele duiktanks van de aanlegsteiger een boot op werden gesjouwd. Zelfs voor een toerist zag hij er overdreven uit. Gele zonnebril met donkere glazen, bruine strooien sandalen, kennelijk splinternieuw, zwarte sokken, een strak luau-shirt in wel twintig felle kleuren en een goudkleurige gymbroek die heel oud was en zo kort, dat de onbehaarde, ziekelijk witte benen die onder de tafel werden gehouden, er nauwelijks door werden bedekt. Met zijn glas zwaaide hij naar de twee lege stoelen.

'Mooi shirtje, Tarrance,' zei Mitch met onverholen pret.

'Dank je. Jij ziet er zelf ook schitterend uit.'

'Lekker bruin kleurtje ook.'

'Ja. Je moet er wat voor doen, hè?'

Een ober stond bij hen in de buurt en wachtte tot ze iets zouden bestellen. Acklin nam een cola. Mitch een cola met een beetje rum erin. Toen keken ze alle drie naar de duikers en de duikspullen die aan boord werden geladen.

'Wat is er in Holly Springs gebeurd?' vroeg Mitch uiteindelijk.

'Sorry, daar konden we niets aan doen. Ze waren je vanuit Memphis gevolgd en hadden al twee wagens in Holly Springs paraat staan.'

'Hebben jij en je vrouw over dat ritje gesproken voordat jullie weggingen?' vroeg Acklin.

'Dat denk ik wel. Het zal thuis wel een paar maal ter sprake zijn gekomen.'

Dat antwoord leek Acklin tevreden te stellen. 'Ze waren goed op je komst voorbereid. Een groene Skylark is je zo'n dertig kilometer gevolgd en verdween toen opeens. Op dat moment hebben we het rendez-vous afgelast.'

Tarrance nam een slokje cola en zei: 'Zaterdagavond laat is de Lear non-stop naar Grand Cayman gevlogen. We denken dat er twee of drie mensen aan boord waren. Zondagmorgen vroeg is het toestel teruggekeerd naar Memphis.'

'Dus ze zijn hier en volgen ons?'

'Natuurlijk. Er zullen ook wel een of twee van hun mensen met Abby en jou zijn meegevlogen. Kunnen mannen zijn geweest, of vrouwen, of een man en een vrouw. Kan een zwarte kerel zijn geweest, of een Oosterse vrouw. Wie zal het zeggen? Mitch, je moet goed onthouden dat ze geld zat hebben. Twee mensen kennen we inmiddels. De ene was in Washington toen jij daar was. Blonde kerel, een jaar of veertig, heel kort haar en echt sterk. Beweegt zich snel. We hebben hem gisteren zien rijden in een rode Escort, die hij had gehuurd bij Coconut Car Rentals op het eiland.'

213

'Ik denk dat ik hem heb gezien,' zei Mitch.

'Waar?' vroeg Acklin.

'In een bar op het vliegveld van Memphis, op de avond dat ik uit Washington ben teruggekomen. Ik heb hem erop betrapt dat hij naar mij zat te kijken en toen meende ik hem ook al in Washington te hebben gezien.'

'Dat moet hem zijn. Nu is hij dus hier.'

'Wie is die andere?'

'Tony Verkler. Tweetons-Tony, noemen wij hem. Is al indrukwekkend vaak veroordeeld, voornamelijk in Chicago. Werkt al jaren voor Morolto. Weegt zo'n honderdvijftig kilo en kan mensen schitterend in de gaten houden, omdat niemand ooit achterdocht jegens hem zal gaan koesteren.'

'Gisterenavond was hij in Rumheads,' zei Acklin.

'Gisterenavond? Toen waren wij er ook.'

De boot voer statig van de pier weg en koerste naar open zee. Verderop waren vissers hun netten aan het binnenhalen en werden catamarans behendig de zee op gemanoeuvreerd. Het eiland was na een dromerige start ontwaakt. De helft van de boten die bij de aanlegsteiger waren afgemeerd, was nu vertrokken of stond op het punt van vertrek.

'Wanneer zijn jullie gearriveerd?' vroeg Mitch en merkte dat er in zijn glas meer rum dan cola zat.

'Zondagavond,' zei Tarrance.

'Hoeveel mensen hebben jullie op de eilanden? Daar ben ik nieuwsgierig naar.'

'Vier mannen en twee vrouwen,' antwoordde Tarrance. Acklin zweeg en liet het gesprek nu volledig aan zijn superieur over.

'En waarom zijn jullie precies hier?'

'Om verschillende redenen. In de eerste plaats wilden we je spreken om onze overeenkomst definitief vast te leggen. Voyles wil een afspraak waar jij mee kunt leven. In de tweede plaats willen we weten hoeveel mensen zij hier hebben. We zullen deze week ons best doen die te identificeren. Het eiland is klein, dus kunnen we goed observeren.'

'En in de derde plaats wil je nog bruiner worden?'

Acklin giechelde even. Tarrance glimlachte en fronste toen zijn wenkbrauwen.

'Nee, niet bepaald. We zijn hier om jou te beschermen.'

'Om mij te beschermen?'

'Ja. De laatste keer dat ik aan deze tafel zat, was ik in gesprek met Joe Hodge en Marty Kozinski. Ongeveer negen maanden geleden. Op de dag voordat ze werden vermoord, om precies te zijn.'

'En je denkt dat ik ook op het punt sta om te worden vermoord?'

'Nee, nog niet.'

Mitch gaf de barkeeper een teken dat hij nog een drankje wilde hebben. Het dominospel raakte verhit. Hij keek toe hoe de eilandbewoners ruzie maakten en bier dronken.

'Hoor eens, jongens, terwijl wij hier aan het praten zijn, zitten die boeven waarschijnlijk op Grand Cayman achter mijn vrouw aan. Dat zal me tot mijn terugkeer nogal zenuwachtig maken. Hoe zit het met onze overeenkomst?'

Tarrance staarde Mitch nu aan. 'Twee miljoen is prima en...'

'Natuurlijk is dat prima, Tarrance. Dat bedrag waren we overeengekomen.'

'Mitch, ontspan je. We zullen je een miljoen betalen wanneer we al je dossiers in handen hebben. Op dat moment kun je niet meer terug. Dan zit je er tot je nek in.'

'Tarrance, dat begrijp ik. Ik ben zelf met dat voorstel gekomen, weet je nog wel?'

'Dat is echter wel het makkelijkste deel. Jouw dossiers willen we eigenlijk helemaal niet hebben, omdat daar niets mee aan de hand is. Het zijn goede en legitieme dossiers. We willen de andere dossiers hebben, Mitch, die schreeuwen om een officiële aanklacht. Die dossiers zul je veel minder makkelijk te pakken kunnen krijgen. Maar als het je lukt, krijg je nog een half miljoen en het laatste half miljoen wanneer de processen zijn afgerond.'

'En mijn broer?'

'Dat zullen we proberen.'

'Dat is niet goed genoeg, Tarrance. Ik wil een definitieve toezegging.'

'Die kunnen we je niet geven. Hij moet verdorie nog minstens zeven jaar brommen.'

'Maar hij is mijn broer, Tarrance. Het zou me nog niets kunnen schelen wanneer hij een seriemoordenaar was die op het punt stond op de elektrische stoel te worden geëxecuteerd. Hij is mijn broer en als jullie mijn medewerking willen hebben, zullen jullie ervoor moeten zorgen dat hij vrijkomt.'

'Ik heb al gezegd dat we het zouden proberen, maar ik kan niets beloven. We zullen hem op geen enkele formele, legitieme manier uit die gevangenis kunnen halen, dus zullen we het op andere manieren moeten proberen. Stel dat hij tijdens zijn ontsnapping wordt neergeschoten?'

'Tarrance, zorg ervoor dat hij daar wegkomt.'

'We zullen ons best doen.'

'Tarrance, je zult alle macht en hulp van de FBI in stelling brengen om mijn broer te helpen uit de gevangenis te ontsnappen, hè?'

'Dat kan ik je wel beloven.'

Mitch ging weer makkelijk zitten en nam een grote slok. Nu was de afspraak definitief. Hij kon makkelijker ademhalen en glimlachte in de richting van de schitterende Caribische Zee.

'Wanneer krijgen we die dossiers?' vroeg Tarrance.

'Ik dacht dat je die niet wilde hebben, omdat je er toch niets mee kon doen?'

'Mitch, we willen die dossiers hebben omdat we jou dan ook in handen hebben. Je zult jezelf hebben bewezen wanneer je ons je dossiers hebt overgedragen en daarmee in feite je vergunning om als jurist werkzaam te zijn.'

'Over tien tot vijftien dagen.'

'Hoeveel dossiers?'

'Tussen de veertig en de vijftig. De kleine zijn zo'n tweeënhalve centimeter dik. De grote zouden nog niet op deze tafel passen. Ik kan de kopieerapparaten op kantoor niet gebruiken, dus hebben we het anders moeten regelen.'

'Misschien zouden wij daarbij kunnen helpen,' zei Acklin.

'Misschien niet. Misschien dat ik jullie wel om hulp zal vragen wanneer ik die nodig heb.'

'Hoe wil je ze naar ons toe krijgen?' vroeg Tarrance.

Acklin zweeg opnieuw.

'Heel eenvoudig, Wayne. Wanneer ik alles heb gekopieerd en het miljoen op de rekening staat waarop ik het hebben wil, zal ik je een sleutel geven van een bepaalde ruimte in de omgeving van Memphis. Dan kun je ze ophalen.'

'Ik heb je al gezegd dat het geld op een Zwitserse rekening zal worden gestort,' zei Tarrance.

'Maar ik wil het niet op een Zwitserse rekening hebben. Ik zal bepalen hoe en waarheen het geld moet worden overgemaakt. Van nu af aan gaat het om mijn nek, dus bepaal ik hoe het gaat.'

'Je vertrouwt de Zwitsers niet?' vroeg Tarrance glimlachend en staarde naar de steiger.

'Laten we maar zeggen dat ik een andere bank in gedachten heb. Wayne, vergeet niet dat ik werk voor mensen die geld witwassen, dus ben ik een expert geworden in het wegwerken van geld op buitenlandse rekeningen.'

'We zullen het bespreken.'

'Wanneer krijg ik dat aantekenboek over de familie Morolto?'

'Nadat jij de dossiers hebt geleverd en het eerste miljoen hebt gekregen. We zullen je zoveel informatie geven als ons mogelijk is, maar verder zul je het alleen moeten klaren. Jij en ik moeten elkaar vaak ontmoeten en dat zal nogal gevaarlijk zijn. We zullen wel een paar busritjes gaan maken.'

'In orde, maar de volgende keer neem ik de plaats naast het gangpad.'

'Prima. Iemand die twee miljoen waard is, mag in een Greyhound zelf een plaatsje uitzoeken.'

'Wayne, misschien zal ik niet lang genoeg leven om daarvan te kunnen genieten, en dat weet jij best.'

Een kleine vijf kilometer buiten Georgetown, op de smalle, kronkelende weg naar Bodden Town, zag Mitch hem. Hij zat gehurkt achter een oude Volkswagen Kever, waarvan de motorkap omhoog stond, alsof hij autopech had gekregen. De man was gekleed als een eilandbewoner, niet als een toerist. Hij kon makkelijk doorgaan voor een van de Britten die op een bank werkzaam waren. Hij was gebruind en hield een moersleutel vast. Het was de blonde kerel over wie Tarrance het had gehad.

Hij had niet gezien mogen worden.

Mitch ging instinctief langzamer rijden, om te wachten tot de man hem bijna had ingehaald. Abby boog zich om en hield de weg in de gaten. De smalle hoofdweg naar Bodden Town liep een kleine acht kilometer vlak langs de kust en boog daarna af. Binnen een paar minuten kwam de groene Kever snel de flauwe bocht door. De jeep van de McDeeres was veel dichter bij dan de man had verwacht. Hij ging abrupt langzamer rijden en draaide toen de eerste de beste afslag richting oceaan op.

Mitch gaf gas en racete naar Bodden Town. Ten westen van het stadje draaide hij naar het zuiden en was even later weer bij de oceaan.

Het was tien uur 's morgens en het parkeerterrein bij Abanks Dive Lodge was maar halfvol. De boten waren een half uur eerder uitgevaren. De McDeeres liepen snel naar de bar, waar Henry al bier en sigaretten naar de domino spelende mensen bracht.

Barry Abanks leunde tegen een van de palen die het rieten dak van de bar omhooghielden en keek toe hoe zijn twee boten met duikers om de hoek van het eiland verdwenen. Vanaf elke boot zou tweemaal worden gedoken, bij plaatsen als Bonnie's Arch, Devil's Grotto, Eden Rock en Roger's Wreck Point. Al die plekjes had hij al duizend keer gezien en sommige ervan had hij zelf ontdekt. De McDeeres liepen naar hem toe en Mitch stelde zijn vrouw voor. Abanks reageerde nauwelijks beleefd, maar niet onbeschoft. Ze liepen naar de aanlegsteiger, waar een dekknecht een vissersboot voor vertrek gereed aan het maken was. Abanks ging aan boord en riep de man een niet te ontcijferen reeks bevelen toe. De man was ofwel doof, of niet bang van zijn baas.

Mitch stond naast Abanks en wees op de bar. 'Kent u alle mensen die daar zitten?'

Abanks keek Mitch met gefronste wenkbrauwen aan.

'Ze hebben geprobeerd me hierheen te volgen,' zei Mitch.

'Het is de gebruikelijke club en er zijn geen onbekenden bij.'

'Hebt u hier vanmorgen onbekenden gezien?'

'Hoor eens, hier komen veel onbekenden. Ik houd geen dossier bij van diegenen die ik ken en de mensen die mij onbekend zijn.'

'Hebt u een dikke Amerikaan gezien, rood haar, minstens hondervijftig kilo zwaar?'

Abanks schudde zijn hoofd. De dekknecht voer met de boot behoedzaam van de steiger weg en koerste naar open zee. Abby was op een bankje gaan zitten en keek naar de steeds kleiner wordende Lodge. In een tas, die tussen haar benen stond, zaten nieuwe zwemvliezen en duikmaskers. Ze zouden zogenaamd gaan snorkelen, en misschien wat vissen, als de vissen wilden happen. De baas was bereid geweest hen te vergezellen, maar pas nadat Mitch hem had verteld dat ze persoonlijke zaken moesten bespreken. Persoonlijke zaken die betrekking hadden op de dood van zijn zoon.

Vanaf een balkon op de eerste verdieping van een van de strandhuizen keek de blonde man toe hoe de hoofden van twee snorkelende mensen af en toe boven water kwamen en toen aan de andere kant van de boot uit zijn gezichtsveld verdwenen. Hij gaf de verrekijker aan Tweetons-Tony Verkler, die er al snel genoeg van kreeg en het ding teruggaf. Een opvallende blondine in een zwempak met heel hoog opgesneden pijpen stond achter de blonde man en pakte de verrekijker van hem over. De dekknecht leek vooral haar belangstelling te hebben.

'Ik begrijp niet waarom ze die jongen hebben meegenomen wanneer ze iets serieus te bespreken hebben,' zei Tony.

'Misschien hebben ze het wel over snorkelen en vissen,' zei de blonde man.

'Ik weet het niet,' zei de blondine. 'Abanks gaat nooit met een vissersboot mee.

Hij duikt liever. Hij moet een goede reden hebben om een dag door te brengen met mensen die nog moeten leren snorkelen. Er is iets gaande.'
'Wie is die jongen?' vroeg Tony.
'Een van de vele hulpjes.'
'Kan ik later met hem praten?' vroeg de blonde man.
'Ja,' zei Tony. 'Je moet hem maar wat bloot laten zien en iets laten snuiven. Dan gaat hij vanzelf wel praten.'
'Ik zal het proberen,' zei ze.
'Hoe heet hij?' vroeg de blonde man.
'Keith Rook.'

Keith Rook manoeuvreerde bij Rum Point de boot naar de steiger. Mitch, Abby en Abanks klauterden de boot uit en liepen naar het strand. Keith was niet uitgenodigd om mee te gaan lunchen. Hij bleef achter en schrobde lui het dek. De Shipwreck Bar stond een honderd meter van de waterlijn vandaan, onder bomen die veel schaduw gaven. Het was er donker en vochtig en de ventilatoren aan het plafond piepten. Geen reggae-muziek, geen darts, geen domino's. De mensen die er zaten te lunchen, spraken rustig met hun disgenoten.
Ze keken vanaf hun tafeltje uit op de zee, in noordelijke richting. Ze bestelden cheeseburgers en bier, zoals de meeste eilandbewoners.
'Deze bar is anders,' zei Mitch rustig.
'Heel anders en daar is ook een goede reden voor,' zei Abanks. 'Hier komen de drugshandelaren die veel van de fraaie huizen en appartementen hier in eigendom hebben. Ze arriveren met hun eigen straalvliegtuigen, zetten hun geld op een van onze fraaie banken en brengen hier dan nog een paar dagen door om hun onroerend goed te controleren.'
'Leuke buurt.'
'Heel leuk. Ze hebben miljoenen en bemoeien zich met hun eigen zaken.'
De serveerster zette zonder iets te zeggen drie flessen Red Stripe op hun tafeltje neer. Abanks boog zich, steunend op zijn ellebogen, over het tafeltje heen en hield zijn hoofd laag: de gebruikelijke houding tijdens een gesprek in deze bar. 'Dus je denkt hiermee weg te kunnen komen?'
Mitch en Abby bogen zich eveneens naar voren, zodat de drie hoofden elkaar boven de biertjes bijna raakten. 'Ik zal voor mijn leven moeten rennen, maar het zal me lukken,' zei Mitch. 'Daar heb ik echter wel jouw hulp bij nodig.'
'Wat kan ik dan doen?' vroeg Abanks na even te hebben nagedacht schouderophalend. Toen nam hij een eerste slokje bier.
Abby zag haar het eerst en het was ook zo dat alleen een vrouw kon hebben opgemerkt dat een andere vrouw zich heel voorzichtig inspande om hun gesprek af te luisteren. Ze zat met haar rug naar Abanks toe. Het was een blondine, met een goedkope zwartrubber zonnebril op die het merendeel van haar gezicht bedekte. Ze had net iets te duidelijk haar best gedaan om naar de oceaan te kijken en te luisteren. Wanneer het drietal zich naar elkaar toe boog, ging ze rechtop zitten en spitste als een gek haar oren. Ze zat alleen aan een tafeltje voor twee personen.

Abby drukte haar vingernagels in het been van haar echtgenoot en het werd stil aan hun tafeltje. De blondine luisterde en besteedde toen weer aandacht aan haar tafeltje en haar drankje.

Op de vrijdag van de Cayman-week bleek Tarrance zijn garderobe te hebben aangepast. De strooien sandalen, de strakke gymbroek en de zonnebril waren verdwenen, net als de ziekelijk witte benen. Die waren nu felroze, onherkenbaar verbrand. Na drie dagen in het tropische achterland dat Cayman Brac heette, hadden hij en Acklin, handelend namens de Amerikaanse regering, een nogal goedkope hotelkamer op Grand Cayman gevonden, kilometers van Seven Mile Beach vandaan en niet binnen loopafstand van welk deel van de kust dan ook. Daar hadden ze een commandopost ingericht om het komen en gaan van de McDeeres en andere belanghebbenden in de gaten te kunnen houden. Hier in het Coconut Motel deelden ze een kleine kamer met twee eenpersoonsbedden en een koude douche. Woensdagmorgen hadden ze weer contact gezocht met McDeere en om een bespreking op zo kort mogelijke termijn gevraagd. Hij had gezegd dat hij het daar te druk voor had. Hij had gezegd dat hij en zijn vrouw op huwelijksreis waren en geen tijd hadden voor zo'n bespreking. Misschien later. Dat was het enige dat hij had toegezegd.

Toen Mitch en Abby laat op de donderdag daarna genoten van een gegrild souper in het Lighthouse, langs de weg naar Bodden Town, was Laney, gekleed in inheemse kleding, waardoor hij eruitzag als een authentieke zwarte eilandbewoner, naar hun tafeltje gekomen om hun de wet voor te schrijven. Tarrance stond op een bespreking.

Kip moest naar de Cayman Eilanden worden geïmporteerd en het gevogelte was niet van de beste kwaliteit. Het werd niet door de eilandbewoners genut tigd, maar door Amerikanen die van huis waren en dat noodzakelijke gerecht node misten. Het kostte kolonel Sanders onzettend veel moeite de meisjes die hij in dienst had te leren hoe ze zo'n kippetje moesten klaarmaken. Voor die zwarte of bijna zwarte meisjes was het een onbekende bezigheid.

Daarom had Wayne Tarrance, afkomstig uit de Bronx, een snelle, geheime bespreking geregeld in de Kentucky Fried Chicken van het eiland. Het enige etablissement van die firma op Grand Cayman. Hij dacht dat daar wel bijna niemand zou zijn, maar daar had hij zich in vergist.

Honderd hongerige toeristen uit Georgia, Alabama, Texas en Mississippi zaten te genieten van kip met een salade van witte kool en lekkere aardappeltjes. Dat alles smaakte beter in Tupelo, maar het kon ermee door.

Tarrance en Acklin hadden aan een tafeltje plaats genomen en keken zenuwachtig naar de voordeur. Het was nog niet te laat om alles af te gelasten. Er waren gewoon te veel mensen. Uiteindelijk kwam Mitch binnen, alleen, en ging in de lange rij staan. Met het kleine rode doosje liep hij naar hun tafeltje en ging zitten. Hij zei niets, niet eens hallo. Hij begon de drie stukjes kip op te eten waarvoor hij $ 4.89 had moeten neertellen. Geïmporteerde kip.

'Waar heb je gezeten?' vroeg Tarrance.

Mitch ging in de aanval op een dij. 'Op het eiland. Tarrance, het is stom van je

219

geweest om hier af te spreken, want er zijn veel te veel mensen.'

'Wij weten wat we doen.'

'Ja, net zoals in die Koreaanse schoenenwinkel.'

'Leuk. Waarom wilde je ons woensdag niet spreken?'

'Woensdag had ik het druk. Ik wilde je op die dag niet zien. Ben ik niet gevolgd?'

'Natuurlijk niet. Als dat wel zo was geweest, zou Laney je bij de voordeur staande hebben gehouden.'

'Tarrance, dit restaurant maakt me zenuwachtig.'

'Waarom ben je naar Abanks gegaan?'

Mitch veegde zijn mond af en bleef de gedeeltelijk verslonden kippedij vasthouden. Een nogal kleine dij. 'Hij heeft een boot. Ik wilde vissen en snorkelen en we konden het over de prijs eens worden. Waar was jij, Tarrance? Zat je in een onderzeeboot achter ons aan?'

'Wat zei Abanks?'

'Hij kent heel wat woorden. Hallo. Geef me een biertje. Wie volgt ons? Heel wat woorden.'

'Weet je dat zij je zijn gevolgd?'

'Zij? Welke zij? Jullie mensen of de hunne? Ik word zo intensief gevolgd, dat ik straks nog verkeersopstoppingen ga veroorzaken.'

'De slechteriken, Mitch. Ze komen uit Memphis, Chicago en New York. Degenen die je morgen zullen doden wanneer je denkt te slim te zijn.'

'Ik voel me geroerd. Dus zij zijn me gevolgd. Waarheen heb ik hen meegenomen? Naar plekjes om te snorkelen? Om te vissen? Kom nu, Tarrance. Zij volgen mij, jullie volgen hen en zij volgen jou. Als ik op de rem trap, zitten er twintig neuzen op mijn achterste. Waarom hebben we hier afgesproken? Het is hier bomvol.'

Tarrance keek gefrustreerd om zich heen.

Mitch deed het doosje met de kip dicht. 'Tarrance, ik ben zenuwachtig en heb geen trek meer.'

'Ontspan je. Niemand is je vanaf het appartement gevolgd.'

'Niemand lijkt me ooit te volgen, Tarrance. Ik neem aan dat Hodge en Kozinski ook nooit werden gevolgd. Niet naar Abanks, niet toen ze in de boot zaten en niet toen ze werden begraven. Tarrance, dit was geen goed idee en ik ga weg.'

'Goed. Wanneer vertrekt het vliegtuig?'

'Waarom vraag je dat? Zijn jullie van plan mij te volgen, of hen? Stel dat zij jullie volgen? Stel dat we allemaal volslagen in de war raken en ik iedereen volg?'

'Mitch, kom nu!'

'Om tien over half tien 's morgens. Ik zal proberen een zitplaatsje voor je te bewaren. Dan kun je naast Tweetons-Tony bij een van de raampjes gaan zitten.'

'Wanneer krijgen we je dossiers?'

Mitch ging staan, met het doosje kip in zijn hand. 'Over een week of zo. Geef me tien dagen de tijd, Tarrance, en geen ontmoetingen meer in het openbaar. Ze vermoorden juristen en geen stomme agenten van de FBI. Onthoud dat goed.'

26

Op maandagmorgen om acht uur betraden Oliver Lambert en Nathan Locke de afdeling van de bewakingsdienst op de vijfde verdieping en liepen door de doolhof van kleine kamers en kantoortjes. DeVasher wachtte hen op. Hij deed de deur achter hen dicht en wees op de stoelen. Hij liep niet zo snel, want hij had die nacht een verloren strijd gestreden met de wodka. Zijn ogen waren rood en zijn hersenen leken bij elke ademhaling te worden opgerekt.

'Gisteren heb ik in Las Vegas met Lazarov gesproken. Ik heb zo goed mogelijk uitgelegd waarom jullie aarzelen Lynch, Sorrell, Buntin en Myers te ontslaan. Ik heb hem deelgenoot gemaakt van alle goede redenen die jullie daarvoor hadden. Hij zei dat hij erover zou nadenken, maar dat ik er in die tussentijd verdomd zeker van moest kunnen zijn dat zij alleen dossiers onder ogen krijgen waarmee niets aan de hand is. We mogen geen enkel risico nemen en het viertal moet nauwlettend in de gaten worden gehouden.'

'Het is een echt aardige kerel, hè?' zei Oliver Lambert.

'Ja, een regelrechte charmeur. Hij zei dat Morolto het kantoor nu al zes weken lang elke week een keer ter sprake brengt. Hij zei dat iedereen zich zorgen maakt.'

'Wat heb jij tegen hem gezegd?'

'Dat alles op het ogenblik in orde was. Dat de lekken op dit moment zijn gedicht. Ik denk echter niet dat hij me geloofde.'

'Hoe zit het met McDeere?' vroeg Locke.

'Hij heeft met zijn vrouw een geweldige week achter de rug. Heb je haar ooit wel eens in een string-bikini gezien? Heeft ze die hele week gedragen. Schitterend! We hebben gewoon voor de grap een paar foto's genomen.'

'Ik ben niet hierheen gekomen om naar foto's te kijken,' zei Locke nijdig.

'Je meent het. Ze zijn een hele dag op stap geweest met onze makker Abanks. Die drie mensen, plus een dekknechtje. Ze hebben in het water gespeeld en wat gevist. Verder hebben ze heel veel gepraat. Waarover weten we niet. Daar konden we geen moment dicht genoeg voor in de buurt komen. Maar het maakt me heel erg achterdochtig, jongens. Heel achterdochtig.'

'Ik zou niet weten waarom,' zei Oliver Lambert. 'Waar zouden ze anders over kunnen praten dan vissen en duiken en natuurlijk Hodge en Kozinski? Het kan toch zeker geen kwaad wanneer ze over Hodge en Kozinksi hebben gepraat?'

'Oliver, hij heeft Hodge en Kozinski nooit gekend,' zei Locke. 'Waarom zou hij zoveel belangstelling hebben voor hun dood?'

'Onthoud goed dat Tarrance hem die eerste keer heeft verteld dat het geen ongeluk was. Dus nu is hij Sherlock Holmes aan het spelen en zoekt naar aanwijzingen.'

'Maar die zal hij niet vinden, hè, DeVasher?'

'Nee. Het is perfect geregeld. Natuurlijk zijn er een paar onbeantwoorde vragen, maar die kan de politie van de Cayman Eilanden beslist niet beantwoorden. Evenmin als onze McDeere.'

'Waarom maak je je dan zorgen?' vroeg Lambert.

'Omdat ze zich in Chicago zorgen maken, Ollie, en zij mij verdomd goed betalen om me eveneens zorgen te maken. Totdat de FBI ons met rust laat, moet iedereen zich zorgen blijven maken. Goed begrepen?'

'Wat heeft hij verder nog gedaan?'

'De dingen die je gewoonlijk tijdens een vakantie op de Cayman Eilanden doet. Seks, zon, rum, winkelen en bezienswaardigheden bekijken. We hadden drie mensen op het eiland zitten en ze zijn hem een paar keer kwijtgeraakt, maar ik hoop dat dat niet ernstig was. Zoals ik altijd al heb gezegd, kun je een man geen vierentwintig uur per dag en zeven dagen per week volgen zonder daar een keer op te worden betrapt. Dus moeten we het soms rustig aan doen.'

'Denk je dat McDeere aan het praten is?' vroeg Locke.

'Nat, ik weet dat hij liegt. Hij heeft gelogen over dat incident in de Koreaanse schoenenzaak van een maand geleden. Jullie wilden dat niet geloven, maar ik ben ervan overtuigd dat hij vrijwillig die winkel in is gegaan omdat hij met Tarrance wilde praten. Een van onze mensen maakte de vergissing te dicht bij hen in de buurt te komen, dus gingen ze ieder weer huns weegs. Dat is niet de versie van McDeere, maar zo is het wel gegaan. Ja, Nat, ik denk dat hij aan het praten is. Misschien zegt hij tegen Tarrance dat die de boom in kan, of misschien gebruiken ze samen drugs. Ik weet het niet.'

'Maar je hebt niets concreets, DeVasher,' zei Ollie.

De hersenen zetten weer uit en drukten keihard tegen de schedel aan. Het deed te veel pijn om boos te worden. 'Nee, Ollie. Dit geval laat zich niet vergelijken met Hodge en Kozinski wanneer je dat bedoelt. We wisten waar die jongens over wilden praten, omdat we dat op de band hadden staan. McDeere is een iets ander geval.'

'Hij is nog een jonkie,' zei Nat. 'Hij werkt hier acht maanden en weet niets. Hij heeft duizend uur besteed aan dossiers die helemaal niets voorstellen en de enige cliënten die hij heeft behandeld, waren legitiem. Avery is heel voorzichtig ten aanzien van de dossiers die McDeere in handen krijgt. We hebben dat besproken.'

'Hij heeft niets te vertellen omdat hij niets weet,' vulde Ollie aan. 'Marty en Joe wisten heel veel, maar die werkten hier ook al vijf jaar. McDeere is er net.'

DeVasher masseerde voorzichtig zijn slapen. 'Jij denkt dus dat je een stommeling hebt ingehuurd. Laten we eens veronderstellen dat de FBI er een vermoeden van heeft wie onze grootste cliënt is. Goed. Nu even met me meedenken. Laten we verder eens veronderstellen dat Hodge en Kozinski voldoende hebben gezegd om dat vermoeden bevestigd te krijgen. Begrijpen jullie waar ik heen wil? Laten we dan verder ook nog eens veronderstellen dat de FBI McDeere alles heeft verteld wat zij weten. Opeens wordt onze pasaangestelde een heel slim ventje, en een heel gevaarlijk kereltje bovendien.'

'Hoe kun je dat bewijzen?'

'Om te beginnen zullen we hem nog nauwlettender in de gaten gaan houden, net als zijn vrouw. Ik heb Lazarov al gebeld en om meer mensen gevraagd. Ik heb hem gezegd dat we behoefte hebben aan een paar nieuwe gezichten. Morgen ga ik naar Chicago om Lazarov van de meest recente ontwikkelingen op de hoogte te stellen, en misschien Morolto ook. Lazarov zegt dat Morolto een naaste medewerker van Voyles waarschijnlijk bereid heeft gevonden voor geld te gaan praten. Dat schijnt echter nogal veel te kosten, dus willen ze een soort balans opmaken en daarna besluiten hoe er verder moet worden gehandeld.'

'En jij zult zeggen dat McDeere zijn mond voorbij aan het praten is?' vroeg Locke.

'Ik zal hun vertellen wat ik weet en wat ik vermoed. Ik ben bang dat het wel eens te laat zou kunnen zijn wanneer we wachten tot we iets concreets in handen hebben. Ik weet zeker dat Lazarov zal willen praten over plannen om hem te elimineren.'

'Voorlopige plannen?' vroeg Ollie met een sprankje hoop.

'Dat stadium zijn we gepasseerd, Ollie.'

De Hourglass Tavern in de stad New York kijkt uit op Forty-sixth Street, in de buurt van de hoek bij Ninth Avenue. Het is een klein, donker etablissement met tweeëntwintig zitplaatsen en is beroemd geworden door de hoge prijzen en het feit dat je er niet langer dan negenenvijftig minuten over een etentje mag doen. Aan de muren, vrij dicht boven de tafels, zijn zandlopers aangebracht die de seconden en minuten geruisloos verzamelen tot je tijd om is en er een serveerster aan je tafeltje verschijnt. Mensen uit Broadway komen er graag en gewoonlijk is het er stikdruk, terwijl loyale fans op het trottoir op een plaatsje staan te wachten.

Lou Lazarov kwam graag in de Hourglass omdat het er donker was en je iemand onder vier ogen kon spreken. Korte gesprekken, niet langer dan negenenvijftig minuten. Hij kwam er graag omdat het etablissement zich niet in Little Italy bevond en hij geen Italiaan was. Het feit dat hij het eigendom van Sicilianen was, betekende nog niet dat hij hun eten moest eten. Hij kwam er graag omdat hij de eerste veertig jaar van zijn leven in het theaterdistrict had gewoond. Daarna was het hoofdkantoor naar Chicago overgeheveld en werd hij overgeplaatst. Maar vanwege zaken moest hij minstens twee keer per week in New York zijn en als hij dan een ontmoeting regelde met een even hooggeplaatste figuur van een van de andere families, stelde Lazarov altijd de Hourglass voor. Tubertini was een even hooggeplaatste figuur, zo niet nog net iets hoger. Aarzelend was hij met de Hourglass akkoord gegaan.

Lazarov arriveerde als eerste en hoefde niet op een tafeltje te wachten. Uit ervaring wist hij dat het rond een uur of vier 's middags minder druk werd, zeker op de donderdagen. Hij bestelde een glas rode wijn. De serveerster draaide de zandloper boven zijn hoofd om en de race was begonnen. Hij zat aan een tafeltje aan de voorzijde, met zijn rug naar de andere tafeltjes. Hij was een zware, achtenvijftigjarige man met een brede borstkas en een indrukwekkende buik. Hij leunde met zijn ellebogen op het roodgeruite tafelkleedje en keek naar het verkeer op Forty-sixth.

Gelukkig arriveerde Tubertini op tijd. Nog geen vierde deel van het witte zand was verspild. Ze gaven elkaar beleefd een hand, terwijl Tubertini afkeurend in het kleine restaurant om zich heen keek. Hij schonk Lazarov een onoprechte glimlach en keek nijdig naar zijn stoel bij het raam. Hij zou met zijn rug naar de straat toe zitten. Dat was bijzonder irritant, en gevaarlijk. Maar zijn auto stond vrijwel voor de deur, met twee van zijn mensen erin. Hij besloot beleefd te zijn. Handig manoeuvreerde hij om het kleine tafeltje heen en ging zitten. Tubertini was beschaafd. Hij was zevenendertig jaar oud, de schoonzoon van de oude Palumbo in hoogst eigen persoon. Familie. Getrouwd met diens enige dochter. Hij was slank, gebruind, en had zijn korte, zwarte, perfect geoliede haar naar achteren gekamd. Hij bestelde rode wijn.

'Hoe gaat het met mijn makker Joe Morolto?' vroeg hij met een perfect stralende glimlach.

'Prima. Hoe gaat het met de heer Palumbo?'

'Heel ziek en heel slecht gehumeurd. Zoals gewoonlijk.'

'Doet u hem alstublieft de groeten van me.'

'Zeker.'

De serveerster kwam naar hun tafeltje toe en keek dreigend naar de zandloper. 'Alleen wijn,' zei Tubertini. 'Geen eten.'

Lazarov keek naar het menu en gaf het aan haar terug. 'Vis graag, met nog een glas wijn erbij.'

Tubertini keek even naar zijn mensen in de auto. Ze leken een dutje te doen. 'Wat is er mis in Chicago?'

'Er is niets mis. We hebben alleen wat informatie nodig. Uit natuurlijk niet nader bevestigde bronnen hebben we vernomen dat jullie een zeer betrouwbaar mannetje ergens hoog in de regionen van de FBI hebben zitten, vlak in de buurt van Voyles.'

'En als dat zo is?'

'Dan hebben wij informatie van die man nodig. We hebben een kleine eenheid in Memphis en de FBI is zijn uiterste best aan het doen daar te infiltreren. We hebben het vermoeden dat een van onze werknemers met hen samenwerkt, maar we lijken hem nergens op te kunnen betrappen.'

'En als jullie dat wel zouden kunnen?'

'Zouden we zijn lever uit hem snijden en aan de ratten te eten geven.'

'Is het zo ernstig?'

'Heel ernstig. Iets zegt me dat de FBI het op onze kleine eenheid daar heeft gemunt en we zijn er behoorlijk zenuwachtig door geworden.'

'Laten we eens stellen dat hij Alfred heet en inderdaad heel dicht bij Voyles in de buurt zit.'

'Goed. We willen van die Alfred een antwoord op een heel eenvoudige vraag hebben, namelijk of onze man samenwerkt met de FBI. Een simpel ja of nee is voldoende.'

Tubertini keek Lazarov aan en nam een slokje van zijn wijn. 'Alfred heeft zich gespecialiseerd in simpele antwoorden. Hij geeft de voorkeur aan een ja of een nee. We hebben tweemaal van zijn diensten gebruik gemaakt en doen dat alleen wanneer er sprake is van een echt kritieke situatie. Beide keren hebben we hem gevraagd of de FBI zich op een bepaalde plaats zou laten zien. Ja of nee. Hij is uitzonderlijk voorzichtig. Ik denk niet dat hij bereid zou zijn te veel details te geven.'

'Is zijn informatie accuraat?'

'Absoluut.'

'Dan moet hij ons kunnen helpen. Als het antwoord ja is, zullen wij onze maatregelen nemen. Zo niet, gaat onze man vrijuit en kunnen we gewoon verder gaan.'

'Alfred is heel erg duur.'

'Daar was ik al bang voor. Hoe duur?'

'Hij werkt al zestien jaar bij de FBI en is hoog opgeklommen. Daarom is hij zo voorzichtig. Hij heeft veel te verliezen.'

'Hoeveel?'

'Een half miljoen.'

'Verdomme!'

'Natuurlijk zullen wij aan deze transactie ook iets moeten verdienen. Alfred is uiteindelijk onze man.'

'Iets?'

'Ja, echt niet veel. Het merendeel van het geld gaat naar Alfred. Hij spreekt Voyles dagelijks, moet je weten. Zijn kantoor is vlak bij dat van de grote baas.'

'Goed. We zullen dokken.'

Tubertini lachte even triomfantelijk en proefde van zijn wijn. 'Meneer Lazarov, ik denk dat u hebt gelogen. U zei dat het om een kleine eenheid in Memphis ging, maar dat is niet waar, hè?'

'Nee.'

'Hoe heet die eenheid?'

'Het gaat om het kantoor van Bendini.'

'De dochter van de oude Morolto was met een Bendini getrouwd.'

'Dat klopt.'

'Hoe heet die werknemer?'

'Mitchell McDeere.'

'Het kan twee tot drie weken duren. Het valt niet mee een ontmoeting met Alfred te regelen.'

'Dat kan. Regel het in elk geval zo snel mogelijk.'

27

Het was hoogst ongebruikelijk dat echtgenotes zich lieten zien bij het rustige kleine fort aan Front Street. Ze kregen te horen dat ze beslist welkom waren, maar ze werden slechts zelden uitgenodigd. Dus liep Abby McDeere onuitgenodigd en onaangekondigd via de voordeur de receptieruimte in. Ze hield vol dat ze haar echtgenoot beslist moest spreken. De receptioniste belde Nina op de tweede verdieping. Die verscheen binnen een paar seconden en begroette de echtgenote van haar baas hartelijk. Mitch was in bespreking, legde ze uit. Hij was verdomme altijd in bespreking, reageerde Abby. Haal hem eruit! Ze liepen snel naar zijn kantoor. Abby deed de deur dicht en wachtte.

Mitch sloeg een van Avery's vele chaotische momenten van vertrek gade. Secretaressen botsten tegen elkaar op en pakten aktentassen in, terwijl Avery in de telefoon aan het schreeuwen was. Mitch zat met een notitieblok op de bank en keek toe. Zijn partner ging voor twee dagen naar Grand Cayman. De vijftiende april doemde dreigend op de kalender op, als een afspraak met een vuurpeloton, en de banken daar zaten met een paar dossiers die wel eens voor ernstige problemen zouden kunnen zorgen. Hij zou er niets anders doen dan werken, hield Avery vol. Hij sprak vijf dagen lang over de reis, zag er als een berg tegenop, vloekte, maar wist dat hij erheen moest. Hij zou de Lear nemen en die stond nu op hem te wachten, zei een secretaresse.

Waarschijnlijk met een hele vracht contant geld aan boord, dacht Mitch.

Avery smeet de hoorn op de haak en pakte zijn jas. Nina liep naar binnen en keek Mitch nijdig aan. 'Meneer McDeere, uw vrouw is hier. Ze zegt dat er sprake is van een noodsituatie.'

De chaos moest het veld ruimen voor stilte. Hij keek Avery verbaasd aan. De secretaressen bleven stokstijf staan. 'Wat is er dan aan de hand?' vroeg hij en ging staan.

'Ze is in uw kantoor,' zei Nina.

'Mitch, ik moet weg,' zei Avery. 'Ik bel je morgen. Ik hoop dat alles in orde is.'

'Natuurlijk.' Hij liep achter Nina aan de trap af naar zijn kantoor en zei niets. Abby zat op zijn bureau. Hij deed de deur dicht en op slot. Toen keek hij haar onderzoekend aan.

'Mitch, ik moet naar huis.'

'Waarom? Wat is er gebeurd?'

'Mijn vader heeft net de school opgebeld. Ze hebben een tumor ontdekt in een van de longen van mijn moeder. Ze wordt morgen geopereerd.'

Hij haalde diep adem. 'Wat erg voor jullie.' Hij raakte haar niet aan. Ze huilde niet.

'Ik moet erheen. Ik heb op school verlof gekregen.'

'Voor hoe lang?' Hij stelde de vraag zenuwachtig.

Ze keek langs hem heen, naar de Ego-muur. 'Dat weet ik niet, Mitch. We moeten een tijdje niet bij elkaar zijn. Ik ben op dit moment een heleboel dingen zat en ik heb tijd nodig. Ik denk dat het goed zal zijn voor ons beiden.'
'Laten we erover praten.'
'Mitch, jij hebt het te druk om te kunnen praten. Ik probeer al een half jaar met je te praten, maar je kunt me niet horen.'
'Abby, hoe lang blijf je weg?'
'Dat weet ik niet. Ik denk dat dat van mijn moeder afhangt. Nee, het hangt van een heleboel dingen af.'
'Abby, je maakt me bang.'
'Ik beloof je dat ik terug zal komen, maar ik weet niet wanneer. Misschien over een week, misschien over een maand. Ik heb er behoefte aan dingen op een rij te zetten.'
'Een maand?'
'Mitch, ik weet het niet. Ik heb alleen wat tijd nodig, en ik heb er behoefte aan bij mijn moeder te zijn.'
'Ik hoop dat alles met haar in orde zal komen en dat meen ik.'
'Dat weet ik. Ik ga naar huis om een paar dingen te pakken en dan vertrek ik over een uurtje of zo.'
'Oké. Pas goed op jezelf.'
'Mitch, ik houd van je.'
Hij knikte en keek toe hoe ze de deur opendeed. Ze omhelsden elkaar niet.

Op de vijfde verdieping draaide een technicus de band terug en drukte op de knop die rechtstreeks in verbinding stond met het kantoor van DeVasher. Die laatste verscheen direct en zette de koptelefoon op zijn grote hoofd. Hij luisterde even. 'Terugspoelen,' beval hij toen. Daarna bleef het weer even stil.
'Wanneer heeft dit zich afgespeeld?' vroeg hij.
De technicus keek naar een paneel vol digitale cijfers. 'Twee minuten en veertien seconden geleden. In zijn kantoor op de tweede verdieping.'
'Verdomme. Ze gaat hem verlaten, hè? Is er nog nooit eerder over een proefscheiding of een scheiding gesproken?'
'Nee. In dat geval zou u dat hebben geweten. Ze hebben ruzie gemaakt over zijn lange werkuren en hij haat haar ouders, maar zoiets heeft zich nog nooit voorgedaan.'
'Hmmm. Informeer bij Marcus of hij iets dergelijks al eens eerder heeft gehoord. Controleer de banden, voor het geval we wat hebben gemist. Verdomme, verdomme, verdomme!'

Abby vertrok naar Kentucky. Toen ze een uurtje voorbij Nashville verder naar het westen was gereden, draaide ze de Interstate 40 af en pakte hoofdweg nummer 13 in noordelijke richting. Ze had niemand achter haar gezien. Soms reed ze honderdtwintig kilometer per uur, soms vijfenzeventig. Niets. Bij het kleine stadje Clarksville, bij de grens met Kentucky, draaide ze opeens hoofdweg nummer 112 op. Een uur later reed ze Nashville binnen via een B-weg en ging de rode Peugeot op in het stadsverkeer.

Ze zette de auto neer op het parkeerterrein voor langparkeerders van het vliegveld van Nashville en nam de bus naar de vertrekhal. In een toilet op de eerste verdieping trok ze een kaki short aan, met gymschoenen en een gebreide, marineblauwe trui. Het waren koele kleren, die niet helemaal bij het seizoen pasten, maar ze was onderweg naar warmer weer. Ze bond haar schouderlange haar in een paardestaart en stopte die onder haar kraag. Toen zette ze een andere zonnebril op en stopte de jurk, schoenen met hoge hakken en panty in een sporttas. Bijna vijf uur nadat ze Memphis had verlaten, liep ze naar de gate van Delta en overhandigde haar ticket. Ze vroeg om een plaatsje bij het raam.

Geen enkele vlucht van Delta kan om Atlanta heen, maar gelukkig hoefde ze niet over te stappen. Ze wachtte bij het raam en zag het donker worden op het drukke vliegveld. Ze was zenuwachtig, maar probeerde daar niet aan te denken. Ze dronk een glas wijn en las *Newsweek*.

Twee uur later landde ze in Miami en stapte uit het vliegtuig. Snel liep ze de aankomsthal door, zag mensen naar haar kijken, maar negeerde die blikken. Gewoon de alledaagse blikken die getuigden van bewondering en lustgevoelens, hield ze zichzelf voor. Meer was het niet.

Bij de enige gate van Cayman Airways liet ze haar ticket weer zien, evenals de vereiste geboorteakte en haar rijbewijs. Geweldige mensen, die bewoners van de Cayman Eilanden, maar ze lieten je alleen tot hun land toe wanneer je al een kaartje voor de terugreis bij je had. Kom alsjeblieft hierheen, geef je geld uit en vertrek dan weer. Alsjeblieft.

Ze zat in een hoekje van de drukke wachtruimte en probeerde te lezen. Een jonge vader met een aantrekkelijke echtgenote en twee baby's bleef naar haar benen staren, maar verder besteedde niemand aandacht aan haar. Het toestel naar Grand Cayman zou over een half uur vertrekken.

Na een moeilijke start raakte Avery al snel op dreef en bracht zeven uur door in het kantoor van de Royal Bank of Montreal op de Cayman Eilanden. Toen hij om vijf uur 's middags wegging, lagen er in de vergaderzaal talrijke uitdraaien van computers en samenvattingen van rekeningen. Morgen zou hij alles afronden. Hij had McDeere nodig, maar door de omstandigheden kon die heel wat minder makkelijk op reis dan vroeger. Avery was nu uitgeput en dorstig. Op het strand was daar wat aan te doen.

In Rumheads nam hij bij de bar een biertje en manoeuvreerde zijn goedgebruinde lichaam tussen de mensenmenigte op de patio door, zoekend naar een tafeltje. Terwijl hij vol zelfvertrouwen langs mensen laveerde die domino aan het spelen waren, liep Tammy Greenwood Hemphill, van Greenwood Services, zenuwachtig maar nonchalant op de mensenmenigte af en ging op een barkruk zitten. Ze sloeg hem gade. Haar gebruinde huid kwam deels uit een flesje en deels door een zonnebank. Sommige lichaamsdelen waren bruiner dan andere. Maar door de bank genomen zag ze er voor laat in de maand maart benijdenswaardig bruin uit. Ze had haar haren nu niet geblondeerd, maar geverfd tot een zandkleurig blond en de make-up was daaraan aangepast. De bikini was een waar kunstwerk: fel-oranje, lichtgevend, de aandacht opeisend. Haar grote borsten waren prachtig en deden het bovenstukje volkomen strak staan. Het kleine lapje bij haar derrière was volstrekt onvoldoende om ook maar iets te bedekken. Ze was veertig jaar oud, maar twintig paar hongerige ogen volgden haar naar de bar, waar ze een sodawater bestelde en een sigaret opstak. Die rookte ze, en hield hem in de gaten.

Hij was een wolf. Hij zag er goed uit en dat wist hij. Hij nam slokjes van zijn bier en bekeek alle vrouwen die minder dan vijftig meter van hem vandaan waren. Toen bleef hij strak naar een jonge blondine kijken en leek op het punt te staan haar te bespringen toen haar vriend arriveerde en zij op zijn schoot ging zitten. Hij nam weer een slokje bier en keek verder om zich heen.

Tammy bestelde nog een sodawater, met een beetje citroen erin, en liep naar de patio. De wolf zag de grote borsten meteen en keek toe hoe die op en neer wippend zijn kant op kwamen.

'Mag ik gaan zitten?' vroeg ze.

Hij kwam half uit zijn stoel overeind en stak een hand uit naar de andere stoel. 'Graag.' Dit was een groots moment voor hem. Van alle hongerige wolven die bij de bar en op de patio van Rumheads op jacht waren, had ze hem uitgekozen. Hij had jongere grietjes gehad, maar op dit moment en op deze plaats was ze de beste.

'Ik ben Avery Tolleson. Uit Memphis.'

'Prettig kennis met je te maken. Ik ben Libby. Libby Lox uit Birmingham.' Nu was ze Libby. Ze had een zusje dat Libby heette, een moeder wier naam Doris was, en zelf heette ze Tammy. Ze hoopte dat ze zich niet zou vergissen. Hoewel ze geen ring om had, had ze een echtgenoot die Elvis heette en geacht werd in Oklahoma City te zijn om een imitatie van de King ten beste te geven, en die waarschijnlijk aan het neuken was met tienermeisjes die LOVE ME TENDER op hun T-shirt hadden staan.

'Hoe ben jij hier verzeild geraakt?' vroeg Avery.

'Ik had zin in een uitje. Ik ben vanmorgen aangekomen en logeer in het Palms. En jij?'

'Ik ben jurist en heb me gespecialiseerd in belastingzaken. Ik ben hier voor zaken. Heus waar. Ik moet hier meerdere keren per jaar naartoe. Echt een kwelling.'

'Waar logeer jij?'

Hij wees. 'Mijn kantoor heeft die twee appartementen daar in eigendom. Leuk om voor de belastingen af te schrijven.'

'Heel aantrekkelijk.'

De wolf aarzelde niet. 'Zou je ze eens willen zien?'

Ze giechelde als een eerstejaars. 'Later misschien.'

Hij glimlachte haar toe. Dit zou makkelijk gaan. Hij was dol op deze eilanden. 'Wat wil je drinken?'

'Gin-tonic, met een beetje citroen.'

Hij liep naar de bar en kwam terug met de drankjes. Hij schoof zijn stoel wat dichter naar de hare toe. Nu raakten hun benen elkaar. De borsten rustten comfortabel op de tafel. Hij keek naar het dalletje.

'Ben je alleen?' Het was een voor de hand liggende vraag, maar hij moest hem stellen.

'Ja. Jij?'

'Ja. Heb je al plannen gemaakt voor het diner?'

'Niet echt.'

'Prima. Er is een fantastische barbecue bij het Palms die om zes uur begint. De beste vis op het eiland. Goede muziek. Rum punch. Alles. Formele kleding niet nodig.'

'Lijkt me leuk.'

Ze gingen nog dichter bij elkaar zitten en zijn hand lag opeens tussen haar knieën. Zijn elleboog zocht een plekje naast haar linkerborst en hij glimlachte. Zij glimlachte. Dit was niet geheel en al onaangenaam, vond ze, maar er was werk aan de winkel.

De Barefoot Boys stemden hun instrumenten en het feest begon. Mensen kwamen overal vandaan naar het Palms toegestroomd. Eilandbewoners in witte jassen en witte shorts zetten klaptafels naast elkaar en legden daar zware katoenen tafellakens overheen. De geuren van gekookte garnalen, gegrilde snoek en geroosterde haai dreven over het strand. De tortelduifjes, Avery en Libby, liepen hand in hand de tuin van het Palms in en gingen in de rij staan voor het buffet. Drie uur lang aten en dansten ze, dronken en dansten ze en vonden elkaar steeds aantrekkelijker. Toen hij eenmaal dronken was, dronk zij weer alleen sodawater. Er was werk aan de winkel. Om tien uur was hij behoorlijk in de olie en nam ze hem mee, weg van de dansvloer, naar het belendende appartement. Hij ging bij de voordeur al in de aanval. Vijf minuten lang kusten ze elkaar en friemelden aan elkaar. Het lukte hem de sleutel in het slot te steken en toen waren ze binnen.

'Nog één glaasje,' zei ze, alsof ze dat dagelijks deed. Hij liep naar de bar en maakte een gin-tonic voor haar klaar. Hij dronk whisky met water. Ze gingen op het balkon bij de grote slaapkamer zitten en zagen hoe een halve maan een rustige zee verlichtte.

Ze had stug met hem meegedronken, meende hij, en als zij nog een glas kon hebben, kon hij dat ook. Maar de natuur riep en hij excuseerde zich. De whisky stond op een rieten tafeltje tussen hen in en ze keek er glimlachend naar. Nog makkelijker dan ze had gehoopt. Ze haalde een klein plastic pakje uit het oranje lapje tussen haar benen en liet twee tabletten chloraalhydraat in zijn glas vallen. Toen nam ze weer een slokje van haar gin-tonic.

'Opdrinken, grote jongen,' zei ze toen hij terug was. 'Ik wil naar bed.'

Hij pakte zijn glas en dronk snel. Zijn smaakpupillen waren al uren buiten bedrijf. Hij nam nog een slok en begon zich toen te ontspannen. Nog een slok. Zijn hoofd wiegde heen en weer van zijn ene naar zijn andere schouder, tot zijn kin uiteindelijk zijn borstkas raakte. Zijn ademhaling werd zwaar.

'Slaap lekker, liefje,' zei ze in zichzelf.

Een man van negentig kilo was door twee tabletten chloraalhydraat minstens tien uur diep in slaap. Ze pakte zijn glas en keek hoeveel er nog in zat. Niet veel. Acht uur. Dat was een veilige schatting. Ze rolde hem de stoel uit en sleepte hem naar het bed. Eerst het hoofd, daarna de voeten. Heel voorzichtig trok ze zijn geelblauwe short omlaag en legde dat neer op de grond. Ze keek een lange seconde strak naar hem en sloeg toen het laken en de deken over hem heen. Ze kuste hem welterusten.

Op de ladenkast vond ze twee sleutelbossen, met in totaal elf sleutels. Beneden in de gang, tussen de keuken en de grote kamer met uitzicht op zee, vond ze de mysterieuze afgesloten deur die Mitch in november had ontdekt. Hij had elke kamer nauwkeurig gemeten, boven en beneden, en was tot de conclusie gekomen dat deze kamer minstens vierenhalve meter bij vierenhalve meter moest zijn. Zijn achterdocht was gewekt omdat de deur van metaal was, omdat die op slot zat en omdat er een klein bordje op was bevestigd waarop BERGHOK stond. Het was de enige kamer in het appartement met een bordje. Een week eerder hadden Abby en hij in appartement B zo'n kamer niet kunnen ontdekken. Aan de ene sleutelbos zaten een sleutel van een Mercedes, twee sleutels van het Bendini Building, een huissleutel, twee sleutels van het appartement en een sleutel van een bureau. De sleutels aan de andere bos waren niet van een labeltje voorzien en zagen er heel gewoon uit. Bij de vierde sleutel was het raak. Ze hield haar adem in en opende de deur. Geen elektrische schokken, geen alarm dat afging, niets. Mitch had haar gezegd dat ze de deur open moest maken, vijf minuten moest wachten en dan het licht moest aandoen wanneer er verder niets was gebeurd.

Ze wachtte tien minuten. Tien lange en angstaanjagende minuten. Mitch had gemeend dat appartement A bestemd was voor de vennoten en vertrouwde gasten, en appartement B voor assistenten en anderen die voortdurend in de gaten gehouden moesten worden. Dus had hij gehoopt dat het in appartement A niet zou wemelen van afluisterapparatuur en camera's, bandrecorders en alarminstallaties. Na tien minuten deed ze de deur verder open en deed het licht aan. De kamer was inderdaad ongeveer vierenhalve meter lang en breed, met witte muren, geen vloerbedekking en, zo constateerde ze tellend, vijf brandbestendige dossierkasten. Langzaam liep ze op een ervan af en trok aan de bovenste lade. Die was niet op slot.

Ze deed het licht uit, sloot de deur en liep terug naar de slaapkamer boven, waar Avery nu luid lag te snurken. Het was half elf. Ze zou acht uur lang als een gek werken, tot de volgende morgen zes uur.

Bij een bureau in een hoek stonden drie grote aktentassen keurig op een rij. Die pakte ze, deed de lichten uit en vertrok via de voordeur. Het kleine parkeerterrein was leeg en donker. Een grintpad leidde naar de grote weg. Langs de struiken aan de voorkant van de twee appartementen liep een pad, dat eindigde bij een wit hek dat het particuliere terrein omgaf. Een hek leidde naar een met gras begroeid heuveltje, waarachter het eerste gebouw van het Palms verscheen.

Het was slechts een klein eindje lopen van de appartementen naar het Palms, maar toch waren de aktentassen veel zwaarder geworden toen ze kamer nummer 188 had bereikt. Die bevond zich op de eerste verdieping, aan de voorkant, met uitzicht op het zwembad, maar niet op de zee. Ze klopte hijgend en zwetend op de deur.

Abby deed direct open. Ze pakte de aktentassen over en legde die neer op het bed. 'Problemen gehad?'

'Nog niet. Ik denk dat hij dood is.' Tammy veegde haar gezicht met een handdoek droog en maakte een blikje cola open.

'Waar is hij?' Abby was heel zakelijk. Er kon geen glimlachje af.

'In zijn bed. Ik denk dat we acht uur de tijd hebben, tot zes uur dus.'

'Kon je in die kamer komen?' vroeg Abby, die haar een short en een wijdvallend katoenen shirtje overhandigde.

'Ja. Er staan twaalf dossierkasten in, die niet zijn afgesloten. Verder nog een paar kartonnen dozen en andere troep.'

'Twaalf?'

'Ja, grote kasten. We boffen als we om zes uur klaar zijn.'

Het was een motelkamer met een groot bed. De bank, de lage tafel en het bed waren tegen een muur aan geschoven en een Canon kopieerapparaat, model 8580, stond midden in de kamer, bedrijfsklaar. Die was gehuurd bij en bezorgd door Island Office Supply, voor het krankzinnige bedrag van driehonderd dollar per vierentwintig uur. Het was het modernste en grootste kopieerapparaat dat op het eiland te huur was, had de man uitgelegd, en hij vond het niet direct prettig dat hij het slechts voor een dag kon verhuren. Maar Abby had hem heel vriendelijk aangekeken en was biljetten van honderd dollar op de toonbank gaan leggen. Naast het bed stonden twee dozen kopieerpapier, drieduizend vellen in totaal.

Ze maakten de eerste aktentas open en haalden er zes dunne dossiers uit. 'Zelfde soort dossiers,' mompelde Tammy in zichzelf. Ze haalde de vellen papier uit het dossier. 'Mitch zei dat ze erg zorgvuldig zijn met hun dossiers,' legde ze uit terwijl ze een tien pagina's tellend document in losse vellen neerlegde. 'Hij zei dat juristen een soort zesde zintuig hebben, waardoor ze het vrijwel kunnen ruiken wanneer een secretaresse of een klerk een dossier in handen heeft gehad. Dus zul je voorzichtig moeten zijn. Werk langzaam. Een document kopiëren en dan zorgvuldig alles weer op elkaar leggen. Kopieer één document tegelijk, hoe groot het aantal bladzijden ervan ook is. De dossiers weer in exact dezelfde volgorde op elkaar stapelen.'

Het apparaat zorgde zelf voor de toevoer van papier en daardoor waren de tien pagina's in acht seconden gekopieerd.

'Behoorlijk snel,' zei Tammy.

In twintig minuten waren ze klaar met de eerste aktentas. Tammy gaf de twee sleutelbossen aan Abby en pakte twee nieuwe, lege Samsonites van canvas. Toen vertrok ze naar het appartement.

Abby liep achter haar aan, sloot de deur af en liep naar de voorzijde van het Palms, naar Tammy's gehuurde Nissan Stanza. Ze reed langs Seven Mile Beach, naar Georgetown. Twee huizenblokken voorbij het statige Swiss Bank Building, in een smalle straat met keurige huizen, vond ze het huis dat het eigendom was van de enige slotenmaker op het eiland Grand Cayman. In elk geval was hij de enige die ze zonder hulp van anderen had kunnen lokaliseren. Hij had een groen huis, waarvan de ramen openstonden; om de luiken en de deuren was een witte rand geschilderd.

Ze zette de auto neer en liep door het zand naar de kleine veranda aan de voorzijde van het huis, waar de slotenmaker en zijn buren een glas zaten te drinken en naar radio Cayman luisterden. Het werd stil toen zij op hen afliep, maar geen van hen ging staan. Het was bijna elf uur. Hij had gezegd dat hij het karwei zou klaren in zijn atelier aan de achterzijde van het huis, dat hij er een bescheiden bedrag voor in rekening zou brengen en dat hij een aanbetaling van een fles Myer's Rum verlangde voordat hij aan de slag zou gaan.

'Meneer Dantley, het spijt me dat ik zo laat ben. Ik heb een klein cadeautje voor u meegebracht.' Ze gaf hem de fles rum.

Meneer Dantley kwam uit het donker te voorschijn en pakte de fles aan. Die bekeek hij aandachtig. 'Jongens, een fles Myer's!'

Abby kon niet verstaan wat er werd gezegd, maar het was duidelijk dat de mannen op de veranda heel opgewonden raakten door het zien van de fles. Dantley liet die rondgaan en nam Abby toen mee naar een klein gebouwtje achter zijn huis, waarin allerlei gereedschappen en machientjes stonden. Een enkel geel peertje hing aan het plafond en trok honderden muggen aan. Ze gaf Dantley de elf sleutels en die legde hij voorzichtig neer op een vrij plekje van de overvolle werkbank. 'Dit is een fluitje van een cent,' zei hij zonder op te kijken.

Hoewel hij om elf uur 's avonds al een paar borrels op had, leek hij nog goed te kunnen werken. Misschien was zijn lichaam immuun geworden voor rum. Hij werkte met een dikke bril op. Na twintig minuten was het karwei geklaard. Hij gaf Abby de twee originele sleutelsetjes en de kopieën.

'Hartelijk dank, meneer Dantley. Hoe groot is de schade?'

'Het was makkelijk werk. Een dollar per sleutel.'

Ze betaalde hem snel en vertrok.

Tammy vulde de twee kleine koffers met de inhoud van de bovenste lade van de eerste dossierkast. Vijf laden, twaalf kasten, zestig keer op en neer naar het kopieerapparaat. Binnen acht uur. Het kon. Er waren dossiers, aantekenboeken, computeruitdraaien en nog meer dossiers. Mitch had gevraagd alles te kopiëren. Hij wist niet helemaal zeker waar hij naar zocht, dus moest alles worden gekopieerd.

Ze deed het licht uit en rende naar boven om te kijken hoe het met de Don Juan ging. Hij had zich niet bewogen. Het gesnurk voltrok zich in slow-motion.

De Samsonites wogen zo'n vijftien kilo per stuk en haar armen deden zeer toen ze kamer 188 had bereikt. Het eerste van de zestig tochtjes. Ze zou het niet halen. Abby was nog niet terug uit Georgetown, dus laadde Tammy de koffers keurig netjes uit op het bed. Ze nam een slokje van haar cola en ging met de lege koffers terug naar het appartement. Lade twee was identiek aan de eerste. Ze stopte de dossiers in de stevige koffers met rits. Ze zweette en snakte naar adem. Ze rende de trap weer even op. Sinds de vorige keer leek hij geen adem te hebben gehaald.

Het kopieerapparaat klikte en zoemde toen ze van tochtje twee terugkeerde. Abby stond vrijwel op het punt aan de derde aktentas te beginnen.

'Heb je de sleutels?' vroeg Tammy.

'Ja, geen probleem. Wat doet dat mannetje van jou?'

'Als het kopieerapparaat niet aanstond, kon je hem horen snurken.' Tammy maakte een nieuw keurig stapeltje op het bed. Ze veegde haar gezicht met een vochtige handdoek af en vertrok opnieuw naar het appartement.

Abby had de derde aktentas afgewerkt en begon aan de stapels uit de dossierkast. Ze kon al snel heel handig met het apparaat omgaan en na een half uurtje bewoog ze zich met de efficiënte gratie van een ervaren kantoorbediende.

Tammy arriveerde voor de derde keer, buiten adem en met zweet dat van haar neus af drupte. 'Derde lade,' meldde ze. 'Hij is nog altijd aan het snurken.' Ze maakte de ritsen los en deponeerde weer een keurig stapeltje op het bed. Toen veegde ze haar gezicht droog en stopte de nu gekopieerde inhoud van de eerste lade in de koffers. De rest van de nacht zou ze met volle koffers op en neer pendelen.

Om middernacht zongen de Barefoot Boys hun laatste song en werd het rustig bij het Palms. Het zachte gezoem van het fotokopieerapparaat was buiten kamer 188 niet te horen. De deur werd op slot gehouden; de luiken waren stevig dicht en er brandde alleen een lamp bij het bed. Niemand zag de vermoeide dame die druipend van het zweet dezelfde twee koffers de kamer in en uit zeulde. Na middernacht spraken ze niet meer met elkaar. Ze waren te moe en te bang en hadden het te druk. Er viel alleen wat te melden over de bewegingen van de Don Juan in het bed, zo die zich al had bewogen. Dat gebeurde ook niet tot rond een uur of een 's nachts, toen hij zonder bij zijn positieven te komen op zijn zij rolde en ongeveer twintig minuten zo bleef liggen. Toen draaide hij weer op zijn rug. Tammy ging elke keer wanneer ze in het appartement was even naar hem kijken en vroeg zich dan telkens af wat ze zou doen wanneer zijn ogen plotseling opengingen en hij de aanval inzette. Ze had een kleine bus traangas bij zich, voor het geval het tot een confrontatie zou komen en zij moest ontsnappen. Mitch was nogal vaag geweest ten aanzien van de details van zo'n ontsnapping. Zorg er alleen voor dat hij je niet kan volgen naar de motelkamer, had hij gezegd. Spuit dat traangas zijn kant op, begin dan als een idioot te rennen en 'Ik word verkracht!' te roepen.

Maar na vijfentwintig keer pendelen raakte ze ervan overtuigd dat het nog uren zou duren voordat hij bij zijn positieven kwam. Het was al erg genoeg dat ze als een pakezel heen en weer moest gaan, maar ze moest ook nog eens de trap op, elke keer veertien treden, om te kijken hoe het met Casanova was. Dus ging ze nog maar om de keer naar hem kijken, en toen eens in de drie keer.

Om twee uur 's nachts, halverwege het project, hadden ze de inhoud van vijf dossierkasten gekopieerd. Ze hadden meer dan vierduizend kopieën gemaakt en het bed was bedekt met keurige stapeltjes papier. De kopieën waren opgestapeld langs de muur naast de bank, in zeven stapels die alle vrijwel tot hun middel reikten.

Ze namen een pauze van een kwartier.

Om half zes werd de lucht in het oosten wat lichter en vergaten ze dat ze moe waren. Abby versnelde haar tempo bij het kopieerapparaat en hoopte dat het niet zou doorbranden. Tammy masseerde haar verkrampte kuiten en liep snel terug naar het appartement. Het was de eenenvijftigste of de tweeënvijftigste keer. Ze was de tel kwijtgeraakt. Het zou voorlopig haar laatste tochtje worden. Hij was wakker.

Ze deed de deur open en liep regelrecht naar het berghok. Daar zette ze de Samsonites zoals gewoonlijk op de grond neer. Toen liep ze rustig de trap op, naar de slaapkamer, en bleef stokstijf staan. Avery zat op de rand van het bed, met zijn gezicht naar het balkon. Hij hoorde haar en draaide zich langzaam naar haar om. Zijn ogen waren dik en keken glazig.

Instinctief knoopte ze het kaki short los, waardoor het op de vloer viel. 'Hé, grote jongen,' zei ze, terwijl ze zo normaal mogelijk probeerde te ademen. Ze liep naar de kant van het bed waar hij zat. 'Wat ben jij al vroeg op. Zullen we nog even gaan slapen?'

Hij keek weer naar het raam en zei niets. Ze ging naast hem zitten en streelde de binnenkant van zijn dijbeen. Ze liet haar hand verder omhoogglijden, maar hij bewoog zich niet.

'Ben je wakker?' vroeg ze.

Geen reactie.

'Avery, schat, zeg eens iets tegen me. Zullen we nog wat gaan slapen? Het is nog donker buiten.'

Hij viel naar opzij, op zijn kussen, en gromde iets. Geen poging om wat te zeggen. Alleen gegrom. Toen deed hij zijn ogen dicht. Ze legde zijn benen op het bed en dekte hem opnieuw toe.

Tien minuten lang bleef ze naast hem zitten en toen hij weer even intens snurkte als voorheen, trok ze snel haar short aan en rende terug naar het Palms.

'Abby, hij is wakker geworden!' meldde ze in paniek. 'Hij is wakker geworden en toen weer ingeslapen.'

Abby hield op met werken en staarde haar aan. Beide vrouwen keken naar het bed, dat vol lag met nog niet gekopieerde documenten.

'Goed, ga snel een douche nemen,' zei Abby koel. 'Daarna duik je naast hem het bed in en wacht. Sluit de deur naar dat berghok af en bel me op zodra hij wakker is en een douche gaat nemen. Ik ga door met kopiëren en dan zullen we later, als hij naar zijn werk is gegaan, proberen alles terug te brengen.'

'Dat is ontzettend riskant.'

'Het is allemaal riskant. Haast je!'

Vijf minuten later ging Tammy/Doris/Libby in de fel-oranje bikini weer naar het appartement – zonder de koffers. Ze sloot de voordeur af, deed de deur naar het berghok op slot en ging naar de slaapkamer. Toen deed ze het oranje topje uit en kroop tussen de lakens.

Het snurken hield haar een kwartier wakker. Toen doezelde ze weg. Ze ging rechtop zitten, om te voorkomen dat ze echt in slaap zou vallen. Ze was bang nu ze daar in bed zat met een naakte man die haar zou vermoorden wanneer hij wist wat ze had gedaan. Haar vermoeide lichaam ontspande zich en slapen werd iets onvermijdelijks. Ze doezelde opnieuw weg.

Casanova kwam om drie minuten over negen bij uit zijn coma. Hij kreunde luid en rolde naar de rand van het bed. Zijn oogleden zaten vastgeplakt. Zijn ogen gingen langzaam open en toen zag hij het zonlicht. Hij kreunde nogmaals. Zijn hoofd woog wel vijftig kilo en wiebelde ongemakkelijk van rechts naar links, waardoor zijn hersenen elke keer werden geschud. Hij haalde diep adem en de verse zuurstof gierde door zijn slapen. Zijn rechterhand trok zijn aandacht. Hij probeerde die omhoog te brengen, maar de impulsen werden niet naar zijn hersenen doorgeseind. Langzaam ging zijn hand echter toch omhoog en met samengeknepen ogen keek hij ernaar. Hij probeerde eerst met zijn rechteroog te focussen en toen met zijn linker. De klok.

Hij keek dertig seconden naar het digitale klokje voordat hij de rode getallen kon ontcijferen. Vijf over negen! Verdomme! Hij werd om negen uur op de bank verwacht. Hij kreunde. Die vrouw!

Ze had hem voelen bewegen en zijn geluiden gehoord, maar ze lag nog met haar ogen dicht. Ze bad dat hij haar niet zou aanraken. Ze voelde hem staren.

Deze verdorven carrièrejongen had al vaak een kater gehad, maar nog nooit een zoals deze. Hij keek naar haar gezicht en probeerde zich te herinneren hoe goed ze was geweest. Dat kon hij zich altijd herinneren, hoewel hij van de rest vaak niets meer wist. Ondanks de ernst van de kater kon hij zich de vrouw altijd nog herinneren. Hij keek even haar kant op en gaf het toen op.

'Verdomme!' zei hij en probeerde te lopen. Zijn voeten leken zwaar als lood te zijn en zich slechts aarzelend te voegen naar zijn wensen. Hij leunde tegen de schuifpui naar het balkon aan.

Het toilet was twee meter verderop en hij besloot erheen te gaan. Het bureau en de ladenkast dienden als steuntjes. De ene pijnlijke stap na de andere en toen was hij er eindelijk. Hij hing boven het toilet en piste.

Ze draaide haar gezicht naar het balkon en toen hij terug was, voelde ze dat hij aan haar kant van het bed kwam zitten. Hij raakte voorzichtig haar schouder aan. 'Libby, wakker worden.' Hij schudde haar heen en weer en ze vloog overeind.

'Wakker worden, schat,' zei hij. Een heer.

Ze gaf hem haar beste slaperige glimlach. De morning-after-glimlach van bevrediging en verbondenheid. De Scarlett O'Hara-glimlach op de ochtend nadat Rhett haar had genaaid. 'Je was geweldig,' kirde ze met gesloten ogen.

Ondanks de pijn en de misselijkheid, ondanks de loden voeten en het hoofd dat als een bowlingbal aanvoelde, was hij trots op zichzelf. De vrouw was onder de indruk. Opeens herinnerde hij zich dat hij die nacht geweldig was geweest.

'Libby, we hebben ons verslapen. Ik moet aan het werk, want ik ben al te laat.'

'Dus je bent er niet voor in de stemming?' Ze giechelde. Ze bad dat hij er niet voor in de stemming was.

'Nee, niet nu. Maar wat zou je denken van vanavond?'

'Dan ben ik er.'

'Prima. Nu moet ik gaan douchen.'

'Maak me wakker als je klaar bent.'

Hij ging staan en mompelde iets. Toen deed hij de deur van de badkamer op slot. Ze liet zich over het bed naar de telefoon rollen en belde Abby. Na drie keer rinkelen nam zij op.

'Hij staat onder de douche.'

'Alles met jou in orde?'

'Ja, prima. Hij had het nog niet kunnen doen als hij het had moeten doen.'

'Waarom heeft het zo lang geduurd?'

'Hij wilde niet wakker worden.'

'Hij koestert geen achterdocht?'

'Nee. Hij kan zich niets herinneren. Ik denk dat hij een fikse kater heeft.'

'Hoe lang blijf jij daar nog?'

'Ik zal hem gedag kussen als hij onder de douche vandaan komt. Tien, misschien vijftien minuten.'

'Goed. Haast je.' Abby hing op en Tammy schoof weer terug naar haar kant van het bed. Op de zolder boven de keuken klikte een bandrecorder, die zich weer instelde, in afwachting van het volgende gesprek.

Om half elf waren ze klaar voor de laatste gang naar het appartement. De contrabande was verdeeld in drie gelijke delen. Drie gewaagde tochten op klaarlichte dag. Tammy liet de splinternieuwe sleutels in de zak van haar blouse glijden en vertrok met de koffers. Ze liep snel en achter de zonnebril schoten haar ogen van links naar rechts. Het parkeerterrein voor de appartementen was nog altijd leeg. De tweede en de derde tocht verliepen even voorspoedig. Toen ze voor de laatste keer het berghok uit liep, bekeek ze dat nog eens zorgvuldig. Alles was zoals ze het had gevonden. Ze sloot het appartement zorgvuldig af en nam de lege, veelgebruikte Samsonites mee naar haar kamer.

Een uur lang lagen ze naast elkaar op het bed en lachten om Avery en zijn kater. Nu hadden ze het merendeel achter de rug. Er was een perfecte misdaad gepleegd. Casanova was een bereidwillige, maar onwetende deelnemer geweest. Het was makkelijk gegaan, concludeerden ze.

De berg bewijsmateriaal nam elfenhalve doos in beslag. Om half drie klopte een eilandbewoner met een strohoed op en zonder shirtje aan op de deur en kondigde aan dat hij werkte voor een firma die Cayman Storage heette. Abby wees op de dozen. Hij hoefde nergens naar toe en had helemaal geen haast. Dus pakte hij de eerste doos en droeg die langzaam naar zijn bestelwagentje. Zoals alle eilandbewoners werkte hij op de Cayman-klok. Mevrouw, we hebben totaal geen haast.

Ze reden in de Stanza achter hem aan naar een pakhuis in Georgetown. Abby inspecteerde de voorgestelde bergruimte en betaalde contant voor drie maanden huur.

28

Wayne Tarrance zat op de achterste bank van de Greyhound, die om tien over half twaalf 's avonds vanuit Louisville via Indianapolis naar Chicago zou rijden. Hoewel er niemand naast hem zat, was het verder druk in de bus. Het was vrijdagavond. De bus was een half uur eerder Kentucky uit gereden en nu was hij er zeker van dat er iets mis moest zijn. Een half uur en taal noch teken van wie dan ook. Misschien was het de verkeerde bus. Misschien was McDeere van gedachten veranderd. Er waren veel misschiens. De achterbank bevond zich vlak boven de dieselmotor en Wayne Tarrance, afkomstig uit de Bronx, wist nu waarom mensen die regelmatig met de Greyhound reisden, vochten om de zitplaatsen vlak achter de chauffeur. Dertig minuten. Niets.

Het toilet werd doorgespoeld en de deur vloog open. De stank kwam mee en Tarrance keek een andere kant op, naar het verkeer in zuidelijke richting. Vanuit het niets kwam ze naast hem zitten en schraapte haar keel. Tarrance keek snel naar rechts. Daar was ze. Hij had haar al eens eerder gezien.

'Bent u Tarrance?' Ze had een spijkerbroek, witte gympjes en een dikke groene trui aan. Haar ogen waren verborgen achter een donkere zonnebril.

'Ja. Wie bent u?'

Ze pakte zijn hand en drukte die krachtig. 'Abby McDeere.'

'Ik had uw man verwacht.'

'Dat weet ik. Hij heeft echter besloten niet te komen en nu ben ik hier.'

'Ik... eh... ik wilde eigenlijk met hem praten.'

'Ja, maar hij heeft mij gestuurd. Beschouw mij maar als zijn afgezant.'

Tarrance legde zijn pocket onder de bank en keek naar de hoofdweg. 'Waar is hij?'

'Waarom is dat belangrijk, meneer Tarrance? Hij heeft me hierheen gestuurd om over zaken te spreken en u bent hier om over zaken te spreken. Dus laten we dat maar doen.'

'Goed. U moet zachtjes praten en als iemand deze kant op komt, moet u uw mond houden en mijn hand vastpakken. Afgesproken? De heer Voyles... Weet u wie dat is?'

'Ik weet alles, meneer Tarrance.'

'Prima. Voyles staat op het punt over de rooie te gaan omdat we de dossiers van Mitch nog niet hebben. De goede dossiers. U begrijpt toch wel waarom die belangrijk zijn?'

'Volkomen.'

'Dus willen we die dossiers hebben.'

'En wij willen een miljoen dollar hebben.'

'Ja, dat is de afspraak, maar dan moeten wij eerst de dossiers in handen hebben.'

'Nee, dat was de afspraak niet. Meneer Tarrance, we hadden afgesproken dat we dat miljoen zouden krijgen waar we het hebben willen en dat we daarna die dossiers zouden overhandigen.'

'Vertrouwt u ons niet?'

'Dat klopt. We vertrouwen u, Voyles of wie dan ook niet. Het geld moet telegrafisch worden overgemaakt naar een bankrekening in Freeport, op de Bahama's. We zullen daar meteen bericht van krijgen en dan zullen wij het geld telegrafisch overmaken naar een andere bank. Zodra we hebben wat we hebben willen, zijn de dossiers voor u.'

'Waar zijn ze?'

'In een kleine opslagruimte in Memphis. Er zijn alles bij elkaar eenenvijftig dossiers, allemaal keurig netjes in dozen gestopt. U zult ervan onder de indruk komen. We hebben ons werk goed gedaan.'

'We? Heeft u de dossiers gezien?'

'Natuurlijk. Ik heb geholpen ze in dozen te doen. In doos nummer acht zitten verrassingen.'

'Wat voor verrassingen?'

'Mitch heeft drie dossiers van Avery Tolleson kunnen kopiëren en die roepen nogal wat vraagtekens op. Twee ervan hebben te maken met een bedrijf dat Dunn Lane Ltd. heet en we weten dat dat in handen van de mafia is, met een hoofdkantoor op de Cayman Eilanden. Het is in 1986 opgericht met tien miljoen witgewassen dollars. De dossiers hebben betrekking op twee bouwprojecten die door het bedrijf worden gefinancierd. U zult ze fascinerend vinden.'

'Hoe weet u dat het hoofdkantoor op de Cayman Eilanden is gevestigd? En hoe bent u op de hoogte geraakt van die tien miljoen dollar? Zulke gegevens staan toch zeker niet in die dossiers?'

'Nee. We hebben andere dossiers gevonden.'

Tien kilometer lang dacht Tarrance over die andere dossiers na. Het was duidelijk dat hij die niet te zien zou krijgen voordat de McDeeres het eerste miljoen in handen hadden. Dus liet hij dat onderwerp verder rusten.

'Ik weet niet zeker of we het geld telegrafisch kunnen overmaken zonder dat we eerst de dossiers in handen hebben.' Dat was nogal zwakke blufpoker. Zij doorzag hem en glimlachte.

'Meneer Tarrance, moeten we nu echt een spelletje gaan spelen? Waarom geeft u ons niet gewoon het geld?'

Een buitenlandse student, waarschijnlijk een Arabier, kwam op zijn gemakje door het gangpad naar het toilet gelopen. Tarrance zat doodstil en staarde naar buiten. Abby gaf hem klopjes op zijn arm, alsof ze zijn vaste vriendinnetje was. Het doortrekken leek wel een kortstondige waterval.

'Hoe snel laat zich alles regelen?' vroeg Tarrance. Ze raakte hem nu niet meer aan.

'De dossiers zijn klaar. Hoe snel kunt u een miljoen dollar paraat hebben?'

'Morgen.'

Abby keek naar buiten en sprak door haar linker mondhoek. 'Vandaag is het vrijdag. Aanstaande dinsdag maakt u om tien uur 's morgens het miljoen dollar

239

over van uw rekening bij de Chemical Bank in Manhattan naar een bepaald rekeningnummer op de Ontario Bank in Freeport. Dat is een volkomen legale transactie, waarmee niet meer dan vijftien seconden gemoeid zullen zijn.'

Tarrance fronste zijn wenkbrauwen en luisterde heel aandachtig. 'Stel dat we geen rekening hebben lopen bij de Chemical Bank in Manhattan?'

'Dat is nu ook niet het geval, maar maandag zal dat anders zijn. Ik weet zeker dat iemand in Washington zo'n eenvoudige transactie wel kan regelen.'

'Ik ook.'

'Prima.'

'Maar waarom de Chemical Bank?'

'Op bevel van Mitch, meneer Tarrance. Vertrouwt u hem nu maar, want hij weet wat hij doet.'

'Ik zie dat hij zijn huiswerk heeft gedaan.'

'Hij doet zijn huiswerk altijd, en er is iets dat u zich altijd goed voor ogen moet blijven houden. Hij is veel slimmer dan u.'

Tarrance snoof en grinnikte even gemaakt. Een paar kilometer lang reden ze zwijgend verder, beiden nadenkend over de volgende vraag en het daarbij behorende antwoord.

'Goed,' zei Tarrance, vrijwel tegen zichzelf. 'Wanneer krijgen wij de dossiers?'

'Als het geld veilig naar Freeport is overgeseind, krijgen wij daar bericht van. Woensdagmorgen voor half elf zult u op uw kantoor in Memphis per expresse een pakketje ontvangen, met een briefje erbij en de sleutel van de kleine kluis.'

'Dus kan ik tegen Voyles zeggen dat we woensdag de dossiers in handen zullen hebben?'

Ze haalde haar schouders op en zei niets. Tarrance vond het stom van zichzelf dat hij die vraag had gesteld. Snel bedacht hij een goede vraag.

'We hebben het bankrekeningnummer in Freeport nodig.'

'Dat staat opgeschreven. Ik zal u het geven wanneer ik uit de bus stap.'

De details waren nu afgehandeld. Hij pakte het boek weer, sloeg de pagina's om en deed net alsof hij las. 'U moet nog even blijven zitten,' zei hij.

'Vragen?'

'Ja. Kunnen we het hebben over de andere dossiers waarvan u melding hebt gemaakt?'

'Natuurlijk.'

'Waar zijn die?'

'Goeie vraag. Ik heb me laten uitleggen dat we eerst weer een half miljoen zouden krijgen, als ik het me goed herinner, in ruil voor voldoende bewijsmateriaal om bepaalde mensen in staat van beschuldiging te kunnen stellen. Die andere dossiers horen daarbij.'

Tarrance sloeg een bladzijde om. 'Wilt u daarmee zeggen dat die dossiers al in uw bezit zijn?'

'Het merendeel van wat we nodig hebben, is dat inderdaad.'

'Waar zijn ze?'

Ze glimlachte zacht en gaf hem een klopje op zijn arm. 'Ik kan u verzekeren dat ze niet in die kluis bij de andere dossiers zijn opgeborgen.'

'Maar u hebt ze wel in uw bezit?'

'Zoiets, ja. Zou u er een paar willen zien?'

Hij deed het boek dicht en haalde diep adem. Toen keek hij haar aan. 'Zeker.'

'Dat dacht ik al wel. Mitch heeft me opgedragen u een dertig centimeter dik dossier te geven van Dunn Lane Ltd. Het zijn kopieën van bankafschriften, contracten, notulen, reglementen, personeelslijsten, lijsten van aandeelhouders, afschriften van telegrafische boekingen, brieven van Nathan Locke aan Joey Morolto en talrijke andere smakelijke hapjes die u uit uw slaap zullen houden. Geweldig materiaal. Mitch zegt dat u alleen met het dossier van Dunn Lane minstens dertig aanklachten kunt opstellen.'

Tarrance hing aan haar lippen en geloofde elk woord. 'Wanneer kan ik het bekijken?' vroeg hij zacht maar heel enthousiast.

'Zodra Ray de gevangenis uit is. Zoals u weet, is dat een onderdeel van de gemaakte afspraak.'

'O ja. Ray.'

'O ja. Hij komt vrij, meneer Tarrance, want anders kunt u Bendini op uw buik schrijven. Dan pakken Mitch en ik het miljoen dat we hebben en verdwijnen spoorloos.'

'Ik ben ermee bezig.'

'Dan zou u er verstandig aan doen er zo snel mogelijk verder werk van te maken.' Dat was meer dan een dreigement en daar was hij zich van bewust. Hij sloeg het boek weer open en staarde ernaar.

Abby haalde een visitekaartje van Bendini, Lambert & Locke uit haar zak en liet dat op het boek vallen. Op de achterkant had ze het rekeningnummer geschreven: 477DL-19584, Ontario Bank, Freeport.

'Ik ga terug naar mijn plaatsje voor in de bus, uit de buurt van de motor. Geen misverstanden meer over aanstaande dinsdag?'

'Nee. Stapt u uit in Indianapolis?'

'Ja.'

'Waar gaat u heen?'

'Naar mijn ouders, in Kentucky. Mitch en ik zijn voorlopig uit elkaar gegaan.'

Toen was ze vertrokken.

Tammy stond in een van de twaalf lange rijen voor de douane in Miami. Het was heet. Ze had een short aan, met sandalen, een haltertopje, een zonnebril en een strohoed en daarmee zag ze er net zo uit als de andere duizend vermoeide toeristen die terugkeerden van de zonovergoten stranden in het Caribisch gebied. Voor haar stonden twee slechtgehumeurde pasgehuwden die tassen met drank en parfum bij zich hadden, die belastingvrij waren gekocht. Ze waren fiks ruzie aan het maken. Achter haar stonden twee splinternieuwe leren koffers, gevuld met voldoende documenten om veertig juristen aan te klagen. Haar werkgever, eveneens een jurist, had haar aangeraden koffers met wieltjes te kopen, zodat zij ze over het vliegveld van Miami zou kunnen voortslepen. Ze had ook een kleine tas bij zich met een paar kleren en een tandenborstel, om alles zo echt mogelijk te laten lijken.

Zo ongeveer om de tien minuten schoof het jonge stel iets verder door naar voren. Tammy kwam er met haar bagage achteraan. Een uur nadat ze in de rij was gaan staan, stond ze voor de douanebeambte.

'Niets aan te geven?' vroeg de man kortaf en in slecht Engels.

'Nee,' reageerde ze al even kortaf.

Hij knikte naar de grote leren koffers. 'Wat zit daarin?'

'Papieren.'

'Papieren?'

'Papieren.'

'Wat voor papieren?'

W.C.-papier, dacht ze. Ik breng een vakantie in het Caribisch gebied door om W.C.-papier te verzamelen. 'Juridische documenten en zo. Ik ben juriste.'

'Hmmm.' Hij ritste de kleine tas open en bekeek snel de inhoud. 'In orde. De volgende!'

Ze trok de koffers voorzichtig met zich mee, want ze dreigden telkens om te rollen. Een kruier nam ze van haar over en zette ze op een tweewielig karretje. 'Delta, vlucht nummer 282 naar Nashville. Gate 44, platform B,' zei ze en gaf hem een biljet van vijf dollar.

Tammy, de twee koffers en de tas kwamen zaterdag om middernacht in Nashville aan. Ze zette ze in haar Kever en reed van het vliegveld weg. In de voorstad Brentwood zette ze haar wagen op de afgesproken plaats neer en sleepte de koffers een voor een naar een klein appartement.

Daar stonden geen meubels in, met uitzondering van een gehuurde slaapbank. In de slaapkamer pakte ze de koffers uit en begon met het tijdrovende karwei van het sorteren van het bewijsmateriaal. Mitch wilde lijsten hebben van alle documenten, alle bankrekeningen, alle bedrijven. Hij had gezegd dat hij op een dag erg veel haast zou hebben en dan alles keurig netjes geordend wilde zien.

Twee uur lang was ze bezig met het maken van een inventarislijst. Ze zat op de grond en maakte nauwkeurige aantekeningen. Na drie reisjes-van-een-dag naar Grand Cayman was het al aardig vol geworden in de kamer. Maandag zou ze er weer naartoe gaan.

Ze had het gevoel in de afgelopen twee weken slechts drie uur te hebben geslapen. Maar haast was geboden, had hij gezegd. Het was een kwestie van leven en dood.

Tarry Ross, alias Alfred, zat in de donkerste hoek van de Washington Phoenix Inn. De bijeenkomst zou van zeer korte duur zijn. Hij dronk koffie en wachtte op zijn gast.

Hij wachtte en nam zich heilig voor dat nog slechts vijf minuten te doen. Het kopje trilde toen hij probeerde een slokje te nemen. Hij morste koffie op de tafel. Hij keek naar de tafel en deed wanhopig zijn best niet om zich heen te kijken. Hij wachtte.

Zijn gast kwam uit het niets te voorschijn en ging met zijn rug naar de muur toe zitten. Hij heette Vinnie Cozzo en was een boef uit New York. Hij werkte voor de familie Palumbo.

242

Vinnie zag de trillende kop en de gemorste koffie. 'Alfred, ontspan je. Het is hier donker genoeg.'

'Wat wil je?' siste Alfred.

'Ik wil iets drinken.'

'We hebben geen tijd om iets te drinken. Ik ga zo meteen weg.'

'Alfred, man, ontspan je toch. Er is hier verder vrijwel geen kip.'

'Wat wil je?' siste hij nogmaals.

'Alleen wat informatie.'

'Daar zul je voor moeten betalen.'

'Dat is altijd zo.' Een ober waagde zich bij hen in de buurt en Vinnie bestelde een Chivas met water.

'Hoe gaat het met mijn makker Denton Voyles?' vroeg Vinnie.

'Cozzo, je kunt de boom in. Ik ga weg. Ik maak me uit de voeten.'

'Rustig aan, makker. Ik heb alleen wat informatie nodig.'

'Vraag dan maar snel wat je weten wilt.' Alfred keek onderzoekend om zich heen. Zijn kop was leeg, maar het merendeel van de koffie was op de tafel terechtgekomen.

De Chivas werd neergezet en Vinnie nam een stevige slok. 'We hebben een klein probleempje in Memphis. Een paar jongens maken zich daar een beetje zorgen over. Heb je ooit wel eens van het kantoor van Bendini gehoord?'

Instinctief schudde Alfred van nee. In eerste instantie moest je altijd nee verkopen. Daarna moest je zorgvuldig gaan graven, terugkomen met een aardig rapportje en ja zeggen. Ja, hij had wel eens wat over dat kantoor gehoord, evenals over de meest gewaardeerde cliënt. Operatie Wasserij. Voyles had er die naam aan gegeven en was zo trots op zijn creativiteit.

Vinnie nam nog een stevige slok. 'Er werkt daar een kerel die McDeere heet, Mitchell McDeere, en we vermoeden dat hij onder één hoedje speelt met jouw mensen. Begrijp je wat ik bedoel? We denken dat hij inlichtingen over Bendini verkoopt aan de federale politie. Ik hoef alleen maar te weten of dat waar is. Dat is alles.'

Alfred luisterde toe met een pokerface, hoewel hem dat niet makkelijk viel. Hij kende de bloedgroep van McDeere en wist welk restaurant in Memphis zijn voorkeur genoot. Hij wist dat McDeere zes keer met Tarrance had gesproken en dat McDeere morgen, dinsdag, miljonair zou worden. Fluitje van een cent.

'Ik zal kijken wat ik kan achterhalen. Nu moeten we het nog over het geld hebben.'

Vinnie stak een Salem Light op. 'Alfred, dit is een serieuze aangelegenheid en ik zal niet gaan liegen. Tweehonderdduizend, cash.'

Alfred liet de kop uit zijn handen vallen. Hij haalde een zakdoek uit zijn achterzak en begon als een gek zijn bril schoon te poetsen. 'Tweehonderdduizend? Cash?'

'Dat heb ik gezegd. Hoeveel hebben we je de vorige keer gegeven?'

'Vijfenzeventig.'

'Begrijp je nu wat ik bedoel? Dit is verdomd serieus, Alfred. Kun je het achterhalen?'

'Ja.'
'Wanneer?'
'Geef me twee weken de tijd.'

29

Een week voor de vijftiende april werd er bij Bendini, Lambert & Locke onder zware stress en puur op adrenaline – en angst – als een bezetene door iedereen gewerkt. Angst om een aftrekpost te missen, die een rijke cliënt een extra miljoentje of zo zou kosten. Angst om de telefoon te pakken om een cliënt te bellen met de mededeling dat de formulieren waren ingevuld en dat er helaas achthonderdduizend dollar extra moest worden betaald. Angst om niet voor de vijftiende klaar te zijn, waardoor er nader uitstel moest worden aangevraagd, met het risico van boetes en de verplichting rente te gaan betalen. Om zes uur 's morgens was het parkeerterrein al vol. De secretaressen werkten twaalf uur per dag. Men schoot snel uit zijn slof. Er werd weinig en dan nog gehaast gepraat.

Mitch werkte de klok rond, want er was toch geen echtgenote thuis. Sonny Capps had Avery de huid vol gescholden vanwege een vordering van $ 450.000. Met een jaarinkomen van twaalf miljoen! Avery had Mitch vervloekt en samen waren ze weer door de dossiers van Capps geploegd, gravend en vloekend. Mitch ontdekte twee aftrekposten waarachter rijen vraagtekens gezet konden worden, maar die de vordering wel omlaag brachten naar $ 320.000. Capps zei dat hij erover dacht een ander kantoor in de arm te nemen. In Washington.

Toen ze nog zes dagen te gaan hadden, had Capps een bespreking geëist met Avery. In Houston. De Lear was beschikbaar en Avery vertrok om middernacht. Mitch bracht hem naar het vliegveld en kreeg onderweg instructies.

Kort na half twee 's nachts was hij terug bij het kantoor. Op het parkeerterrein stonden drie Mercedessen, een BMW en een Jaguar. De man van de bewakingsdienst deed de achterdeur open en Mitch ging met de lift naar de vierde verdieping. Zoals gewoonlijk had Avery de deur van zijn kantoor op slot gedaan. De deuren van de vennoten waren altijd op slot. Achter in de gang hoorde hij een stem. Victor Milligan zat achter zijn bureau en zei lelijke dingen tegen zijn computer. De andere kantoren waren donker en afgesloten.

Na een uur hield het praten op. Milligan sloot de deur achter zich en deed die op slot. Zonder iets te zeggen nam hij de trap naar beneden. Mitch controleerde snel elk kantoor op de vierde verdieping en toen op de derde. Alle waren verlaten. Het was bijna drie uur 's nachts.

Mitch hield zijn adem in en stak de sleutel in het slot van Avery's deur. Toen draaide hij de knop om en was binnen. Daar deed hij alle lampen aan en liep naar de kleine tafel waar hij en Avery de dag en het merendeel van de avond aan hadden gezeten. Om de stoelen heen lagen de dossiers hoog opgestapeld. Her en der lagen papieren.

Mitch nam aan de tafel plaats en ging verder met zijn onderzoek voor Capps. Volgens de FBI was Capps een legitieme zakenman, die al minstens acht jaar van de diensten van het bureau gebruik maakte. De mensen van de FBI hadden geen belangstelling voor Sonny Capps.

Naast de boekenplanken stonden vier massief eiken dossierkasten tegen een van de muren aan. Mitch had ze al maanden lang gezien, maar er was nog nooit in zijn bijzijn gebruik van gemaakt. De dossiers waaraan werd gewerkt, werden bewaard in drie metalen kasten naast het raam. Daar zaten secretaressen in te wroeten, waarbij ze gewoonlijk werden toegeschreeuwd door Avery. Hij deed de deur op slot en liep naar de eiken kasten. Op slot, natuurlijk. Maar met een van de sleutels lukte het hem de eerste kast open te maken.

Met behulp van de door Tammy in Nashville gemaakte inventarislijst had hij veel namen uit zijn hoofd geleerd van bedrijven die op de Cayman Eilanden geld hadden witgewassen. Hij bekeek de dossiers in de bovenste lade en zag bekende namen. Dunn Lane Ltd., Eastpointe Ltd., Virgin Bay Ltd., Inland Contractors Ltd., Gulf-South Ltd. In de tweede en de derde lade ontdekte hij nog meer bekende namen. De dossiers bestonden uit documenten die betrekking hadden op leningen van banken op de Cayman Eilanden, huurcontracten, hypotheekakten, en duizenden andere papieren. Hij had vooral belangstelling voor Dunn Lane en Gulf-South. Tammy had een belangrijk aantal documenten van die bedrijven op de lijst gezet.

Hij pakte een dossier van Gulf-South, vol afschriften van telegrafisch overgemaakte gelden en leningen van de Royal Bank of Montreal. Hij liep naar een kopieerapparaat midden op de vierde verdieping en zette dat aan. Terwijl het apparaat werd opgewarmd, keek hij zo nonchalant mogelijk om zich heen. Niemand te zien. Hij keek de plafonds langs. Geen camera's. Dat had hij al vele keren gecontroleerd. Er ging een lampje branden en hij tikte het dossiernummer van mevrouw Lettie Plunk in. Terug naar de dossierkast. Terug naar het kopieerapparaat, met een stapel bewijsmateriaal van Gulf-South. Hij tikte het nummer in van het dossier van Greenmark Partners, een projectontwikkelaar in Bartlett, Tennessee, waarmee niets aan de hand was. De belastingformulieren van dat bedrijf lagen op zijn bureau en hij had nog wat kopieermogelijkheden over: eenennegentig, om precies te zijn.

In het kantoor van Mitch lagen achttien belastingformulieren die nog moesten worden ondertekend en dan opgeborgen. Hij was klaar, zes dagen voor de deadline. Op alle achttien rekeningen werd een deel van de kopieën van de dossiers van Gulf-South en Dunn Lane afgeboekt. Hij had hun nummers op een velletje papier neergeschreven, dat op het tafeltje naast het kopieerapparaat lag. Nadat hij de achttien nummers had gebruikt, nam hij er drie die hij van Lamars dossiers had geleend, en drie die bij de dossiers van Capps hoorden.

Vanaf het kopieerapparaat liep een draad door een gat in de muur en langs de binnenkant van een kast, waar hij contact maakte met draden van drie andere kopieerapparaten op de vierde verdieping. De nu dikkere draad ging door het plafond en langs een plint naar de kamer op de derde verdieping waar de kopieën werden genoteerd en in rekening gebracht. Een onopvallend grijs draadje liep vanaf de computer langs een muur, door het plafond naar de vierde verdieping en verder naar de vijfde, waar een andere computer het gekozen cijfer onthield, evenals het aantal kopieën en de plaats van het apparaat waarop de kopieën waren gemaakt.

Op vijftien april om vijf uur 's middags hield Bendini, Lambert & Locke ermee op. Om zes uur was het parkeerterrein leeg. Alle dure wagens kwamen drie kilometer verder weer bij elkaar, achter een eerbiedwaardig visrestaurant dat Anderton's heette. Er was een kleine zaal gereserveerd voor het gebruikelijke diner van vijftien april. Alle assistenten en vennoten waren aanwezig, evenals elf vennoten die inmiddels met pensioen waren gegaan. Die laatsten waren gebruind en goed uitgerust, de eersten zagen er stuk voor stuk doodmoe uit. Toch heerste er een feeststemming en was iedereen bereid dronken te worden. Deze avond zou men vergeten dat men werd geacht netjes en bescheiden te leven. Een andere regel was dat niemand, juristen noch secretaressen, op de zestiende april werkte.
Schalen met koude, gekookte garnalen en rauwe oesters stonden op tafels langs de muren. Een immens houten vat vol ijs en koude Moosehead begroette een ieder. Achter het vat stonden tien kisten champagne. Roosevelt liet de kurken zo snel mogelijk knallen. Laat op de avond zou hij net als de anderen dronken worden en dan zou Oliver Lambert een taxi laten komen om hem naar huis, naar Jessie Frances, te laten brengen. Het was een vast ritueel.
Roosevelts neef, Little Bobby Blue Baker, zat aan een piano en zong triest terwijl de juristen binnenkwamen. Nu zorgde hij voor het amusement. Later zouden ze hem niet meer nodig hebben.
Mitch negeerde het eten en nam een ijsgroene fles mee naar een tafeltje bij de piano. Lamar kwam achter hem aan, met een kilo garnalen. Ze keken toe hoe collega's hun jassen en dassen uittrokken en een aanval deden op de Moosehead.
'Alles af gekregen?' vroeg Lamar, die de garnalen aan het verslinden was.
'Ja, gisteren al. Avery en ik hebben tot vijf uur gewerkt aan het dossier van Sonny Capps. Nu is dat ook afgerond.'
'Hoeveel?'
'Kwart miljoen.'
'Au!' Lamar dronk het flesje voor de helft leeg. 'Zoveel heeft hij nog nooit moeten betalen, hè?'
'Dat klopt en hij is woedend. Ik begrijp die man niet. Hij heeft dit jaar uit allerlei ondernemingen twaalf miljoen verdiend en hij is woedend omdat hij twee procent belasting moet betalen.'
'Hoe is het met Avery?'
'Die maakt zich een beetje zorgen. Capps heeft hem er de vorige week toe gedwongen naar Houston te vliegen en die bespreking is niet goed verlopen. Om twaalf uur 's nachts is hij met de Lear vertrokken. Later heeft hij me verteld dat Capps om vier uur 's nachts in zijn kantoor op hem zat te wachten, woedend vanwege dat geld dat hij aan belasting moest betalen. Hij gaf Avery van alles de schuld. Hij zei dat hij erover dacht over te stappen naar een ander kantoor.'
'Volgens mij zegt hij dat elke keer. Wil je nog een biertje?'

Lamar liep weg en kwam terug met vier Mooseheads. 'Hoe gaat het met de moeder van Abby?'

Mitch leende een garnaal en pelde die. 'Op dit moment wel goed. Ze hebben een long weggehaald.'

'En hoe gaat het met Abby?' Lamar keek naar zijn vriend en at niet.

Mitch begon aan zijn nieuwe biertje. 'Goed.'

'Mitch, onze kinderen zitten op St. Andrew's. Het is geen geheim dat Abby verlof heeft gekregen. Ze is al twee weken weg. Dat weten we en we maken ons er zorgen over.'

'Het zal best goed komen. Ze wilde een tijdje alleen zijn. In feite is het niets bijzonders.'

'Mitch, kom nu. Als je vrouw van huis weggaat zonder te zeggen wanneer ze terug zal komen, is dat wel iets bijzonders. In elk geval heeft ze dat tegen het schoolhoofd gezegd.'

'Dat is waar. Ze weet ook niet wanneer ze terug zal komen. Waarschijnlijk over een maand of zo. Het heeft haar veel moeite gekost zich aan mijn drukke werkuren aan te passen.'

De juristen waren er allemaal, dus sloot Roosevelt de deur. Het werd rumoeriger in de kamer. Bobby Blue speelde verzoeknummers.

'Heb je er wel eens over gedacht het iets langzamer aan te doen?' vroeg Lamar.

'Niet werkelijk. Waarom zou ik?'

'Mitch, ik ben toch je vriend? Ik maak me zorgen over je. Je kunt in je eerste jaar nog geen miljoen dollar verdienen.'

O ja, dacht hij. Vorige week heb ik een miljoen verdiend. Binnen tien seconden is mijn rekening in Freeport gestegen van tienduizend dollar tot een miljoen en tienduizend dollar. Vijftien minuten later was die rekening opgeheven en stond het geld veilig op een Zwitserse bank. Ja, dat telegrafische overboeken is een wonder. Door dat miljoen zou deze vijftiende april het eerste en enige feest van deze aard zijn in zijn korte maar opvallende carrière als jurist. Zijn goede vriend, die zich zoveel zorgen maakte over zijn huwelijk, zou waarschijnlijk binnen korte tijd de gevangenis in draaien. Net als alle andere aanwezigen, met uitzondering van Roosevelt. Waarschijnlijk. Het kon zijn dat Tarrance zo opgewonden raakte, dat hij Roosevelt en Jessie Frances ook in staat van beschuldiging stelde, gewoon voor de lol.

Daarna zouden de processen beginnen. 'Ik, Mitchell Y. McDeere, zweer dat ik de waarheid, de hele waarheid en niets dan de waarheid zal spreken.' Dan zou hij in de getuigenbank plaats nemen en een beschuldigende vinger uitsteken naar zijn goede vriend Lamar Quin. Kay en de kinderen zouden op de eerste rij zachtjes zitten huilen, in de hoop zo de jury te kunnen beïnvloeden.

Hij dronk zijn tweede biertje op en begon aan het derde. 'Lamar, dat weet ik, maar toch ben ik niet van plan het rustiger aan te doen. Abby zal zich aanpassen en dan is alles weer in orde.'

'Als jij dat zegt... Kay heeft je uitgenodigd om morgen biefstuk te komen eten. Die kunnen we barbecuen en op de patio opeten. Wat denk je daarvan?'

'Ik vind het best, maar alleen wanneer er niet over Abby wordt gesproken. Ze

is naar huis gegaan om bij haar moeder te zijn en ze komt terug. In orde?'
'Ja, natuurlijk.'
Avery kwam aan het tafeltje zitten, met een bord vol garnalen. Die begon hij te pellen.
'We hadden het net over Capps,' zei Lamar.
'Dat is geen prettig gespreksonderwerp,' antwoordde Avery. Mitch keek aandachtig naar de garnalen, tot er een stuk of zes waren gepeld. Toen stak hij een hand uit, pakte ze en stopte ze direct in zijn mond.
Avery keek hem met vermoeide, trieste ogen aan. Hij probeerde een passende reactie te bedenken en begon toen ongepelde garnalen te eten. 'Ik wou dat ze hun kop nog hadden,' zei hij tussen twee happen door. 'Dan smaken ze veel lekkerder.'
Mitch pakte een handjevol ongepelde garnalen en begon te kauwen. 'Ik vind de staarten lekkerder. Ik heb altijd al een voorkeur voor staarten gehad.'
Lamar hield op met eten. 'Jullie moeten een grapje aan het maken zijn!'
'Nee,' reageerde Avery. 'Toen ik als jochie in El Paso woonde, gingen we met onze netten verse garnalen vangen. Die aten we ter plekke op, terwijl ze zich nog bewogen. De koppen zijn het lekkerst vanwege alle hersensappen.'
'Garnalen in El Paso?'
'Ja, het wemelt ervan in de Rio Grande.'
Lamar stond op om nieuwe biertjes te halen. Vermoeidheid en stress, in combinatie met de alcohol, zorgden er al snel voor dat de sfeer steeds rumoeriger en rauwer werd. Bobby Blue speelde Steppenwolf. Zelfs Nathan Locke glimlachte en sprak luid. Gewoon een van de jongens. Roosevelt zette nog vijf nieuwe kratten in de bak met ijs.
Om tien uur begonnen ze te zingen. Wally Hudson had zijn vlinderdasje afgedaan, stond op een stoel bij de piano en dirigeerde het jankende koor door een medley van Australische drinkliederen. Het restaurant was nu toch gesloten, dus kon het niemand iets schelen. Kendall Mahan was de volgende. Hij had op Cornell rugby gespeeld en beschikte over een verbazingwekkend repertoire schuine drinkliederen. Vijftig dronken, niet getalenteerde stemmen zongen gelukzalig met hem mee.
Mitch excuseerde zich en ging naar het toilet. Een keukenhulpje deed de achterdeur voor hem open en toen stond hij op het parkeerterrein. Vanaf die afstand klonk het gezang best aangenaam. Hij liep naar zijn auto, maar ging vervolgens naar een raam. Hij stond in het donker, naast de hoek van het gebouw, keek en luisterde. Kendall was nu piano aan het spelen en nam het koor mee door een obsceen refrein.
Vrolijke stemmen van rijke en gelukkige mensen. Hij bekeek hen een voor een, zoals ze om de tafeltjes heen zaten. Hun gezichten waren rood. Hun ogen glansden. Het waren zijn vrienden – vaders met echtgenotes en kinderen – en ze waren allemaal betrokken bij deze afschuwelijke samenzwering.
Vorig jaar hadden Joe Hodge en Marty Kozinski nog met hen mee gezongen. Vorig jaar was hij een zeer gewilde Harvard-man geweest, die in elke zak een aanbieding voor een baan had.

Nu was hij miljonair en zou er spoedig een prijs op zijn hoofd staan.
Gek wat er in een jaar kon gebeuren.
Zing maar door, broeders.
Mitch draaide zich om en liep weg.

Rond middernacht kwamen de taxi's op Madison voorrijden en werden de rijkste juristen van de stad naar de achterbanken gedragen of gesleept. Natuurlijk was Oliver Lambert de meest nuchtere van het stel en hij regisseerde de evacuatie. Vijftien taxi's alles bij elkaar.

Op dat zelfde moment reden in Front Street, aan de andere kant van de stad, twee identieke marineblauwe en gele vrachtwagentjes van Ford naar het hek. Dutch Hendrix maakte het hek open en gaf de chauffeurs een teken dat ze konden doorrijden. Ze reden achteruit naar de achterdeur en acht vrouwen in dezelfde rokken en bijpassende shirtjes begonnen stofzuigers, emmers, bezems, rollen papieren handdoeken en andere schoonmaakspullen uit te laden. Ze praatten rustig met elkaar terwijl ze door het gebouw liepen. Conform de gegeven opdracht werd verdieping voor verdieping schoongemaakt, beginnend met de vierde. De mensen van de bewakingsdienst patrouilleerden over de verdiepingen en hielden alles nauwlettend in de gaten.

De vrouwen negeerden hen en leegden vuilnisemmers, zetten meubels in de was, waren met stofzuigers in de weer en maakten toiletten schoon. Het nieuwe meisje werkte langzamer dan de anderen. Ze trok aan bureauladen en laden van dossierkasten zodra de bewakers niet keken.

Dit was de derde avond dat ze dit werk deed en ze begon de weg al aardig te kennen. De eerste avond al had ze het kantoor van Tolleson op de vierde verdieping ontdekt en ze glimlachte in zichzelf.

Ze had een smerige spijkerbroek en afgetrapte gympjes aan. Het blauwe shirtje dat ze droeg, was extra groot, om haar er gezetter te doen uitzien. Op het kaartje boven het borstzakje stond DORIS. Doris, de schoonmaakster.

Toen de club de tweede verdieping voor de helft had schoongemaakt, zei een bewaker tegen Doris en twee anderen, Susie en Charlotte, dat ze hem moesten volgen. Hij stak een sleutel in het paneel bij de lift, die naar de kelder ging. Daar maakte hij een zware metalen deur open en ze liepen een grote ruimte in, die in twaalf hokjes was onderverdeeld. Elk bureaublad was vol en op elk stond een computer. Verder waren overal terminals. Langs de muren waren zwarte dossierkasten neergezet. Ramen ontbraken.

'Hier zijn de spullen die jullie nodig hebben,' zei de man en wees op een kast. Ze haalden daar een stofzuiger en spuitbussen uit en gingen aan het werk.

'De bureaus niet aanraken,' zei hij.

30

Mitch maakte de veters van zijn Nike Air Cushion-joggingschoenen vast en ging op de bank bij de telefoon zitten wachten. Hearsay, die zich depressief voelde omdat zijn vrouwtje er al twee weken niet was, zat naast hem en probeerde te doezelen. Om precies half elf rinkelde de telefoon. Het was Abby. Ze gebruikten geen koosnaampjes als 'lieveling' en 'schatje'. De dialoog was koel en geforceerd.

'Hoe gaat het met je moeder?' vroeg hij.

'Veel beter. Ze loopt weer rond, maar heeft nog wel pijn. Haar stemming is echter opgewekt.'

'Prettig dat te horen. Hoe is het met je vader?'

'Hetzelfde. Hij heeft het altijd druk. Hoe gaat het met mijn hond?'

'Die voelt zich eenzaam en depressief. Ik denk dat hij een zenuwinzinking nabij is.'

'Ik mis hem. Hoe gaat het met je werk?'

'We hebben de vijftiende april zonder rampen overleefd. Iedereen is nu in een betere bui. De helft van de vennoten is op de zestiende met vakantie gegaan, dus is het op kantoor veel rustiger.'

'Ik neem aan dat jij nu nog maar zestien uur per dag werkt?'

Hij aarzelde en liet die vraag bezinken. Het was zinloos ruzie te gaan maken. 'Wanneer kom je naar huis?'

'Dat weet ik niet. Mam zal me nog een paar weken nodig hebben. Ik ben bang dat pap niet veel voor haar kan doen. Ze hebben een dienstmeisje en zo, maar mijn moeder heeft me nu nodig.' Ze zweeg, alsof er een moeilijke mededeling zou volgen. 'Ik heb vandaag St. Andrew's opgebeld om te zeggen dat ik dit semester niet meer terugkom.'

'Dit semester duurt nog twee maanden. Kom je twee maanden lang niet terug?'

'Op zijn minst twee maanden, Mitch. Ik heb gewoon wat tijd nodig.'

'Waarvoor?'

'Laten we daar niet nog eens over beginnen. In orde? Ik ben niet in de stemming om ruzie te maken.'

'Prima, prima, prima. Waar ben je dan wel voor in de stemming?'

Ze negeerde die vraag en er volgde een lange stilte. 'Hoeveel kilometer jog je tegenwoordig?'

'Een paar. Ik loop naar de baan en ren dan een baantje of acht.'

'Doe je voorzichtig daar? Het is er ontzettend donker.'

'Dank voor je bezorgdheid.'

Weer een lange stilte. 'Ik moet ophangen, want mam moet naar bed,' zei ze.

'Bel je morgenavond?'

'Ja. Zelfde tijd.'

Ze hing op zonder een 'tot ziens' of 'ik houd van je'. Ze hing gewoon op. Mitch trok zijn witte sportsokken omhoog en stopte het witte T-shirt met lange mouwen in zijn broek. Toen sloot hij de keukendeur af en liep op een drafje door de donkere straat. West Junior Highschool was zes huizenblokken verder dan East Meadowbrook. Achter de klaslokalen en het gymnastieklokaal, die uit rode baksteen waren opgetrokken, was het baseballveld en verderop langs de donkere oprijlaan was het footballveld. Dat werd omgeven door een renbaan en die was favoriet bij de plaatselijke joggers.

Maar niet om twaalf uur 's avonds, en zeker niet wanneer er geen maan aan de hemel stond. De baan was verlaten en dat vond Mitch prima. De lentelucht was licht en koel en de eerste anderhalve kilometer had hij in acht minuten afgelegd. Hij begon een rondje te lopen. Toen hij bij de aluminium tribune was gekomen, zag hij iemand uit zijn ooghoeken. Hij bleef doorlopen.

'Pssst!'

Mitch bleef staan. 'Ja? Wie is daar?'

'Joey Morolto,' antwoordde een schorre, krassende stem.

Mitch liep naar de tribune toe. 'Heel geestig, Tarrance. Ben ik niet gevolgd?'

'Nee. Laney zit daar in de schoolbus en heeft een zaklantaren bij zich. Hij heeft een groen licht laten zien toen je langs hem liep. Als je een rood licht ziet, ga je terug naar de baan en rent als Carl Lewis.'

Ze liepen de tribune op, de onafgesloten perscabine in. In het donker gingen ze op krukjes zitten en hielden de school in de gaten. De bussen stonden in een keurige rij langs de oprijlaan geparkeerd.

'Zo privé genoeg?' vroeg Mitch.

'Ja. Wie is die vrouw?'

'Ik weet dat je de voorkeur geeft aan een ontmoeting bij daglicht, en op een plaats waar veel mensen zijn, zoals een cafetaria of een Koreaanse schoenenwinkel, maar ik geef de voorkeur aan plaatsen als deze.'

'Geweldig. Wie is die vrouw?'

'Je bent behoorlijk vasthoudend, hè?'

'Inderdaad. Wie is ze?'

'Een werkneemster van me.'

'Waar heb je haar opgeduikeld?'

'Wat doet dat ertoe? Waarom stel je altijd vragen die niet relevant zijn?'

'Niet relevant? Ik heb vandaag een telefoontje gekregen van een vrouw die ik nog nooit heb ontmoet. Zij zegt me dat ze me wil spreken over een kleine kwestie die te maken heeft met het Bendini Building, dat we via een andere telefoon verder moeten praten en ik dus naar een bepaalde telefooncel moet gaan voor een bepaalde supermarkt, waar ik op een bepaald tijdstip moet zijn, zodat zij me om precies half twee kan bellen. Ik ga erheen en ze belt om exact half twee. Onthoud goed dat ik binnen een cirkel van drie meter rond de telefoon drie mannetjes had staan, die iedereen die zich bewoog in de gaten hielden. Zij zegt tegen me dat ik hier om precies kwart voor elf 's avonds moet zijn, dat ik ervoor moet zorgen dat dit terrein hermetisch is afgesloten en dat jij langs komt joggen.'

252

'Het heeft gewerkt.'

'Ja, tot nu toe wel. Maar wie is ze? Ik bedoel... Nu heb je er iemand anders bij betrokken en dat baart me echt zorgen, McDeere. Wie is ze en hoeveel weet ze?'

'Tarrance, vertrouw me nu maar. Ze is in mijn dienst en ze weet alles. Als jij wist wat zij wist, zou je nu meteen aanklachten kunnen gaan indienen, in plaats van rotopmerkingen over haar te maken.'

Tarrance haalde eens diep adem en dacht erover na. 'Goed. Vertel mij dan maar wat zij weet.'

'Ze weet dat de bende van Morolto samen met zijn handlangers gedurende de laatste drie jaar meer dan achthonderd miljoen dollar dit land uit heeft gesmokkeld en dat geld heeft ondergebracht op diverse banken in het Caribisch gebied. Ze weet welke banken dat zijn en om welke rekeningnummers het gaat. Ze kent de data en ga zo maar door. Ze weet dat de Morolto's minstens driehonderdvijftig bedrijven in handen hebben, die opereren vanaf de Cayman Eilanden, en dat die bedrijven regelmatig witgewassen geld terugsluizen naar Amerika. Ze kent de data en weet welke bedragen telegrafisch zijn overgemaakt. Ze kent minstens veertig Amerikaanse bedrijven die het eigendom zijn van bedrijven op de Cayman Eilanden, die het eigendom zijn van de Morolto's. Ze weet verdomd veel, Tarrance, en dus is ze een zeer waardevolle vrouw. Vind je ook niet?'

Tarrance kon niets zeggen. Woest staarde hij naar de donkere oprijlaan.

Mitch genoot ervan. 'Ze weet hoe ze hun illegaal verdiend geld omwisselen in biljetten van honderd dollar en die dan het land uit smokkelen.'

'Hoe?'

'In de Lear van het kantoor, natuurlijk. Maar soms gebeurt het ook via kleine tussenpersonen. Ze hebben een heel legertje van die mensen, gewoonlijk boeven die werken voor een minimumloon, en hun vriendinnetjes, maar ook studenten en andere free-lancers. Die krijgen achtennegentighonderd in contant geld, plus een ticket naar de Cayman Eilanden of de Bahama's. Voor bedragen onder de tienduizend dollar heb je geen officiële papieren nodig, moet je weten. Dan vliegen die lieden er als doodnormale toeristen naartoe en brengen het geld naar de bank. Het lijkt niet zoveel, maar als je driehonderd mensen tot je beschikking hebt, die twintig van die reisjes per jaar maken, betekent dat dat er heel wat geld uit het land verdwijnt. Zoals je wel zult weten, wordt het ook wel smurfen genoemd.'

Tarrance knikte even, alsof hij dat inderdaad wist.

'Veel mensen willen smurfers zijn wanneer dat betekent dat ze kosteloos op vakantie kunnen gaan en dan nog eens geld kunnen uitgeven bovendien. Verder hebben ze dan ook nog eens hun superagenten. Dat zijn mensen die door de Morolto's worden vertrouwd, die een miljoen dollar in contant geld meenemen, netjes in een krant gewikkeld zodat de radarapparatuur er niets van signaleert, het in een grote aktentas stoppen en net als alle anderen gewoon in een vliegtuig stappen. Ze dragen jassen en dassen en zien eruit als mensen van Wall Street. Of ze dragen sandalen en strohoeden en nemen het geld mee in een tas. Jullie pakken er af en toe eens een, geloof ik, en dan gaan hun directe superieuren de gevangenis in. Maar ze doen nooit echt hun mond open, hè, Tarrance? Eens in de zoveel tijd gaat een smurfer echt nadenken over al dat geld en komt tot de conclusie dat hij makkelijk verder kan vliegen om zelf van dat geld te genieten. Dan verdwijnt hij. Maar de mafia vergeet zoiets nooit. Hij zal worden gevonden, ook al duurt het een paar jaar. Dan is het geld natuurlijk verdwenen, maar met hem gebeurt hetzelfde. De mafia vergeet nooit iets, hè, Tarrance? Net zoals ze mij ook nooit zullen vergeten.'

Tarrance luisterde tot het duidelijk was dat hij iets moest zeggen. 'Jij hebt je miljoen gekregen.'

'Dat waardeer ik ook. Ik ben bijna aan de volgende betaling toe.'

'Bijna?'

'Ja. Ik moet met dat meisje nog een paar dingen regelen. We proberen nog een aantal dossiers Front Street uit te krijgen.'

'Hoeveel documenten heb je al?'

'Meer dan tienduizend.'

De onderkaak viel open. Hij staarde Mitch aan. 'Verdomme! Waar komen die vandaan?'

'Weer een van die vragen van je.'

'Tienduizend documenten,' zei Tarrance.

'Minstens tienduizend. Bankafschriften, afschriften van telegrafische overboekingen, contracten, leningen, interne memo's, correspondentie tussen allerlei mensen. Heel wat goed materiaal, Tarrance.'

'Je vrouw maakte melding van een bedrijf dat Dunn Lane Ltd. heet. We hebben de dossiers bekeken die je ons al hebt gegeven. Behoorlijk goed materiaal. Wat weet je er verder nog over?'

'Veel. Is in 1986 met tien miljoen dollar begonnen, een bedrag dat werd overgeschreven naar het bedrijf via een rekening op de Banco de Mexico. Dezelfde tien miljoen dollar die contant op Grand Cayman is gearriveerd via een bepaalde Lear jet die op naam staat van een juristenkantoor in Memphis. Natuurlijk is het wel zo dat het oorspronkelijk om veertien miljoen dollar ging. Maar nadat de douane op de Cayman Eilanden was betaald, plus de bankiers aldaar, resteerde er nog tien miljoen. Toen het bedrijf werd opgericht, werd Diego Sánchez als agent geregistreerd. Die man was toevallig onderdirecteur van de Banco de Mexico. De directeur was een aangenaam persoon, luisterend naar de naam Nathan Locke. De secretaris was onze oude makker Royce McKnight en de penningmeester van dat leuke bedrijfje was een kerel die Al Rubinstein heette. Ik weet zeker dat jij hem wel zult kennen, maar ik ken hem niet.'

'Hij werkt voor de familie Morolto.'

'Wat een verrassing! Wil je nog meer horen?'

'Ga door.'

'Nadat die tien miljoen dollar in de onderneming was geïnvesteerd, is er in de drie jaren daarna nog eens negentig miljoen aan contant geld aan de rekening toegevoegd. Een heel winstgevende onderneming. Het bedrijf begon van alles en nog wat in de Verenigde Staten op te kopen. Katoenplantages in Texas, flatgebouwen in Dayton, juwelierszaken in Beverly Hills, hotels in St. Petersburg

254

en Tampa. De meeste transacties zijn geschied door middel van telegrafische overboekingen vanuit vier of vijf verschillende banken op de Cayman Eilanden. Het is een operatie waarbij erg veel geld wordt witgewassen.'

'En je hebt van dat alles documenten?'

'Stomme vraag, Wayne. Als ik die documenten niet had, zou ik er toch niets van kunnen weten? Ik werk alleen met legale dossiers, weet je nog wel?'

'Hoeveel langer zul je er nog mee bezig zijn?'

'Een paar weken. Mijn werkneemster en ik zijn nog steeds aan het rondneuzen in Front Street. De perspectieven zijn niet al te best. Het zal heel erg moeilijk zijn om de dossiers daar weg te krijgen.'

'Waar zijn die tienduizend documenten vandaan gekomen?'

Mitch negeerde die vraag. Hij sprong overeind en liep naar de deur. 'Abby en ik willen in Albuquerque gaan wonen. Het is een grote stad, die een beetje buiten de loop ligt. Begin daar alvast maar iets aan te doen.'

'Niet te hard van stapel lopen. Daar moet veel voor worden georganiseerd.'

'Tarrance, ik had het over twee weken. Ik kan over twee weken het gewenste materiaal leveren en dat betekent dat ik zal moeten verdwijnen.'

'Niet zo snel. Ik zal eerst een paar van die documenten moeten zien.'

'Tarrance, je bent kort van memorie. Mijn lieflijke vrouw heeft je een grote stapel documenten van de firma Dunn Lane beloofd zodra Ray uit de gevangenis is.'

Tarrance keek over het donkere veld. 'Ik zal zien wat ik kan doen.'

Mitch liep naar hem toe en richtte een vinger op zijn gezicht. 'Tarrance, nu moet je eens even heel goed naar me luisteren. Ik geloof niet dat de boodschap goed is overgekomen. Vandaag is het zeventien april. Over twee weken is het de eerste mei en op de eerste mei zal ik je, zoals beloofd, die documenten bezorgen. Meer dan tienduizend bijzonder belastende documenten, die door elke rechtbank zonder meer zullen worden geaccepteerd en die een van de grootste mafia-families ter wereld aanzienlijke schade zullen berokkenen. Op een gegeven moment zal me dat mijn leven kosten. Maar ik heb beloofd dit te doen. En jij hebt beloofd mijn broer de gevangenis uit te halen. Daar geef ik je een week de tijd voor, tot de vierentwintigste april. Als het dan niet is gebeurd, verdwijn ik. Dan heb jij geen poot meer om op te staan en kun je je carrière verder op je buik schrijven.'

'Wat gaat hij doen als hij eenmaal op vrije voeten is?'

'Jij en die stomme vragen van je! Hij zal er natuurlijk als een haas vandoor gaan. Hij heeft een broer met een miljoen dollar, die een expert is in het witwassen van geld en het telegrafisch overboeken daarvan. Hij zal binnen twaalf uur het land uit zijn en op zoek gaan naar dat miljoen.'

'Op de Bahama's.'

'De Bahama's? Tarrance, je bent een ezel. Dat geld is nog geen tien minuten op de Bahama's gebleven. Je kunt die corrupte dwazen daar niet vertrouwen.'

'Voyles houdt niet van ultimatums. Die maken hem erg van streek.'

'Zeg maar tegen Voyles dat hij wat mij betreft de boom in kan. Zeg tegen hem dat hij voor het volgende half miljoen moet zorgen, omdat ik bijna klaar ben.

Zeg hem dat hij mijn broer uit de gevangenis moet halen, omdat de afspraak anders niet doorgaat. Tarrance, je kunt tegen hem zeggen wat je wilt, maar Ray is over een week vrij, of anders ben ik verdwenen.'

Mitch trok de deur met een klap achter zich dicht en liep de tribune af. Tarrance kwam achter hem aan. 'Wanneer spreken we elkaar weer?' schreeuwde hij.

Mitch sprong over het hek, de renbaan op. 'Mijn werkneemster zal je opbellen en dan moet je gewoon doen wat zij zegt.'

31

De jaarlijkse driedaagse vakantie die Nathan Locke na de vijftiende april altijd nam, was geannuleerd. Door DeVasher, in opdracht van Lazarov. Locke en Oliver Lambert zaten in het kantoor op de vijfde verdieping en luisterden. DeVasher was details aan het opsommen en probeerde zonder succes een geheel te maken van de stukjes van de legpuzzel.

'Zijn vrouw gaat weg. Zegt dat ze naar huis moet, naar haar moeder, die long-kanker heeft. En dat ze genoeg heeft van al dat gedoe van hem. Door de maanden heen hebben we her en der wel eens probleempjes gesignaleerd. Ze maakt wat kattige opmerkingen over zijn werkuren en zo, maar echt serieus is het niet. Dus ze gaat naar mamma. Zegt dat ze niet weet wanneer ze zal terugkomen. Mam is ziek. Een long weggehaald. Maar we kunnen geen ziekenhuis vinden dat van Maxine Sutherland heeft gehoord. We hebben elk ziekenhuis in Kentucky, Indiana en Tennessee gecontroleerd. Lijkt merkwaardig, hè, makkers?'

'Kom op, DeVasher,' zei Lambert. 'Mijn vrouw is vier jaar geleden geopereerd en daarvoor zijn we naar de Mayo-kliniek gevlogen. Ik ken geen wet die voorschrijft dat je je binnen een cirkel van honderdvijftig kilometer van je woonplaats moet laten opereren. Dat is absurd. Deze mensen hebben veel vrienden en kennissen. Misschien heeft ze zich onder een andere naam laten inschrijven om het geheim te houden. Dat gebeurt heel vaak.'

Locke knikte instemmend. 'Hoe vaak heeft hij met haar gesproken?'

'Ze belt hem ongeveer eens per dag. Ze hebben een paar goede gesprekken gevoerd over de hond, haar moeder, het kantoor. Gisterenavond heeft ze tegen hem gezegd dat ze in elk geval de eerste twee maanden nog niet terugkomt.'

'Heeft ze ooit wel eens gerefereerd aan dat ziekenhuis?' vroeg Locke.

'Nooit. Ze is heel voorzichtig en zegt weinig over die operatie. Mamma wordt geacht nu thuis te zijn, zo ze ooit van huis weg is geweest.'

'DeVasher, waar wil je heen?' vroeg Lambert.

'Houd je mond en dan zal ik mijn verhaal afmaken. Stel nu eens dat het alleen een list was om haar de stad uit te krijgen. Om ervoor te zorgen dat ze bij ons uit de buurt is wanneer er klappen gaan vallen. Kunnen jullie me volgen?'

'Neem je aan dat hij met hen samenwerkt?' vroeg Locke.

'Nat, ik word ervoor betaald om dergelijke dingen aan te nemen. Ik neem aan dat hij weet dat zijn telefoons worden afgetapt en dat ze daarom zo voorzichtig zijn over de telefoon. Ik neem aan dat hij haar de stad uit heeft gewerkt om haar te beschermen.'

'Daar heb je weinig harde bewijzen voor,' zei Lambert.

DeVasher begon achter zijn bureau te ijsberen. Hij keek nijdig naar Ollie en besloot die opmerking te negeren. 'Ongeveer tien dagen geleden heeft iemand op de vierde verdieping een stel ongebruikelijke kopieën gemaakt. Om drie uur 's nachts. Volgens onze dossiers waren hier toen slechts twee juristen: McDeere en Scott Kimble. Geen van beiden had iets te zoeken op de vierde verdieping. Er is gebruik gemaakt van vierentwintig verschillende codes. Drie ervan horen bij de dossiers van Lamar Quin. Drie horen bij Sonny Capps. De andere achttien bij dossiers van McDeere. Geen ervan hoorde bij Kimble. Victor Milligan is rond half drie uit zijn kantoor vertrokken en McDeere was aan het werk in het kantoor van Avery. Hij had hem naar het vliegveld gebracht. Avery zegt dat hij zijn kantoor op slot had gedaan, maar dat kan hij zijn vergeten. Hij is dat vergeten, of McDeere heeft een sleutel. Ik heb er Avery uitgebreid naar gevraagd en hij is er vrijwel zeker van dat hij die deur op slot had gedaan. Maar het was middernacht en hij was doodop en gehaast. Hij kan het zijn vergeten. Maar hij heeft McDeere geen toestemming gegeven terug te gaan om in zijn kantoor te werken. Eigenlijk is dat niet zo belangrijk, omdat ze daar de hele dag met de belastingformulieren van Capps aan het werk waren geweest. Het kopieerapparaat was nummer elf, en dat ding staat toevallig het dichtst bij het kantoor van Avery. Ik denk dat we veilig kunnen aannemen dat McDeere de kopieën heeft gemaakt.'

'Hoeveel?'

'Tweeduizendtwaalf.'

'Van welke dossiers?'

'De achttien dossiers waren allemaal cliënten die hun belastingen door ons laten verzorgen. Ik ben er zeker van dat hij alles zal verklaren door te zeggen dat hij de aangiften had afgerond en ze alleen wilde kopiëren. Klinkt heel aannemelijk. Maar wel is het zo dat kopieën altijd door de secretaressen worden gemaakt. En wat doet hij verdomme om drie uur 's nachts op de vierde verdieping? Tweeduizend kopieën maken? Dit is gebeurd op de ochtend van de zevende april. Hoeveel van onze mensen hebben alles al een week voor de vijftiende april rond en gaan er dan ook nog eens direct kopieën van maken?'

Hij hield op met ijsberen en keek naar de twee andere mannen. Ze zaten te denken. Zo ver had hij hen gekregen. 'Dat is nog niet alles. Vijf dagen later heeft zijn secretaresse op de tweede verdieping dezelfde nummers gebruikt. Zij heeft zo'n driehonderd kopieën gemaakt. Ik ben geen jurist, maar ik denk dat dat getal beter met de werkelijkheid overeenstemt. Vinden jullie ook niet?'

Ze knikten beiden, maar zeiden niets. Ze waren juristen en probeerden alles van minstens vijf kanten te bekijken. Maar ze zeiden niets. DeVasher glimlachte vals en begon weer te ijsberen. 'We hebben hem dus betrapt op het maken van tweeduizend kopieën die zich niet laten verklaren. Dus is de hamvraag wat hij aan het kopiëren was. Wat was hij verdomme aan het kopiëren wanneer hij meende daarbij gebruik te moeten maken van verkeerde cijfercombinaties? Ik weet het niet. Alle kantoren waren op slot, behalve dat van Avery. Dus heb ik er Avery naar gevraagd. Hij heeft een rij metalen dossierkasten staan waarin de echte dossiers zijn opgeborgen. Hij houdt die op slot, maar hij en McDeere en de secretaressen zijn de hele dag met die dossiers bezig geweest. Hij kan vergeten zijn die kasten af te sluiten toen hij zich naar het vliegveld moest haasten. Prima. Waarom zou McDeere legitieme dossiers kopiëren? Dat zou hij nooit doen. Zoals alle anderen op de vierde verdieping heeft Avery vier houten dossierkasten, met het geheime materiaal erin. Niemand komt daar ooit aan. Regels van het kantoor. Niet eens de andere vennoten. Ze zijn nog beter afgesloten dan mijn eigen dossiers. McDeere kan zonder sleutel niet in die kasten komen. Avery heeft me zijn sleutels laten zien. Hij zei dat hij die dossierkasten voor de zevende al in geen twee dagen had aangeraakt. Avery heeft de dossiers nagekeken en alles leek in orde te zijn. Hij kan niet zeggen of ermee is geknoeid. Maar kun je door zo'n dossier te bekijken vaststellen of het is gekopieerd? Nee, dat kun je niet. Ik kan dat ook niet. Dus zal ik de dossiers vandaag naar Chicago sturen. Daar worden ze op vingerafdrukken gecontroleerd. Duurt ongeveer een week.'

'Hij kan die dossiers niet hebben gekopieerd,' zei Lambert.

'Ollie, wat heeft hij dan wel gekopieerd? Ik bedoel: alles op de derde en de vierde verdieping zat achter slot en grendel. Alles, behalve het kantoor van Avery. Wanneer we aannemen dat hij en Tarrance in elkaars oor aan het fluisteren zijn, wil hij uit Avery's kantoor alleen die geheime dossiers hebben.'

'Nu ga je van de veronderstelling uit dat hij de benodigde sleutels had,' zei Locke.

'Ja, ik neem inderdaad aan dat hij een set sleutels van Avery heeft laten namaken.'

Ollie snoof en lachte vermoeid. 'Dit is krankzinnig. Ik kan mijn oren niet geloven.'

Zwartoog keek DeVasher met een gemene glimlach strak aan. 'Hoe kan hij die nu hebben laten namaken?'

'Een goede vraag, die ik niet kan beantwoorden. Avery heeft me zijn sleutels laten zien. Twee sleutelbossen, elf sleutels. Hij heeft ze altijd bij zich. Regels van het kantoor, en een goed juristje houdt zich daaraan. Als hij wakker is, zitten de sleutels in zijn zak. Als hij ergens anders slaapt dan thuis, legt hij ze onder zijn matras.'

'Waar is hij de afgelopen maand zoal naartoe geweest?' vroeg Zwartoog.

'De reis van de vorige week naar Houston, om Capps te spreken, kunnen we vergeten. Te kort geleden. Daarvoor is hij op 1 april twee dagen naar Grand Cayman geweest.'

'Dat kan ik me herinneren,' zei Ollie, die heel aandachtig luisterde.

'Goed van jou, Ollie. Ik heb hem gevraagd wat hij die twee nachten heeft gedaan en hij zei dat hij alleen maar had gewerkt. Dat hij een avond naar een bar is gegaan, maar dat dat alles was.' DeVasher drukte op een knop van een draagbare bandrecorder. 'Maar hij liegt. Dit telefoongesprek is gevoerd op 2 april, om kwart over negen 's morgens, vanuit de grote slaapkamer in appartement A.' De band begon te draaien:

'Hij staat onder de douche.' Eerste vrouwenstem.

'Alles met jou in orde?' Tweede vrouwenstem.

'Ja, prima. Hij had het nog niet kunnen doen als hij het had moeten doen.'

'Waarom heeft het zo lang geduurd?'

'Hij wilde niet wakker worden.'

'Hij koestert geen achterdocht?'

'Nee. Hij kan zich niets herinneren. Ik denk dat hij een fikse kater heeft.'

'Hoe lang blijf jij daar nog?'

'Ik zal hem gedag kussen als hij onder de douche vandaan komt. Tien, misschien vijftien minuten.'

'Goed. Haast je.'

DeVasher drukte op een andere knop en bleef ijsberen. 'Ik heb er geen idee van wie zij zijn en ik heb er Avery niet mee geconfronteerd. Nog niet. Hij baart me zorgen. Zijn vrouw heeft echtscheiding aangevraagd en hij heeft zichzelf niet meer in de hand. Zit voortdurend achter vrouwen aan. Dit is een ernstige inbreuk op de regels en ik denk dat Lazarov erdoor uit zijn vel zal springen.'

'Ze lijkt het over een zéér stevige kater te hebben,' zei Locke.

'Dat is duidelijk.'

'Denk je dat zij de sleutels heeft laten namaken?' vroeg Ollie.

DeVasher haalde zijn schouders op en ging in de veelgebruikte leren stoel zitten. 'Het kan, maar ik betwijfel het. Ik heb er uren over nagedacht. Wanneer we aannemen dat het een vrouw is die hij in een bar heeft opgepikt en dat ze samen dronken zijn geworden, zullen ze wel pas laat naar bed zijn gegaan. Hoe zou ze op dat kleine eiland midden in de nacht sleutels hebben kunnen laten namaken? Ik geloof het domweg niet.'

'Maar ze had een medeplichtige,' hield Locke vol.

'Ja, en dat begrijp ik ook nog niet. Misschien wilden ze zijn portefeuille stelen en ging er iets mis. Hij heeft altijd wel een paar duizend dollar aan contanten bij zich en wie weet wat hij uitkraamt als hij dronken is? Misschien wilde ze het geld op het allerlaatste moment jatten en er dan als een haas vandoor gaan. Maar dat heeft ze niet gedaan. Ik begrijp dat niet.'

'Heb je geen enkel idee?'

'Nu niet. Ik zou graag met veronderstellingen komen, maar het gaat te ver om aan te nemen dat die vrouwen die sleutels hebben gepikt, er ergens kopieën van hebben laten maken – midden in de nacht op een eiland en zonder dat hij daar iets van heeft gemerkt – waarna een van de dames vervolgens weer naast hem in bed is gedoken. Het gaat ook te ver om aan te nemen dat dat alles op de een of andere manier iets met McDeere te maken heeft, en het feit dat hij het kopieerapparaat op de vierde verdieping heeft gebruikt. Dat zou echt te veel van het goede zijn.'

'Dat ben ik met je eens,' zei Ollie.

'Hoe zit het met het berghok?' vroeg Zwartoog.

'Nat, daar heb ik ook over nagedacht. Het heeft me zelfs uit mijn slaap gehouden. Als zij belangstelling had voor de dossiers in het berghok, moet er een connectie zijn met McDeere of iemand anders die aan het rondneuzen is. Dat verband kan ik niet ontdekken. Laten we eens stellen dat zij dat hok en de dossiers heeft ontdekt. Wat had ze er dan midden in de nacht mee kunnen doen, met Avery die een verdieping hoger lag te snurken?'

'Ze kan ze hebben gelezen.'

'Ja, dat is de enige kans op een miljoen. Maar onthoud goed dat ze met Avery moet hebben meegedronken, want anders zou hij achterdochtig zijn geworden. Dus is ze de hele avond aan het drinken en naaien. Ze wacht tot hij in slaap is gevallen en dan krijgt ze opeens die sterke aandrang naar beneden te gaan en bankdossiers te lezen. Nee, jongens, die theorie is niet houdbaar.'

'Ze zou voor de FBI kunnen werken,' suggereerde Ollie trots.

'Nee, dat kan niet.'

'Waarom niet?'

'Dat is heel eenvoudig, Ollie. De FBI zou zoiets nooit doen, omdat het strijdig met de wet is en bewijsmateriaal dat op zo'n manier is verkregen, door geen enkele rechtbank wordt geaccepteerd. Verder weet ik een nog veel betere reden.'

'Welke dan?'

'Als zij voor de FBI werkte, had ze de telefoon niet gebruikt. Geen enkele beroepsvrouw zou dat hebben gedaan. Ik denk dat ze een zakkenrolster was.'

De theorie van de zakkenrolster werd aan Lazarov voorgelegd, die er honderd gaten in boorde, maar ook niets beters kon bedenken. Hij beval dat alle sloten op de derde en de vierde verdieping, in de kelder en in de twee appartementen op Grand Cayman moesten worden vervangen. Hij beval alle slotenmakers op het eiland te controleren, om te bepalen of iemand op de avond van de eerste april of in de nacht van de tweede april sleutels had nagemaakt. Omkopen, zei hij tegen DeVasher. Voor een beetje geld gaan ze wel praten. Hij gaf opdracht de dossiers uit Avery's kantoor op vingerafdrukken te laten controleren. DeVasher kon hem trots vertellen dat daar al aan werd gewerkt. De vingerafdrukken van McDeere werden bewaard op het staatskantoor van de Orde van Advocaten.

Hij gaf ook opdracht Avery Tolleson zestig dagen met verlof te sturen. DeVasher zei dat McDeere daardoor in de gaten zou kunnen krijgen dat er iets ongewoons gaande was. Prima, zei Lazarov. Zeg dan tegen Tolleson dat hij zich in het ziekenhuis moet laten opnemen wegens pijn in de borst. Twee maanden verlof, op doktersvoorschrift. Zeg tegen Tolleson dat hij zijn gedrag moet wijzigen. Sluit zijn kantoor af. Zet McDeere bij Victor Milligan.

'Je zei dat je een goed plan had om McDeere te elimineren,' zei DeVasher.

Lazarov grinnikte en peuterde in zijn neus. 'Ja. Ik denk dat we het vliegtuig ervoor zullen gebruiken. We zullen hem voor een kleine zakenreis naar de eilanden sturen en dan zal er sprake zijn van een mysterieuze explosie.'

'Waarbij eveneens twee piloten om het leven komen?' vroeg DeVasher.

'Ja. Het moet er goed uitzien.'

'Doe het niet ergens in de buurt van de Cayman Eilanden. Dat zou te toevallig zijn.'

'Goed, maar het moet wel boven water gebeuren. Dan zijn de brokstukken moeilijker te vinden. We zullen een grote bom gebruiken, zodat er weinig van overblijft.'

'Het is een duur vliegtuig, maar jij bent de baas. Laat het me weten als wij iets voor je kunnen doen.'

'Natuurlijk.'

'Hoe zit het met jouw mannetje in Washington?' vroeg DeVasher.
'Ik wacht op nadere berichten. Ik heb vanmorgen New York gebeld en zij zijn ermee bezig. We moeten het over een week weten.'
'Dat zou de zaak vergemakkelijken.'
'Ja. Als het antwoord ja luidt, zal hij binnen vierentwintig uur uit de weg moeten worden geruimd.'
'Ik zal alvast plannen gaan maken.'

Voor een zaterdagmorgen was het rustig op kantoor. Een handjevol vennoten en een twaalftal assistenten liepen rond in kaki broeken en poloshirtjes. Er waren geen secretaressen. Mitch controleerde zijn post en dicteerde brieven. Na twee uur ging hij weg. Het was tijd voor een bezoekje aan Ray.
Vijf uur lang reed hij in oostelijke richting over de hoofdweg. Reed als een gek. Soms honderdtwintig kilometer per uur, soms negentig. Hij draaide vrijwel elke afslag naar een restaurant op, en soms een afslag van de hoofdweg. Soms bleef hij staan, om te kijken. Hij zag niemand. Geen enkele keer zag hij een auto of een vrachtwagen die zijn achterdocht wekte. Niets. Ze waren er eenvoudigweg niet. Anders zou hij hen hebben gezien.
De boeken en sigaretten die hij had meegenomen, werden gecontroleerd en goed bevonden en hem werd hokje negen aangewezen. Enige minuten later zat Ray aan de andere kant van het dikke scherm.
'Waar ben je geweest?' vroeg hij lichtelijk geïrriteerd. 'Jij bent de enige persoon ter wereld die me komt opzoeken en dit is pas de tweede keer in vier maanden.'
'Dat weet ik. In deze tijd moeten de belastingformulieren worden ingevuld en ik heb het stikdruk gehad. Maar ik zal mijn leven beteren. Ik heb je toch geschreven.'
'Ja, eens in de week krijg ik een kort briefje. Hallo, Ray. Hoe slaap je? Hoe is het eten? Hoe gaat het met de muren? Hoe gaat het met je Grieks of je Italiaans? Met mij gaat het goed. Met Abby gaat het geweldig. Hond is ziek. Ik moet er nu als een haas vandoor. Kom je snel opzoeken. Groetjes, Mitch. Broertje, je kunt geweldige brieven schrijven, die ik echt koester als een schat.'
'De jouwe zijn niet veel beter.'
'Wat heb ik ook te zeggen? De bewakers verkopen drugs. Een vriend is eenendertig keer met een mes gestoken. Ik heb een jonge jongen zien verkrachten. Kom nu, Mitch, wie wil dergelijke dingen horen?'
'Ik zal mijn leven beteren.'
'Hoe is het met mam?'
'Dat weet ik niet. Sinds de kerstdagen ben ik er niet meer geweest.'
'Mitch, ik had je gevraagd te kijken of alles met haar in orde was. Ik maak me zorgen over haar. Als die griezel haar mishandelt, wil ik dat daar een einde aan komt. Als ik hier weg kon, zou ik er zelf een einde aan maken.'
'Dat zal gebeuren.' Mitch drukte een vinger tegen zijn lippen en knikte langzaam. Ray boog zich naar voren en staarde zijn broer uiterst geconcentreerd aan.

Mitch zei zacht: '*Español. Hable despacio.*' Spaans. Spreek langzaam.

Ray glimlachte even. '*¿Cuándo?*' Wanneer?

'*La semana próxima.*' Volgende week.

'*¿Qué día?*' Welke dag?

Mitch dacht even na. '*Martes o mièrcoles.*' Dinsdag of donderdag.

'*¿Què tiempo?*' Hoe laat?

Mitch glimlachte en haalde zijn schouders op, terwijl hij om zich heen keek.

'Hoe is het met Abby?' vroeg Ray.

'Ze is een paar weken in Kentucky. Haar moeder is ziek.' Hij staarde Ray aan en mompelde geluidloos: vertrouw me.

'Wat is er met haar aan de hand?'

'Ze hebben een long verwijderd. Kanker. Ze heeft haar hele leven lang stevig gerookt. Jij zou ermee moeten stoppen.'

'Dat zal ik ook doen als ik hier ooit nog uit kom.'

Mitch glimlachte en knikte langzaam. 'Je hebt nog minstens zeven jaar te gaan.'

'Ja, en ontsnappen is onmogelijk. Ze proberen het af en toe wel eens, maar dan worden ze neergeschoten of opnieuw gevangen genomen.'

'James Earl Ray is ontsnapt, hè?' Mitch knikte langzaam toen hij die vraag stelde. Ray glimlachte en hield de ogen van zijn broer in de gaten.

'Maar ze hebben hem weer gevangen genomen. Ze gaan op zoek met mensen die de bergen kennen en bloedhonden bij zich hebben, en dan kan het heel vervelend worden. Ik geloof dat geen enkele ontsnapte de bergen ooit heeft overleefd.'

'Laten we over iets anders praten,' zei Mitch.

'Goed idee.'

Twee bewakers stonden bij een raam achter de hokjes waarin de bezoekers konden plaats nemen. Ze genoten van een stel pornofoto's die iemand met een Polaroid had gemaakt en naar binnen had willen smokkelen. Ze giechelden en negeerden de bezoekers. Aan de kant van de gevangenen liep een enkele bewaker met een karwats langzaam heen en weer, half slapend.

'Wanneer kan ik kleine neefjes en nichtjes verwachten?' vroeg Ray.

'Over een paar jaar misschien. Abby wil een zoon en een dochter en ze zou er nu aan willen beginnen, maar ik ben er nog niet klaar voor.'

De bewaker liep achter Ray langs, maar keek niet. Ze staarden elkaar aan en probeerden in elkaars ogen te lezen.

'*¿Adónde voy?*' vroeg Ray snel. Waar ga ik heen?

'Perdido Beach Hilton. Abby en ik zijn vorige maand naar de Cayman Eilanden geweest. Daar hebben we een heerlijke vakantie gehad.'

'Nooit van gehoord. Waar zijn die eilanden?'

'In het Caribisch gebied, ten zuiden van Cuba.'

'*¿Que es mi nombre?*' Hoe ga ik heten?

'Lee Stevens. Heeft wat gesnorkeld. Het water is er warm en geweldig. Het kantoor heeft twee appartementen in eigendom, aan Seven Mile Beach. Ik heb alleen de vlucht moeten betalen. Het was echt geweldig.'

'Ik zou er graag wat over willen lezen. Kun je me zo'n boek bezorgen? '¿*Pasaporte*?' Paspoort?
Mitch knikte glimlachend. De bewaker bleef nu achter Ray staan. Ze spraken over vroeger tijden, in Kentucky.

Tegen het invallen van de schemering parkeerde hij de BMW bij een winkelcentrum in een voorstad van Nashville. Hij liet het sleuteltje in het contactslot zitten en sloot het portier af. Hij had een reservesleutel in zijn zak. Een menigte mensen die inkopen wilden doen voor de paasdagen, liep Sears in. Hij sloot zich bij hen aan. In de winkel liep hij snel door naar de kledingafdeling en bekeek sokken en ondergoed, terwijl hij de deur nauwlettend in de gaten hield. Hij zag niemand die zijn achterdocht wekte. Hij ging Sears weer uit en liep snel tussen de menigte winkelende mensen door. Een zwartkatoenen trui in de etalage van een herenmodezaak trok zijn aandacht. Hij liep naar binnen, paste er een aan en besloot hem aan te houden omdat hij hem zo mooi vond. Terwijl de verkoper het wisselgeld op de toonbank legde, zocht hij in de Gele Gids het nummer van een taxibedrijf op. Vervolgens nam hij in het winkelcentrum de roltrap naar de eerste verdieping, waar hij een openbare telefooncel vond. De taxi zou er over tien minuten zijn.
Het was nu donker, want in de zuidelijke staten werd het in de lente nog vroeg donker en koel. Hij keek vanuit een bar naar de ingang van het winkelcentrum. Hij was er zeker van dat hij tot dusverre niet was gevolgd. Nonchalant liep hij naar de taxi toe. 'Brentwood,' zei hij tegen de chauffeur en dook toen de achterbank op.
Brentwood was twintig minuten rijden. 'Savannah Creek Apartments,' zei hij. De taxi reed over het uitgebreide complex, zoekend naar nummer 480E. Mitch gooide een biljet van twintig dollar over de voorbank heen en smeet het portier dicht. Achter een buitentrap vond hij de ingang naar 480E. Die was op slot.
'Wie is daar?' vroeg een zenuwachtige vrouwenstem binnen. Hij hoorde de stem en had het gevoel dat zijn benen hem nauwelijks meer konden dragen.
'Barry Abanks,' zei hij.
Abby trok de deur open en vloog op hem af. Ze kusten elkaar hartstochtelijk terwijl hij haar optilde. Toen liep hij naar binnen en trapte de deur met zijn voet dicht. Zijn handen waren wild. In minder dan twee seconden had hij haar trui over haar hoofd getrokken, haar beha losgemaakt en de nogal wijdvallende rok op de grond laten zakken. Ze bleven elkaar kussen. Met één oog keek hij naar de goedkope, gehuurde slaapbank. Hij had de keuze tussen dat bed of de grond. Hij vleide haar zacht op het bed neer en kleedde zich uit.
Het bed was te klein en het piepte. De matras was heel dun en in een laken gewikkeld. Het metaal eronder stak omhoog en was gevaarlijk.
Maar dat viel de McDeeres niet op.

Toen het helemaal donker was en de mensenmenigte bij het winkelcentrum uitdunde, kwam een glanzend zwarte Chevrolet Silverado-pickup achter de BMW tot stilstand. Een kleine man met een keurig kapsel en bakkebaarden stapte uit, keek om zich heen en stak een puntige schroevedraaier in het portierslot van de BMW. Toen hij maanden later voor de rechtbank moest verschijnen, zei hij tegen de rechter dat hij meer dan driehonderd auto's en pickups had gestolen, in acht staten, en dat hij sneller in een auto kon inbreken en de motor kon starten dan de rechter dat met zijn eigen sleuteltjes kon doen. Hij zei dat hij er gemiddeld achtentwintig seconden voor nodig had. De rechter kwam er niet van onder de indruk.

Af en toe, als je erg veel mazzel had, liet de een of andere idioot de sleuteltjes in het contact zitten en dan werd de gemiddelde tijd die je nodig had zeer sterk gereduceerd. Een verkenner van hem had die auto met het contactsleuteltje erin gevonden. Hij glimlachte en draaide het sleuteltje om. De Silverado racete weg, gevolgd door de BMW.

De blonde man sprong de vrachtwagen uit en keek toe. Het was te snel gegaan, hij was te laat. De pickup was komen aanrijden, had even zijn gezichtsveld geblokkeerd en toen was de BMW opeens verdwenen. Gestolen! Recht voor zijn ogen! Hoe zou hij dit kunnen uitleggen?

Hij ging weer in zijn auto zitten en wachtte op McDeere.

Na een uur op de slaapbank was het verdriet van de eenzaamheid vergeten. Ze liepen hand in hand door het kleine appartement en kusten elkaar. In de slaapkamer bekeek Mitch voor de eerste keer de Bendini-papieren, zoals ze die met z'n drieën waren gaan noemen. Hij had Tammy's aantekeningen en samenvattingen gezien, maar niet de echte documenten. De kamer leek wel een schaakbord vol keurig netjes opgestapelde papieren. Op twee muren had Tammy een soort witte prikborden aangebracht, waarop ze de aantekeningen en lijsten had bevestigd.

Binnenkort zou er een dag komen waarop hij uren in deze kamer doorbracht, om de documenten te bestuderen en zijn zaak voor te bereiden. Maar niet vanavond. Over een paar minuten zou hij haar verlaten en teruggaan naar het winkelcentrum.

Ze nam hem mee terug naar de slaapbank.

32

De gang op de tiende verdieping in de Madison-vleugel van het Baptist Hospital was leeg, met uitzondering van een ziekenbroeder en een verpleger die iets aan het opschrijven was. Hij liep voorzichtig de gang verder door, sprak met de broeder, werd door de verpleger genegeerd en klopte op de deur.

'Binnen,' zei een sterke stem.

Hij duwde de zware deur open en ging bij het bed staan.

'Hallo, Mitch,' zei Avery. 'Ongelooflijk, hè?'

'Wat is er gebeurd?'

'Ik werd om zes uur 's morgens wakker. Met maagkrampen, dacht ik. Toen heb ik een douche genomen en voelde opeens een scherpe pijn in mijn schouder. Het ademhalen kostte me moeite en ik begon te zweten. O nee, dacht ik, dat kan mij niet overkomen. Ik ben verdorie pas vierenveertig jaar, ik ben prima in vorm, ik train elke dag, eet behoorlijk goed en drink misschien iets te veel. Maar dit kan mij niet overkomen. Ik heb mijn arts gebeld en die vroeg me naar dit ziekenhuis te komen. Hij denkt dat ik een heel lichte hartaanval heb gehad. Niets ernstigs, hoopt hij, maar ze zullen de eerstkomende dagen wel een paar proeven doen.'

'Een hartaanval?'

'Dat heeft hij gezegd.'

'Avery, het verbaast me niets. Het is een wonder dat een van de juristen van ons kantoor ouder wordt dan vijftig jaar.'

'Capps heeft me dit aangedaan, Mitch. Sonny Capps. Dit is zíjn hartaanval. Hij heeft me vrijdag opgebeld met de mededeling dat hij in Washington een ander kantoor had gevonden en dat de juristen daar al zijn dossiers willen hebben. Hij is mijn grootste cliënt. Vorig jaar heb ik hem bijna vierhonderdduizend in rekening gebracht, zo ongeveer hetzelfde bedrag als hij aan belasting moest betalen. Over mijn honorarium maakt hij zich niet razend, maar over die belastingen wel. Ik begrijp er niets van, Mitch.'

'Hij is het niet waard om voor te sterven.' Mitch keek om zich heen, zoekend naar een infuus, buisjes en draden. Maar hij kon niets ontdekken. Hij ging in de enige stoel zitten en legde zijn voeten op het bed.

'Jean heeft echtscheiding aangevraagd, weet je.'

'Dat heb ik gehoord. Moet niet als een verrassing zijn gekomen.'

'Het heeft me verbaasd dat ze het vorig jaar niet heeft gedaan. Ik heb haar een klein fortuin geboden en ik hoop dat ze dat aanneemt. Ik heb geen vervelende echtscheidingsprocedure nodig.'

Wie wel? dacht Mitch. 'Wat zei Lambert ervan?'

'Dat was eigenlijk wel leuk. In negentien jaar heb ik hem nog nooit uit zijn slof zien schieten, maar nu is dat wel gebeurd. Hij zei dat ik te veel dronk, achter de vrouwen aan zat en van alles en nog wat meer. Hij zei dat ik het kantoor in verlegenheid had gebracht. Suggereerde me eens naar een psychiater te gaan.'

Avery sprak langzaam en nadrukkelijk, soms met een raspende, zwakke stem. Het leek onecht. Een zin later vergat hij alles en gebruikte opeens zijn normale stem weer. Hij lag volkomen stil, als een lijk, met de lakens strak om hem heen getrokken. Zijn kleur was prima.

'Ik denk dat je een psychiater nodig hebt. Misschien wel twee.'

'Dank je. Wat ik nodig heb, is een maand in de zon. De dokter zei dat hij me over drie of vier dagen zou laten gaan, maar dat ik twee maanden niet mag werken. Zestig dagen, Mitch. Hij zei dat ik zestig dagen lang onder geen enkele voorwaarde ook maar in de buurt van het kantoor mocht komen.'

'Wat een zegen. Ik denk erover ook maar eens een lichte hartaanval te krijgen.'

'Die zul je ook gegarandeerd krijgen, gezien het tempo waarin jij werkt.'

'Ben je nu opeens voor doktertje aan het spelen?'

'Nee. Ik ben alleen bang. Als je zo'n schrik moet verwerken, ga je over van alles en nog wat nadenken. Vandaag is de eerste dag in mijn leven dat ik ben gaan nadenken. Als je niet over de dood nadenkt, kun je het leven niet waarderen.'

'Dit wordt een nogal zwaar gesprek.'

'Ja, dat weet ik. Hoe is het met Abby?'

'Goed, denk ik. Ik heb haar al een tijdje niet meer gezien.'

'Je zou er verstandig aan doen naar haar toe te gaan, haar mee te nemen naar huis en haar gelukkig te maken. Zestig uur per week is zat, Mitch. Je zult je huwelijk ruïneren en jezelf om zeep brengen als je nog harder werkt. Als ze kinderen wil hebben, zorg daar dan voor. Ik wou dat ik dingen anders had gedaan.'

'Verdomme, Avery! Wanneer is de begrafenis? Je bent vierenveertig en je hebt een lichte hartaanval gehad. Je bent niet direct veranderd in een plantje.'

De verpleger kwam naar binnen en keek Mitch nijdig aan. 'Het bezoekuur is voorbij, meneer. U moet weggaan.'

Mitch sprong overeind. 'Natuurlijk.' Hij gaf een tikje tegen Avery's voeten en liep de gang op. 'Tot over een paar dagen.'

'Bedankt voor je komst. Doe Abby de groeten van me.'

De lift was leeg. Mitch drukte op de knop van de zestiende verdieping en stapte enige seconden later uit. Hij rende de twee trappen naar de achttiende verdieping op, hield zijn adem in en deed de deur open. Verderop in de gang, in de buurt van de liften, stond Rick Acklin zogenaamd te telefoneren. Hij knikte naar Mitch, die zijn kant op liep. Acklin wees en Mitch liep een klein vertrekje in, dat gewoonlijk als wachtkamer werd gebruikt voor bezorgde familieleden. Het was leeg en donker, met twee rijen klapstoelen en een televisie die niet aanstond. Een cola-apparaat zorgde voor het enige lichtje. Tarrance zat ernaast en bladerde een oud tijdschrift door. Hij had een joggingpak aan, met hoofdband, marineblauwe sokken en witte gymschoenen. Tarrance de Jogger.

Mitch ging naast hem zitten, met zijn gezicht naar de gang.

'Ze zijn je gevolgd van het kantoor naar het parkeerterrein. Verder hebben ze je met rust gelaten. Acklin staat op de gang en Laney is ergens in de buurt. Ontspan je.'

267

'Ik vind die hoofdband leuk.'

'Dank je.'

'Ik merk dat je mijn boodschap hebt ontvangen.'

'Dat lijkt me duidelijk. Echt slim, McDeere. Vanmiddag zit ik achter mijn bureau, bemoei me met mijn eigen zaken en probeer aan iets anders te werken dan de zaak Bendini. Ik houd me ook bezig met andere zaken, weet je. Een van mijn secretaressen komt binnen en zegt dat er een vrouw aan de telefoon is die wil praten over een man die Marty Kozinski heet. Ik spring op, pak de telefoon en krijg natuurlijk dat grietje van jou aan de lijn. Ze zegt dat het dringend is, zoals altijd. Dus zeg ik: prima, laten we dan praten. Dat kan niet, zegt ze. Ze vraagt me alles te laten liggen waarmee ik bezig ben, naar het Peabody te gaan, naar de lounge – Mallards geheten, geloof ik – en daar plaats te nemen. Dus zit ik daar en bedenk me hoe stom dit is, omdat mijn telefoons niet worden afgeluisterd. Verdomme, Mitch, ik weet dat onze telefoons niet worden afgeluisterd. Wij kunnen over onze telefoons praten! Ik drink koffie en de barkeeper komt op me af en vraagt me of ik Kozinski heet. Kozinski wie? vraag ik. Marty Kozinski, zegt hij met een verbaasde uitdrukking op zijn gezicht. Ik zeg dat ik dat ben. Ik voelde me stom, Mitch. Hij zegt dat er telefoon voor me is. Ik loop naar de bar en krijg weer dat grietje van jou aan de lijn. Tolleson heeft een hartaanval gehad of zoiets dergelijks. Jij zult hier rond een uur of elf zijn. Heel slim.'

'Het heeft gewerkt.'

'Ja, en het zou net zo goed werken wanneer ze me gewoon via de telefoon in mijn kantoor had meegedeeld wat er aan de hand was.'

'Ik vind dit prettiger, want het is veiliger. Bovendien kom jij zo je kantoor nog eens uit.'

'Inderdaad, net als drie anderen.'

'Tarrance, we doen dit op mijn manier. Het gaat om mijn nek en niet de jouwe.'

'Ja, ja. In wat voor een wagen rijd jij verdomme?'

'Een gehuurde Celebrity. Aardig wagentje, hè?'

'Wat is er met het zwarte karretje gebeurd?'

'Dat had problemen met vogeltjes. Allerlei luistervinkjes. Ik heb hem op een zaterdagavond bij een winkelcentrum in Nashville geparkeerd en de sleutels erin laten zitten. Iemand heeft hem toen geleend. Ik vind zingen heerlijk, maar ik heb een afschuwelijke stem. Sinds ik kan autorijden, heb ik altijd in mijn auto gezongen. Maar door die luistervinkjes durfde ik dat niet meer zo goed, dus kreeg ik genoeg van dat karretje.'

Tarrance moest zijns ondanks glimlachen. 'Heel goed, McDeere. Heel goed.'

'Je had Oliver Lambert moeten zien toen ik vanmorgen binnenkwam en het politierapport op zijn bureau legde. Hij stotterde en stamelde en zei hoe erg hij het vond. Ik heb gedaan alsof ik het echt heel triest vond. De verzekering dekt de schade, dus deelde Oliver me mee dat ik een andere wagen zal krijgen. Daarna zei hij dat ze in die tussentijd een huurauto voor me zouden regelen. Ik heb toen gezegd dat ik die al had. Dat ik die zaterdagavond in Nashville had gehuurd.

Dat stond hem natuurlijk niets aan, omdat hij wist dat daar geen luistervinkjes in zaten. Terwijl ik nog bij hem was, belde hij de BMW-garage om naar een nieuwe wagen te informeren. Hij vroeg me aan welke kleur ik de voorkeur gaf. Ik zei dat ik genoeg had van zwart en een wijnrode wagen wilde hebben, met bruine bekleding. Ik was gisteren naar die garage gereden en had daar om me heen gekeken. Nergens een wijnrood model te bekennen. Hij zei dus tegen die kerel wat ik hebben wilde, en die zei dat ze zoiets niet voorradig hadden. Wat dacht ik van zwart, marineblauw, grijs, lichtrood of wit? Nee, ik wilde een wijnrode. Die moest worden besteld. Prima, zei ik. Hij legde de hoorn op de haak en vroeg of ik er zeker van was dat ik geen andere kleur wilde hebben. Wijnrood, hield ik vol. Hij wilde erover gaan discussiëren, maar besefte dat dat dwaas zou lijken. Dus kan ik voor het eerst sinds tien maanden in mijn auto zingen.'

'Een doodgewone Celebrity voor zo'n beroemde jurist! Dat moet je pijn doen.'

'Ik kan er wel mee leven.'

Tarrance glimlachte nog altijd, duidelijk onder de indruk. 'Ik vraag me af wat de heler zal doen als hij die auto sloopt en al die luistervinkjes ontdekt.'

'Die zal hij wel verkopen. Hoeveel waren ze waard?'

'Tien, vijftienduizend, volgens onze jongens. Het allerbeste materiaal. Ik weet het niet.'

Twee verplegers liepen luid pratend langs. Ze draaiden een hoek om en toen was het weer stil in de gang. Acklin deed opnieuw net alsof hij aan het opbellen was.

'Hoe is het met Tolleson?' vroeg Tarrance.

'Prima. Ik hoop dat ik een hartaanval even makkelijk zal overleven als hij. Hij blijft hier nog een paar dagen en wordt dan twee maanden met verlof gestuurd. Niets ernstigs.'

'Kun je zijn kantoor in?'

'Waarom zou ik dat doen? Ik heb alles wat daar is al gekopieerd.'

Tarrance boog zich dichter naar Mitch toe en wachtte op nadere informatie.

'Nee, ik kan zijn kantoor niet in. Ze hebben de sloten op de derde en de vierde verdieping veranderd, en ook in de kelder.'

'Hoe weet jij dat?'

'Via die vrouw, Tarrance. De afgelopen week is ze in elk kantoor geweest en ook in de kelder. Ze heeft elke deur gecontroleerd, aan alle laden getrokken en in elke kast gekeken. Ze heeft post gelezen, dossiers bekeken en in de prullenmanden gesnuffeld. Veel papier wordt er niet weggegooid, want we hebben tien papiervernietigers. Vier in de kelder. Wist je dat?'

Tarrance luisterde gespannen en vertrok geen spier. 'Hoe heeft zij...'

'Vraag me daar niet naar, Tarrance, want ik zal het je toch niet vertellen.'

'Ze werkt daar. Ze is een secretaresse of zoiets dergelijks. Ze helpt je van binnen uit.'

Mitch schudde gefrustreerd zijn hoofd. 'Briljant, Tarrance. Ze heeft je vandaag tweemaal gebeld. Een keer om kwart over twee en een uurtje later nog eens. Hoe zou een secretaresse binnen zo'n korte tijd nu twee keer de FBI kunnen bellen?'

'Misschien is ze vandaag niet naar haar werk gegaan en heeft ze thuis gebeld.'
'Tarrance, je hebt het mis en houd op met raden. Verspil geen tijd door je zorgen te maken over haar. Ze werkt voor mij en samen zullen we je geven wat je hebben wilt.'
'Wat is er in die kelder?'
'Een grote ruimte, met twaalf hokjes, twaalf volle bureaus en een duizendtal dossierkasten. Dossierkasten die elektronisch zijn beveiligd. Ik denk dat daar het geld wordt witgewassen. Op de muren van de hokjes heeft ze namen en telefoonnummers gezien van twaalf banken in het Caribisch gebied. Verder slingert er niet veel informatie rond. Ze zijn heel voorzichtig. Naast de kelder is nog een kleinere ruimte, die heel zorgvuldig is afgesloten en waarin computers staan die groter zijn dan ijskasten.'
'Lijkt me heel belangrijk.'
'Is het ook, maar vergeet dat verder maar. Het materiaal daar kan beslist niet ongemerkt worden weggehaald. Ik ken maar één manier om dat te realiseren.'
'Hoe dan?'
'Door een bevel tot huiszoeking.'
'Kun je vergeten. Daar zou geen enkele aannemelijke reden voor aan te voeren zijn.'
'Tarrance, luister naar me. Ik kan je niet alle documenten geven die je hebben wilt. Maar ik kan je wel alles geven wat je nodig hebt. Ik heb nu meer dan tienduizend documenten en hoewel ik ze niet allemaal heb bekeken, weet ik wel dat je daarmee van een rechter beslist een bevel tot huiszoeking voor Front Street zou krijgen. Met de documenten die ik op dit moment heb, zul je ongeveer de helft van het kantoor kunnen aanklagen. Maar als je daarmee een bevel tot huiszoeking kunt verkrijgen, zullen er heel wat meer koppen rollen. Dat is echt de enige manier waarop het kan.'
Tarrance liep naar de gang en keek om zich heen. Niemand te zien. Hij strekte zijn benen en ging naar het cola-apparaat. Hij leunde ertegenaan en keek door het kleine raam naar het oosten. 'Waarom niet meer dan de helft?'
'In eerste instantie niet meer dan de helft, plus een paar gepensioneerde vennoten. In die documenten van me staan her en der namen van vennoten die zogenaamde bedrijven op de Cayman Eilanden hebben opgericht met geld van de Morolto's. Die mensen kunnen makkelijk in staat van beschuldiging worden gesteld. Zodra je alle dossiers hebt, zal de vorm van de samenzwering duidelijk zijn en kun je verder gaan.'
'Hoe ben je aan al die documenten gekomen?'
'Ik heb mazzel gehad. Erg veel mazzel. Ik was min of meer tot de conclusie gekomen dat het kantoor wel zo verstandig zou zijn alle dossiers die met de Cayman Eilanden te maken hadden, niet in dit land te bewaren. Gelukkig had ik gelijk. We hebben kopieën gemaakt van de documenten op Grand Cayman.'
'Wij?'
'Die vrouw, en een vriendin.'
'Waar zijn die documenten nu?'
'Tarrance, jij en die vragen van jou! Ze zijn in mijn bezit. Meer hoef je niet te weten.'

'Ik wil de documenten uit die kelder hebben.'

'Tarrance, nu moet je eens heel goed naar me luisteren. Zonder een bevel tot huiszoeking komen die de kelder niet uit. Dat is onmogelijk. Heb je me goed gehoord?'

'Wie werken er in de kelder?'

'Dat weet ik niet. In al die tien maanden heb ik hen nog nooit gezien. Ik weet niet waar ze hun auto neerzetten en hoe ze naar binnen en naar buiten komen. Ze zijn onzichtbaar. Ik denk dat de vennoten en die jongens in de kelder het smerige werk doen.'

'Wat voor apparatuur staat daar?'

'Twee kopieerapparaten, vier papiervernietigers, printers met heel hoge snelheden en al die computers.'

Tarrance liep naar het raam, duidelijk diep in gedachten verzonken. 'Dat maakt heel veel duidelijk. Ik heb me altijd afgevraagd hoe het kantoor met al die secretaressen en klerken zo geheimzinnig over Morolto kon blijven doen.'

'Dat is makkelijk. Die personen hebben het druk met legale cliënten. De vennoten en oudste assistenten zitten in hun grote kantoren exotische manieren te bedenken om geld wit te wassen en de groep in de kelder verricht de daartoe noodzakelijke handelingen. Geweldige regeling.'

'Dus er zijn ook veel legitieme cliënten?'

'Honderden. Het zijn getalenteerde juristen, met een verbazingwekkend cliëntenbestand. Een schitterende dekmantel.'

'McDeere, wil je me zeggen dat je de documenten die me in staat zouden stellen aanklachten in te dienen en een bevel tot huiszoeking te verkrijgen nu al in handen hebt?'

'Dat zeg ik inderdaad.'

'In dit land?'

'Ja, Tarrance, de documenten zijn in dit land. Heel dichtbij, om precies te zijn.'

Tarrance stond nu onrustig op en neer te wippen en liet zijn knokkels kraken. Hij ademde snel. 'Wat kun je verder Front Street nog uit krijgen?'

'Niets. Het is te gevaarlijk. Ze hebben de sloten veranderd en dat baart me zorgen. Ik bedoel: waarom vervangen ze de sloten op de derde en de vierde verdieping, en niet op de andere? Twee weken geleden heb ik op de vierde verdieping kopieën gemaakt en ik geloof niet dat dat een goed idee is geweest. Nee, ik zal niets meer uit Front Street weghalen.'

'Hoe zit het met die vrouw?'

'Zij komt er niet langer.'

Tarrance beet op zijn vingernagels en wiegde heen en weer. Hij staarde nog altijd naar buiten. 'McDeere, ik wil die dossiers hebben en wel zo spoedig mogelijk. Morgen, bijvoorbeeld.'

'Wanneer komt Ray vrij?'

'Vandaag is het maandag. Ik geloof dat het voor morgenavond is geregeld. Je zou me niet geloven als ik je vertelde hoe lastig het voor Voyles is geweest. Hij heeft aan alle denkbare touwtjes moeten trekken. Denk je dat ik een grapje

271

maak? Hij heeft gesprekken gevoerd met de beide senatoren uit Tennessee en die zijn naar Nashville gevlogen voor een bezoek aan de gouverneur. Ik heb het zwaar te verduren gehad, McDeere, en dat allemaal vanwege jouw broer.'

'Dat waardeert hij.'

'Wat gaat hij doen als hij vrij is?'

'Dat regel ik verder wel. Zorg jij er maar voor dat hij vrijkomt.'

'Ik kan niets garanderen. Als er iets met hem gebeurt, is dat niet onze schuld.' Mitch ging staan en keek op zijn horloge. 'Ik moet er als een haas vandoor. Ik weet zeker dat er op me wordt gewacht.'

'Wanneer zien we elkaar weer?'

'Ze zal je opbellen en dan moet je gewoon doen wat zij zegt.'

'Mitch, kom nu! Niet nog eens! Ze kan door mijn telefoon praten. Dat zweer ik je. Wij zorgen ervoor dat dat altijd kan.'

'Tarrance, hoe heet je moeder?'

'Wat zeg je? Doris.'

'Doris?'

'Ja, Doris.'

'De wereld is klein. Doris kunnen we niet gebruiken. Met wie ben je naar je eindexamenfeest geweest?'

'Ik geloof niet dat ik naar dat feest toe ben gegaan.'

'Dat verbaast me niet. Met welk meisje ben je dan voor het eerst uitgegaan?'

'Mary Alice Brenner. Ze was te opdringerig. Ze wilde me bezitten.'

'Dat zal wel. De naam van mijn werkneemster is Mary Alice. De eerstvolgende keer dat Mary Alice belt, doe je precies wat zij vraagt. Afgesproken?'

'Ik verheug me er nu al op.'

'Tarrance, doe me een lol. Volgens mij is er met Avery in feite niets aan de hand en ik heb het eigenaardige gevoel dat die zogenaamde hartaanval iets met mij te maken heeft. Laat je jongens eens wat rondneuzen om te kijken wat er van dat verhaal waar is en wat niet?'

'Natuurlijk. We hebben toch bijna niets anders te doen.'

33

Die dinsdagmorgen maakte iedereen op kantoor zich zorgen over Avery Tolleson. Het ging goed met hem. Er werden proeven gedaan. Geen blijvende schade. Overwerkt. Te veel stress. Capps was de schuldige. Zijn echtscheiding was er schuldig aan. Verlof.

Nina kwam met een stapel papieren die moesten worden ondertekend. 'Als u het niet te druk hebt, wil de heer Lambert u spreken. Hij heeft net gebeld.'

'Prima. Om tien uur heb ik een bespreking met Frank Mulholland. Weet je dat?'

'Natuurlijk weet ik dat. Ik ben de secretaresse en ik weet alles. In uw kantoor of in het zijne?'

Mitch keek in zijn agenda en deed net alsof hij het moest opzoeken. Mulhollands kantoor, in het Cotton Exchange Building.

'In het zijne,' zei hij met gefronste wenkbrauwen.

'Daar hebt u hem de vorige keer toch ook gesproken? Hebben ze u tijdens uw studie niet geleerd dat je nooit tweemaal achter elkaar een bespreking moet organiseren op het grondgebied van de tegenstander? Dat is niet professioneel. Het is niet cool. Het is een zwaktebod.'

'Zul je het me ooit kunnen vergeven?'

'Wacht maar eens tot ik het de andere meisjes heb verteld. Die vinden u allemaal heel slim en macho. Ze zullen geschokt zijn als ik vertel hoe dom u bent geweest.'

'Een schok af en toe zal hen beslist geen kwaad doen.'

'Hoe gaat het met de moeder van uw vrouw?'

'Veel beter. Ik ga er dit weekend heen.'

Ze pakte twee dossiers. 'De heer Lambert wacht.'

Oliver Lambert wees op een ongemakkelijke bank en bood koffie aan. Hij zat kaarsrecht in een waaierfauteuil en hield zijn kopje vast als een Britse aristocraat. 'Ik maak me zorgen over Avery,' zei hij.

'Gisterenavond heb ik hem gezien,' zei Mitch. 'De behandelend arts heeft hem dwingend twee maanden verlof voorgeschreven.'

'Ja, daarom ben jij nu hier. Ik wil dat je de eerstkomende twee maanden gaat samenwerken met Victor Milligan. Hij zal het merendeel van Avery's dossiers krijgen, dus blijft het voor jou bekend terrein.'

'Prima. Victor en ik zijn goede vrienden.'

'Je zult veel van hem kunnen leren, want op belastinggebied is hij een genie. Leest twee boeken per dag.'

Geweldig, dacht Mitch. In de gevangenis moet hij een gemiddelde van tien per dag kunnen halen. 'Ja, hij is heel slim. Hij heeft me wel eens met een lastig probleem geholpen.'

'Prima. Ik denk dat jullie het goed met elkaar zullen vinden. Probeer vanmorgen even bij hem langs te gaan. Avery had nog het een en ander af te handelen op de Cayman Eilanden. Morgen zou hij er voor een paar dagen naartoe gaan. Vanmorgen heeft hij me verteld dat jij de cliënten en de rekeningen daar kent, dus zul jij erheen moeten.'

De Lear, de poen, het appartement, het berghok, de rekeningen. Duizenden gedachten schoten door zijn hoofd. Er klopte iets niet. 'De Cayman Eilanden? Morgen?'

'Ja, het is dringend. Drie cliënten hebben dringend overzichten nodig, evenals andere juridische werkzaamheden. Ik wilde Milligan sturen, maar die moet morgen in Denver zijn. Avery zei dat jij het wel kon afhandelen.'

'Natuurlijk kan ik dat.'

'Prima. Je krijgt de Lear tot je beschikking. Je vertrekt rond twaalf uur 's middags en vrijdag laat kun je met een lijntoestel terugkeren. Problemen?'

Ja, veel problemen. Ray zou de gevangenis verlaten. Tarrance eiste de contrabande op. Er moest een half miljoen dollar worden geïnd. En hij kon nu elk moment spoorloos moeten verdwijnen.

'Geen problemen.'

Hij liep zijn kantoor in, deed de deur op slot, trapte zijn schoenen uit, ging op de grond liggen en deed zijn ogen dicht.

De lift stopte op de zevende verdieping en Mitch rende de trap op naar de negende. Tammy deed de deur open en sloot die achter hem af. Toen liep hij naar het raam.

'Heb je gekeken?' vroeg hij.

'Natuurlijk. Niets aan de hand.'

Hij draaide zich om en bekeek haar aandachtig. 'Je ziet er moe uit.'

'Moe? Ik ben doodop. De afgelopen drie weken ben ik conciërge, secretaresse, juriste, bankier, hoer, koerier en privé-detective geweest. Ik ben negen keer naar de Cayman Eilanden geweest, heb negen nieuwe koffersets gekocht en een ton aan gestolen documenten teruggesleept. Ik ben vier keer naar Nashville gereden en er tien keer naartoe gevlogen. Ik heb zoveel bankafschriften en andere juridische nonsens onder ogen gehad, dat ik er half blind van ben geworden. Als het tijd is om naar bed te gaan, moet ik nog eens zes uur gaan schoonmaken. Ik heb zoveel namen, dat ik ze op mijn hand heb geschreven om niet in de war te raken.'

'Ik heb weer een nieuwe naam voor je.'

'Dat verbaast me niets. Hoe luidt die?'

'Mary Alice. Als je van nu af aan Tarrance spreekt, heet je Mary Alice.'

'Laat me dat opschrijven. Ik vind hem niet aardig. Hij is heel onbeschoft over de telefoon.'

'Ik heb geweldig nieuws voor je.'

'Ik ben heel benieuwd.'

'Je kunt ophouden met schoonmaken.'

'Ik denk dat ik even ga liggen huilen. Waarom?'

'Het is hopeloos.'

'Dat heb ik een week geleden al tegen je gezegd. Houdini zou daar nog geen dossiers kunnen weghalen, kopiëren en weer terugleggen zonder te worden betrapt.'

'Heb je met Abanks gesproken?' vroeg Mitch.

'Ja.'

'Heeft hij het geld?'

'Dat is vrijdag overgemaakt.'

'Is hij er klaar voor?'

'Hij zei van wel.'

'Prima. Hoe zit het met die andere kerel?'

'Die spreek ik vanmiddag.'

'Wie is het?'

'Heeft vroeger in de gevangenis gezeten. Hij en Lomax waren goeie maatjes. Eddie zei dat niemand in dit land zo goed documenten kan vervalsen als hij.'

'Dat is maar te hopen. Hoeveel geld wil hij ervoor hebben?'

'Vijfduizend. Contant, natuurlijk. Nieuwe identiteitspapieren, paspoorten, rijbewijzen en visa.'

'Hoeveel tijd heeft hij nodig?'

'Dat weet ik niet. Wanneer moet jij alles hebben?'

Mitch ging op de rand van het gehuurde bureau zitten. Hij haalde diep adem en probeerde na te denken. Te rekenen. 'Zo snel mogelijk. Ik meende nog een week te hebben, maar nu ben ik daar niet meer zeker van. Zorg ervoor dat je alles zo snel mogelijk krijgt. Kun je vanavond naar Nashville rijden?'

'Dat zou ik heerlijk vinden. Ik ben er al twee dagen niet meer geweest.'

'Ik wil in de slaapkamer een Sony camcorder hebben, met een driepoot. Koop een set banden. Verder wil ik dat je de eerstkomende dagen hier blijft, bij de telefoon. Bekijk de Bendini-papieren nog eens en perfectioneer je samenvattingen.'

'Bedoel je dat ik hier moet blijven?'

'Ja. Hoezo?'

'Het slapen op die bank heeft me al twee wervels gekost.'

'Jij hebt hem gehuurd.'

'Hoe zit het met de paspoorten?'

'Hoe heet die man?'

'Doc en nog wat. Ik heb zijn telefoonnummer.'

'Geef dat aan mij en zeg hem dat ik hem over een paar dagen bel. Hoeveel geld heb je nog?'

'Ik ben blij dat je daarnaar vraagt. Ik ben met vijftigduizend begonnen, hè? Ik heb tienduizend uitgegeven aan vliegreizen, hotels, bagage en huurauto's. Ik ben nog steeds geld aan het uitgeven. Nu wil je een videocamera. En valse papieren. Ik zou het heel vervelend vinden geld bij deze onderneming te verliezen.'

Mitch liep in de richting van de deur. 'Wat zou je denken van nog eens vijftigduizend?'

'Prima.'

Hij gaf haar een knipoog en deed de deur dicht, zich afvragend of hij haar ooit nog zou zien.

De cel was twee meter vijftig bij twee meter vijftig, met een toilet in een hoek en een tweetal britsen. De bovenste brits was niet bezet en dat was al een jaar zo. Ray lag op de onderste, met een koptelefoon op. Hij sprak een zeer ongewone taal. Turks. Op dat moment en op die verdieping kon hij veilig aannemen dat hij de enige was die luisterde hoe Berlitz in het Turks aan het kletsen was. Her en der werd zacht gesproken, maar de meeste lichten waren al uit. Het was elf uur, dinsdagavond.

De bewaker liep zacht naar zijn cel. 'McDeere,' fluisterde hij door de tralies heen. Ray ging op de rand van de brits zitten en staarde de man aan. Hij zette de koptelefoon af.

'De directeur wil je spreken.'

Dat zal wel, dacht hij. De directeur zit om elf uur 's avonds achter zijn bureau te wachten om mij te spreken! 'Waar gaan we heen?' vroeg hij angstig.

'Trek je schoenen aan en kom mee.'

Ray keek in de cel om zich heen en maakte snel in gedachten een inventarislijstje van zijn wereldse bezittingen. In acht jaar had hij een zwart-wit televisie verkregen, een grote cassettespeler, twee kartonnen dozen vol banden en enige tientallen boeken. Hij verdiende drie dollar per dag door te werken in de wasserij van de gevangenis, maar nadat hij daar sigaretten van had gekocht, bleef er weinig over. Dit waren zijn enige bezittingen. Acht jaar.

De bewaker stak de zware sleutel in het slot en schoof de deur een klein eindje open. Toen deed hij het licht uit. 'Achter mij aan komen en geen grapjes uithalen. Ik weet niet wie je bent, makker, maar je hebt een paar invloedrijke vriendjes.'

Andere sleutels pasten op andere deuren en toen stonden ze buiten, onder het baseballnet. 'Achter me blijven lopen,' zei de bewaker.

Ray keek snel om zich heen. In de verte doemde de gevangenismuur op, dreigend als een berg, voorbij het binnenplein, waar hij duizenden kilometers op en neer had gelopen en een ton sigaretten had gerookt. De muur zag er 's avonds veel hoger uit dan overdag. De wachttorens stonden zo'n vijftig meter uit elkaar. Ze waren goed verlicht, en zwaar bewapend.

De bewaker gedroeg zich nonchalant en leek zich nergens zorgen over te maken. Natuurlijk droeg hij een uniform en was hij gewapend. Hij liep vol zelfvertrouwen tussen twee gebouwen door, terwijl hij tegen Ray zei dat hij zich rustig moest houden en achter hem aan moest komen. Ray probeerde koel te blijven. Ze hielden halt bij een hoek van een gebouw en de bewaker keek naar de muur, die zo'n twintig meter verderop was. Felle schijnwerpers beschenen het binnenplein en draaiden toen weer weg.

Waarom houden we ons schuil? vroeg Ray zich af. Staan die gewapende kerels daarboven aan onze kant? Dat zou hij graag willen weten voordat hij tot de een of andere dramatische actie overging.

De bewaker wees op de plaats waar Earl Ray en zijn bende over de muur waren gegaan. Een nogal beroemde plek, die was bestudeerd en bewonderd door de meeste bewoners van Brushy Mountain. In elk geval door de meeste blanken. 'Over ongeveer een kwartier wordt er een ladder over die muur gegooid. Het prikkeldraad op de muur is al doorgeknipt. Aan de andere kant zul je een dik touw aantreffen.'

'Mag ik een paar vragen stellen?'

'Snel dan.'

'Hoe zit het met al die lampen?'

'Die zullen worden afgeleid. Jij kunt rekenen op volslagen duisternis.'

'En die gewapende mannen in de torens?'

'Maak je geen zorgen. Die zullen een andere kant op kijken.'

'Ben je daar echt zeker van, verdomme?'

'Man, ik heb iets dergelijks wel eens eerder meegemaakt, maar dit slaat alles. Directeur Lattemer heeft het allemaal zelf geregeld. Hij is daarboven.' De bewaker wees op de dichtstbijzijnde toren.

'De directeur?'

'Ja, om te voorkomen dat er iets mis gaat.'

'Wie gooit de ladder?'

'Een paar bewakers.'

Ray veegde zijn voorhoofd met zijn mouw af en haalde diep adem. Zijn mond was droog en zijn knieën leken te knikken.

De bewaker fluisterde: 'Je wordt opgewacht door een kerel. Hij heet Bud. Blanke vent. Hij wacht je aan de andere kant op en je moet doen wat hij zegt.' De felle lichten kwamen en gingen. 'Klaarmaken,' zei de bewaker. Het werd donker en de stilte had iets dreigends. De muur was nu zwart. Vanuit de dichtstbijzijnde toren werd tweemaal kort gefloten. Ray knielde en keek.

'Rennen, makker!' zei de bewaker. 'Rennen!'

Ray sprintte, met omlaag gehouden hoofd. De zelfgemaakte ladder was er al. De bewakers pakten hem bij zijn armen en hielpen hem de eerste sport op. Snel klom hij omhoog. Bovenop was de muur zestig centimeter breed. In het prikkeldraad was een groot gat geknipt. Hij kroop erdoorheen zonder het aan te raken. Het touw was er eveneens en hij liet zich aan de andere kant van de muur omlaagglijden. Het laatste stukje sprong hij. Hij bleef op zijn hurken zitten en keek om zich heen. Nog altijd donker. De felle schijnwerpers draaiden niet.

Dertig meter verderop begon het dichte bos. 'Hier,' zei een stem rustig. Ray liep die kant op. Bud stond te wachten, te midden van het voorste dichte struikgewas.

'Kom snel achter me aan.'

Ray liep achter hem aan tot hij de muur niet meer kon zien. Ze bleven staan op een kleine open plek, naast een onverhard pad. Hij stak een hand uit. 'Ik ben Bud Riley. Best wel leuk, hè?'

'Ongelooflijk. Ray McDeere.'

Bud was een gezette man met een zwarte baard en een zwarte pet op. Hij had legerlaarzen aan, een spijkerbroek en een camouflagejasje. Geen wapen te zien. Hij bood Ray een sigaret aan.

277

'Wie is er bij je?' vroeg Ray.

'Niemand. Ik doe wel eens wat free-lance werk voor de directeur. Als iemand de muur over gaat, komen ze gewoonlijk naar mij toe. Natuurlijk is dit een beetje anders. Normaal gesproken neem ik mijn honden mee. Ik vond dat we hier even moesten wachten tot we de sirenes horen. Het zou onterecht zijn als je die niet hoorde, want het gebeurt uiteindelijk ter ere van jou, zou je kunnen zeggen.'

'Ik heb ze wel eens eerder gehoord.'

'Ja, maar hier hoor je ze toch anders. Het is een prachtig geluid.'

'Hoor eens, Bud, ik...'

'Ray, luister er nu maar naar. We hebben tijd zat. Er zal niet hard naar jou worden gezocht.'

'Meen je dat?'

'O, ze zullen natuurlijk veel kabaal maken en iedereen wekken, net als bij een echte ontsnapping. Maar ze zullen niet achter jou aan gaan. Ik weet niet aan welke touwtjes jij hebt getrokken, maar je hebt behoorlijk wat voor elkaar gekregen.'

De sirenes begonnen te loeien en Ray schrok. Langs de zwarte lucht flitsten lichten en de vage stemmen van de bewakers in de toren waren hoorbaar.

'Begrijp je nu wat ik bedoel?'

'Laten we gaan,' zei Ray en begon te lopen.

'Mijn vrachtwagentje staat iets verderop, op de weg. Ik heb wat kleren voor je meegenomen. De directeur heeft me verteld welke maat je hebt. Ik hoop dat je ze leuk vindt.'

Bud was buiten adem toen ze het vrachtwagentje hadden bereikt. Ray trok snel een olijfgroene broek en een marineblauw werkhemd aan. 'Heel leuk, Bud,' zei hij.

'Gooi die gevangeniskleren maar in de struiken.'

Ze reden drie kilometer over het kronkelende bergpad. Toen draaiden ze een geasfalteerde weg op. Bud luisterde naar Conway Twitty en zei niets.

'Waar gaan we heen, Bud?' vroeg Ray na lange tijd.

'De directeur heeft gezegd dat hem dat niets kon schelen en eerlijk gezegd wilde hij het ook niet weten. Hij zei dat jij het mocht bepalen. Ik stel voor naar een grote stad te gaan, waar een busstation is. Vanaf dat moment zul je het alleen moeten rooien.'

'Hoe ver breng jij me?'

'Ray, ik heb de hele nacht de tijd. Zeg maar aan welke stad jij de voorkeur geeft.'

'Ik wil graag wat kilometers tussen mij en de gevangenis in hebben voordat ik ga rondhangen bij een busstation. Wat zou jij denken van Knoxville?'

'Akkoord, dan wordt het Knoxville. Wat ga je dan verder doen?'

'Dat weet ik niet. Ik moet het land uit.'

'Met jouw vrienden moet dat geen probleem zijn. Maar wees voorzichtig. Morgen zal je foto in tien staten in de kantoren van alle sheriffs hangen.'

Voor hen kwamen drie wagens met blauwe zwaailichten de heuvel over. Ray dook weg onder het dashboard.

'Ray, ontspan je. Ze kunnen jou niet zien.'

Door de achterruit keek hij toe hoe ze verdwenen. 'Wegversperringen?'

'Ray, er zullen geen wegversperringen zijn. In orde? Vertrouw me nu maar.' Bud stak een hand in zijn zak en smeet een stapel contant geld op de voorbank. 'Vijfhonderd dollar. Gegeven door de directeur in hoogst eigen persoon. Je hebt een paar goede vriendjes, makker.'

34

Woensdagmorgen. Tarry Ross liep de trap op naar de vierde verdieping van de Phoenix Inn. Hij bleef op de overloop voor de gangdeur staan, om op adem te komen. Het zweet parelde op zijn voorhoofd. Hij zette de donkere zonnebril af en veegde zijn gezicht af met de mouw van zijn overjas. Hij werd misselijk en leunde tegen de trapleuning. Hij liet de lege aktentas op de betonnen trap vallen en ging op de onderste trede zitten. Zijn handen trilden als een gek en hij wilde huilen. Hij drukte zijn handen tegen zijn maag en probeerde niet over te geven. Het gevoel van misselijkheid verdween en hij kon weer ademhalen. Dapper zijn, man, dapper zijn. Verderop in de gang wachten je tweehonderdduizend dollar. Als je lef hebt, kun je erheen gaan om ze op te halen. Je kunt ermee weglopen, maar daar heb je wel moed voor nodig. Hij haalde dieper adem en zijn handen kwamen tot rust. Lef, man, lef.

De zwakke knieën knikten, maar het lukte hem de deur te bereiken. De gang door, langs de kamers. Achtste deur rechts. Hij hield zijn adem in en klopte aan.

Er gingen seconden voorbij. Hij hield door de donkere zonnebril de donkere gang in de gaten en zag niets. 'Ja,' zei een stem binnen, vlak bij hem.

'Ik ben het, Alfred.' Belachelijke naam, dacht hij. Waar zou die vandaan komen?

De deur kraakte en achter het kettinkje werd een gezicht zichtbaar. De deur ging dicht en werd toen ver geopend. Alfred liep naar binnen.

'Goeiemorgen, Alfred,' zei Vinnie Cozzo hartelijk. 'Heb je trek in koffie?'

'Ik ben hier niet naartoe gekomen om koffie te drinken,' zei Alfred kortaf. Hij legde de aktentas op het bed en staarde Cozzo aan.

'Alfred, je bent altijd zo zenuwachtig. Waarom ontspan je je niet? Je kunt op geen enkele manier worden betrapt.'

'Cozzo, houd je bek. Waar is het geld?'

Vinnie wees op een leren handtas. Hij hield op met glimlachen. 'Praat tegen me, Alfred.'

Hij werd weer misselijk, maar bleef op twee benen staan. Hij staarde naar zijn voeten. Zijn hart ging als een razende tekeer. 'Goed. Dat mannetje, McDeere, heeft al een miljoen betaald gekregen. Een ander miljoen is onderweg. Hij heeft een lading Bendini-documenten afgeleverd en beweert er nog eens tienduizend te hebben.' Hij voelde een scherpe steek in zijn lendenen en ging op de rand van het bed zitten. Hij zette zijn bril af.

'Ga door,' zei Cozzo bevelend.

'McDeere heeft de afgelopen zes maanden vaak met onze mensen gepraat. Hij zal voor de rechtbank getuigen en dan verdwijnen, onder de paraplu van de FBI. Hij en zijn vrouw.'

'Waar zijn de andere documenten?'

'Verdomme, dat weet ik niet. Dat wil hij niet zeggen. Maar ze kunnen elk moment worden afgeleverd. Cozzo, ik wil mijn geld hebben.'

Vinnie smeet de handtas op het bed. Alfred maakte die open, evenals de aktentas. Met hevig trillende handen ging hij in de aanval op de stapel bankbiljetten. 'Tweehonderdduizend?' vroeg hij wanhopig.

Vinnie glimlachte. 'Dat was afgesproken, Alfred. Over een paar weken heb ik nog een karweitje voor je.'

'Geen sprake van, Cozzo. Ik kan hier niet meer tegen.' Hij sloeg de aktentas dicht en rende naar de deur. Toen bleef hij staan en probeerde tot rust te komen. 'Wat gaan jullie met McDeere doen?' vroeg hij en staarde naar de deur. 'Wat denk je, Alfred?'

Hij beet op zijn lip, hield de aktentas stevig vast en liep de kamer uit. Vinnie glimlachte en sloot de deur. Toen haalde hij een kaartje uit zijn zak en belde het huis in Chicago van de heer Lou Lazarov.

Tarry Ross liep in paniek de gang af. Achter de bril kon hij weinig zien. Zeven deuren verderop, bijna bij de lift, kwam een immense hand uit het donker te voorschijn en trok hem een kamer in. De hand sloeg hem hard en een vuist raakte zijn maag. Toen volgde een vuistslag op zijn neus. Hij lag op de grond, verdoofd en bloedend. De aktentas werd op het bed gedeponeerd.

Hij werd in een stoel gesmeten en de lichten gingen aan. Drie agenten van de FBI, zijn kameraden, keken hem woedend aan. Directeur Voyles liep naar hem toe, ongelovig hoofdschuddend. De agent met de immense, effectieve handen stond vlak bij hem in de buurt, binnen slagafstand. Een andere agent was het geld aan het tellen.

Voyles boog zich dicht naar hem toe. 'Ross, je bent een verrader. Het laagste uitschot dat we kennen. Ik kan dit niet geloven.'

Ross beet op zijn lip en begon te snikken.

'Wie is het?' vroeg Voyles gespannen.

Het gehuil werd luider. Een antwoord kwam er niet.

Voyles haalde woest uit en raakte de linkerslaap van Ross. Die gilde het uit van de pijn.

'Wie is het Ross? Praten!'

'Vinnie Cozzo,' zei hij tussen twee snikken door.

'Ik weet verdomme ook wel dat het Cozzo is. Maar wat heb je hem verteld?'

De tranen stroomden uit zijn ogen, het bloed stroomde uit zijn neus. Zijn lichaam trilde afschuwelijk. Geen antwoord.

Voyles sloeg hem nog eens, en nog eens. 'Rotzak, je zult me vertellen wat Cozzo wilde weten.' Hij sloeg hem nog een keer.

Ross sloeg dubbel en liet zijn hoofd op zijn knieën rusten. Het gehuil werd minder.

'Tweehonderdduizend dollar,' meldde een agent.

Voyles ging op een knie zitten en fluisterde Ross vrijwel toe: 'Gaat het om McDeere, Ross? Zeg me alsjeblieft dat het niet over McDeere gaat. Tarry, zeg dat het niet McDeere betreft.'

Tarry zette zijn ellebogen op zijn knieën en staarde naar de grond. Het bloed drupte in een keurig plasje op het tapijt.

'Tarry, wees verstandig. Het geld mag je niet houden. Je bent onderweg naar de gevangenis. Tarry, je bent een smerig stuk ellendeling en het is nu allemaal voorbij. Wat zou je er in vredesnaam wijzer van kunnen worden geheimen te bewaren? Denk daar maar eens goed over na.'

Voyles smeekte zacht. Zondaren, wilt gij niet tot mij komen? 'Tarry, zegt alsjeblieft dat het niet om McDeere gaat.'

Tarry ging rechtop zitten en streek met zijn vingers over zijn ogen. Hij schraapte zijn keel. Hij beet op zijn lip, keek Voyles recht aan en knikte.

DeVasher had geen tijd voor de lift. Hij rende de trap af naar de vierde verdieping, naar de hoek, en racete Lockes kantoor in. De helft van de vennoten was daar: Locke, Lambert, Milligan, McKnight, Dunbar, Denton, Lawson, Banahan, Kruger, Welch en Shottz. De andere helft was opgeroepen.

In de kamer was sprake van stille paniek. DeVasher ging aan het hoofd van de vergadertafel zitten en de anderen namen eveneens plaats.

'Goed, jongens, het is niet nodig om als een haas naar Brazilië te vluchten. Nog niet, in elk geval. Vanmorgen is bevestigd dat hij uitgebreid met de FBI heeft gesproken, dat die hem een miljoen heeft uitbetaald, dat hem nog een miljoen is beloofd, en dat hij bepaalde documenten heeft die volgens zeggen fataal zouden zijn. Die informatie is rechtstreeks van de FBI gekomen. Terwijl wij dit bespreken, is Lazarov al met een klein legertje onderweg naar Memphis. De schade lijkt nog niet te zijn aangericht. Volgens onze bron, een zeer hooggeplaatste man van de FBI, heeft McDeere meer dan tienduizend documenten in bezit en wil hij die overdragen. Maar tot dusverre heeft hij er slechts een paar uit handen gegeven, denken we. We lijken dit op tijd te hebben ontdekt. Als we verdere schade kunnen voorkomen, kan ons niet veel gebeuren. Dat zeg ik ondanks het feit dat ze een paar documenten in handen hebben. Veel kunnen dat er niet zijn, want anders waren ze wel met een bevel tot huiszoeking deze kant op gekomen.'

DeVasher glorieerde. Hij sprak met een bevaderende glimlach om zijn lippen en keek de bezorgde gezichten één voor één aan. 'Waar is McDeere?'

'In zijn kantoor,' zei Milligan. 'Ik heb net met hem gesproken. Hij vermoedt niets.'

'Geweldig. Over drie uur vertrekt hij naar Grand Cayman. Dat klopt toch, Lambert?'

'Dat klopt. Rond het middaguur.'

'Jongens, dat vliegtuig zal daar nooit aankomen. De piloot zal in New Orleans landen, omdat hij een boodschap moet doen, en dan verder gaan naar het eiland. Wanneer hij een half uurtje boven de Golf vliegt, zal het stipje definitief van de radar verdwijnen. Lichamen zullen nooit worden gevonden en de brokstukken zullen overal verspreid zijn. Het is triest, maar noodzakelijk.'

'De Lear?' vroeg Denton.

'Ja, de Lear. We zullen een nieuw speelgoedje kopen.'

'DeVasher, we nemen wel erg veel aan,' zei Locke. 'We nemen aan dat de documenten die ze al in handen hebben, geen kwaad kunnen. Vier dagen geleden dacht je dat McDeere enige geheime dossiers van Avery had gekopieerd. Hoe zit het daarmee?'

'Die dossiers zijn in Chicago bestudeerd. Er is inderdaad sprake van bezwarend bewijsmateriaal, maar niet voldoende om tot actie te kunnen overgaan. Niemand kan op grond daarvan worden veroordeeld. Jullie weten dat het echt bezwarende bewijsmateriaal op het eiland wordt bewaard, en natuurlijk in de kelder. Maar niemand kan tot de kelder doordringen. We hebben de dossiers in het appartement op Grand Cayman gecontroleerd. Daar lijkt niets mee aan de hand te zijn.'

Locke was niet tevreden. 'Waar zijn die tienduizend documenten dan vandaan gekomen?'

'Jij gaat van de veronderstelling uit dat hij er inderdaad tienduizend heeft. Ik betwijfel dat echter. Vergeet niet dat hij nog eens een miljoen dollar binnen wil halen voordat hij verdwijnt. Hij zal wel tegen de FBI hebben gelogen en nog naar documenten op zoek zijn. Als hij er echt tienduizend had, zou de FBI die inmiddels toch wel hebben gekregen?'

'Waar moeten we dan bang voor zijn?' vroeg Lambert.

'Je bent altijd bang voor het onbekende, Ollie. We weten niet wat hij in handen heeft, behalve dan dat miljoen dollar. Hij is niet stom en hij zou bij toeval iets kunnen ontdekken wanneer we hem zijn gang laten gaan. Dat kunnen we niet laten gebeuren. Lazarov zei dat hij van deze wereld af geblazen moest worden. Dat is een letterlijk citaat.'

'Een jonge assistent kan nooit zoveel belastend bewijsmateriaal vinden en kopiëren,' zei Kruger stoutmoedig, terwijl hij om zich heen keek en wachtte op instemming. Sommigen knikten, maar wel met zwaar gefronste wenkbrauwen.

'Waarom komt Lazarov hierheen?' vroeg Dunbar, de man van het onroerend goed. Hij sprak de naam Lazarov uit alsof het Charles Manson betrof.

'Dat is een stomme vraag,' snauwde DeVasher. 'In de eerste plaats moeten we afrekenen met McDeere en hopen dat de schade tot een minimum beperkt zal blijven. Daarna zullen we dit kantoor uitgebreid onder de loep nemen en alle noodzakelijke veranderingen doorvoeren.'

Locke ging staan en keek Oliver Lambert nijdig aan. 'Zorg ervoor dat McDeere in dat vliegtuig zit.'

Tarrance, Acklin en Laney zaten dodelijk geschrokken te luisteren naar de stem van Voyles, die vanuit Washington opbelde en precies vertelde wat er was gebeurd. Hij zou binnen een uur naar Memphis vertrekken. Hij was bijna wanhopig.

'Tarrance, je moet hem halen, en snel. Cozzo weet niet dat wij weten wat Tarry Ross heeft gedaan, maar Ross heeft hem verteld dat McDeere op het punt staat ons die documenten te overhandigen. Zij kunnen elk moment met hem afrekenen. Je moet hem nu ophalen. Weet je waar je hem kunt vinden?'

'Op zijn kantoor,' zei Tarrance.

'Goed. Haal hem dan. Over twee uur ben ik bij jullie. Ik wil hem spreken. Tot ziens.'

Tarrance draaide een nummer.

'Wie bel je?' vroeg Acklin.

'Bendini, Lambert & Locke.'

'Wayne, ben je gek geworden?' vroeg Laney.

'Luister nu maar.'

De receptioniste nam op. 'Mitch McDeere, alstublieft,' zei Tarrance.

'Een ogenblikje, alstublieft,' zei ze.

Toen de secretaresse. 'Kantoor van de heer McDeere.'

'Ik moet Mitchell McDeere spreken.'

'Het spijt me, maar hij is in bespreking.'

'Hoor eens, jongedame. Je spreekt met rechter Henry Hugo en hij had een kwartier geleden in mijn rechtszaal moeten zijn. We wachten op hem. Dit heeft haast.'

'Ik zie niets in zijn agenda staan voor vanmorgen.'

'Regel jij zijn afspraken?'

'Ja, meneer.'

'Dan is het jouw schuld. Nu zorg je dat hij aan de telefoon komt.'

Nina rende de gang door en het kantoor van Mitch in. 'Er is een rechter Hugo aan de telefoon. Hij zegt dat u op dit moment in de rechtszaal had moeten zijn. U kunt hem maar beter zelf te woord staan.'

Mitch vloog overeind en pakte de telefoon. Hij was bleek. 'Ja?'

'Meneer McDeere,' zei Tarrance, 'u spreekt met rechter Hugo. U bent te laat voor mijn zitting. Kom hierheen.'

'Jawel, edelachtbare.' Hij pakte zijn jas en aktentas en keek Nina nijdig aan.

'Het spijt me. Het stond niet in de agenda,' zei ze.

Mitch rende de gang door, de trap af, langs de receptioniste naar buiten. Hij racete via Front Street naar Union en dook het Cotton Exchange Building in. Op Union sloeg hij af naar het oosten en rende naar de Mid-America Mall.

Het zien van een goedgeklede jonge man met een aktentas die als een bange wezel rent, kan in sommige steden iets normaals zijn. In Memphis was dat niet zo. Het viel op.

Hij hield zich schuil achter een fruitstalletje, om op adem te komen. Hij zag niemand achter hem aan rennen. Hij at een appel.

Hij was nooit bijzonder onder de indruk gekomen van Wayne Tarrance. De Koreaanse schoenenwinkel was een fiasco gebleken. De cafetaria op de Cayman Eilanden was een al even domme keuze geweest. Zijn aantekeningen over de Morolto's zouden een padvinder nog vervelen. Maar zijn idee voor een noodkreet, die duidelijk maakte dat hij geen vragen moest stellen maar voor zijn leven diende te rennen, was briljant geweest. Een maand lang al had Mitch geweten dat hij er als een haas vandoor moest gaan wanneer hij werd opgebeld door een zekere rechter Hugo. Dan was er iets helemaal misgegaan en waren de jongens van de vijfde verdieping in actie gekomen. Waar was Abby? vroeg hij zich af.

Er liepen wat voetgangers over Union. Hij zou de voorkeur hebben gegeven aan een druk trottoir, maar dat was er niet. Hij staarde naar de hoek van Front en Union en zag niets dat zijn achterdocht wekte. Twee huizenblokken verder naar het oosten liep hij nonchalant de lobby van het Peabody in en zocht een telefoon. Die vond hij op de eerste verdieping in een korte gang, in de buurt van het herentoilet. Hij draaide het nummer van het kantoor van het Federal Bureau of Investigation in Memphis.

'Wayne Tarrance, alstublieft. Dit is een noodgeval. U spreekt met Mitch McDeere.'

Tarrance was binnen een paar seconden aan de telefoon. 'Mitch, waar ben je?'

'Tarrance, wat is er aan de hand?'

'Waar ben je?'

'Het kantoor uit, rechter Hugo. Voorlopig ben ik veilig. Wat is er gebeurd?'

'Mitch, je moet naar ons toe komen.'

'Tarrance, ik moet helemaal niets en ik zal ook niets doen tot je me het een en ander hebt verteld.'

'Tsja, we hebben een klein probleem. Een lekje. Je moet...'

'Een lek? Tarrance, had je het over een lek? Een lekje bestaat niet. Tarrance, vertel op voordat ik ophang en spoorloos verdwijn. Je laat nagaan vanwaar ik bel, nietwaar? Ik ga de hoorn op de haak leggen.'

'Nee! Mitch, luister naar me. Ze weten dat wij met elkaar hebben gesproken, ze zijn op de hoogte van het geld en van de dossiers.'

Er volgde een lange stilte. 'Een lekje, Tarrance? Er lijkt een dam doorgebroken te zijn. Vertel me meer over dat lek en snel een beetje.'

'Mitch, ik wil dat je goed beseft hoe verschrikkelijk we dit vinden. Voyles is er volledig door van de kaart. Een van onze oudste agenten heeft informatie verkocht. We hebben hem vanmorgen betrapt in een motel in Washington. Hij had tweehonderdduizend dollar gekregen in ruil voor het verhaal over jou. We zijn er diep door geschokt, Mitch.'

'Ik voel me ontroerd. Tarrance, ik heb echt met je te doen. Ik neem aan dat je wilt dat ik nu naar je kantoor kom, zodat we elkaar gezellig kunnen troosten?'

'Mitch, Voyles is hier om twaalf uur. Hij komt met zijn topmensen en hij wil je spreken. We zullen je de stad uit halen.'

'Goed. Je wilt dat ik jullie beschermende armen in ren. Tarrance, jij bent een idioot en Voyles is dat ook. Ik ben een idioot geweest om jou te vertrouwen. Ben je aan het nagaan waar dit gesprek vandaan komt?'

'Nee!'

'Je liegt. Ik ga ophangen, Tarrance. Blijf waar je bent. Over een half uur bel ik je via een andere telefoon.'

'Nee, Mitch. Luister. Als je niet naar ons toe komt, zal dat je dood worden.'

'Tot ziens, Wayne. Blijf bij de telefoon zitten.'

Mitch legde de hoorn op de haak en keek om zich heen. Hij liep naar een marmeren zuil en keek naar de lobby beneden. De eendjes zwommen rond de fontein. De bar was verlaten. Aan een tafeltje zaten rijke oude dames thee te drinken en te roddelen. Een enkele gast liet zich inschrijven.

Opeens stapte de blonde man achter een boompje vandaan en staarde hem aan. 'Daar is hij!' schreeuwde hij door de hal naar een makker. Ze keken naar hem en naar de trap. De barkeeper keek naar Mitch en toen naar de blonde man en diens vriend. De oude dames staarden zwijgend.

'Bel de politie!' riep Mitch en dook weg van de reling. Beide mannen renden de lobby door en raceten de trap op. Mitch wachtte vijf seconden en rende terug naar de reling. De barkeeper had zich niet bewogen. De oude dames zaten stokstijf op hun stoelen.

Op de trap weerklonken zware geluiden. Mitch ging op de reling zitten, gooide zijn aktentas naar beneden, zwaaide zijn benen over de rand, aarzelde en sprong toen de zes meter naar de lobby. Hij kwam op beide voeten terecht. Zijn enkels en heupen deden zeer. De voetbalknie knikte, maar bleek hem nog te kunnen dragen.

Achter hem, naast de trap, was een klein winkeltje vol tassen en artikelen van Ralph Lauren in de etalage. Hij hinkte erheen. Een jongen die zeker niet ouder was dan negentien, stond enthousiast achter de toonbank. Er waren geen klanten. Een andere deur kwam uit op Union.

'Is die deur op slot?' vroeg Mitch rustig.

'Ja, meneer.'

'Wil je duizend dollar contant verdienen? Niets illegaals.' Mitch telde razendsnel tien biljetten van honderd dollar af en smeet die op de toonbank.

'Ja, dat denk ik wel.'

'Niets illegaals. Ik wil geen problemen voor je veroorzaken. Maak die deur open en als er over zo'n twintig seconden twee mannen naar binnen komen rennen, moet je zeggen dat ik die deur uit ben gerend en direct in een taxi ben gesprongen.'

De jongen glimlachte stralend en harkte het geld bij elkaar. 'Best. Geen probleem.'

'Waar is de kleedkamer?'

'Daar, naast de kast.'

'Maak de deur open,' zei Mitch, die de kleedkamer in dook en ging zitten. Hij masseerde zijn knieën en zijn enkels.

De verkoper was bezig dassen recht te leggen toen de blonde man en zijn makker door de deur naar de lobby naar binnen renden. 'Een goede morgen,' zei hij vrolijk.

'Heb je een man zien rennen, normale lengte, donkergrijs pak met das?'

'Ja, meneer. Hij is die deur uit gerend en toen in een taxi gesprongen.'

'Een taxi! Verdomme!' De deur ging open en dicht en toen was het stil in de winkel. De jongen liep naar een schoenenrek in de buurt van de kast. 'Meneer, ze zijn weg.'

Mitch masseerde zijn knieën. 'Goed. Houd de deur twee minuten in de gaten. Laat me weten of je hen ziet.'

Twee minuten later was hij terug. 'Ze zijn verdwenen.'

Mitch bleef zitten en glimlachte. 'Geweldig. Ik wil een van die groene sportjasjes en een paar witte schoenen. Breng ze alsjeblieft hierheen en houd de deur in de gaten.'

'Jawel, meneer.' Fluitend haalde hij de spullen uit de winkel en schoof die onder het deurtje door. Mitch kleedde zich snel om.

'Hoeveel is dit?' vroeg hij.

'Wat zou u zeggen van vijfhonderd?'

'Prima. Bel een taxi voor me en zeg het me als die voor de deur staat.'

Tarrance liep vijf kilometer om zijn bureau heen. Ze hadden het gesprek kunnen traceren, maar Laney was te laat in het Peabody gearriveerd. Hij was nu weer terug en zat zenuwachtig naast Acklin. Veertig minuten na het eerste telefoongesprek schetterde de stem van de secretaresse door de intercom. 'Meneer Tarrance, McDeere aan de lijn.'

Tarrance dook op de telefoon af. 'Waar ben je?'

'In de stad, maar niet voor lang.'

'Mitch, op je eentje zul je het geen twee dagen volhouden. Ze zullen genoeg boeven aanvoeren om een oorlog te kunnen beginnen. Je moet ons toestaan je te helpen.'

'Ik weet het niet, Tarrance. Om de een of andere reden vertrouw ik jullie op dit moment niet zo. Waarom weet ik totaal niet. Ik heb alleen dat nare gevoel.'

'Mitch, maak deze vergissing alsjeblieft niet.'

'Ik neem aan dat je me wilt doen geloven dat jullie me voor de rest van mijn leven kunnen beschermen? Gek eigenlijk, hè, Tarrance. Ik sluit een overeenkomst met jullie en dan word ik bijna neergeschoten in mijn eigen kantoor. Fraaie vorm van bescherming!

Tarrance haalde diep adem. Er volgde een lange stilte. 'Hoe zit het met de documenten? We hebben je er een miljoen voor betaald.'

'Tarrance, je vergist je. Jullie hebben me een miljoen betaald voor de eerste dossiers. Die heb je gehad en ik heb dat miljoen gekregen. Natuurlijk was dat slechts een onderdeel van de overeenkomst. De bescherming van mijn persoon hoorde er eveneens bij.'

'Mitch, geef ons die verdomde dossiers. Je hebt me verteld dat ze ergens dicht bij ons in de buurt verstopt zijn. Ga weg als je dat wilt, maar geef ons die dossiers.'

'Geen sprake van, Tarrance. Op dit moment kan ik verdwijnen en afwachten of de Morolto's achter me aan komen of niet. Als jij die dossiers niet krijgt, kun je niemand aanklagen. Wanneer de Morolto's niet worden aangeklaagd, zullen ze me op een dag misschien vergeten, als ik mazzel heb. Ik heb hen bang gemaakt, maar hun geen echte schade toegebracht. Misschien nemen ze me dan zelfs wel weer in dienst.'

'Dat geloof je zelf niet. Ze zullen achter je aan blijven zitten totdat ze je hebben gevonden. Als wij die dossiers niet krijgen, zullen wij eveneens achter je aan gaan. Zo eenvoudig ligt het, Mitch.'

'Tot ziens, Wayne. Ray laat je groeten.'

De verbinding was verbroken. Tarrance pakte het toestel op en smeet het tegen de muur.

Mitch keek naar de klok aan de muur van het vliegveld. Hij tikte een ander nummer in. Tammy nam op.

287

'Hallo, schatje. Heel vervelend dat ik je wakker moet maken.'
'Maak je geen zorgen. De slaapbank heeft me wakker gehouden. Wat is er aan de hand?'
'Grote moeilijkheden. Pak pen en papier en luister heel aandachtig. Ik kan geen seconde verspillen. Ik ben op de loop en ze zitten me dicht op de hielen.'
'Begin maar.'
'Je moet Abby bij haar ouders bellen. Zeg dat ze alles moet vergeten en zo snel mogelijk de stad uit moet. Ze heeft niet eens de tijd om haar moeder gedag te kussen of kleren in een koffer te doen. Zeg haar dat ze de hoorn uit haar hand moet laten vallen, in haar auto moet stappen en moet wegrijden. En dat ze niet moet omkijken. Ze moet hoofdweg nummer 55 nemen naar Huntington in West Virginia en daar naar het vliegveld gaan. Van daaruit moet ze naar Mobile vliegen. In Mobile huurt ze een auto en neemt dan hoofdweg nummer 10 in oostelijke richting naar Gulf Shores. Van daaruit naar het oosten over hoofdweg nummer 182 door naar Perdido Beach. Daar moet ze zich in het Hilton laten inschrijven onder de naam Rachel James. Daarna is het wachten geblazen. Heb je dat?'
'Ja.'
'Vervolgens moet jij naar Memphis vliegen. Ik heb Doc gebeld, maar de paspoorten en de rest zijn nog niet klaar. Ik heb getierd, maar zonder enig succes. Hij heeft beloofd er de hele nacht aan door te werken, zodat hij ze morgenochtend klaar heeft. Ik ben er morgen niet, maar jij zult er wel zijn. Ga die documenten ophalen.'
'Jawel, meneer de commandant.'
'Volgende punt. Vlieg daarna terug naar het appartement in Nashville. Ga bij de telefoon zitten. Ga daar niet weg, onder welke omstandigheden dan ook.'
'Begrepen.'
'Vierde punt. Bel Abanks.'
'Goed. Wat zijn je reisplannen?'
'Ik kom naar Nashville, maar ik weet niet precies wanneer. Nu moet ik weg. Hoor eens, Tammy. Zeg tegen Abby dat het haar dood zal worden als ze niet meteen weggaat. Ze moet rennen, verdomme, zo hard ze kan!'
'Begrepen, baas.'
Hij liep snel naar gate nummer 22 en ging aan boord van het toestel van Delta naar Cincinnatti van 10.04 uur. Hij had een tijdschrift vol enkele reizen in zijn hand, alle gekocht met zijn MasterCard. Een voor vlucht nummer 233 van American naar Tulsa, die om 10.14 uur vertrok. Gekocht op naam van Mitchell McDeere. Een voor vlucht nummer 861 van Northwest naar Chicago. Vertrektijd 10.15 uur. Gekocht op naam van Mitchell McDeere. Een voor vlucht nummer 562 van United, die om 10.30 uur naar Dallas vertrok. Gekocht op naam van Mitchell McDeere. En een voor vlucht nummer 790 van Delta, die om 11.10 uur naar Atlanta vertrok. Gekocht op naam van Mitchell McDeere.
Het ticket naar Cincinnati was contant betaald en uitgeschreven op de naam Sam Fortune.

Lazarov betrad het kantoor op de vierde verdieping en een ieder boog zijn hoofd. DeVasher keek hem aan als een angstig kind dat net een aframmeling heeft gekregen. De vennoten bestudeerden hun schoenveters en deden het bijna in hun broek van angst.

'We kunnen hem niet vinden,' zei DeVasher.

Lazarov was er de figuur niet naar om te razen en te tieren. Hij was er heel trots op dat hij onder alle omstandigheden koel kon blijven. 'Bedoel je te zeggen dat hij gewoon is opgestaan en weggegaan?'

Er werd niet geantwoord. Dat was ook niet nodig.

'Goed, DeVasher. Het plan is als volgt. Doe navraag bij alle luchtvaartmaatschappijen. Waar is zijn auto?'

'Op het parkeerterrein.'

'Dat is geweldig. Hij is te voet weggegaan. Hij is te voet dit kleine fort van jou uit gelopen. Dat zal Joey prachtig vinden. Neem contact op met alle autoverhuurbedrijven. Hoeveel eerbiedwaardige vennoten zijn hier op dit moment aanwezig?'

'Zestien.'

'In paren opdelen en wegsturen naar vliegvelden in Miami, New Orleans, Houston, Atlanta, Chicago, Los Angeles, San Francisco en New York. Loop rond over die vliegvelden. Woon op die vliegvelden. Eet op die vliegvelden. Houd de internationale vluchten op die vliegvelden in de gaten. Jullie eerbiedwaardige heren kennen hem goed, dus moeten jullie hem gaan zoeken. Het is een schot in het duister, maar wat hebben we te verliezen? In elk geval zullen jullie het er druk mee hebben. Ik vind het heel vervelend het jullie te moeten zeggen, maar deze uren kunnen niet worden gedeclareerd. Waar is zijn vrouw?'

'Danesboro, Kentucky. Bij haar ouders.'

'Ga haar halen. Je mag haar niets aandoen, maar ze moet hierheen worden gehaald.'

'Gaan we dossiers vernietigen?' vroeg DeVasher.

'Daar zullen we vierentwintig uur mee wachten. Stuur iemand naar Grand Cayman om de dossiers daar te vernietigen. Nu moet je je haasten, DeVasher.'

Het kantoor liep leeg.

Voyles liep woedend om het bureau van Tarrance heen en blafte bevelen. Een twaalftal ondergeschikten maakte aantekeningen. 'Vliegvelden in de gaten houden. Luchtvaartmaatschappijen bellen. Elk kantoor in elke grotere stad verwittigen. Contact opnemen met de douane. Hebben we een foto van hem?'

'We kunnen er geen vinden, meneer.'

'Zorg er dan voor dat er snel een wordt gevonden. Vanavond moet er een kopie in alle kantoren van de FBI en de douane beschikbaar zijn. Hij is 'm gesmeerd, dat stuk ellende!'

35

De bus vertrok 's woensdags even voor twee uur 's nachts uit Birmingham. Ray bckcck iedereen die instapte en een plaatsje zocht aandachtig. Hij zag er sportief uit. Hij had in Birmingham een taxi genomen naar een winkelcentrum en daar had hij binnen een half uur een lichtblauwe spijkerbroek, een golfshirt met korte mouwen en een paar rood-witte gymschoenen gekocht. Hij had ook een pizza gegeten en zijn haren heel kort laten knippen. Verder had hij een zonnebril opgezet, en een pet.

Een kleine, dikke dame met een donkere huid kwam naast hem zitten.

Hij glimlachte haar toe. '*¿De dónde es usted*?' vroeg hij.

Ze begon stralend te lachen, waardoor een paar tanden zichtbaar werden. '*México*,' zei ze trots. '*¿Habla Español*?' vroeg ze enthousiast verder.

'*Sí.*'

Twee uur lang keuvelden ze in het Spaans terwijl de bus doorreed naar Montgomery. Af en toe moest ze iets herhalen, maar hij stond verbaasd over zichzelf. Hij had immers acht jaar niet kunnen oefenen!

De agenten Jenkins en Jones reden in een Dodge Aries achter de bus aan. Jenkins reed, terwijl Jones sliep. Tien minuten nadat ze Knoxville hadden verlaten, werd de rit al saai. Routinekwestie, was hun verteld. Als je hem kwijtraakt, is het geen ramp, maar probeer dat niet te laten gebeuren.

De vlucht van Huntington naar Atlanta zou pas over twee uur een feit zijn. Abby zat in een afgezonderd hoekje van de donkere lounge en keek om zich heen. Op de stoel naast haar stond een weekendtas. Dwars tegen alle dringende instructies in had ze een tandenborstel, wat make-up en een paar kleren meegenomen. Ze had ook een briefje geschreven voor haar ouders, met de korte mededeling dat ze naar Memphis moest om Mitch te zien, dat alles in orde was, dat ze zich nergens zorgen over hoefden te maken en werden omhelsd door hun liefhebbende dochter Abby. Ze negeerde de koffie en hield de komende en gaande mensen in de gaten.

Ze wist niet of hij dood was of nog leefde. Tammy had gezegd dat hij bang was, maar alles goed onder controle had. Zoals altijd. Ze had gezegd dat hij naar Nashville zou vliegen en dat zij, Tammy, naar Memphis ging. Verwarrend, maar ze was er zeker van dat hij wist wat hij deed. Naar Perdido Beach gaan en wachten.

Abby had nog nooit van Perdido Beach gehoord, en ze was er ook zeker van dat zij er nog nooit eerder waren geweest.

De lounge werkte behoorlijk op haar zenuwen. Om de tien minuten kwam een dronken zakenman met een of ander suggestief voorstel naar haar toe. Scheer je weg, zei ze telkens weer.

Na twee uur ging ze aan boord van het toestel. Abby zat aan de kant van het gangpad, maakte haar veiligheidsriem vast en ontspande zich. Toen zag ze haar.

Het was een opvallende blondine met hoge jukbeenderen en een ferme kaak die bijna onvrouwelijk was, maar toch sterk en aantrekkelijk. Abby had dat gezicht al eens eerder gezien. Althans een deel ervan, omdat de vrouw destijds ook een zonnebril had gedragen. Ze keek even naar Abby en wendde toen haar ogen af, terwijl ze verder liep naar achteren.

De Shipwreck Bar! De blondine uit de Shipwreck Bar. De blondine die had afgeluisterd wat zij en Mitch en Abanks tegen elkaar zeiden. Ze hadden haar gevonden. En als ze haar hadden gevonden, waar was haar echtgenoot dan? Wat hadden ze met hem gedaan? Ze dacht aan de twee uur durende rit van Danesboro naar Huntington, over de kronkelende bergwegen. Ze had als een gek gereden. Het was onmogelijk dat ze haar waren gevolgd.

Ze taxieden van de vertrekhal weg en stegen een paar minuten later op, richting Atlanta.

Voor de tweede maal in drie weken zag Abby vanuit een 727 hoe het schemerig werd boven Atlanta. Zij en de blondine. Ze bleven een half uurtje aan de grond en gingen toen door naar Mobile.

Vanuit Cincinnati vloog Mitch naar Nashville. Hij arriveerde daar die woensdag om zes uur, lang nadat de banken hun deuren hadden gesloten. Hij zocht het telefoonnummer op van een verhuurbedrijf van vrachtwagentjes en riep een taxi aan.

Hij huurde een van de kleinere modellen, betaalde er contant voor, maar moest wel zijn rijbewijs en een creditcard gebruiken voor de borgsom. Als DeVasher hem hierheen kon traceren, was daar niets aan te doen. Hij kocht twintig kartonnen dozen en vertrok naar het appartement.

Sinds dinsdagavond had hij niets meer gegeten, maar hij had mazzel. Tammy had een zak popcorn achtergelaten, die in de magnetron kon worden gepoft, en twee biertjes. Hij vrat alles op. Om acht uur belde hij voor de eerste keer naar het Perdido Beach Hilton. Hij vroeg naar Lee Stevens. Die was nog niet gearriveerd. Hij ging op de grond liggen en dacht na over de honderden dingen die Abby konden overkomen. Ze kon in Kentucky de dood hebben gevonden zonder dat hij dat wist. Hij kon niet opbellen.

De bedbank was niet ingeklapt en de goedkope lakens hingen op de grond. Tammy had een hekel aan huishoudelijk werk. Hij keek naar het kleine bed en dacht aan Abby. Pas vijf avonden geleden hadden ze geprobeerd elkaar op dat bed te vermoorden. Hopelijk zat ze in dat vliegtuig. Alleen.

In de slaapkamer ging hij op de nog niet geopende doos met de Sony recorder zitten en verbaasde zich over de stapels documenten, alle keurig netjes gesorteerd naar banken en bedrijven die op de Cayman Eilanden waren gevestigd. Boven op elke stapel lag een aantekenboek. Daarin stond de naam van het bedrijf, gevolgd door reeksen data en andere gegevens. En namen!

Zelfs Tarrance zou dit papieren spoor kunnen volgen. Een jury zou ervan smullen. De openbaar aanklager zou persconferenties organiseren. En de jury's zouden veroordelen, veroordelen en veroordelen.

Agent Jenkins geeuwde in de hoorn van de telefoon en tikte het nummer van het kantoor in Memphis in. Hij had vierentwintig uur lang niet geslapen. Jones zat in de auto te snurken.

'FBI,' zei een mannenstem.

'Met wie spreek ik?' vroeg Jenkins. Gewoon een telefoontje om even contact te houden.

'Acklin.'

'Hallo, Rick. Je spreekt met Jenkins. We hebben...'

'Jenkins, waar was je? Even wachten...'

Jenkins hield op met geeuwen en keek in het busstation om zich heen.

'Jenkins! Waar ben je?' Het was Tarrance.

'In een busstation in Mobile. We zijn hem kwijtgeraakt.'

'Wat? Hoe is dat mogelijk?'

Jenkins was opeens alert. 'Wayne, wacht eens even. We moesten hem acht uur volgen, om te zien waar hij naartoe ging. Routinekwestie, heb je zelf gezegd.'

'Ik kan niet geloven dat je hem bent kwijtgeraakt.'

'Wayne, we hadden geen opdracht gekregen hem de rest van zijn leven te volgen. Acht uur, Wayne. We zijn hem twintig uur gevolgd en hij is verdwenen. Wat is daar nu zo erg aan?'

'Waarom heb je niet eerder gebeld?'

'Dat hebben we twee keer gedaan. In Birmingham en Montgomery. Beide keren was de lijn bezet. Wayne, wat is er aan de hand?'

'Wacht even.'

Jenkins hield de hoorn steviger vast en wachtte. Een andere stem. 'Hallo? Jenkins?'

'Ja.'

'Je spreekt met directeur Voyles. Wat is er verdomme gebeurd?'

Jenkins hield zijn adem in en keek als een gek om zich heen. 'We zijn hem kwijtgeraakt, meneer. We zijn hem twintig uur gevolgd en toen zijn we hem kwijtgeraakt nadat hij hier in Mobile uit de bus was gestapt. Is in de mensenmenigte verdwenen.'

'Geweldig, jongen. Hoe lang is dat geleden?'

'Twintig minuten.'

'Juist. Luister goed. We moeten hem vinden, hoe dan ook. Zijn broer heeft ons geld aangepakt en is verdwenen. Bel onze mensen in Mobile. Zeg wie je bent, en voeg daaraan toe dat een ontsnapte moordenaar vrij rondloopt in de stad. Ze zullen de naam en de foto van Ray McDeere al wel op de muur hebben geprikt. Zijn moeder woont in Panama City Beach, dus moet je contact opnemen met al onze agenten tussen Mobile en die plaats. Ik stuur er onze troepen heen.'

'Goed. Het spijt me, meneer. We hadden geen opdracht voortdurend achter hem aan te blijven gaan.'

'Daar zullen we het later nog wel eens over hebben.'

292

Om tien uur belde Mitch het Perdido Beach Hilton voor de tweede keer. Hij vroeg naar Rachel James. Niet aangekomen. Hij vroeg naar Lee Stevens. Een moment, zei ze. Mitch ging op de grond zitten en wachtte gespannen. Na twaalf keer rinkelen werd er opgenomen.

'Ja?'

'Lee?' vroeg Mitch.

Een stilte. 'Ja.'

'Je spreekt met Mitch. Gefeliciteerd.'

Ray liet zich op het bed vallen en deed zijn ogen dicht. 'Mitch, het was zo makkelijk. Hoe heb je het in vredesnaam geregeld?'

'Dat zal ik je vertellen op een moment dat we daar de tijd voor hebben. Nu zijn er heel wat mensen die mij willen vermoorden. En Abby. We zijn op de vlucht.'

'Wie zijn dat, Mitch?'

'Het zou me alleen al tien uur kosten om je het eerste hoofdstuk te vertellen. Dat doen we later. Schrijf dit nummer op: 615-889-4380.'

'Dat is niet in Memphis.'

'Nee. Nashville. Ik ben in een appartement dat als operatiecentrum dienst doet. Prent dat nummer in je geheugen. Als ik hier niet ben, zal er worden opgenomen door een vrouw die Tammy heet.'

'Tammy?'

'Het is een lang verhaal. Doe gewoon wat ik je zeg. Abby zal zich vanavond op een gegeven moment laten inschrijven onder de naam Rachel James. Ze arriveert in een huurauto.'

'Komt ze hierheen?'

'Ray, luister nu gewoon naar me. De kannibalen zitten achter ons aan, maar we zijn ze een stapje voor.'

'Wie ben je een stapje voor?'

'De mafia en de FBI.'

'Is dat alles?'

'Waarschijnlijk wel. Luister. Er bestaat een kleine kans dat Abby wordt gevolgd. Je moet haar opwachten, haar in de gaten houden en je er terdege van vergewissen dat niemand achter haar aan zit.'

'En als dat wel zo is?'

'Moet je mij opbellen. Dan zullen we het bespreken.'

'Geen probleem.'

'Gebruik de telefoon alleen om dit nummer te bellen. Veel praten kunnen we niet.'

'Ik heb heel wat vragen, broertje van me.'

'En ik heb de antwoorden, maar niet nu. Zorg goed voor mijn vrouw en bel me wanneer ze is gearriveerd.'

'Zal ik doen, Mitch, en bedankt.'

'*Adios.*'

Een uur later draaide ze hoofdweg nummer 182 af, de kronkelende oprijlaan van het Hilton op. Ze zette de vierdeurs Cutlass met kentekenplaten uit Alabama neer en liep zenuwachtig onder de veranda door naar de hoofdingang. Ze bleef even staan, keek om naar de oprijlaan en liep naar binnen.

Twee minuten later kwam een gele taxi uit Mobile onder de veranda tot stilstand. Ray hield de taxi in de gaten. Een vrouw die op de achterbank zat, boog zich naar voren en sprak met de chauffeur. Ze wachtte een minuut. Toen haalde ze geld uit haar tasje en betaalde hem. Ze stapte uit en wachtte tot de taxi was weggereden. Het was een blondine. Dat was het eerste dat hem opviel. Goed gevormd, met een strakke, zwarte corduroy broek aan. Verder had ze een donkere zonnebril op en dat vond hij vreemd, omdat het al bijna middernacht was. Behoedzaam liep ze naar de hoofdingang, wachtte even en ging toen naar binnen. Hij hield haar nauwlettend in de gaten en liep naar de lobby.

De blondine liep op de enige receptioniste bij de balie af. 'Een eenpersoonskamer,' hoorde hij haar zeggen.

De receptioniste schoof een formulier over de balie heen. De blondine schreef haar naam op en vroeg: 'Hoe heet de dame die zich net voor mij heeft laten inschrijven? Ik geloof dat ze een oude vriendin van me is.'

De receptioniste bekeek de registratiekaarten. 'Rachel James.'

'Ja, dat is ze. Waar komt ze vandaan?'

'Memphis.'

'Wat is het nummer van haar kamer? Ik zou haar graag gedag zeggen.'

'Ik mag geen kamernummers doorgeven.'

De blondine haalde snel twee biljetten van twintig dollar uit haar tas en schoof die over de balie heen. 'Ik wil haar alleen gedag zeggen.'

De receptioniste pakte het geld. 'Kamer 622.'

De vrouw betaalde contant. 'Waar kan ik een telefoon vinden?'

'Om de hoek,' zei de receptioniste.

Hij ging de hoek om en zag vier telefoons. Hij pakte een van de middelste en begon tegen zichzelf te praten.

De blondine nam een van de buitenste telefoons en draaide hem haar rug toe. Ze sprak zacht. Hij kon slechts fragmenten horen.

'... ingeschreven... Kamer 622... Mobile... Hulp nodig... Kan niet... Een uur?... Ja... Haast je.'

Ze legde de hoorn op de haak en hij sprak luider.

Tien minuten later werd er op de deur geklopt. De blondine sprong van het bed af, pakte haar .45 en stopte die onder haar shirtje in de corduroy broek. Ze negeerde de veiligheidsketting en deed de deur op een kiertje open.

De deur werd met geweld verder opengeduwd en ze vloog tegen de muur. Ray dook op haar af, pakte het wapen en duwde de loop ervan in haar oor. 'Als je ook maar een kik geeft, schiet ik je neer.'

Ze hield op met vechten en deed haar ogen dicht. Geen reactie.

'Wie ben je?' vroeg Ray en duwde de loop dieper in haar oor. Nog altijd geen reactie.

'Geen beweging en geen kik. Ik zou het heerlijk vinden je kop van je romp te schieten.'

Hij ontspande zich, terwijl hij nog altijd op haar rug zat, en trok de rits van haar tas open. Die schudde hij op de grond leeg en vond een paar schone tennissokken. 'Mond open doen,' beval hij.

Ze bewoog zich niet. De loop keerde terug naar haar oor en langzaam deed ze haar mond open. Ray propte de sokken tussen haar tanden en blinddoekte haar toen stevig met de zijden nachtjapon. Toen bond hij haar polsen en voeten met panty's en maakte vervolgens lange repen van de beddelakens. De vrouw bewoog zich niet. Toen hij haar afdoende had gekneveld en vastgebonden, leek ze op een mummy. Hij schoof haar onder het bed.

In het tasje vond hij zeshonderd dollar contant geld, en een portefeuille met een rijbewijs dat was afgegeven in Illinois. Karen Adair uit Chicago. Geboren op 4 maart 1962. Hij hield de portefeuille en het wapen bij zich.

Om één uur rinkelde de telefoon. Mitch sliep niet. Hij zat tot zijn nek in de bankafschriften. Fascinerende bankafschriften, die uiterst belastend waren.

'Hallo,' zei hij voorzichtig.

'Ben ik verbonden met het operatiecentrum?' In de buurt van de stem was een jukebox hoorbaar, die hard aanstond.

'Ray, waar ben je?'

'In een etablissement dat de FloraBama Lounge heet. Bij de staatsgrens.'

'Waar is Abby?'

'In de auto. Er is niets met haar aan de hand.'

Mitch haalde makkelijker adem en grinnikte. Hij luisterde.

'We moesten uit het hotel weg. Abby werd gevolgd door een vrouw. Dezelfde vrouw die jullie in de een of andere bar op de Cayman Eilanden hebben gezien. Abby probeert me alles uit te leggen. De vrouw is haar de hele dag gevolgd en liet zich toen zien in het hotel. Ik heb met haar afgerekend en toen zijn we verdwenen.'

'Je hebt met haar afgerekend?'

'Ja. Ze wilde niet praten, maar de eerste tijd zullen we geen last van haar hebben.'

'Is alles met Abby echt in orde?'

'Ja. Wel zijn we beiden bekaf. Wat had jij nu verder precies in gedachten?'

'Je bent ongeveer drie uur rijden van Panama City Beach vandaan. Ik weet dat je doodop bent, maar je moet verder. Ga naar Panama City Beach, zorg dat je de wagen kwijtraakt en neem twee kamers in de Holiday Inn. Bel me zodra je bent ingeschreven.'

'Ik hoop dat je weet wat je doet.'

'Ray, je moet me vertrouwen.'

'Dat doe ik ook, maar ik begin te wensen dat ik terug was in de gevangenis.'

'Je kunt niet teruggaan, Ray. We verdwijnen, of we zijn allemaal ten dode opgeschreven.'

36

De taxi hield halt bij een rood stoplicht in het centrum van Nashville. Mitch stapte met stijve, pijnlijke benen uit. Hij hinkte het drukke kruispunt over, het ochtendverkeer ontwijkend.

Het gebouw van de Southeastern Bank was een drie verdiepingen tellende glazen cilinder, die qua ontwerp wel wat weghad van een blik waarin je tennisballen kunt bewaren. De kleur was donker, bijna zwart. Het gebouw stond een eindje van de straathoek vandaan, te midden van een doolhof van trottoirs, fonteinen en keurig verzorgde plantenbakken.

Mitch liep door de draaideur naar binnen, samen met een hele zwerm werknemers. In het atrium, dat een marmeren vloer had, nam hij de roltrap naar de derde verdieping. Daar opende hij een zware, glazen deur en liep een groot, rond kantoor in. Een opvallende vrouw van een jaar of veertig keek hem vanachter een glazen bureau aan. Ze glimlachte niet.

'De heer Mason Laycook, alstublieft,' zei hij.

Ze wees. 'Neemt u plaats.'

Laycook verspilde geen tijd. Hij kwam een hoek om en keek al even zuur als zijn secretaresse. 'Kan ik u ergens mee van dienst zijn?' vroeg hij met een nasale stem.

Mitch ging staan. 'Ja. Ik moet wat geld telegrafisch overmaken.'

'Hebt u hier een rekening?'

'Ja.'

'Uw naam?'

'Het is een rekening op nummer.' Met andere woorden: je zult mijn naam niet te horen krijgen, Laycook. Je hebt geen naam nodig.

'Uitstekend. Wilt u me volgen?' Het kantoor had geen ramen, geen uitzicht. Mitch zag een rij toetsenborden en monitoren bij het bureau en ging zitten.

'Het rekeningnummer, alstublieft?'

Dat wist hij uit zijn hoofd. '214-31-35.'

Laycook tikte het in en keek naar de monitor. 'Het is een Code-drie-rekening, die is geopend door een zekere T. Hemphill en alleen toegankelijk voor haar en een man die voldoet aan de volgende beschrijving: ongeveer een meter drieëntachtig lang, blauwe ogen, bruin haar, ongeveer vijf-, zesentwintig jaar oud. Die beschrijving kan op u van toepassing zijn.' Laycook bestudeerde het scherm. 'Wat zijn de laatste vier cijfers van uw nummer bij de sociale dienst?'

'8585.'

'Goed. U hebt toegang. Wat moet ik doen?'

'Ik wil telegrafisch geld hierheen halen, vanaf een bank op Grand Cayman.'

Laycook fronste zijn wenkbrauwen en pakte een pen uit zijn zak. 'Welke bank?'

'Royal Bank of Montreal.'

'Wat voor rekening?'

'Het is een nummerrekening.'

'Ik neem aan dat u het nummer kent?'

'499DFH2122.'

Laycook schreef het nummer op en ging staan. 'Een ogenblikje, alstublieft.' Hij liep de kamer uit.

Tien minuten gingen voorbij. Mitch tikte met zijn pijnlijke voeten op de grond en keek naar de monitoren.

Laycook keerde terug met een zekere Nokes, een onderdirecteur of zoiets dergelijks. Nokes ging achter het bureau staan en stelde zich voor. Beide mannen leken zenuwachtig. Ze staarden naar Mitch.

Nokes nam het woord. Hij had een klein velletje computerpapier bij zich. 'Meneer, u moet ons bepaalde informatie verstrekken voordat we het geld van die rekening kunnen overmaken.'

Mitch knikte vol zelfvertrouwen.

'De data en bedragen van de laatste drie overboekingen, meneer?' Ze keken hem gespannen aan, wetend dat hij die vraag niet zou kunnen beantwoorden.

Weer wist hij het uit zijn hoofd. Geen aantekeningen. 'Derde februari van dit jaar zes en een half miljoen. Veertiende december vorig jaar negen punt twee miljoen. Acht oktober vorig jaar elf miljoen.'

Laycook en Nokes keken met open mond naar de kleine uitdraai. Het lukte Nokes een klein, professioneel glimlachje te produceren. 'U hebt toegang tot die rekening.'

Laycook stond klaar met zijn pen.

'Kunt u mij uw pincode geven?' vroeg Nokes.

Mitch glimlachte en sloeg zijn pijnlijke benen over elkaar. '72083.'

'Welk bedrag wilt u overmaken?'

'Tien miljoen, naar deze bank. Rekeningnummer 214-31-35. Ik wacht erop.'

'U hoeft er niet op te wachten, meneer.'

'Ik wacht wel. Wanneer dit is geregeld, moeten er nog andere zaken worden afgehandeld.'

'Het zal even duren. Wilt u een kopje koffie?'

'Nee, dank u. Hebt u een krant?'

'Zeker,' zei Laycook. 'Op het tafeltje daar.'

Ze liepen snel het kantoor uit en Mitch' hartslag kwam tot bedaren. Hij sloeg de *Tennessean* van Nashville open en vond na enig zoeken een paragraaf over de ontsnapping uit Brushy Mountain. Geen foto. Weinig details. Ze waren veilig in de Holiday Inn aan de Miracle Strip in Panama City Beach, Florida.

Tot dusverre was hun spoor niet na te gaan. Dat dacht hij. Dat hoopte hij.

Laycook keerde alleen terug. Hij was nu vriendelijk en zou zo schouderklopjes hebben kunnen uitdelen. 'Het is geregeld. Het geld is hier. Wat kunnen we verder nog voor u doen?'

'Ik wil het geld telegrafisch verder overboeken. Althans het merendeel ervan.'

'Om hoeveel overboekingen gaat het?'

'Drie.'

'Geeft u me de eerste maar.'
'Een miljoen dollar naar de Coast National Bank in Pensacola. Een nummerrekening, toegankelijk voor slechts één persoon, een blanke vrouw van ongeveer vijftig jaar. Ik zal haar het codenummer geven.'
'Is dit een bestaande rekening?'
'Nee, ik wil dat u die tegelijk met de overboeking opent.'
'Uitstekend. En de tweede overboeking?'
'Een miljoen dollar naar de Dane County Bank in Danesboro, Kentucky, naar een rekening op naam van Harold of Maxine Sutherland, of op beider naam. Het is een kleine bank, maar hij is gerelateerd aan United Kentucky in Louisville.'
'Uitstekend. En de derde overboeking?'
'Zeven miljoen naar de Deutschbank in Zürich. Rekeningnummer 772-03BL-600. De rest van het geld blijft hier.'
'Dat zal ongeveer een uur in beslag nemen,' zei Laycook onder het schrijven.
'Ik zal u over een uur bellen.'
'Uitstekend.'
'Hartelijk dank, meneer Laycook.'
Elke stap was pijnlijk, maar hij voelde de pijn niet. Hij jogde in een matig tempo de roltrap af en het gebouw uit.

Op de bovenste verdieping van de Royal Bank of Montreal op Grand Cayman schoof een secretaresse een computeruitdraai onder de zeer puntige en heel fatsoenlijke neus van Randolph Osgood. Ze had een ongebruikelijke overboeking van tien miljoen dollar omcirkeld. Ongebruikelijk omdat het geld dat op deze rekening stond gewoonlijk niet terugging naar de Verenigde Staten en omdat het was overgeboekt naar een bank waarmee ze nooit zaken deden. Osgood bestudeerde de uitdraai en belde Memphis. Meneer Tolleson was met verlof, deelde de secretaresse hem mee. Nathan Locke dan? vroeg hij. Meneer Locke was de stad uit. Victor Milligan? Meneer Milligan was evenmin op kantoor.
Osgood legde de uitdraai op de stapel van zaken die hij de volgende dag moest afhandelen.

Langs de Smaragdkust van Florida en Alabama, van het oosten van Mobile via Pensacola, Fort Walton Beach, Destin en Panama City, was de warme lentenacht vredig verlopen. Aan de kust was slechts één geweldsdelict gepleegd. Een jonge vrouw was beroofd, mishandeld en verkracht in haar kamer in het Perdido Beach Hilton. Haar vriend, een lange, blonde man, had haar vastgebonden en gekneveld in haar kamer aangetroffen. Hij heette Rimmer, Aäron Rimmer, en hij was afkomstig uit Memphis.
Wat de nacht in de omgeving van Mobile echt opwindend had gemaakt, was de uitgebreide zoekactie naar de ontsnapte moordenaar Ray McDeere. Men had hem na het invallen van de duisternis bij het busstation zien arriveren. De foto die door de politie van hem was genomen, stond op de voorpagina van elke ochtendkrant en voor tienen waren er getuigen komen opdagen die meldden dat ze

298

hem hadden gezien. Zijn gangen werden getraceerd van Mobile Bay naar Foley, Alabama, en door naar Gulf Shores.

Omdat het Hilton slechts vijftien kilometer van Gulf Shores vandaan ligt, aan hoofdweg nummer 182, en omdat de enige ontsnapte moordenaar in de buurt was toen het geweldsdelict werd gepleegd, lag de conclusie voor de hand. De receptioniste van het hotel meende Ray McDeere te herkennen en uit de boeken bleek dat hij zich rond half tien had laten inschrijven onder de naam Lee Stevens. Het slachtoffer identificeerde Ray McDeere eveneens.

De receptioniste herinnerde zich ook dat het slachtoffer had gevraagd naar een zekere Rachel James, die vijf minuten voordat het slachtoffer contant had betaald was ingeschreven. Rachel James was ergens in de nacht verdwenen, zonder zich te laten uitschrijven. Hetzelfde gold voor Ray McDeere, alias Lee Stevens. Een parkeerwachter meende McDeere van de foto te herkennen en zei dat hij tussen twaalf en één uur 's nachts samen met een vrouw in een witte, vierdeurs Cutlass was gestapt. Hij zei dat zij achter het stuur had plaats genomen en dat ze haast leken te hebben. Hij zei dat ze hoofdweg 182 in oostelijke richting op waren gereden.

Aäron Rimmer belde op vanuit zijn kamer op de zesde verdieping van het Hilton en deelde een hulpsheriff anoniem mee dat men eens navraag moest doen bij de autoverhuurbedrijven in Mobile, met vermelding van de naam Abby McDeere. Dan hebt u de witte Cutlass, zei hij.

Van Mobile tot Miami begon de zoekactie naar de Cutlass, die door Abby McDeere bij Avis was gehuurd. Aäron Rimmer, de vriend van het slachtoffer, kreeg de belofte dat hij van alles op de hoogte zou worden gehouden.

Rimmer zou in het Hilton blijven. Hij deelde een kamer met Tony Verkler. In de kamer ernaast logeerde zijn baas, DeVasher. Op de zevende verdieping logeerden veertien vrienden van hem en die wachtten eveneens.

Hij moest zeventien keer op en neer lopen tussen het appartement en het vrachtwagentje, maar om twaalf uur 's middags waren de Bendini-papieren voor transport gereed. Mitch liet zijn opgezwollen benen rusten. Hij zat op de bank en schreef instructies voor Tammy. Hij maakte melding van de banktransacties en zei dat ze een week moest wachten voordat ze contact opnam met zijn moeder. Ze zou binnenkort miljonair zijn.

Hij zette de telefoon op zijn schoot en bereidde zich voor op nog een onaangename taak. Hij belde de Dane County Bank en vroeg naar Hugh Sutherland. Het was heel dringend, zei hij.

'Hallo,' reageerde zijn schoonvader boos.

'Meneer Sutherland, u spreekt met Mitch. Hebt u...'

'Waar is mijn dochter? Is alles met haar in orde?'

'Ja, ze is bij mij. We gaan een paar dagen het land uit. Misschien een paar weken. Misschien een paar maanden.'

'O. Waar gaan jullie dan naartoe?'

'Dat weet ik nog niet. We gaan gewoon wat reizen.'

'Mitch, is er iets aan de hand?'

'Ja. Er is iets helemaal mis, maar dat kan ik nu niet uitleggen. Misschien een dezer dagen. U moet de kranten nauwlettend in de gaten houden. Binnen twee weken zult u er een groot artikel over Memphis in zien staan.'

'Verkeren jullic in gevaar?'

'Zo zou je het wel kunnen stellen. Hebt u vanmorgen een ongebruikelijke telegrafische overboeking ontvangen?'

'Ja. Iemand heeft hier ongeveer een uur geleden een miljoen dollar geparkeerd.'

'Die iemand was ik en het geld is van u.'

Er volgde een heel lange stilte. 'Mitch, ik geloof dat ik recht heb op een verklaring.'

'Inderdaad, maar die kan ik u niet geven. Als we veilig het land uit komen, zult u daar binnen een week of zo bericht van ontvangen. Geniet van het geld. Ik moet ophangen.'

Mitch wachtte even en belde kamer 1028 in het Holiday Inn, Panama City Beach.

'Hallo?' Het was Abby.

'Hallo, meisje, hoe gaat het met je?'

'Slecht, Mitch. Ray's foto staat op de voorpagina van elke krant. Eerst werd er alleen gemeld dat hij was ontsnapt en dat iemand hem in Mobile had gesignaleerd. Nu zeggen ze tijdens de nieuwsberichten op de televisie dat hij de hoofdverdachte is van een verkrachting die gisterenavond heeft plaatsgevonden.'

'Wat? Waar?'

'In het Perdido Beach Hilton. Ray heeft die blondine betrapt, die me tot het hotel was gevolgd. Hij is haar kamer in gegaan en heeft haar vastgebonden en gekneveld. Verder heeft hij niets gedaan. Hij heeft haar wapen en haar geld meegenomen, en nu beweert ze dat ze is mishandeld en verkracht door Ray McDeere. Alle smerissen in Florida zijn op zoek naar de auto die ik gisterenavond in Mobile heb gehuurd.'

'Waar is die auto?'

'Die hebben we anderhalve kilometer verderop achtergelaten bij een groot flatcomplex dat in aanbouw is. Mitch, ik ben zo bang.'

'Waar is Ray?'

'Die ligt op het strand en probeert zijn gezicht te laten verbranden. De foto in de krant is oud en niet gelijkend. Hij heeft er lang haar op en ziet er heel bleek uit. Nu heeft hij zijn haar heel kort laten knippen en probeert roze te worden. Ik denk dat dat wel zal helpen.'

'Zijn beide kamers op jouw naam geregistreerd?'

'Rachel James.'

'Hoor eens, Abby. Vergeet Rachel en Lee en Ray en Abby. Wacht tot het bijna donker is, en ga dan weg. Loop gewoon weg. Ongeveer zeshonderd meter verder naar het oosten is een klein motel dat de Blue Tide heet. Jij en Ray moeten genietend een eindje langs het strand lopen tot jullie dat hebben gevonden. Je gaat naar de balie en vraagt om twee kamers naast elkaar. Betaal er contant voor. Zeg dat je Jackie Nagel heet. Heb je dat goed gehoord? Jackie Nagel. Gebruik die naam, want daar zal ik naar vragen zodra ik daar ben aangekomen.'

'En als ze geen twee kamers naast elkaar hebben?'

'Dan ga je naar een ander motel iets verderop, dat Seaside heet. Laat je daar inschrijven onder dezelfde naam. Probeer na het invallen van de duisternis ongemerkt naar een drogisterij te gaan, om haarverf te kopen. Knip je haren heel kort en blondeer ze.'

'Blonderen?'

'Je mag ze ook rood verven. Dat kan me geen bal schelen. Verander wel de kleur. Zeg tegen Ray dat hij zijn kamer niet uit mag. Jullie kunnen geen enkel risico nemen.'

'Mitch, hij heeft een wapen.'

'Zeg hem dat ik heb gezegd dat hij dat niet moet gebruiken. Vanavond zal het daar in de buurt waarschijnlijk al wemelen van de smerissen. Een schietpartij zou hij nooit overleven.'

'Mitch, ik houd van je. Ik ben zo bang.'

'Schatje, het is niet erg om bang te zijn. Blijf echter wel bij je positieven. Ze weten niet waar je bent en ze kunnen je niet te grazen nemen wanneer je in beweging blijft. Ik ben er rond middernacht.'

Lamar Quin, Wally Hudson en Kendall Mahan zaten in de vergaderruimte op de derde verdieping en dachten na over de volgende zet. Als oudere assistenten waren ze op de hoogte van de vijfde verdieping en de kelder, van Lazarov en Morolto, van Hodge en Kozinski. Ze wisten dat je nooit meer weg kon wanneer je eenmaal voor het kantoor was gaan werken.

Ze vertelden elkaar de verhalen van die dag. Ze vergeleken die met de dag waarop ze de trieste waarheid over de kerstman hadden gehoord. Een trieste en angstaanjagende dag, waarop Nathan Locke in zijn kantoor met hen had gesproken en had verteld over de grootste cliënt. Toen had hij hen voorgesteld aan DeVasher. Zij waren werknemers van de familie Morolto en ze werden geacht hard te werken, hun goede salarissen uit te geven en hun mond te houden. Dat hadden ze alle drie gedaan. Ze hadden er wel eens over gedacht om weg te gaan, maar dat was nooit omgezet in serieuze plannen. Ze hadden een gezin. Na verloop van tijd hadden ze er eigenlijk nauwelijks meer aan gedacht. Ze moesten voor zoveel cliënten werken. Er moest zo hard worden gewerkt op een legitieme manier.

De vennoten namen het merendeel van het smerige werk voor hun rekening, maar naarmate zij langer voor het kantoor werkten, waren ze intenser bij het bedrog betrokken geraakt. Ze zouden nooit worden betrapt, hadden de vennoten hun verzekerd. Daar waren ze te slim voor. Daar hadden ze te veel geld voor. Het was een perfecte dekmantel. Nu maakten ze zich voornameljk zorgen over het feit dat alle vennoten de stad uit waren. Zelfs Avery Tolleson was verdwenen. Hij was het ziekenhuis uit gelopen.

Ze spraken over Mitch. Hij was ergens, doodsbang en rennend voor zijn leven. Als DeVasher hem vond, zou dat zijn dood betekenen en werd hij net als Hodge en Kozinski begraven. Maar als de FBI hem vond, hadden ze de dossiers en het kantoor en natuurlijk ook hen drieën.

Stel dat niemand hem vond, vroegen ze zich af. Stel dat het hem lukte gewoon spoorloos te verdwijnen? Met de documenten, natuurlijk. Stel dat Abby en hij nu ergens op een strand lagen, rum dronken en hun geld telden? Die gedachte vonden ze prettig en daar spraken ze enige tijd over.

Uiteindelijk besloten ze tot de volgende dag te wachten. Als Mitch ergens werd neergeschoten, zouden ze in Memphis blijven. Als hij nooit werd gevonden, zouden ze in Memphis blijven. Als de FBI hem vond, zouden ze er als een haas vandoor gaan.

Rennen, Mitch. Rennen!

De kamers in het Blue Tide Motel waren klein. Het tapijt was twintig jaar oud en vrijwel tot op de draad versleten. Op de spreien zaten brandplekken van sigaretten. Maar luxe was onbelangrijk.

Toen het die donderdag donker was geworden, stond Ray met een schaar achter Abby en knipte voorzichtig rond haar oren. Twee handdoeken onder de stoel waren bedekt met donker haar. Ze hield hem via de spiegel naast de ouderwetse kleurentelevisie nauwlettend in de gaten en gaf aanwijzingen. Jongensachtig kapsel, tot ver boven haar oren, met krulletjes. Hij deed een stap naar achteren en bekeek zijn handwerk bewonderend.

'Niet slecht,' zei hij.

Ze glimlachte en veegde haren van haar armen. 'Ik denk dat ik het nu zal moeten blonderen,' zei ze triest. Ze liep naar de kleine badkamer en deed de deur dicht. Een uur later kwam ze als een blondine te voorschijn. Een geelachtige blondine. Ray sliep boven op de sprei. Ze knielde op de smerige vloerbedekking neer en veegde de haren bij elkaar. Die deed ze in een plastic vuilniszak, met het lege verfflesje, en bond hem dicht. Er werd op de deur geklopt.

Abby bleef stokstijf staan en luisterde. De gordijnen waren stevig dichtgetrokken. Ze gaf een tik tegen Ray's voeten. Ray sprong van het bed en pakte zijn wapen.

'Wie is daar?' fluisterde ze.

'Sam Fortune,' fluisterde hij terug.

Ray deed de deur open en Mitch kwam naar binnen. Hij greep Abby vast en sloeg even twee armen om Ray heen. De deur werd op slot gedaan, de lichten gingen uit en in het donker zaten ze op het bed. Hij hield Abby heel dicht tegen zich aan. Er was ontzettend veel te zeggen, maar toch zei het drietal niets.

Een kleine, zwakke lichtstraal kwam onder de gordijnen door en bescheen na enige minuten de toilettafel en de televisie. Niemand zei iets. In de Blue Tide waren geen andere geluiden te horen. Het parkeerterrein was vrijwel leeg.

'Ik kan bijna uitleggen waarom ik hier ben,' zei Ray uiteindelijk, 'maar ik ben er niet zeker van waarom jij hier bent.'

'We moeten vergeten waarom we hier zijn en ons concentreren op het wegkomen. Samen. Ongedeerd.'

'Abby heeft me alles verteld,' zei Ray.

'Ik weet niet alles,' zei ze. 'Ik weet niet wie er achter ons aan zit.'

'Ik neem aan dat ze dat allemaal doen,' zei Mitch. 'DeVasher en zijn bende zijn in de buurt. In Pensacola, denk ik zo. Daar is het dichtstbijzijnde vliegveld van enig formaat. Tarrance is ergens aan de kust bezig leiding te geven aan de zoek-actie naar Ray McDeere en zijn medeplichtige Abby McDeere.'

'Wat gaat er nu gebeuren?' vroeg Abby.

'Ze zullen de auto vinden, wanneer dat niet al is gebeurd. Die wijst in de richting van Panama City Beach. Volgens de krant wordt er gezocht van Mobile tot Mia-mi, dus zijn ze nu nog op een groot terrein actief. Maar wanneer ze de auto een-maal hebben gevonden, zullen ze zich op deze omgeving concentreren. Nu zijn er wel duizend goedkope motelletjes langs de Strip. Bijna twintig kilometer lang niets anders dan motels, appartementen en winkels die T-shirts verkopen. Dat zijn heel wat mensen. Heel wat toeristen in shorts en sandalen. Morgen zullen wij eveneens toeristen zijn, met shorts en sandalen en noem maar op. Ik denk dat we twee of drie dagen hebben, zelfs als er honderd man naar ons op zoek zijn.'

'Wat gaat er gebeuren wanneer ze eenmaal tot de conclusie zijn gekomen dat wij hier moeten zijn?' vroeg ze.

'Jij en Ray kunnen de auto ergens hebben laten staan, om met een andere wagen verder te gaan. Ze kunnen er niet zeker van zijn dat we hier zijn, maar ze zullen hier wel naar ons op zoek gaan. Het zijn echter geen Gestapo-mensen. Ze kun-nen geen deuren intrappen en zo.'

'DeVasher kan dat wel,' zei Ray.

'Ja, maar hier zijn wel een miljoen deuren. Ze zullen wegversperringen opzetten en elke winkel en elk restaurant in de gaten houden. Ze zullen met alle receptio-nisten praten en een foto van Ray laten zien. Ze zullen hier enige dagen lang als mieren rondzwermen en als we mazzel hebben, zullen ze ons niet vinden.'

'Mitch, wat voor wagen heb jij bij je?'

'Een kleine, gehuurde vrachtwagen.'

'Ik begrijp niet waarom we daar dan niet meteen in stappen en weggaan. Ik be-doel... Onze auto staat een eindje verderop langs de weg gewoon te wachten tot hij wordt gevonden en we weten dat zij eraan komen. Dus vind ik dat we er als een haas vandoor moeten gaan.'

'Ray, luister nou. Ze kunnen al met die wegversperringen bezig zijn. Vertrouw me. Ik heb je toch de gevangenis uit gekregen? Toe nou!'

Een sirene gierde langs op de Strip. Ze bleven doodstil zitten en wachtten tot ze niets meer hoorden.

'Goed, mensen, we gaan,' zei Mitch. 'Dit etablissement staat me niet aan. Het parkeerterrein is leeg en bevindt zich te dicht bij de grote weg. Ik heb de vracht-wagen een eindje verderop geparkeerd, bij het luxueuze hotel Sea Gull's Rest. Ik heb daar twee mooie kamers. De kakkerlakken zijn er veel kleiner. We gaan een rustig wandelingetje langs het strand maken en dan laden we de vrachtwagen uit. Klinkt jullie dat niet opwindend in de oren?'

37

Vrijdag landden Joey Morolto en zijn stormtroepen in een gecharterde DC-9 even voor zonsopgang op het vliegveld van Pensacola. Lazarov wachtte hen op met twee limousines en acht gehuurde vrachtwagentjes. Hij vertelde Joey wat er de afgelopen vierentwintig uur was gebeurd terwijl het konvooi Pensacola uit reed en in oostelijke richting hoofdweg nummer 98 op draaide. Een uur later arriveerden ze bij een twaalf verdiepingen tellend flatgebouw dat de Sandpiper heette, midden op de Strip in Destin. Een uur van Panama City Beach vandaan. Het penthouse op de bovenste etage was door Lazarov voor slechts vierduizend dollar per week gehuurd. De rest van de twaalfde verdieping en de gehele elfde verdieping waren voor de boeven afgehuurd.

Morolto snauwde bevelen als een geagiteerde sergeant-majoor. In de grote kamer van het penthouse werd een commandopost ingericht, met uitzicht over het rustige, smaragdgroene water. Hij was nergens tevreden mee. Hij wilde ontbijten. Lazarov stuurde een vrachtwagentje naar een supermarkt in de buurt. Morolto wilde McDeere hebben en Lazarov vroeg hem om geduld.

Tegen het aanbreken van de dag hadden de troepen zich geïnstalleerd. Ze wachtten.

Vijf kilometer verderop langs het strand, waar ze de Sandpiper konden zien, zaten F. Denton Voyles en Wayne Tarrance op het balkon van een kamer op de achtste verdieping van het Sandestin Hotel. Ze dronken koffie, keken toe hoe de zon opkwam en bespraken de te volgen strategie. De nacht was niet goed verlopen. De auto was niet gevonden. Van Mitch was nergens een spoor te bekennen. Nu zestig agenten van de FBI en honderden plaatselijke politiemensen de kust aan het afstropen waren, hadden ze toch op zijn minst de auto moeten vinden. Met elk uur dat verstreek, waren de McDeeres verder weg.

In een dossier dat binnen op een lage tafel lag, waren de arrestatiebevelen opgeborgen. Voor Ray McDeere wegens ontsnapping, beroving en verkrachting. Voor Abby omdat zij een medeplichtige was. De beschuldigingen aan het adres van Mitch hadden meer creativiteit vereist. Belemmering van de loop van het recht en natuurlijk de aloude postfraude. Tarrance was er niet zeker van hoe die postfraude in het plaatje paste, maar hij werkte voor de FBI en hij had nog nooit een zaak meegemaakt waarbij postfraude niet voorkwam.

De arrestatiebevelen waren uitgebreid besproken met tientallen journalisten van kranten en televisiestations in het zuidoosten. Tarrance, die erop was getraind een pokerface te bewaren en de pers te minachten, had zich kostelijk geamuseerd.

Publiciteit was nodig. Publiciteit was absoluut noodzakelijk. De autoriteiten moesten de McDeeres eerder vinden dan de mafia.

Rick Acklin rende de kamer door naar het balkon. 'Ze hebben de auto gevonden!'

Tarrance en Voyles sprongen overeind. 'Waar?'

'Panama City Beach. Op het parkeerterrein van een flatgebouw.'

'Al onze mensen bij elkaar halen!' schreeuwde Voyles. 'Ik wil iedereen in Panama City Beach hebben. We zullen die plaats binnenstebuiten keren. Zorg ervoor dat alle beschikbare plaatselijke politiemensen meewerken. Op elke hoofdweg en alle B-wegen moeten wegversperringen worden aangebracht. De wagen moet worden onderzocht op vingerafdrukken. Wat is het voor een stad?'

'Lijkt op Destin. Lange weg langs de kust met hotels, motels, appartementen en zo,' antwoordde Acklin.

'Laat onze mensen alle hotels langsgaan. Is er al een getekend portret van haar beschikbaar?'

'Dat denk ik wel,' zei Acklin.

'Zorg er dan voor dat al onze agenten en de plaatselijke smerissen zo'n exemplaar bij zich hebben. Van Ray, Mitch en haar. Plus de politiefoto van Ray. Ik wil dat onze mensen zwaaiend met die dingen over de Strip gaan lopen.'

'Ja, meneer.'

'Hoe lang rijden is het naar Panama City Beach?'

'Ongeveer een kwartier. Naar het oosten.'

'Haal mijn auto.'

De telefoon wekte Aäron Rimmer in zijn kamer in het Perdido Beach Hilton. Het was een van de mensen van de sheriff van Baldwin County. Ze hebben de auto gevonden, deelde hij mee. Een paar minuten geleden. Zo'n vijftienhonderd meter van het Holiday Inn vandaan. Aan hoofdweg nummer 98. Het speet hem van het meisje en hij hoopte dat het al wat beter met haar ging.

Rimmer bedankte de man en belde Lazarov in de Sandpiper. Tien minuten later vertrokken hij en zijn kamergenoot Tony samen met DeVasher en veertien anderen snel naar het oosten. Panama City Beach was drie uur rijden.

In Destin mobiliseerde Lazarov de stormtroepen. Ze stapten de vrachtwagentjes in en reden weg. De Blitzkrieg was begonnen.

Het duurde slechts een paar minuten voordat het door Mitch gehuurde vrachtwagentje in het brandpunt van de belangstelling kwam te staan. De assistent-manager van het verhuurbedrijf in Nashville was een man die naar de naam Billy Weaver luisterde. Vrijdagmorgen vroeg deed hij het kantoor open, zette koffie en keek de krant door. Onder aan de voorpagina las Billy geïnteresseerd het verhaal over Ray McDeere en de zoekactie langs de kust. Toen werd Abby genoemd. Toen de broer van de ontsnapte man, Mitch McDeere. Die naam deed een bel rinkelen.

Billy trok een lade open en bekeek de kaarten van auto's die op dat moment waren verhuurd. Inderdaad. Laat op de woensdagavond had een man die McDeere heette, een vrachtwagentje gehuurd. M.Y. McDeere luidde de handtekening. Maar op het rijbewijs stond Mitchell Y. Uit Memphis.

Billy, die een vaderlandslievende man was en trouw zijn belastingen betaalde,

305

belde zijn neef bij de Metro-politie. Die neef belde het kantoor van de FBI in Nashville en een kwartier later was het vrachtwagentje ontzettend belangrijk geworden.

Tarrance hoorde het via de radio. Acklin reed. Voyles zat op de achterbank. Een gehuurd vrachtwagentje. Waarvoor zou hij zo'n ding nodig hebben? Hij was uit Memphis vertrokken zonder zijn auto, kleren, schoenen of tandenborstel. Hij had de hond niet eens te eten gegeven. Hij had niets meegenomen. Dus waarom dan dat vrachtwagentje?

De Bendini-documenten, natuurlijk. Hij was uit Nashville vertrokken met die documenten in de wagen, of hij was met die wagen onderweg om ze op te halen. Maar waarom Nashville?

Mitch kwam bij zonsopgang zijn bed uit. Hij wierp een lange, begerige blik op zijn vrouw met het leuke blonde haar en zette elke gedachte aan seks toen uit zijn hoofd. Dat kon wachten. Hij liet haar slapen. Hij liep om de stapels dozen heen naar de badkamer. Daar nam hij een snelle douche en trok een grijs joggingpak aan dat hij in Montgomery had gekocht. Hij liep zo'n zeshonderd meter langs de kust, tot hij een winkel had gevonden. Daar kocht hij blikjes cola, koekjes en chips, zonnebrillen, petten en drie kranten.

Toen hij terugkwam, stond Ray bij het vrachtwagentje op hem te wachten. Ze spreidden de kranten uit op Ray's bed. Het was erger dan ze hadden verwacht. Mobile, Pensacola en Montgomery hadden verhalen op de voorpagina's afgedrukt, naast tekeningen van Mitch en Ray, en de politiefoto van die laatste. Volgens de krant uit Pensacola was het getekende portret van Abby nog niet vrijgegeven.

Zoals dat meestal met dergelijke tekeningen gebeurt, waren sommige details heel goed gelijkend en andere helemaal niet. Maar het was moeilijk er objectief naar te kijken. Mitch staarde naar het portret van hemzelf en probeerde onbevooroordeeld te bepalen hoe goed de gelijkenis was. De verhalen stonden vol wilde uitspraken van een zekere Wayne Tarrance, agent van de FBI. Tarrance zei dat Mitchell McDeere was gezien in de omgeving van Gulf Shores en Pensacola; dat het bekend was dat hij en Ray zwaar bewapend en uitzonderlijk gevaarlijk waren. Dat ze plechtig hadden verklaard zich niet levend gevangen te laten nemen. Dat er een prijs op hun hoofd zou worden gezet. Dat een ieder die een man zag die vaag op een van de gebroeders McDeere leek, werd verzocht onmiddellijk contact op te nemen met de plaatselijke politie.

Ze aten de koekjes en kwamen tot de conclusie dat de portretten niet goed leken. De politiefoto was zelfs komisch. Ze liepen de andere kamer in en maakten Abby wakker. Toen begonnen ze de Bendini-papieren uit te pakken en zetten de videocamera paraat.

Om negen uur belde Mitch Tammy, op haar kosten. Ze had de nieuwe identiteitspapieren en paspoorten. Hij gaf haar opdracht ze per expresse naar Sam Fortune te sturen, balie van het Gull's Rest Motel, West Panama Beach, Florida. Hij zei tegen haar dat ze de paspoorten moest versturen en dan uit Nashville weg moest gaan. Ze moest naar Knoxville rijden en zich daar in een groot motel laten inschrijven. Daarna moest ze hem opbellen in kamer 39 in Sea Gull's Rest. Hij gaf haar het nummer.

Twee agenten van de FBI klopten op de deur van een oude caravan aan San Luis nummer 486. De heer Ainsworth kwam naar de deur, in zijn ondergoed. Ze lieten hun penningen zien.
'Wat willen jullie van me?' gromde hij.
Een agent gaf hem de ochtendkrant. 'Kent u deze twee mannen?'
Hij bekeek de krant. 'Ik denk dat het de jongens van mijn vrouw zijn. Ik heb hen nooit ontmoet.'
'Hoe heet uw vrouw?'
'Ida Ainsworth.'
'Waar is ze?'
Ainsworth bekeek nog altijd de krant. 'Aan het werk. In de Waffle Hut. Zijn ze hier in de buurt?'
'Ja. U hebt hen niet gezien?'
'Nee, maar ik zal mijn geweer pakken.'
'Heeft uw vrouw hen gezien?'
'Voor zover ik weet niet.'
'Dank u, meneer Ainsworth. We hebben opdracht gekregen dit huis in de gaten te houden, maar we zullen u niet lastig vallen.'
'Prima. Die jongens zijn gek. Dat heb ik altijd al gezegd.'
Anderhalve kilometer verderop zetten twee andere agenten hun auto discreet in de buurt van de Waffle Hut neer en wachtten.

Om twaalf uur waren op alle hoofdwegen en B-wegen naar de kust rond Panama City Beach wegversperringen aangebracht. Op de Strip werd al het verkeer om de zes kilometer door agenten staande gehouden. Ze liepen van de ene winkel naar de andere en deelden de tekeningen uit. Ze bevestigden die op aanplakborden in Shoney's, Pizza Hut, Taco Bell en een twaalftal andere cafetaria's. Ze vroegen de caissières en serveersters hun ogen open te houden. De McDeeres waren heel gevaarlijk.
Lazarov en zijn mensen hadden hun intrek genomen in de Best Western, drie kilometer ten westen van Sea Gull's Rest. Hij huurde een grote vergaderzaal en richtte die in als commandopost. Vier van zijn mensen werden erop uitgestuurd en zij kwamen terug met allerlei vakantiekleren, strohoeden en petten. Hij huurde twee Ford Escorts en liet die uitrusten met politiescanners. Ze patrouilleerden over de Strip en luisterden naar het eindeloze gekrakeel. Zodra ze hoorden dat er naar het gehuurde vrachtwagentje werd gezocht, sloten ze zich bij die zoekactie aan. DeVasher zette de vrachtwagentjes op strategische plaatsen langs de Strip neer. Ze stonden heel onschuldig op parkeerterreinen en de inzittenden luisterden gespannen naar de radio.
Rond twee uur kreeg Lazarov een dringend telefoontje van een werknemer op de vijfde verdieping van het Bendini Building. Twee mededelingen. In de eerste plaats had een werknemer die op Grand Cayman aan het rondsnuffelen was ge-

weest, een oude slotenmaker gevonden die zich, na te zijn betaald, herinnerde dat hij op de eerste april rond middernacht elf sleutels had nagemaakt. Elf sleutels, aan twee ringen. Hij zei dat de vrouw, een heel aantrekkelijke Amerikaanse, een brunette met mooie benen, er contant voor had betaald en haast had gehad. Hij zei dat de sleutels makkelijk na te maken waren geweest, behalve die van de Mercedes. In de tweede plaats had een bankier vanuit Grand Cayman opgebeld. Donderdag om tien minuten over half tien 's morgens was er tien miljoen dollar telegrafisch overgemaakt van de Royal Bank of Montreal naar de Southeastern Bank in Nashville.

Tussen vier uur en half vijf draaiden de politiescanners dol. Een werknemer in de Holiday Inn had Abby vrij zeker geïdentificeerd als de vrouw die om zeventien minuten over vier die donderdag contant voor twee kamers had betaald. Het was duidelijk dat geen van beide bedden die nacht beslapen was. Ze had zich niet laten uitschrijven, en de kamers waren betaald tot zaterdag twaalf uur. Hij had geen man bij haar gezien. De Holiday Inn werd urenlang overspoeld door agenten van de politie en de FBI, en boeven van Morolto. Tarrance ondervroeg de man persoonlijk.

Ze waren hier. Ergens in Panama City Beach. Ray en Abby waren er zeker. Men vermoedde dat Mitch bij hen was, maar dat was niet zeker. Tot twee minuten voor vijf die vrijdagmiddag.

Toen viel de bom. Een hulpsheriff reed het parkeerterrein van een goedkoop motel op en zag het grijswitte dak van een vrachtwagentje. Hij liep tussen de twee gebouwen door en glimlachte naar de kleine huurauto. Hij schreef alle nummers op en gaf die door.

Binnen vijf minuten was het motel omsingeld. De eigenaar kwam het kantoor uit gerend en eiste een verklaring. Hij keek naar de portretten en schudde zijn hoofd. Vijf FBI-penningen werden voor zijn gezicht heen en weer gezwaaid en toen was hij opeens wel tot medewerking bereid.

Gevolgd door een twaalftal agenten maakte hij de ene na de andere deur open. Achtenveertig deuren.

Slechts zeven kamers waren bezet. De eigenaar zei onder het openen van deuren dat het in deze tijd van het jaar nooit druk was in de Beachcomber Inn. Alle kleinere motels hadden het moeilijk tot Memorial Day, legde hij uit.

Andy Patrick werd op zijn negentiende jaar voor het eerst veroordeeld tot vier maanden wegens het vervalsen van cheques. Daarna merkte hij dat het onmogelijk was eerlijk werk te vinden en de eerste twintig jaar opereerde hij zonder succes als kleine boef. Hij zwierf door het land, pleegde winkeldiefstallen, schreef valse cheques uit en zette af en toe een kraak. Hij was een kleine, niet gewelddadige man en werd door een dikke, arrogante hulpsheriff in Texas op zijn zevenentwintigste jaar stevig in elkaar geslagen. Daarbij verloor hij een oog en alle respect voor de wet.

Zes maanden eerder was hij in Panama City Beach terechtgekomen en had daar eerlijk werk gevonden als nachtportier van het Sea Gull's Rest Motel. Daar verdiende hij vier dollar per uur mee. Om negen uur die vrijdagavond was hij naar de televisie aan het kijken toen een dikke, arrogante hulpsheriff naar binnen kwam.

'We zijn op zoek naar een paar mensen,' zei de man en legde de getekende portretten en de politiefoto op de balie neer. 'We denken dat ze hier ergens in de buurt moeten zijn.'

Andy bekeek de tekeningen. Die van Mitchell Y. McDeere kwam hem behoorlijk bekend voor. De raderen van zijn kleine boevenhersenen begonnen op volle toeren te draaien.

Met zijn ene goede oog keek hij naar de dikke, arrogante hulpsheriff en zei: 'Ik heb hen niet gezien, maar ik zal naar hen uitkijken.'

'Ze zijn gevaarlijk,' zei de hulpsheriff.

Jij bent degene die gevaarlijk is, dacht Andy.

'Deze aan de muur bevestigen,' zei de hulpsheriff.

Ben jij de eigenaar van dit ellendige etablissement? dacht Andy. 'Het spijt me, maar ik mag zonder toestemming van hogerhand niets aan de muur bevestigen.'

De hulpsheriff verstijfde, hield zijn hoofd scheef en keek Andy door zijn dikke zonnebril nijdig aan. 'Ik heb je er net toestemming voor gegeven.'

'Het spijt me, meneer, maar ik mag niets aan de muur bevestigen zonder dat mijn baas daar toestemming voor heeft gegeven.'

'Waar is je baas?'

'Dat weet ik niet. Waarschijnlijk ergens in een bar.'

De hulpsheriff pakte de tekeningen weer op, liep om de balie heen en prikte ze op het bord. Toen hij daarmee klaar was, keek hij Andy weer nijdig aan en zei: 'Over een paar uur kom ik terug. Als je ze hebt weggehaald, zal ik je arresteren wegens obstructie.'

Andy wist van geen wijken. 'Kan niet. In Kansas ben ik daar een keer voor gearresteerd, dus weet ik er alles van.'

De dikke wangen van de hulpsheriff werden rood en hij klemde zijn kaken op elkaar. 'Je vindt jezelf een behoorlijk slim baasje, geloof ik.'

'Inderdaad, meneer.'

'Als je die tekeningen weghaalt, beloof ik je dat ik een reden zal vinden om je gevangen te nemen.'

'Ik heb al eens eerder in de gevangenis gezeten en dat doet me niet zo veel.'

Iets verderop langs de Strip flitsten rode lampen aan en uit en loeiden sirenes. De hulpsheriff draaide zich om, mompelde iets en liep naar buiten. Andy smeet de tekeningen in de prullenmand. Hij keek een paar minuten naar de elkaar ontwijkende politiewagens op de Strip en liep toen over het parkeerterrein naar het achterste gebouw. Hij klopte op de deur van kamer nummer 38.

Hij wachtte en klopte nogmaals.

'Wie is daar?' vroeg een vrouwenstem.

'De manager,' zei Andy, trots op die titel. De deur ging open en de man die op de tekening van Mitchell Y. McDeere leek, kwam naar buiten.

'Wat is er aan de hand?' vroeg hij.

Andy zag dat hij zenuwachtig was. 'De smerissen zijn hier net geweest, als u begrijpt wat ik bedoel.'

'Wat wilden ze?' vroeg hij onschuldig.

Jouw nek, dacht Andy. 'Ze stelden vragen en lieten tekeningen zien. Ik heb die bekeken, weet u.'

'Hmmm,' zei hij.

'Behoorlijk goeie portretten,' zei Andy.

McDeere keek Andy heel onderzoekend aan.

Andy zei: 'Die smeris zei dat een van hen uit de gevangenis was ontsnapt. Ik heb in de gevangenis gezeten en ik vind dat iedereen moet proberen te ontsnappen. Begrijpt u wat ik bedoel?'

McDeere glimlachte een nogal zenuwachtige glimlach. 'Hoe heet je?' vroeg hij. 'Andy.'

'Andy, dan wil ik iets met je regelen. Ik zal je nu duizend dollar geven en morgen nog eens duizend dollar, wanneer jij volhoudt niemand te herkennen. Hetzelfde geldt voor de dag daarna.'

Schitterend, dacht Andy, maar als hij duizend dollar per dag kan missen, kan hij er ook wel vijfduizend per dag missen. Dit was de kans van zijn leven!

'Nee,' zei Andy ferm. 'Ik wil er vijfduizend per dag voor hebben.'

McDeere aarzelde geen seconde. 'Afgesproken. Ik zal het geld gaan halen.' Hij liep de kamer in en keerde terug met een stapeltje bankbiljetten.

'Vijfduizend per dag, Andy. Afgesproken?'

Andy pakte het geld aan en keek om zich heen. Tellen zou hij later wel doen. 'Ik neem aan dat ik de kamermeisjes uit de buurt moet houden?'

'Goed idee. Dat zou prettig zijn.'

'Nog eens vijfduizend,' zei Andy.

McDeere aarzelde even. 'Goed, ook afgesproken. Morgenochtend zal er bij de balie een pakje worden afgeleverd dat per expresse is verzonden naar Sam Fortune. Als je mij dat komt brengen en de kamermeisjes op een afstand houdt, krijg je daar nog eens vijfduizend voor.'

'Kan niet. Ik werk 's nachts.'

'Goed, Andy. Stel nu eens dat je het hele weekend doorwerkt, vierentwintig uur pet etmaal, de kamermeisjes uit de buurt houdt en mij dat pakje komt brengen. Zou je dat lukken?'

'Zeker. Mijn baas is een zuipschuit. Hij zou het prachtig vinden als ik bereid was het hele weekend te werken.'

'Hoeveel wil je ervoor hebben?'

Het ijzer smeden nu het heet is, dacht Andy. 'Nog eens twintigduizend.'

McDeere glimlachte. 'Afgesproken!'

Andy grinnikte en stopte het geld in zijn zak. Toen liep hij weg zonder iets te zeggen, en Mitch liep kamer 38 weer in.

'Wie was dat?' vroeg Ray kortaf.

Mitch glimlachte terwijl hij voorzichtig naar buiten keek.

'Ik wist dat we een mazzeltje moesten hebben om hierdoorheen te komen en ik denk dat dat ons net ten deel is gevallen.'

38

De heer Morolto droeg een zwart kostuum met een rode das en zat in de Dunes Room van de Best Western aan de Strip aan het hoofd van een geplastificeerde vergadertafel. Op de twintig andere stoelen zaten zijn beste en meest intelligente mensen. Langs de muren stonden nog meer vertrouwelingen. Hoewel zij moordenaars waren die hun vak efficiënt en zonder berouw konden uitoefenen, zagen ze er in hun kleurrijke shirtjes, wilde shorts en strohoeden uit als een stelletje clowns. Hij had erom kunnen glimlachen wanneer de toestand niet zo penibel was geweest. Nu luisterde hij aandachtig.

Direct rechts van hem zat Lazarov. DeVasher had links van hem plaats genomen. Iedereen in de kleine kamer luisterde terwijl dat tweetal over de tafel heen tikkertje aan het spelen was.

'Ze zijn hier. Ik weet zeker dat ze hier zijn,' zei DeVasher dramatisch en legde op elke lettergreep nadruk door met zijn beide handpalmen op de tafel te slaan. De man had gevoel voor ritme.

Lazarov: 'Ik ben het met je eens. Ze zijn hier. Twee zijn met een auto gekomen, een is met een vrachtwagentje gearriveerd. We hebben beide voertuigen verlaten aangetroffen, vol vingerafdrukken. Ja, ze zijn hier.'

DeVasher: 'Maar waarom Panama City Beach? Daar begrijp ik niets van.'

Lazarov: 'In de eerste plaats is hij hier al eens eerder geweest. Rond Kerstmis, weet je nog wel? Hij kent de omgeving en zal wel hebben gedacht dat hij zich er prima een tijdje schuil kan houden, gezien al die goedkope motels. In feite helemaal geen gek idee. Maar hij heeft pech gehad. Voor een man die op de vlucht is, heeft hij te veel bagage bij zich, zoals bijvoorbeeld een broer naar wie iedereen op zoek is, een echtgenote en een vracht aan documenten, nemen we aan. Typische schooljongensmentaliteit. Als ik op de vlucht moet, neem ik iedereen mee die van me houdt. Dan verkracht zijn broer een vrouw, denken ze, en opeens is het hele politieapparaat in Alabama en Florida naar hen op zoek. Echt pech.'

'Hoe zit het met zijn moeder?' vroeg Morolto.

Lazarov en DeVasher knikten de grote man toe, als blijk van waardering voor die zeer intelligente vraag.

Lazarov: 'Dat is puur toeval. Ze is een heel simpele ziel, die wafels serveert en niets weet. We hebben haar in de gaten gehouden vanaf het moment dat we hier zijn.'

DeVasher: 'Dat kan ik bevestigen. Er is geen contact geweest.'

Morolto knikte intelligent en stak een sigaret op.

Lazarov: 'Dus als ze hier zijn, en we weten dat ze dat zijn, weten de FBI en de plaatselijke politie dat ook. Wij hebben hier zestig mensen. Zij honderden. Dus zijn zij in het voordeel.'

'Weet je zeker dat die drie bij elkaar zijn?' vroeg Morolto.

DeVasher: 'Volkomen. We weten dat de vrouw en die veroordeelde zich in Perdido dezelfde avond hebben laten inschrijven, dat ze zijn vertrokken en zich drie uur later hier hebben ingeschreven in het Holiday Inn. We weten dat ze contant voor twee kamers hebben betaald, dat zij de auto heeft gehuurd en dat zijn vingerafdrukken erin zijn aangetroffen. Dat staat vast. We weten dat Mitch woensdag in Nashville een vrachtwagentje heeft gehuurd en dat hij donderdagmorgen tien miljoen dollar van ons heeft overgeboekt naar een bank in Nashville. Daarna is hij ervandoor gegaan. Vier uur geleden is dat vrachtwagentje hier gevonden. Ja, meneer, ze zijn beslist bij elkaar.'

Lazarov: 'Als hij meteen nadat het geld was overgeboekt uit Nashville is vertrokken, is hij hier rond het invallen van de duisternis gearriveerd. Het vrachtwagentje was leeg, dus moeten ze alles ergens in de buurt hebben uitgeladen. Waarschijnlijk gisteravond laat. Nu is het vast zo dat ze ook behoefte hebben aan wat slaap. Ik denk dat ze vannacht ergens zijn blijven slapen, met het plan vandaag verder te gaan. Maar toen ze vanmorgen wakker werden, zagen ze hun smoelen in de kranten, renden smerissen duchtig in het rond en waren overal wegversperringen aangebracht. Dus zitten ze in de val.'

DeVasher: 'Om weg te komen moeten ze een auto lenen, huren of stelen. Hier in de buurt hebben ze nog geen wagen gehuurd. Zij had dat wel gedaan in Mobile, onder haar eigen naam. Mitch heeft dat wagentje in Nashville ook onder zijn eigen naam gehuurd. Dat doet vermoeden dat ze toch niet al te slim zijn.'

Lazarov: 'Het is duidelijk dat ze geen valse identiteitspapieren hebben. Als ze hier in de buurt een auto hadden gehuurd om weg te komen, zou dat inmiddels bekend zijn, maar iets dergelijks is niet gemeld.'

Morolto maakte een gefrustreerd gebaar met zijn hand. 'Goed. Ze zijn dus hier. Jullie zijn echt genieën. Ik ben zo trots op jullie. Wat gaan we nu verder doen?'

DeVasher: 'De FBI loopt ons voor de voeten. Zij hebben het onderzoek in handen en wij kunnen alleen afwachten.'

Lazarov: 'Ik heb Memphis gebeld. Alle oudere assistenten zijn onderweg hierheen. Zij kennen McDeere en zijn vrouw heel goed. Dus zullen we hen op wacht zetten op het strand, in restaurants en hotels. Misschien zien zij iets.'

DeVasher: 'Ik denk dat ze hun intrek hebben genomen in een van de kleinere motels. Dan kunnen ze een valse naam opgeven en contant betalen, waardoor niemand achterdochtig zal worden. In zo'n etablissement kunnen niet zo veel mensen worden ondergebracht, dus is de kans dat ze worden gesignaleerd kleiner. Ze hebben zich laten inschrijven in de Holiday Inn, maar daar zijn ze niet lang gebleven. Ik denk dat ze iets verderop aan de Strip zijn neergestreken.'

Lazarov: 'Eerst moeten we de FBI en de plaatselijke smerissen kwijtraken. Ze weten het nog niet, maar ze zullen heel binnenkort verkassen. Vroeg in de morgen gaan we alle kleinere motels langs. De meeste hebben minder dan vijftig kamers. Twee van onze mensen moeten binnen een half uur een zo'n motel kunnen doorzoeken. Ik weet dat het een tijdrovende aangelegenheid is, maar we kunnen niet gewoon blijven afwachten wat er verder gebeurt. Misschien zullen de McDeeres een vergissing maken wanneer ze merken dat de politie weer is vertrokken.'

'Bedoel je echt dat onze mensen alle motelkamers moeten gaan doorzoeken?' vroeg Morolto.

'Alle zal ons nooit lukken, maar we moeten het wel proberen,' zei DeVasher. Morolto ging staan en keek in de kamer om zich heen. 'Hoe zit het met het water?' vroeg hij toen aan Lazarov en DeVasher.

Ze staarden elkaar aan, alsof die vraag hen in verwarring bracht.

'Het water!' schreeuwde Morolto. 'Hoe zit het met het water?'

Iedereen keek elkaar wanhopig aan. Toen bleven alle blikken op Lazarov rusten. 'Het spijt me, meneer, maar ik begrijp u niet.'

Morolto boog zich dicht naar Lazarov toe. 'Lou, hoe zit het met het water? We bevinden ons dicht bij het strand. Aan de ene kant hebben we land, hoofdwegen, treinen en vliegvelden, en aan de andere kant water en boten. Wanneer de wegen zijn geblokkeerd en er geen gebruik kan worden gemaakt van treinen of vliegtuigen, waar zouden ze dan volgens jou naartoe gaan? Het lijkt me duidelijk dat ze zullen proberen een boot te vinden om er in het donker vandoor te gaan. Zinnig, nietwaar, jongens?'

Elk hoofd knikte snel. DeVasher nam als eerste het woord. 'Heel zinnig in mijn ogen.'

'Geweldig,' zei Morolto. 'Waar zijn onze boten?'

Lazarov sprong op, draaide zich om naar de muur en begon bevelen te blaffen tegen zijn luitenanten. 'Ga naar de havens en huur elke vissersboot die je te pakken kunt krijgen. Voor vanavond en morgen de hele dag. Betaal wat ze ervoor willen hebben. Zet onze mensen op die boten en ga zo snel mogelijk patrouilleren. Blijf een mijl buitengaats.'

Kort voor elf uur die vrijdagavond stond Aäron Rimmer bij de kassa van een tankstation van Texaco en betaalde voor een biertje en benzine. Hij had het wisselgeld nodig om op te bellen. Buiten, bij de autowasserij, pakte hij in een telefooncel de Gele Gids en zocht het nummer van de politie van Tallahassee op. Het was dringend, zei hij, en de telefonist verbond hem direct door met de dienstdoende brigadier.

'Hoor eens, ik sta hier bij dat Texaco-station en ik heb die veroordeelden naar wie iedereen op zoek is vijf minuten geleden gezien. Ik ben er zeker van dat zij het waren!' schreeuwde hij.

'Welke veroordeelden?' vroeg de brigadier.

'De McDeeres. Twee mannen en een vrouw. Ik ben nog geen twee uur geleden uit Panama City Beach vertrokken en ik heb hun gezichten in de krant gezien. Toen ben ik hier gestopt om te tanken en zag ik hen.'

Rimmer zei waar hij zich bevond en wachtte dertig seconden, tot hij de eerste politiewagen zag arriveren. Die werd al snel gevolgd door een tweede, een derde en een vierde. Rimmer werd op een voorbank neergezet en meegenomen naar het bureau, naar het kantoor van de brigadier, alsof hij een ware beroemdheid was. Op het bureau lagen de drie getekende portretten en de politiefoto.

313

'Dat zijn ze!' schreeuwde hij. 'Ik heb hen nog geen tien minuten geleden gezien. Ze reden in een groene pickup, een Ford, met nummerborden uit Tennessee. Aan die wagen was een lange aanhangwagen gekoppeld.'

'Waar was u precies?' vroeg de brigadier, terwijl de agenten aan zijn lippen hingen.

'Ik was aan het tanken, bij pomp nummer vier, loodvrij, en toen kwamen zij het parkeerterrein op, heel voorzichtig, alsof ze achterdocht koesterden. Ze zetten de wagen voorbij de pompen neer. Toen stapte die vrouw uit en ging naar binnen.' Hij pakte de tekening van Abby en bestudeerde die. 'Ja, dat is ze. Geen twijfel mogelijk. Haar haar is nu een stuk korter, geloof ik, maar het was donker. Ze kwam direct weer naar buiten. Ze had niets gekocht. Ze leek zenuwachtig en scheen haast te hebben om terug te komen bij de auto. Ik was klaar met tanken, dus liep ik naar binnen. Toen ik de deur opendeed, reden ze vlak langs me heen. Ik heb ze alle drie gezien.'

'Wie zat achter het stuur?' vroeg de brigadier. Rimmer staarde naar de politiefoto van Ray. 'Hij niet. Die andere.' Hij wees op de tekening van Mitch.

'Mag ik uw rijbewijs zien?' vroeg de brigadier.

Rimmer had drie setjes identiteitsbewijzen bij zich. Hij gaf de man een rijbewijs dat was afgegeven in Illinois, met zijn foto erop, uitgeschreven voor een zekere Frank Temple.

'Welke kant gingen ze op?' vroeg de brigadier.

'Naar het oosten.'

Op dat zelfde moment, ongeveer zes kilometer verderop, legde Tony Verkler in een telefooncel de hoorn op de haak, glimlachte en keerde terug naar de Burger King.

De brigadier was aan het telefoneren, een van zijn assistenten nam de informatie over van het rijbewijs van Rimmer/Temple en een twaalftal agenten was opgewonden aan het praten toen een collega naar binnen rende. 'We zijn net opgebeld. Ze zijn gezien bij een Burger King, ten oosten van de stad. Zelfde informatie. Groene pickup, een Ford, met een aanhangwagen. De man wilde zijn naam niet noemen, maar zei dat hij de afbeeldingen van het drietal in de krant had gezien. Hij zei dat ze drie porties eten hebben genomen en toen weer snel verder zijn gereden.'

'Dat moeten ze zijn,' zei de brigadier met een brede glimlach.

De sheriff van Bay County dronk zwarte koffie uit een plastic bekertje en liet zijn zwarte laarzen op de vergadertafel rusten in de Carribean Room in het Holiday Inn. Agenten van de FBI liepen in en uit, pakten koffie, fluisterden, gaven elkaar de laatste berichten door. Zijn held, de grote man, Denton Voyles in hoogst eigen persoon, zat aan de andere kant van de tafel en bestudeerde met drie ondergeschikten een plattegrond. Stel je voor! Denton Voyles in Bay County! Het was een drukte van belang in de vergaderruimte. Mensen van de staatspolitie van Florida liepen af en aan. Radio's en telefoons piepten en rinkelden. Hulpsheriffs en politiemensen uit drie verschillende county's drentelden rond, opgewonden door de jacht, de spanning en de aanwezigheid van al die agenten van de FBI. En die van Voyles.

Een hulpsheriff racete uiterst opgewonden de kamer in. 'Net een telefoontje gehad uit Tallahassee! Gedurende het afgelopen kwartier zijn ze twee keer met zekerheid gesignaleerd! Alle drie. In een groene pickup, met nummerplaten uit Tennessee.'

Voyles liet de kaart vallen en liep naar de hulpsheriff toe. 'Waar?' Het was nu stil in de kamer. De enige herrie kwam van de radio's.

'Eerst bij een tankstation van Texaco. Toen zes kilometer verderop, bij een Burger King. Beide getuigen waren heel zeker van hun zaak.'

Voyles wendde zich tot de sheriff. 'Tallahassee opbellen en ontvangst van de boodschap bevestigen. Hoe ver is het rijden?'

De zwarte laarzen werden met een klap op de grond gezet. 'Anderhalf uur. Hoofdweg 10.'

Voyles gaf Tarrance een teken en ze liepen een kleine ruimte in, die als bar werd gebruikt.

'Als ze daar echt zijn gesignaleerd,' zei Voyles rustig tegen Tarrance, 'zijn we hier onze tijd aan het verspillen.'

'Inderdaad. Het klinkt vertrouwenwekkend. Eén enkele melding kan je nog achterdochtig maken, maar twee mensen die zo kort na elkaar opbellen... Het moet welhaast waar zijn.'

'Hoe zijn ze hier in vredesnaam weggekomen?'

'Daar moet die vrouw de hand in hebben gehad. Ze helpt hem al een maand. Ik weet niet wie zij is of waar hij haar heeft gevonden, maar zij moet ons in de gaten houden en hem alle informatie doorspelen die hij nodig heeft.'

'Denk je dat zij bij hen is?'

'Dat betwijfel ik. Ze zal wel vlak achter hen aan rijden en doen wat hij zegt.'

'Wayne, die man is briljant. Hij moet dit al maanden zo hebben gepland.'

'Dat is duidelijk.'

'Je hebt het een keer over de Bahama's gehad.'

'Ja. Het geld dat wij hem hebben betaald, is overgeheveld naar een bank in Freeport. Later heeft hij me verteld dat het daar niet lang is blijven staan.'

'Denk je dat hij daarheen onderweg is?'

'Wie zal het zeggen? Het is duidelijk dat hij het land uit moet. Ik heb vandaag met de gevangenisdirecteur gesproken en die zei dat Ray McDeere vijf of zes talen vloeiend spreekt. Ze kunnen vrijwel overal naartoe onderweg zijn.'

'Ik denk dat we hier weg moeten,' zei Voyles.

'Laten we rond Tallahassee voor nieuwe wegversperringen zorgen. Ze zullen het niet lang kunnen volhouden wanneer we een goede beschrijving van dat voertuig hebben. Morgen moeten we hen te pakken hebben.'

'Ik wil dat alle agenten in Midden-Florida over een uur op de weg zitten. Overal wegversperringen. Elke pickup van Ford wordt direct aangehouden. Duidelijk? Onze mensen zullen hier tot het aanbreken van de dag blijven en dan gaan we weg.'

'Ja, meneer,' zei Tarrance met een vermoeid grijnsje.

Overal langs de Smaragdkust was het snel bekend dat de gezochten in Tallahassee waren gesignaleerd. Panama City Beach ontspande zich. De McDeeres waren weg. Om alleen aan hen bekende redenen waren ze opeens landinwaarts gevlucht. Ze waren tweemaal gezien en nu waren ze wanhopig doorgegaan, onderweg naar een onvermijdelijke confrontatie langs een of andere donkere hoofdweg.

De agenten langs de kust gingen naar huis. In Bay County en Gulf County werden die nacht nog een paar wegversperringen in stand gehouden, maar op de vroege zaterdagochtend was alles weer vrijwel normaal. Beide uiteinden van de Strip bleven geblokkeerd. Agenten controleerden rijbewijzen, maar niet al te grondig. De wegen ten noorden van de stad waren vrij toegankelijk. De zoekactie was verder naar het oosten verplaatst.

Aan de rand van Ocala, Florida, in de buurt van Silver Springs op hoofdweg nummer 40, liep Tony Verkler op zijn gemakje naar een openbare telefoon. Hij belde de politie van Ocala, met de dringende mededeling dat hij de drie mensen die gezocht werden in de omgeving van Panama City Beach, net had gezien. De McDeeres! Hij zei dat hij hun foto de dag daarvoor in de krant had gezien, toen hij door Pensacola reed, en dat hij hen nu net in het echt had gesignaleerd. De telefonist deelde hem mee dat alle beschikbare agenten druk bezig waren met een ernstig ongeluk dat zich net had voorgedaan en vroeg of hij het erg zou vinden naar het politiebureau te komen, zodat ze een rapport konden opmaken. Tony zei dat hij haast had, maar toch zou komen, omdat dit nogal belangrijk leek.

Toen hij er arriveerde, wachtte de politiechef hem op. De man was gekleed in een T-shirt en een spijkerbroek. Zijn ogen waren rood en opgezwollen en zijn haren zaten in de war. Hij nam Tony mee naar zijn kantoor en bedankte hem voor het feit dat hij was gekomen. Hij maakte aantekeningen terwijl Tony vertelde hoe hij aan het tanken was geweest en toen een groene pickup met een aanhangwagen had zien aankomen. Er was een vrouw uitgestapt, die was gaan opbellen. Tony vertelde dat hij zelf onderweg was van Mobile naar Miami en had gezien hoe de politie in de buurt van Panama City in actie was gekomen. Hij had de kranten gezien en naar de radio geluisterd en wist alles van de drie McDeeres. In elk geval was hij naar binnen gelopen om voor de benzine te betalen en meende toen die vrouw ergens van te herkennen. Op dat moment had hij zich de kranten herinnerd. Hij was naar een krantenrek gelopen, dat bij het raam stond, en had de mannen eens goed bekeken. Hij was zeker van zijn zaak. Zij had opgehangen en was in de pickup tussen de twee mannen in gaan zitten. Daarna waren ze weggereden. Groene Ford, met nummerborden uit Tennessee.

De politiechef bedankte hem en belde de sheriff van Marion County. Tony nam afscheid en liep terug naar zijn auto, waarin Aäron Rimmer op de achterbank lag te slapen.

Ze reden naar het noorden, naar Panama City Beach.

39

Zaterdagmorgen om zeven uur keek Andy Patrick op de Strip naar het oosten en het westen en liep toen snel over het parkeerterrein naar kamer nummer 39. Zacht klopte hij aan.

'Wie is daar?' vroeg hij na een korte stilte.

'De manager,' antwoordde hij. De deur ging open en de man die op de tekening van Mitchell Y. McDeere leek, kwam naar buiten. Zijn haar was nu heel kort en goudkleurig. Andy staarde ernaar.

'Een goeie morgen, Andy,' zei hij beleefd, terwijl hij het parkeerterrein in ogenschouw nam.

'Goeiemorgen. Ik vroeg me af of jullie hier nog waren.'

McDeere knikte en bleef het parkeerterrein in de gaten houden.

'Ik bedoel... Volgens de nieuwsberichten op de televisie zijn jullie vannacht half Florida door gereden.'

'Ja, dat hebben we ook gehoord. Ze zijn een spelletje aan het spelen, Andy.'

Andy trapte een steentje weg. 'Volgens de televisie zijn jullie drie keer met zekerheid geïdentificeerd. Op drie verschillende plaatsen. Nogal vreemd, vond ik. Ik ben hier aldoor geweest en ik heb jullie niet zien vertrekken. Voor zonsopgang ben ik even stiekem naar een coffeeshop aan de overkant gegaan en zoals gewoonlijk waren daar ook smerissen. Volgens hen wordt er hier in de omgeving niet meer gezocht. Ze zeiden dat de FBI was vertrokken zodra de gezochten voor het laatst waren gesignaleerd, rond een uur of vier vanmorgen. De meeste andere agenten zijn ook weg. Ze houden de Strip tot twaalf uur vanmiddag geblokkeerd en dan komt ook daar een einde aan. Volgens de geruchten hebt u hulp van buitenaf en probeert u weg te komen naar de Bahama's.'

McDeere luisterde aandachtig, terwijl hij het parkeerterrein in de gaten bleef houden. 'Wat hebben ze verder nog gezegd?'

'Ze hadden het telkens weer over een gehuurd vrachtwagentje vol gestolen waar. Dat ze het hebben gevonden en dat het leeg bleek te zijn. Dat ze niet kunnen begrijpen hoe u de gestolen waar naar een aanhangwagen hebt kunnen overbrengen, om vervolgens recht onder hun neus de stad te verlaten. Ze zijn er diep van onder de indruk. Natuurlijk heb ik niets gezegd, maar ik denk dat ze over het karretje spraken dat u donderdagavond bij u had.'

McDeere was diep in gedachten verzonken en zei niets. Hij leek niet zenuwachtig. Andy bekeek zijn gezicht heel aandachtig.

'U lijkt er niet al te blij mee te zijn,' zei Andy. 'De smerissen vertrekken en er wordt niet meer naar u gezocht. Dat is toch zeker gunstig?'

'Andy, kan ik je iets vertellen?'

'Natuurlijk.'

'Het is nu nog gevaarlijker geworden dan eerst.'

317

Daar dacht Andy even diep over na en zei toen: 'Hoe kan dat nou?'

'De smerissen wilden me alleen arresteren, Andy, maar er zijn andere mensen die me willen vermoorden. Beroepsmoordenaars. Ze zijn met velen en zij zijn hier nog steeds.'

Andy's goede oog vernauwde zich tot een spleetje en hij staarde McDeere aan. 'Beroepsmoordenaars? Hier op de Strip?' Hij deed een stap naar achteren. Hij wilde vragen wie het precies waren en waarom ze achter McDeere aan zaten, maar hij wist dat hij toch geen bevredigend antwoord zou krijgen. Hij zag een kans voor zichzelf. 'Waarom ontsnappen jullie niet?'

'Ontsnappen? Hoe zouden we kunnen ontsnappen?'

Andy trapte nog een steentje weg en knikte in de richting van de Pontiac Bonneville uit 1971, die achter het kantoor stond. 'U kunt mijn auto gebruiken. Jullie drieën zouden je in de kofferbak kunnen verbergen en dan kan ik jullie de stad uit rijden. U lijkt genoeg geld te hebben. Dan kunnen jullie op een vliegtuig stappen en er als een haas vandoor gaan.'

'Hoeveel zou me dat kosten?'

Andy keek naar zijn voeten en krabde aan zijn oor. Die man zou wel een drugshandelaar zijn, meende hij, en de dozen zaten waarschijnlijk vol cocaïne en contant geld. De Colombianen zouden wel achter hem aan zitten. 'Het zou u behoorlijk wat kosten. Nu krijg ik vijfduizend dollar per dag en ben een gewone manager die niet al te veel ziet. Ik ben nergens echt bij betrokken, als u begrijpt wat ik bedoel. Maar als ik jullie de stad uit rijd, word ik een medeplichtige, kan ik worden aangeklaagd en tot gevangenisstraf veroordeeld. Dat heb ik al eens eerder meegemaakt, weet u, dus zal het u behoorlijk wat geld kosten.'

'Hoeveel, Andy?'

'Honderdduizend dollar.'

McDeere schrok niet. Hij reageerde op geen enkele manier. Hij bewaarde zijn pokerface en keek over het strand naar de oceaan. Andy wist meteen dat er een kans bestond dat hij het gevraagde bedrag zou krijgen.

'Andy, ik moet erover nadenken. Houd voorlopig je ogen goed open. Nu de smerissen weg zijn, zullen de moordenaars tot actie overgaan. Dit zou nog wel eens een heel gevaarlijke dag kunnen worden, Andy, en ik heb je hulp nodig. Als je hier in de buurt iemand ziet die je achterdocht wekt, moet je ons dat meteen laten weten. Wij komen deze kamers niet uit. In orde?'

Andy liep terug naar de balie. Iedereen zou als een haas die kofferbak in duiken en weggaan. Het kwam door de dozen, de gestolen waar. Daarom konden ze niet vertrekken.

De McDeeres ontbeten met oude koekjes en warme alcoholvrije dranken. Ray had onzettend veel trek in een koud biertje, maar het was te riskant om nog een keer naar die winkel te gaan. Ze aten snel en keken naar de vroege nieuwsberichten. Eens in de zoveel tijd zagen ze de getekende portretten die van hen waren gemaakt. In eerste instantie schrokken ze ervan, maar ze raakten eraan gewend.

Die zaterdag zette Mitch een paar minuten na negen uur 's morgens de televisie uit en ging op de grond zitten, tussen de dozen. Hij pakte een stapel documenten en knikte naar Abby, die de camera bediende. Ze gingen verder met het werk dat moest worden gedaan.

Lazarov wachtte tot de kamermeisjes in actie waren gekomen en stuurde zijn mensen toen naar de Strip. Ze werkten in groepen van twee, klopten op deuren, gluurden door ramen en slopen door donkere gangen. De meeste kleine motels hadden twee of drie kamermeisjes, die elke kamer en alle gasten kenden. De procedure was eenvoudig en werkte het merendeel van de tijd. Een boef zocht een kamermeisje op, gaf haar een biljet van honderd dollar en liet haar de getekende portretten zien. Als ze niet meewerkte, kreeg ze meer geld, totdat ze toeschietelijker werd. Als ze de mensen niet herkende, werd gevraagd of ze een gehuurd vrachtwagentje had gezien, of een kamer vol dozen, of iets anders ongebruikelijks. Als het kamermeisje niets te melden had, vroegen ze welke kamers bezet waren en klopten dan op de deuren.

Beginnen met de kamermeisjes, had Lazarov bevolen. Binnenkomen vanaf het strand. Uit de buurt van de hoofdingang en de balie blijven. Doe net alsof jullie smerissen zijn. Als je problemen krijgt, meteen schieten en dan de telefoon pakken.

DeVasher liet vier van de gehuurde wagens post vatten langs de Strip, in de buurt van de hoofdweg. Lamar Quin, Kendall Mahan, Wally Hudson en Jack Aldrich zaten achter het stuur en hielden elk voertuig in de gaten dat passeerde. Ze waren midden in de nacht gearriveerd met een privé-vliegtuig, in het gezelschap van tien andere oudere assistenten van Bendini, Lambert & Locke. In de souvenirwinkels en cafeetjes mengden de vroegere vrienden van Mitch McDeere zich onder de toeristen en hoopten stiekem dat ze hem niet zouden zien. De vennoten waren teruggeroepen van de vliegvelden overal in het land en rond een uur of half elf liepen zij over het strand, inspecteerden zwembaden en lobby's van de diverse hotels. Nathan Locke bleef bij Morolto, maar de rest van de vennoten vermomde zich met golfpetjes en zonnebrillen en volgde bevelen op van generaal DeVasher. Alleen Avery Tolleson ontbrak. Sinds hij het ziekenhuis uit was gelopen, had niemand nog iets van hem vernomen. Inclusief de drieëndertig juristen had Morolto een legertje van bijna honderd man, dat voor hem persoonlijk op jacht was.

In het Blue Tide Motel nam een conciërge een biljet van honderd dollar aan, keek naar de foto's en zei dat hij meende dat de vrouw en een van de mannen vroeg op de donderdagavond twee kamers hadden genomen. Hij staarde naar het portret van Abby en raakte ervan overtuigd dat zij het was. Hij nam nog wat geld aan en ging naar het kantoor om de registratiekaarten na te kijken. Hij kwam terug met de mededeling dat de vrouw zich had laten inschrijven onder de naam Jackie Nagel en contant voor twee kamers had betaald voor donderdag, vrijdag en zaterdag. Hij nam nog wat geld aan en toen konden de boeven achter hem aan lopen naar de kamers. Hij klopte op beide deuren. Geen reactie. Hij maakte de deuren open en liet de kamers door zijn nieuwe vrienden inspecteren. Ze waren vrijdagavond niet gebruikt. Een van de boeven belde Lazarov en vijf minuten later was DeVasher in de kamer op zoek naar mogelijke aanwijzingen. Hij vond die niet, maar ze gingen meteen verder zoeken binnen een straal van zes kilometer.

Met de vrachtwagens werden de troepen aangevoerd. De vennoten en de oudere assistenten namen het strand en de restaurants voor hun rekening. De boeven klopten op deuren.

Andy ondertekende om vijf over half elf een ontvangstbewijs voor het per expresse verzonden pakje voor Sam Fortune, en bekeek dat uitgebreid. Het kwam van een zekere Doris Greenwood, wier adres Poplar Avenue nummer 4040 in Memphis, Tennessee scheen te zijn. Geen telefoonnummer. Hij wist zeker dat het iets waardevols was en even dacht hij erover om nog eens snel wat geld binnen te halen. Maar voor de aflevering ervan was hij al betaald. Hij keek de Strip af, naar links en naar rechts, en liep met het pakje het kantoor uit. Omdat Andy zich jarenlang schuil had moeten houden, had hij zich onbewust aangeleerd snel en in de schaduw te lopen, dicht langs muren, zo min mogelijk over een open terrein. Toen hij de hoek om liep en op het punt stond het parkeerterrein over te steken, zag hij twee mannen op de deur van kamer 21 kloppen. Die leek leeg te zijn en hij koesterde direct achterdocht jegens het tweetal. Ze droegen dezelfde slecht passende witte shorts die bijna tot hun knieën reikten, hoewel het moeilijk te bepalen was waar de shorts ophielden en de sneeuwwitte benen begonnen. De een had donkere sokken aan, en oude instapschoenen. De ander had goedkope sandalen aan zijn voeten en het lopen deed hem duidelijk zeer. Op hun dikke koppen prijkten breedgerande hoeden.

Na zes maanden aan de Strip had Andy een neptoerist meteen in de gaten. De man die op de deur had geklopt, deed dat nogmaals en toen zag Andy dat hij op zijn rug een wapen tussen de broekriem van zijn short had gestoken.

Hij liep snel terug naar zijn kantoor, belde kamer 39 en vroeg naar Sam Fortune.

'Je spreekt met Sam.'

'U spreekt met Andy, de manager. U moet niet naar buiten kijken, maar er zijn twee verdacht ogende mannen bij het parkeerterrein op deuren aan het kloppen.'

'Zijn het smerissen?'

'Dat denk ik niet. Ze hebben zich niet aan de balie gemeld.'

'Waar zijn de kamermeisjes?'

'Die komen 's zaterdags pas om elf uur.'

'Prima. We doen de lichten uit. Houd hen in de gaten en bel me als ze weer zijn vertrokken.'

Vanachter een donker raam in een kast keek Andy toe hoe de twee mannen van de ene deur naar de andere liepen, klopten en wachtten, af en toe een deur open zagen gaan. Elf van de tweeënveertig kamers waren bezet. Geen reactie op nummer 38 en op nummer 39. Ze liepen terug naar het strand en verdwenen. Beroepsmoordenaars! In zijn hotel!

Aan de overkant van de Strip, op het parkeerterrein van een minigolfbaan, zaten twee identieke neptoeristen te praten met een man in een witte vrachtwagen. Ze wezen en leken aan het discussiëren te zijn.

Hij belde Sam. 'Ze zijn weg, maar het wemelt hier van die types.'

'Hoeveel?'

'Aan de overkant kan ik twee mannen zien. Jullie kunnen beter maken dat je wegkomt.'

'Andy, ontspan je. Als wij niet naar buiten komen, kunnen ze ons niet zien.'

'Maar jullie kunnen hier niet eeuwig blijven. Het zal niet lang meer duren voordat mijn baas iets gaat vermoeden.'

'Andy, we gaan snel weg. Is het pakje er al?'

'Ja.'

'Prima. Dat moet ik in handen hebben. Kun je aan de overkant iets warms voor ons te eten halen?'

Andy was de manager. Maar voor vijfduizend dollar per dag kon de Sea Gull's Rest best enige roomservice regelen. 'Natuurlijk. Ik kom het zo brengen.'

Wayne Tarrance pakte de telefoon en liet zich dwars over het enige bed in zijn kamer in de Ramada Inn in Orlando vallen. Hij was uitgeput, woedend, stomverbaasd en ziek van F. Denton Voyles. Het was half twee 's nachts, zaterdag. Hij belde Memphis. De secretaresse had niets te melden, behalve dat Mary Alice had gebeld en hem wilde spreken. Het telefoontje leidde naar een telefooncel in Atlanta. Mary Alice had gezegd dat ze om twee uur nog eens zou bellen, om te horen of Wayne – ze had hem Wayne genoemd – contact had opgenomen. Tarrance noemde zijn kamernummer en hing op. Mary Alice. In Atlanta. McDeere in Tallahassee, daarna Ocala. Toen geen McDeere meer. Geen groene pickup met nummerborden uit Tennessee. Geen aanhangwagen. Hij was opnieuw verdwenen.

De telefoon rinkelde één keer. Tarrance nam de hoorn van de haak. 'Mary Alice?' zei hij zacht.

'Wayne, schatje! Hoe heb je dat zo kunnen raden?'

'Waar is hij?'

'Wie?' Tammy giechelde.

'McDeere. Waar is hij?'

'Wayne, jouw jongens zijn een tijd lang heel dicht bij hem in de buurt geweest, maar toen zijn jullie een verkeerd spoor gevolgd. Nu ben je in de verste verte niet bij hem in de buurt, schat. Het spijt me dat ik je dit moet zeggen.'

'In de afgelopen veertien uur zijn ze drie keer met zekerheid geïdentificeerd.'

'Dat zou je toch eens beter moeten nagaan, Wayne. Mitch heeft me een paar minuten geleden meegedeeld dat hij nooit in Tallahassee is geweest. Dat hij nog nooit van Ocala heeft gehoord. Dat hij nooit in een groene pickup van de firma Ford heeft gereden. Dat hij nooit met een aanhangwagen in de weer is geweest. Wayne, jouw jongens hebben te graag toegehapt en wie zich brandt, moet op de blaren zitten.'

Tarrance kneep in de brug van zijn neus en ademde zwaar in de telefoon.

'Hoe is Orlando?' vroeg ze. 'Ben je van plan meteen een bezoekje aan Disney World te brengen?'

'Waar is hij verdomme dan wel?'
'Wayne, schatje, ontspan je. Je krijgt die documenten heus wel.'
Tarrance ging rechtop zitten. 'Goed. Wanneer?'
'We zouden hebzuchtig kunnen zijn en erop staan dat we de rest van ons geld krijgen. Ik sta in een openbare telefooncel, Wayne, dus doe geen moeite om dit gesprek te laten traceren. Maar we zijn niet hebzuchtig. Je zult die documenten binnen vierentwintig uur in handen hebben. Als alles goed gaat.'
'Waar zijn ze?'
'Schat, ik zal je moeten terugbellen. Als je op dit nummer bereikbaar blijft, bel ik je om de vier uur, tot Mitch me heeft verteld waar de documenten zijn. Maar als je weggaat, kan het zijn dat ik je niet meer kan bereiken. Dus blijf waar je bent.'
'Dat zal ik doen. Is hij nog in het land?'
'Dat denk ik niet. Ik ben er zeker van dat hij al in Mexico is. Zijn broer spreekt die taal, weet je nog wel?'
'Dat weet ik.' Wayne ging op het bed liggen en maakte zich wijs dat het hem allemaal niets meer kon schelen. Ze mochten rustig in Mexico blijven, als hij die documenten maar in handen kreeg.
'Blijf waar je bent, schat, en doe een dutje. Je zult wel moe zijn. Ik bel je rond een uur of vijf, zes.'
Tarrance zette de telefoon op het nachtkastje en ging een dutje doen.

De zoekactie werd vertraagd toen de politie van Panama Beach die zaterdagmiddag een vierde klacht kreeg van een moteleigenaar. Er werden agenten naar het Breakers Motel gestuurd, waar een woedende eigenaar vertelde over gewapende mannen die zijn gasten lastig vielen. Er werden nog meer agenten naar de Strip gestuurd en al spoedig waren zij in de motels op zoek naar de gewapende mannen die op zoek waren naar de McDeeres. De Smaragdkust stond op het punt van oorlog.
De mensen van DeVasher, die moe waren en het heet hadden, waren gedwongen alléén te werken en konden niet meer van deur tot deur gaan. Ze namen plaats in plastic stoelen rond zwembaden en keken toe hoe toeristen kwamen en gingen. Ze lagen op het strand, vermeden de zon, verborgen zich achter donkere zonnebrillen en keken toe hoe toeristen kwamen en gingen.
Toen de schemering inviel, verdween het leger boeven, moordenaars en juristen in de duisternis en wachtte. Als de McDeeres iets gingen doen, zou dat 's avonds of 's nachts gebeuren. Een stil leger wachtte hen op.
De dikke onderarmen van DeVasher rustten oncomfortabel op de rand van het balkon van zijn kamer in Best Western. Hij keek naar het lege strand beneden, terwijl de zon langzaam achter de horizon verdween. Aäron Rimmer liep door de schuifpui naar buiten en bleef achter DeVasher staan. 'We hebben Tolleson gevonden,' zei hij.
DeVasher bewoog zich niet. 'Waar?'
'In het appartement van zijn vriendin in Memphis.'
'Was hij alleen?'

'Ja. Ik heb hem om zeep geholpen, maar de indruk gewekt dat het om roof ging.'

In kamer 39 inspecteerde Ray voor de honderdste keer de nieuwe paspoorten, visa, rijbewijzen en geboorteakten. De pasfoto's van Mitch en Abby waren van recente datum, met veel donker haar. Als ze eenmaal waren ontsnapt, groeide dat geblondeerde haar wel weer uit. Ray's foto was in feite een foto die van Mitch op Harvard was genomen en waar het een en ander aan was veranderd. De documenten waren uitgeschreven op naam van Lee Stevens, Rachel James en Sam Fortune, alle met adressen in Murfreesboro, Tennessee. Doc had goed werk verricht, dacht Ray, terwijl hij alles glimlachend bekeek.
Abby stopte de videocamera weer in de doos. De driepoot werd ingeklapt en tegen de muur gezet. Op de televisie werden veertien videocassettes neergelegd, die keurig van etiketten waren voorzien.
Na zestien uur was de getuigeverklaring die Mitch voor de videocamera had afgelegd, beëindigd. Op de eerste band had hij recht in de camera gekeken, zijn hand opgeheven en gezworen dat hij de waarheid zou spreken. Hij had naast de toilettafel gestaan, met de documenten overal om hem heen op de grond. Gebruik makend van Tammy's aantekeningen en samenvattingen had hij eerst methodisch alle bankverslagen afgewerkt. Hij had meer dan tweehonderdvijftig geheime rekeningen op de Cayman Eilanden geïdentificeerd. Sommige waren op naam uitgeschreven, maar de meeste hadden alleen een nummer. Gebruik makend van kopieën van computeruitdraaien vertelde hij de geschiedenis van die rekeningen. Onder aan elk document dat hij in zijn verklaring noemde, schreef hij met een zwarte viltstift MM en vervolgens een nummer. MM1, MM2, MM3 enzovoorts. Na MM1485 had hij negenhonderd miljoen geheime dollars op banken op de eilanden geïdentificeerd.
Vervolgens reconstrueerde hij heel nauwgezet de structuur van het imperium. In een periode van twintig jaar hadden de Morolto's en hun ongelooflijk rijke en corrupte juristen meer dan vierhonderd bedrijven op de Cayman Eilanden gestart. Vele ervan hadden elkaar geheel of gedeeltelijk in eigendom en gebruikten de banken als agent en postadres. Mitch was al snel tot de ontdekking gekomen dat hij slechts een fractie van het totale verhaal kende en suggereerde voor de camera dat het restant van de documenten in de kelder in Memphis verborgen was. Omwille van de jury legde hij ook uit dat het een legertje mensen van de belastingrecherche minstens een jaar zou kosten om de Morolto-puzzel in elkaar te zetten. Abby had de camera bediend. Ray had het parkeerterrein in de gaten gehouden en de valse paspoorten bestudeerd.
Zes uur lang had Mitch gesproken over de verschillende methodes die door de Morolto's en hun juristen waren gebruikt om geld wit te wassen. De meest geliefde manier was geld met het vliegtuig van Bendini naar de eilanden overbrengen, gewoonlijk met twee of drie juristen erbij aan boord, om het allemaal legitiem te laten lijken. Omdat verdovende middelen over land en zee en via de lucht Amerika in kwamen, maakte de douane zich weinig zorgen over wat het land uit ging. Het was een perfecte regeling. De vliegtuigen vertrokken met het

geld en als ze terugkwamen, was er niets aan de hand. Wanneer het geld eenmaal op Grand Cayman was, zorgde een jurist ervoor dat de douane en de bankier aldaar hun honorarium ontvingen. Soms werd vijfentwintig procent van het geld voor omkoping gebruikt.

Als het geld was gestort, gewoonlijk op nummerrekeningen, was het vrijwel niet meer te traceren. Maar veel banktransacties vielen samen met belangrijke zakelijke gebeurtenissen. Het geld werd gewoonlijk op een van een twaalftal 'superrekeningen' zoals Mitch ze noemde, gestort. Hij gaf de jury de nummers van die rekeningen, en de namen van de banken. Wanneer een nieuw bedrijf was opgericht, werd het geld van die superrekeningen overgeheveld naar de rekening van zo'n bedrijf, vaak bij dezelfde bank. Zodra het geld dan eenmaal in handen was van een legitieme onderneming, kon het witwassen beginnen. De eenvoudigste en meest gebruikte methode was het aankopen van onroerend goed en andere legitieme zaken in de Verenigde Staten. De transacties werden afgehandeld door de creatieve juristen van Bendini, Lambert & Locke en alle noodzakelijke overboekingen geschiedden telegrafisch. Vaak kocht een bedrijf dat op de Cayman Eilanden was gevestigd, een ander bedrijf op dat eiland op, dat toevallig een bedrijf in Panama in eigendom had, dat toevallig weer een dochteronderneming in Denemarken had. Dan kochten de Denen een fabriek in Toledo en maakten het geld telegrafisch over via een bank in München. Op die manier was het geld gewit.

Na MM4292 was Mitch klaar. Zestien uur was voldoende. Tarrance en zijn makkers zouden de banden aan een jury laten zien en daarmee konden minstens dertig juristen die voor Bendini werkten, in staat van beschuldiging worden gesteld. Hij kon de banden aan een rechter laten zien en kreeg dan beslist een bevel tot huiszoeking.

Mitch had zich aan zijn deel van de afspraak gehouden. Hij zou niet persoonlijk kunnen getuigen, maar hij had slechts een miljoen dollar gekregen en stond op het punt meer af te leveren dan werd verwacht. Hij was lichamelijk en geestelijk uitgeput en ging in het donker op de rand van het bed zitten. Abby zat met gesloten ogen in een stoel.

Ray keek naar buiten. 'We hebben een koud biertje nodig.'

'Vergeet dat maar,' reageerde Mitch kortaf.

Ray draaide zich om en staarde hem aan. 'Ontspan je, broertje. Het is donker en om bij die winkel te komen hoef ik slechts een eindje langs het strand te lopen. Ik kan heus wel op mezelf passen.'

'Ray, vergeet het. Het is onnodig risico's te nemen. We vertrekken over een paar uur en als alles goed gaat, kun je verder je hele leven lang koude biertjes drinken.'

Ray luisterde niet. Hij trok een baseballcap ver over zijn voorhoofd, stopte wat geld in zijn zak en pakte zijn wapen.

'Ray, laat dat wapen op zijn minst hier,' smeekte Mitch.

Ray stopte het wapen onder zijn shirtje en ging voorzichtig naar buiten. Snel liep hij door het zand langs de kleine motels en winkels, in de schaduw, smachtend naar een koud biertje. Hij bleef bij het supermarktje staan, keek snel om zich heen om er zeker van te zijn dat niemand hem in de gaten hield, en liep naar de voordeur. De koeling waarin het bier werd bewaard, stond achter in de winkel.

Op het parkeerterrein langs de Strip stond Lamar Quin, die een grote strohoed ophad, een praatje te maken met een paar tieners uit Indiana. Hij zag Ray de winkel in gaan. De manier van lopen van de man had iets nonchalants dat hem vaag bekend voorkwam. Lamar liep naar het raam aan de voorzijde van de winkel en keek naar de koeling met bier. De ogen van de man waren verborgen achter een zonnebril, maar de neus en de jukbeenderen hadden beslist iets bekends. Lamar liep het winkeltje in en pakte een zak chips. Bij de kassa stond hij recht tegenover de man, die niet Mitchell McDeere was, maar wel erg veel op hem leek.

Het was Ray. Dat kon niet anders. Zijn gezicht was door de zon verbrand en zijn haren waren te kort geknipt. De ogen waren nog altijd niet te zien. Zelfde lengte. Zelfde gewicht. Zelfde manier van lopen.

'Hoe gaat het?' zei Lamar tegen de man.

'Prima. En met jou?' De stem klonk ook bekend.

Lamar betaalde en liep terug naar het parkeerterrein. Hij gooide de zak chips rustig in de vuilnisbak naast een telefooncel en liep door naar een souvenirwinkeltje, om verder te gaan met het zoeken naar de McDeeres.

40

Het donker nam een koel briesje met zich mee op het strand langs de Strip. De zon verdween snel en er was geen maan om hem te vervangen. Donkere wolken bedekten de lucht en het water was zwart.

Het donker bracht vissers naar de Dan Russell-pier midden op de Strip. Ze zaten in groepjes van drie en vier op de betonnen pier en staarden zwijgend naar hun hengels. Sommigen leunden bewegingloos over het hek, spuugden af en toe, of spraken met een vriend. Ze genoten veel meer van het briesje, de rust en het stille water dan van de enkele vis die hapte. Het waren mensen uit de noordelijke staten, die elk jaar dezelfde week vakantie hielden in hetzelfde motel, en elke avond bij de pier gingen vissen, in die tussentijd genietend van de zee. Te midden van hen stonden emmers vol aas en kleine koeltassen vol bier.

Af en toe waagden niet-vissers of verliefde paartjes zich de pier op. Zij keken aan het einde een paar minuten naar het zacht klotsende water, draaiden zich dan om en bewonderden de glans van miljoenen flikkerende lichtjes op de Strip. Ze keken naar de vissers. De vissers schenen hun aanwezigheid niet op te merken.

De vissers zagen ook Aäron Rimmer niet, toen die rond elf uur nonchalant achter hen langs liep. Hij rookte bij het einde van de pier een sigaret en gooide de peuk de oceaan in. Hij keek uit over het strand en dacht aan de duizenden motelkamers en appartementen.

De Dan Russell-pier was de meest westelijke pier van de drie in Panama City Beach. Het was de nieuwste, langste en de enige die geheel uit beton was opgetrokken. De andere twee waren van hout. Ermiddenop was een klein bakstenen gebouwtje met een winkel waar je visgerei kon kopen, een snackbar en toiletten. 's Avonds en 's nachts waren alleen de toiletten open.

Hij bevond zich zo'n zeshonderd meter ten oosten van de Sea Gull's Rest. Om half twaalf liep Abby kamer 39 uit, langs het smerige zwembad, door naar het strand. Ze had een witte strohoed op, een short en een jack aan waarvan ze de kraag had opgezet. Ze liep langzaam, met haar handen diep in de zakken, als een ervaren, nadenkende strandjutter. Vijf minuten later liep Mitch de kamer uit, langs het smerige zwembad, en ging achter haar aan. Onder het lopen keek hij naar de oceaan. Twee joggers kwamen dichterbij, spetterden in het water en spraken tussen het ademhalen door. Aan een touwtje om zijn nek, dat was weggestopt onder zijn shirt, had hij een fluitje bij zich, voor het geval dat. In zijn vier zakken had hij zestigduizend dollar aan contanten gepropt. Hij keek naar de oceaan en – zenuwachtig – naar de voor hem lopende Abby. Toen hij tweehonderd meter over het strand was gelopen, verliet Ray kamer 39 voor de laatste keer. Hij sloot hem af en hield de sleutel bij zich. Om zijn middel had hij een lang stuk zwart nylontouw gewonden. Het wapen zat daartussen. Alles was keurig verstopt onder een groot windjack. Andy had nog eens tweeduizend dollar voor de kleding en andere spullen in rekening gebracht.

Ray liep langs het zwembad, het strand op. Hij hield Mitch in de gaten. Abby kon hij nauwelijks zien. Het strand was verlaten.

Het was bijna middernacht, zaterdag, en de meeste vissers hadden de pier verlaten. Abby zag een groepje van drie mannen bij de toiletten staan. Ze liep behoedzaam langs hen heen en slenterde naar het uiteinde van de pier, waar ze op het hek leunde en naar het uitgestrekte zwarte water staarde. Overal zag ze de rode lichtjes van boeien. Een knipperend geel licht van de een of andere boot werd aan de horizon een steeds kleiner stipje. Ze was alleen op het uiteinde van de pier.

Mitch verborg zich in een strandstoel onder een dichtgeklapte parasol, bij de pier. Hij kon haar niet zien, maar de oceaan wel. Een eindje verderop zat Ray op een stenen richeltje. Zijn voeten bengelden in het zand. Ze wachtten. Ze keken op hun horloges.

Precies om middernacht maakte Abby zenuwachtig de rits van haar jack los en haalde een sterke zaklantaren te voorschijn. Ze keek naar het water en hield de lantaren stevig vast. Toen duwde ze de achterkant ervan tegen haar maag, hield de panden van het jack er beschermend langs, richtte het ding op de zee en flitste drie keer. Aan en uit. Aan en uit. Aan en uit. Ze bleef de zaklantaren stevig vasthouden en staarde naar de zee.

Geen reactie. Ze wachtte en flitste twee minuten later opnieuw. Drie keer. Nog geen reactie. Ze haalde diep adem en zei tegen zichzelf: 'Rustig blijven, Abby. Rustig blijven. Hij is daar ergens.' Ze flitste nog eens drie keer. Toen wachtte ze. Geen reactie.

Mitch zat op het randje van de strandstoel en keek bezorgd naar de zee. Vanuit een ooghoek zag hij iemand vanuit het westen komen aanlopen, bijna rennen. Hij racete het trapje naar de pier op. Het was de blonde man. Mitch rende achter hem aan.

Aäron Rimmer liep achter de vissers langs, om het kleine gebouwtje heen, en keek naar de vrouw met de witte hoed, die aan het uiteinde van de pier voorovergebogen stond en iets vasthield. Weer driemaal een flitslicht. Geruisloos liep hij dichter op haar af.

'Abby?'

Ze draaide zich om en probeerde te gillen. Rimmer dook op haar af en duwde haar tegen het hek aan. Mitch dook regelrecht naar de benen van de blonde man en alle drie vielen ze op het glibberige beton. Mitch voelde het wapen op de rug van de man. Hij haalde woest met een onderarm uit, maar miste doel. Rimmer draaide zich bliksemsnel om en gaf Mitch een gemene slag op zijn linkeroog. Abby trapte en kroop weg. Mitch was verblind en verdoofd. Rimmer ging staan en wilde het wapen pakken, maar kreeg daar de kans niet voor. Ray dook op hem af en smeet hem tegen het hek. Toen gaf hij de man vier keiharde meppen op diens ogen en neus, waardoor hij hevig begon te bloeden. Dat had hij in de gevangenis geleerd. De blonde man kwam half ten val en Ray trapte

327

hem vier keer keihard tegen zijn hoofd. Hij kreunde en viel met zijn gezicht voorover op de grond.

Ray pakte het wapen en gaf het aan Mitch, die nu stond en met zijn goede oog probeerde te focussen. Abby hield de pier in de gaten. Niemand te zien.

'Signalen geven,' beval Ray, terwijl hij het touw van zijn middel wikkelde. Abby ging met haar gezicht naar het water staan, hield haar jack weer beschermend rond de zaklantaren en begon als een gek te flitsen.

'Wat ga je doen?' vroeg Mitch, die naar Ray en het touw keek.

'We kunnen kiezen. Hem de hersens uit zijn kop schieten, of hem wurgen en in zee laten zakken.'

'O, mijn god!' zei Abby, maar bleef flitsen.

'Niet schieten,' fluisterde Mitch.

'Dank je,' zei Ray. Hij pakte een kort stuk touw, draaide dat strak rond de hals van de blonde man en trok. Mitch ging tussen het lichaam en Abby in staan. Ze probeerde niet te kijken. 'Het spijt me. We hebben geen keus,' mompelde Ray vrijwel in zichzelf.

De bewusteloze man pleegde geen verzet, hij bewoog zich niet. Na drie minuten zei Ray: 'Hij is dood.' Hij bond het andere uiteinde van het touw aan een paal, schoof het lijk onder het hek door en liet het zacht in het water zakken.

'Ik ga als eerste naar beneden,' zei Ray, terwijl hij door het hek kroop en het touw verder liet zakken. Een eindje onder de pier was een ijzeren staaf aangebracht tussen de twee dikke, betonnen pijlers die in het water verdwenen. Dat was een schitterende schuilplaats. Abby volgde Ray. Ray pakte haar benen vast toen ze het touw greep en zich langzaam liet zakken. Mitch, die maar met een oog kon zien, verloor zijn evenwicht en nam bijna een duik in het water.

Maar ze wisten het te redden. Ze gingen op de staaf zitten, even boven het koude, donkere water. Even boven de vissen en het lijk van de blonde man. Ray sneed het touw door, zodat het lijk naar de bodem van de oceaan kon zakken, totdat het een paar dagen later weer zou worden opgehaald.

Ze zaten als drie uilen op een tak, keken naar de lichtjes van de boeien en wachtten tot de messias over het water zou komen aangelopen. De enige geluiden kwamen van de zacht klotsende golven en het geklik van de schakelaar van de zaklantaren.

Toen hoorden ze stemmen op de pier. Zenuwachtige, bezorgde, paniekerige stemmen van mensen die naar iemand op zoek waren. Toen waren ze weer verdwenen.

'Broertje van me, wat doen we nu?' fluisterde Ray.

'Plan B,' zei Mitch.

'En dat behelst?'

'Gaan zwemmen.'

'Heel geestig,' zei Abby.

Er ging een uur voorbij. De ijzeren staaf was een ideale plaats, maar niet echt comfortabel.

'Heb je die twee boten daar gezien?' vroeg Ray zacht.

Ze waren klein en lagen ongeveer een mijl buiten de kust. Een uur lang waren ze al verdacht langs de kust heen en weer aan het varen. 'Ik denk dat het vissers-boten zijn,' zei Mitch.

'Wie gaat er nu om één uur 's nachts vissen?' vroeg Ray.

Daar dachten ze alle drie over na, maar konden er geen verklaring voor beden-ken.

Abby zag het als eerste en hoopte en bad dat het niet het lijk was dat naar hen toe dreef. 'Daar!' zei ze en wees vijftig meter verderop de zee in. Het was een zwart ding dat op het water rustte en langzaam hun kant op kwam. Ze keken er gespannen naar. Toen hoorden ze het geluid, als dat van een naaimachine.

'Blijven flitsen,' zei Mitch. Het kwam dichterbij.

Het was een man in een kleine boot.

'Abanks!' fluisterde Mitch zo luid hij durfde.

'Waar zijn jullie verdomme?' luidde de reactie.

'Hier. Onder de pier. Schiet een beetje op.'

Het gezoem werd luider en Abanks naderde met een tweeënhalve meter lange rubberboot. Ze lieten zich van de staaf vallen en landden tegelijkertijd in de boot. Van vreugde omhelsden ze eerst elkaar en toen Abanks, die snel weer richting zee koerste.

'Waar is de boot?' vroeg Mitch.

'Over een minuutje zijn we er.'

'Wat is er met jouw groene licht gebeurd?'

Abanks wees op een zaklantaren die naast de motor lag. 'De batterij was leeg.'

De boot was een lange schoener, die Abanks voor slechts tweehonderdduizend dollar op Jamaïca op de kop had getikt. Een vriend wachtte bij de ladder en hielp hen aan boord. Hij heette George en hij sprak Engels met een accent. Abanks zei dat hij te vertrouwen was.

'Er is whisky, voor het geval jullie daar trek in hebben. In de kast,' zei Abanks. Ray vond de fles. Abby pakte een deken en ging op de kleine bank liggen. Mitch stond op het dek en bewonderde zijn nieuwe boot. Toen Abanks en George de rubberboot aan boord hadden gehesen, zei Mitch: 'Laten we weggaan. Kan dat nu?'

'Zoals u wenst,' zei George.

Mitch keek naar de lichtjes langs het strand en nam afscheid. Toen ging hij naar beneden en schonk voor zichzelf een whisky in.

Wayne Tarrance lag aangekleed en wel op het bed te slapen. Hij had zich niet bewogen sinds hij zes uur daarvoor voor het laatst was opgebeld. De telefoon naast hem rinkelde. Nadat het toestel vier keer was overgegaan, had hij het ge-vonden.

'Hallo?' Zijn stem klonk traag en schor.

'Wayne, schatje, heb ik je wakker gemaakt?'

'Natuurlijk.'

'Je kunt de documenten ophalen in kamer 39 van het Sea Gull's Rest Motel in Panama City Beach. De manager is een kerel die naar de naam Andy luistert,

en hij zal je die kamer binnen laten. Onze vriend heeft alles keurig netjes ge-
nummerd en er zijn videobanden met een totale speeltijd van zestien uur.'
'Ik heb een vraag,' zei Tarrance.
'Ga je gang.'
'Waar heeft hij jou gevonden? Zonder jou zou dit alles onmogelijk zijn ge-
weest.'
'Dank je, Wayne. Hij heeft me in Memphis gevonden. We zijn bevriend ge-
raakt en hij heeft me veel geld aangeboden.'
'Hoeveel?'
'Waarom is dat belangrijk, Wayne? Ik zal nooit meer hoeven werken. Nu moet
ik er als een haas vandoor, schatje. Het is me echt een waar genoegen geweest.'
'Waar is hij?'
'Op dit moment zit hij in een vliegtuig met bestemming Zuid-Amerika. Maar
verspil alsjeblieft geen tijd door te proberen hem te grazen te nemen. Wayne,
schatje, ik houd van je, maar je kon hem zelfs in Memphis al niet te pakken
krijgen. Tot ziens.'
Toen was de verbinding verbroken.

41

Dageraad, zondag. De twaalf meter lange schoener gleed onder een heldere lucht met volle zeilen snel door het water, naar het zuiden. Abby was in de grote hut nog diep in slaap. Ray lag in een door whisky veroorzaakt coma op de bank. Abanks was ergens benedendeks een dutje aan het doen.

Mitch zat aan dek koude koffie te drinken en luisterde hoe George hem de grondprincipes van het zeilen uitlegde. Hij was achter in de vijftig, had lang, grijs, door de zon gebleekt haar en een donkere, door de zon gebruinde huid. Hij was klein en gespierd, net als Abanks. Hij was Australiër van geboorte, maar achtentwintig jaar eerder was hij dat land uitgevlucht na de grootste bankoverval uit de geschiedenis. Hij en zijn partner hadden elf miljoen in contant geld en zilver gedeeld en waren toen ieder huns weegs gegaan. Zijn partner was inmiddels overleden, had hij gehoord.

George was niet zijn echte naam, maar hij gebruikte die al achtentwintig jaar en was zijn eigen naam vergeten. Tegen het einde van de jaren zestig had hij het Caribisch gebied ontdekt en nadat hij de duizenden kleine, primitieve Engels sprekende eilanden had gezien, had hij besloten dat hij zijn thuis had gevonden. Hij had zijn geld gezet op banken op de Bahama's, in Belize en Panama en natuurlijk op Grand Cayman. Hij had een huisje gebouwd op een verlaten stuk strand op Little Cayman en had de afgelopen eenentwintig jaar met zijn schoener rondgevaren op de Caribische zee. In de zomer en het begin van de herfst bleef hij dicht bij huis. Maar van oktober tot juni woonde hij op zijn boot en voer van het ene eiland naar het andere. Hij kende er nu driehonderd. Een keer was hij twee jaar lang op de Bahama's gebleven.

'Er zijn duizenden eilanden,' zei hij, 'en ze zullen je nooit vinden wanneer je maar niet te lang op één plaats blijft.'

'Zijn ze nog steeds naar jou op zoek?' vroeg Mitch.

'Dat weet ik niet. Ik kan immers niet opbellen om daarnaar te vragen? Maar ik betwijfel het wel.'

'Wat is het veiligste plekje om je verborgen te houden?'

'Deze boot. Het is een leuk klein jacht en als je er eenmaal mee kunt varen, zal het je thuis worden. Zoek ergens een eilandje op, wellicht Little Cayman of Brac – die zijn beide nog primitief – en bouw daar een huis. Doe wat ik heb gedaan en breng het merendeel van je tijd door op deze boot.'

'Wanneer hoef ik niet meer bang te zijn dat er iemand achter me aan zit?'

'Tsja, ik denk daar nog steeds wel eens aan, weet je, maar ik maak me er geen zorgen meer over. Hoeveel heb jij binnen kunnen slepen?'

'Ongeveer acht miljoen,' antwoordde Mitch.

'Dat is een leuk bedrag. Je hebt het geld om te kunnen doen waar je zin in hebt, dus vergeet die anderen nu maar. Blijf de rest van je leven rond de eilanden varen. Er zijn ergere dingen te bedenken.'

Vier dagen lang zeilden ze in de richting van Cuba, toen gingen ze om dat eiland heen verder in de richting van Jamaïca. Ze sloegen George gade en luisterden naar zijn wijze lessen. Nu hij twintig jaar in het Caribisch gebied had gevaren, was hij een man geworden die veel wist en een groot geduld had. Ray, de taalkundige, luisterde naar woorden als spinnaker, mast, boeg, achtersteven, achterschip, helmstok, windassen, tuigage, staand want, reddingslijnen, plechtanker, dwarsbalk, geitouwen, grootzeil, want, fok, fokkeschoot, fokkemast, kikker en geer. George gaf les in overhellen, loeven, halen, de loef afsteken, hijsen en naar de wind zetten. Ray nam de taal van de zeilers in zich op, Mitch maakte zich de techniek eigen.

Abby bleef in de hut, zei weinig en glimlachte alleen wanneer dat echt nodig was. Leven op een boot was niet iets waarover ze had gedroomd. Ze miste haar huis en vroeg zich af wat ermee zou gebeuren. Misschien zou meneer Rice het gras maaien en onkruid uittrekken. Ze miste de schaduwrijke bomen, de keurige gazons, de groepjes kinderen die aan het fietsen waren. Ze dacht aan haar hond en bad dat meneer Rice hem bij zich in huis zou nemen. Ze maakte zich zorgen over haar ouders, over hun veiligheid en over hun angst. Wanneer zou ze hen weer zien? Het zou jaren duren, concludeerde ze, maar ze zou daarmee kunnen leven als ze wist dat zij veilig waren.

Haar gedachten konden niet verder komen dan het heden. De toekomst kon ze zich nog niet voorstellen.

Tijdens de tweede dag van de rest van haar leven begon ze brieven te schrijven: naar haar ouders, Kay Quin, meneer Rice en een paar vrienden. Ze wist dat die brieven nooit zouden worden gepost, maar het hielp de woorden op papier te zetten.

Mitch hield haar nauwlettend in de gaten, maar liet haar met rust. In feite kon hij niets tegen haar zeggen. Misschien zouden ze over een paar dagen met elkaar kunnen praten.

Tegen het einde van de vierde dag, woensdag, kwam Grand Cayman in zicht. Ze voeren er een keer langzaam omheen en wierpen anderhalve kilometer buiten de kust het anker uit. Na het invallen van de duisternis nam Barry Abanks afscheid. De McDeeres bedankten hem en hij voer weg in de rubberboot. Hij zou een kleine vijf kilometer van Bodden Town vandaan bij een andere Lodge aan land gaan en dan een van zijn mensen opbellen met het verzoek hem te komen halen. Die zou het weten wanneer iemand zich verdacht in de buurt had opgehouden, maar Abanks verwachtte geen problemen.

Georges huis op Little Cayman was van witgeschilderd hout en er hoorden twee kleine bijgebouwen bij. Het lag zo'n driehonderd meter landinwaarts, aan een kleine baai. Het dichtstbijzijnde andere huis was niet te zien. In het kleinste gebouwtje woonde een inheemse vrouw, die alles onderhield. Ze heette Fay. De McDeeres namen hun intrek in het grote huis en probeerden hun leven opnieuw in te richten. Ray, de man die was ontsnapt, zwierf urenlang op het

332

strand rond en bemoeide zich nauwelijks met de anderen. Hij was in een ju-belstemming, maar kon dat niet laten merken. Hij en George gingen elke dag een paar uur met de boot varen en dronken whisky terwijl ze de eilanden ver-kenden. Gewoonlijk keerden ze dronken terug.

Abby bracht de eerste dag door in een kleine kamer boven, met uitzicht op de baai. Ze schreef nog meer brieven en begon aan een dagboek. Ze sliep alleen.

Twee keer per week reed Fay met het Volkswagenbusje naar de stad om bood-schappen te doen en de post op te halen. Op een dag kwam ze terug met een pakje van Barry Abanks. George overhandigde dat aan Mitch. In het pakje zat een ander pakje, dat Abanks van Doris Greenwood uit Miami had ontvangen. Mitch maakte de dikke envelop open en vond er drie kranten in, twee uit Atlan-ta en een uit Miami.

De koppen maakten melding van alle aanklachten die waren ingediend tegen het kantoor van Bendini, Lambert & Locke in Memphis. Eenenvijftig van de juristen die er werkzaam waren of er hadden gewerkt, waren in staat van be-schuldiging gesteld, evenals eenendertig mensen die werden geacht te werken voor de familie Morolto in Chicago. De openbaar aanklager beloofde dat er nog meer aanklachten zouden volgen. Dit was nog maar het topje van de ijs-berg. Directeur F. Denton Voyles liet zijn opmerking citeren dat dit een belang-rijke slag was voor de georganiseerde misdaad in Amerika. Het moest een af-schrikwekkende waarschuwing zijn, zei hij, voor juristen en zakenlieden die nu nog het rechte pad bewandelden, maar in de verleiding kwamen zwart geld aan te nemen.

Mitch vouwde de kranten op en ging een lange strandwandeling maken. Onder een groepje palmen vond hij wat schaduw en ging zitten. In de krant uit Atlanta werden de namen genoemd van alle juristen van Bendini die waren aange-klaagd. Hij las ze langzaam. Het deed hem geen vreugde de namen te zien. Hij had bijna medelijden met Nathan Locke. Bijna. Wally Hudson, Kendall Ma-han, Jack Aldrich en als laatste Lamar Quin. Hij kon hun gezichten zien. Hij kende hun vrouw en hun kinderen. Mitch keek uit over de schitterende oceaan en dacht aan Lamar en Kay Quin. Hij hield van hen en hij haatte hen. Ze had-den geholpen hem ertoe te verlokken voor het kantoor te gaan werken en zij waren niet zonder blaam. Maar ze waren ook zijn vrienden. Wat doodzonde! Misschien zou Lamar na een paar jaar voorwaardelijk worden vrijgelaten. Mis-schien zouden Kay en de kinderen dit kunnen overleven. Misschien.

'Ik houd van je, Mitch.' Abby stond achter hem. Ze had een plastic karaf en twee glazen bij zich.

Hij glimlachte haar toe en wees op het zand naast hem. 'Wat zit er in die karaf?'

'Rum punch. Heeft Fay voor ons klaargemaakt.'

'Is die sterk?'

Ze ging naast hem op het zand zitten. 'Het is bijna alleen rum. Ik heb tegen Fay gezegd dat wij het nodig hadden dronken te worden en daar was ze het mee eens.'

Hij hield haar dicht tegen zich aan en nam slokjes van de rum punch. Ze keken toe hoe een kleine vissersboot langzaam door het water gleed.

'Ben je bang, Mitch?'

'Doodsbang.'

'Ik ook. Dit is krankzinnig.'

'We hebben het gehaald, Abby. We leven nog, we zijn veilig en we zijn samen.'

'Maar hoe zit het met morgen? En de dag daarna?'

'Dat weet ik niet, Abby. Het had echter allemaal erger kunnen zijn. Mijn naam had in de krant kunnen staan, naast die van de anderen die net zijn aangeklaagd. We hadden ook dood kunnen zijn. Er zijn ergere dingen dan door de Caribische Zee zeilen met acht miljoen dollar op de bank.'

'Denk je dat mijn ouders veilig zijn?'

'Dat denk ik wel. Wat zou Morolto er wijzer van worden jouw ouders iets aan te doen? Zij zijn veilig, Abby.'

Ze schonk nieuwe rum punch in en kuste hem op zijn wang. 'Met mij zal alles ook in orde komen, Mitch. Zolang we maar bij elkaar zijn, kan ik alles aan.'

Mitch staarde naar het water en zei langzaam: 'Abby, ik moet je iets bekennen.'

'Ik luister.'

'Om je de waarheid te zeggen heb ik eigenlijk nooit jurist willen worden.'

'Werkelijk?'

'Ja. Diep in mijn hart heb ik altijd zeeman willen worden.'

'Is dat zo? Heb je ooit wel eens op het strand de liefde bedreven?'

Mitch aarzelde een fractie van een seconde. 'Eh... nee.'

'Drink je glas dan leeg, zeeman. Laten we dronken worden en een baby maken.'

Frederick Forsyth

De Verrader

Sam McCready is de pokerface van de Britse inlichtingen-
dienst. Pas als alle andere geheim agenten hebben opgegeven
of gefaald, speelt hij zijn kaarten uit. Door nooit zijn ware
identiteit te tonen misleidt hij zijn tegenstander in situaties
waarin iedereen de verrader kan zijn...

Als hoofd van de afdeling Misleiding, Desinformatie en
Psychologische Operaties wordt McCready keer op keer
geconfronteerd met wereldomvattende opdrachten. Of hij nu
te maken heeft met de Sovjets, Arabische terroristen of
corrupte politici in het Caribisch Gebied, altijd speelt
McCready zijn psychologische spelletje perfect: onopvallend
wacht hij af om op het juiste moment onverwacht toe te slaan,
totdat de tegenstander zijn eerste fout maakt...

In *De verrader* bewijst Forsyth zich opnieuw als de meester van
de thrillerauteurs. Adembenemend snel voert hij de lezer van
de ene spectaculaire scène naar de andere; geraffineerd
bouwt hij de spanning op, niet zelden gevolgd door een
verrassende wending. Sam McCready, een held van absolute
topklasse, zal miljoenen in zijn ban houden.

ISBN 90 2629 7979 2

Lees ook van A.W. Bruna Uitgevers B.V.

Ira Levin

Sliver

De zeer aantrekkelijke Kay Norris betrekt nadat haar relatie in het slop is geraakt, een van de super de luxe appartementen aan 1300 Madison Avenue.

Ondanks geruchten over opvallend veel sterfgevallen in het gebouw, voelen Kay en haar kat Felice zich al snel thuis in hun schitterende omgeving en maakt ze kennis met enkele van haar buren. Een van hen is de schatrijke Pete Henderson, met wie ze aanvankelijk argeloos een liefdesrelatie aangaat. Pete raakt zo in de ban van Kay, dat hij haar steeds meer onverkwikkelijke bekentenissen doet. Zo blijkt hij, als eigenaar van het complex over de ultieme middelen te beschikken om alles, maar dan ook alles over de bewoners te weten te komen.

Op het moment dat Kay begint te vermoeden dat Petes bizarre hobby wel eens in verband gebracht zou kunnen worden met de onverklaarbare sterfgevallen en de verdachte ongelukken, is het te laat.

Pete maakt haar tot zijn gevangene in haar eigen luxueuze appartement...

ISBN 90 229 7957 1